Deutsch von
Karl A. Klewer

Howard Fast

Die Einwanderer

Roman

Rowohlt

Die amerikanische Originalausgabe
erschien 1977 unter dem Titel «The Immigrants»
im Verlag Houghton Mifflin Company, Boston
Umschlagbild Ben Stahl
Schriftgestaltung des Schutzumschlags
von Manfred Waller

1. Auflage August 1979

Gesamtherstellung Clausen & Bosse, Leck
Printed in Germany
ISBN 3 498 02036 6

Für Bette

Inhalt

Die Einwanderer

Die Einwanderer machten sich keine Gedanken über die Rolle, die sie spielten. Sie ahnten nichts von Geschichte und betrachteten sich nicht als Teil der Geschichte. Sie hatten vom Hörensagen eine Vorstellung von dem Ort, zu dem sie unterwegs waren, aber von der Wirklichkeit dort wußten sie nur sehr wenig. Sie waren mit ihrem Elend beschäftigt. Mit ihrer Übelkeit. Mit dem Leiden ihrer Mägen. In der ständig auf und ab und seitlich schwankenden, übelriechenden Kabine von zweieinhalb mal zweieinhalb Meter hausten acht Menschen, vier Erwachsene und vier Kinder; es stank nach Körperausdünstungen und Erbrochenem, und lüften konnten sie nicht – so nahmen die verschiedenen Stufen ihres Elends sie völlig in Anspruch – eines Elends, das ihnen Ewigkeiten zu dauern schien.

Das kleine, kalte, feuchte, windgepeitschte Deck, das den Zwischendeck-Passagieren zugewiesen war, bot eine gewisse Erholung von der Enge der Kabine, aber das war auch alles: im Dezember dieses Jahres 1888 lieferte der Nordatlantik nichts mehr als das bißchen Frischluft. Das Deck war eiskalt und ungemütlich und wurde bei schlechtem Wetter gleich überspült. Und das Wetter war nicht gut während dieser Überfahrt.

Anna Lavette verbrachte die meiste Zeit in ihrer Koje. Sie war eine dunkelhaarige, hübsche junge Frau Anfang Zwanzig, im siebten Monat schwanger. Anna stammte aus dem winzigen Fischerdorf Albenga am Ligurischen Meer in Norditalien. Joseph, ihr Mann, war ein entfernter Vetter von ihr, nicht blutsverwandt, sondern verwandt durch die komplizierten Verknüpfungen italienischer Familien. Die Lavettes waren eine Sippe von Fischern, teils Italiener, teils Franzosen; die einen lebten in San Remo, die anderen in Marseille. Joseph war in Marseille aufgewachsen und seit seinem zehnten Lebensjahr Fischer.

Jetzt, mit fünfundzwanzig Jahren, war er groß und stark wie ein Stier, fröhlich und voller Hoffnung. Seekrankheit kannte er nicht. Seine Heirat mit Anna war vereinbart worden, als sie beide noch Kinder waren, und er hatte sie vor zehn Monaten bei ihrer Hochzeit zum erstenmal gesehen. Er war mit seinem Los sehr zufrieden: eine

Frau, die man gern ansah, die mollig war und herrlich zu umarmen, heiter und offensichtlich ebenso erfreut über den Mann, den man ihr zur Ehe bestimmt hatte. Ihr war sein Körper ebenso angenehm wie ihm der ihrige, und die Liebe befriedigte beide. Sie sprach zwar kein Französisch, doch reichte sein Italienisch aus, und sie fand seinen französischen Akzent anziehend. Auch hatte sie eine lebhafte Vorstellungskraft, und als er sagte, sein Sohn – er dachte auch nicht einen Augenblick daran, daß es eine Tochter werden könnte – müsse in Amerika geboren werden, stimmte sie zu.

So wurden sie ein Teil der ungeheuren Menschenwoge von Auswanderern, des Stroms von Völkern über den Atlantik in eine andere Welt. Sie waren jetzt sechzehn Tage auf See. Seit fünf Tagen lag Anna in ihrer Koje, schwitzend und fiebrig, ohne einmal für sich zu sein und ohne frische Luft. Ihre Fröhlichkeit wich der Hoffnungslosigkeit, sie fürchtete mehr für ihr ungeborenes Kind als für ihr eigenes Leben; beim Erbrechen spie sie ihren Lebenswillen aus. Ihre einzige Freude war, daß sie einen Mann geheiratet hatte, der geduldig und zärtlich war, der viele, viele Stunden neben ihr saß, ihre heiße Stirn mit einem feuchten Tuch kühlte und ihr ausmalte, was für ein Leben sie im goldenen Amerika führen würden.

«Nein», sagte sie einmal zu ihm. «Nein, Joseph, ich werde hier sterben.»

«Das lasse ich nicht zu», sagte er einfach. «Du bist meine Frau. Du sollst mich achten und mir gehorchen und gesund werden.»

«Ich fühle mich so elend.»

Sie starb nicht. Es kam der Tag, an dem das Rollen und Schlingern des Schiffs aufhörte. Er nahm sie auf die Arme und trug sie nach oben an Deck. Sie war abgemagert und geschwächt; aber als sie die Sonne, den Himmel und die unbewegte Wasserfläche des Hafens von New York sah, wußte sie, daß sie leben würde und leben wollte.

Sie standen an Deck, als das alte, rostige Schiff, das siebzehn Tage lang ihr Heim und ihre Arche gewesen war, langsam in den Hafen von Ellis Island einlief, Schulter an Schulter standen sie im Gedränge. Alle waren oben, alt und jung, schreiende Kinder, weinende Säuglinge, die Stillen und die Furchtsamen, die Kranken, die Hoffnungsvollen; Sprachen aus aller Herren Länder tönten durch das Gemisch von Lärmen, Weinen und Lachen. Die Dame Hoffnung, die Freiheitsstatue, grüßte sie, darauf hatten sie gewartet. Das achte Weltwunder. «Schickt mir eure müden, armen, zusammengedrängten Massen, die sich danach sehnen, frei atmen zu können.» In fünf Sprachen hörte man die Konstruktionsdaten über dem Gewirr von Stimmen und Geräuschen: Sie ist 46 Meter hoch auf einem Sockel von 47 Metern und wiegt zweihundertfünfundzwanzig Tonnen. Ja, man kann oben in der Fackel stehen, die sie hoch in die Luft streckt. Auf der anderen Seite des Fahrwassers lagen The Battery und Manhattan mit ihren vielen Häusern; aber die Freiheitsstatue war etwas anderes.

Ellis Island war nur ein Felsen, der aus dem Hafen ragte, mit vielen Gebäuden voller Menschen; aber die Dame Freiheit lachte zu ihnen herüber. Sie wurden zusammengetrieben wie Vieh, und sie jammerten aus Angst vor dem Geheimnisvollen. Die Pockenimpfung war ein Geheimnis. Ein weiteres waren die Stunden des Wartens. Da waren Türken, und niemand sprach türkisch; da waren Griechen, und niemand sprach griechisch. Mit dem Italienischen war das anders. Ein Einwanderungsbeamter sprach fließend italienisch, er fragte Joseph, wieviel Geld er habe.

«Siebenhundertundzwanzig französische Francs.»

«Also französisches Geld», sagte der Einwanderungsbeamte, «und was nützt französisches Geld in Amerika?»

«Heilige Mutter Gottes!» flüsterte Anna.

Freundlich nahm der Einwanderungsbeamte sie beiseite. Sie waren beide erleichtert nach diesem plötzlichen Schreck. Hier war ein freundliches Gesicht, eine freundliche Seele und ihre eigene Sprache.

«Sie wollen doch nicht sagen, daß unser Geld nichts wert ist?» fragte Joseph.

«Natürlich nicht. Aber sie müssen Dollars haben. Amerikanisches Geld.»

«Ja, ja natürlich.» Er erklärte Anna die Angelegenheit.

«So ist das bei Frauen», sagte er zu dem Einwanderungsbeamten. «Und sie ist schwanger. Es ging ihr sehr schlecht auf der Überfahrt.»

«Natürlich, natürlich.» Der Beamte hieß Carso. «Paisano», sagte er mit Wärme und überhörte Josephs französischen Akzent. Und Joseph erwiderte: «Paisano.» Männer verstanden dergleichen. Carso hatte einen Freund namens Franco, und Joseph nahm das Bündel auf, das ihre gesamte Habe enthielt, und einen Arm um Annas Taille gelegt folgte er Carso, der sie aus der Menge herausführte.

Franco war ein kleiner, scharfäugiger, langnasiger Mann von verschlagenem Aussehen und trauervollem Gehabe. Er gab klar zu verstehen, daß er litt: Er litt darunter, daß er weichherzigen Idioten wie Carso Gefälligkeiten erwies. Wer brauchte schon französische Francs? Wer wollte die haben? Warum bestand Carso darauf, ihm das Leben so schwer zu machen? Schließlich ließ er sich erweichen und gab Joseph sechzig Dollar für seine siebenhundertundzwanzig Francs – ungefähr ein Drittel dessen, was bei ehrlicher Umrechnung herausgekommen wäre.

So wanderten Joseph und Anna Lavette nach Amerika ein.

Fünf Wochen später waren die sechzig Dollar verbraucht. Joseph wußte, daß man ihn betrogen hatte, und er wußte auch, daß er nichts daran ändern konnte. Ihm wurde klar, daß das Betrogenwerden, das Hereingelegtwerden, das Beraubt- und Beschwindeltwerden mit dem Leben zweier Einwanderer in Amerika, die kein Englisch sprachen und weder Verwandte noch Freunde hatten, untrennbar verknüpft war. Die Fragen in den dunklen, schmerzerfüllten Augen seiner Frau waren klar, auch wenn sie unausgesprochen blieben: «Sieh mich an mit meinem dicken Bauch. Ich werde das Kind in einem Kohlenkeller zur Welt bringen. Das ist sein Erbteil!» Sie hatten sieben Dollar Monatsmiete für einen halben Kohlenkeller in der Rivington Street im voraus bezahlt. Licht kam durch zwei schmutzige Fenster hoch oben in der Mauer herein. Anna putzte und putzte, aber einen Kohlenkeller kriegt man nicht sauber. Vom Morgengrauen bis zum Sonnenuntergang bot Joseph die Kraft seines Körpers und seine Intelligenz an. Zuerst suchte er in den Docks am East River eine Arbeit als Fischer. Es gab keine. Es war Winter, ein kalter, eisiger Winter, und nur die größten Fischerboote liefen aus. Für jede freie Stelle auf den großen Booten gab es zehn Männer von den kleinen Booten, und die sprachen Englisch. Er bot sich in stummem, hilflosem Schweigen an. Eines Tages kam er zu einer Baustelle mit einem italienischen Vorarbeiter. Er überwand seinen Stolz und bat. «Zwecklos, paisano. Komm nächste Woche wieder, übernächste Woche.»

Anna brachte ihn nach langem Hin und Her dazu, zwei Dollar für eine warme Jacke auszugeben. Sie mußten auch einen Arzt aufsuchen, und jede Konsultation kostete sie einen Dollar. Am Hafen traf Joseph einen Italiener mit Namen Mateo. Mateo versprach, ihm eine Arbeit als einfacher Matrose an Bord eines Ausflugsschiffes zu besorgen. Niemand sagte Joseph, daß im Winter keine Ausflugsschiffe fuhren. Um die Stelle zu bekommen, sie ihm zu sichern, brauchte Mateo zehn Dollar Vorschuß. Sie wollten sich an der Battery treffen. An der Battery wartete Joseph fünf Stunden in bitterer Kälte, dann kehrte er verzweifelt zu Anna zurück, gedemütigt, wie es nur der rechtschaffene Mann sein kann, der grausam getäuscht worden ist.

Der Keller war immer kalt. Nachts kuschelten sie sich wie zwei verirrte Kinder aneinander, der kräftige Mann, seiner Männlichkeit beraubt, die Frau ihrer Freude, Fröhlichkeit und Jugend beraubt; Joseph umarmte ihren gewölbten Leib und trocknete ihre Tränen. Er wußte, daß sie gut essen mußte; sie kamen aus einem Land, in dem die Sonne schien und warme Winde wehten, wo Essen traditionell Leben und Freude bedeutete; aber als ihre wenigen Dollars dahinschwanden, aßen sie nur Brot, Spaghetti und Pökelfisch. Sie zählten die Pennies. Bald würden die Pennies ausgegeben sein. Was dann?

Später pflegte Joseph zu sagen, daß sie ihr Leben und das ihres Kindes Frank Mancini verdankten. Wenn er das sagte, preßten sich Annas Lippen zusammen und ihre Augen wurden hart. Joseph zuckte dann die Schultern und murmelte etwas des Inhalts, daß ein Mann und eine Frau die Dinge eben unterschiedlich sähen.

Frank Mancini war ein eleganter Herr. Er trug einen schwarzen Homburg und einen schwarzen Mantel mit einem schönen, dunklen Nerzkragen. Er hatte einen weißseidenen Schal umgeschlungen, und seine spitzen Schuhe waren auf Hochglanz poliert. Er trat in den elenden Keller, in dem Joseph und Anna wohnten, als käme er in einen Palast, zog seinen Hut, verbeugte sich vor ihnen, teilte ihnen in tadellosem Italienisch mit, er heiße Frank Mancini und habe ihre Anschrift von Rocco Cantala erhalten, dem Vorarbeiter auf der Baustelle, wo Joseph nach Arbeit gefragt hatte.

All das hörten sich die Lavettes erstaunt an. Er war der erste Mensch, der ihre Höhle betrat, und eine Persönlichkeit von solcher Eleganz und von solchem Benehmen machte sie sprachlos. Sie starrten ihn nur an.

«Ich bin Arbeitsvermittler», verkündete er.

Sie wandten noch immer kein Auge von ihm und warteten.

«Entschuldigen Sie. Ich lebe seit dreißig Jahren in Amerika. Dabei vergißt man, daß es andere Orte und andere Sitten gibt, daß Amerika nicht die Welt ist. Sagen Sie bitte, haben Sie je von der Atchison Railroad gehört?»

Joseph überlegte gerade, ob es angebracht und höflich wäre, zu fragen, ob Mr. Mancini seinen Mantel ablegen wollte. Es war sehr kalt im Keller. Er selbst trug die Jacke, die er gekauft hatte, und Anna trug eine dreifache Garnitur Baumwollwäsche unter ihrem Pullover. Er kam zu dem Schluß, daß es auf jeden Fall anmaßend wäre.

«Die Atchison Railroad?»

Joseph und Anna schüttelten den Kopf.

«Es ist eine große Eisenbahn, weit drüben im Westen. Wissen Sie, Amerika ist ein unermeßlich großes Land – so groß wie ganz Europa. Nun hat diese große Eisenbahngesellschaft, die Atchison Railroad, den Bau einer Zweigstrecke begonnen, die ihre Hauptlinie mit der Stadt San Francisco verbinden soll.»

«San Francisco», sagte Joseph. Den Namen hatte er schon gehört.

«Eine schöne, eine großartige Stadt, die wie ein Edelstein an der Pazifik-Küste der Vereinigten Staaten liegt. Sie werden natürlich verstehen . . .»

«Bitte nehmen Sie Platz», sagte Anna. Sie hatte die Höflichkeit vergessen, hatte vergessen, daß dieser Ort trotz allem ihre Wohnung war, und daß der wohlhabende und elegante Mr. Mancini Gast in dieser Wohnung war.

Mr. Mancini betrachtete prüfend die drei Kisten, die als Stühle dienten. Sein Gesichtsausdruck drückte Zweifel aus, und Joseph sah Anna mißbilligend an. Dann setzte sich Mr. Mancini vorsichtig hin und fuhr fort zu erläutern, welche Bedingungen zum Bau einer Eisenbahn erfüllt werden müßten; die allerwichtigsten waren Männer mit starken Muskeln und kräftigem Körperbau.

«Ich werbe solche Männer an», fuhr er fort, «Männer, die sich nicht vor schwerer Arbeit scheuen.»

«Mein Gott», sagte Joseph, «mehr will ich gar nicht – arbeiten und mein Brot verdienen. Meine Frau bekommt ein Kind.»

«Das sehe ich. Möge seine Geburtsstunde gesegnet sein! Wie ich sagte, die Arbeit ist schwer. Ich will einen Landsmann nicht täuschen. Aber die Bezahlung ist gut, zwanzig Cent die Stunde, zwei Dollar am Tag, zwölf Dollar die Woche – Verpflegung und einen Platz zum Schlafen obendrein.»

Die plötzliche Hoffnung in Josephs Herzen erlosch. «Sie sehen ja, wie es mit meiner Frau steht. Ich kann sie jetzt nicht zurücklassen.»

«Aber das verlangt doch auch niemand von Ihnen! Sie werden dort andere Männer mit ihren Frauen und Kindern treffen. Es ist ein schweres, aber auch ein gesundes Leben. Besser, als an einem Ort wie dem hier zu hausen.»

«Wie weit ist es?» fragte Anna unsicher. «Ist es noch Amerika oder ist es ein anderes Land?»

«Mein Sohn soll nämlich in keinem anderen Land geboren werden», sagte Joseph bestimmt.

«Gut, gut. Ich bewundere das. Aber ich muß Ihnen etwas zu Amerika erklären. Die USA sind eine Anzahl von Staaten, die sich zusammengeschlossen haben. Darum heißen sie die Vereinigten Staaten. Sie werden in einem Bundesstaat arbeiten, der Kalifornien heißt – es ist ein wundervolles Land, das versichere ich Ihnen.»

Er fuhr fort, ihnen Freude und Verdienst zu versprechen, die sich aus der Arbeit für die Atchison Railroad ergaben. Dann nahm er einige Papiere aus seiner Brusttasche. Der Text darauf war in englischer Sprache geschrieben, und Joseph konnte ihn nicht lesen, aber Mancini erklärte, es handele sich um einen einfachen Arbeitsvertrag.

Besorgt sah Anna zu, wie Joseph die Papiere unterschrieb. Das Ungeborene trat jetzt, es bewegte sich unaufhörlich. Sie konnte sich nicht mehr erinnern, ob sie die Wochen oder die Monate richtig ausgerechnet hatte.

«Also dann bis morgen», sagte Mancini. «An der Lackawanna-Fähre. Sieben Uhr morgens. Sie wissen, wo das ist?»

Joseph nickte. Das wußte er, nachdem er, auf der Suche nach Arbeit, nach irgendeiner Arbeit, den Küstenstreifen von der Fourteenth Street bis hinunter zur Battery abgeklappert hatte. Nun, gottlob, hatte er Arbeit.

In dieser Nacht bat Anna Joseph flehentlich, nicht zu gehen, sie nicht erneut ins Unbekannte zu bringen. Ihre Vorstellung von Geographie, von Orten und Entfernungen war verschwommen. Sie hatte nie eine Schule besucht und konnte weder lesen noch schreiben. Sie konnte auch noch kein Wort Englisch – und zwar aus dem einfachen Grunde, weil sie während ihres Aufenthaltes in Amerika so gut wie keinen Kontakt zu Menschen gehabt hatte, die Englisch sprachen. Joseph hatte sich ein paar Dutzend Wörter angeeignet, aber Anna war zum Schweigen verurteilt, ihrer Stimme und ihres Willens beraubt. Die Überfahrt von Europa hierher war eine Ewigkeit des Leidens gewesen, und sie wußte, daß es keinen Weg zurück gab – daß sie nie wieder die Hand ausstrecken und ihre Verwandten, Freunde oder Dinge zu Hause berühren würde. So klammerte sie sich an den elenden Raum, in dem sie lebten, als etwas wenigstens halbwegs Bekanntes.

«Wir werden sterben, wenn wir hierbleiben», war Josephs einzige Antwort auf all ihre Argumente, und sie dachte, daß sie so oder so sterben werde.

Am nächsten Morgen packte Joseph in aller Frühe ihre wenigen Habseligkeiten zusammen, dann traten sie hinaus in die eisige Kälte, um quer durch die Stadtbezirke New Yorks zur Fähre zu gehen. Am Anleger stießen sie auf eine Gruppe von etwa einem Dutzend Männern und Frauen mit zwei oder drei Kindern, die bereits warteten. Als etwa eine Stunde später Mancini kam, war ihre Zahl auf achtzehn Männer, sechs Frauen und sieben Kinder angewachsen. Annas Furcht wuchs, und sie klammerte sich an Joseph. Einige der Männer trugen buchstäblich Fetzen; sie waren schmutzig und unrasiert und froren; zum Teil hatten sie sich schon vollständig in ihr Schicksal ergeben, hatten keine Hoffnung und keinen Lebensmut mehr. Sie waren fast alle Einwanderer: Schweden, Italiener, Polen; die Frauen voll stummer Ergebenheit und Sorge, die Kinder verschreckt und eingeschüchtert vom Anblick des breiten, eisigen Flusses mit dem rauch- und wolkenverhangenen Unbekannten dahinter. Mancini war ihr Hirte, er führte sie lächelnd und selbstsicher, ganz Herr der Lage, auf die Fähre. Schaudernd, mit zu Schweigen gefrorener Angst sah Anna in das graue Wasser, sie spürte, wie die Tränen auf ihren Wangen gefroren. Niemand sprach, weder Joseph noch einer der anderen angeworbenen Arbeiter. Sie standen an der Reling und sahen mit leeren und hoffnungslosen Gesichtern zu, wie Manhattan in der Ferne versank.

Auf dem Güterbahnhof jenseits des Flusses gab man ihnen Speckscheiben auf altbackenem Weißbrot und Kaffee in Blechbechern. Mancini, immer lächelnd und heiter, versicherte ihnen, daß Vorbereitungen für ihre Betreuung und Ernährung auf der Reise quer durch das Land getroffen seien, und führte sie dann zu einem Abstellgleis, auf dem ein geschlossener Güterwagen stand. Dort übergab er sie einem Eisenbahner, der ihre Namen auf Mancinis Liste abhakte und sie zu dem Güterwagen brachte. Als einige der Männer protestieren wollten, versicherte Mancini ihnen, es handele sich um keinen einfachen Güterwagen. An dem einen Ende gebe es Toiletten, außerdem sei der Wagen einmal unterteilt, damit die Frauen einen Raum für sich hätten. Es gebe Matratzen, auf denen man schlafen könne. Jeden Tag würden sie Essen und frisches Trinkwasser erhalten. Es werde eine interessante und lehrreiche Reise werden, und sie würden einen großen Teil dieses schönen Landes sehen, das sie zu ihrer neuen Heimat gewählt hatten.

Soweit Frank Mancini zu der Gruppe von Vertragsarbeitern auf dem Güterbahnhof. Er hätte ihnen noch mehr erzählen können: daß die Toiletten schmutzig waren und mangelhaft funktionierten, daß der beißende Gestank den Waggon binnen kurzem füllen würde, daß in Chicago sechzehn weitere Männer zu der Gruppe stoßen sollten, daß die Verpflegung schlecht und unzureichend sein würde, daß sie nicht genug Trinkwasser bekämen und daß es in dem ungeheizten Wagen unsagbar kalt sein würde. Auch versäumte er, ihnen mitzuteilen, daß die Reise quer durch den Kontinent sieben Tage dauern würde.

Sieben Tage in einem geschlossenen Güterwagen können, wie Anna Lavette an sich selbst erfuhr, eine Ewigkeit sein. An einem Ende des Wagens war eine einzige, primitive Latrine eingebaut, eine Art Plumpsklo. Es gab keine Heizung, keine Sitzgelegenheit, keine Decken außer denen, die die Einwanderer bei sich hatten. Die Nahrung, die man ihnen gab, wenn der Zug hielt, war ekelerregend: immer wieder nur kalte Wurst und altbackenes Brot. Die Bewohner des Güterwagens waren durch Unterschiede der Sprache und Herkunft voneinander getrennt. Die Männer gerieten schnell in Zorn, aus Frustration wurde Wut. Da sie keine andere Möglichkeit hatten, ihrem Ärger und ihrer Verzweiflung Luft zu machen, schlugen Männer ihre Frauen, die das stumm und tatenlos hinnahmen, und wandten sich wie Raubtiere im Käfig gegen jeden, der sich einzumischen wagte.

Drei Tage lang kuschelten sich Joseph und Anna aneinander, um sich zu wärmen, und beobachteten das Leben in dem gedeckten Güterwagen mit zunehmender Hoffnungslosigkeit. Am vierten Tag setzten Annas Wehen ein, und um vier Uhr morgens wurde in dem ratternden, schwankenden, kalten Güterwagen ihr Kind geboren. Eine Polin und eine Ungarin standen ihr als Hebammen bei. Und plötzlich, wie durch ein Wunder, hörte die Streiterei in dem Güterwagen auf. Zorn schlug in Mitgefühl um, und das winzige bißchen kreischendes Leben wurde eine Art von Bund und Verheißung für die Einwanderer. Man gab Anna Decken und Jacken, damit sie sich und den Säugling wärmen konnte, und irgendwie wurde das Kind stolzer Besitz aller Bewohner des Eisenbahnwagens. Der Mann der Polin, die als Hebamme geholfen hatte, holte eine Flasche sorgfältig gehüteten Pflaumenschnaps hervor, und jeder trank auf das Wohl des Neugeborenen. Ihr eigenes Elend hatten sie vergessen, und in dem Gewirr von Sprachen und stockenden Übersetzungen wurde das Spiel gespielt: welchen Namen soll das Kind haben?

Joseph entschied sich für Daniel. Das Kind war in einer Löwengrube geboren worden oder doch an einem Ort, der ihr etwa entsprach. Anna war froh, daß die Schwangerschaft vorüber war und daß dieses herrliche, gesunde junge Leben an ihrer Brust saugte. Wenigstens hatte sie Milch, und das Kind würde leben. Und früher oder später würden sie einen Priester finden, der es taufen konnte.

So kam Daniel Lavette auf die Welt – in einem Güterwagen, der quer durch die Vereinigten Staaten von Amerika ratterte. Er wog fast siebeneinhalb Pfund, und er trank kräftig und wurde dick und rund. Jahre später erklärten Ärzte Anna Lavette, daß sie wegen der Umstände der Geburt und bestimmter Komplikationen, die dabei wohl aufgetreten waren, keine weiteren Kinder bekommen könnte. Jetzt wußte sie nur, daß ihre Schmerzen vorbei waren und daß ein schönes, gesundes Kind zur Welt gekommen war.

Die ersten drei Monate seines Lebens verbrachte Daniel Lavette im Lager der Gleisbauarbeiter, während sein Vater Schienen verlegte und Schienenbolzen einschlug. Von alldem merkte er nichts. Ebenso wenig merkte er von dem Tag, an dem sein Vater zum ersten Male die Hügel von San Francisco sah und entschied, das sei der Ort, an dem er leben und wohnen wollte. Die ersten Erinnerungen an Vater und Mutter waren die aus der Wohnung in der Howard Street, in die Joseph Lavette gezogen war, nachdem er Arbeit auf einem Fischerboot gefunden hatte. Auch das Elend von Anna Lavettes Krankheit, eine Folge des Eingepferchtseins in dem schmutzigen Eisenbahnwagen, war etwas, das vor seinem Bewußtwerden lag. Er war das einzige Kind. Es würden keine weiteren folgen.

Joseph Lavette hatte von seinem Verdienst bei der Eisenbahn zweiundvierzig Dollar gespart. Die Erfahrung hatte ihn zu einem vorsichtigen und sparsamen Mann gemacht, der in der alptraumartigen Angst lebte, noch einmal mittellos dazustehen; und als die Jahre vergingen, als er mit der englischen Sprache fertigzuwerden lernte, wurde eines zum Mittelpunkt seines Daseins: der Wunsch, selbst ein Fischerboot zu besitzen, sein eigener Herr zu sein und nie wieder in Hoffnungslosigkeit zu leben, als Blatt, das von den Winden des Zufalls umhergeblasen wird.

Im Jahre 1897, als Daniel acht Jahre alt war und bereits die fremde, schwierige und undurchschaubare Sprache Englisch meisterte – für seine Mutter noch immer ein Buch mit sieben Siegeln –, als Daniel also schon zur Schule ging, wo er alle möglichen und unglaublichen Dinge über diesen Ort, dieses San Francisco, dieses Kalifornien lernte, war es seinem Vater gelungen, sechshundert Dollar zu sparen. Das war nicht leicht gewesen. Es bedeutete knausern und sparen und sich nur das Allernotwendigste gönnen, und immer noch war es nur die Hälfte der Summe, die zum Kauf des Bootes erforderlich war. Joseph wollte nicht irgendein Boot, keines der Boote mit Lateinsegel, wie es die meisten selbständigen italienischen Fischer besaßen. Für Joseph gab es nur entweder eines der neuen motorgetriebenen Boote oder gar keins. Auch das gehörte zur Einstellung und Denkweise des Einwanderers. Das Boot war nicht für ihn selbst, es war für Daniel. Zweimal bereits hatte sein Chef ihm in der fangarmen Zeit erlaubt, den Jungen mitzunehmen. Seine Belohnung war Daniels Aufregung und Freude darüber, draußen in der Bucht zu sein, und er prahlte vor Anna damit.

«Und warum muß er Fischer werden?» fragte sie ihn. «Er ist ein aufgeweckter Junge. Du weißt, wie klug er ist.»

«Das heißt wohl, daß ich ein Dummkopf bin.»

«Nein, nein. Aber das hier ist Amerika, und es gibt andere Dinge. Maria Cassala will, daß ihr Kleines einmal Buchhalter wird: Ein Buchhalter sitzt an einem Schreibtsich und trägt saubere Kleidung.»

«Ich kann mit dir nicht diskutieren», sagte Joseph. «Es gibt Dinge, die du nicht verstehst – zu viele Dinge.»

Maria Cassala war eine freundliche, offenherzige junge Frau aus

Sizilien, die mit einem neapolitanischen Maurer namens Anthony Cassala verheiratet war. Anthony lebte seit 1885 in San Francisco. Maria hatte ihn 1892 geheiratet, in dem Jahr, als sie von Sizilien nach Amerika gekommen war. Sie hatte Anna beim Einkaufen getroffen und die verschüchterte, anfällige junge Frau unter ihre Fittiche genommen. Für Anna waren die Cassalas eine Quelle der Anregung und des Staunens. Sie wohnten in einem eigenen Haus, einem Holzhaus in der Folsom Street. Anthony Cassala hatte es gebaut – zum größten Teil mit seinen eigenen Händen.

Später vertraute Anna Maria eines Tages Josephs Wunschtraum an, ein eigenes Fischerboot mit Motor zu besitzen. «Er ist nie zufrieden», sagte sie. «Nichts für heute – nur für morgen, und es wird nie dazu kommen.»

«Warum wird es nie dazu kommen?»

«Weil er noch fünfhundert Dollar braucht. Die können wir in zehn Jahren nicht zusammensparen.»

«Dann», sagte Maria, «schick ihn zu meinem Tony. Er wird ihm das Geld leihen.»

«Warum?»

«Warum? Was für eine dumme Frage! Weil Joseph zuverlässig ist.»

«Aber wie könnten wir das jemals zurückzahlen?»

«Joe wird einen Motorkutter haben, und statt für einen Chef zu arbeiten, wird er der Chef sein. Ihr werdet das Geld verdienen und es zurückzahlen. Bitte, Anna, sag ihm, er soll zu Tony gehen.»

Anthony Cassala, schlank, dunkelhäutig, schwarzhaarig, war einer jener sehr seltenen Menschen, die glücklich sind, glücklich verheiratet, mit seinem Dasein zufrieden, gottesfürchtig und seinem Heim und seinen Kindern zugetan. Er und Maria hatten zwei Kinder: Stephan war 1893 geboren und Rosa 1895. Ohne jede Schulbildung hatte er sich selbst Englisch sprechen und schreiben gelehrt, und sein Sohn, Stephan, vermittelte später seinem Vater das weiter, was er in der Schule lernte; so brachte er ihm die wichtigsten Grundlagen des Rechnens bei.

Anfang 1903 bat ihn ein kleiner italienischer Bauunternehmer, für den Anthony gelegentlich arbeitete, ihm auf drei Monate tausend Dollar zu leihen. Er versprach, die geliehene Summe nach Ablauf der Zeit mit einem Gewinnanteil von zweihundert Dollar zurückzuzahlen, also insgesamt zwölfhundert Dollar. Cassala wußte nichts von Zinsrechnung oder den gesetzlichen Vorschriften und der Geschichte der Zinswirtschaft. Er hatte keine Ahnung, daß er 80 Prozent Zinsen nahm: 20 Prozent für drei Monate sind 80 Prozent im Jahr. Er beherrschte zu jener Zeit auch nicht die Kunst der Prozentrechnung. Nie hatte er auch nur das Wort Zinswucher gehört. Er nahm die Ersparnisse seines ganzen Arbeitslebens und gab sie seinem Freund, und nach Ablauf der drei Monate zahlte der Bauunternehmer die Schuld mit einem Gewinnanteil von zweihundert Dollar zurück. Zum Glück war auch der Bauunternehmer ein ehrenhafter und anständiger Mann, und er wandte sich noch mehrfach an Cassala, wenn er Löhne oder Rechnungen zu bezahlen hatte, lieh sich von ihm Geld und zahlte es zurück. Jedesmal legte er ein Aufgeld dazu, das jeweils zwischen 50 und 80 Jahresprozenten lag.

In der Gemeinde italienischer Arbeiter, in der die Löhne niedrig, Arbeitslosigkeit und vorübergehende Entlassungen dagegen häufig waren, verbreitete sich die Kunde von Anthonys Großzügigkeit – denn als solche sahen sie es an –, und so kam es, daß er hier und dort immer häufiger kleine Beträge auslieh. Einzig auf Grund seines Wesens bekam er sein Geld fast immer zurück, und innerhalb eines Jahres, nachdem er erstmalig Geld ausgeliehen hatte, war er sozusagen zu einer Kleinst-Kreditbank geworden. Er verlangte keine andere Sicherheit als den guten Ruf des Mannes, der das Darlehen verlangte, er drängte seine Schuldner nie, und wenn es erforderlich war, die Laufzeit zu verlängern, tat er das.

Erst von seinem Sohn, Stephan, der zur Schule ging und Bücher las, hörte er, daß er ein Wucherer sei. So beichtete er, bereute seine Missetaten, schätzte seine Besitztümer ab und beschloß, keine Darlehen mehr zu geben. Doch seine Landsleute drängten zu sehr. Also setzte er seinen Zinssatz auf 10 Prozent pro Jahr fest. Seine Gewinne waren klein; er arbeitete weiterhin als Maurer. Aber er fand sich immer mehr in die Rolle eines Bankiers für Menschen gedrängt, die sonst niemanden hatten, an den sie sich hätten wenden können.

Nach Joseph Lavettes Vorstellung war Geld aufnehmen eine Selbsterniedrigung. Er hatte Armut, Hoffnungslosigkeit und Verzweiflung durchgemacht; aber er hatte sich nie herabgelassen zu borgen, und folglich sah er es als Unterwerfung und Demütigung an. Wochenlang widerstand er dem Drängen seiner Frau; aber endlich war die Sehnsucht nach einem eigenen Boot stärker als sein Stolz, und er ging zu Anthony Cassala.

«Ich habe mir noch niemals Geld geliehen», beteuerte er, «aber wenn ich das tue, haben Sie mein Wort als Ehrenmann . . .»

Er hätte noch lange so weiterreden können, aber Cassala beruhigte ihn. «Bitte, verderben Sie mir nicht die Freude», sagte er. «Ich habe schon auf Sie gewartet. Das Geld steht zu Ihrer Verfügung.»

Tatsächlich wurde das Geld innerhalb eines einzigen Jahres zurückgezahlt, und Joseph Lavette fand einen Freund, den er sehr schätzte.

Also hatte Joseph Lavette eines Tages die ganze Kaufsumme für ein Boot in der Tasche. «Heute geht Daniel nicht zur Schule», sagte er zu seiner Frau. «Ich gehe ein Boot kaufen und werde es nicht ohne meinen Sohn tun.»

«Schule ist wichtiger», sagte Anna.

«Ist das Boot für mich oder für ihn?»

«Er ist erst neun. Laß den Jungen in Ruhe.»

«Ach, Frauen», sagte er abschätzig. «Der Junge kommt mit.»

An den Tag erinnerte sich Dan Lavette sein ganzes Leben lang, Boot für Boot – das Wunder und Geheimnis der neuen Benzinmotoren, die technischen Einzelheiten, den Schnitt des Bugs, die Wölbung der Seiten. «Ein Boot», erklärte sein Vater, «ist ein lebendes Wesen. Ruhig und träge ist es nur, wenn es im Hafen liegt; doch wenn ein Mann zum Fischen hinausgefahren ist, ist das Boot Teil seines Daseins. Sein tägliches Brot und sein weiteres Leben können von dem Boot abhängen.» Schließlich traf Joseph Lavette seine Entscheidung, und ein Motorkutter gehörte ihnen.

Von dem Tag an lebte der junge Daniel Lavette für die Sonnabende und für die zwei Monate Sommerferien. Jeden Sonnabend weckte sein Vater ihn schon vor Sonnenaufgang, indem er ihn sanft schüttelte und flüsterte: «Auf, auf, Danny. Heute fischen wir zusammen.»

Er zog sich in der kalten Dunkelheit vor dem Morgengrauen an, halb im Schlaf setzte er sich hin, um heißen Tee zu trinken und Haferbrei zu essen, während Anna schimpfte, wie unmenschlich es sei, das Kind um diese Zeit zu wecken. Dann stapfte er an der Hand des Vaters den steilen Hügel hinab. Wie aufregend das Leben doch sein konnte, wie wundervoll! Meist lag die Bucht morgens unter einer leichten Decke von Dunst und Nebel, bis die Sonne emporstieg und den Dunst auflöste. Wie aufregend war es, das Boot klarzumachen. Gewöhnlich kam noch ein Junge mit, einer der italienischen

Jugendlichen, die sein Vater beschäftigte – aber nach Daniels zwölftem Geburtstag nicht mehr. Da tat er die Arbeit eines Mannes auf dem Boot, und das war seine größte Freude. Er bewunderte seinen Vater, diesen gewaltigen, starken, unbekümmerten Mann; und er litt während seiner Schuljahre, haßte jedes einzelne von ihnen und träumte nur von dem Augenblick, da die Sommerferien beginnen würden und er alle Tage mit seinem Vater auf dem Boot verbringen konnte.

Gute und schlechte Tage, heiße Sonne oder eisiger Regen, eine glasklare Bucht, durchsichtig wie ein Fischteich, oder ein wütendes, schäumendes Inferno, das zu überleben es der ganzen Geschicklichkeit und seefahrerischen Kenntnis seines Vaters bedurfte . . . So vergingen die Jahre, und aus dem Jungen, der das Meer liebte, wurde ein langbeiniger, selbstsicherer junger Mann.

«Er hat es im Blut», sagte Joseph stolz zu seiner Frau. «Dieser Junge ist ein verdammt guter Seemann.»

Anna jedoch hatte die Amerikanisierung des Einwanderers durchgemacht; sie hatte andere Vorstellungen und pflegte mit Joseph zu diskutieren. «Warum? Warum muß er Fischer werden?»

«Und was ist gegen die Fischerei einzuwenden? Habe ich uns damit nicht ein Dach über dem Kopf und Essen auf dem Tisch verschafft? Ich bin Fischer. Mein Vater war Fischer. Warum soll mein Sohn kein Fischer werden?»

«Weil das hier Amerika ist. Es ist nicht Italien. Wir sind hier in San Francisco. Hier sind Italiener keine ungebildeten Bauern, sondern Rechtsanwälte, Ärzte und Kaufleute.»

«Wir haben nie Rechtsanwälte in unserer Familie gehabt. Ein Rechtsanwalt ist wie ein Blutsauger. Soll mein Sohn ein Blutsauger werden?»

«Er könnte mehr sein als ein Fischer. Jeden Tag, wenn ihr hinausfahrt, bete ich zu Gott, bitte, bitte, bring ihn gesund zurück! Ist das ein Leben?»

«Es ist ein gutes Leben. Ich zwinge ihn nicht. Frag ihn. Er ist sechzehn Jahre alt. Frag ihn.»

Aber Joseph dachte selbst weiter über diese Frage nach. Den ganzen langen Sommer des Jahres 1905 hindurch nahm er sich immer wieder vor, mit seinem Sohn zu sprechen. Vielleicht hatte Anna recht. Dann aber fragte er sich wieder, wozu alles gut gewesen war, wenn sein Sohn das Boot aufgab. Als der Sommer zu Ende ging, verkündete Dan, er werde nicht weiter zur Schule gehen. Er hatte nur noch ein einziges Jahr bis zum Abschluß der höheren Schule vor sich; aber es war, wie er beharrlich beteuerte, sinnlos. Die Schule interessierte ihn nicht. Er war Fischer wie sein Vater. Joseph versuchte, mit ihm zu verhandeln. Anna weinte und bat, aber Dan Lavette, noch nicht ganz siebzehn, war bereits sein eigener Herr mit eigenen Ansichten. Er war schon jetzt größer als sein Vater, kräftig, schwarzgelockt, mit dunklen Augen, einem runden Gesicht und festem Kinn. Selbständig und zuversichtlich, wie er war, wollte er sich nicht wie ein Kind behandeln lassen, und das gab er klar zu verstehen.

«Ich bin Fischer», sagte er. «Das ist mein Leben, ein Fischer will ich sein.»

Joseph gab nach, weil er sich sehnlichst wünschte, was sein Sohn wollte. Was gibt es am Leben eines Fischers auszusetzen, fragte er sich. Verglichen mit den Monaten, in denen er an der Zweigstrecke der Atchison Railroad den Hammer geschwungen hatte, war es ein fast paradiesisches Leben. Jetzt besaß er sein eigenes Boot, das eines Tages seinem Sohn gehören würde. In der Bucht von San Francisco gab es unbegrenzt viele Fische; seine Wohnung war sauber und nicht ungemütlich, jeden Abend stand Essen auf dem Tisch. Und waren nicht seine Vorfahren ungezählte Generationen hindurch Fischer gewesen? Er hatte die Sprache gelernt und war nicht mehr der blinde und stumme Einwanderer, den man betrog und der vom Zufall und von der Not ziellos umhergetrieben wurde. Und er lebte in einer schönen Stadt, einer Stadt mit hohen Hügeln und weitem Blick, wo tagein, tagaus kühlende Winde vom Pazifik die Luft reinigten und wo Tausende von Italienern lebten, die meisten von ihnen Einwanderer wie er selbst.

Und dann war da sein Freund Anthony Cassala mit seiner Frau Maria, die Anna herzlich zugetan war. Konnte ein Mann mehr vom Leben verlangen?

Es war Mittwoch, der achtzehnte April 1906. Fast siebzehn Jahre waren vergangen, seit Joseph und Anna Lavette nach San Francisco gekommen waren.

Die Stadt San Francisco war die stolze Königin der Pazifik-Küste der Vereinigten Staaten. Sie hatte alle Eigenschaften, Tugenden und Sünden, die die Geschichte von einer großen Stadt verlangt; rund vierhundertfünfundzwanzigtausend Einwohner, große Hotels, glänzende Prachtvillen der Reichen, elende Hütten der Armen, Kirchen, Kathedralen, Synagogen, Hochschulen, Krankenhäuser, Büchereien, eine politische Maschinerie, die im Hinblick auf Habgier und unverhüllte Verlogenheit sich mit Tammany Hall in New York messen konnte, einen Stadtdirektor mit Namen Abe Ruef, ungefähr einhundert wohlhabende Familien, die ihren neuerworbenen Reichtum und ihre Ungeschliffenheit mit dem gleichen Mangel an Befangenheit zur Schau stellten, den sie gegenüber der ungesetzlichen Art, in der Abe Ruef sich bereicherte, zeigten. Auf der anderen Seite der Medaille gab es eine Kriminalität, die bereits Weltruf genoß.

Diese Kriminalität hatte ihren Ursprung in einem Stadtteil, der unter dem Namen «Tenderloin» oder allgemeiner als «Barbary Coast» bekannt war. Es war etwa der Bezirk im Bereich Grant Avenue, Clay Street, Broadway und Hafen, und er war sehr zutreffend nach der Piratenküste Nordafrikas, der Berberküste, benannt. Dieser Dschungel war eine freie und gefährliche Wildbahn für Huren, Taschendiebe, Rowdies, Zuhälter, Bauernfänger, Mörder und Diebe jeder Schattierung. Da sie aber ihre Opfer hauptsächlich in ihren eigenen Reihen und unter den Matrosen der Schiffe und solchen Stadtbewohnern suchten, die so töricht und waghalsig waren, sich ins Tenderloin zu begeben, duldete die herrschende Oberschicht der Stadt sie samt ihrer Stadt in der Stadt.

Etwa fünf Jahre vor diesem Morgen des 18. April waren die Fuhrleute, ohne die die Stadt nicht lebensfähig war, in den Streik getreten. Es war ein langer, gewalttätiger Streik, in dem Pardon weder erbeten noch gewährt wurde. Das Ergebnis war eine Art politischer Arbeiterpartei gewesen, die Union Labor Party. In der Wahl von 1902 wurde der Kandidat dieser Partei, Eugene E. Schmitz, ein Führer der Musikergewerkschaft, zum Bürgermeister von San Francisco gewählt. Aber wie so viele Träume der organisierten Arbeiterschaft ging auch dieser Traum in Rauch auf oder vielmehr in Schmutz unter. Schmitz konnte sich nur rühmen, daß er selbst kein Gauner war; aber er war schwach und ließ sich von den Gaunern, die noch immer die Stadt regierten, korrumpieren, so daß er ihnen allen Einfluß und freie Bahn ließ.

Das war, sehr kurz gefaßt, die Lage der Stadt am Morgen des 18. April 1906. An diesem Morgen wachte Daniel Lavette ein paar Minuten vor vier Uhr auf und sah auf den Wecker an seinem Bett.

Seine Eltern schliefen noch. «Laß sie schlafen», sagte er sich. Es war nicht das erste Mal, daß er so früh aufgewacht und zum Kai hinuntergegangen war und das Boot vorbereitet hatte, damit sein Vater nach ein oder zwei wertvollen Extrastunden Schlaf kommen und das Boot bis auf das «Leinen los» fertig vorfinden würde. Das gab Dan ein gutes Gefühl, das Gefühl seiner eigenen Männlichkeit.

In der Küche machte er sich ein Frühstück aus Zwieback und Milch. Wenn sein Vater später nachkam, würde er eine Kanne heißen Kaffee, Wein und Butterbrote für ihre Mittagsmahlzeit mitbringen. Jetzt wollte er nicht einmal das leise Geräusch des Wasserkochens verursachen.

Während er mit langen Schritten den steilen Weg zum Kai hinabsprang, genoß er wie immer das Gefühl, in der schlafenden Stadt allein zu sein, im grauen Zurückweichen der Nacht vor dem Morgengrauen, er genoß das wunderbare Gefühl von Entdeckung und Erneuerung, das sich immer einstellte, wenn er den ersten Morgenschimmer sah.

Am Kai angelangt, sprang er mit der Leichtfüßigkeit der Jugend ins Boot, verstaute sein Ölzeug und holte die Netze hervor. Er blickte fast wie im Gebet auf, als die ersten Strahlen der aufgehenden Sonne durch den Dunst brachen; wenn er je ein Mädchen fände, dem er wirklich zugetan war, müßte das der Ort und die Stunde sein, sie zu gewinnen, dachte er. Dann wanderte sein Blick zum Fährhaus, die große Uhr dort zeigte dreizehn Minuten nach fünf. Er nahm seine eigene Uhr heraus, um die Zeit zu vergleichen, und da begann es: ein gewaltiges, hallendes Rumoren, als brüllte die Erde in heftigem Schmerz auf.

In dem Augenblick konnte im Innern der Erde eine große Scholle des nordamerikanischen Kontinents, die gegen eine andere große Scholle gedrängt wurde und Druck gegen sie aufgebaut hatte, der Belastung nicht mehr standhalten und gab nach. Tief unter San Francisco begann die Erde zu schwingen und zu beben. Es war, als knurrte und brüllte eine große, menschenfeindliche Bestie, die feste, ewige Erde wackelte und schwankte wie ein riesiger Pudding, und das dauerte achtundvierzig schreckliche Sekunden lang an. Ziegelhäuser stürzten ein, Möbel tanzten und rutschten, Stuckdecken zerbröckelten und brachen herab. Hohe, stahlbewehrte Bauten schwankten, blieben aber stehen; doch ältere Gebäude aus Stein und Holz fielen in sich zusammen.

Als der große Erdstoß vorüber war und Tausende von halbbekleideten oder halbnackten Bürgern sich in die relative Sicherheit der offenen Straßen ergossen, hatten sie noch immer keine Ahnung von der entsetzlichen Katastrophe, die ihre Stadt heimsuchen würde. Seltsam: das Erdbeben selbst hatte nur verhältnismäßig geringe Schäden verursacht, denn die Stadt bestand zu 90 Prozent aus Holzhäusern, und die halten einem Erdbeben am besten stand. Jedoch in den ärmeren Teilen der Stadt und im Tenderloin brachen die ältesten Gebäude zusammen, dabei stürzten Holz- und Ölöfen um, Wasserleitungen barsten, und Feuer brach aus.

Das geschah so schnell, daß das Feuer ein Bestandteil des Erdbebens zu sein schien. Dan war ins Steuerhaus geschleudert worden, dort lag er, während das Boot wild tanzte und schlingerte. Immer wieder versuchte er auf die Füße zu kommen, und immer wieder warf ihn das schlingernde Boot nieder. Als er schließlich einen Augenblick sein Gleichgewicht aufrechterhalten konnte, kam das Nachbeben und schleuderte ihn aufs Deck zurück. Zerschlagen und mit Abschürfungen bedeckt kam er auf die Beine, kämpfte sich aus dem Boot heraus und auf den Kai – und jetzt brannte die Stadt. Es waren erst Minuten vergangen, und die Stadt brannte.

Drei oder vier Minuten lang stand Dan dort und blickte hinauf zu der in Trümmern liegenden Stadt auf ihren wunderbaren eingestürzten Hügeln und lauschte einem neuen Klang: dem von Schrekken und Panik und brüllenden Flammen. Dann fiel ihm ein, daß er seine Eltern schlafend verlassen hatte. Er begann zu rennen.

Später konnte er sich nicht mehr erinnern, daß er den Hügel hinaufgerannt war, er erinnerte sich nur noch an das brennende Gebäude und die vielen halbnackten Leute, die auf der Straße standen. Als er in das Haus laufen wollte, packten ihn Hände und hielten ihn zurück. Er weinte, schrie, bettelte, aber noch immer hielt ihn eine Hand, und das alte Mietshaus mit dem zundertrockenen Fachwerk, in dem er seine Eltern schlafend zurückgelassen hatte, loderte auf wie eine Fackel und stürzte dann in sich zusammen.

Ein solches Feuer hatte noch keine Stadt in Amerika erlebt. Drei Tage lang brannte es und vernichtete mehr als vier Quadratmeilen von San Francisco. Vom Hafen zur Van Ness Avenue, zur Dolores Street, zur Howard- und zur Bryant Street und dann hinüber zum Southern Pacific Depot und wieder hinunter zur Bucht zerstörte es die Barbary Coast, die Wohnungen der Armen und die der Reichen, das neue, für sieben Millionen Dollar errichtete Rathaus, Schulen, Büchereien und Kirchen, fünfhunderteinundzwanzig Blocks, über achtundzwanzigtausend Gebäude. Und vierhundert Menschen lagen tot unter der Asche. Noch Wochen danach stieg Rauch aus den Trümmern auf.

Doch gibt es bei jeder Katastrophe, ganz gleich, wie groß und wie entsetzlich sie ist, Davongekommene und Betroffene. Anthony Cassala war einer von denen, die Glück hatten. Sein kleines Haus in der Folsom Street, jenseits der Grenze des vom Feuer verwüsteten Bereichs, war beim Erdbeben fast gar nicht beschädigt worden und von den Flammen unberührt geblieben. Cassala war ein bescheidener Mensch, einigermaßen geschäftstüchtig, doch gleichzeitig von schlichtem Gemüt. Er dankte Gott demütig für sein Glück. Er war fest davon überzeugt, daß er aus einem bestimmten Grund bewahrt worden war, und da seine einzige Aufgabe, die einen Grund dafür liefern konnte, die war, Geld zu verleihen, nahm er sie auf sich. Die Katastrophe war zu gewaltig für ihn, als daß er sich eingehender mit Ursachen und Gründen auseinandergesetzt hätte.

Drei Tage nach dem Erdbeben, als die ersten Anzeichen für gesunden Verstand sich in der zerstörten Stadt bemerkbar zu machen begannen, dachte Anthony Cassala über sich und seine Lage nach. Er hatte ein Barvermögen von nahezu achtzehnhundert Dollar im Haus gehabt, das war mehr Bargeld, als die Mehrzahl der reichsten Bürger in dem Augenblick besaß. Die Armen hatten nichts als ein paar Dollar in der Tasche, wenn die nicht auch noch bei dem Brand verlorengegangen waren. Die, denen das Feuer alles genommen hatte, besaßen überhaupt nichts mehr als die Kleider auf dem Leib – oder die Pyjamas, mit denen sie ihre Blöße bedecken konnten.

Denn die Großbanken von San Francisco, die Hochburgen von Geld, Macht und Reichtum, lagen nahezu ausnahmslos in den abgebrannten Stadtteilen. Crocker National Bank, Wells Fargo, die California Bank – sie alle begraben unter Schutt und verkohltem Holz, ihre Gewölbe durch die Hitze versperrt, metallene Panzerschränke verzogen und geschmolzen. Diese und andere Riesen der Hochfinanz konferierten miteinander, mit Beauftragten der Stadt, der Regierung und des Militärs und ergriffen Maßnahmen, um die ausgebrannte Stadt am Leben zu erhalten. In Anthony Cassalas Haus, wo seine Frau Maria bereits zweiundzwanzig Menschen

Obdach und Nahrung gab, spielte sich alles in kleinerem und intimerem Maßstab ab. Den italienischen Arbeitern, die halbnackt aus ihren Häusern geflohen waren und in ihrem Entsetzen, als die Erde sich hob und schwankte, nichts mitgenommen hatten, fehlten die wichtigsten und notwendigsten Dinge wie Kleidung und Nahrung, damit sie die nächsten Stunden überleben konnten. Viele von ihnen hatten sich an Anthony Cassala gewandt.

So saß er an diesem Sonnabendvormittag, drei Tage nach dem Erdbeben, mit seinem Sohn Stephan an seinem Küchentisch. Vor Stephan lag ein Federhalter und ein geöffnetes Hauptbuch, vor Anthony ein Bündel Banknoten und ein Stapel Silberdollars, die Reste von den achtzehnhundert Dollar Bargeld, die er im Haus gehabt hatte, als das Erdbeben kam. Er teilte jeweils fünf, zehn oder zwanzig Dollar aus, während Stephan den Namen eines Schuldners in das Buch eintrug. Gegen halb neun war das Geld restlos ausgeliehen. Es blieb nur eine Liste mit Namen im Hauptbuch, und das gewaltige Durcheinander eines Hauses, das mit obdachlosen Männern und Frauen und vielen Kindern vollgestopft war.

Es blieb auch ein Gefühl, das Anthony Cassala bei all dem empfand – daß diesen armen Arbeitern ihr Geld jetzt zur Verfügung stünde, wenn sie es bei ihm hinterlegt hätten. Er nahm sich vor, sich, sobald etwas Ruhe eingekehrt und die Stadt wieder ein Ort geworden sein würde, an dem man leben konnte, über Banken zu erkundigen. Er empfand ein verzweifeltes Bedürfnis, allein zu sein und nachzudenken. Zu seinem Sohn sagte er: «Jeder kommt, nur Lavette nicht.»

«Ja, Papa.»

«Hast du Lavette gesehen?»

«Nein, Papa», sagte Stephan.

«Ja, Papa, nein, Papa . . .!» Er stand auf und sah in der überfüllten Küche umher, in der Frauen ihre Säuglinge stillten, Kinder heulten, seine Frau Maria in einem riesigen Topf auf dem Herd rührte und drei Männer dumpf aus einem Fenster starrten.

«Papa», sagte Stephan. «Sie sind beide tot – Anna und Joseph.»

«Was!»

«Sie waren im Haus und sind verbrannt. Ich habe es gestern gesehen. Das Haus ist abgebrannt. Es ist nichts übriggeblieben.»

«Du sagst, daß du es gesehen hast! Wie kannst du das wissen?» fragte er heftig. «Wie kannst du wissen, daß sie tot sind?»

«Der Polizist hat es mir gesagt, Papa.»

«Gott bewahre mich», sagte er auf italienisch und wandte sich zu seiner Frau. «Hast du das gehört, Maria – hast du gehört, was Stephan gesagt hat?»

Sie stand stumm am Herd, Tränen rannen ihre Wangen hinab. Einer der Männer am Fenster, ein Gipser mit Namen Cambria, brach in einen Schwall von Worten aus. Er war in dem allgemeinen Schweigen befangen gewesen. Nun hatte er die Gelegenheit zu sprechen. Er hatte drei Häuser weiter als die Lavettes gewohnt. Er, seine Frau und seine Kinder waren beim ersten Erdstoß auf die Straße gerannt. Das Haus der Lavettes war wie durch eine Explosion in Flammen aufgegangen. Die Lavettes lebten in einer Wohnung im dritten Stock. Sie waren dort eingeschlossen – eingeschlossen und umgekommen.

«Alle? Auch der Junge?»

Wo sonst sollte der Junge um fünf Uhr morgens sein? Cambria begann zu erzählen, wie er nach einem Priester gesucht hatte, aber Cassala wollte nichts mehr hören, er floh aus dem Haus in den rauchigen Dunst, der über der Stadt lag. Die Feuerschneise, wo man Dutzende von Häusern gesprengt hatte, um den Flammen Einhalt zu gebieten, war nur eine halbe Meile von seinem Haus entfernt. Hier trat er durch das Tor zur Hölle, eine Stadt in Schutt und Asche. Überall standen Soldaten mit aufgepflanztem Bajonett Wache, und Cassala schlich ängstlich an ihnen vorbei, denn in der Stadt wurde gemunkelt, die Soldaten hätten mehr Menschen umgebracht als das Erdbeben. Er war nicht allein. Hunderte von Leuten zogen langsam durch die Straßen, Familien standen in kleinen Gruppen da und blickten schweigend auf die geschwärzten Trümmer, die ihr Heim gewesen waren.

Sein Freund Joseph Lavette hatte in der Howard Street gewohnt, dorthin ging Cassala. Als er aber seinen Weg durch die Trümmer suchte, vermochte er nicht zu bestimmen, welches das Haus gewesen war; er wußte auch nicht genau, was er suchte: verkohlte Leichen, Bestätigung des Todes, Hoffnung auf Leben? Ihn quälten die Erinnerungen. Joseph Lavette war ihm wie ein Bruder gewesen, Daniel wie ein eigenes Kind. Nachdem der ältere Lavette sich von Cassala fünfhundert Dollar für die Bezahlung des Fischerbootes geliehen hatte, hatte seine Dankbarkeit für das Darlehen, für das die einzige Sicherheit Treue und Freundschaft gewesen war, ihn veranlaßt, sein Boot zu einem Fahrzeug für Sonntagsausflüge der zwei Familien zu machen.

Als er die Market Street zum Strand hinunterging, erinnerte sich Cassala lebhaft an all die wundervollen sonntäglichen Bootsfahrten in der Bucht, bei denen sie in irgendeinem kleinen Ufereinschnitt zu einem Picknick mit gutem Brot, Salami, Schinken, Pasta und Wein angelegt hatten. War es möglich, daß das jetzt vorbei war, erledigt und zu Ende, wie alles andere in dieser geschwärzten Öde? Und doch ging er jetzt weiter, getrieben von einer schwachen Hoffnung, daß zumindest das Boot übriggeblieben war, damit er es ansehen und etwas aus der alten Zeit und von dem alten Leben berühren konnte.

Der Kai war belebt, und die Bucht auch. In den vergangenen drei Tagen hatten die Fischer mit ihren Booten, ebenso wie andere Boote, mehr als hunderttausend Menschen auf die andere Seite der Bucht nach Oakland in Sicherheit gebracht. Einige flohen vor dem Feuer, andere wurden vom Entsetzen getrieben. Noch immer fuhren die Boote hin und zurück, wobei sie neben Lebensmitteln, Medikamenten, Ärzten und Regierungsbeauftragten für die zerstörte Stadt auch schon Menschen wieder mitbrachten, die geflohen waren. Noch monatelang würde jedes vorhandene Schiff dazu eingesetzt werden, Lebensmittel und Baustoffe in die Stadt zu bringen.

Ein rußbeschmutzter, erschöpfter Fischer deutete den Kai hinunter. «Dort liegt das Boot von Lavette.»

«Er lebt?»

«Er ist tot», sagte der Fischer. «Der Junge lebt.»

«Gott sei gelobt», flüsterte Cassala. «Gott sei gelobt.»

Er rannte den Kai entlang, und da lag Lavettes zehn Meter langer Kutter, festgemacht und sicher, und im Laderaum ruhte, lang hingestreckt und in tiefem Schlaf, Daniel Lavette. Cassala kletterte hinunter und ins Boot und war so bewegt vom Anblick des jungen Lavette, wie er da schlafend und gesund, mit einem drei Tage alten Bart im Gesicht und ohne Wunden oder Verletzungen lag, daß er ihn hätte umarmen und küssen können wie seinen eigenen Sohn. Es war der Schlaf vollständiger Erschöpfung. Der Junge hatte sich nicht einmal die Mühe gemacht, seine schweren Stiefel oder die Jacke auszuziehen. Cassala verstand das; andererseits war das kein Ort, an dem ein erschöpfter, von Kummer heimgesuchter Junge schlafen konnte, hier auf dem Boot und allein. Und vermutlich hatte er in den drei Tagen seit dem Erdbeben nichts gegessen.

Cassala schüttelte ihn. «Danny! Danny, wach auf.»

«Den kriegst du so leicht nicht wach, Tony», sagte eine Stimme. Cassala drehte sich um und sah Mark Levy auf dem Kai stehen, den Schiffsausrüster, dessen Laden am Ende des Kais lag. Und als Cassala an Levy vorbei den Kai entlangblickte, sah er, daß sein Laden verschont geblieben war. Er war zwar an einer Ecke angesengt und neigte sich, war aber sonst heil und unbeschädigt. Levy war erst sechsundzwanzig Jahre alt, hager und mit scharf vorspringender Nase, ein fröhlicher und tüchtiger junger Mann, der den Laden vor fünf Jahren nach dem Tod seines Vaters übernommen hatte. Für Cassala, der ab und zu in dem Laden gewesen war, um kleine Geschenke für die Lavettes zu kaufen, war er ein wahres Wunderland, in dem alle möglichen Dinge verkauft wurden, die ein Bootsführer oder Fischer gebrauchen konnte: Netze und Taue, Laternen und Kompasse, Segel und Riemen, ein verworrener, unordentlicher Gemischtwarenladen für das Meer.

Nun sah Levy Cassala neugierig an, die Frage, die jedem überall in der Stadt gestellt wurde, blieb unausgesprochen.

«Uns ist nichts geschehen», sagte Cassala. «Das Feuer kam nicht bis zu uns, kein Schaden, Gott sei Dank. Aber der arme Lavette und Anna sind tot, nicht?»

«Das sagte der Junge. Er sagte, er sei gegen halb fünf aufgewacht, oder auch früher, und hergekommen, um das Boot klarzumachen. Als er das Haus verließ, schliefen beide noch. Er war am Boot, als das Erdbeben kam; dann rannte er zurück, aber das Haus stand in Flammen. Er verlor die Nerven, und Jeff Peters, der neben ihm stand, sagte, daß er ihn festhalten mußte, damit er nicht ins Haus lief. Meine Frau, Sarah, fand ihn ein paar Stunden später, wie er einfach im Boot saß und wie ein Kind weinte. Wissen Sie, was er während der vergangenen drei Tage getan hat? Er hat Leute nach Oakland hinübergebracht. Sie strömten geradezu auf sein Boot und schoben ihm ihr Geld in die Hand. Jetzt schläft er zum erstenmal seit drei Tagen.»

«Wir wecken ihn auf, und ich nehme ihn mit nach Hause», sagte Cassala. «Er kann hier nicht schlafen. Das hat keinen Sinn. Er muß auch essen. Er muß unter seinesgleichen sein.»

Es war, als ob sie einen durch Drogen Betäubten aufwecken sollten, aber die beiden brachten Dan Lavette auf die Füße. Er stand schwankend mit halbgeschlossenen Augen, mit seinen ein

Meter achtundachtzig überragte er sie beide. Er starrte Mark Levy und Anthony Cassala an, ohne sie zu erkennen.

Halblaut sagte Cassala auf italienisch: «Ich bin's, Danny, Tony. Ich kenne deinen Kummer. Dein Vater war mir wie ein Bruder, und du wirst mir ein Sohn sein. Nun komm mit mir nach Hause.»

«Mein Boot», sagte der Junge und klammerte sich an den einzigen Teil seines Lebens, der ihm geblieben war. «Ich kann mein Boot nicht alleinlassen.»

«Ich kümmere mich um das Boot, Danny», sagte Levy. «Geh jetzt mit ihm.»

Auf dem ganzen Weg zum Haus Cassalas schwieg Dan Lavette, und Anthony war klug genug, ihn nicht zum Sprechen aufzufordern oder ihm sein Mitgefühl aufzudrängen. Erst als er in Cassalas Haus am Küchentisch saß, als ein Dutzend Leute ihn als vom Tode auferstanden begrüßte, die zwei Cassala-Kinder ihn mit großen Augen anstarrten und ein großer Teller mit Spaghetti vor ihm stand, kam er zu sich und begann, plötzlich heißhungrig, das Essen in sich hineinzuschlingen.

«Langsam, langsam, Danny», sagte Maria Cassala. «Es ist genug da. Iß langsam.»

Der Junge aß den Teller leer und dann noch einen. Er leerte ein großes Glas Rotwein – und lächelte dann langsam, zaghaft.

«Danke, Tony, Maria . . .»

«Es wird schon wieder werden, Danny.»

«Die Stadt ist weg – Mama und Papa sind weg. Ich komm schon zurecht. Ich habe das Boot.»

«Klar.»

«Ich komme zurecht, Tony. Ich bin nur müde.»

«Sicher. Schlaf jetzt.»

Der Junge griff in die Taschen seiner Jacke, und seine Hände kamen voller Geldscheine zum Vorschein. Immer wieder faßte er in die großen Taschen seiner Jacke und häufte Banknoten, Goldmünzen und Silberdollars auf den Küchentisch. Ein plötzliches Schweigen senkte sich über die mit Menschen vollgepferchte Küche, und die Männer, Frauen und Kinder versammelten sich um den Tisch und sahen zu, wie der Geldhaufen anwuchs. Es kam aus seiner Jacke, aus seiner Hose, aus jeder Tasche. Dann, als seine Taschen leer waren, schob er alles zu Cassala hinüber, der ihm gegenüber auf der anderen Seite des Tisches saß.

«Das versteh ich nicht», flüsterte Cassala.

«Ich hab's nicht gestohlen, Tony», sagte der Junge. «Sie wollten nach Oakland übergesetzt werden. Sie waren wie die Verrückten. Sie leerten ihre Taschen und gaben es mir, und dann stiegen sie übereinander, um in das Boot zu gelangen. Nicht nur bei mir – bei allen Booten war das so. Zehn Dollar, fünfzig Dollar, hundert Dollar – es spielte keine Rolle. Sie waren verrückt vor Angst. Drei Tage habe ich das Boot nach Oakland und zurück gefahren, und das Geld hier haben sie mir gegeben. Also nimm es und heb es für mich auf.»

Cassala starrte den Jungen eine Weile an, dann nickte er. Er zählte das Geld sorgfältig. «Hier, Daniel Lavette», sagte er auf italienisch, «ist der Betrag von viertausendunddreiundsiebzig Dollar und zwanzig Cent. Ich übernehme die Verwaltung des Geldes in deinem Namen. Es ist wie eine Bankeinlage. Wenn du es brauchst, steht es dir zur Verfügung, gleichgültig, wieviel du benötigst, auch alles auf einmal. Ich werde dir sechs Prozent Zinsen zahlen und mit dem Geld arbeiten – bist du damit einverstanden?»

«Ich glaube, ich verstehe dich», sagte Dan, «aber mein Italienisch ist nicht so gut.»

In gebrochenem Englisch wiederholte Cassala seinen Vorschlag. Jetzt konnte Dan seine Augen kaum mehr offenhalten. Er grinste und nickte und sagte: «Gewiß, Tony – wie du willst.»

«Maria», sagte Cassala zu seiner Frau, «mach ein Bett für ihn, wo er schlafen kann. Laß ihn baden und sich ausruhen.» Und zu Stephan: «Bring das Handtuch her.»

Das ist, mehr oder weniger, die Geschichte von der Entstehung der Bank of Sonoma; der Geschäftsablauf war dann weniger romantisch. Ein Jahr später gab Anthony Cassala, beraten durch einen Rechtsanwalt, einhunderttausend Aktien zu je zehn Dollar aus. Eine neue, unglaubliche, pulsierende Weltstadt erhob sich aus der Asche der alten Stadt, und ein Teil davon war eine kleine, aber würdevolle Fassade in der Montgomery Street mit der Aufschrift THE BANK OF SONOMA.

I
Der Fischerhafen

Vielleicht hat sich nie zuvor in der Geschichte – und seitdem – eine neue Stadt so schnell, so hoffnungsvoll und lebenskräftig aus der Asche der alten erhoben wie San Francisco. Nahezu dreizehn Quadratkilometer im Herzen der Stadt lagen in Schutt und Asche. Zweiundsiebzig Stunden lang hatten Männer, Frauen, Kinder, Feuerwehrleute, Soldaten und Polizisten die Flammen bekämpft, und am Sonnabendmorgen, am einundzwanzigsten April 1906, wurde das Feuer kurz nach sieben Uhr unter Kontrolle gebracht und ein weiteres Übergreifen unmöglich gemacht. Familien gingen bereits die Howard Street, die Folsom Street, die California Street, die Washington Street und alle anderen breiten und schmalen Straßen in dem verwüsteten Gebiet entlang. Soldaten der regulären Armee und Angehörige der Nationalgarde versuchten, ihnen den Weg zu versperren – nachdem sie selbst während der letzten drei Tage das Recht auf Plünderung für sich in Anspruch genommen hatten. Aber nicht einmal die Drohung von Gewehren und Bajonetten konnte die Haus- und Wohnungseigentümer davon abhalten, ihrem eigenen Teil der Trümmer zuzustreben.

Im Tenderloin suchten Kneipenwirte, Zuhälter und Prostituierte in den verbrannten Trümmern nach Münzen und Geldkassetten, die vielleicht das Inferno überstanden hatten. Dort war nicht ein einziges Gebäude verschont worden. Die Hügel, die nur wenige Tage zuvor noch von Lichtern gefunkelt und die Strahlen der aufgehenden Sonne so fröhlich von ihren Tausenden von weißgemalten Schindelhäusern zurückgeworfen hatten, standen jetzt in finsterem Schwarz da. Aber sie waren nicht tot; sie hatten eine eigenartige und grimmige Majestät angenommen, und die noch immer halb bekleideten Städter, rußgeschwärzt und obdachlos, begrüßten die Ruinen so, wie sie ihre Stadt immer begrüßt hatten. Hatte die Welt je zuvor so etwas gesehen? Woanders hingehen? An einem anderen Ort wohnen? Verdammt wollten sie sein, wenn sie das taten!

Am folgenden Tag regnete es, das Feuer war endgültig gelöscht. Eine Woche später brachten Männer mit Pferdefuhrwerken den

Schutt die steilen Hügel hinunter und schütteten ihn in die Bucht. Tausende von Bürgern beteiligten sich an den Aufräumungsarbeiten, Zelte wurden auf den geschwärzten Baugrundstücken errichtet, und Hütten entstanden auf den Fundamenten abgebrannter Häuser, mit Behelfsdächern gegen schlechtes Wetter. Männer, die nie zuvor einen Hammer oder eine Säge in der Hand gehalten hatten, betätigten sich als Zimmerleute. Fast neun Wochen hindurch herrschte in der zertrümmerten Stadt, die nicht nur als «Königin des Pazifik», sondern auch als «Königin des Diebstahls» bekannt war, eine gutmütige Bruderschaft. Es war eine Zeit gemeinsamer Bemühungen, der guten Laune und des guten Willens; und während dieses Zeitraums verschwand das Verbrechen fast vollständig aus den Straßen von San Francisco. Geld strömte in die Stadt, und zwar Hilfsgelder wie Versicherungsleistungen, und arbeitslose Zimmerleute und Maurer strömten aus einem Umkreis von weit über tausend Kilometern herbei. Schiffe mit Lebensmitteln kamen über die Bucht von Oakland her, aus Süd-Kalifornien und aus den Staaten Washington und Oregon, und in den öffentlichen Küchen und in den Schlangen der Bedürftigen, an die Nahrungsmittel verteilt wurden, herrschten Ordnung und gute Laune.

Als dann die neue Stadt Formen anzunehmen begann, wandten sich die Leute wieder den Gewohnheiten der Zivilisation zu. Die völlige Zerstörung des Chinesenviertels hatte der asiatischen Bevölkerung eine kurze Atempause in dem Rassenhaß gewährt, der diese Stadt kennzeichnete. Ein paar Wochen lang waren die Weißen freundlich zu den Chinesen. Das gab sich wieder. Drei Wochen lang war San Francisco eine Stadt ohne Spelunken oder Dirnen. Auch das änderte sich; und nirgendwo in der ganzen Stadt zeigte sich das unglaubliche amerikanische Organisations- und Aufbautalent deutlicher als dort, wo einmal die Barbary Coast gewesen war. Innerhalb von drei Monaten nach dem großen Brand hatten sich fast tausend Kneipen und Bordells wie Phönix aus der Asche erhoben. Zur gleichen Zeit wurden Stadtdirektor Abe Ruef und sein Freund und Mitarbeiter, Bürgermeister Schmitz, beschuldigt, sich das Erdbeben und den Brand zunutze gemacht und gegen ungeheure Bestechungssummen Monopole für Transporte und Versorgungsbetriebe gewährt zu haben.

Das Leben in San Francisco hatte sich wieder normalisiert. Stadtplaner hatten glänzende Pläne für den Wiederaufbau der Stadt vorgelegt; sie argumentierten, daß nie wieder eine Stadt wie diese solch eine Gelegenheit haben würde, sich neu aus ihren Trümmern zu erheben. Die Leute wollten von diesen Plänen nichts wissen; sie wollten Wohnungen, kein Utopia. Man warnte sie vor den Folgen von einer Million Tonnen Schutt in der Bucht – je nun, wo sonst konnte man ihn lassen? Die Stadt schoß wie ein riesiger Pilz aus dem Boden. Der Wiederaufbau wurde zum Wettrennen, und das Gebiet um Powell und Market erwarb sich den Namen «Oberstadt-Tenderloin» mit seinen von heute auf morgen und in minderwertiger Bauweise errichteten Kneipen, Gaststätten und Varietés. Die Kabelwagen wurden wieder in Betrieb genommen und krochen erneut die steilen Hügel hinauf und hinab. Einen Monat nach dem Erdbeben eröffnete das Orpheum Theatre, noch einen Monat später das Davis Theatre, und dann, in ziemlich schneller Folge, das Park Theatre, das Colonial, das Novelty, das American. Während des folgenden Jahres gab es sieben Streiks, die Eröffnung von sechs neuen Banken und die Verurteilung des Bürgermeisters Eugene Schmitz wegen Korruption zu fünf Jahren Haft in San Quentin. Die Stadt lebte wieder.

Und nach zwei Jahren konnte man von der East Street zur Twentieth Street, von der Van Ness zur Bryant Street gehen, ohne ein Anzeichen dafür zu sehen, daß dieses Gebiet einmal von der größten Katastrophe heimgesucht worden war, die jemals Bewohner einer amerikanischen Stadt getroffen hatte.

Zu Beginn des Jahres 1910 wurde der Grundstein für das American Music Hall Theatre in der Ellis Street zwischen Stockton und Powell gelegt, und im gleichen Monat öffneten vier weitere neue Theater ihre Pforten, was den *Chronicle* veranlaßte, damit zu prahlen, keine andere Stadt außer New York könne, was die Anzahl oder die Mannigfaltigkeit der Theater betraf, San Francisco das Wasser reichen. Die Zeitung prahlte nicht damit, daß es nach der neuesten Zählung über zweitausend Kneipen aller Art und halb so viele Bordells gab.

Nun, auch das war ein Zeichen von Leben und Kraft. Das Juwel von Stadt lag wieder weiß und glänzend auf seinen hohen Hügeln, und unter ihr und um sie herum dehnte sich die wundervolle Weite der herrlichen blauen Bucht.

Seit zwei Stunden schon wartete Feng Wo, ein Chinese von Mitte dreißig, am Kai. Er war schlank, mittelgroß und trug einen ordentlichen, altmodischen schwarzen Anzug, der an einem Dutzend Stellen sorgfältig geflickt und ausgebessert war, sowie ein sehr sauberes weißes Hemd mit schwarzer Krawatte. Seine Schuhe, deren Oberleder rissig war, glänzten. Der dunkle Filzhut war etwas zu groß für seinen kurzgeschorenen Kopf; aber er trug ihn mit Würde und hielt sich sehr gerade. Unter dem Arm hielt er eine Zeitung. Er war von einer Verzweiflung erfüllt, die ihn fast krank machte. Seit zwei Tagen hatte er nichts gegessen.

Er hatte sich schon früh an diesem Morgen vor dem zweistöckigen Holzhäuschen, das auf Pfeilern über den Kai ragte, eingefunden. Trotz seiner eigenartigen zusammengestoppelten Bauweise schien das Häuschen in gutem Zustand zu sein, und seine Tür aus poliertem Sequoienholz mit glänzenden Messingbeschlägen verlieh ihm eine seltsame Vornehmheit. Während der letzten zwei Stunden hatte Feng Wo das Gebäude betrachtet, bis er jedes Brett und jeden Balken davon zu kennen glaubte.

Jetzt kamen die Fischerboote herein, machten fest und luden ihren Fang aus. Feng Wo sah ihnen zu, blickte von dem Häuschen zu den Booten und dann zurück zu dem Schild über der Tür, auf dem in polierten Messingbuchstaben zu lesen war: DANIEL LAVETTE – FRISCHE FISCHE UND KRABBEN. Während der Zeit, die er dort auf dem belebten Kai stand, auf dem sich Käufer und Verkäufer, Fischer, Makler und Markthändler drängten, hatte Feng Wo mit niemandem gesprochen und keine Fragen gestellt. So war es vernünftig und vorsichtig. Das hier war San Francisco im Jahre 1910, und er war Chinese. Man duldete stillschweigend, daß er lebte und atmete, ging und sprach, aber es gab keinen Augenblick in seinem Leben, wo er nicht wachsam und auf der Hut war.

Nun fiel sein Blick auf drei schaluppengetakelte Boote, die in Dreiecksformation unter Segeln, mit abgestellten Motoren, in den Hafen einliefen. Im Bug des vordersten Bootes gab ein Mann von gewaltiger Statur, dessen schwarze Locken im Wind wehten, das Zeichen, die Segel einzuholen, und sprang dann mit bemerkenswerter Leichtigkeit und Wendigkeit auf den Kai. Er war sehr jung, nicht älter als einundzwanzig oder zweiundzwanzig Jahre, stellte Feng Wo fest, aber er schien Autorität zu haben und zu wissen, was er wollte. Er machte keine überflüssigen Bewegungen; als die Boote festmachten, gab er ein paar knappe Anweisungen, wartete einen Augenblick, um zu beobachten, wie mit dem Ausladen des Fangs begonnen wurde, und ging dann an Feng Wo vorbei zu dem Häuschen. Er hatte seine Öljacke über eine Schulter geworfen und ging mit leicht wiegendem, unbefangenem Schritt. Sein Kopf war groß, sein Gesicht ernst, die Nase klein und der breite Mund sinnlich – ein Gesicht voller Widersprüche, dachte Feng Wo, ein Gesicht, das den Mann von einem Augenblick zum nächsten gänzlich anders erscheinen ließ.

An der Tür des Häuschens blieb er stehen und sah Feng Wo an. Ihre Blicke kreuzten sich. Er betrachtete Feng Wo ruhig von Kopf bis Fuß, dann nahm er einen Schlüsselbund aus seiner Tasche, öffnete die Tür, trat ein und schloß die Tür hinter sich.

Feng Wo stieß einen tiefen Seufzer aus und dachte: «Zwecklos, völlig zwecklos.» Aber er hatte mehr als zwei Stunden hier verbracht, und er wußte nicht, wohin sonst. Er ging zur Tür, nahm seinen Hut ab und klopfte.

Stille, dann Schritte, dann schwang die Tür auf, und der große Mann stand vor Feng Wo.

«Ja, bitte?»

«Sie sind Mr. Daniel Lavette?»

«Ja.»

«Bitte, Sir, darf ich Ihnen in aller Demut bekanntgeben, daß mein Name Feng Wo ist. Ich bin vierunddreißig Jahre alt und gesund, und ich bin Buchhalter.»

«Was zum Teufel . . .»

«Bitte, Sir, bitte schicken Sie mich nicht fort, ohne mein Begehren anzuhören. Hier in der *News* –» er streckte die Zeitung vor – «lese ich Ihr Stellenangebot.»

«Im Inserat steht vier Uhr nachmittags.»

«Ich bin Chinese.»

«Da haben Sie verdammt recht», stimmte Lavette zu.

«Wenn ich um vier käme, wie in der Anzeige angegeben, wären zehn Weiße hier. Wer würde dann einen chinesischen Buchhalter einstellen?»

«Nur ein ausgemachter Idiot, und das bin ich nicht.» Er wandte sich ab und war im Begriff, Feng Wo die Tür vor der Nase zuzumachen.

«Bitte, Mr. Lavette, ich flehe Sie an. Ich habe weder heute noch gestern etwas gegessen.» Er sprach hastig, verzweifelt. «Ich habe eine Frau und eine dreizehnjährige Tochter. Geben Sie mir eine Chance. Ich bin ehrlich. Ich werde so viele Stunden arbeiten, wie Sie wollen. Zahlen Sie mir, was Sie wollen. Bitte, bitte, ich flehe Sie an.»

Die Tür öffnete sich erneut, und Dan Lavette stand da, starrte ihn an. Augenblicke vergingen. Feng Wo spürte glasklar all das, was um ihn herum war: die warme Sonne, den salzigen Wind von der Bucht, die Fischer, die ihren Fang feilboten und die Preise ausriefen, und den hochgewachsenen jungen Mann vor ihm.

«Wie war Ihr Name?»

«Feng Wo, Mr. Lavette.»

«Wo haben Sie gelernt, Bücher zu führen?»

«Ich habe es mir selbst beigebracht.»

«Wissen Sie, was ein Hauptbuch ist?»

«Ja, Sir.»

«Wissen Sie, was doppelte Buchführung ist? Haben Sie schon einmal mit einem amerikanischen Journal gearbeitet?»

«Ich bin nicht dumm, Mr. Lavette, ich kann alles lernen, was Sie von mir verlangen.»

«Ich bin vermutlich nicht ganz richtig im Kopf», sagte Lavette. «Todsicher nicht ganz richtig. Na schön, kommen Sie herein.»

Feng Wo folgte ihm in das kleine Haus, er zitterte jetzt und konnte kaum glauben, daß es wahr war. Hinter der Tür lag ein einzelner großer Raum mit einem Rollpult, einem Küchentisch und Stühlen, einem hölzernen Aktenschrank mit drei Schubladen und einem Regal, von dem zwei lange Wettermäntel herabhingen, zu denen Lavette seine Öljacke hängte. An den Wänden ein Kalender, ein riesiger ausgestopfter Fisch, eine altmodische Harpune und ein Bord mit Konserven. Ein kleiner Gasherd und eine Kaffeekanne vervollständigten die Einrichtung. Eine schmale Treppe führte hinauf in den zweiten Stock.

«Ich wohne da oben», sagte Lavette, indem er auf die Treppe wies. «Das hier ist das Büro.» Er zog einen Stuhl unter dem Tisch hervor. «Setzen Sie sich. Wie, zum Teufel, soll ich Sie nennen?» fragte er, als Feng Wo sich hinsetzte. «Feng – Feng Wo?»

«Wie Sie wünschen, Sir.»

«Feng – in Ordnung, also dann Feng.» Er zog eine der Schubladen des Aktenschranks auf und holte einen Teller, eine Gabel, einen

Löffel und einen Büchsenöffner heraus. «Ich weiß nicht, was ein Chinese ißt. Wie wäre es mit einer Dose Bohnen?»

«Ich bin nicht hergekommen, um zu essen. Bitte, Sir, ich bin hier, um zu arbeiten.»

«Ach, Quatsch», sagte Lavette, öffnete eine Dose Bohnen und setzte sie auf den Gasherd. «Sie zittern wie ein Blatt im Wind. Haben Sie jemals für einen Weißen gearbeitet?»

«Ja.»

«Wo haben Sie gearbeitet?»

«Ich war Kuli auf dem Bau, mit Spitzhacke und Schaufel. Dann wurde ich krank. Ich habe mir den Rücken kaputtgemacht. Dann hab ich es noch einmal damit versucht – ich kann's nicht mehr.»

«Ich würde Ihnen Bier geben, aber das ist nicht gut, wenn Sie ausgehungert sind. Können Sie Kaffee trinken?»

«Ja, Sir.»

Lavette leerte die halbgewärmte Büchse Bohnen auf den Teller und stellte ihn vor Feng Wo hin. Er goß ihm einen Becher Kaffee ein und setzte sich dann, um ihm beim Essen zuzusehen. Die Bohnen waren in Feng Wos Mund wie Honig, und er kämpfte um Selbstbeherrschung. Er zwang sich dazu, langsam und höflich zu essen, und dachte bei jedem Mundvoll daran, daß seine Frau und seine Tochter ebenfalls seit zwei Tagen nichts gegessen hatten.

«So, Sie möchten also als Buchhalter arbeiten», sagte Lavette. «Na ja, was gehen mich die Leute an? Warum, zum Teufel, kann ich nicht einen Chinesen einstellen? Sollen sie sich doch das Maul zerreißen. Aber ich will Ihnen eines sagen, Mr. Feng – ich bin kein weichherziger Schwächling. Wenn Sie es nicht können, kriegen Sie einen Tritt in Ihren gelben Hintern und fliegen raus. Ich mag jung und naiv aussehen, aber ich laß mich von niemandem bescheißen. Ich habe drei Boote, und elf Männer stehen bei mir in Lohn und Brot. Die Arbeit ist also kein Kinderspiel. Kommen Sie morgen früh um Punkt acht Uhr hierher. Ich werde nicht mit den Booten hinausfahren, und wenn Sie sind, was Sie sagen, werden wir den Tag damit verbringen, etwas Ordnung in meine Bücher zu bringen.»

Feng Wo war fertig mit essen. Er stand auf und nahm seinen Hut und seine Zeitung. «Ich würde Ihnen gern danken, Mr. Lavette; aber ich weiß nicht, was ich sagen soll. Ich bin sehr dankbar.»

Er drehte sich um und ging zur Tür.

«Warten Sie!»

Er hielt an und sah langsam Lavette an. Mein Gott, ist der arme Kerl verschreckt, dachte Daniel Lavette. Laut sagte er: «Wollen Sie nicht wissen, was ich bezahle?»

«Was immer Sie bezahlen, wird mir recht sein.»

«Zwölf Dollar die Woche zum Anfang. Das ist nicht die Welt, aber es ist auch nicht zu verachten.» Er stand auf, griff in seine Tasche und nahm ein Bündel Geldscheine heraus, von dem er zwei Fünfer und zwei Eindollarscheine abzählte. «Hier ist ein Wochenlohn Vorschuß. Kaufen Sie Ihrer Kleinen etwas zu essen. Aber wenn Sie morgen nicht hier aufkreuzen, ziehe ich Ihnen Ihr gelbes Fell über die Ohren, denken Sie daran.»

Mark Levys Frau Sarah war dreißig Jahre alt, sah aber noch immer wie ein unschuldiges Mädchen von achtzehn aus. Sie hatte flachsblondes Haar, das sie in einen festen Knoten gebunden trug, ihre großen blaßblauen Augen lagen weit auseinander. Sie strafte alle Klischees über Jüdinnen Lügen: Sie war schlank, kleinbusig und langbeinig und wirkte so, als sei sie immerfort erstaunt. Geboren war sie in Kiew in Rußland, und im Alter von sieben Jahren hatte man sie auf die East Side von New York City verpflanzt. Noch immer hatte sie einen leichten ausländischen Akzent, der nach Ansicht ihres Mannes durch ihre langsame, kehlige Sprechweise noch betont wurde. Das, zusammen mit einer gewissen Unbestimmtheit der Bewegungen, verleitete die Leute zu der Annahme, sie sei beschränkt und phlegmatisch, was weit von der Wirklichkeit entfernt war. Ihr Mann, der sie anbetete, war seltsam zufrieden damit, daß ihre Vorstellungskraft und ihre Leidenschaft so verhüllt waren. Sie war eine entfernte Kusine, um ein paar Ecken herum oder so – Mark war sich über ihr Verwandtschaftsverhältnis nie ganz im klaren –, und sie waren einander durch eine Abmachung zwischen seiner Familie und ihrer Familie auf die alte, in Europa geübte Weise versprochen worden, ohne daß sie einander gesehen hatten. Dann war Sarah im Alter von siebzehn Jahren quer durch das Land geschickt worden, fünftausend Kilometer per Bahn und per Postkutsche, mit Adreßzetteln behängt wie ein Postpaket. Die zwei Monate bis zur Hochzeit hatte sie im Hause seines Vaters gewohnt – das waren vier Zimmer hinter dem Laden auf dem Embarcadero –, und in dieser Zeit hatte sich Mark bis über beide Ohren in sie verliebt.

Sie ihrerseits akzeptierte ihn mit der gleichen unbekümmerten Duldsamkeit, mit der sie alles hinnahm, was ihr widerfuhr.

Jetzt, nach fast dreizehn Jahren Ehe und seit die alten Levys tot und begraben waren, herrschte sie zufrieden über den Schiffsausrüstungsladen, die vier Zimmer dahinter, den elfjährigen Sohn Jacob, die fünfjährige Tochter Martha und einen Mann, der nach ihrem Rat handelte und ihn von ihr erbat, ohne recht zu merken, daß er das tat. Als sie einmal beiläufig vorschlug, er solle doch Kupfernieten nehmen, um die Taschen der schweren Baumwollhosen, die er den Seeleuten und Fischern verkaufte, zu verstärken, wodurch sich sein Umsatz dann verdreifachte, war er hinterher nicht sicher, ob der Gedanke ursprünglich sein eigener gewesen war oder nicht.

Sarah und ihr Mann waren wie alljährlich bei dem fruchtlosen Versuch, im Laden Inventur zu machen; er rief die Artikel aus, und sie schrieb sie nieder. Da betrat Daniel Lavette den Laden. Sie hielten in ihrer Arbeit inne und starrten ihn an.

«Ich brauche vier neue Netze», sagte Lavette, «und ich möchte das Zeug aus Massachusetts und nicht den Mist, der hier bei uns hergestellt wird. Wenn ihr sie nicht habt, bestellt sie für mich.»

Sie starrten ihn immer noch an.

«Was, zum Teufel . . .»

«Der Anzug paßt dir nicht, Danny», sagte Levy.

«Er paßt.» Dan knöpfte die engsitzende Jacke seines blauen Serge-Anzugs auf und zog den Bauch ein. «Er paßt. Ich hab ihn ein Jahr oder so nicht angehabt. Vielleicht bin ich dicker geworden.»

«Die Ärmel sind fünf Zentimeter zu kurz. Die Hose hat Hochwasser.»

«Laß ihn», sagte Sarah. «Er ist gewachsen.»

«Ich bin nicht gewachsen. Ich bin einundzwanzig Jahre alt. Mit einundzwanzig wächst man nicht mehr.»

«Wann hast du den Anzug gekauft, Danny?»

«Vor zwei Jahren.»

«Dann bist du gewachsen. Ich glaube, ich habe dich noch nie zuvor im Anzug gesehen. Was ist los?»

«Es sieht nicht gut aus, nicht?» fragte er Sarah.

«Es ist in Ordnung.»

«Sicher, es ist bestens. Ich werde nur mit Thomas Seldon im Union Club zu Mittag essen – das ist alles. Gottverdammt noch mal, ich seh wie ein Affe aus!»

«Zieh die Jacke aus», sagte Sarah sanft. «Ich lasse dir die Ärmel aus. Das dauert nur ein paar Minuten, und die Falten bügle ich glatt.»

«Seldon? Du meinst *den* Thomas Seldon?»

«Genau den.» Er sah auf seine Manschetten.

«Nun zieh sie schon aus, Danny», sagte sie.

Er zog die Jacke aus und reichte sie ihr. Levy, der die Seiten eines Katalogs durchzublättern begonnen hatte, sagte: «Die Massachusetts-Netze sind zwanzig Prozent teurer geworden. Sie kommen von Fall River . . . Seldon – mach halblang.»

«Hör zu, Mark», sagte Lavette kratzbürstig, «für mich ist Seldon ein Kerl wie du und ich, weiter nichts.»

«Nur daß er die zweitgrößte Bank in der Stadt besitzt, weiter nichts.»

Sarah, mit der kleinen Martha am Rocksaum, hatte die Jacke mit in die Wohnung genommen. Levy machte Lavette ein Zeichen mitzukommen. «Komm mit, ich geb ein Bier aus.»

«Ich möchte keine Bierfahne haben. In einer Stunde sitz ich mit den Nabobs im Union Club.»

Sie saßen um den Küchentisch. Sarah arbeitete geschickt mit Schere, Nadel und Faden. Dan Lavette, der wie ein kleiner Junge über Levys Unglauben grinste, erzählte, wie alles gekommen war. Er war in die Seldon National Bank hineingegangen, hatte sich ausgewiesen und um einen Kredit von dreißigtausend Dollar gebeten. Er hatte den Kredit nicht bekommen, jedenfalls noch nicht, aber er war Thomas Seldon selbst vorgestellt und zum Essen eingeladen worden; dabei sollte nun dieser Punkt weiter besprochen werden.

«Das ist Chuzpe», sagte Levy bewundernd, «reine, unverfälschte Chuzpe.»

«Was ist das, Chuzpe?»

«Jiddisch. Bedeutet Frechheit, Unverfrorenheit, Dreistigkeit – so etwas. Aber was um alles in der Welt willst du mit dreißigtausend Dollar?»

«Die *Oregon Queen* steht zum Verkauf.»

«So?»

«Sie soll hundertfünfzigtausend kosten, aber vielleicht bekomme ich sie für hunderttausend. Zwanzigtausend brauche ich für die Anzahlung und noch mal zehntausend, um sie instand zu setzen.»

«Danny, die *Oregon Queen* ist ein Schiff aus Eisen. Sie wäre ein absolutes Verlustgeschäft.»

«Sie ist ein verteufelt gutes Schiff. Sie ist rostig und hat noch nie einen richtigen Sturm erlebt; aber ihr Rumpf ist fest, und ihre Maschinen sind gut. Mit Bauholzhandel ist Geld zu verdienen. Diese Stadt frißt Holz wie verrückt, und es ist noch kein Ende abzusehen. Ich kann in einem Jahr genug Bauholz fahren, um sie abzuzahlen; was dann kommt, ist Reingewinn.»

«Danny, du hast bereits drei Boote, die bis zur Mastspitze belastet sind.»

«Und ich bin Fischhändler, und mein Vater war Fischhändler.»

«Was ist daran schlecht?»

«Alles stinkt nach Fisch und nach dem Embarcadero. Wir sind hier unten, und die Geldsäcke sitzen oben auf Nob Hill.»

«Du bist ein ehrgeiziger junger Mann», sagte Sarah. «Mark ist das nicht. Probier die Jacke einmal an.»

«Warum bist du nicht zu Tony Cassala gegangen?» fragte ihn Mark.

«Weil Tony mir nichts abschlagen kann. Er würde sein Herzblut geben, wenn ich ihn darum bäte. Ich will keine Almosen. Ich bitte nicht um milde Gaben. Es ist ein Risiko dabei, aber eines, das Erfolg verspricht.» Er zog die Jacke an. «Wie sieht's aus?»

«Besser. Zieh sie aus, und ich bügle die Ärmel.»

«Angenommen, die ganze Angelegenheit endet mit einem Fiasko. Seldon kann das verkraften. Tony nicht.»

«Unterschätz Tony nicht», sagte Mark. «Schau her, mach deinen Gürtel weiter und laß die Hose etwas runter. Das sieht besser aus. Und kauf dir um Gottes willen einen vernünftigen Anzug, wenn du auf den Nob Hill ziehst.»

An der Tür, als Dan schon im Hinausgehen begriffen war, wandte er sich zu ihnen um und sagte: «Heute ist mir was Komisches passiert: Ich hab einen Buchhalter eingestellt.»

«Das wurde auch Zeit.»

«Einen Chinesen.»

«Was?»

«Du hast schon verstanden. Ich hab einen Chinesen eingestellt. Was hältst du davon?»

«Ich denke, das ist in Ordnung», sagte Levy.

Nachdem er gegangen war, fragte Sarah ihren Mann: «Warum versucht er krampfhaft, so zu tun, als sei er hart und gemein?»

«Das hat zwei Gründe», erwiderte Mark. «Erstens ist er es zum Teil. Wenn man Fische und Krabben auch außerhalb des Kais verkaufen will, ohne vertrieben zu werden, muß man ein wenig hart und gemein sein. Und zweitens, weil er noch ein Kind ist. Ich mag ihn.»

Als Thomas Seldon an dem Abend zu Hause am Abendbrottisch saß, war er sich nicht ganz sicher, ob er Daniel Lavette mochte. Natürlich bewertete er niemanden nach Gefallen und Nichtgefallen, in seiner Welt war ein Mann finanziell gesund oder nicht, zuverlässig oder unzuverlässig, solide oder zweifelhaft. Gefallen hatte damit nichts zu tun. «Interessanter Mensch», sagte er zu Frau und Tochter. «Groß – zu groß für seinen Anzug – und jung. Blutjung!» Er saß an einer Seite des großen Mahagonitisches im Speisezimmer der Seldons, links und rechts von ihm saßen seine Frau und seine Tochter. An dem Tisch konnten sechzehn Menschen sitzen; und obgleich sie nur zu dritt waren, gefiel Seldon seine Größe und Massigkeit. Das ganze Eßzimmer war eher massig als geschmackvoll eingerichtet: halbhoch getäfelte Wände, die viktorianische Nachahmung von Queen-Anne-Mobiliar, schwere Balken unter der Zimmerdecke, die nicht einmal das Erdbeben bewegt hatte, eine seltsame und sterile Mischung aus spanischem Kolonialstil und viktorianischem Stil, aber ein Ort, der gesunden Wohlstand anzeigte.

Seldon hatte das Haus damals für seine Braut Mary gebaut, eine geborene Asquith aus Boston. Thomas Seldon senior, seit zwölf Jahren tot, war Ende der vierziger Jahre nach Kalifornien gekommen, nicht, um nach Gold zu graben, sondern um sich um das Gold zu kümmern, das andere fanden. Und der jetzige Thomas Seldon war Präsident der Bank, die sein Vater gegründet hatte. Jetzt, mit fünfundfünfzig Jahren, kräftig, wohlhabend, gutaussehend, grauhaarig und energisch, war er zufrieden – nur nicht damit, daß Mary, seine Frau, ihm eine einzige Tochter und keinen Sohn geschenkt hatte. Mary hatte andere Tugenden; sie war ruhig, von kühler Schönheit, selbst noch mit zweiundfünfzig, und stellte wenig Ansprüche an ihren Ehemann, für dessen nachlassende sexuelle Energien Madame Sigeurys Bordell in der Beale Street ein bequemeres Betätigungsfeld war als das Bett seiner Frau. Und wenn sie ihm auch nur eine einzige Tochter geboren hatte, so galt diese Tochter doch wenigstens als die schönste Frau von San Francisco, vorausgesetzt, man akzeptierte, daß die Auswahl in solchen Fällen auf die rund zweihundert Familien begrenzt war, die «zählten».

Aber auch in weiteren Kreisen galt Jean Seldon als außergewöhnlich schön. In der Stadt wurde erzählt, daß Charles Dana Gibson, der in seinen Zeichnungen und Gemälden das Schönheitsideal der oberen Gesellschaftsschicht geschaffen hatte, sie während seines Aufenthalts in San Francisco skizziert hatte und so zu seiner stereotypen Gibson-Frau gekommen war. Jean selbst wußte, daß nichts Wahres an der Geschichte war, und fragte sich, ob Gibson überhaupt jemals in San Francisco gewesen war, aber sie tat nichts, um die Legende zu zerstören. Sie war hochgewachsen, ein Meter vierundsiebzig groß, gut proportioniert, mit breiten, geraden Schultern und kräftigen, langfingrigen Händen. Sie hatte die gleichen gemeißelten Gesichtszüge wie ihre Mutter – auf der Gesellschaftsseite der Zeitung wurden sie als «klassisch» bezeichnet –, ihre Augen waren dunkelblau und ihr Haar war blaß honigfarben und schimmerte bei einer bestimmten Beleuchtung golden. Gehorsam hatte sie sich einer zwölfjährigen Schulausbildung von der Art unterzogen, wie sie in der Privatschule von Miss Marion angeboten wurde; doch war sie keine Intellektuelle, und wie die meisten ihrer Freundinnen drängte es sie nicht nach einem College-Studium.

Auch ihre musikalische Neigung war nicht sonderlich ausgeprägt. Nach zehn Jahren Klavierunterricht spielte sie eine Beethoven-Sonate richtig, wenn auch ziemlich hölzern, vom Blatt; aber eigentlich langweilte Musik sie. Sie konnte recht ordentlich Tennis spielen und reiten, aber keines von beidem tat sie aus Neigung oder gar Leidenschaft. Sie kleidete sich geschmackvoll und kaufte gern ein; und mit Entzücken probierte sie die langen, unbequemen Kleider ihrer Zeit. Sie wurde häufig fotografiert, und als in der Stadt die erste Wohltätigkeits-Modenschau der oberen Gesellschaftsschicht abgehalten wurde, schrieb der *Chronicle*, daß «die Veranstaltung durch die von einem Flor lokaler Schönheiten vorgeführten Kleider, insbesondere aber durch die klassische Schönheit und königliche Haltung von Miss Jean Seldon, zu einem denkwürdigen Ereignis» geworden sei. Das war vor zwei Jahren, als Jean noch nicht ganz neunzehn gewesen war. Inzwischen war sie eigentlich noch schöner geworden – und sicherlich unzufriedener; eine Tatsache, die ihre

Eltern verwirrte und beunruhigte. Sie brachte den meisten Dingen so wenig Anteilnahme entgegen, daß ihr Interesse an dem Mann, mit dem ihr Vater mittags gespeist hatte, ziemlich ungewöhnlich war.

«Du sagst, sein Anzug paßte ihm nicht», sagte sie zu ihrem Vater, «und er wußte nicht, welche Gabel er benutzen sollte? Das ist toll.»

«Warum?»

«Mir kommt er vor wie einer von Jack Londons Helden.»

«Wer ist Jack London?»

«Daddy!»

«Ich versteh einfach nicht, warum du ihn zu uns eingeladen hast», sagte Mary Seldon.

«Hast du das getan? Zu wann?»

«Nächsten Freitag, Mary», sagte er zu seiner Frau. «Er ist ein äußerst ungewöhnlicher junger Mann, das kannst du mir glauben. Er ist sicher nicht älter als einundzwanzig oder zweiundzwanzig und ungehobelt – aber nur nach außen. Er kam in die Bank, als ob sie ihm gehörte, verlangte mich zu sprechen, stellte sich vor und fragte kühl, ob er einen Kredit von dreißigtausend Dollar bekommen könnte. Und glaub mir, anstatt ihn hinauszuwerfen, war ich von ihm fasziniert.»

«Und wirst du ihm den Kredit geben?»

«Um Himmels willen, nein! Er ist ein Krabbenfischer.»

«Was?»

«Du hast richtig gehört, ein Krabbenfischer.»

«Ich verstehe immer noch nicht, warum du ihn zum Essen eingeladen hast», erwiderte seine Frau. «So, wie du ihn beschreibst – wen, um alles in der Welt, könnten wir mit ihm zusammen einladen?»

«Warum willst du ihm den Kredit nicht geben?» fragte Jean, gefesselt von dem Bild, das ihr Vater entworfen hatte.

«Weil er keine Sicherheiten hat. Er hat drei Fischkutter, auf denen noch Hypotheken liegen, und er arbeitet mit einem Barvermögen von ungefähr tausend Dollar, wenn es so viel ist. Außerdem ist er jung – zu jung für seinen verrückten Plan, einen Küstendampfer zu kaufen.»

«Dann möchte ich auch wissen, warum du ihn zu uns eingeladen hast.»

«Aus dem gleichen Grund, aus dem ich ihn eingeladen habe, mit

Al Summers und mir im Club zu essen. Es liegt wohl an seiner Jugend und Vitalität. Wie ich hörte, sind seine Angehörigen beim Erdbeben umgekommen; er soll halb Franzose und halb Italiener sein . . . Man stößt einen jungen Menschen nicht einfach vor den Kopf. Eines Tages wird er jemand sein; und wenn es soweit ist, möchte ich, daß er auf unsere Bank zurückkommt.»

Von einem Vetter, der als Kassierer in der Seldon-Bank arbeitete, erfuhr Anthony Cassala, daß Lavette wegen eines Kredits dorthin gegangen war. Er sagte zu Maria, daß ihn das gräme, bis ins Herz gräme, wie er es ausdrückte. «Zu mir zu sagen, du bist wie ein Vater zu mir – aber ich will deine Hilfe nicht. Wie kann er mir das antun?»

«Frag ihn.»

«Nicht, daß er den Kredit bekommt. Der kaltschnäuzige irische Bandit würde ihm erst sein Herzblut nehmen.»

«Die Seldons sind keine Iren, Tony.»

«Das spielt keine Rolle. Wer sind seine Leute, die Seldons etwa?»

Am nächsten Tag fuhr Cassala, der sich nicht mehr beherrschen konnte, in seinem Gig zum Embarcadero hinunter. Dan Lavettes Boote wurden eben entladen, und Dan selbst beschimpfte wütend einen Großhändler.

«Faule Fische! Gott helfe mir, wenn Sie das noch einmal sagen, schlag ich Sie zu Brei! Was bilden Sie sich ein, wer Sie sind, daß Sie von San Mateo hierherkommen und behaupten, meine Fische wären verfault? Wo ist Ihr Eis? Ihr billigen Jakobs spart am Eis und sagt dann, wir verkauften faule Fische! Sehen Sie sich meine Fische an – die sind noch nicht einmal tot! Ich verkauf meinen Fang nach dem Anlegen, nicht am nächsten Tag. Gehn Sie zum Teufel, verschwinden Sie. Ich brauch Ihr Geld nicht.»

Dann entdeckte er Cassala, drehte sich auf dem Absatz um und ging mit langen Schritten zum Gig hin.

«Danny, Danny, du bist zu jähzornig!» sagte Cassala. «Das ist nicht die Art, wie man Geschäfte macht. Du schaffst dir Feinde.»

«Zum Teufel mit dem Lumpen! Ich brauch sein Geld nicht.»

«Meins brauchst du auch nicht, nicht wahr, Danny?»

«Wovon redest du?»

«Von dem Kredit, den du von Seldon willst.»

«Ach, du hast also davon gehört. Von dem Waschweib Angelo, der in der Seldon-Bank angestellt ist?»

«Genau. Und warum gehst du zu Seldon? Wer hat dir das Geld für die Fischerboote geliehen?»

«Du hast es mir geliehen, Tony, und ich stehe tief bei dir in der Kreide. Ich hab den verrückten Plan, einen Küstendampfer für Bauholztransporte zu kaufen. Nimm einmal an, ich komme zu dir und du mußt nein sagen! . . . Und selbst wenn du dumm genug wärst, mir das Geld zu leihen, ich würde es nicht nehmen. Glaub mir das, Tony.»

«Ich glaube dir, Danny. Aber komm zu mir, ja?»

«Mal sehen.»

Dan ging zur Pier hinüber, wo seine Männer die gefangenen Krabben gerade in 35-Liter-Körbe füllten. Er nahm einen der mit Krabben gefüllten Körbe auf, kehrte zum Gig zurück und verstaute ihn im Kutschkasten.

«Danny, du bist ein verrückter Mensch», sagte Cassala. «Wer kann so viele Krabben essen?»

«Deine Frau, deine Kinder, deine Verwandten – ich hab noch nie weniger als zehn Leute an deinem Tisch gesehen.»

«Dann komm auch du zum Essen, Danny.»

«Morgen. Aber kein Wort über Geschäfte. Vergiß die ganze Sache mit Seldon einfach.»

Cassala fuhr ab, und Lavette ging den Kai hinunter zu seinem Häuschen. Sowohl im unteren als auch im oberen Stockwerk war alles blitzsauber. Feng Wo hatte seinen Dienst angetreten; nicht nur als Buchhalter, sondern auch als Hausboy und Koch. Es duftete nach frisch gebrühtem Kaffee, und als Dan eintrat, sprang Feng Wo von seinem Platz am Schreibtisch auf.

«Mittagessen in zehn Minuten, Mr. Lavette. Sobald Sie umgezogen und gewaschen sind.»

«Hören Sie, Feng – Sie brauchen mir kein Mittagessen zu kochen. Das gehört nicht zum Vertrag.»

«Bitte, mir macht's Freude. Sie essen Mischmasch und Bohnen aus Konservendosen, Mr. Lavette, und werden sich den Magen kaputt machen. Ich versteh das nicht, Sie bringen Hunderte von Tonnen Frischfisch an Land und essen selbst auch nicht ein Stückchen Fisch.»

«Ich kann Fisch nicht ausstehen.»

«Ich werde Ihnen ein chinesisches Omelett machen. Das dauert nur ein paar Minuten. Ja?»

«Wie Sie wollen.»

Das Omelett war delikat. Dan aß schnell und hungrig, schlang das Essen eher herunter, als daß er es kauend genoß. Dann ging er wieder. Zu Feng Wo sagte er, daß er in etwa einer Stunde zurück sein würde. Er ging das Embarcadero hinunter zur Market Street und betrat dort den erstbesten Schneiderladen.

«Ich brauche einen Anzug», sagte er zu dem Schneider. «Einen guten Anzug – einen anständigen, vornehmen Anzug. Wissen Sie, was ich meine? Vergessen Sie, wie ich jetzt aussehe. Ich bin Fischer, und das ist meine Arbeitskleidung. Ich möchte einen Anzug für Nob Hill. Einfach, keine Phantasiekaros oder Streifen. Er soll einfach sein, aber erstklassig. Und ich will, daß er mir paßt.»

«Mein Name ist Pincus», sagte der Schneider.

«Lavette. Nun, verstehen Sie mich, Mr. Pincus?»

«Ich glaube schon, Mr. Lavette. Ich werde Ihnen die Stoffe zeigen. Sie können sich dann das Material und den Schnitt aussuchen.»

«Moment noch. Ich brauch ihn in drei Tagen.»

«In drei Tagen? Unmöglich.»

«Nichts ist unmöglich.»

«Drei Tage – das geht ins Geld.»

«Wieviel?»

«Mindestens hundert Dollar. Das hängt von dem Stoff ab, den Sie aussuchen.»

«Für den letzten Anzug, den ich gekauft habe, habe ich sechs Dollar bezahlt.»

«Von der Stange.» Pincus hob die Schultern.

«In Ordnung – drei Tage. An die Arbeit.»

Dan Lavette hatte im Alter von siebzehn Jahren, als sein Vater und seine Mutter umgekommen waren, jeden Gedanken an Weiterbildung aufgegeben. Während der zwei darauffolgenden Jahre lernte er die Fischer im Hafen kennen; nicht als Junge, der im Boot seines Vaters mitfuhr, sondern als ihresgleichen. Er war der Jüngste von allen. Sie mochten ihn und halfen ihm; sie machten ihm zum erstenmal betrunken, schleppten ihn zu seinem ersten Bordellbesuch und akzeptierten ihn als einen der ihren. Wenn sie ihn zu ärgern versuchten, kämpfte er, mit einer Wildheit, die ihm einen Platz als Mann in einer rauhen Welt ungehobelter Männer verschaffte. Trotzdem wurde er nie ein richtiger Fischer. Er eroberte sich seinen Platz, aber er blieb ein Außenseiter. Die anderen Fischer waren Italiener, Portugiesen, Mexikaner und Yankees; einige von ihnen hatten ihr eigenes Boot, andere waren nur an Booten beteiligt; aber eines hatten sie alle gemeinsam: sie waren Fischer und wurden als Fischer alt, mit braunen, schwieligen Händen und dunklen Gesichtern, die durchfurcht waren und zäh wie altes Leder.

Er war neunzehn, als er erkannte, daß der Unterschied zwischen Nob Hill und dem Embarcadero der Unterschied war zwischen denen, die die Boote besaßen, und denen, die darauf arbeiteten. Er kam zu der Überzeugung, daß das Leben eine Sache der Planung und der Einteilung war, so wie es der Krabbenfang eines jeden Tages war. Er mietete das Holzhaus am Strand, brachte es in Ordnung und zog aus dem Haus der Cassalas aus; die sorgenvollen Befürchtungen Maria Cassalas, das Leben am Hafen mit den Stromern und Huren würde ihn zugrunde richten, zerstreute er. Er hatte nicht die Absicht, sich zugrunde richten zu lassen. Einige Monate nach seinem Einzug kaufte er das Häuschen, das er zu seinem Heim und Büro gemacht hatte, für tausend Dollar in bar und eine Hypothek. Er lernte, wie man Geschäftsbücher führt. Er nahm bei Anthony Cassalas Bank einen Kredit auf und belastete sein Boot mit einer Hypothek, um ein zweites Boot zu kaufen; dann belastete er das zweite Boot mit einer Hypothek, um ein drittes zu kaufen. Nach einem Dutzend Sauftouren gab er das Trinken auf – nicht, weil er befürchtete, daß der Alkohol die Herrschaft über ihn gewinnen könnte, und auch nicht aus moralischen Gründen, sondern weil man ihn in einem Bordell, als er betrunken war, um zweihundertfünfundvierzig Dollar erleichtert hatte, die er bar bei sich trug.

Er war zu der Überzeugung gekommen, daß Gewinn und Verlust in keinem Verhältnis zueinander standen. Die Barbary Coast war etwas für Einfaltspinsel, eine törichte Selbsttäuschung für Kinder in den Körpern Erwachsener. Es gab keinen Weg von dort zum Nob Hill. Mit neunzehn Jahren hatte er genug von verblühten Huren, vor Selbstmitleid heulenden Betrunkenen, kleinen Betrügern und Fischern, die sich an sechs Tagen der Woche bis zur völligen Erschöpfung abarbeiteten und dann ihren ganzen Lohn in einer einzigen Nacht an der Barbary Coast auf den Kopf hauten. Er wußte, was er wollte: er wollte Nob Hill.

Und an diesem Abend war er auf dem Nob Hill. Er trug einen grauen Kammgarnanzug, neue schwarze Schuhe, schwarze Sokken, ein weißes Hemd und eine mitternachtsblaue Krawatte. Er sah, beobachtete und lernte. Während er durch das Tor und hinauf zum Haupteingang des Seldon-Hauses ging, warf er prüfende Blikke auf das Anwesen, ein viktorianisches Herrenhaus aus Sequoienholz und Graustein. Er war beeindruckt, jedoch waren ihm der geschmacklose Prunk und die Häßlichkeit des Anwesens auch bewußt; er war sicher, daß er, hätte er ebensoviel Geld in ein Nob-Hill-Schloß gesteckt, es anders gemacht hätte. Er wußte nicht, wie er es gemacht hätte, aber schon die Tatsache, daß er einen Hauch von Gewöhnlichkeit spürte, gab ihm ein Gefühl der Sicherheit.

Der Butler, der die Tür öffnete, zog die Augenbrauen hoch. «Ihr Mantel, Sir?» Er trug weder Hut noch Mantel, das Wetter war ihm gleichgültig. Er merkte sich seinen Fehler und sah sich in der Halle um. Die breite Treppe ins zweite Stockwerk, die Doppeltüren zu beiden Seiten, der Blick durch die Glastüren im Hintergrund auf die Topfpflanzen-Wildnis eines Wintergartens, die dunklen Bronze-Skulpturen in der Halle, der Marmorfußboden und die marmornen Treppensäulen, der gewaltige, fast ehrfurchtgebietende Kristallüster über ihm und die zwei ungeheuren, häßlichen pseudo-gotischen Stühle rechts und links vom Treppenaufgang beeindruckten ihn, ohne daß er jedoch ein Gefühl der Minderwertigkeit dabei empfand. Es war, als befände er sich in einem Warenhaus und machte die Bestandsaufnahme. Er billigte nichts, und er mißbilligte nichts. Er prägte sich einfach einen Eindruck ein, bis zu dem Zeitpunkt, wo seine Urteilskraft ihm eine Wertung ermöglichen würde.

Der Butler, ein würdevoller, livrierter Mann in mittleren Jahren, öffnete eine Hälfte der Doppeltür auf der rechten Seite. Da man ihn nicht nach seinem Namen gefragt hatte – etwas überraschend, denn Dan hatte sich ausgemalt, er werde in aller Form angekündigt –, schloß Dan, daß er erwartet und beschrieben worden war. Einen Augenblick stand er verlegen da, sah einen hellerleuchteten Salon, einen Flügel, eine Harfe, zwei ungeheure Sofas, dick gepolsterte Stühle, einen riesigen Perserteppich und fünf Personen: Seldon, der ihm entgegenkam, zwei ältere Damen, einen Mann um die Fünfzig und eine junge Frau, von der Dan schon nach einem flüchtigen Blick das Gefühl hatte, sie sei das schönste Mädchen, das er je gesehen hatte.

Seldon gab ihm die Hand: «Fein, Lavette, ich freue mich, Sie zu sehen. Willkommen in meinem Haus.» Dann stellte er vor: «Meine Frau, Mrs. Seldon – Daniel Lavette.» Eine hochgewachsene, schöne Frau, nicht freundlich, einfach höflich mit einem Anflug von Unschlüssigkeit, hielt ihm eine schlaffe Hand entgegen. «Und Mrs. Whittier.» Diesmal wurde nicht einmal eine Hand gereicht; die stattliche, eng in ein Korsett gepreßte Frau, deren weißes Satinkleid mit Hunderten von kleinen Perlen bestickt war, neigte nur den Kopf. «Und das ist Mr. Whittier. Mr. Daniel Lavette.» Er war klein, hatte einen gewichsten Schnurrbart und trug wie Seldon einen Smoking und einen schwarzen Querbinder, eine Tatsache, die Dan jetzt quälend bewußt wurde. Er betrachtete Dan mit Interesse und Neugier und drückte ihm kräftig die Hand.

Dan konnte seinerseits kaum den Blick von Jean Seldon lösen, die in einer Ecke eines der großen Sofas saß und ihn mit ihren blauen Augen beobachtete, deren Farbe von ihrem blauen Kleid noch hervorgehoben wurde. Dan glaubte die Andeutung eines Lächelns zu entdecken. «Meine Tochter, Miss Jean Seldon. Und das ist Daniel Lavette.»

Er überlegte krampfhaft, was er sagen könnte: etwas, das er gelesen oder gehört hatte, erfreut, entzückt, überwältigt – oder einfach guten Tag? Doch die Worte wollten ihm nicht einfallen, und so sagte er nichts. Sie reichte ihm die Hand, eine große, wohlgeformte, langfingrige Hand, die jedoch in seiner verloren wirkte. Er hielt sie einen Augenblick und ließ sie dann los.

«Ich habe viel von Ihnen gehört, Mr. Lavette», sagte sie. «Sie haben einen ziemlichen Eindruck auf meinen Vater gemacht. Jetzt verstehe ich den Grund.»

Er faßte es als Kompliment auf und murmelte: «Danke.» Das Lächeln wurde zu einem leisen Lachen. Lachte sie ihn aus? Der Butler stand neben ihm und fragte, was er trinken wollte. Er wollte eigentlich kein alkoholisches Getränk; aber da die anderen Männer auch tranken, entschied er sich nach kurzem Zögern für Whisky mit Soda. Jean Seldon beobachtete ihn aufmerksam. Er war sich ihres forschenden Blicks bewußt. «Setzen Sie sich doch, und erzählen Sie mir etwas über sich, Mr. Lavette», bat sie. Ihre Art zu reden, die Ungezwungenheit, die sich so sehr von der raschen Vertraulichkeit der Tanzhallen-Mädchen oder der förmlichen Scheu der Mädchen unterschied, die er im Hause der Cassalas traf, war wundervoll, neu und aufregend. Aber jetzt hatte Seldon seinen Arm genommen.

«Dan – Sie gestatten doch, daß ich Sie Dan nenne? Ich könnte Ihr Vater sein! – Dan, Mr. Whittier ist Präsident der California Shipping. Er ist zu dick und zu reich. Er braucht eine junge Konkurrenz.»

Jean Seldon lächelte ihn an. Das Lächeln befreite ihn für den Augenblick, aber es begründete auch ihren Besitzanspruch für den Abend. Es bedeutete: «Für den Augenblick bist du entlassen – aber nur für den Augenblick», und sie nickte leicht. Ihn durchfuhr der Gedanke, daß das genau das war, was er gesucht und sich erträumt hatte – das und nichts anderes.

«Wie ich höre, wollen Sie die *Oregon Queen* kaufen, junger Mann.»

«Ja, das habe ich vor.»

«Sie hat nur Scherereien und Unglück gebracht, seit Swenson sie bauen ließ. Nein, ich bin nicht gegen Holzfrachter aus Eisen. Ich habe drei für meine eigene Reederei bestellt; aber man braucht dazu Zeit, gründliche Vorarbeit und Planung. Swenson ließ sich Hals über Kopf darauf ein, und es ist nichts dabei herausgekommen als Ärger und Unglück. Darum will er sie verkaufen.»

«Ich habe das Schiff gesehen», sagte Dan. Er wandte sich an Whittier, sprach aber zu ihr. Sie lächelte und hörte zu.

«Was wissen Sie über Eisenschiffe?»

«Nicht viel. Ich weiß, daß die *Queen* dreiundsiebzig Meter lang ist, und ich weiß, daß ihre Doppelschrauben nicht synchron laufen, und ich glaube zu wissen, was da zu tun ist. Sie hat eine Verdrängung von achtzehnhundert Bruttoregistertonnen und kann über vierzigtausend Festmeter Bauholz transportieren. Ein Kessel ist geplatzt, und ihr Maschinenraum ist ein heilloses Durcheinander; aber ihre Maschine ist gut. Ich werde zwei Kessel auf dem Hauptdeck installieren, hinter den Maschinen, zwei Kessel statt einem, und die werden nie wieder platzen.»

«Kessel auf dem Hauptdeck?» rief Whittier aus. Jean Seldon lächelte jetzt, ihr Vater hörte aufmerksam zu. «Sie wird topplastig; Sie werden sie auf der ersten Fahrt verlieren.»

«Nein, Sir. Ich war zwar nicht Klassenbester in Mathematik, aber ich habe alles genau berechnet. Sie wird nicht topplastig.

Außerdem habe ich, wenn ich den Kessel herausnehme, Frachtraum für weitere viertausend Festmeter.»

«Eins sage ich Ihnen, Mr. Lavette», rief Whittier bissig, «auf das Schiff würde ich keinen Fuß setzen!»

Dan konnte sich ein Grinsen nicht verkneifen. Er sagte, daß er an Passagiere noch nicht dächte. «Das ist Zukunftsmusik, Sir. Ich glaube, daß ein Eisenschiff sein Eigengewicht an Zement, Salz, Zucker oder Sand transportieren kann. Also bin ich nicht von der Einschlagzeit für Bauholz oder von den Holzbaronen abhängig. Auch bin ich nicht an die Redwood Küste gebunden. Ich kann meine Fracht von weit her holen, sogar von Oregon.»

«Für einen Mann Ihres Alters scheinen Sie verdammt selbstsicher zu sein.»

«Ich bin so alt, wie ich es für meine Jahre sein kann», sagte Dan. «Ich weiß nicht sehr viel, aber vom Wasser verstehe ich etwas.»

Der Butler trat ein, um anzukündigen, es werde serviert, und Mrs. Seldon unterbrach sie mit der Bemerkung, daß sie ihre geschäftlichen Erörterungen wenigstens bis nach dem Abendessen verschieben könnten. Dan, der keine weiteren Fehler machen wollte, wartete. Seldon nahm den Arm seiner Frau, und auch Mr. Whittier bot seiner Frau den Arm. Dan wartete. Jean erhob sich: «Sie führen mich doch zu Tisch, Mr. Lavette?»

Er nickte und nahm ihren Arm. Die Worte, die ihm so leicht von den Lippen geflossen waren, als er mit Mr. Whittier sprach, waren jetzt versiegt. Er wußte einfach nichts zu sagen. «Sie waren glänzend», flüsterte sie ihm zu.

«Ja?»

«Niemand spricht jemals so mit Grant Whittier. Sie machen alle Kratzfüße, verbeugen sich und stimmen allem zu, was er sagt.»

«War das nicht richtig?» fragte er unsicher.

«Es war richtig.»

Er wußte nicht, was er darauf erwidern sollte und betrat das Speisezimmer schweigend. Er saß zu ihrer Linken, ihm gegenüber saßen die Whittiers und die Seldons an den beiden Kopfenden der Tafel. Noch nie hatte er sich an einen solchen Tisch gesetzt; links neben seinem Teller lagen drei Gabeln, rechts zwei Messer und drei Löffel, und ein drittes Messer lag quer hinter seinem Teller. Der Teller selbst hatte einen Goldrand und ein goldenes Monogramm in der Mitte. Dan sah, wie Whittier seiner Frau den

Stuhl zurechtrückte, also machte er es ebenso bei Jean. Er rührte nichts an, bis er sah, wie die anderen ihre Servietten aufnahmen. Und dann ahmte er sie sorgfältig nach, wobei er sich bewußt war, daß das Mädchen zu seiner Rechten jede seiner Bewegungen beobachtete. Ein größeres Stengelglas, drei kleinere Stengelgläser. Der Butler goß Wasser in die großen Gläser. Seine Kehle war trocken, er hätte gern etwas getrunken; da merkte er, daß er seinen Whisky mitgebracht hatte. Wo hatten die anderen bloß ihre Gläser gelassen? Er stellte das Glas auf den Tisch und war erleichtert, als der Butler es fortnahm. Die Seldons und die Whittiers plauderten Belangloses; so etwas hatte er noch nicht gehört, und sein eigenes Schweigen bedrückte ihn. Jean Seldon kam ihm zu Hilfe, und er fragte sich, ob sie eine Ahnung davon hatte, daß er noch nie zuvor in seinem Leben mit solchen Leuten in einem solchen Raum oder einem solchen Haus zu Abend gegessen hatte.

«Wieso wissen Sie soviel über Schiffe?» fragte sie ihn.

«Ich weiß nicht viel darüber.»

«Aber natürlich tun Sie das.»

«Nun ja, über die *Oregon Queen* vielleicht. Ich weiß mehr über Boote. Ich nehme an, daß ich die meiste Zeit meines Lebens auf Booten verbracht habe.»

«Und ein Boot ist kein Schiff?»

Whittier hörte das. «Nein, ganz und gar nicht, meine Liebe», sagte er. «Ein Schiff ist kein Boot, obgleich es Leute gibt, die sagen, daß ihr Boot ein Schiff sei.» Sein kleines Wortspiel amüsierte ihn, und er lachte leise vor sich hin.

«Ein Schiff ist groß, ein Boot ist klein. Das ist eigentlich der ganze Unterschied», sagte Dan. Zumindest sprach er nun zu ihr. Ein Serviermädchen stellte einen Teller mit Krabbenfleisch in Mayonnaise auf seinen Unterteller, und der Butler goß Weißwein in das äußere der drei Gläser, die vor ihm aufgereiht waren. Er mochte keine Krabben und fragte sich, ob es eine Beleidigung wäre, wenn er sie nicht äße. Jean stocherte in ihren nur herum; er konnte nicht wissen, daß ihre Appetitlosigkeit mit seiner Gegenwart zusammenhing.

«Könnten von einem Ihrer Boote sein, Lavette», sagte Whittier. «Die Krabben, meine ich.» Whittier war feindlich gesinnt, und er zeigte das in geistlosen Bemerkungen. Dan sagte nichts, er dachte nur, daß, wenn dies wichtigtuerische, törichte Männchen, das so wenig über die Grundlagen seines eigenen Geschäfts wußte, ein Maßstab für die einhundert Großkapitalisten war, die die Hügel von San Francisco beherrschten, es für ihn nicht allzu schwierig sein könnte, den Weg nach oben zu schaffen. Es hing alles vom Geld ab: wer Geld hatte, kam vorwärts und konnte es auch ohne Mut oder Verstand schaffen. Und wer Geld hatte, konnte ein Mädchen wie Jean Seldon öfter als einmal sehen, und nicht nur zufällig. Er nahm die äußere Gabel, nachdem die anderen die ihren aufgenommen hatten und zwang sich, die Krabben zu essen.

«Mir würde dieser Gedanke gefallen», sagte Seldon und schwächte damit Whittiers Bemerkung ab. «Unser junger Freund Lavette besitzt drei Krabben-Fangboote», erklärte er Mrs. Whittier, «und das ist eine ziemliche Leistung für jemanden, der noch so jung ist.»

«In diesem Alter gehen die meisten Jungen noch aufs College», sagte Whittier. «Und leben vom Geld ihrer Väter», sagte Jean unschuldig und lächelte Whittier an. «John ist im letzten Jahr in Yale, nicht wahr?»

«Das stimmt.»

Mary Seldon sah ihre Tochter mißbilligend an; aber Jean nahm es einfach nicht zur Kenntnis. Das Mädchen räumte die Fischteller ab, und der Butler servierte eine klare Suppe. Dan beobachtete Jean, wobei er sich bemühte, ihr nicht ins Gesicht zu sehen.

«Und dann tritt er in Ihre Firma ein, Mr. Whittier?»

«Natürlich.»

«Wie schade, daß er nicht von sich aus eine eigene Reederei gründen kann, wie es Mr. Lavette zu tun beabsichtigt. Aber er würde auch nicht wissen, wie man das anstellt, oder?» fügte sie lächelnd hinzu.

Dan beobachtete, lauschte. Du mußt den Löffel so halten wie sie. Sie tauchten ihn von sich fort in die Suppe, nicht zu sich hin. Sie wandte sich ihm zu und lächelte.

«Das wird wohl kaum nötig sein, Jean», sagte ihr Vater. «Warum, um alles in der Welt, sollte John eine eigene Reederei haben wollen?»

«Schmeckt Ihnen die Suppe, Mr. Lavette?» Hinter ihrer Frage verschwanden alle Anwesenden.

«Oh – ja.»

«Sie essen nicht gern Krabben?»

Er lächelte sie jetzt offen an. Seine Nervosität war verschwunden, und plötzlich spürte er seine eigene Größe, seine körperliche Stärke, sein eigenes Denken und Sein. Vier Jahre lang hatte er sein Brot und seinen Unterhalt selbst verdient, sich durchgeschlagen, war nicht nur am Leben und gesund geblieben, sondern hatte auch eine eigene kleine Fischereiflotte aufgestellt und sie im wahrsten Sinne des Wortes über Wasser gehalten, sich mit Wind und Wetter herumgeschlagen und elf Männer in der Lohnliste geführt – und der Teufel sollte ihn holen, wenn er sich jetzt wegen des richtigen Gebrauchs von Messer und Gabel verrückt machen ließe.

«Würde ich an Ihrer Stelle auch nicht, Mr. Lavette», sagte Jean. «Ich würde Fische und Krabben hassen – die häßlichen kleinen Viecher.»

Plötzlich sprach er mit ihr und merkte, daß er die Herausforderung dieses seltsamen und etwas unverständlichen Abendessens genoß. Nach der Suppe wurde der mit dem Monogramm versehene Goldrandteller von einem Teller mit Rinderbraten und Kartoffeln abgelöst. Dann gab es Salat mit Käse. Dann Eis. Dann einen kleinen Teller mit, wie er vermutete, Kaninchenklein, das stark gewürzt war. Er konnte das hier nur mit den Mahlzeiten bei den Cassalas und den Levys vergleichen, und er hatte das Gefühl, daß beide Familien besser und vernünftiger aßen. Aber er würde das Ritual und jeden Unsinn lernen, den es in Jean Seldons Welt gab.

Nach dem Abendessen reichte der Butler Zigarren herum und brachte Cognac. Die Damen erhoben sich, um den Raum zu verlassen. Jean Seldon sagte zu ihrem Vater: «Bitte, Daddy, laß mich Mr. Lavette mitnehmen und ihm die Sonnenterrasse zeigen. Ich bin sicher, er raucht keine Zigarren. Oder doch, Mr. Lavette?»

«Nein, ich rauche keine Zigarren.»

«Also. Darf ich?»

Ihre Mutter sah ihr ungerührt zu, wie sie, ohne eine Antwort abzuwarten, Dans Arm nahm. Jean Seldon führte ihn aus dem Zimmer.

«Ich bin verwöhnt», sagte sie zu ihm, als sie auf der Terrasse hinter dem Haus standen. Unter ihnen lag der große, glänzende Bogen der Bucht und die Stadt. «Sie müssen das verstehen. Ich bin das verwöhnte Einzelkind eines sehr reichen Mannes, der mich anbetet, und darum tue ich schreckliche Dinge, und man läßt sie mir durchgehen.»

«Schreckliche Dinge?»

«Sie fortzuschleppen, wie ich es getan habe, so einfach aus den Krallen dieses dummen Grant Whittier.» Sie sah ihn an. «Sie halten das nicht für schrecklich?»
«Nein.»
«Ja. Nein. Als Sie mit Mr. Whittier sprachen, haben Sie sich fast einen Knoten in die Zunge geredet.»
«Das war etwas anderes.»
«Warum?»
«Ich weiß nicht, was ich zu Ihnen sagen soll.»
«Das ist das Dümmste, was ich je gehört habe! Oh, jetzt habe ich Ihnen weh getan.»
«Nein.» Er schüttelte den Kopf, versuchte, die passenden Worte zu finden. «Ich weiß nicht, worüber ich mit Ihnen sprechen soll. Ich habe noch nie zuvor jemanden wie Sie getroffen.»
«Wie alt sind Sie, Mr. Lavette?»
«Einundzwanzig.»
«Und ich werde in sechs – nein, in fünf – Monaten einundzwanzig. Also sind wir gleich alt. Aber alle jungen Männer von einundzwanzig Jahren, die ich kennengelernt habe, waren kleine Jungen – nicht der Größe nach, verstehen Sie das richtig – einfach Kinder! Sie sind ganz anders. Wissen Sie das?»
«Nein. Ich habe nie darüber nachgedacht.»
«Sagen Sie immer genau das, was Sie denken?»
«Ich weiß nicht. Ich glaube schon.»
«Daddy hat Sie als eine Art ungehobelten Burschen beschrieben, in Sachen, die Ihnen überhaupt nicht paßten. Sie sind aber kein ungehobelter Bursche.»
«Der Anzug ist neu.»
«Das habe ich nicht gemeint. Sie bringen mich auf!»
«Das wollte ich aber nicht, Miss Seldon.»
«Ich heiße Jean, Mr. Lavette. Sie können mich Jean nennen. Ich werde Dan zu Ihnen sagen. Wir sind einander in aller Form vorgestellt worden, also ist das vollkommen in Ordnung.»
«Ich möchte Sie gern wiedersehen», sagte er langsam.
«So?»
«Ist das auch in Ordnung? Ich habe Ihnen gesagt, daß ich noch nie ein Mädchen wie Sie getroffen habe. Ich bin auch noch nie in einem Haus wie diesem gewesen. Das sollten Sie wissen.»
«Tatsächlich.» Sie sah ihn nachdenklich an – hochgewachsen,

schlank, elegant, kühl und unglaublich schön. Dann schloß sie die Augen, und er wartete. Sie öffnete die Augen wieder und lächelte ihn an. «Ja, Dan, Sie dürfen mich wiedersehen.»

Als er das Haus der Seldons verließ, ging er zwanzig Schritte ganz ruhig, dann stieß er ein Geheul aus und begann zu rennen. Wie ein wildgewordener Stier jagte er den Hügel hinunter. Am Kai angekommen, sprang er in eins seiner Boote, suchte, er wußte selbst nicht, wonach, setzte sich dann ins Heck und starrte hinaus in den Nebel über der Bucht. Er hatte kein Verlangen nach Schlaf. Die ganze Welt war neu, wundervoll und unglaublich.

Maria Cassala hatte eine Totgeburt. Dan besuchte sie im Krankenhaus und stand neben ihrem Bett, während sie sich an seiner Hand festklammerte und weinte. Mit vierunddreißig hatte Maria die Jugend bereits hinter sich. Sie war dick geworden, ihr einst hübsches Gesicht war aufgedunsen und voller Pusteln. Sie klammerte sich mit einer Art wilder Verzweiflung an seiner Hand fest. Die Ärzte hatten ihr gesagt, daß sie nie wieder ein Kind bekommen könnte. Sie war eine einfache Frau, konnte nicht lesen und schreiben und unternahm keinen Versuch, Englisch zu lernen. Trotz Tonys Erfolgs und trotz ihres wachsenden Wohlstands wollte sie keine Dienstboten im Hause haben. Sie putzte und kochte selbst. Aber jetzt sagten die Ärzte ihrem Mann, daß sie mindestens fünf Wochen im Bett bleiben müßte.

«Aber du bist mein zweiter Sohn, Daniel», sagte sie unter Tränen zu ihm. «Du wirst immer mein Sohn sein. Und wenn Rosa älter ist, werdet ihr euch einander zuwenden.»

«Du wirst gesund werden. Werde nur erst gesund, Maria.»

«Mein Kind war ein Sohn», jammerte sie. «Daniel, Daniel, sie haben ihn mir weggenommen, bevor ich ihn überhaupt berühren konnte.»

Draußen, im Flur des Krankenhauses, umarmte ihn Anthony. Dan war von der Bewegung und Trauer des Mannes erschüttert. Genaugenommen hatte das Kind nie gelebt. «Man wendet sich den Menschen zu, die man liebt», sagte Cassala. «Geld – mein ganzes Leben ist Geld. Du bist mein Sohn, Danny. Ich habe einen Sohn verloren. Aber nicht dich, Danny.»

Mark Levy war den größten Teil des Vormittags außer Haus gewesen, nun kehrte er in seinen Laden zurück und fand Sarah, seine Frau, dem Weinen nahe. Ihre Unbeherrschtheit paßte nicht zu ihr. «Wie soll man hier etwas finden? Wie kann man in dieser Unordnung jemals etwas finden?» Martha folgte dem Beispiel ihrer Mutter und begann zu jammern. «Wo warst du?» wollte Sarah wissen. Sie nahm das Kind auf den Arm und beruhigte es.

«Ich war doch nur ein paar Stunden fort. Ich habe mir die *Oregon Queen* angesehen.»

«Jenson war hier im Laden und hat mich angeschrien. Er sagte, das Kalfaterwerg, das du ihm verkauft hast, taugt nichts.»

«Er ist verrückt.»

«Er hat alles hinter dem Laden hingeworfen. Ich habe ihm sein Geld zurückgegeben.» Mark öffnete den Mund, um etwas zu sagen, und schluckte es dann doch hinunter. «Oh, wie ich das alles hasse!» rief sie aus. «Ich hasse es, im Laden zu stehen. Ich hasse es!»

«Das hast du vorher nie gesagt.»

«Ich sage es jetzt. Ist das nicht genug? . . . Ich gebe jetzt Martha zu essen und mach dann etwas für dich.»

«Ich habe keinen Hunger», sagte Mark. Er begann im Laden herumzusuchen, rückte hier und dort Gegenstände im Regal zurecht. «Ich habe nicht gewußt, daß du das alles haßt. Es ist Papas Laden. Verdammt, wir haben anständig davon leben können. Schiffsbedarf verkaufen ist nicht das Unangenehmste auf dieser Welt.»

«Es tut mir leid.» Sie setzte sich mit dem Kind auf dem Arm hin und begann zu weinen.

«Warum heulst du jetzt? Zur Hölle mit Jenson. Du hast ihm sein Geld zurückgegeben. Er dürfte zufrieden sein.»

«Ich weine nicht deshalb. Maria Cassalas Kind ist tot.»

«Was? Wer – Steve oder Rosa?»

«Nein, das Baby. Es wurde tot geboren. Danny Lavette war vorhin hier und hat es mir erzählt.»

«Ja, das ist schon schlimm. Aber deswegen mußt du nicht weinen. So etwas kommt vor.»

«Ja, das kommt vor.»

«Sie wird wieder Kinder bekommen.»

«Nein. Der Arzt sagt nein.» Sie trockenete ihre Augen mit dem Rocksaum und drückte Martha fest an sich. «Ich fühle mich einfach elend.» Sie ging mit Martha ins Hinterzimmer, und ein paar Minuten später hörte Mark, wie sie dem Kind ein Lied vorsang. «Wenn ich nur auch so veranlagt wäre», dachte er. «Schnell traurig, und so leicht wieder getröstet.»

«Warum hast du dir die *Oregon Queen* angesehen?» rief sie zu ihm hinein.

«Um zu sehen, ob Danny einen Vogel hat.»

«Hat er einen?»

«Nein.»

«Ich habe dir kalten Fisch gemacht. Willst du ihn essen?»

«Ich esse ihn», sagte er ergeben.

Feng Wo hatte erstaunliche Kenntnisse auf den verschiedensten Gebieten. «Was würden Sie tragen», fragte Dan ihn, «wenn Sie ein Mädchen zu einer Ausfahrt einladen wollten? Kein billiges Frauenzimmer. Das Mädchen, das ich meine, ist etwas Besonderes.»

Feng Wo dachte einen Augenblick darüber nach. «Ich glaube, Mr. Lavette, eine weiße Leinenhose, ein weißes Hemd und eine Art Strickjacke, die vorn zugeknöpft wird. Sie können das bei Lords kaufen. Vielleicht auch Segeltuchschuhe, so wie Tennisschuhe.»

«Tatsächlich? Keine Flanellhose?»

«Ich habe einmal bei solchen Leuten gearbeitet. Es stimmt, sie tragen zu ihren Freizeitunternehmungen weiße Flanellhosen. Aber Sie sind ein Mann der See. Deshalb halte ich eine Leinenhose für geeigneter.»

Aber als er bei Lords war, kaufte er doch eine weiße Flanellhose und eine blaue Schifferjacke mit Messingknöpfen. Auch weiße Segeltuchschuhe. Die Schuhe gefielen ihm; aber mit der Schifferjacke kam er sich wie ein Hanswurst vor, und im letzten Augenblick zog er einen alten grauen Pullover an. Er war jedenfalls sauber und roch nicht nach Fisch. In Peeks Mietstall in der Jefferson Street mietete er das neueste messingbeschlagene Gig, das Jesse Peek besaß, mit einer nervösen braunen Jungstute davor. «Wenn ich nur eine Spur von Verstand hätte, würde ich Ihnen einen alten Klepper geben», sagte Peek, «denn Sie haben doch keine Ahnung von Pferden, Danny, und diese Stute ist feurig, sehr feurig. Also halten Sie sie gut am Zügel, aber tun Sie ihr nicht im Maul weh. Sie ist ein prima Pferd.»

Es kostete sechs Dollar für den Tag; aber es lohnte sich, entschied Dan. Seine Stimmung wurde auch nicht durch die Kühle gedämpft, mit der Mrs. Seldon ihn begrüßte, als er Jean abholen kam. Jean kam die Treppe herab ihm entgegen in einer blaßgrünen Bluse, einer weißen Wolljacke und einem Faltenrock, der eben oberhalb der Knöchel endete. Ihr honigfarbenes Haar wurde am Hinterkopf von einer grünen Schleife zusammengehalten. Für Dan war sie absolut, eindeutig das schönste und begehrenswerteste Geschöpf, das je in sein Leben getreten war.

«Bitte entschuldigen Sie uns einen Augenblick, Mr. Lavette», sagte ihre Mutter und nahm Jean mit sich ins Wohnzimmer, während Dan in der Halle wartete. «Jean», sagte sie, «ich verstehe dich nicht.»

«Was gibt es da zu verstehen, Mutter?»

«Mit so einem Menschen ohne Begleitung in einem offenen Gig auszufahren, damit alle Welt das begaffen kann – ich versteh das nicht, ich versteh es einfach nicht.»

«Was meinst du mit ‹so einem Menschen›?»

«Er ist ein gesellschaftlicher Niemand, er hat keine Familie, ist ein ungehobelter, unverschämter . . .»

«Nun hör aber auf, Mutter.»

«Du weißt genau, was ich meine.»

«Verbietest du mir auszufahren?»

«Nein, ich will keine Szene. Du würdest ja doch gehen.»

«Ja, das würde ich!» Sie öffnete temperamentvoll die Tür zur Halle, nahm Dans Arm und trat mit ihm hinaus.

Sie fuhren ein paar Minuten, ehe sie sagte: «Ich hatte eine Auseinandersetzung mit meiner Mutter. Ich bin nicht Ihnen böse. Ich ärgere mich nur. Es ist besser, Sie wissen das. Ich bin nämlich sehr launisch.»

«War es meinetwegen?» fragte er.

«Ja, Ihretwegen.»

«Ich kann das verstehen», sagte er seelenruhig. «Ich bin nicht Ihresgleichen. Ich an ihrer Stelle würde wahrscheinlich ebenso empfinden.»

«Sie sind ein erstaunlicher junger Mann. Bringt Sie denn nichts auf?»

«Manchmal schon. Aber in diesem Augenblick, so, wie ich mich jetzt fühle, könnte mich nichts ärgern. Wohin soll ich Sie fahren?»

«Zuerst möchte ich Ihre Boote sehen. Ich bin sehr gespannt darauf.»

«Es sind ganz einfache schmutzige, stinkende alte Fischerboote. Vor zwanzig Jahren wäre das anders gewesen.»

«Warum?»

«Zu jener Zeit – mein Vater begann damals hier zu fischen – takelten alle italienischen Fischer ihre Boote mit Lateinsegeln, wie zu Hause, in der Bucht von Neapel oder vor der Küste Siziliens. Diese Lateinsegel waren ein schöner Anblick.»

«Was ist denn bloß ein Lateinsegel? Sie sehen, ich weiß nichts, absolut nichts.»

«Ein dreieckiges Segel. Es ist an einer nach vorn geneigten Rah an einem niedrigen Mast angebracht. Sie kennen den Maler, der die roten und blauen Bilder von Damen auf Schaukeln mit lauter alten griechischen Säulen drum herum malt.»

«Sie meinen Maxwell Parrish? Was für eine wundervolle Beschreibung.»

«Richtig. Nun, auf seinen Bildern sieht man diese Art Boote.»

«Natürlich. Ich erinnere mich. Sie sind wunderschön.»

«Jetzt gibt es sie nicht mehr. Sie sind alle verschwunden. Jetzt fahren nur noch Stinkewer, Entschuldigung, Motorboote. Da – der Hafen.»

Er lenkte das kleine Gig auf den Kai, mitten in das Gewimmel um die Boote, die ihren Fang an Land brachten. Die Stute tänzelte nervös, wohl wegen der vielen Menschen und des Fischgeruchs. Pete Lomas, sein Stellvertreter, sah ihn und kam herüber. Er war so mit seinem Ärger beschäftigt, daß er das Mädchen neben Dan offenbar überhaupt nicht bemerkte und loslegte: «Danny, dieser verfluchte Hurensohn Trankas hat wieder unsere Reusen ausgeraubt. Diesen Schweinehund bringe ich um, wenn ich ihn erwische!»

«Pete!»

Jetzt sah er Jean und fing an, sich zu entschuldigen, der riesige Bursche im nassen Pullover und in Gummistiefeln. Sie lachte laut auf. Dan entschuldigte sich auch. Lomas stand da wie ein begossener Pudel. Sie fuhren ab. Dan bemühte sich, die Lage zu erklären. Er hielt das Gig vor seinem Häuschen an und sagte zu ihr: «Er hat Sie nicht gesehen. Ich weiß nicht, was ich sagen soll.»

«Dan, er war wundervoll. Sprechen Sie auch so, wenn Sie mit ihm zusammen sind?»

«Ich glaube schon, manchmal.»

«Und hier also wohnen Sie», sagte sie und betrachtete das Haus.

«Es ist nur eine Holzhütte.» Plötzlich schämte er sich, fühlte sich mutlos. Warum war er so töricht, so unvernünftig gewesen, sie hierherzubringen? Er verglich im stillen die etwas windschiefe, verbaute Hütte mit dem großartigen Herrenhaus auf Nob Hill und fühlte sich hundeelend.

«Wohnen Sie hier auch?»

Er nickte.

«Dan, bitte zeigen Sie sie mir.»

Er seufzte, legte das Metallgewicht auf den Boden, mit dem der Kopf des Pferdes unten gehalten wurde und half ihr aus dem Gig. Sie traten in das hölzerne Gebäude. Feng Wo stand auf, lächelte ihnen entgegen, und Dan sagte: «Das ist mein Buchhalter, Feng Wo. Feng Wo, das ist Miss Jean Seldon.»

Sie erstarrte. Das Lächeln verschwand, und das schöne Gesicht wurde zur Maske. Draußen war sie schweigsam, und als sie abfuhren, versuchte er zu erkennen, was er falsch gemacht hatte. «Ich habe Ihnen ja gleich gesagt, daß es nur ein mickriger Holzschuppen ist», sagte er.

Noch immer schwieg sie mit starrem Gesicht.

«Schon gut. Heute ist alles danebengegangen. Es tut mir leid. Sie sind mit Recht verärgert.»

«Wissen Sie nicht, warum ich ärgerlich bin?»

«Doch . . . Nein, ich weiß es nicht.»

«Wie konnten Sie mich einem Chink vorstellen?» platzte sie los.

«Was?»

«Sie haben kein Empfinden dafür, was richtig oder falsch ist, was sich gehört und was nicht.»

«Nein?»

«Nein, ganz und gar nicht.»

Er starrte sie an, und plötzlich verflog ihr Zorn, und sie lächelte. In diesem Augenblick hätte er sein Leben für ihr Lächeln gegeben.

«Sie sind wie ein kleiner Junge, der Schelte und Haue bekommen hat», sagte sie, lehnte sich zu ihm hinüber und gab ihm einen flüchtigen, zarten Kuß auf die Wange.

Acht Jahre zuvor, im Jahre 1902, war Jack Harvey, ein junger Kapitän von neunundzwanzig Jahren, mit seiner Frau und seiner Tochter Clair auf dem Klipper *Ocean Breeze* um Kap Hoorn und an den Küsten zweier Kontinente entlang bis in die Bucht von San Francisco gesegelt. Dort wurde das Schiff von seinen Eignern außer Dienst gestellt und stillgelegt, und, als es verrottete, zu Brennholz verarbeitet. Die Zeit dieses Schiffes und aller anderen wunderbaren Yankee-Klipper war unwiederbringlich dahin. Harvey betrank sich und blieb neun Monate lang im Dauerrausch. Seine Frau, die vor ihrer Ehe Tänzerin in einem Vergnügungslokal für Seeleute in Norfolk, Virginia, gewesen war, haßte ihn und das Schiff und das Meer an jedem einzelnen Tag ihrer Reise nach San Francisco. Sie verließ ihn und verschwand. Ihre zweijährige Tochter ließ sie in seiner schnapsduftenden Obhut zurück. Nach diesen neun Monaten gab er, von gelegentlichen Zechtouren abgesehen, das Trinken auf und verdiente sich den Lebensunterhalt auf den Holzfrachtern, die an der Redwood Coast zwischen der Bucht von San Francisco und Mendocino City fuhren. Seine Tochter nahm er mit, denn er wußte nicht, wie er sie sonst aufziehen sollte. Da das aber den Schiffseignern nicht recht war, war er von Zeit zu Zeit ohne Heuer. Solche Zeiten überbrückte er mit jeder Arbeit, die er gerade finden konnte. Clairs Bildung war wegen ihres unregelmäßigen Schulbesuchs sehr lückenhaft, aber immerhin lernte sie lesen. Da ihr Vater leidenschaftlich gern Romane las, und da sie sehr an ihm hing, hatte sie bis zum Alter von zehn Jahren alles gelesen, was ihr in die Hände gefallen war, von Ned Buntline bis zu Dostojewski.

Als Lars Swenson seine stinkende Eisenschute, wie er die *Oregon Queen* nannte, vorläufig stillegte, bot er Harvey die Stellung eines Verwalters und die Kabine des Schiffes als Wohnung für ein Monatsgehalt von dreißig Dollar an. Da Harvey gerade keine Heuer hatte und dies als Gelegenheit ansah, Clair für einen längeren Zeitraum in eine Schule zu schicken, nahm er das Angebot an.

Als Dan sich zum erstenmal auf die *Oregon Queen* verirrte, wobei er sie eher als Kuriosität betrachtete, lockte Harvey ihn zu einem Gläschen in die Kabine und ließ sich über die Möglichkeiten eines Eisenschiffes aus. Harvey gefiel der große, gutaussehende junge Mann, und Clair, eine dürre, langbeinige, sommersprossige und rothaarige Zehnjährige, war sofort von ihm hingerissen. Sie hatte den größten Teil ihres jungen Lebens auf See verbracht und konnte wie ein Affe die Masten und die Takelage entern. Dan wurde ihr Idol, er war die Verkörperung einer Mischung aus all den Romanhelden, die ihre Welt bevölkerten. Er wiederum brachte ihr, wenn er das Schiff besuchte, Geschenke mit: ein Klippermodell, ein Kleid, ein Glas Marmelade. Als es so weit war, berichtete Harvey Dan von Swensons verzweifelten Versuchen, das Schiff loszuschlagen. Er vermutete, daß Swenson auch ein Angebot von weniger als hundertfünfzigtausend Dollar annehmen würde. Clair aber zählte die Tage und Stunden zwischen Dans Fortgehen und seinem versprochenen nächsten Besuch.

Sie war völlig geknickt, als er eines Tages am Dock erschien und einer schönen jungen Frau aus einem herrlichen Gig half. Clair Harvey wußte und ahnte nicht, daß aus dürren, langbeinigen, rotschöpfigen kleinen Mädchen sehr schöne Frauen werden können. Zum erstenmal in ihrem Leben verglich sie sich mit einer anderen Frau, mit diesem hochgewachsenen, vollkommenen Wesen, dessen Hand Dan Lavette hielt; und als sie zu einem Ergebnis gekommen war, floh sie in ein Versteck und tauchte nicht wieder auf, solange Dan und Jean auf dem Schiff blieben.

Harvey, dessen Gesicht ein roter Sechstagebart bedeckte, stand barfuß in schmutzigen Leinenhosen da, murmelte Entschuldigungen und etwas von Vergnügen und empfahl sich dann, um seine Tochter zu suchen, von der Dan erzählt hatte, und die Jean gern kennenlernen wollte. Wie seine Tochter verschwand er. Jean spazierte vorsichtig über das Deck und sah nichts als Rost, abblätternde Farbe, Fett, Öl und verschiedene Arten von Schmutz, einschließlich zweier abscheulich riechender Abfallbehälter. Dabei lauschte sie Dans Traum von einer Flotte aus Eisenschiffen und bekämpfte den Drang, vor diesem merkwürdigen, verrückten jungen Menschen davonzulaufen, der die Schwelle zwischen Knabe und Mann noch nicht ganz überschritten hatte und keinem der anderen Jungen glich. Auf der anderen Seite gab es Triebe, die stärker waren als ihre Furcht. Seit dem Tage, da sie Dan Lavette zum erstenmal gesehen hatte, vermochte sie ihn nicht mehr aus ihren Gedanken zu verdrängen. Um ihn kreisten ihre Wunschvorstellungen; sie malte sich aus, wie er sie berührte, sie liebte, seine sonnengebräunten fünfundneunzig Kilo Knochen und Muskeln auf ihre weiße Nacktheit preßte, eine Vorstellung, die ihr jedesmal eine Mischung aus Schreck und Verlangen einflößte.

Hier war er jetzt Herr im Haus. «Was halten Sie von meinem Schiff?» wollte er in überschäumend guter Laune wissen.

«Noch gehört es Ihnen nicht, Dan.»

«Wenn Sie meinen, wegen Ihres Vaters», sagte er, wobei er ihren Ausdruck des Abscheus falsch auslegte, «machen Sie sich da keine Sorgen. Ich weiß, daß er mir das Darlehen nicht geben wird.»

«Wie können Sie dann das Schiff kaufen?»

«Ich weiß es noch nicht. Aber kaufen werde ich es.»

«Warum eigentlich?» wollte sie wissen. «Viele Leute leben ohne Schiffe und ohne Boote . . . Sie sehen, ich habe mir den Unterschied gemerkt.»

«Ohne Schiffe . . .» Er schüttelte den Kopf. «Nein, nein. Ich weiß, was ich zum Leben brauche. Ich habe es immer gewußt.»

In Mark Levys Laden holte Dan, während Mark einen anderen Kunden bediente, sich einen ganzen Berg Schiffsbedarf zusammen: Bootshaken, Laternen, Reusen, Tauwerk. Als der andere Kunde gegangen war, wandte Mark sich Dan zu und sah sich den Haufen an Ausrüstungsteilen an, der immer noch wuchs. «Das brauche ich alles», sagte Dan. «Zum Teufel, Mark, ich habe es nicht bar. Du wirst es mir stunden müssen – mindestens bis zum Monatsende.»

«Du hast bei uns Kredit. Aber warum? Du hast nie zuvor Kredit in Anspruch genommen.»

«Ich werfe mit dem Geld um mich wie ein betrunkener Seemann. Ich glaube, ich kann es mir leisten, aber viel habe ich nicht mehr.»

Mark sah ihn gedankenvoll an, ging dann zur Tür, brachte ein Schild mit der Aufschrift «Geschlossen» an und drehte den Schlüssel herum. «Komm, wir unterhalten uns bei einem Bier.» Dan folgte ihm in die Küche. Sarah schälte Kartoffeln. Martha saß auf dem Fußboden und schmierte glücklich mit Buntstiften in einem Malbuch.

«Wo ist Jake?» fragte Dan.

«In der Schule. Ein hübsches Mädchen, Danny», sagte Sarah und sah ihn dabei an.

«Du hast sie gesehen?»

«Jeder am Kai hat sie gesehen. Wer ist sie?»

«Sie heißt Jean Seldon.»

«Seldon?» fragte Mark.

«Ja doch.»

«Augenblick mal . . .»

«Sie ist seine Tochter.»

«Sie hat Klasse, Danny. Wo hast du sie kennengelernt?»

«Im Haus ihrer Eltern.»

«Und du hast sie in die Niederungen mitgenommen?» grinste Mark.

«Mark – Sarah – versteht doch! Lacht mich nicht aus. Ich bin verliebt. Ich weiß nicht, was mit mir los ist, aber seit ich das Mädchen gesehen habe, gibt es für mich sonst nichts auf der Welt. Ich will sie haben, wie ich nie etwas in meinem Leben haben wollte.»

«Danny, sie gehört zu den feinen Leuten.»

«Laß ihn in Ruhe», sagte Sarah zu ihrem Mann und dann zu Dan: «Sag mal, mein Junge, wie ernst ist es dir?»

«Sehr ernst. Ich will sie heiraten.»

«Du bist verrückt», sagte Mark.

«Vielleicht auch nicht. Aber was für eine Art von Frau ist sie, Danny? Der Berg, auf dem sie leben, ist tausend Meilen von uns entfernt.»

«Ich weiß nicht, was für eine Art Frau sie ist. Es ist mir egal. Ich weiß nur, daß es mich erwischt hat.»

«Was hält sie von dir?»

«Weiß der Himmel. Ich glaube, sie mag mich. Wir sind zweimal zusammen ausgefahren. Ich war bei ihnen. Da oben bleiben mir die Worte im Halse stecken – in dem Haus fühle ich mich nicht wohl. Aber wenn wir im Gig ausfahren, kann ich mit ihr reden . . . Nun ja, warten wir's ab.»

«Schön – reden wir mal einen Augenblick von etwas anderem», sagte Mark. «Sarah und ich haben dir einen Vorschlag zu machen.»

«Was für einen Vorschlag?»

«Hör zu. Neulich hab ich mir die *Oregon Queen* angesehen . . .»

«Ich weiß. Harvey hat es mir erzählt. Du wirst Swenson nichts verkaufen können. Er hat genug von dem Schiff und will nur eins: es loswerden.»

«Ich bin nicht hingegangen, um Swenson etwas zu verkaufen. Ich bin hingegangen, um mir das Schiff anzusehen.»

«Was weißt du von Schiffen?» wollte Dan wissen.

«Nicht viel, aber vielleicht so viel wie du, Danny. Ich bin Schiffsausrüster – ich hab mich mein ganzes Leben lang damit beschäftigt. Also hör zu. Ich bin deiner Meinung. Es ist ein verdammt gutes Schiff. Harvey hat mir von deiner Idee erzählt, zwei Kessel auf das Deck zu setzen, und ich glaube, es wird gehen. Sie muß entrostet, gestrichen und überholt werden. Ihre Winschen sind in Ordnung. Sie braucht neues Tauwerk, aber die Maschine ist gut, und ihre Generatoren sind auch gut. Sie ist für Kohlefeuerung gebaut, aber wir können das ändern und sie auf automatische Ölfeuerung umrüsten.»

«Was meinst du mit wir?»

«Hör erst mal zu. Wenn das Schiff auf Öl umgestellt wird, hat es goldene Planken.»

«Woher weißt du, daß sie umgerüstet werden kann?»

«Ich weiß es nicht. Ich glaube es nur. Jedenfalls ist das die Zukunft – Ölbrenner. Nun haben Sarah und ich das besprochen, und ich glaube, wir haben alles gründlich überlegt. Hier ist mein Vorschlag. Der Laden und das Haus hier sind vielleicht sechzig-, siebzigtausend Dollar wert. Es liegt keine Hypothek darauf. Du und ich werden Partner. Wir gehen zu Tony Cassala und lassen uns auf meinen Laden, Lagerbestand und das Gebäude einen Kredit bis fünfzigtausend Dollar geben. Vielleicht brauchen wir nicht soviel, aber wir werden uns sicherer fühlen, wenn wir etwas haben, worauf wir zurückgreifen können; und deshalb bitten wir um einen Kredit bis zu einer Grenze von fünfzigtausend Dollar. Danach kaufen wir die *Queen*, bringen sie in Ordnung und sind im Seetransportgeschäft. Unsere Ausrüstung holen wir aus dem Laden, das sind noch einmal zwei-, dreitausend Dollar. Was sagst du dazu?» Er lehnte sich zurück und sah Dan an, der zuerst Mark und dann seine Frau anstarrte.

«Ihr würdet das für mich tun?» fragte Dan leise.

«Für uns», sagte Sarah.

«Nein. Es ist ein Geschenk. Ihr habt den Verstand verloren. Dieser Laden ist euer Leben.»

«Ich hasse diesen Laden», sagte Sarah.

«Ihr gebt euren Laden und euer Haus – und was ist mein Anteil?»

«Du selbst.»

«Was meinst du damit, ich selbst?»

«Ich kann das nicht», sagte Mark. «Die Vorstellung von einem eigenen Schiff erschreckt mich zu Tode. Ich kann den Frachtraum verkaufen, glaube ich, aber kein Schiff führen. Ich bin dafür nicht gemacht.»

«Und wieso meinst du, daß ich das kann?»

«Ich weiß es. Ich habe beobachtet, wie du deine Fischkutter geführt hast.»

«Das ist etwas anderes.»

«Nicht so sehr. Und, Danny, man kann ein Vermögen damit machen. Du weißt das, und ich weiß es auch.»

«Nein. Nein, ich kann es von euch nicht annehmen. Ich hab mein Lebtag von niemandem etwas angenommen. Ich kann's nicht.»

«Gut», sagte Mark nach langer Pause. «Leg deine Boote dazu. Wir werden Partner auf der ganzen Linie.»

«Die Kutter sind mit Hypotheken belastet. Das wißt ihr doch!»

«Trotzdem haben sie einen Wert. Überleg es dir, Danny. Du hast etwas, wir haben etwas. Wir legen zusammen.»

Minuten vergingen. Dan saß schweigend da und sah unverwandt auf den Tisch. Sarah hatte ihre Kartoffeln geschält und setzte sie auf den Herd. «Möchtest du Bier, Danny, oder Kaffee?»

«Lieber Kaffee.»

«Schwarz?»

Er nickte und fragte, beinahe kläglich: «Warum tut ihr das für mich? Ich versteh das nicht.»

«Vielleicht, weil wir dich gernhaben», sagte Sarah lächelnd und stellte den Kaffee vor ihn hin. «Magst du ein Stück Kuchen, Danny?»

Er schüttelte den Kopf.

«Nun?» fragte Mark ihn.

«Ich weiß nicht. In den Fischkuttern steckt vielleicht ein Wert von zehntausend Dollar. Das bedeutet für dich achtzig Prozent Geschäftsanteil.»

«Halbe-halbe oder gar nicht.»

«Ich weiß nicht, wie man so etwas ausarbeitet. Wir würden Rechtsanwälte brauchen.»

«Tony weiß das, und er hat Rechtsanwälte.»

«Meine Hütte ist fünftausend wert. Die muß auch mit in den Topf.»

«Dann ist es also abgemacht?» fragte Mark.

«Abgemacht», sagte Dan. Sie reichten einander die Hand.

«Hol eine Flasche Wein!» rief Mark. «Darauf müssen wir anstoßen.»

Sarah öffnete eine Flasche Wein und füllte drei Gläser. Mark hob sein Glas und sagte: «Meine liebe Frau, mein lieber Freund Danny. Das ist ein bedeutungsvoller Augenblick. Ich bringe diesen Toast auf die Reeder Lavette und Levy aus.»

«Nein», sagte Dan. «Levy und Lavette. Das klingt besser. Mein Gott, Mark, ich bin einundzwanzig Jahre alt, ich habe Angst.»

«Ich auch. Levy und Lavette, wenn du das willst. Also Prost.»

Mit seinen sechsunddreißig Jahren hatte Anthony Cassala seine Jugend hinter sich. Manchmal erwachte er noch jetzt nachts schweißgebadet von dem Alptraum, daß er ein armer, hungriger, zerlumpter Wicht in den Slums von Neapel wäre. Die Tatsache, daß er selbst seinen Aufstieg zum Bankier erlebt hatte, half wenig dabei, der Situation das Unwirkliche zu nehmen. Er hatte nicht einen einzigen Tag eine Schule besucht und sich selbst Lesen und Schreiben beigebracht, zuerst italienisch und dann englisch. Unter Anleitung seines inzwischen fünfzehnjährigen Sohnes Stephan hatte er Rechnen gelernt, und immer noch brütete er wissensdurstig über dessen Büchern, um die Geheimnisse der Prozent- und Bruchrechnung zu verstehen. Jeden Morgen stand er um sechs Uhr auf und las vor dem Frühstück den *Chronicle* von vorn bis hinten und das *Wall Street Journal*, das zwar vier Tage alt, aber immer noch sehr lesenswert war. Hinterher rasierte er sich, putzte seine schwarzen Schuhe, zog eine sorgfältig gebügelte gestreifte Hose und einen schwarzen Gehrock an und machte sich dann zu Fuß und mit dem Kabelwagen zu seinem Büro in der Bank of Sonoma in der Montgomery Street auf.

Jedesmal blieb er vor der Bank stehen, um die vergoldeten Buchstaben auf den Glasscheiben der Fenster zu lesen, wie er auch an der Tür zu seinem Büro vor der Aufschrift aus kleinen schwarzen, goldumrandeten Buchstaben kurz verweilte: ANTHONY CASSALA, PRESIDENT. Trotz seines Verstandes und seiner Intelligenz war er im Grunde ein einfacher Mann. Wenn jemand ihm wegen seiner harten Arbeit schmeichelte, schüttelte er unbehaglich den Kopf. Er wußte, was harte Arbeit war; er brauchte sich nur an all die Jahre zu erinnern, in denen er als Hilfsarbeiter und Maurer geschuftet hatte; das hier war Glück und die Gnade Gottes. Er war tief religiös, und bei der Beichte beharrte er immer auf seiner Schuld. Wer war er, um das zu verdienen? Was hatte er getan, daß er anders sein sollte als alle anderen italienischen Arbeiter?

Nun hatte er bereits eine volle Stunde hinter seinem Schreibtisch gesessen und Dan Lavette und Mark Levy ausgefragt. «Es ist nicht wegen des Geldes», sagte er immer wieder. «Das Geld ist nichts. Ich würde das Geld für Danny auftreiben, und wenn ich meine Taschen ausleeren müßte. Das Darlehen, das ihr haben wollt, ist gut abgesichert. Aber ihr seid noch Jungen.»

«Ich bin dreißig», sagte Mark. «Da ist man kein Junge mehr.»

«Danny ist ein Junge.»

«Für dich vielleicht», sagte Dan. «Tony, wir wissen, was wir tun.»

«Ihr braucht Organisation, ein Büro, Bücher, Versicherungen. Dieser Chinese, den du eingestellt hast, Danny, hat der Köpfchen?»

«Feng Wo ist geschäftstüchtiger als ich. Er kann alles.»

«Das ist gut, das ist prima. Kommt morgen um zehn Uhr wieder. Dann habe ich Sam Goldberg hier. Er ist mein Rechtsanwalt von der Firma Goldberg und Benchly – ein redlicher Mann. Er setzt den Gesellschaftervertrag auf, und ihr könnt ihn dann unterschreiben.»

Danach schüttelten sie einander sehr förmlich die Hand. Cassala holte eine Flasche Brandy und Gläser heraus, goß ein und sagte: *«Buona salute, buona vita, buona fortuna e compassione.»*

Sie tranken, reichten sich noch einmal die Hand und gingen. Auf der Straße fragte Mark Dan, was der Trinkspruch bedeutete. «Gesundheit, langes Leben, Glück – und ich glaube, daß er sagte, wir sollen aneinander denken. Compassione, Mitgefühl», entgegnete Dan.

«Das ist seltsam.»

«Ja, so ist Tony. Aber wir haben das Geld, Mark, und wir werden das Schiff kaufen. Wie fühlst du dich?»

«Gut.»

«Nicht nervös?»

«Ein bißchen.»

«Ich will dir sagen, wie ich mich fühle», sagte Dan. «Ich fühle mich, als ob wir die ganze Welt in unseren Händen hielten. Gottverdammt, Mark, die ganze verflixte Welt – genau hier!» Er streckte seine beiden Hände aus, starrte sie an und brach dann in Lachen aus: «Levy und Lavette. Wie klingt das?»

«Gut. Klingt gut.»

«Marcus, alter Knabe», sagte Dan, «du und ich – ich habe das Gefühl, als ob wir für diese Partnerschaft gemacht wären. Du hast einen nüchternen Verstand, ich verliere bei der geringsten Gelegenheit den Kopf. Aber wir sind beide helle, und das zählt. Vor einem Jahr wäre ich bei so einer Gelegenheit losgesaust und hätte im Puff einen draufgemacht. Jetzt bin ich verliebt. Vielleicht. Doch, ich glaube schon.»

Mark grinste. «Wir haben einen langen Weg vor uns, Danny.»

«Wir haben Zeit, soviel wir brauchen. Gehn wir uns einen antrinken.»

«Sarah wird mir das Fell über die Ohren ziehen.»

«Hol's der Henker, das wächst nach.»

Sie gingen in *Maguire's Bar* und veranstalteten ein Wetttrinken mit Lagen aus Korn und Bier. Mark war kein ausgepichter Trinker, und als sie die Bar verließen, mußte Dan ihn stützen. Dan ging mit ihm zum Kai hinunter. Es war später Nachmittag, die Boote waren festgemacht, der Fang verkauft.

«Laß uns hinausfahren», sagte Dan. «Das vertreibt den Nebel aus unseren Köpfen und beruhigt unsere Seelen.»

«Nein, Danny, du kannst mit so einem Boot nicht allein fertigwerden. Außerdem bist du betrunken.»

«Betrunken bist du, mein Junge. Mach dir keine Sorgen. Das blaue Wasser ist mir Mutter und Vater zugleich. Ich bin auf der Bucht groß geworden. Verdammt, ich könnte die *Oregon Queen* allein führen, wenn ich müßte. Ich werde mit allem fertig, was Wasser unter dem Kiel hat. Da, setz du dich dahin und laß mich machen.»

Mark nickte vertrauensvoll und kletterte ins Boot. Dan warf die Leinen los und stieß sich mit dem Fuß vom Kai ab. Alle viere von sich gestreckt lag Mark im Laderaum, den starken Fischgeruch nahm er gar nicht recht wahr. Dan ließ den Motor an, und als er lief, stellte er sich ans Ruder und steuerte das Boot hinaus in die Bucht.

Das Wasser war ruhig und glatt und glitzerte golden im Licht der untergehenden Sonne, über ihnen schimmerten die Hügel der Stadt wie juwelenbesetzte Diademe. Abgesehen von einem alten Bauholzschoner in der Ferne war die Bucht leer, und die Ebbe zog das Wasser langsam und sacht zum Golden Gate. Schon hatten sich die östlichen Hänge von Marin County mit düsterem Schwarz bezogen, und tausend tief fliegende Möwen kreischten dem Tag ihren Abschiedsruf nach.

Dan stellte den Motor auf langsame Fahrt, belegte das Ruder und warf sich neben Mark hin. Sie fuhren von der Stadt fort, behielten sie aber im Blick.

«Dort oben – genau dort oben zur Spitze von Nob Hill, dorthin gehen wir, alter Junge, weil es unsere Stadt ist. Sie werden es schon merken, zum Teufel.»

Seit dem Eintreffen der ersten Gäste hatte Jean Seldon ihre Augen nicht von der Eingangstür gewandt; sie wartete nur auf ihn. Ihre Mutter beobachtete sie. Wußte sie es? Das würde sich später zeigen, im Verlauf des Abends, wenn sie fragen würde, wer ihn eingeladen hatte. «Ich», würde sie sagen. «Warum?» – «Weil ich ihn hier haben wollte.» – «Du wußtest, daß ich ihn hier nicht haben wollte!» – «Aber ich.» Oder vielleicht mit etwas anderen Worten. Ihre Mutter wurde nie laut, sie verlor nie die Beherrschung; ihre Waffen waren Schweigen, kalte Wut, Verachtung; lauter Waffen, die Jean kannte und ebenso einsetzen konnte. Ihr Vater würde es einfach hinnehmen. Sie hatte den Eindruck, daß er Dan Lavette mit belustigter Hochachtung betrachtete; und sollte er es wagen, sie herauszufordern, würde sie darauf hinweisen, daß sie doch wohl Dan Lavette einladen durfte, wenn er Bürgermeister McCarthy und Polizeidirektor Martin als Gäste in seinem Haus haben konnte.

Und doch war sie nervös, so nervös, daß ihre Mutter sich zu der Frage veranlaßt sah: «Jean, was ist bloß mit dir? Die Brockers sagten, du hättest sie nicht beachtet. Du bist doch nicht krank?»

«Ich fühle mich sehr wohl, Mutter.» Mary Seldon konnte nicht weitersprechen. Fünfzig Gäste wurden zu der Gesellschaft erwartet, die mehr oder weniger zu Ehren des neuen Bürgermeisters Patrick Henry McCarthy gegeben wurde, den die Union Labor Party ins Amt geschoben hatte. Er begrüßte bereits Könige, Paschas und Nabobs, die während des Wahlkampfes seine geschworenen Feinde und jetzt lächelnde Zuhörer für seinen anziehenden irischen Akzent waren: die Brockers, die Whittiers, die Callans und all die andern, die die Stadt und einen großen Teil des Staates beherrschten; und Mary Seldon war von ihrer Rolle als Gastgeberin gänzlich in Anspruch genommen. Jean hörte den drei oder vier jungen Männern kaum zu, die man als ihre Freunde eingeladen hatte, auch nicht Alan Brocker, der ihr schon seit zwei Jahren den Hof machte. Als er sich darüber beklagte, daß sie ihm noch nicht einmal zwei Minuten ihre Aufmerksamkeit gewidmet hätte, ließ Jean, die ihre Worte nie auf die Goldwaage legte, ihn wissen, daß zwei Minuten ausreichten, um sie bis zu Tränen zu langweilen.

Ihre Nervosität beruhte zum Teil darauf, daß sie gar nicht sicher war, ob Dan Lavette erscheinen würde. Sie hatte ihm gesagt, es werde eine formelle Angelegenheit und er müsse im Smoking kommen. Er hatte keinen Smoking. Er hatte noch nie einen getragen.

Aber jetzt, während sie dem Geplauder ihrer Freundin Marcy Callan zuhörte, sah sie ihn mit Smoking und allem Drum und Dran durch die breiten Doppeltüren eintreten. Sein Smoking saß wie angegossen auf seinem kräftigen Körper. Er suchte sie über die Köpfe aller Anwesenden hinweg.

«Wer ist das?» fragte Marcy Callan sie. «Ach nein, das ist doch nicht dein Fischer?»

«Doch. Und wenn du ihm zu nahe kommst, kratz ich dir die Augen aus.» Dann ging sie schnell zu ihm, wobei sie dem Blick ihrer Mutter auswich, die ihn ebenfalls gesehen hatte. Sie nahm seinen Arm. «O Danny, es ist ja so tapfer von dir, daß du gekommen bist!»

«Da hast du verdammt recht», flüsterte er ihr zu. «Wozu bin ich hier, zum Teufel?»

«Um gut auszusehen, freundlich, witzig und geistreich zu sein – also genau das, was man von dem Mann erwarten würde, der Thomas Seldons einziges Kind zu heiraten beabsichtigt.» Sie hängte sich bei ihm ein. «Komm, ich stelle dich den gekrönten Häuptern vor.»

So wie sie aussah, hätte Dan ihr sogar erlaubt, ihn dem Teufel selbst vorzustellen. Sie trug ein langes Kleid aus pfirsichfarbenem Crêpe de Chine, und ihr honigfarbenes Haar war zu einer Krone frisiert. Mit ihren hochhackigen Schuhen war sie nur wenig kleiner als er, und die Augen aller Anwesenden wandten sich ihnen zu. Sie spürte das aufregende Prickeln des Triumphs. Im Augenblick konnten ihre Eltern nichts anderes tun, als so freundlich und verbindlich zu sein, wie es Gastgeber und Gastgeberin sein müssen. Das Getuschel begann, Jeans Fischer, das Großmaul aus dem Tenderloin – sie hat sich schon ewig mit ihm getroffen; aber wer kann es ihr verübeln? Heiter lächelnd stellte sie ihn James Brocker vor. «Das ist mein Freund, Daniel Lavette.» Sie flüsterte Dan zu: «Die andere Bank. Er und Daddy haben alles Geld der Welt.«

Whittier reichte ihm frostig die Hand: «Schiff schon gekauft?»

«Ich bin gerade dabei.»

Joe Callan, ein Berg von Mann, betrachtete ihn gedankenvoll: «Sie sind also Seldons Fischer», sagte er. Marcy, seine Tochter, hing an seinem Arm.

«Ich bin niemandes Fischer, Mr. Callan», erwiderte Dan. «Nicht einmal Ihrer.»

Jean beachtete Marcy nicht und zog Dan fort: «Du hast gerade den reichsten Mann in Kalifornien beleidigt. Weißt du, wer er ist?»

«Zum Teufel mit ihm!»

«Ich bete dich an! Und das ist unser neuer Bürgermeister. Mr. McCarthy, das ist Dan Lavette.»

Sie reichten sich die Hand. McCarthys blaue Augen zwinkerten: «Junge, Junge», sagte er, «Sie haben das Beste vom Abend erwischt.»

«Das stimmt.»

«Ich höre, Sie sind ein einfacher Mann, wie ich.» Er beugte sich zu Dan vor: «Wir sind hier in einer Räuberhöhle. Passen Sie auf sich auf, mein Junge.»

«Was hat er gesagt?» wollte Jean wissen.

«Daß ich hier in einer Räuberhöhle bin.»

«Köstlich!» Sie sah ihre Mutter an, die Dan kühl zunickte.

«Mr. Lavette.»

«Danke für die Einladung», sagte Dan.

«Ja.» Mutter und Tochter tauschten einen Blick und Jean zog Dan mit sich.

«Was sollte das bedeuten?»

«Nichts. Da ist Daddy. Sei sehr nett zu ihm.»

Er schüttelte Seldon die Hand. «Schön, Sie zu sehen», sagte Seldon. «Wir haben nachher noch Zeit, uns ein bißchen zu unterhalten.»

Die Vorstellungen gingen weiter: Männer mit kantigen Unterkiefern, die nach Macht und Erfolg rochen, stattliche, juwelenbehängte Frauen, die nach feinem französischem Parfum dufteten. Namen, von denen Dan gehört hatte, Namen, die in den Zeitungen standen; er nickte, lächelte, schüttelte Hände, die ihm entgegengestreckt wurden und atmete erleichtert auf, als Jean ihn aus der Menge heraus in den Wintergarten zog. Im Schutze der Palmen und Farne sagte Jean: «Du magst uns nicht sehr, oder?»

«Sie mögen mich nicht.»

«‹Opa hat noch Gold gewaschen, Papa hat nach Nob Hill gewollt. Ohne Sutter und Sutters Gold hätten wir heute noch leere Taschen.› Das habe ich gelernt, als ich fünf Jahre alt war. Mutter wurde wild, wenn sie das hörte. Sie kommt aus Boston. Tatsache ist, daß du alle Frauen im Salon neidisch machst. Mir gefällt dein Smoking sehr.»

«Wir haben das Darlehen bekommen, Jean. Mark Levy und ich

werden die *Oregon Queen* kaufen. Wir haben zwei Wochen lang mit Swenson über den Preis verhandelt, jetzt ist das Geschäft perfekt. Das ist erst der Anfang. Ich schwör's dir, es ist erst der Anfang.» Er nahm sie in die Arme.

«Danny, die anderen können uns sehen.»

«Der Teufel soll sie holen.»

Als Dan ging – die Gesellschaft war noch in vollem Gange –, verschwand Jean in ihrem Zimmer. Eine Möglichkeit, mit dieser Angelegenheit fertig zu werden, war ihrer Ansicht nach die, zu Bett zu gehen, die Lichter zu löschen und ihren Eltern bis zum nächsten Morgen Zeit zu lassen, sich zu beruhigen. Aber sie war zu angeregt, zu aufgedreht, um zu schlafen oder im Dunkeln dazuliegen und so zu tun, als schliefe sie, wie sie es als kleines Mädchen oft getan hatte. Und halb und halb wünschte sie den Zusammenstoß auch und freute sich darauf. Sie zog ihren Morgenmantel aus blaßblauem Samt mit gerüschter französischer Spitze an, nahm *Jahrmarkt der Eitelkeit* zur Hand, legte sich auf den Diwan und wartete. Sie versuchte zu lesen, aber die Worte waren bedeutungslos, und so gab sie sich ihren Träumereien hin. Etwa eine Stunde später klopften ihre Eltern an die Tür.

«Herein. Ich bin wach», sagte Jean.

Ihre Mutter trat ein, und ihr auf dem Fuß folgte ihr Vater. Er versuchte Zeit zu gewinnen: «Ich meine, das kann bis zum Morgen warten, Mary.»

«Ich bin nicht dieser Ansicht.»

«Ich weiß nicht, was das alles soll», sagte Jean sanft. «Ihr habt eine Gesellschaft gegeben, und ich habe einen Freund eingeladen. Das habe ich auch früher schon getan.»

«Du weißt, daß ich ihn nicht in diesem Hause zu sehen wünsche», sagte ihre Mutter eisig.

«Ich dachte, es wäre auch mein Zuhause. Irre ich mich da?»

«Herrgott noch mal, Mary», sagte Seldon, «er ist zuerst als mein Gast hierher gekommen. Wenn Jean eine Schwäche für ihn hat, ist das meine Schuld.» Und zu Jean: «Trotzdem, du hast wenig Urteilskraft gezeigt, als du ihn hierher eingeladen hast.»

«Warum?»

«Weil ich es nicht gut finde, daß du mit einem Mann wie Lavette gehst. Es gibt genug anständige Jungen aus anständigen Familien.»

«Du sagst es», lächelte Jean. «Sie sind Jungen. Er ist ein Mann.»

«Er ist ein Niemand», sagte ihre Mutter. «Dein Vater hat Auskünfte über ihn eingeholt. Seine Angehörigen waren italienische Einwanderer. Er hat keine Familie, keine Schulbildung und keine Position. Er wohnt in einer Hütte am Hafen und ist der letzte Mensch auf der Welt, mit dem du deine Zeit verbringen solltest.»

«Sein Vater war Franzose», sagte Jean ruhig, «falls das einen Unterschied macht. Und er ist gebildet und belesener als die Hälfte der Gäste heute. Er ist freundlich, großzügig, und er liebt mich.»

«So? Und was empfindest du für ihn?» fragte Seldon.

«Ich liebe ihn, und ich werde ihn heiraten.»

«Du bist übergeschnappt!» rief ihre Mutter aus. «Die ganze Angelegenheit ist verrückt! Du redest wie ein Kind.»

«Ich bin kein Kind mehr und lasse mich nicht wie ein Kind behandeln. Ich bin fast einundzwanzig.»

«Jean, mein Liebes», sagte Seldon ruhig, «deine Mutter ist überrascht und erregt. Es ist spät, und ich glaube nicht, daß dieser Streit uns weiterbringt. Ich schlage vor, daß wir alles überschlafen.» Er zerrte seine Frau geradezu aus dem Zimmer und sagte zu ihr, als sie in ihrem eigenen Schlafzimmer waren: «Das war das Falscheste, was du sagen konntest.»

«Und was hast du gesagt?»

«Es gibt nichts, das ich heute abend sagen könnte, weil sie recht hat. Sie hat sich bisher mit Kindern abgegeben. Lavette ist ein Mann.»

Mary ließ sich auf einen Stuhl fallen und starrte ihren Mann trübe an: «Ich dulde es nicht.»

«Sie wird volljährig, und wenn sie ihn heiraten möchte, wird sie es tun, ob wir es wollen oder nicht. Ich habe nur ein Kind, und ich werde sie nicht enterben oder aus dem Haus treiben.»

«Du könntest das Verhältnis beenden.»

«Wie?»

«Freikaufen. Ihm Geld geben.»

Seldon schüttelte den Kopf.

«Schüttel nicht einfach den Kopf!»

«Liebe Mary, deine Tochter kann Männer besser beurteilen als du. Den kann man nicht kaufen. Ich habe heute abend mit ihm gesprochen, bevor er ging. Ich sagte ihm, daß er das Darlehen haben könnte und daß ich als Gegenleistung eine Beendigung seiner Aufmerksamkeiten meiner Tochter gegenüber erwartete.»

«Was sagte er dazu?»

«Zuerst hat er mich nur angesehen. Den Jungen möchte ich nicht zum Feind haben. Dann lächelte er und sagte, daß er angesichts unser beider Lage nicht die Absicht hätte, zornig zu reagieren.»

«Und was, bitte, meinte er damit?»

«Er sagte, mein Geld interessierte ihn überhaupt nicht, an meiner Tochter hingegen sei ihm sehr gelegen.»

«Und an ihrem Geld, das ist sicher.»

«Ich glaube nicht. Ich glaube es wirklich nicht, Mary.» Er zog seine Jacke aus und öffnete seine Krawatte. «Ich weiß nicht, was wir da tun können», sagte er langsam. «Ich habe das Gefühl, daß Dan Lavette kriegt, was er haben will.»

«Was erzählst du da – meine Tochter soll einen Katholiken heiraten, und ich kann nichts daran ändern?»

«Warte es doch ab. So weit sind wir noch nicht.»

«Und wenn wir so weit sind, Thomas?»

«Dann werden wir uns entscheiden müssen.»

«Du hörst nicht zu. Du hast nicht ein Wort von dem gehört, was ich sagte. Der Mann ist ein Niemand, ein italienischer Fischer und ein Katholik. Hast du jemals über Katholiken nachgedacht, Thomas?»

«Ich habe über sie nachgedacht.»

«So, hast du das? Hast du das wirklich? Weißt du, wie die sind? Mein Vater würde sich bei dem bloßen Gedanken im Grabe umdrehen. Ich werde nicht dulden, daß meine Tochter den Hunden vorgeworfen wird!»

«Mary, ich bin müde. Zu müde, um diese Diskussion fortzuführen. Laß es uns überschlafen.»

«Sie weiß nicht, was sie will. Er hat ihr den Kopf verdreht, der Strolch hat sie betört. Ich meine, sie sollte eine Zeitlang verreisen.»

«Du schätzt sie falsch ein», sagte Seldon gequält. «Sie wird tun, was sie will. Unsere Tochter ist schon eine Persönlichkeit.»

Die *Oregon Queen* lag am Hunter's Point, und Anthony Cassala entschied, daß die letzten Unterschriften an Bord des Schiffes vollzogen werden sollten. Swenson, ein hochgewachsener Mann von sechsundsiebzig Jahren mit stets mürrischem Gesicht, von dem es hieß, er habe noch niemals gelächelt, stimmte widerwillig zu. Maria Cassala packte zwei ungeheure Proviantkörbe mit Rotwein, frischem Brot, Salami, Schinken, roten Paprikaschoten, Käse und Obst. Stephan, ein dunkelhäutiger, ernster Fünfzehnjähriger, und Rosa, die kurz vor ihrem vierzehnten Geburtstag stand und bereits voll zur Frau erblüht war, mit runden und verführerischen Brüsten, trugen ihre Sonntagskleider. Anthony nahm eine Droschke, und die Familie fuhr von ihrer Wohnung in der Folsom Street zum Liegeplatz am Hunter's Point. Maria, die noch immer um ihr totgeborenes Kind trauerte, malte sich aus, wie Dan eines Tages ihre Tochter Rosa heiraten würde. Sie war fest davon überzeugt, daß arrangierte Ehen die besten waren; und obgleich ihr Ehemann gereizt reagierte, wenn sie dies Thema in seiner Gegenwart anzuschneiden versuchte, glaubte sie, daß Dan sie verstehen würde, und sie war entschlossen, die Sache heute zur Sprache zu bringen.

Als sie bei der *Oregon Queen* ankamen, waren die anderen schon da, nur Sam Goldberg fehlte noch. Er kam ein paar Minuten später – ein dickleibiger Mann, der die Leiter vom Kai herauf keuchend erklomm. Mark und Sarah Levy waren auch in Feiertagsstimmung. Sie hatten ihre Kinder mitgebracht, und ihr elfjähriger Sohn Jacob, langbeinig, blond und blauäugig wie seine Mutter, kletterte bereits mit Clair Harvey in der Takelage umher, ohne auf die Mahnungen seiner Mutter zu achten. Jack Harvey hatte das Deck gereinigt und mit dem Schlauch abgespritzt und Stühle aus der Kabine an Deck gebracht. Er breitete das von Maria Cassala mitgebrachte weiße Tuch auf dem Lukendeckel aus und half ihr beim Auspacken der Körbe, wobei er genießerisch schnalzte und sie mit Komplimenten überschüttete. Dan trug seinen Hundert-Dollar-Maßanzug. Mark Levy belehrte ihn, man habe ihn betrogen, denn einen ebenso guten Anzug könne man für vierzig Dollar anfertigen lassen. Selbst Feng Wo war anwesend. Er trug einen neuen schwarzen Straßenanzug – für sechs Dollar von der Stange – und hatte eine Aktentasche voller Papiere bei sich.

«Sie bleiben doch und essen eine Kleinigkeit mit uns, Mr. Swenson», sagte Mark zu dem hochgewachsenen, klapperdürren Schweden.

«Ich habe einen empfindlichen Magen», erwiderte Swenson und betrachtete die Eßwaren mit zweifelnder Miene. «Das Schiff ist verdammt gut», sagte er zu Dan. «Guter Kauf für Sie, junger Mann.

Ich hab das Schiff satt – bin verdammt einfach zu alt für Schiffe. Für Sie ein gutes Geschäft.»

«Ich werde so freundlich und sanft mit ihm umgehen, als wäre es meine eigene Mutter», sagte Dan.

«Ich mag keine Witzeleien übers Schiff.»

Anthony Cassala trat zu ihnen und sagte, daß die Papiere vorbereitet seien. Goldberg nickte und betrachtete das rostige Schiff mit unglücklichem Gesichtsausdruck. Swenson sah Dan prüfend und nachdenklich an.

«Sind Sie schwere Arbeit gewöhnt?» fragte er.

«Ich und Mark hier», erwiderte Dan, «sind die am schwersten arbeitenden Männer, die Sie je kennengelernt haben.»

«Seien Sie nicht so rotznasig zu mir. Ich mag ernsthafte Jungs. Vielleicht mag ich euch. Ich will euch etwas sagen. Ich hab da zwei Küstendampfer, Holzschiffe von je sechshundert Tonnen, und einen Vertrag mit der Stadtverwaltung von Oakland. Ich lade ihren Müll auf und kippe ihn auf See über Bord, dafür krieg ich einen vertraglich festgelegten Frachtlohn von 85 Cent pro Tonne. Mir hängt das ganze dämliche Geschäft zum Hals heraus; ich will nach Los Angeles zu meiner Schwester ziehen. Die Schiffe sind jedes fünfzigtausend Dollar wert. Ich verkaufe euch beide für den Preis von einem – fünfzigtausend, und den Vertrag kriegt ihr obendrein. Im ersten Jahr macht ihr einen Gewinn von zwanzigtausend Dollar.»

«Müll?»

«Ihr glaubt, das stinkt, wie? Es stinkt nach Geld.»

«Das klingt gut, Mr. Swenson», sagte Mark. «Aber wir haben nicht soviel Geld.»

«Bar? Sie wollen fünfzigtausend bar?» fragte Dan.

«Um Himmels willen, nein. Gebt mir zehntausend bar und Schuldscheine. Ihr zahlt jährlich zehntausend ab – und verdient immer noch gut dabei.»

Dan wandte sich zu Cassala um, der den Kopf schüttelte. «Zu groß, Danny – zu viel.»

«Verdammt, das ist nicht zu viel!» schnaubte Swenson.

«Aber die Arbeit.»

«Wie viele Leute gehören zu einem Schiff?» fragte Dan.

«Zwölf Mann je Schiff.»

«Großer Gott», flüsterte ihm Levy zu, «wenn wir einmal keinen Lohn zahlen können, sind wir geliefert.»

«Aber wenn wir es schaffen, ist das das beste Geschäft an der ganzen Küste!»

«Alles zu seiner Zeit, Danny», sagte Cassala. «Nichts übereilen.»

«Laufen Sie nicht weg, Mr. Swenson. Lassen Sie mich mit Mr. Cassala darüber reden. Nehmen Sie ein Glas Wein und Käse und Schinken.» Er nahm Mark und Cassala beiseite. «Tony – wir dürfen uns das nicht entgehen lassen. Auf keinen Fall.»

«Du kennst die Schiffe noch nicht einmal, Danny.»

«Ich kenne die Schiffe. Ich hab sie gesehen. Glaub mir, Tony, dieser verrückte Schwede verschleudert sie.»

«Was meinst du, Mark?»

«Ich glaube, wir können es schaffen. Ich weiß nicht – Müll? Ich habe nie an so etwas wie Müll gedacht; aber ich meine, wir können es schaffen.»

Goldberg war nicht begeistert. Er mochte Schiffe nicht; sie verursachten ihm Unbehagen. Er beharrte darauf, daß ein Unterschied zwischen einer Hypothek auf ein Schiff und einer Hypothek auf ein Grundstück bestehe. Mark führte an, daß es, wenn ein Schiff versichert wäre, keinen, aber auch gar keinen Unterschied gäbe. Sie stritten sich darüber und gingen dann zu Swenson, der geräuschvoll Käse aß und Wein dazu trank, und begannen, ihn auszufragen.

Dan gab Feng Wo ein Zeichen. «Holen Sie Ihre Chinaharfe heraus.» Feng Wo nahm sein Rechenbrett aus der Aktentasche, und als Dan ihm Zahlen, Zinswerte und Prozentsätze nannte – fünfundachtzig Cent mal zwölfhundert mal dreihundertfünfundsechzig – schob er die kleinen schwarzen und weißen Kugeln bewundernswert geschickt und rasch hin und her und schrieb die Ergebnisse in einen Block.

Die anderen sahen ehrfurchtsvoll zu. Die Kinder versammelten sich um Feng Wo, und Maria schenkte Wein ein, schnitt Brot, Käse und Fleisch und forderte sie zum Essen auf. Swenson war von Maria begeistert. «Sie erinnern mich an meine Annie», sagte er. «Ich mag kräftige Frauen.» Cassala und Goldberg gingen auf die andere Seite der Luke, um zu beratschlagen und die Zahlen zu überdenken; und Maria sagte, während sie ihm einen Teller mit Käse, Fleisch und Paprikaschoten aufdrängte, in ihrem weichen, süditalienischen Tonfall zu Dan: «Nun sieh dir mal meine Rosa an, Danny – so lieb, so sanft, so gutartig. Sie wird eine wunderbare Frau für einen wunderbaren Mann abgeben.» – «Das glaube ich gern. Sie ist ein braves Mädchen», sagte Dan; und dann fiel Maria um keinen Preis mehr etwas ein, das sich noch sagen ließe. Das lag an der Art, in der Dan sprach, der nicht einmal von den Zahlen aufsah, mit denen er sich beschäftigte.

Er fragte Feng Wo: «Was meinen Sie, Feng? Sind wir verrückt?»

«Ich meine, es ist eine bemerkenswerte Gelegenheit.»

«Werden Sie damit fertig?»

«Ich werde damit fertig.»

«In Ordnung. Wenn Tony einverstanden ist und wir uns jetzt außer mit Bauholz und Fischen auch noch mit Müll befassen, wird Ihr Lohn erhöht. Achtzehn Dollar pro Woche, ab Montag.»

«Danke, Mr. Lavette», sagte Feng Wo.

Cassala rief sie. «Danny, Mark, kommt mal her.» Dem Tonfall seiner Stimme konnte man Entschlossenheit anhören. Mark und Dan gingen zu ihm und Goldberg hinüber. Die zwei Frauen starrten auf die kleine Gruppe. Jack Harvey, der von dem Rechenbrett ebenso gefesselt war wie die Kinder, war enttäuscht, als Feng Wo es wieder in seine Aktentasche schob und sich abwandte, um darauf zu warten, wie sein Schicksal entschieden würde. Nur Swenson tat ganz unbeteiligt und fuhr fort zu essen und Maria zu bewundern.

«Danny, Mark», sagte Cassala, «wir haben uns entschieden. Ihr kauft die Müllschiffe. Goldberg kümmert sich um eine erstrangige Hypothek für das Ganze, und wir geben euch einen Kredit bis hunderttausend Dollar. Ihr zahlt Zinsen nur für das Kapital, das ihr tatsächlich in Anspruch nehmt, und zwar sechs Prozent.»

«Die Kreditgrenze bleibt stehen», fügte Goldberg hinzu. «Sie verstehen, das hier ist kein Darlehen, sondern ein laufender Kredit, der von beiden Parteien unter Einhaltung einer Frist von neunzig Tagen ohne Konventionalstrafe gekündigt werden kann. Er wird durch eine vorrangige Hypothek auf Ihr ganzes Unternehmen abgesichert, und Sie müssen monatliche Aufstellungen über Ihre Liquiditätslage vorlegen. Wir schließen die Vermögenswerte von Levy, die von Lavette, die Fischkutter, dies Schiff und die zwei Müllschiffe ein – mit anderen Worten, das gesamte Gesellschaftsvermögen. Sie zahlen Zinsen nur für die Beträge, die Sie vom Gesamtkredit in Anspruch nehmen. Keine andere Bank in der Stadt würde weniger als acht Prozent nehmen; aber Mr. Cassala will es so, und er ist der Chef. Ich werde die Verträge in der nächsten Woche aufsetzen.»

Nach längerem Schweigen sagte Mark zu Dan: «Na, Danny, jetzt haben wir einen Tiger am Schwanz gepackt, was?»

«Todsicher», erwiderte Dan grinsend. «Todsicher. Aber wir werden den Schwanz loslassen, dem Tiger auf den Rücken klettern und auf ihm geradewegs zum Mond reiten. Weil dieser hübsche Seelenverkäufer uns gehört – uns!»

Er konnte sich nicht mehr beherrschen. Er rannte das Deck entlang und blieb dann stehen, um die rostigen Winschen zu streicheln. Er schwang sich auf die Aufbauten, von wo er sein neues eisernes Reich überblicken konnte, während die anderen ihn verwundert beobachteten. Dann mußte er in den Laderaum hinunterstürmen und sich die Maschinen wieder ansehen. Mark folgte ihm und fand ihn breit grinsend wie ein kleiner Junge in der Kapitänskajüte stehen.

«Es ist wunderschön», sagte Dan. «Es ist so verflucht schön, daß ich heulen könnte.»

Eine Woche später holte Dan, gelassen und höflich unter dem frostigen Blick von Mary Seldon, Jean ab und führte sie zum Dinner in das kürzlich renovierte, wieder eröffnete *Palace Hotel.* Er war im Smoking, und Jean trug ein schlichtes weißes Atlaskleid. Er half ihr aus dem Taxi und führte sie in den Grand Court, wobei er sich glücklich der Tatsache bewußt war, daß aller Augen auf ihnen ruhten. Er war nicht zum erstenmal im *Palace Hotel*: Am Vortag war er hergekommen, um diesen Ort zu erkunden und seine luxuriöse viktorianische Pracht zu bewundern, damit er nicht ganz wie ein Trottel dastand, wenn er mit Jean herkam. Zumindest konnte er auf das Gemälde von Maxfield Parrish hinweisen und sie an ihre Unterhaltung über Boote mit Lateinsegel erinnern, wobei Jean ihm erzählte, daß Maude Adams zu diesem Gemälde Modell gestanden hatte; allerdings hatte er nicht die leiseste Ahnung, wer Maude Adams war. Er wurde immer geschickter beim Kaschieren seiner Unwissenheit. Mit Vergnügen hörte er von Jean, wie ihre Mutter vor dem Erdbeben Oscar Wilde im *Palace* begegnet war, ohne daß er es für dringend hielt, sie zu fragen, wer Oscar Wilde war. Statt dessen merkte er sich die Geschichte zu eigenem künftigem Erzählen und nahm sich vor, Mark Levy nach Oscar Wilde zu fragen.

Zumindest verstand er etwas vom Essen. Das hatte er bei der Familie Cassala und in Lokalen wie dem von Trigger Joe am

Embarcadero gelernt, wo man für einen Dollar ein Essen bekam, wie es kein Küchenchef im Palace bieten konnte. Jetzt bestellte er Pilzsuppe, Forelle blau – von der er kaum etwas aß – gegrillte Pilze auf Zwiebelbrot und Hirschrücken mit einer Sauce aus wilden Pflaumen. Das Essen erstreckte sich endlos, Gang für Gang, und doch aßen sie ohne Appetit, stocherten lustlos im Essen herum. Ein mit Rum angemachter Obstsalat, Wachteln in Nestern aus Kastanienpüree, Walnüsse und Sellerie in Mayonnaise, Roquefort und Kopfsalat, dann Nußcreme und Eiskonfekt.

«Hört das denn nie auf?» fragte er sie.

«Du hast doch das Dinner bestellt, Danny.»

Ob sie ihn wohl durchschaute? Egal. Er bestellte noch eine Flasche Wein und vergaß das Essen, ließ die Gänge servieren und unberührt wieder abtragen. Ihr sonst blasses Gesicht war jetzt gerötet, und ihm genügte es, dazusitzen und sie anzusehen. Das war seine Erfüllung, sein ganzes Leben lag vor ihm ausgebreitet. Er war noch keine zweiundzwanzig Jahre alt und saß dort, wo er zu sitzen sich erträumt hatte: im Restaurant des Palace Hotels, und ihm gegenüber die schönste und – daran gab es für ihn keinen Zweifel – begehrenswerteste Frau von San Francisco; und das war erst der Anfang. Er erzählte ihr von Swenson, den Müllschiffen und dem Kredit, den sie von der Sonoma-Bank bekommen hatten.

«Müllschiffe, Danny?»

«Schiffe – sechshundert Tonnen, Dampfschoner. Mein Gott, Jean, ich bin nicht mit dem Müll verheiratet, und ich werde ihn todsicher nicht selbst anfassen. Ich beschäftige die Besatzungen und halte die Verträge ein. Dann gehören die Schiffe mir. Wir haben das Eisenschiff, zwei Holzschiffe und drei Fischkutter – insgesamt sechs Schiffe. Mark und ich denken, daß wir im ersten Jahr fünfzigtausend Dollar verdienen werden, und das ist erst der Anfang.»

«Was hast du vor, Danny?»

«Das weißt du doch. Ich will die größte Flotte besitzen, die aus diesem Hafen ausläuft. Ich will ein ebenso großes Haus auf Nob Hill haben wie dein Vater, und ich werde es allein schaffen, mit meinen beiden Händen. Und ich will dich. Mein Gott, ich begehre dich, wie ich niemals etwas auf der Welt begehrt habe; und auf der ganzen Welt gibt es kein anderes Mädchen für mich.»

«Ich weiß das, Danny. Aber du bist noch so jung.»

«Jung? Was heißt jung? Wie alt ist man, wenn man nie ein Kind war? Die da oben auf Nob Hill können es sich leisten, jung zu sein, ich nicht. Ich bin auf dem Schiff meines Vaters mit hinausgefahren, als ich neun Jahre alt war. Ich sah, wie er arbeitete und die Pfennige zusammenkratzte und wie meine Mutter sich für andere die Haut von den Fingern schuftete, damit sie jenes erste Schiff kaufen konnten. Weißt du, was Armut ist? Eine stinkende Krankheit.»

Fasziniert, mit weitgeöffneten Augen, hörte sie ihm zu. Am meisten sehnte sie sich nach ihm, wenn er so war wie jetzt, voll leidenschaftlicher Wünsche und Lebenshunger, durchdrungen von einem Gefühl der Macht. Sie kannte keinen anderen Mann, der ihr solch ein Gefühl von Kraft und Willensstärke vermittelte. Er war nicht geldgierig, das spürte sie, er wollte Macht. Die Schiffe aber waren lebende Symbole dafür. Sie fühlte sich belebt, trunken von seiner Kraft, wenn sie mit ihm zusammen war; und so etwas hatte sie noch bei niemandem empfunden.

Als sie das Hotel verließen, bat sie ihn, sie auf einem seiner Boote in die Bucht hinauszufahren.

«Der Nebel ist zu dicht. Außerdem stinken die Boote nach Fisch. Hab Geduld. Ich habe da mein Auge auf eine kleine Schaluppe geworfen. In sechs Monaten gehört sie uns.»

«Ich möchte zum Hafen fahren», drängte sie.

«In Ordnung, wenn du unbedingt willst.»

Sie fuhren zum Kai hinunter, wo die Schiffe geisterhaft im Nebel lagen. Hand in Hand gingen sie wortlos den Kai entlang zu Dans Häuschen. Er hatte das nicht so geplant; nie hatte er ihre Brüste berührt, noch nie ihren Mund mit geöffneten Lippen geküßt. Ihre Jungfräulichkeit war ihm heilig wie ihre Schönheit und ihre gesellschaftliche Stellung; sie machte den Unterschied aus zwischen Jean Seldon und den Dirnen an der Barbary Coast. Er hatte sie nie in Gedanken ausgezogen – seine Träume waren anderer Art; und selbst jetzt war er nicht sicher, ob er wirklich wollte, was offenbar geschehen mußte. Doch konnte er jetzt nicht mehr umkehren. Er hatte den Punkt erreicht, wo sie für ihn Fleisch und Blut wurde. Er fühlte, wie sich ihr Griff um seinen Arm spannte, als er die Tür zu seinem Büro aufschloß. Ein Wort von ihr hätte alles geändert; aber sie sagte nichts. Er knipste die Lampen an. Sie ging ihm voraus, die Treppe hinauf, zum Schlafzimmer; und dort standen sie und sahen einander an.

Noch immer konnte er sich nicht bewegen; und als hätte sie das gespürt, begann sie ihr Kleid zu öffnen, ließ es hinabgleiten und trat dann mit einem Schritt heraus. Das Korsett war überflüssig; sie war schlank, ihr Fleisch war fest. Sie griff langsam, bedächtig nach hinten, löste die Schnüre und ließ das Korsett fallen. Dann zog sie das kurze Unterkleid über den Kopf und stand nackt vor ihm, rosig und weiß, ihre kleinen Brüste vollkommen geformt, die festen Brustwarzen wie kleine Rosenknospen, das Dreieck der Schamhaare ebenso honiggelb wie ihr zu einem Helmschopf gebundenes Haupthaar, das sie nun löste, so daß es ihr bis zu den Hüften fiel.

Er zog seine Jacke aus, zerfetzte sein Hemd. Er kämpfte mit seiner Hose, seine Finger zitterten, und dann riß er sich die Hose bis zum Schritt auf. Die Heftigkeit seiner Bewegungen ängstigte sie, sie wich zurück, hockte sich auf das Bett und bedeckte ihre Brüste mit den Armen. Er riß sich die Unterwäsche vom Leib, wie er es mit seiner Hose getan hatte, und warf sich auf Jean. Die zerrissene Hose hing noch an einem Bein.

«Danny, Liebling», wimmerte sie. «Tu mir nicht weh, verletz mich nicht. Verstehst du? Du bist der erste. Ich bin noch Jungfrau.»

Für einen Augenblick kam er zu sich, stützte sich auf die Arme, betrachtete sein steifes Glied, als sähe er es zum erstenmal. Ihre Hände glitten von ihren Brüsten, und sie spreizte ihre Beine. «Tu's», rief sie, «tu es, tu es, nimm mich, verdammt noch mal!» Da stieß er tief in sie hinein, daß sie vor Schmerz aufschrie, und er ergoß sich in sie, als ob ihr Schrei alles fortgeschwemmt hätte, was sie von den Huren im Tenderloin unterschied.

Danach lag er neben ihr, umschlag sie zärtlich und versuchte, ihre Tränen zu stillen. «Ich blute so stark», sagte sie. «Sieh dir nur das Bett an.»

«Das macht nichts.»

«Was ist mit uns passiert, Danny?»

«Ich weiß es nicht, wir haben uns geliebt.»

«So nennt man das?»

«Es ist nur beim ersten Mal so.»

Er hatte noch immer seine Schuhe an. «Ach, zieh bitte deine Schuhe aus», sagte sie.

«Das habe ich gar nicht gemerkt.»

«Wie stehst du jetzt zu mir?»

«Wie meinst du das?»

«Das weißt du genau. Herrgott, hol mir ein Handtuch oder sonst etwas, damit ich mir das Blut abwischen kann.»

Er stand auf, stolperte über seine zerrissene Hose, zog sie aus, ging ins Badezimmer, tauchte ein Handtuch ins Wasser, kehrte zu ihr zurück und machte sich ungeschickt daran, das Blut zwischen ihren Schenkeln abzuwischen.

«Laß, ich mach das schon.»

«Ich liebe dich», sagte er, als sie sich abwischte. «Das weißt du.»

«Du hast mich beinahe vergewaltigt.»

«Ich habe dich nicht vergewaltigt.»

«Wie würdest du das denn nennen?»

«Ich hab nicht einmal in diesem Sinn an dich gedacht.»

«In welchem Sinn?»

Er suchte nach einer Erklärung. «Nackt. Als ich dich dann sah, hat etwas in mir ausgehakt.»

«Ja, bestimmt.»

Er beugte sich über sie und küßte zärtlich ihre Schulter. «Tut es weh?»

«Was?»

«Was ich getan habe.»

Plötzlich begann sie zu lachen, fast hysterisch.

«Was findest du da so komisch?»

«Wie du deine Hose in Stücke gerissen hast.» Ihr Lachen verstummte so plötzlich, wie es begonnen hatte. Sie starrte ihn an, als ob sie ihn noch nie gesehen hätte.

«Willst du mich noch immer heiraten?» fragte er.

«Und wenn ich ein Kind bekomme?»

«So leicht passiert das auch wieder nicht.»

«Kann aber.»

«Ich werde dir nie wieder weh tun, das schwöre ich», bettelte er.

«Ich werde dich heiraten, Danny», sagte sie. «Ich weiß nicht, was ich sonst tun sollte.»

II
Auf dem Russian Hill

Im August 1914, kurz nach der Geburt ihres zweiten Kindes, zogen Dan und Jean Lavette in ihr neues Haus auf dem Russian Hill, dem «Russischen Hügel». Während der ersten drei Jahre ihrer Ehe hatten sie in einem gemieteten Haus in der Sacramento Street gewohnt, nicht weit von der Villa der Seldons und James C. Floods gigantischem Eineinhalb-Millionen-Dollar-Sandsteinpalast. Wenn auch das neue Haus der Lavettes in einen einzigen Flügel des Floodschen Palastes gepaßt hätte und keinen Vergleich mit Thomas Seldons Haus aushielt, hatte es doch bis zu seiner Fertigstellung hundertzehntausend Dollar gekostet. Die ersten Pläne, die der Architekt für Dan gezeichnet hatte, sahen Kosten von siebzigtausend Dollar vor; aber das hätte eine hölzerne Fassade bedeutet, und Jean protestierte heftig; sie wollte nicht in einem Haus mit Holzfassade wohnen.

Also wurde weißer Kalkstein genommen; ein Wintergarten kam hinzu, und auf Jeans Wunsch wurden anstelle von zwei Dienstbotenzimmern jetzt drei eingeplant. Mit Bibliothek, Wohnzimmer, Eßzimmer, vier Schlafzimmern und Eingangshalle mit Marmorfußboden waren sie auf hundertzehntausend Dollar gekommen.

Es beeindruckte Jean, daß Dan sich nie über die Kosten einer Anschaffung beklagte. Wie immer er auch über das Geldverdienen dachte, dem Ausgeben gegenüber war er gleichgültig. Sie hatte von ihrem Vater eine fürstliche Mitgift erhalten, einen Kapitalanteil an der Seldon Bank im Werte von hunderttausend Dollar, und dazu zehntausend Dollar in bar – das war fürstlich, wenn man in Betracht zog, daß Thomas und Mary Seldon diese Heirat als bitter empfanden. Aber Dan wollte das Geld nicht anrühren. Es war ihr Geld, und es sollte ihr Geld bleiben.

Er betete die schöne Frau, die er geheiratet hatte, noch immer an, aber auf eine ganz andere Art und Weise als zuvor. Die beiden Schwangerschaften waren für Jean schwer gewesen. Ihr erstes Kind war ein Sohn, ein gesunder Junge von acht Pfund, den sie nach den beiden Großvätern Thomas Joseph Lavette genannt hatten. Dan hätte es lieber gesehen, wenn der Name seines Vaters, Joseph, an erster Stelle gestanden hätte; aber er überließ Jean die Entscheidung. Das tat er auch bei ihrem zweiten Kind, einem Mädchen, bei dem sie sich auf den Namen Barbara einigten, da Jean den Namen von Dans Mutter, Anna, nicht mochte und Dan nicht bereit war, das Kind nach Jeans Mutter zu nennen. Wenn Jean darauf bestanden hätte, hätte er nachgegeben; doch sie tat es nicht. Zwei Wochen nach Barbaras Geburt zogen sie in ihr neues Haus auf dem Russian Hill. Während der folgenden acht Wochen wich Jean Dans sexuellen Annäherungen mit einer Entschuldigung nach der anderen aus. Sie war höflich, sogar liebenswürdig und völlig mit dem neuen Haus und seiner Einrichtung beschäftigt, lebte zurückgezogen, widmete sich ein bißchen ihren Kindern – für die sie ein Kindermädchen eingestellt hatte, das auch im Hause wohnte – und war offensichtlich ganz zufrieden ohne Sex. Dann gab sie schließlich Dans heftigem Drängen nach und ließ ihn zu sich. Sie nahm alles hin, unbeteiligt und unbefriedigt. Als es vorüber war, nahm sie sein fast demütiges Bitten um eine Erklärung auf ziemlich die gleiche Weise auf – empfindungslos, und ohne darauf einzugehen.

Dan sprang mit einem Satz aus dem Bett und ging mit großen Schritten durch das dunkle Haus, die Treppe hinunter und in eine Bibliothek voller Bücher, die er nie gelesen hatte. Vier Jahre lang hatte er keine andere Frau angesehen. «Gottverdammich!» sagte er. «Was habe ich getan? Das war ja, als ob ich eine Leiche gevögelt hätte!» Er saß im Dunkeln, nickte dann ein und erwachte im Morgengrauen. Es war kurz nach fünf. Jetzt, Mitte Juli, wurde es noch früh Tag. Er war verletzt, böse und enttäuscht. Der Schmerz suchte einen Ausweg, er verspürte den unwiderstehlichen Drang, ihn woanders auszutoben. Mitte Juli bedeutete, daß die Krabbensaison fast vorüber war; er saß da und grübelte. In den letzten drei Wochen waren fünfmal Kutter von ihm überfallen und ihr Fang geraubt worden, und die Reusen wurden immer wieder geplündert. Eine neue Generation von Räubern war nachgewachsen und machte die Bucht unsicher. Verflucht, wie er das alles haßte: fischen, Krabben fangen und mit den Händlern um Pennies feilschen! Er und Levy besaßen jetzt elf Fischkutter – und von ihm aus konnte ruhig die ganze Flotte auf dem Grunde des Meeres liegen.

Plötzlich sprang er auf, ging zu dem kleinen Raum, in dem Jean seine Ausrüstung in einem Weidenkorb verstaut hatte, und zog zum erstenmal seit zwei Jahren wieder Seestiefel und Ölzeug an. Wo, zum Teufel, hatte Jean seinen alten Colt hingelegt? Er fand ihn in einer Tisch-Schublade in der Bibliothek und sein Schrotgewehr in einem Einbauschrank. Er prüfte die Trommel des Revolvers. Er war geladen. Er lud auch die Flinte, steckte den Revolver in eine Tasche seiner Jacke und eine Handvoll Patronen in die andere. Es war halb sechs, als er das Haus verließ und zum Kai ging.

Auf dem Pier schaute Pete Lomas auf die Flinte und machte einen Witz über die Entenjagd.

«Zum Teufel mit der Entenjagd», sagte Dan. «Ich werd jetzt dem Hurensohn eins draufgeben, der unsere Krabben stiehlt.»

«Ich kenne das Boot», sagte Lomas. «Aber, mein Gott, Dan, du kannst nicht einfach rausfahren und einen Mann töten. Nicht wegen einer Ladung Krabben.»

«Laß uns erst einmal losfahren.»

«Dan, mir gefällt das nicht.»

«Ach leck mich doch! Was geht mich das an?»

Lomas, ein großer, bulliger Mann, fünfzehn Jahre älter als Dan, sah ihm fest in die Augen und nickte dann. «In Ordnung. Ich schluck das. Ich weiß nicht, was du hast; aber da rumort was in dir.»

Die Kutter legten ab, glitten rückwärts langsam in den Nebel, der wie eine dichte Decke über der Bucht lag. Lomas sprang in sein Boot und Dan folgte ihm. «Tut mir leid. Vergiß das», sagte Dan. Lomas nickte schweigend. Sie sprachen nicht, während das Boot jetzt mit dem Bug voran seinen Weg durch den Nebel suchte.

Eine Stunde später hatte sich der Nebel gehoben. «Bleib auf Ausguck», sagte Dan zu Lomas. «Kümmer dich nicht um die Krabben. Du sagst, du kennst das Boot?»

«Ich kenne es. Ein weißes Motorboot mit einem schwarzen Streifen. Es hat einen neuen Dieselmotor, starkes Ding, kann allen davonlaufen. Er kommt aus der Gegend von San Pablo, wahrscheinlich aus Pinole.»

Erst um neun Uhr fanden sie das weiße Motorboot – besser gesagt, es fand sie. Dan stand im Bug, die Flinte zu seinen Füßen. «Nicht zu eifrig», sagte er zu Lomas. «Ich werde ihm in den Rumpf schießen. Dann dreh ab.»

«Und wenn die Mannschaft nicht schwimmen kann?»

«Soll sie absaufen.»

«Sie haben Pistolen.»

«Scheiß auf ihre Pistolen. Sag Billy und Ralph, daß sie die Köpfe einziehen sollen.»

«Na gut, du bist der Chef», sagte Lomas. Er stand am Ruder und ließ den Fischkutter laufen, als ob sie ihren Fang an Bord genommen hätten und auf der Heimreise wären. Das weiße Motorboot fuhr einen Kurs, der es vor ihrem Bug vorbeiführen mußte.

«Wenn ich auf ihren Rumpf schieße», rief Dan, «legst du das Ruder herum und wendest. Sie haben ein Beiboot im Schlepp, also werden sie nicht ertrinken.»

Auf dem weißen Motorboot wurde der Motor abgestellt, und das Boot beschrieb einen leichten Bogen, der es in etwa sechs Meter Entfernung neben den Fischkutter brachte. Im Motorboot befanden sich vier Mann, zwei Burschen von sechzehn oder siebzehn Jahren, die beiden anderen ältere Männer. Einer der Männer stand im Bug, winkte mit einer Automatik und rief ihnen zu, sie sollten den Motor abstellen. Dan bückte sich, hob die Flinte auf und schoß beide Läufe auf das Motorboot in Höhe der Wasserlinie ab. Der Mann mit der Pistole feuerte wie wild. Lomas wirbelte das Steuerrad herum und jagte den Motor so hoch er konnte. Es fielen zwei weitere Pistolenschüsse, die nicht trafen; und als Dan wieder festen Stand hatte und zurücksah, sank das Motorboot bereits.

Am folgenden Morgen sagte Thomas Seldon am Frühstückstisch zu seiner Frau: «Mary, hör dir das an – auf der Titelseite des heutigen *Chronicle*: ‹Schiffseigner aus San Francisco übt Selbstjustiz. Nach einer Reihe von Piraten-Überfällen auf Boote von Krabbenfischern griff der junge Daniel Lavette, Besitzer einer Flotte von elf Fischkuttern, zur Selbsthilfe. Er fuhr mit einer Flinte bewaffnet auf einem seiner Kutter hinaus und versenkte einen mutmaßlichen Fischereipiraten in der San Pablo Bay. Während der letzten Monate haben sich die hiesigen Fischer immer wieder bei den Behörden darüber beschwert, daß ihnen ihr Fang geraubt wurde, ohne Erfolg. Gestern beschloß der Besitzer der größten Fischkutterflotte im Hafen, sich selbst zu wehren. Er fuhr an das Motorboot *Dazzle* heran, dessen Eigner Henry Slocum aus Pinole ist, und versenkte es mit Schüssen aus einer doppelläufigen Jagdflinte. Das Motorboot wurde eben unter der Wasserlinie von Schrotkugeln durchschlagen und sank innerhalb von wenigen Minuten. Nach Aussage des Sheriffs von Contra Costa County bestreitet Slocum jede unrechtmäßige Handlung und behauptet, daß der Angriff durch Lavette ohne jede Provokation erfolgte. Andererseits weigert er sich, ein Verfahren gegen Lavette anzustrengen; er behauptet, ein einfacher Bürger aus Pinole könne in San Francisco, wenn es um die Interessen von Schiffseignern geht, nicht mehr Gerechtigkeit erwarten als «vom Kaiser von China», wie Mr. Slocum wörtlich sagte. Mr. Lavette und sein Partner Marcus Levy betreiben außer den Fischkuttern noch eine Reihe von Schiffen, die Müll von Oakland übernehmen, sowie einen Küstenfrachter für den Bauholztransport. Mr. Lavette ist der Schwiegersohn des Bankiers Thomas Seldon . . .»» Er legte die Zeitung hin und sah seine Frau an. «Auf der Titelseite», fügte er hinzu.

«Warum? Mein Gott, warum?»

Seldon hob die Schultern. «Ich vermute, er hatte es einfach satt und wollte etwas unternehmen. Ich wünschte nur, er hätte es nicht auf diese Weise getan.»

«Das macht einen ja krank! Mit einem Jagdgewehr herumzuballern! Müllschiffe.»

«Er hat die Müllschiffe schon lange.»

«Nicht in der Zeitung gedruckt. Nicht auf der Titelseite des *Chronicle*. Ich weiß nicht, wie ich jetzt noch den Leuten in die Augen sehen soll.»

«Den meisten Leuten wird es überhaupt nichts ausmachen. Es ist ein ziemlich romantisches Vorgehen.»

«Ich bin anderer Meinung. Ich weiß nicht, warum wir dieser Heirat zugestimmt haben.» Seldon las wieder Zeitung. «Es interessiert dich offenbar nicht, wie ich darüber denke, oder? Wenn du glaubst, Jean sei glücklich, irrst du.»

Er ließ die Zeitung sinken. «Was hat sie gesagt?»

«Ich entnehme es dem, was sie nicht sagt. Wir sprechen kaum noch miteinander. Sie ist gleichgültig. Sie sind seit Wochen ohne Vorhänge, und als ich sie darauf ansprach, starrte sie mich nur an.»

«Darüber braucht man sich doch keine Sorgen zu machen. Mir sagte sie, sie lasse sie in San José oder einem anderen Nest von Hand weben.»

«Ich verstehe nicht, daß sie ihr Haus auf Russian Hill gebaut haben. Jean ist nicht künstlerisch veranlagt», klagte sie. Ihr Mann sah da keinen Zusammenhang, aber sie bezog sich auf die Künstler und Schriftsteller, die auf den Russian Hill zogen. «Und jetzt hat sie

Familie. In unserem Haus ist Platz genug. Nicht, daß ich *ihn* hier haben möchte . . .»

«Mary», unterbrach sie ihr Mann, «du solltest aufhören, so zu reden. Zum einen verdient Dan Lavette Geld wie Heu. Er verweigert ihr nichts. Und zum anderen wird Jean das tun, was sie für richtig hält. Du weißt das.» Er nahm seine Zeitung wieder auf. «In Europa wird es Krieg geben. Die Zeichen stehen auf Sturm.»

Zwei Wochen später, am 2. August, stürzte Dan in die Büros von Levy und Lavette, schwenkte eine Zeitung und rief laut nach seinem Teilhaber. Die Tatsache, daß Mark Levy in Lebensgröße vor ihm stand, spielte dabei keine Rolle: Dan war aufgeregt und voll Gefühlsüberschwang, und da gefiel es ihm, laut zu schreien. Wenn er sich so aufführte, betrachtete Mark ihn als Kind, als impulsives Kind, das seine eigene Erregung und Energie mitteilen mußte. Mark regte das nie auf, und wenn es Sarah aufregte, erklärte er ihr, daß Dan wie sein Bruder sei, nur mehr als ein Bruder – etwas, das sie nie ganz verstand, jetzt nicht und auch nicht in späteren Jahren.

Sieben Monate zuvor hatten Mark und Dan das Häuschen am Kai und den Laden auf dem Embarcadero verkauft und dafür ein großes Backsteinlagerhaus zwischen Battery Street und Sansome Street gemietet. Ein Teil dieses Gebäudes war in einen größeren Laden für Schiffsausrüstung umgewandelt worden; in einem Flügel im rückwärtigen Teil des Gebäudes wurden ausschließlich die Nietenhosen aus Baumwollköper hergestellt, die Sarah Levy sich ausgedacht hatte. Im verbleibenden Teil, der Hälfte des Erdgeschosses in dem zweistöckigen Gebäude, hatten sie auf einer Fläche von zweihundertdreißig Quadratmetern die Büros ihrer aufblühenden Unternehmen eingerichtet. Da sie sich endlich selbst aus den Räumlichkeiten hinter dem alten Laden vertrieben hatten, hatten die Levys ein altes Haus im spanischen Kolonialstil auf einem Hügel in Sausalito erworben. Es war verwohnt und mußte dringend renoviert werden; aber es war genau das, was Sarah sich immer erträumt hatte. So überzeugte sie ihren Mann davon, daß siebentausend Dollar für das ziegelgedeckte Haus mit seinen Fliesenböden und den langen, kühlen, säulengeschmückten Veranden auf dem sieben Morgen großen Grundstück unerhört günstig sei, selbst wenn sie noch zwanzigtausend Dollar für die Renovierung aufwenden müßten. Am Ende lagen die Kosten erheblich höher; aber Mark bedauerte den Kauf nicht. Zwar mußte er jetzt pendeln und war von der Fähre abhängig, aber das wurde mehr als wettgemacht durch die unglaubliche Schönheit von Marin County; und wenn ihm ab und zu etwas unbehaglich war, dann eher wegen der Partnerschaft, auf die er sich eingelassen hatte.

Er war ein ungezwungener, langsam sprechender Mann: die vorwärtsdrängende Kraft von Dan Lavette begeisterte ihn, und häufig erschreckte sie ihn auch. Dan hatte ihn zur Massenproduktion von Nietenhosen überredet. Sarah wollte damit nichts zu tun haben, und als sie erst einmal das Haus in Sausalito gekauft hatten, zog sie sich mit der einfachen Erklärung dorthin zurück, daß sie mit dem Haus und den Kindern genug zu tun habe. «Ich will keinen Anteil an einem Geschäft mit Danny haben», sagte sie, worauf Mark erwiderte: «Aber du hast mich dazu überredet. Du warst ganz begeistert davon.» – «Ich hatte auch recht. Aber ich will damit nichts zu tun haben. Ich hasse das Geschäft. Ich habe es schon gehaßt, als wir den Laden hatten. Jetzt hasse ich es noch mehr.» – «Dann haßt du, was ich aus meinem Leben mache!» rief er ärgerlich. Aber sie protestierte: «Nein, nein, nein – ich liebe dich, und du tust, was du tun mußt.»

All das war auf eine vernünftige Weise unvernünftig, Sarah war voller Bewunderung für Dan, der nichts Unrechtes tun konnte. Sie brauchte sich nicht mit seiner explosiven Energie auseinanderzusetzen, nicht mit seinen endlosen Plänen, seinem Hang zum Wagnis, der sie alle immer wieder an den Rand des Ruins trieb, nicht mit seiner verrückten Mathematik, die besagte, daß zwölf Müllschiffe doppelt soviel einbringen müßten wie sechs. Sie brauchte nicht seine Behauptung anzuhören, daß er durch Bekämpfung der Piraten die Fischer rettete, deren Verluste sie sonst dazu getrieben hätten, ihre Boote zu verkaufen – und sie brauchte auch nicht seine Verdrießlichkeit und seinen wachsenden Haß auf die Fischereiflotte und alles, was damit zusammenhing, zu ertragen.

«Danny wird erwachsen werden», meinte Sarah. «Gib ihm eine Chance. Bis jetzt hat er recht gehabt.»

«Aber nur, weil wir verdammt viel Glück hatten und weil ich mich bei der Hälfte seiner verrückten Pläne mit Zähnen und Klauen und mit dem Rücken zur Wand gegen ihn wehre. Aber ich kann so nicht weitermachen.»

«Da, es geht wieder los», dachte Mark, als Dan rief: «Mark, hier, sieh mal – ein dicker Hammer! Ich hab's dir gesagt, ich hab's dir gesagt!» Mark beugte sich über Feng Wos Pult und sah sich eine Zahlenkolonne an, während Feng Wo freundlich und verständnisvoll lächelte. Feng Wo war nun Bürovorsteher; er hatte einen Hilfsbuchhalter und zwei Schreibdamen unter sich.

Dan ergriff Marks Arm und schleifte ihn fast in den Teil des unterteilten Lagerhauses, der sein Büro darstellte, das bisher lediglich mit einem Schreibtisch und drei Stühlen möbliert war. An der Trennwand hing eine große Karte des Pazifischen Ozeans und der angrenzenden Landmassen. Nachdem sie eingetreten waren, wandte Mark sich an Dan, breitete die Hände aus und sagte: «Nein! Ganz gleich, was es ist, ich will es nicht hören. Wir haben bei den Krabben Verlust gemacht. Die Saison ist vorbei, du hast fünfundvierzig Fischer auf der Lohnliste und keine fünftausend Dollar auf der Bank.»

«Zum Teufel mit den Fischkuttern! Willst du mir zuhören? Hast du das Blatt gesehen?»

«Was für ein Blatt?»

«Die Zeitung, Mark, die Zeitung.» Er legte sie ausgebreitet auf den Tisch. «Lies selbst. Deutschland hat Rußland den Krieg erklärt, und gewiefte Finanzleute sagen, das sei erst der Anfang! Innerhalb einer Woche werden England und Frankreich dabei sein. Ich habe Tony von zu Hause aus angerufen. Er hat ein halbes Dutzend Telegramme aus Italien bekommen und sagt, daß es in Europa überhaupt keine Frage ist, wie es weitergehen wird. Italien wird auch gegen Österreich und Deutschland kämpfen; und danach treten Frankreich und England in den Krieg ein.»

«Na gut – die Welt ist verrückt geworden. Gott sei dank leben wir in Amerika.»

«Verstehst du denn nicht?»

«Was soll ich verstehen?»

«Sieh dir doch mal die Karte an.» Er zeigte darauf. «Deutschland hat die größte U-Boot-Flotte der Welt, und England ist über die ganze verdammte Weltkarte zersplittert: Hongkong, Australien, Singapur, Malaya, Indien. Weißt du, was das heißt? Wir sind die Nabelschnur, die Westküste, San Francisco . . . Bald wird der Goldrausch dagegen wie ein Kinderspiel aussehen. Wir gehen auf einen Krieg zu, der jeden Schiffseigner steinreich machen wird.»

«Danny», sagte Mark müde, «wir haben ein einziges Schiff, und das ist ein Küstenfrachter.»

«Vor fünf Jahren hatten wir keine Schiffe.»

«Wir haben zu stark expandiert, wir haben kein Bargeld, wir haben beide wie besoffene Janmaaten mit Geld um uns geworfen – und ich will jedenfalls verdammt sein, wenn ich dieses verrückte Treiben feiere, das in Europa vor sich geht. Auch wenn es möglich wäre, was ich nicht glaube, möchte ich kein Vermögen aus Blut aufbauen.»

«Warum? Hast du moralische Bedenken? Wie viele Millionäre haben ihr Vermögen im Bürgerkrieg zusammengerafft? Und das war unser eigenes Fleisch und Blut. Wir haben diesen Krieg nicht gemacht.»

«Das gibt uns keinen Grund, ihn zu feiern.»

«Nun komm schon, alter Junge, reg dich nicht auf. Setz dich einfach hin und hör zu. Ich habe nicht so unrecht gehabt, nicht wahr? Es ist uns gutgegangen – das mußt du zugeben. Wir hatten Schwierigkeiten, wir haben noch Schwierigkeiten. Wir werden mit ihnen fertig. Ich habe zehn Anzüge und ein Haus auf Russian Hill, und Sarah hat ihre Hacienda bekommen. Also haben wir doch unsere Sache für einen Spaghetti-Fischer und einen jüdischen Handelsmann vielleicht gar nicht so schlecht gemacht.» Er grinste und drückte Mark sanft auf einen Stuhl. Wenn Dan so war, konnte Mark ihm nicht widerstehen. «Wirst du zuhören?» fragte Dan.

«Du verrückter Mistkerl – ja, gut, ich höre zu.»

«Ich sage nicht, wir müssen es tun. Nur denk einmal darüber nach: Wir verkaufen alles, die Fischkutter, die Müllschiffe – und glaub mir, der Vertrag allein ist siebzig-, achtzigtausend Dollar wert –, den Küstenschoner, das Hosengeschäft . . . alles.»

«Wir verdienen Geld an den Hosen, gutes Geld.»

«Zur Hölle damit! Levi macht bessere Hosen. Sie kaufen uns auf, und das ist besser, als wenn sie uns kaputtmachen. Ihr Patent war zuerst angemeldet; und früher oder später werden sie uns vor Gericht bringen.»

«Na gut», seufzte Mark, «wir verkaufen alles. Was dann?»

«Dann haben wir Bargeld. Wir leihen uns eine Million Dollar und kaufen oder bauen eine Frachterflotte.»

«Einfach so – wir leihen uns eine Million Dollar.»

«Warum nicht?»

«Weil das hirnverbrannt ist, Danny. Wer soll uns eine Million Dollar leihen? Tony? Wir können ihn nicht mal darum bitten. Er ist ein Kleinbankier. Er kann soviel Geld nicht auswerfen, nicht für eine solche Sache. Wir dürfen ihn einfach nicht in die Lage bringen.»

«Ich weiß.»

«Dann sag mir, woher das Geld kommen soll – was nicht bedeutet, daß ich diesem Plan zustimme.»

«Wir sprechen doch nur darüber.»

«Na, ich weiß nicht. Ich kenne dich doch.»

«Mark, alter Junge, ich will dich nicht betrügen. Du bist der beste Freund, den ich auf der Welt habe. Aber mir steht's bis hier, ich hab das, was wir tun, satt. *Perdo tempo.*»

«Was heißt das?»

«Ich verliere Zeit! Schiffe sind das Wahre.»

«Und woher willst du die Million Dollar holen?»

«Von Seldon.»

«Witzbold. Der alte Schurke würde dir nicht mal die genaue Uhrzeit geben.»

«Vielleicht – aber ich habe nie um etwas gebeten. Nicht um einen Pfennig. Ich werde ihn nicht privat ansprechen. Das ist ein Bankgeschäft. Entweder sieht er das auch so, oder er läßt es bleiben. Aber du mußt hinter mir stehen und mich nicht anglotzen, als ob ich den Verstand verloren hätte.»

«Ich vermute, daß nur eins zu hoffen bleibt», sagte Mark.

«Was?»

«Daß England und Deutschland keinen Krieg machen.»

Dan stand auf, ging zur Wand und starrte die Karte an. «Mark», sagte er, «weißt du noch, wie diese Stadt nach dem Erdbeben und dem Großbrand aussah?»

«Wer vergißt so etwas?»

«Nun, genau so wird die ganze dreckige Welt in einem Jahr aussehen.»

Als Calvin Braderman, bärtig, mit Samtjackett und schwarzem Barett, nach einem fünfjährigen Paris-Aufenthalt nach San Francisco zurückkehrte, brachte er ein Stückchen Fauvismus mit, und Namen wie Matisse, Derain, Vlaminck, Marquet und Camoin – Namen, die er voller Autorität und Vertrautheit fallen ließ, wobei er zu verstehen gab, daß er, wenn schon nicht das Atelier mit diesen Männern geteilt, so doch am gleichen Tisch mit ihnen gesessen und aus dem gleichen Trog des Ultramodernismus mit ihnen gezehrt hatte. Außerdem brachte er einige Dutzend seiner eigenen Gemälde mit sowie zwei Derains und einen Vlaminck, die er, wie er den Leuten von der Presse gegenüber beiläufig erwähnte, gegen eigene Werke eingetauscht hatte.

Selbst ein weniger talentierter Künstler als Braderman – der selbst nur durchschnittlich zeichnete und malte – wäre in der Stadt willkommen gewesen, die sich bereits als das Paris des Westens ansah; und Braderman wurde in der Gesellschaft herumgereicht. Jean lernte ihn bei einer Vernissage in der Scoffers Gallery kennen.

Mary Seldon pflegte mit einer Art perversen Stolzes zu sagen, Jean sei nicht künstlerisch veranlagt. In Mrs. Seldons Kreisen hatte eine Neigung zu den Künstlern den Beigeschmack von Pornographie und ähnlichen Unanständigkeiten. Tatsächlich hatte Jean selbst kaum künstlerische Talente, im Zeichenunterricht der Schule hatte sie nur Mittelmäßiges geleistet; aber sie war von der Welt der Künstler außerordentlich fasziniert. Ihr Auge war noch immer ungeübt, doch sie liebte Farbe und Bewegung auf Bildern. Außerdem war sie dabei, sich gegen Dan abzukapseln. So wie die frühere blinde Liebe zu ihrem Mann verging, so schwand ihre Selbstachtung. Sie bemühte sich, eigene Interessen in sich selbst zu schaffen, die ihr Selbstvertrauen wiederherstellen sollten, und instinktiv wählte sie Gebiete, von denen sie wußte, daß sie außerhalb der Sphäre ihres Mannes lagen.

Ein halbes Dutzend Galerien hatte sich in San Francisco etabliert, und Scoffers war eine der angesehensten. Marcy Callan und ihr Verlobter, Johnny Whittier, hatten Jean überredet, mit ihnen zur Eröffnung zu gehen. Jean machte sich so ihre Gedanken, als sie den jungen Whittier beobachtete, der verdrießlich und schweigend dastand, während Marcy sich wortreich über Calvin Braderman und seine Gemälde ausließ. Johnny Whittier weigerte sich, Geld für ein Gemälde von Braderman auszugeben, aber Jean wählte ein Ölbild mit einer Gruppe tanzender Nymphen und schrieb an Ort und Stelle einen Scheck über fünfhundert Dollar aus. Hans Scoffers, der Galerist, verwandelte sich sofort in einen kunstbeflissenen Geschäftsmann, der nicht locker ließ, und eine halbe Stunde später hatte Jean einen zweiten Scheck über tausend Dollar ausgestellt und war Besitzerin einer Landschaft von Vlaminck geworden, der, wie Scoffers ihr versicherte, ein großer und anerkannter Künstler war. An dieser Stelle konzentrierte Calvin Braderman seinen ganzen Charme auf Jean; er sagte, sie sei die schönste Frau, die er je getroffen habe, und er werde nicht ruhen, bis er sie gemalt hätte. Die fröhliche Stimmung in der Galerie wurde nicht im geringsten dadurch getrübt, daß Deutschland den Krieg erklärt hatte und in Belgien einmarschiert war, und daß daraufhin England Deutschland den Krieg erklärt hatte.

Braderman, der um fünfhundert Dollar reicher war, bestand darauf, Jean und die Gemälde nach Russian Hill zu begleiten, und sie betraten ihr Haus mit geröteten Wangen und entzückt nach dem Austausch von Komplimenten, Geld und Ware. Dan war oben im Kinderzimmer, wo er Barbara, ihr Baby, bewundert hatte; als er Jean lachen hörte, fiel ihm auf, daß es zum erstenmal seit langer Zeit war. Er kam die Treppe herunter und fand seine Frau und einen fremden bärtigen Mann, in den Anblick zweier Gemälde versunken, die zur besseren Betrachtung auf ein paar Eßzimmerstühlen aufgestellt waren.

«Das ist Calvin Braderman», stellte Jean vor. «Und das ist Dan, mein Mann.»

Dan reichte ihm mit gemischten Gefühlen die Hand. Er hatte noch nie einen Mann mit einer Samtjacke gesehen.

«Erfreut, Sie kennenzulernen», sagte Braderman herzlich. «Sie haben ein schönes Heim, Sir, und eine schöne Frau – und jetzt einen Braderman und einen Vlaminck. Ich will den Braderman nicht übermäßig anpreisen; aber der Vlaminck ist doch wirklich schön, finden Sie nicht?»

«Was, zum Teufel, ist ein Vlaminck?» sagte Dan.

Jean und Braderman brachen in Gelächter aus. Sie lachen mich aus, dachte Dan. Aus irgendeinem verdammten, idiotischen Grund lachen sie mich aus, weil ich gefragt habe, was ein Vlaminck ist. Jean sah den Ausdruck auf seinem Gesicht und sagte schnell: «Nein, nein, Danny, wir lachen dich nicht aus. Es war nur wegen der Art, wie du es gesagt hast und wegen der drei Gläser Sherry, die ich bei der Vernissage getrunken habe. Da. Das Bild dort» – sie zeigte mit dem Finger darauf – «ist das Gemälde von Maurice Vlaminck. Er ist ein Vertreter einer wirklich wagemutigen Schule der Malerei. Sie haben mit allen Regeln gebrochen und nennen sich selbst Fauvisten, und sie sind jetzt in Paris der letzte Schrei . . .»

«Nun, nicht eigentlich jetzt, meine Liebe», unterbrach Braderman sie. «Jetzt sind es Kulte, Expressionismus und Kubismus, und die Philister behaupten, der Fauvismus sei passé. Das ist, als wollte man sagen, Impressionismus und Sonnenschein gehörten in die Vergangenheit.»

«Sie haben ja so recht, Mr. Braderman. Ich erkläre mich selbst zur Fauvistin – ich liebe diese Richtung. Und wenn mich das nächste Mal jemand fragt, ob ich Feministin sei, werde ich antworten: nein, ich bin Fauvistin. Und das dort», sagte sie zu Dan, «ist eine Komposition tanzender Nymphen von Mr. Braderman. Sie müssen wissen», vertraute sie Braderman an, «wir haben zwei Bilder von Frederick Remington geerbt. Daddy verehrt ihn, und ich habe nie gewagt, auch nur anzudeuten, daß ich Cowboys nicht mag, dabei brauchen wir doch ein paar Bilder. – Wie findest du sie?» fragte sie Dan.

Dan sah die Gemälde an, ohne ein Wort zu erwidern.

«Nun, ich muß wieder gehen», sagte Braderman. «Tausend Dank. Ich hoffe, Sie haben Freude daran. Erfreut, Sie kennengelernt zu haben, Mr. Lavette.»

Jean begleitete ihn zur Tür. Als sie wiederkam, starrte Dan die Gemälde immer noch an und machte ein grimmiges Gesicht.

«Oh, du bist wütend, weil ich gelacht habe.»

«Gottverdammt, nein! Ich war so glücklich, dich lachen zu hören, daß ich die Treppe hinunterrannte. Weißt du, wie lange es her ist, daß ich dich lachen gehört habe?»

«Ich weiß.»

«Wer ist er?»

«Ein glänzender junger Maler. Er hat fünf Jahre mit Studien in Paris verbracht.»

«Wo hast du ihn kennengelernt?»

«Wieso fragst du mich so? Ich habe ihn bei der Vernissage kennengelernt. Marcy Callan hat uns bekannt gemacht.»

«Und er sagt ‹meine Liebe› zu dir!»

«Danny, das hat nichts zu sagen, Künstler reden nun mal so. Natürlich bin ich aufgeregt. Ich habe zwei Gemälde gekauft, die mir ganz allein gehören. Sind sie nicht schön?»

«Was hast du für sie bezahlt?»

«Was macht das? Es ist mein eigenes Geld. Wenn du es wissen mußt, ich habe tausend Dollar für den Vlaminck und fünfhundert für das andere Bild bezahlt.»

«Ich finde sie nicht wunderbar, sondern lächerlich», sagte Dan. «Und wenn das das beste ist, was dieser Stutzer zustande bringt, sollte er losgehen und eine anständige Arbeit suchen.»

«Was für eine Gemeinheit, so etwas zu sagen!»

«Du wolltest meine Meinung wissen.»

»Und er ist also ein Stutzer. Weil er kein randalierender Raufbold ist?»

«Der bin ich dann wohl?»

«Dan, ich möchte nicht streiten», sagte sie kalt. «Ich glaube nicht, daß wir weiter darüber reden sollten.»

«Gott im Himmel», flüsterte er. «Ich liebe dich so sehr – ich liebe dich so sehr, ich sehne mich so sehr nach dir, ich verbrenne nach dir. Ich möchte auch nicht mit dir streiten. Du kannst hundert Gemälde kaufen – was verstehe ich schon davon? Ich habe mich geärgert, weil ihr beide mich ausgelacht habt und weil er mich so herablassend behandelt hat.»

«Dan, wir haben nicht über dich gelacht.»

«In Ordnung, sicher. Schon gut.» Er ging auf sie zu, nahm sie ungeschickt in die Arme und preßte sie gegen seinen Körper. Zuerst erstarrte sie, dann entspannte sie sich; als er sie mit geöffneten Lippen zu küssen versuchte, sagte sie: «Tu's nicht, Dan. Erzwing es nicht, bitte! Nicht jetzt.»

«Wann denn?» rief er aus, und stieß sie von sich fort. «Wann?»

«Wenn ich so weit bin.»

Jean fand, daß Manya Vladavich die faszinierendste und interessanteste Frau war, die sie je getroffen hatte. Miss Vladavich war irgendwas zwischen dreißig und vierzig Jahre alt, schwarzhaarig, vollbusig und, nach Marcy Callans Meinung, ganz und gar unerhört. In Paris hatte sie für Matisse und Mauguin Modell gesessen und nach ihren eigenen Aussagen mit beiden ein Verhältnis gehabt, jetzt war sie Calvin Bradermans Modell und lebte mit ihm zusammen. Sie trug getüpfelte Schleier, wallenden Crêpe de Chine und Federboas; und Jean, die mit ihr und Marcy Callan im *Fairmont* speiste, fand sie etwas erschreckend und überaus bezaubernd.

«Darling», sagte Manya zu ihr – sie sprach das Wort *dollink* aus –, «man kauft Kunst nicht so, wie man ein Kleid oder eine Mahlzeit kauft. Man stellt eine Beziehung her. Man wird ein Teil davon. Sie sind eine schöne Frau. Sie sind lebende Kunst. Sie kaufen ein Ölgemälde, und es wird ein Teil dessen, was in Ihnen ist. Verstehen Sie das?»

Jean nickte.

«Sie hat *Tanzende Nymphen* gekauft, müssen Sie wissen», sagte Marcy. «Es ist wunderschön.»

«Ah, ja, ja», Manya zuckte die Schultern. «Ganz nett. Wenn Braderman ohne Leidenschaft malt, malt er nette Bilder. Wenn er mit Leidenschaft malt, ist er großartig. Haben Sie das Gemälde mit dem Titel *Orgasmus* gesehen?»

Jean warf Marcy einen Blick zu.

«Offenbar nicht», sagte Manya und sah Jean mit voller Absicht in die Augen. «Sie wissen, was Orgasmus ist?»

«Ich glaube, ich kann mich erinnern», sagte Jean.

«Sie glauben», sagte Manya liebenswürdig, und Jean merkte, daß sie auf eine Weise gesündigt hatte, die sie nur andeutungsweise verstand. «Also sagen Sie mir die Wahrheit, schöne Frau, die Sie sind, wissen Sie, was Orgasmus ist?»

Marcy kicherte.

«Ich weiß nicht, was Sie meinen», sagte Jean.

Manya sah von der einen zur anderen und seufzte: «Ach, amerikanische Frau – so jung, so schön, so unschuldig. Orgasmus, meine Süßen, ist das, was passiert, wenn ein Mann und eine Frau miteinander schlafen.»

«Sie meinen – wenn der Mann . . .» begann Marcy mit leicht zitternder Stimme.

Jean fühlte eine seltsame Woge der Erregung in sich emporsteigen. Sie hatte noch nie über diese Dinge gesprochen, diese Worte nie benutzt. Sie war angenehm erregt, plötzlich lebendig. Noch nie hatte sie eine Frau wie diese kennengelernt, die so tief fühlte und dabei so offen war.

«Nein, törichtes Mädchen», sagte Manya. «Nicht, wenn der Mann, wie Sie sagen. Was ist mit dem Mann? Ein Samenerguß, und dann ist es vorbei, wie bei einem Affen. Orgasmus ist das, was der Frau widerfährt; nicht einem kleinen Teil von ihr, sondern dem ganzen Körper und der ganzen Seele.»

Marcy errötete, Jean konnte sehen, wie ihr die Röte in die

Wangen stieg, und dann merkte sie, daß auch ihre eigenen Wangen brannten. Sie war erschrocken und verlegen und bekämpfte das Verlangen, fortzulaufen, sich zu entschuldigen, in der Damentoilette Schutz zu suchen. Sie hatte das Gefühl, daß alle Welt im Restaurant sie beobachtete: die Kellner und die Gäste an den anderen Tischen.

«Arme, unschuldige Kinder», sagte Manya. «Genug, ich bereite euch Unbehagen. Laßt uns von anderen Dingen sprechen. Wir sprechen über eure schöne Stadt. Sie inspiriert den Menschen, nicht wahr? Tag und Nacht inspiriert sie mich. Ich denke, ich werde sie nie wieder verlassen.» Sie wandte sich an Jean. «Sie leben in einem neuen Haus. Braderman sagt, daß es wundervoll ist und oben auf dem Russian Hill liegt. Ich bin in Sankt Petersburg geboren, deshalb bringt der Name Russian Hill eine Saite in mir zum Schwingen.»

«Arthur Brown hat es entworfen», sagte Jean. Ihre eigenen Worte klangen ihr fremd. «Er ist sehr talentiert. Haben Sie von ihm gehört?» Sie kam sich töricht vor.

«Wer hat das nicht?»

«Sie sollten es sehen», sagte Marcy. «Wenn Ihnen der Russian Hill gefällt, müssen Sie es sehen.»

«Ja, irgendwann unbedingt. Sie müssen kommen.»

«Heute ist die beste Gelegenheit, ich habe den ganzen Nachmittag Zeit.»

Marcy verließ sie; sie hatte sich mit ihrer Mutter verabredet, um ein Brautkleid zu kaufen. Es war ein wunderschöner, kühler Nachmittag, und Manya breitete die Arme aus, als wollte sie die ganze Stadt umarmen, und atmete tief ein. «Ihr holt nie Luft, ihr Amerikaner. Die Luft ist so sauber und süß, aber ihr atmet sie nicht ein.»

Sie zu beobachten war, als beobachte man ein geschmeidiges Tier. Jean überlegte, warum Manya sie nicht nach Hause begleiten sollte; sie war verwirrt und unsicher, nicht aus Furcht, sondern weil sie so fasziniert war. Sie verspürte den Wunsch, die Hand auszustrecken und die andere Frau zu berühren, und sie merkte wieder, wie ihre Wangen brannten.

«Wenn Sie etwas Farbe haben, sehen Sie göttlich aus», sagte Manya. «Sie tun so, als wären Sie – wie soll ich sagen, ja, wie der Schnee in Sankt Petersburg. Aber so in Fleisch und Blut lassen Sie die Wahrheit erkennen.»

Im Haus angekommen, übernahm Manya die führende Rolle, begutachtete Zimmer für Zimmer, gab Ausrufe von sich, lobte, tadelte. Sie wollte die Kinder sehen. Jean erklärte ihr, daß sie zu dieser Zeit mit dem Kindermädchen draußen seien. Dann mußte sie die Räume im Obergeschoß sehen. «Ein Zimmer ist wie das Kleid, das man trägt. Ich sehe das Zimmer mit den Schiffen und den Bildern von Schiffen – ich erkenne Ihren Mann. Es ist doch sein Zimmer?» Sie gingen nach oben, ins Kinderzimmer, in die Gästezimmer und dann in ihr Schlafzimmer. Sie geriet angesichts der geblümten Tapete und der Tagesdecke in leuchtendem Rosa in Ekstase.

«So weiblich – Sie überschütten Gegenstände mit Leidenschaft, Gegenstände! Aber in Ihrem Inneren gestehen Sie sich das nicht ein. Habe ich recht?» Plötzlich ließ sie sich auf das Bett gleiten und streckte die Arme nach oben. Dann nahm sie den Hut mit dem Schleier ab und lächelte Jean an. «Ich erschrecke Sie, Eisprinzessin, nicht wahr? Warum fürchten Sie sich?»

«Sie haben mich nicht erschreckt», sagte Jean langsam und hatte ein Empfinden, als träumte sie, als wäre sie betrunken. Von einem einzigen Glas Sherry? Was ist mit mir los? fragte sie sich.

«Setzen Sie sich zu mir.» Sie setzte sich auf das Bett, und Manya ergriff ihre Hand, dann ließ sie ihre Hand auf Jeans Oberschenkel sinken und begann, ihn zu streicheln – sehr zart, sehr sanft, mit Fingern, die sich wie Federn anfühlten. Und doch sandte jede ihrer Berührungen ein Zittern durch ihren Körper. Jean schloß die Augen und saß reglos da, während Manyas Finger ihren federleichten Tanz fortführten, höher wanderten, jetzt ihren Venushügel berührten und dort innehielten.

«Nein», dachte Jean, «das ist nicht wirklich so, das geschieht nicht mir, das ist verrückt und unmöglich.» Und sie bewegte sich immer noch nicht, als Manyas Hand ihren Körper hinaufglitt und sich um eine Brust schloß, wieder zart, fühlend, forschend, und die harte Spitze ihrer Brustwarze zum Leben erweckte. Sie merkte, daß sich ihre Nüstern verengten, ihr Atem keuchend durch ihre geöffneten Lippen kam, ihr Körper auf eine Art zu brennen begann, die sie nie zuvor empfunden hatte.

Und dann hörte sie, daß die Haustür ging, das wütende Gekreisch des zweijährigen Thomas – und der Bann war gebrochen. Sie sprang auf die Füße, am ganzen Leibe zitternd, während Manya dort lag und leise lachte.

«Arme Eisprinzessin.»

«Sie müssen gehen. Sofort. Bitte.»

Sie ging die Treppe hinunter, schwenkte Schleier und Hut, summte vor sich hin und sah Jean von der Seite an. «Was für hübsche Kinder!» rief sie aus. «Oh, was für hübsche Kinder!» Miss Jones, das englische Kinderfräulein, runzelte mißbilligend die Stirn und schob die Kinder eilig zur Treppe. Jean öffnete die Haustür.

«Wann sehen wir uns wieder, Eisprinzessin?» fragte Manya.

«Nie!» rief Jean aus. «Ich habe vergessen, was vorgefallen ist! Ich habe es vollkommen vergessen! Ich hoffe, auch Sie werden das tun.»

«Vielleicht. Wer weiß?» sagte Manya.

Dan Lavette wollte an diesem Tage das Büro früher als gewöhnlich verlassen, als Feng Wo ihn anhielt. «Könnte ich Sie bitte sprechen, Mr. Lavette?»

«Aber nur kurz. Ich bin auf dem Weg in eine Löwenhöhle; also sagen Sie nichts, was mich aus dem Gleichgewicht bringt.»

«Nur einen Augenblick. Meine Frau, der ich schon so oft von Ihnen erzählt habe, bat mich, Sie und ihre Gattin einzuladen. Wir bitten Sie, am kommenden Freitag mit uns in unserer Wohnung zu Abend zu essen. Ich möchte jedoch hinzufügen, daß ich es verstehen kann, wenn es Umstände gibt, die Sie daran hindern, unsere Einladung anzunehmen.»

«Kann Ihre Frau gut kochen?»

«Ich möchte sagen ja.»

«Dann werde ich kommen – und zwar gern. Verlassen Sie sich darauf!»

«Aber Ihre Gattin hat sich vielleicht anderweitig festgelegt.»

«Das glaube ich kaum.»

Doch ein paar Minuten darauf, auf dem Weg zur Seldon Bank, fiel Dan ein, daß eine Einladung zum Abendessen in die Wohnung von Chinesen für Jean eine ziemlich problematische Angelegenheit war. Nun, darüber konnte er sich später Gedanken machen; jetzt war es wichtiger, daß er klar im Kopf behielt, was er Seldon und dessen Aufsichtsrat sagen wollte. Er hatte sich ein paar Notizen gemacht und sich die Fakten und Zahlen mindestens ein dutzendmal wiederholt. Seine Argumente schienen ihm selbst jedenfalls vernünftig und überzeugend. Ein paar Minuten später erreichte er die Montgomery Street, ging an der bescheidenen Fassade der Bank of Sonoma vorbei und betrat das eindrucksvolle achtstöckige Seldon-Gebäude. Ein hydraulisch betriebener Fahrstuhl brachte ihn sanft in den achten Stock, wo sich der Sitzungsraum befand. Er kam ein paar Minuten zu früh.

Fünf Männer saßen um den großen Mahagonitisch und sahen ihn an: Thomas Seldon, dazu Alvin Sommers und Martin Clancy, beide Vizepräsidenten, Rustin Jones, Präsident der Sierra Insurance, und Grant Whittier von der California Shipping. Sie waren alle über fünfzig, solide, vermögende Männer, die zusammen über viele Millionen verfügten.

Während Seldon ihn den Männern vorstellte, die er noch nicht kennengelernt hatte, wurde Dan sich dessen bewußt, daß sie ihn alle beobachteten, studierten, als ob er ein besonders interessantes Lebewesen sei, das sie noch nie zuvor gesehen hatten. Ihre Gesichter waren ausdruckslos und beherrscht; er erinnerte sich vom Pokerspielen an solche Gesichter – nicht am Kai, wo die Fischer gelöst und frei miteinander pokerten, sondern im Tenderloin, wo die Berufsspieler in Westen und hemdsärmelig um die Tische saßen und eiskalte Augen hatten. Nun, er war nicht hergekommen, damit man ihm schöntat und ihm sagte, was für ein brillanter junger Mann er war. Er war hergekommen, um sich eine Million Dollar zu leihen.

«Meine Herren, Sie kennen die Lage», begann er, an einem Ende des Tisches stehend. «England, Frankreich, Deutschland, Belgien, die Donaumonarchie, Italien, Rußland – fast alle Länder Europas befinden sich im Kriege. Es ist der schlimmste, blutigste Krieg, den die Welt jemals gesehen hat – und er fängt gerade erst an. Großbritannien hat das größte Weltreich der Geschichte; und der größte Teil dieses Weltreichs liegt an unserer Hintertür, wenn man den Pazifik als unsere Hintertür betrachtet. Schon fügen Deutschlands U-Boote der britischen Schiffahrt Verluste zu. Sie werden jedes Schiff versenken, das sie sichten, und die britischen Kolonien müssen mit dem leben oder sterben, was wir ihnen von der Westküste aus per Schiff schicken. Ich weiß wohl, daß der Panamakanal die Dinge beeinflussen wird; aber hauptsächlich in Form niedrigerer Frachtkosten von der Ostküste hierher. Auf dem Pazifik dagegen werden die Frachtraten in ungeahnte Höhen steigen. Mein Teilhaber Mark Levy und ich betreiben jetzt schon seit vier Jahren eine kleine Flotte und ich weiß, was für Geld mit Seefracht zu verdienen ist – und ich bin sicher, Mr. Whittier weiß das auch. Ich möchte Sie um einen Kredit von einer Millionen Dollar bitten, damit ich einen Kaufvertrag über fünf Schiffe von jeweils fünf- bis sechstausend Tonnen abschließen kann. Ich weiß, wo die Schiffe sind und daß sie zum Verkauf stehen. Es sind Frachter in erstklassigem Zustand. Und somit glaube ich, daß ein Kredit, wie ich ihn beantrage, vernünftig und sicher ist.»

«Ich glaube, ich kenne die Schiffe, von denen Sie sprechen», sagte Whittier. «Ihre Zahlen stimmen nicht. Eine Million reicht nicht.»

«Das wissen wir», stimmte Dan zu. «Wir beabsichtigen, unsere gesamten Aktiva zu liquidieren: unsere Schiffe, unsere Fischkutter und unsere Fabrik. Wir haben fast eine Million dagegenzusetzen.»

«Ich kenne ihren veräußerbaren Besitz», sagte Sommers. «Sie sind stark mit Hypotheken belastet.»

«Wir haben Eigenkapital», führte Dan aus. Ich gehe von einem Geschäft aus. Ich hätte sagen sollen: Mindestens eine halbe Million und möglicherweise eine Million.»

«Das ist eine ziemliche Spanne», bemerkte Clancy und lächelte ein bißchen.

«Wie alt sind Sie, Lavette?» fragte ihn Rustin Jones.

«Oh, ich glaube nicht, daß das hier eine Rolle spielt», fiel Seldon ein.

«Sechsundzwanzig», erwiderte Dan und machte einen Vorgriff auf das kommende Jahr. «Wenn es Ihnen um das Alter geht – ich kann auf die Straße gehen und Ihnen ein Dutzend Männer über fünfzig bringen.»

«Nur ruhig, Dan», sagte Seldon. «Erzähl uns mehr über diese Schiffe.»

«Es sind Turbinenschiffe aus Stahl, mit Doppelschrauben, keines von ihnen älter als drei Jahre. Vier wurden in England gebaut, eins in Holland, alle sind in gutem Zustand.»

«Sie betrachten den Krieg nur unter dem Gesichtswinkel des Profits?» fragte Whittier.

«Ich sehe den Krieg als das an, was er ist – ein törichtes, blutiges Spiel! Wir haben ihn nicht gemacht. Es ist nicht unser Krieg. Aber ist das ein Grund, keine Ladung zu transportieren und keinen Gewinn zu machen? Wenn ich es nicht tue, tun es hundert andere.»

«Darf ich Ihnen etwas vorlesen, Mr. Lavette», sagte Rustin Jones mit einer Ruhe, die einen gelassenen Kontrapunkt zu Dans hitzigen Aussagen setzte. «Es ist aus Präsident Wilsons Botschaft an den

Senat. Ich zitiere: ‹Die Wirkung des Krieges auf die Vereinigten Staaten wird davon abhängen, was amerikanische Bürger sagen und tun. Jeder, der Amerika wirklich liebt, wird im wahren Geist der Neutralität handeln und sprechen: das ist der Geist der Unparteilichkeit, der Fairneß und des Wohlwollens gegenüber allen Beteiligten›. Das sagt der Präsident, Mr. Lavette, Sie jedoch sprechen von einer beträchtlichen Kreditsumme, mit deren Hilfe Sie in erster Linie mit den britischen Kolonien Handel zu treiben gedenken.»

Dan schüttelte den Kopf und versuchte, sich zu beherrschen. «Wir sind ein Hafen an der Pazifikküste. Möchten Sie, daß ich mit Deutschland Handel treibe? Sagen Sie mir nur wie, und ich werde es tun.»

«Mr. Lavette», sagte Clancy, «Mr. Jones hat nach Ihrem Alter gefragt. Wir haben Kinder, die nicht viel jünger sind als Sie und noch in der Ausbildung. Kürzlich schrieben die Zeitungen über einen Angriff, den Sie persönlich mit einem Gewehr gegen jemanden durchführten, der Ihrer Aussage nach eine Art von Fischereipirat war. Sie haben selbst die Verantwortung dafür auf sich genommen, daß ein Boot versenkt wurde. Glücklicherweise haben die Leute auf diesem Schiff überlebt; aber es hätte zu einem großen Unglück kommen können. Nun bitten Sie uns, Ihnen eine Million Dollar zur Verwendung nach Ihrem eigenen Ermessen anzuvertrauen.»

«Ich habe gesagt, was ich zu sagen hatte», sagte Dan, nahm ein Bündel Papiere aus seiner Tasche und warf es auf den Tisch. «Hier sind die Fakten und Zahlen, meine Herren. Ich habe nicht um Ihren Rat in Fischereiangelegenheiten gebeten. Ich bin wegen eines Darlehens hergekommen, und Sie können es gewähren oder ablehnen, ganz wie Sie wollen.»

Damit schob er seinen Stuhl weiter zurück und ging aus dem Raum. Seldon folgte ihm.

«Dan!»

Dan blieb im Kontor stehen, während die Sekretärinnen und Buchhalter neugierig zusahen. Seldon ging mit ihm auf den Flur. «Du bist unvernünftig», sagte er, «du kannst deinen Willen nicht so durchsetzen.»

«Ich lasse mich nicht behandeln, als wäre ich ein Gangster aus dem Tenderloin.»

«Niemand behandelt dich so. Wir sind eine Bank. Wir haben unsere Methoden. Laß ihnen etwas Zeit.»

«Ich habe ihnen bereits Zeit gelassen», sagte Dan.

Jean zog sich gerade um, als Dan an diesem Abend nach Haus kam. Vor dem Abendessen hatte er Zeit, mit seinem Sohn Thomas zu spielen, und er rollte mit ihm auf dem Fußboden herum, schwang ihn auf seinen Armen in die Luft und knurrte ihn an. Miss Wendy Jones sah mißbilligend zu. Sie war eine wohlgeformte, vollschlanke, etwa fünfunddreißigjährige Waliserin, die selten lächelte und ihre gegenwärtigen Lebensumstände betrachtete, als wäre sie in einer primitiven Wildnis verlassen worden. Sie hatte über ihre vorherigen Stellen gelogen, denn in London hatte sie in verschiedenen Haushalten als Hausmädchen und nicht als Kindermädchen gearbeitet; aber sie erkannte bald, daß solche Unterschiede in der Oberschicht von San Francisco nicht so wichtig waren. Ihr gegenwärtiger Arbeitgeber faszinierte und erschreckte sie: dieser ungeheure, impulsive junge Mann, der mit wiegenden Schritten ging und dessen Umgangsformen nach ihrer Ansicht viel zu wünschen übrig ließen – ein seltsamer Partner für die schöne junge Frau, mit der er verheiratet war. Andererseits behandelte Dan, der Dienstboten noch immer nicht einordnen konnte, sie gutmütig und gab ihr gelegentlich einen Klaps aufs Hinterteil, vielleicht nur, um ihre erboste Reaktion zu genießen. Die Zeiträume seiner sexuellen Enthaltsamkeit wurden immer länger, und er spielte mit dem Gedanken, Miss Jones zu verführen. Aber es gab nur selten Gelegenheiten, und er liebte Jean immer noch mit romantischer und jugendlicher Ausschließlichkeit.

Er fragte sich, wie so oft, wenn er mit dem blonden, blauäugigen kleinen Jungen spielte, der sein Sohn war, was zum Teufel er, Daniel Lavette, der Sohn eines französischen Fischers und eines italienischen Bauernmädchens, in dieser unwahrscheinlichen Villa auf dem Russian Hill tat. Nichts darin schien zu ihm zu gehören. Die Schiffsmodelle und die Seestücke in der Bibliothek – die Jean als sein Zimmer bezeichnete – kamen von ihren Eltern, mit Ausnahme eines wunderbaren Winslow Homer, die die Levys ihm zur Hochzeit geschenkt hatten. Die Regale waren mit Büchern angefüllt, die er nie gelesen hatte und auch nicht lesen wollte, und die Möbel waren, wie auch sonst im ganzen Hause, von Jean und ihrer Mutter ausgesucht worden. Zwar hatte er den Packard-Tourenwagen, den er in einer Garage auf dem Embarcadero untergestellt hatte, selbst ausgewählt; aber er war leuchtend gelb, was Jean als vulgär empfand. Wenn sie schon ein Auto hatten, müßte es eine Limousine von angemessen dunkler Farbe sein. Und Jeans Freunde, die zweite Generation von Krösussen und die immer stärker anwachsende Mischung von Künstlern, Schriftstellern und Musikern, die auf den Russian Hill zogen, waren ihm ebenso fremd wie das Mobiliar, die Teppiche und all der Schnickschnack, der unentwegt in das neue Haus geströmt war, als es erst einmal fertig war.

«Sie dürfen ihn vor dem Schlafengehen nicht zu sehr aufregen», sagte Miss Jones, «wirklich, Mr. Lavette.»

«Sie halten nichts von Aufregung vor dem Schlafengehen?»

«Ganz gewiß nicht.»

«Ach?» grinste Dan sie an. «Versuchen Sie es einmal. Es hat etwas für sich.»

Beim Abendessen schien Jean noch ferner zu sein als üblich, und Dan beschloß, nichts von dem zu erzählen, was sich in der Bank ereignet hatte. Er hatte sich damit abgefunden, daß man ihm das Darlehen nicht bewilligen würde, und selbst wenn sie ihm, so unwahrscheinlich das war, das Geld gäben, war er nicht mehr sicher, daß er es von der Seldon Bank haben wollte. Er war zu der Ansicht gekommen, daß es ein Fehler gewesen war, sich zuerst an Seldon zu wenden; und Mark stimmte ihm zu, als er ihm nach seinem Bericht über die Unterredung dort sagte: «Du tust Tony unrecht, wenn du dich von ihm zurückziehst. Die Cassalas sind Bankiers. Tony braucht Leute wie uns. Wenn dieses Schiffstransportgeschäft eine Fata Morgana ist, sollten wir es fallenlassen. Aber wenn es wirklich etwas ist, sollten wir zu Tony gehen und mit ihm sprechen. Er hat es verdient.»

Dan und Jean aßen schweigend. In letzter Zeit nahmen sie die Mahlzeiten immer häufiger wortlos ein, und doch fühlte er, wenn er sie ansah, daß er kein Recht hatte, sich zu beklagen. Daß sie ihn als Ehemann akzeptiert hatte, war alles, was er sich wünschen konnte, und das Vorrecht, ihr gegenüber zu sitzen und sich an ihrer Schönheit zu erfreuen, war an sich genug. Die Zeit würde alles ändern. Sie hatte ihn einmal ganz und gar akzeptiert – sie würde es wieder tun.

Schließlich sagte er: «Es war ein verdammt schöner Tag, was? Ich hoffe, du bist ein bißchen draußen gewesen?»

«Ich wünschte, du würdest nicht fluchen, Dan.»

«Ja – es tut mir leid.»

«Ich war zum Lunch im *Fairmont*», sagte sie. «Mit Marcy Callan.» Sie fügte hinzu: «Dann haben wir bei Borsin Vorhangstoffe ausgesucht. Ich werde diesen Raum doch in Pastellfarben halten. Ich habe mir die Orientteppiche und diese lächerlichen Stilmöbel übergesehen. Es ist weder Chippendale noch Queen Anne, und ich weiß wirklich nicht, aus welcher Periode sie stammen oder warum ich sie gekauft habe. Ich meine, wir sollten echte Antiquitäten kaufen, wenn es schon Antiquitäten sein müssen. Wir können es uns ja wohl leisten.»

Dan nickte. Er versuchte immer noch, Marcy Callan unterzubringen.

«Sie heiratet den jungen Whittier, stimmt's? John oder so.»

«Wir werden eine Gesellschaft für sie geben müssen. Sie ist eine meiner liebsten Freundinnen.»

«Sicher. Ich wüßte nichts, das mir lieber wäre, als die Whittiers hier zu haben.»

«Du wirst es überstehen.»

«Da wir gerade von Gesellschaften sprechen», sagte Dan. «Feng Wo – mein Bürovorsteher, wie du weißt – möchte, daß wir zum Abendessen zu ihm kommen.»

«Das meinst du doch nicht im Ernst?»

«Er hat mich heute eingeladen.»

«Zu Chinks?» sagte sie ungläubig.

«Chinesen. Nenn sie nicht Chinks, Jean.»

«Warum nicht? Du tust es selbst. Ich habe dich das Hunderte von Malen sagen hören.»

«Nicht in der letzten Zeit. Sicher habe ich den Ausdruck benutzt. Jeder tut es. Es mißfällt mir. Es ist, als würde man Mark einen Trödeljuden nennen.»

«Das finde ich nicht. Außerdem glaube ich nicht, daß du mir richtiges Sprechen beibringen kannst.»

«Jeany», sagte er zärtlich, «wir wollen uns nicht streiten. Die Leute halten mich für so etwas wie ein verrücktes Finanzgenie, mit dem, was Mark und ich in vier Jahren aufgebaut haben – aber ohne Feng Wo hätten wir das nie geschafft. Er bewahrt uns vor dem Bankrott, er jongliert mit den Kosten und zieht die Bremse, wenn ich alles auf einen Schlag investieren möchte. Das ist das erste Mal, daß er mich zu sich nach Hause eingeladen hat. Was kann ich ihm sagen?»

«Hast du die Einladung angenommen oder hast du ihm gesagt, du würdest mit mir darüber sprechen? Wir könnten einfach sagen, wir wären für die nächsten Monate vollständig ausgebucht. Und das stimmt sogar.»

«Ich habe die Einladung angenommen.»

«Dann mußt du allein gehen», sagte Jean. «Es tut mir leid, Dan, aber ich beabsichtige nicht, bei einem Chinesen, wie du ihn nennst, zu Abend zu essen.»

Als Jack Harvey hörte, daß Dan und Mark seine geliebte *Oregon Queen* verkaufen wollten, die er unter ihrer Flagge kommandiert hatte und die seine Geliebte, sein Heim, seine Leidenschaft war, betrank er sich zum ersten Mal nach mehr als drei Jahren. Er betrank sich nicht einfach, er war kein Gesellschaftstrinker: er ging auf eine gewaltige Sauftour und versackte drei Tage lang im Rachen des Tenderloin. Es änderte nichts, daß Mark und Dan ihm versichert hatten, er werde das erste der neuen Schiffe übernehmen. Er weigerte sich, ihnen zu glauben, und er sah die schönste Zeit seines Lebens zu Ende gehen.

Drei Tage lang suchte ihn seine inzwischen fünfzehnjährige Tochter Clair. Sie war zu einer langbeinigen, auf seltsame Weise hübschen jungen Frau herangewachsen: mit grünen Augen, bronzefarbener Haut und einer gebogenen, strengen Nase, unabhängig, einssiebzig groß, mit mohrrübenrotem Haar. Sie war schon eine Persönlichkeit. Allein durchsuchte sie die Barbary Coast, blickte in jede Kneipe, von der sie ihren Vater jemals hatte reden hören – und wandte sich dann verzweifelt an Dan und Mark. Mark ging mit ihr, und in den frühen Morgenstunden des vierten Tages fanden sie Jack Harvey in einem Bordell in der Grant Avenue. Mark nahm ihn und seine Tochter mit in sein Haus in Sausalito.

Mark steckte Harvey ins Bett, wo er während der nächsten zwölf Stunden schlief, während Sarah, die Clair immer als das ‹arme, mutterlose Kind, das mit dem unvernünftigen Vater zusammenwohnte›, angesehen hatte, das arme, mutterlose Kind mit Eiern, Pfannkuchen und Haferbrei mit Sahne fütterte. Jacob Levy, der fast sechzehn Jahre alt war, und Martha, seine zehnjährige Schwester, saßen am Küchentisch und beobachteten fasziniert, wie das dürre, rothaarige Mädchen alles, was man ihr hinstellte, mit offenbar unersättlichem Appetit und offenbar unbegrenzt aufnahmefähigen

Magen aß. «Iß, Liebling», sagte Sarah und stellte einen zweiten Teller mit Rührei vor sie hin. «Armer Liebling, was hast du nur durchgemacht. Willst du noch ein paar Pfannkuchen?»

«Ja, bitte.»

«Gut, gut. Nun iß, und danach wirst du schlafen.»

Jacob konnte die Augen nicht abwenden. Er hatte Clair vor zwei Jahren zuletzt gesehen und versuchte nun das Wunder zu verstehen, das aus einem dürren, sommersprossigen Kind diese große, fast königliche Frau gemacht hatte, mit hohen festen Brüsten und glattem flammendem Haar, das ihr bis zu den Hüften reichte. Martha stieß ihn mit den Ellenbogen an und flüsterte: «Glotz sie nicht an. Das gehört sich nicht.»

Clair sagte zu Sarah: «Ich bin nicht müde. Es ist komisch, ich weiß, ich müßte müde sein; aber ich bin es nicht.» Sie wandte sich an Jacob und sagte: «Sagst du nie etwas? Du hast noch kein Wort gesagt.»

«Nein.»

«Das ist ein Wort. Du meinst, du sprichst nicht viel?»

«Er ist schüchtern», sagte Martha. «Er hat Angst vor Mädchen.»

«Das ist nicht wahr», sagte Jacob.

«Du bist mit dem Frühstück fertig», sagte Sarah zu Martha. «Geh nach draußen. Geh schon.»

Martha streckte ihrem Bruder die Zunge heraus und rannte dann aus der Küche. Mark kam herein und sagte zu Sarah, er werde nach San Francisco zurückkehren und wahrscheinlich am Nachmittag mit Dan nach San Mateo zu Anthony Cassala hinunterfahren.

«Er hat uns zum Abendessen eingeladen», erklärte er, «und wir werden über das Darlehen sprechen. Für die Fähre wird es wohl zu spät werden, deshalb bleibe ich entweder dort oder bei Dan, wenn wir zurückfahren.»

«Ich würde gern mal sehen, wo Tony wohnt. Wie sieht es dort aus?»

«Es ist in Hillsborough, was kannst du also erwarten? Stein und Sequoienholz. Komisch, Tony hat immer so einfach gelebt – du weißt ja, Maria hat gekocht, und gegessen haben sie immer in der Küche. Das Haus da hat sechzehn Räume. Die Bank hat es aus einer unbezahlten Hypothek übernommen, und es war so ein guter Kauf, daß Tony vermutlich nicht widerstehen konnte. Sie haben ein italienisches Mädchen eingestellt, das bei der Hausarbeit helfen soll; aber Maria behandelt sie wie eine Tochter und tut noch immer den größten Teil der Arbeit selbst. Vielleicht hat Stephan ihn dazu überredet. Der Junge arbeitet den Sommer über in der Bank. Er ist ein heller Kopf und voller Ideen.» Er zog sie mit sich aus der Küche und sagte leise: «Behalt Harvey und seine Tochter hier. Sag ihm, ich hätte das gesagt; er muß bleiben, bis Dan und ich zurückkommen. Und laß ihn nicht an den Whiskey und an den Wein.»

«Und wie soll ich das machen?»

«Dir fällt schon etwas ein. Er hat dich immer gemocht. Mach ihm deutlich, daß er nicht gestrandet ist.»

«Ich fange an, mich zu fürchten, Mark. Dieses große Haus erschreckt mich, und wenn ich an fünf Hochseeschiffe denke – wie sind wir bloß in diese Lage gekommen?»

«Sehr einfach. Es war dir zuwider, hinter dem Laden zu wohnen. Nun mach dir keine Sorgen. Ich komme morgen zurück.»

Inzwischen hatte Clair ihren zweiten Teller Rührei aufgegessen, und Jacob starrte auf das Tischtuch.

«Du hast eine freche Schwester», sagte Clair.

«Ja, ich glaub auch.»

«Du kannst mich ruhig ansehen, wenn du willst. Ich hab nichts dagegen.»

Ihre Blicke trafen sich, und sie grinsten beide.

«Ruft man dich Jake?» fragte sie.

Er nickte.

«Gefällt dir der Name?»

«Jedenfalls besser als Jacob – ein blöder Name. Mein Großvater hieß so.»

«Mir gefällt Jake. Es ist ein prima Name. Oben in Mendocino City war ein Holzarbeiter, der Jake hieß. Er war der größte, stärkste Mann, den ich je gesehen habe.»

«Größer als Dan?»

«Viel größer als Dan. Zwei Meter und eins. Ich habe mich an seine Faust gehängt, und dann hat er mich mit einem Arm hochgehoben. Ist das nichts?»

«Kannst du schwimmen?»

«Natürlich kann ich schwimmen!»

«Weißt du, was ein Katboot ist?»

«Mensch, was glaubst du?» fragte sie entrüstet. «Ich habe praktisch mein ganzes Leben auf Schiffen verbracht, und du fragst mich, ob ich weiß, was ein Katboot ist?»

«Ich hab das nicht so gemeint.»

«Was hast du denn gemeint?»

«Ich hab eins.»

«Was?»

«Ein Katboot.»

«Nein, du machst Witze.»

«Großes Ehrenwort. Mein eigenes. Ich habe es mir von dem Geld gekauft, das ich nach der Schule im Lagerhaus verdient habe. Vierzig Dollar – aber es ist wirklich schön. Ich habe es abgekratzt, kalfatert und angestrichen.»

«Wie lang?»

«Sechs Meter siebzig.»

«Oh, großartig! Sechssiebzig! Das ist die absolute Spitze.»

«Möchtest du segeln?»

«Wo ist es?»

«Unten am Anleger.»

«O ja, gerne!»

Aber als sie im Katboot draußen auf der Bucht waren, erlag selbst ihre Energie der Schlaflosigkeit der letzten drei Tage. Sie konnte ihre Augen nicht mehr offenhalten, und sie rollte sich auf dem Boden des Bootes zusammen. «Ich will nur ein bißchen ausruhen», erklärte sie. «Ich bin so müde, Jake.»

«Sicher. Ich weiß. Du hast anstrengende Tage hinter dir.»

Einen Augenblick später war sie eingeschlafen; ihr langes rotes Haar lag wie ein Flammentuch um ihre Schultern. Es wehte nur eine leichte Brise, die gerade ausreichte, das Boot durch das ruhige Wasser gleiten zu lassen. Jacob saß im Heck, eine Hand auf der Pinne, und betrachtete glücklich und zufrieden das schlafende Mädchen.

Es frischte auf, und Jake steuerte das Katboot quer über die Richardson Bay und an Angel Island vorbei. Er hatte jetzt einen vollständigen Blick auf San Francisco und seine Hügel, die Höhen mit den Straßen, die in den Himmel führten, mit Häusern, die übereinandergestapelt waren, und all das war mit einem Spitzendeckchen von Morgennebelfetzen besetzt, durch das die Morgensonne die Stadt vergoldete. Er hatte die Stadt zuvor schon tausendmal gesehen, aber das hier war auf wunderbare Weise das erste

Mal, daß er sie richtig sah – oder sah er irgendein märchenhaftes Wunderland, erschaffen von der Gegenwart dieses seltsamen, rothaarigen Mädchens? Er blickte in schweigender Ehrfurcht auf die Stadt, eine starke Bewegung stieg in ihm auf, und Tränen traten in seine Augen. Er wußte nicht genau, warum er so empfand; aber es war das schönste Gefühl, das er je erfahren hatte. Er wußte es. Es war alles ein Zauber, und alles war richtig und wie es sein mußte. Auch das wußte er.

Mit Hilfe von Gina, dem jungen Mädchen aus Italien, räumten Rosa und Maria die Reste eines Abendessens aus Salat, Suppe, Pasta und Kalbfleisch ab und stellten dafür Schalen mit frischen Pfirsichen, Pflaumen, Weintrauben und Birnen auf den Tisch und schwarzen italienischen Kaffee für die Männer dazu. Dann zogen sich die Frauen zurück, entschuldigten sich mit einem leisen Gemurmel und ließen Anthony Cassala, Stephan, Dan Lavette und Mark Levy am Tisch zurück. Anthony drängte seinen Gästen Obst auf, goß ihnen Kaffee ein und bot Zigarren an. Mark rauchte Pfeife. Dan nahm Zigarren an, wenn sie angeboten wurden und begann, Geschmack an ihnen zu finden.

«Nun, was haltet ihr davon, Danny und Mark?» fragte Cassala, mit einer Handbewegung auf die prunkvolle Weitläufigkeit des Eßzimmers hinweisend. «Gefällt euch mein Haus?»

«Es ist großartig», sagte Mark.

Dan stieß Rauchwolken von sich und grinste Cassala an.

«Du lachst mich aus, was, Danny? In Ordnung. Morgens, wenn ich mich rasiere, sehe ich mein Gesicht im Spiegel und sage: Wer bist du? Warum? Du bist ein einfacher neapolitanischer Maurer. Ich will dir etwas sagen, Danny: Weißt du, woher all das hier kommt? Ich sag's dir: von den viertausend Dollar, die du mir nach dem Erdbeben gegeben hast.»

«Nie», sagte Dan. «Du träumst.»

«So? Du weißt, worauf eine Bank gebaut wird? Vertrauen. Mit dem Geld habe ich Vertrauen gekauft. Ein paar Dollar hier, ein paar Dollar dort – aber die Leute aßen und tranken und erinnerten sich. Hätte ich das Geld nicht gehabt, wäre mein ganzes Leben anders verlaufen.»

«O nein, Tony, was du getan hast, hast du selbst getan.»

«Vielleicht, vielleicht auch nicht. Ich bedaure nur eins – meine selige Mutter im Himmel hat, solange sie lebte, nicht einen Tag ohne Hunger erlebt: Hunger ihrer Kinder, Papas Hunger, den Hunger von Vettern und Kusinen, Brüdern und Schwestern. Immer Hunger. Nun mäste ich mich. Ich habe einen Wanst. Was sagst du dazu?»

«Bei einem Bankier sieht das gut aus», sagte Mark.

«Papa», sagte Stephan, «es ist fast zehn Uhr. Laß Danny und Mark reden.»

«Halte ich sie davon ab? Sprecht», sagte Cassala. «Nur eins noch, Danny. Deine Mutter war eine gute Katholikin. Sie sitzt jetzt neben der Heiligen Jungfrau. Wann warst du zuletzt in der Messe? Wann gehst du zur Beichte? Bitte, werd nicht wütend, Danny – ich spreche zu dir wie zu meinem Sohn.»

«Schon gut, Tony. Ich verstehe deine Gefühle. Ich bin mit einer Protestantin verheiratet. Ich kann nichts tun, was ich nicht empfinde.»

«Papa», bat Stephan ihn.

«In Ordnung, sprecht.»

«Tony», sagte Mark, «wir müssen ziemlich weit ausholen und mehr oder weniger um die Sache herumreden, damit du sie mit unseren Augen siehst. Das ist die einzige Möglichkeit, wie du den Sinn dessen erkennen kannst, worum wir dich bitten wollen.»

«Ihr braucht Geld», sagte Cassala. «Sagt mir, wieviel ihr braucht. Wir werden eine Möglichkeit finden.»

«Nein, nein», protestierte Dan. «Du mußt verstehen, was wir vorhaben, Tony.»

«Laßt mich mit dem Kanal beginnen», sagte Mark. «Vergangenen Monat hat das erste Schiff, das durch den Panamakanal nach San Francisco gekommen ist, hier festgemacht. Das hat die Welt verändert, Tony. In einfachen Worten bedeutet es, daß der Frachtweg zwischen uns und der Ostküste ungefähr elftausend Seemeilen kürzer geworden ist. Schon das verändert die Zukunft Kaliforniens. Aber wir wollen es einmal unter den Gesichtspunkten dieses idiotischen Krieges betrachten, den sie in Europa austragen. Sagen wir, ein Schiff fährt aus der Bucht nach Westen. Nehmen wir einfach mal an, daß es Ladung für Japan hat und in Hawaii und in Japan bunkert. Dann nimmt es in Japan Fracht und fährt weiter nach Australien und danach nach Südafrika. Dann zur Ostküste. Durch den Kanal deckt der Gewinn von der Ostküste zurück hierher – wenn man bedenkt, was mit den Frachtsätzen passiert – die gesamte

Reise, und der Rest ist Reingewinn. Sonst würde das Schiff um Kap Horn fahren und seine Gewinne für Brennstoff ausgeben müssen. Und in Afrika oder Australien gibt es keine Fracht, die man hier haben will. Wir brauchen Güter von der Ostküste, und die Briten brauchen dringend Güter im Pazifik. Bevor dieser Krieg vorbei ist, ist San Francisco vielleicht einer der bedeutendsten Häfen der Welt.»

«Also wollt ihr ein Schiff kaufen», sagte Cassala und nickte. «Das klingt vernünftig.»

«Warte einen Augenblick, Tony», sagte Dan. «Vielleicht denkst du an die *Oregon Queen.* Nein. Das hier ist etwas anderes. Wir haben die *Oregon Queen* verkauft. Um genau zu sein: wir verkaufen alles. Wir haben neulich die Müll-Frachtverträge und die Müllfrachter verkauft, und in der nächsten Woche werden wir das Hosengeschäft und die Fischkutter verkaufen, und vielleicht geben wir sogar das Schiffsausrüstungsgeschäft auf.»

«Was?»

Dan sah Stephan an, der genau zuhörte und nichts sagte.

«Genau», pflichtete Mark bei. «Alles.»

«Warum? Ihr habt ein wunderbares Unternehmen, und ihr verkauft es. Warum?»

«Weil», sagte Dan langsam, «wir im Begriff sind, eine Flotte zu kaufen, und jeden Dollar brauchen, den wir bekommen können. Drei Schiffe zu sechstausend Tonnen und zwei Schiffe zu fünftausend Tonnen. Stahlschiffe. Schöne Schiffe. Wir brauchen mindestens eineinviertel Million Dollar Bargeld, und darum sind wir hier, Tony. Wir möchten ein Darlehen von einer Million Dollar.»

Cassala starrte ihn an; dann seufzte er tief, schloß die Augen und lehnte sich zurück. Stephan nickte mit einem winzigen Lächeln. Mark und Dan warteten. Maria kam mit einem Teller Gebäck ins Zimmer. Mit ihrem einfachen dunklen Kleid, das ihr bis zu den Knöcheln reichte, erinnerte sie Dan immer mehr an seine eigene Mutter. «Ihr eßt kein Obst!» rief sie auf italienisch. «Warum nicht? Obst ist gut. Obst reinigt das Innere. In Amerika ißt niemand mit Vergnügen, sondern nur, um sich den Bauch zu füllen. Schaut euch diese Pfirsiche an. Sie sind so reif, sie locken geradezu. Eßt Obst und eßt Gebäck. Ich bringe euch Käse.»

Cassala saß immer noch mit geschlossenen Augen da und hielt die Hände vor dem Bauch gefaltet. Mark sah Dan fragend an.

«Iß etwas Obst», übersetzte Dan. «Sonst wird Maria böse.»

«Wenn er nein sagt», flüsterte Mark, «sind wir erledigt.»

«Habe ich nein gesagt?» fuhr Cassala auf. «Habe ich nein gesagt? Warum flüstert ihr also? Eßt Obst und laßt mich nachdenken.» Er wandte sich an seinen Sohn: «Hörst du zu, Stephan?»

«Ich höre zu, Papa.»

Er wandte sich an Dan: «Und was ist mit den Unterseebooten?»

«Bisher haben die Deutschen noch kein amerikanisches Schiff versenkt. Vielleicht werden sie es auch nicht tun. Wir können das Schiff versichern – nicht die Fracht, aber das Schiff. Tony, die Gewinne sind so groß, daß wir es uns leisten können, ein Schiff zu verlieren.»

«Und die Schiffe sind schnell», fügte Mark hinzu. «Nach dem, was Dan mir erzählte, können wir jedes U-Boot abhängen.»

«Es ist eine erste Hypothek auf die Schiffe, Tony. Untereinander verschränkt: wenn wir ein Schiff verlieren, geht sie auf die anderen mit über. Wenn die Versicherung zahlt, hast du den ersten Anspruch, ungeachtet der Fracht. Eine absolute Vorrangstellung.»

«Und Dan und ich haften mit unserem persönlichen Vermögen in voller Höhe», sagte Mark.

«Warum?» fragte Cassala verärgert. «Habe ich das je verlangt?»

«Wir haben dich auch noch nie um eine Million Dollar gebeten.»

Cassala wandte sich an seinen Sohn: «Was meinst du, Stephan?»

«Papa, im fünfzehnten Jahrhundert schickte man in Genua fünf Schiffe nach Osten. Wenn eins von ihnen mit einer Gewürzladung zurückkehrte und die anderen gingen verloren oder sanken, so glich das eine Schiff, das zurückkehrte, den Verlust der anderen aus und brachte außerdem noch einen Gewinn.»

«Ich frage nicht nach Genua im fünfzehnten Jahrhundert.»

«Ich sage nur, Papa, daß im Frachtgeschäft immer großer Gewinn steckte. Wenn Danny und Mark sagen, daß sie es machen können, werden sie es schaffen.»

«Wenn sie sagen, sie werden zum Mond fliegen, werden sie dann zum Mond fliegen?» Er nahm einen Apfel und begann ihn zu schälen. «Iß Obst», sagte er zu Mark. «Iß.» Maria kam mit einer Platte Käse herein. «Jetzt bringst du den Käse», sagte er. «Warum nicht morgen?»

«Tony», sagte Dan, «wenn das unmöglich ist . . .»

«Unmöglich ist das, was ich nicht tun kann», unterbrach er.

«Glaubst du, ich schicke dich ohne das Geld wieder fort? Aber wir sind eine kleine Bank. Ich habe nie ein Darlehen von einer Million Dollar gegeben. Das ist das erste Mal. Wie schnell braucht ihr es?»

«Es dreht sich darum, die Schiffe zu kaufen, ehe ein anderer es tut.»

«Drei Tage?»

«Wunderbar, Tony.»

«Ich weiß nicht, wie ich dir danken soll», sagte Mark.

«Danke mir nicht. Sprich. Stephan, du schreibst alles auf. Ich möchte alles wissen: wem die Schiffe gehören, wer sie gebaut hat, was für Maschinen sie haben – alles, denn von Schiffen verstehe ich nichts. Du kaufst nicht nur ein Schiff. Du bezahlst eine Mannschaft. Du bezahlst Liegegeld. Du kaufst Brennstoff und Lebensmittel. Du bezahlst Schauerleute. Das alles muß ich wissen und auch, wieviel Bargeld ihr habt. Also, reden wir.»

Erst nach Mitternacht waren sie fertig, und Cassala überredete sie, die Nacht in seinem Hause zu verbringen. Maria führte Dan in sein Zimmer, umarmte ihn und sagte mit klagender Stimme: «Zünde eine Kerze für deine Mama an, Danny. Geh zur Messe. Es wird meine Seele beruhigen. Ich bete immer für dich – immer.»

Als Dan den Hügel zur Grant Street hinunter und dann ins Chinesenviertel ging, fiel ihm auf, daß er an Chinesen nie als an Menschen gedacht hatte, die eine Wohnung und Familie haben; aber vielleicht unterschied er sich darin nicht von den meisten Bewohnern San Franciscos. Um die Wahrheit zu sagen, hatte er, bevor er Feng Wo kennenlernte, Chinesen nie als Individuen, als menschlich fühlende Wesen gesehen, die Schmerzen und Freude empfinden – als Menschen, die Teil hatten an dem Schmerz, der das Erbteil der Menschen war. Ein geschlagener Chinese hatte keine Schmerzen, ein verletzter Chinese blutete nicht, und ein toter Chinese war ohne Bedeutung. In den Statistiken der San Franciscoer Polizei bestand ein Unterschied zwischen einem toten Chinesen und einem toten Weißen; in den Augen der weißen Bevölkerung war ein toter Chinese die willkommene Beseitigung von Abfall.

Nun, als er allein auf dem Weg zum Abendessen bei Feng Wo und den Seinen war, ging er langsam, gedankenverloren, und versuchte zu verstehen, was Jean empfand und was die Wurzel ihres Ärgers und Zorns bei dem Gedanken war, einen Abend mit Chinesen zu verbringen. Doch wie konnte er Jean verurteilen, wenn er an sein erstes Zusammentreffen mit Feng Wo dachte, wie er den Mann von oben herab behandelt und alles Chinesische verachtet hatte? Es lag ebenso in seiner wie in Jeans Art. Hatte er die leiseste Ahnung, wo oder wie Chinesen lebten? Im Chinesenviertel, natürlich, er hatte die Anschrift in der Grant Street, dorthin ging er nun. Chinesen wohnten im Chinesenviertel; sie hatten Gänge und Höhlen, in denen sie nachts verschwanden wie Ratten, um am Tage wieder aufzutauchen. Aber eine Wohnung, ein Heim, eine Familie, Kinder – wann hatte er ihnen je die gleichen Annehmlichkeiten zugeschrieben, wie auch nur den ärmsten und elendesten Weißen?

Er fand die Adresse, ein Holzhaus mit mehreren Wohnungen, das sich nicht sehr von dem Gebäude unterschied, in dem er als Junge gelebt hatte und kaum anders war als tausend andere schmale, drei- und vierstöckige Holzhäuser in den Straßen von San Francisco. Er stieg zwei Treppen hinauf, kam in einem dämmrigen Flur vor eine Tür, an der 2 F stand, und klopfte. Feng Wo hatte offensichtlich in der Nähe der Tür gewartet, denn er öffnete sofort. Er stand da, lächelte nervös und nickte.

«Ich freue mich so sehr, Sie zu sehen, Mr. Lavette. Sie ehren mein armes Heim und meine unwürdige Familie.»

Dan hatte ein halbes Dutzend komplizierte Geschichten erfunden und wieder verworfen, um Jeans Nichterscheinen zu erklären. Nun sagte er einfach: «Das klingt sehr chinesisch, Feng Wo; meine Frau hat starkes Kopfweh, und ich bin sicher, daß Ihre Familie verdammt ehrenwert ist. Jedenfalls freue ich mich, hier zu sein.»

«Bitte einzutreten», sagte Feng Wo. Er ging durch den engen Vorraum, zog dann einen Vorhang aus Perlenschnüren zur Seite und ließ Dan vorbeigehen.

Der Raum, den Dan betrat, war offensichtlich Aufenthaltsraum, Eßzimmer und Wohnzimmer in einem; ein schwarzer Tisch und Stühle auf der einen Seite des Zimmers, eine Tür, die zur Küche führte, und gegenüber ein winziger Flur mit Türen, die zu den Schlafräumen führten. Es gab einen chinesischen Wandschirm, der sehr hübsch aussah, aber aus billigem chinesischem, bedrucktem Papier bestand, das auf einen Rahmen geklebt war. Außerdem standen da noch drei recht durchschnittliche Sessel. Der Fußboden war dunkelrot gestrichen und wurde offenbar regelmäßig gebohnert, und an den Wänden hingen viele gerahmte Drucke, die eher japanisch als chinesisch waren, jedoch zur übrigen Einrichtung paßten. Irgendwie verstand Dan das nicht; der Raum mit seinem Durcheinander von so verschiedenen Dingen gab ihm ein Gefühl von Behaglichkeit und Vertrautheit. Es war nicht bekannt, aber auch nicht fremd. Ihm gegenüber, am anderen Ende des Zimmers, stand eine junge Frau und sah ihn an; sie gab diesem Ort einen Hauch von Zauber, von orientalischer Magie, die aus der Mischung von Billigem und Gewöhnlichem einen geheimnisvollen und aufregenden Ort machte.

Schön war das Mädchen nicht und nicht älter als achtzehn oder neunzehn Jahre. Sie war sehr schlank und trug ein faltenloses schwarzes Kleid, das ihr von den Schultern bis auf die Knöchel fiel. Ihre Haut war elfenbeinfarben, ihr Gesicht klein und regelmäßig, ihr Mund wohlgeformt, und auf ihrem Gesicht lag ein Ausdruck großen Vergnügens, ein leichtes Lächeln, ein Blick lebhafter Vorfreude verbunden mit kindlicher und anbetender Unschuld. Oder vielleicht, und dabei fragte er sich, ob ihn jemals eine andere Frau so angesehen hatte, einfach ein chinesisches Mädchen, das sich mit aneinandergelegten Händen verbeugte.

«Ich bin so erfreut, Sie endlich kennenzulernen, Mr. Lavette», sagte sie mit leiser und wohlklingender Stimme.

«May Ling, meine Tochter», sagte Feng Wo.

«Sie also sind May Ling. Nun, ich habe schon viel von Ihnen gehört», sagte Dan verlegen, was nicht ganz der Wahrheit entsprach, da Feng Wo selten von seiner Tochter sprach.

«Und ich von Ihnen, Mr. Lavette. Bitte nehmen Sie doch Platz und machen Sie es sich bequem.»

«Bitte», sagte Feng Wo.

Dan ließ sich in einen der Sessel fallen. May Ling verschwand in der Küche. «Sie müssen meine Frau für den Augenblick entschuldigen», erklärte Feng Wo. «Sie weiß, daß Sie ein bedeutender Gast sind, und deshalb war sie der Ansicht, sie müsse eine bedeutende Mahlzeit vorbereiten. Ich fürchte, es nimmt gerade ihre gesamte Aufmerksamkeit in Anspruch.»

May Ling kehrte jetzt mit einem Tablett zurück, auf dem eine Teekanne und kleine Schälchen standen. Sie stellte es auf einen kleinen Tisch neben den Sesseln, kniete sich vor den Tisch, goß grünen Tee ein und reichte Dan eine Schale und ihrem Vater auch eine. Feng Wo nippte daran und sagte leise: «Friede und Harmonie zwischen allen, die wir kennen und treffen.» Dan trank den heißen, bitteren Tee. May Ling füllte seine Schale erneut.

«Mögen Sie die chinesische Küche, Mr. Lavette?» fragte May Ling. «Meine Mutter ist eine gute Köchin.»

«Nicht doch», sagte Feng Wo eilig. «Eine sehr durchschnittliche Köchin.»

«Chinesische Küche?» sagte Dan. «Abgesehen von den westlichen Omeletts, die mir Ihr Vater früher immer gemacht hat, kenne ich nur *chop suey.* Das ist schon in Ordnung. Sicher mag ich die chinesische Küche.»

«Nun, wir werden sehen.» Sie erhob sich, ging in die Küche und kehrte dann mit einer Platte voll kleiner, dampfender Klöße zurück. «*Sau mai»*, sagte sie zu ihm.

«Aha. Und was bedeutet das?»

«Es bedeutet kleine, gedünstete Klöße, Mr. Lavette. Sie können sie mit den Fingern essen, oder Stäbchen benutzen.» Sie zog eine Grimasse und schüttelte den Kopf. «Nehmen Sie lieber keine Stäbchen.»

«Meine Tochter», sagte Feng Wo, «ist ein Produkt der amerikanischen Zivilisation. Sie spricht, wenn sie nicht gefragt wird, gibt Meinungen von sich und schwätzt vor den Männern der Familie.»

«In meiner Familie ist nur ein Mann», sagte May Ling sanft, ging zu ihrem Vater und drückte einen Kuß auf die kahle Stelle oben auf seinem Kopf. «Ich schwätze in der Tat vor ihm. Er hat völlig recht. Ich bin gänzlich ohne Anmut.»

Feng Wos Frau rief etwas auf chinesisch aus der Küche.

«Wir müssen jetzt zu Tisch gehen, Mr. Lavette», sagte Feng Wo. «Wissen Sie, es ist ziemlich seltsam mit den Chinesen hier. Ich selbst gehöre zur dritten Generation in Amerika. Mein Großvater wurde 1851 von der Provinz Kwangtung hierhergebracht, aber ich habe bis zu meinem sechsten Lebensjahr ausschließlich Chinesisch gesprochen. Wir scheuten uns, Englisch zu sprechen. Meine Frau kommt aus China, aus der Provinz Tschekiang, ziemlich weit nördlich von Kanton – daher die sprachliche Verwirrung.» Er seufzte: «So schlechtes Chinesisch, und sie lernt überhaupt kein Englisch.»

«Sie sitzen hier, Mr. Lavette», sagte May Ling und wies auf ein Ende des Tisches. «Ich werde mich neben Sie setzen, weil wir, wie mein Vater sagte, nach drei Generationen in Amerika die Bräuche der Barbaren übernommen haben. Aber nicht so meine Mutter. Eher würde sie sterben. Deshalb müssen Sie es hinnehmen, daß sie uns bedient. Sie ist eine wunderbare Frau und eine hervorragende Köchin.»

«Wir können das Lob abwarten», sagte Feng Wo, «wir brauchen es nicht herauszufordern.» Er sah ernst auf seine Tochter; doch sie kicherte nur und sah Dan wissend an. «Warten Sie nur ab», flüsterte sie. Er wurde nicht enttäuscht. Eine kleine Chinesin mit traurigen Augen kam aus der Küche und trug eine Terrine mit einer großen Melone darin. Als sie sie niedersetzte, sprach Feng Wo auf Chinesisch mit ihr und wies auf Dan, und die Frau mit den traurigen Augen nickte und lächelte freudig. Sie stand mit niedergeschlagenen Augen vor Dan, aber ihr Gesichtsausdruck sagte, daß sie ihn umarmt und geküßt hätte, wäre das angemessen gewesen. Dann fiel ihr die Melone wieder ein, und sie brach in eine Flut chinesischer Sätze aus, die sie an ihren Mann richtete.

«Sie sprechen verschiedene Dialekte», sagte May Ling, «aber irgendwie verständigen sie sich. Ich glaube wirklich, meine Mutter versteht mehr Englisch, als sie zugibt.» Nun schöpfte So-Toy, Feng Wos Frau, eine aromatisch riechende Suppe aus der Melone – kleine Stücke vom Fruchtfleisch der heißen Melone, Schinkenstückchen, Bambussprossen und schwarze Pilze. May Ling stellte die erste Schale mit der dampfenden Suppe vor Dan.

«Warten Sie nicht», sagte sie zu ihm. «Probieren Sie sofort, lecken Sie Ihre Lippen und sagen Sie meiner Mutter, wie köstlich es ist.»

Er tat es. «Großartig – etwas Besseres habe ich nie gegessen! Wie heißt das?»

«*Tun qua nor twai ton* – oder Wintermelonen-Suppe. Sie sehen, Mr. Lavette, nicht alles ist *chop suey*, nicht wahr?»

«Ich muß mich unbedingt für meine Tochter entschuldigen!» sagte Feng Wo. «Es reicht, May Ling.»

«Nein», sagte Dan, «lassen Sie sie mich bilden. Bitte! Nur erzählen Sie mir», sagte er zu May Ling, «was tun Sie, wenn Sie keine Vorlesungen über chinesische Küche halten?»

«Ich bin Bibliothekarin», sagte sie. Und als er nicht reagierte, fragte sie: «Finden Sie das schlimm?»

«Daß Sie Bibliothekarin sind? Ganz und gar nicht.»

«Aber eine Frau mit einem Beruf? Mein Vater ist nicht ganz sicher, ob das angemessen ist.»

«Ich denke», sagte Feng Wo, «daß Mr. Lavette die Vielzahl deiner Meinungsäußerungen schlimm findet.»

«Du siehst Mr. Lavette jeden Tag», sagte sie ruhig. «Ich habe fast fünf Jahre darauf gewartet, ihn kennenzulernen. Iß deine Suppe, Vater, und auch Sie müssen essen, Mr. Lavette, denn Sie kennen die chinesische Küche nicht. Meine Mutter bereitet fünf außergewöhnliche Gänge zu, die alle zur gleichen Zeit fertig sein werden. Wie das geschieht, ist ein Geheimnis, das wir mit ins Grab nehmen . . .» Sie unterbrach sich und begann wieder zu kichern, und Dan wurde von ihr angesteckt. Beide lachten laut, während Feng Wo sie erstaunt ansah und absolut nichts Lustiges an ihrer Unterhaltung fand. Dan versuchte aufzuhören, aber es gelang ihm nicht. Es war ein Anfall kindlicher Albernheit, die er nie zuvor erlebt hatte; und schließlich sprang May Ling auf und trug die Suppenterrine in die Küche. Dan entschuldigte sich bei Feng Wo. «Bitte, verzeihen Sie», sagte er.

«Weil Sie gelacht haben?» fragte Feng Wo erstaunt.

«Nun ja, es ist ein albernes Gelächter.»

Feng Wo hatte Dan Lavette niemals so gesehen, entspannt, ungezwungen, lachend. Dan bat seinen Gastgeber um Erlaubnis, seine Jacke ausziehen zu dürfen. «Sie sind in meinem Hause», sagte Feng Wo. «Bitte, fühlen Sie sich auch wie zu Hause, tun Sie alles, damit Sie es bequem haben.» Dan zog seine Jacke aus und lockerte seine Krawatte.

May Ling und So-Toy kamen jetzt zurück und trugen zugedeckte Schüsseln, die sie auf den Tisch stellten. So-Toy servierte und May Ling sagte: «Nun müssen Sie vergessen, daß Sie jemals *chop suey* gegessen haben, Mr. Lavette, was auf englisch soviel wie ‹Bettlers Allerlei› heißt. Sie müssen wissen, meine Mutter kommt aus Shanghai . . .»

«Eigentlich nicht», unterbrach Feng Wo. «Sie kommt aus einem winzigen Dorf im Süden der Stadt. Mein Großvater kam aus Kanton, und nicht nur die Sprache, sondern auch die Küche ist anders. Ich habe sie gelehrt, kantonesisch zu kochen; aber ihre besten Gerichte sind nach der Art Shanghais.»

May Ling atmete laut aus. «Ich habe nichts gesagt. Es wäre nicht respektvoll, wenn ich es täte.»

«Du bist unglaublich respektlos», sagte Feng Wo. «Meine Vorfahren würden sich vor Schreck im Grab umdrehen.» Dann sprach er auf Chinesisch mit seiner Frau, die immer noch Essen auf die Teller häufte, und sie lächelte und nickte.

In all den Jahren, die er für Dan gearbeitet hatte, hatte Feng Wo nie so viel gesprochen. «Bitte essen Sie», sagte May Ling zu Dan. «Sie müssen wissen, mein Vater ist ein gebildeter Mann, er hat von seinem Vater Mandarin-Chinesisch gelernt, sonst könnte er überhaupt nicht mit meiner Mutter sprechen, da man in ihrem Dorf den Shanghaier-Dialekt sprach und sie kein einziges Wort Kantonesisch verstand.»

«Heißt das, daß man in China mehr als eine Sprache spricht?»

«Oh, weit mehr als eine Sprache, Mr. Lavette, nur daß eben die Gebildeten überall Mandarin sprechen, und mein Vater hat eine ausgezeichnete Bildung. Wenn Sie fort sind, wird er mir mindestens eine Stunde lang einen Vortrag über meinen undamenhaften Mangel an Zurückhaltung halten. Aber ich bin ein freier Mensch – das ist für eine Chinesin gar nicht einfach.»

«Du bist in der Tat frei», sagte Feng Wo, «zu meiner Betrübnis.»

Sie lachte, und wieder fand Dan ihr Gelächter unwiderstehlich. Dann begannen Feng Wo und May Ling beide auf Chinesisch mit So-Toy zu sprechen, die sich den Mund zuhielt, um ihr Kichern zu unterdrücken.

«Sie sprechen auch Chinesisch?» sagte Dan erstaunt zu May Ling.

«Glauben Sie, ich bin aufgewachsen, ohne mit meiner Mutter zu sprechen? Ich habe den Shanghai-Dialekt und Mandarin gesprochen, bevor ich auch nur ein Wort Englisch konnte. Aber Kantonesisch spreche ich nicht sehr gut.»

«Was esse ich denn jetzt?» fragte Dan sie. «Es ist delikat. Ich habe niemals zuvor so etwas gegessen. Herrgott, schmeckt das gut!»

Feng Wo sagte etwas zu seiner Frau, die entzückt nickte und mehr Essen auf Dans Teller häufte. «Das ist gedünstetes Rindfleisch mit Tarowurzeln, Wein und Zucker», sagte May Ling. «Wir nennen es *honsayozo.* Und der Fisch ist Weißfisch, mit Tomaten, grünen Paprikaschoten, Ananas, Ingwer, jungen Zwiebeln und Garnelen. *Tan soan yo.* Das geschnetzelte Schweinefleisch ist mit chinesischen grünen Bohnen gesotten – ein Bauerngericht, das überall gegessen wird – stimmt doch?» fragte sie ihren Vater.

«Ich glaube ja. Es ist eine einfache Bauernmahlzeit, aber sie ist sehr gut. Sie heißt *tzal do tzu zo.*»

Dan versuchte, es auszusprechen, und So-Toy kicherte und hielt sich wieder den Mund zu. «Und das hier?» fragte Dan.

«Bohnenquark», sagte Feng Wo. «Haben Sie das nie gegessen?»

«Nie. Aber es schmeckt mir. Ich dachte, es wäre eine Art Pudding.»

«So etwas Ähnliches ist es auch», sagte May Ling. «Es wird aus Sojabohnen hergestellt. Früher wurden sie aus China eingeführt. Aber jetzt haben ein paar chinesische Bauern unten auf der Halbinsel damit begonnen, die Bohnen anzubauen, und sie sind viel billiger. Es ist sehr scharf und pfeffrig, eine echte Mahlzeit aus Shanghai, die mit Tomatensoße, rotem Pfeffer und Knoblauch angerichtet wird.»

«Ma paw do fu», sagte So-Toy stolz.

«Ich esse gern mexikanische Gerichte», sagte Dan. «Ich finde, das hier schmeckt ähnlich.»

So-Toy füllte einen kleinen Teller mit Kohl, und May Ling sagte: «Das ist der ganze Stolz meiner Mutter. *Kai yan bai tzi*, gesottener Kohl mit süßer Sahne und feingewiegten getrockneten Garnelen. Wenn Sie also davon reichlich essen, wird es für sie ein vollkommener Freudentag sein.»

«May Ling!» sagte ihr Vater mißbilligend und übersetzte es dann ihrer Mutter, die wieder ihren Mund bedeckte, um ihr Lachen zu verbergen. Dan leerte seinen Teller, und So-Toy füllte ihn erneut. Er aß, ohne sich zu zieren, große Mengen und spülte sie mit einer Schale grünem Tee nach der anderen herunter. *«Tsa fu»*, sagte er kühn. May Ling lachte über seinen Versuch, es auszusprechen. «Sagen Sie lieber grüner Tee.» Als So-Toy eine riesige Schüssel aus der Küche hereintrug, die nach May Lings Beschreibung achtmal kostbaren Reispudding oder *ba bau fa* enthielt, hob er verzweifelt die Hände und bat: «Nicht mehr, nein, bitte nicht. Ich kann jetzt schon keinen Schritt mehr gehen.»

«Aber alle haben gesagt, daß Sie tapfer seien, Mr. Lavette, daß Sie die Piraten bekämpfen und ihre Schiffe mit einem Jagdgewehr versenken; und jetzt geben Sie klein bei? Wissen Sie, das ist wirklich die Krönung des ganzen Essens. Wahrscheinlich rede ich jetzt wie ein chinesisches Kochbuch.»

«Das tust du», stimmte ihr Vater zu.

«Gut», sagte May Ling. «Mutter und ich werden abräumen und das Geschirr waschen, das wird Ihrem Magen Gelegenheit geben,

Platz zu schaffen. Freuen Sie sich nicht? Sehen Sie nur – süßer Reis, süßer Pudding aus roten Bohnen, Rosinen, eingelegter Ingwer, Apfelsinenschalen, Lotoskerne, Kirschen, Ananas, Goldorangen, Mandelpaste ... Oh, als Sie ein kleiner Junge waren, Mr. Lavette, haben Sie da jemals «Banana Split Supreme» in Bundys Eisdiele in der Sacramento Street gegessen? Ich nie. Ich habe immer davon geträumt, damals waren wir viel zu arm; aber das hier ist eine Art asiatischer Version davon ...»

Feng Wo stand auf. «Ich habe etwas mit deiner Mutter zu besprechen.» Er sah seine Tochter an, als ob er sie noch nie zuvor gesehen hätte.

«Du bist ein lieber, süßer Mann», sagte May Ling und sagte dann zu Dan: «Ich bin die ungehörigste, mißratenste chinesische Tochter in der ganzen Stadt. Ich habe meinen Vater in der Hand, und ich gehe Haushaltspflichten aus dem Weg, die das vom Schicksal bestimmte Los einer Frau sind. Ich bin Frauenrechtlerin. Mögen Sie Frauenrechtlerinnen, Mr. Lavette?»

Dan nickte grinsend. «Wenn Sie eine sind, ja. Ich weiß nicht viel, May Ling. Ich habe vor dem Erdbeben mit der Schule aufgehört.»

Jetzt waren sowohl ihre Mutter als auch ihr Vater in der Küche und hatten die Tür hinter sich geschlossen. May Ling lehnte sich zu Dan hinüber und sagte leise: «Ich führe mich nicht immer so auf, Mr. Lavette. Lassen Sie es mich erklären. Wir hatten noch nie einen Weißen in unserer Wohnung. Mein Vater, der arme Mann, war völlig verstört. Er betet den Boden an, auf dem Sie wandeln, und ich auch, das dürfen Sie mir glauben. Ich spreche jetzt in vollem Ernst. Sie sind der große Held meines Lebens, ich habe während der letzten vier Jahre so viel von Ihnen erzählen hören. Deshalb habe ich den Eindruck, Sie sehr gut zu kennen. Meine Eltern haben diesen Abend wochenlang geplant und besprochen; und ich habe mir den Mund zerredet, um sie zu beruhigen. Beide sind der Ansicht, daß ich ein typisches amerikanisches Produkt, eine wirkliche Barbarin, bin, was keineswegs stimmt. Man kann nicht als chinesisches Mädchen in San Francisco aufwachsen und sich einreden, man sei Amerikanerin. Aber möglicherweise fällt mir der Umgang mit Weißen leichter, weil ich in einer Bibliothek arbeite. Was ich sagen möchte, ist ganz einfach, daß wir alle Sie bewundern und lieben, und wir wünschen, daß Sie sich hier wohl und glücklich fühlen.»

«Ich kann mich an keinen schöneren Abend erinnern», sagte Dan.

Eine Woche später sagte Mary Seldon beim Frühstück zu ihrem Mann: «Mir scheint, dein Schwiegersohn macht es sich zur Gewohnheit, die Titelseite des *Chronicle* zu zieren.»

«Er ist auch dein Schwiegersohn.»

«Schiffahrtslinie verkauft», las sie. «Die Firma Levy und Lavette, eine ortsansässige Reederei, hat die fünf Frachtschiffe der Transoceanic Freight gekauft. Der Kaufpreis soll bei über drei Millionen Dollar liegen. Schon seit einigen Monaten sind Gerüchte über den bevorstehenden Bankrott der Transoceanic im Umlauf . . . Soll ich weiterlesen?» fragte sie.

«Nein. Ich weiß das alles.»

«Woher hat er das Geld?»

«Ich nehme an, von Cassala», sagte Seldon. «Natürlich muß die Baranzahlung beträchtlich niedriger gewesen sein. Er ist wegen des Geldes zuerst zu uns gekommen.»

«So? Und Ihr habt ihn abgewiesen?»

«Keine Spur. Wir wollten Bedenkzeit haben, da stiefelte er schon wütend davon. Ich glaube, er konnte den Anblick von Grant Whittier nicht ertragen.»

«Was hat er gegen Grant?»

«Ach, um diese Frage zu beantworten, müßtest du Dan verstehen – und das ist nicht der Fall.»

«Aber du verstehst ihn?»

«Irgendwie schon. Ich mag ihn, aber er ist ein junger Stier und kann es nicht leiden, wenn man ihm Vorschriften macht. Früher oder später, fürchte ich, wird er stolpern. Seine Augen sind größer als sein Magen.»

Im Jahre 1906, bevor das Erdbeben und der Großbrand San Francisco heimsuchten, konnten die Einwohner der Stadt sich rühmen, die beste öffentliche Bibliothek westlich der Rocky Mountains zu haben. Wenn auch die Eisenbahnkönige und die Herren der Goldgruben wenig belesen waren, konnte ihnen doch niemand den Vorwurf machen, es mangele ihnen an Ehrfurcht vor Büchern. Um 1878 taten sich Andrew S. Hallidie, der Erfinder der Kabelwagen, und Henry George, der Wirtschaftswissenschaftler, mit neun anderen Honoratioren zusammen und gründeten eine öffentliche Bibliothek mit Lesesaal. Diese Bibliothek, die ursprünglich in einem gemieteten öffentlichen Saal untergebracht war, hatte sich bis 1906 über einen ganzen Flügel des Rathauses ausgebreitet, war auf hundertundvierzigtausend Bände und fast zweiunddreißigtausend Lesekarten-Inhaber angewachsen. Und all das, die Träume und die Mühe der Bücherliebhaber, ging in wenigen Stunden in Flammen auf. Unverzagt trat innerhalb weniger Wochen nach dem Erdbeben ein Bibliotheks-Ausschuß zusammen. Vierzigtausend Dollar kamen von der Stadt, und auf der Hayes Street zwischen Van Ness und Franklin wurde ein Holzbau errichtet. Binnen kurzem wurden fünfundzwanzigtausend Bücher gespendet; und in den folgenden zehn Jahren füllte sich das Behelfsgebäude bis zum Überlaufen.

All das erzählte May Ling Dan und ließ klar erkennen, daß eine Bibliothekarin in San Francisco etwas mehr war als irgendeine Feld-, Wald- und Wiesenbibliothekarin.

Zuerst hatte er weder an die Möglichkeit gedacht noch die Absicht gehabt, sie wiederzusehen. Vierzehn Stunden pro Tag reichten ihm einfach nicht, für das, was er tun mußte: fünf Hochseeschiffe in Betrieb zu setzen. Mark übernahm einen großen Teil der Arbeit, er kümmerte sich um Frachtaufträge, verhandelte mit den britischen und französischen Handelsmissionen und arbeitete sich durch die gesetzlichen Vorschriften für das, was ein neutrales Land in Kriegszeiten tun und nicht tun durfte; aber dabei blieben Dan immer noch die Schwierigkeiten mit dem Einsatz der Schiffe und Mannschaften, ihrer Versorgung, Befrachtung und der Beschaffung von Brennstoff und tausend andere Dinge mehr, die er weder vorhergesehen noch eingeplant hatte. Er dankte Gott für Feng Wo, der fast alles konnte, und er stand um sechs Uhr morgens auf und fiel um zehn oder um elf Uhr abends ins Bett – und merkte, daß er für seine Freu und seine Kinder immer mehr zu einem Fremden wurde.

Jedoch beschäftigte er sich in seinen Gedanken immer häufiger statt mit Jean, deren Reserviertheit ein Teil seines Lebens geworden war, mit dem chinesischen Mädchen und dem einzigartigen Abend des Lachens und der Freude, den er mit ihr erlebt hatte. Dann ließ er eines Tages um drei Uhr nachmittags alles stehen und liegen und verließ das Lagerhaus, stieg in sein Auto und fuhr zur Hayes Street. Er überlegte noch eine Weile und sagte sich, daß das, was er vorhatte, weder Sinn noch Verstand habe. Dann ging er in die Bibliothek.

Eine stattliche, freundliche Frau an der Buchausgabe sah ihn interessiert an und sagte ihm, wie er May Ling Wo finden könne: geradeaus, ganz nach hinten durch, dann nach rechts. Er ging geradeaus, ganz nach hinten, suchte sich seinen Weg durch die Bücherreihen und ging dann nach rechts. An einem winzigen Tisch, der in einer Höhle aus Büchern versteckt war, fand er sie, wie sie etwas auf einen Block schrieb und ein riesiges Buch offen vor sich liegen hatte. Er wartete, bis sie aufsah, und dachte: Ob sie verärgert oder böse ist, oder sich angegriffen fühlt?

Nichts von alldem. Sie blickte auf und lächelte: «Mr. Lavette. Was für eine angenehme Überraschung!»

«Ich habe keinen Grund für mein Hiersein», legte er los. «Ich wollte Sie nur wiedersehen.»

«Ist das kein Grund?»

«Doch, ich glaube schon.»

«Das», sagte sie und zeigte auf die Grenzen ihrer kleinen Höhle, «ist die Präsenzbibliothek für Asiatica. Das ist ein imponierender Name, und hinter dem stecke ich, und wenn Sie sich gefragt haben sollten, warum die Stadt San Francisco so großzügig war, eine Chinesin einzustellen, nun, das ist die Lösung. Sie konnten einfach keine Weiße finden, die Chinesisch lesen und schreiben konnte. Ich würde Sie gern bitten, Platz zu nehmen, Mr. Lavette. Man hat mir schon vor Wochen einen zweiten Stuhl zugesagt; aber ich habe ihn bisher nicht bekommen.»

«Es geht schon so. Ich werde nicht lange bleiben.»

«Bitte. Ich möchte Sie nicht vertreiben. Wenn ich eine richtige chinesische Dame wäre, würde ich Ihnen meinen Stuhl anbieten. Aber das bin ich ja nicht, wie Sie wissen.»

«Schon gut. Sagen Sie, May Ling, wann haben Sie Feierabend?»

«Um fünf, wenn wir schließen. Warum?»

«Nun – sehen Sie, ich weiß nicht, wie ich es sagen soll . . .»

«Sagen Sie es einfach», sagte sie sanft. «Sie möchten mich treffen, wenn ich Feierabend habe?»

«Stimmt. Mein Wagen steht vor dem Haus. Es ist kaum mehr als eine Stunde bis fünf. Ich werde dort in meinem Auto warten, und vielleicht fahren Sie dann mit mir und essen irgendwo mit mir zu Abend? Natürlich nur, wenn Sie mögen.»

«Das weiß ich.»

«Ich meine, ich möchte mit Ihnen sprechen. Ich möchte ganz einfach mit Ihnen sprechen.»

«In Ordnung.»
«Müssen Sie nicht nach Hause gehen?»
«Ich kann meine Mutter anrufen. Aber Sie brauchen nicht eine Stunde lang dort zu sitzen. Sie können doch um fünf Uhr zurückkommen.»
«Ich werde dort sein. Es ist ein gelbes Auto, Sie können es nicht übersehen.» Dann entfloh er, damit sie keine Zeit hatte, es sich anders zu überlegen. Er saß im Auto, überdachte, was er ihr sagen wollte, und sah auf seine Uhr. Die Minuten schleppten sich endlos hin, er fühlte sich immer mehr als Narr, versuchte zu verstehen, was er tat, was ihn dazu trieb, denn ein geschlechtliches Verlangen war es nicht. Er hatte nicht einmal unter dem Gesichtspunkt des Sex an dieses magere, flachbrüstige Mädchen gedacht, und er war auch nicht in sie verliebt. Er war in Jean verliebt! Nie hatte er Jean, und er wünschte sie sich doch so, nichts konnte das ändern! Er sagte sich immer wieder, daß nichts diesen Zustand ändern könnte.
Und dann war sie plötzlich da, stand in ihrem schwarzen Kleid und einem rosa Umschlagtuch um die Schultern neben seinem Auto. Ihr ovales Gesicht war leicht geneigt, mit fragenden dunklen Augen. Er stieg aus und öffnete ihr die Wagentür.
«Ich bin richtig aufgeregt, Mr. Lavette», sagte sie. «Ich bin noch nie mit einem Auto gefahren.»
«Es ist ganz sicher. Sie brauchen keine Angst zu haben.»
«Ich habe keine Angst. Es ist schwer, Angst zu haben, wenn Sie dabei sind. Sie sind ein Mann, der Sicherheit ausstrahlt.»
Sie sah interessiert zu, wie er die Kurbel drehte und den Motor anwarf. «Wir werden zum *Presidio* hinüberfahren, wenn Ihnen das recht ist. Dort können wir das Auto abstellen und haben einen schönen Blick aufs Meer.»
«Das würde mir gefallen.»
Er fuhr durch die Stadt zum Meer hin und suchte in Gedanken nach Wörtern, Erklärungen, Themen, während May Ling die ganze Zeit schweigend neben ihm saß, bis er schließlich verzweifelt sagte: «Ich überlege, was ich Ihnen sagen könnte; aber mir fällt nichts ein.»
«Sie brauchen nicht darüber nachzudenken, was Sie mir sagen sollen. Können wir nicht einfach plaudern?»
«Das ist es ja gerade», murmelte er.
«Nun denn», sagte sie, «ich werde Ihnen eine kurze Vorlesung

über die Gründung und Geschichte der Öffentlichen Bibliothek von San Francisco halten.» Und als sie fertig war, sagte sie: «Sie sehen, Mr. Lavette, wir sind nicht einfach Bibliothekarinnen. Wir sind Erben einer Tradition.»

«Bitte nennen Sie mich Dan!» sagte er heftig.

«Sie sind böse auf mich?» fragte sie verwirrt.

«Nein, nein. Ich bin nicht böse auf Sie. Ich bin böse auf mich selbst. May Ling, kann ich mit Ihnen sprechen? Ich meine, wirklich mit Ihnen sprechen? Ich habe mich nie bei jemandem ausgesprochen – über das, was ich im Inneren fühle –, ich habe das nie gebraucht, oder vielleicht habe ich es nie gekonnt, ich weiß es nicht.»

«Sie können mit mir sprechen, Dan. Sie können mir alles sagen, was Sie wollen. Alles. Weil ich das, was ich Ihnen schulde, nie wieder gutmachen kann.»

«Das ist dummes Zeug.»

«Nein.»

«Verdammt, May Ling, ich möchte nicht, daß Sie mir dankbar sind.»

«Was wollen Sie dann, Dan?»

«Ich weiß nicht», sagte er traurig. «Ich bin verheiratet. Ich glaube, ich liebe meine Frau. Sie ist nicht da.»

«Ich verstehe nicht.»

Er fuhr eine Zeitlang schweigend weiter und murmelte dann: «Ich habe nie in meinem Leben über etwas gejammert.»

«Sie jammern nicht, Dan.»

«Ich habe seit meiner Heirat keine andere Frau angeschaut.»

«Dan – darf ich Ihnen etwas sagen?»

Er sah sie an.

«Darf ich Ihnen etwas sagen? Sie sind der großartigste Mann, den ich jemals kennengelernt habe. Ich habe meine eigenen Gründe dafür, so zu denken. Nun habe ich eingewilligt, diesen Abend mit Ihnen zu verbringen. Ich möchte nicht, daß Sie sich entschuldigen und auch nicht, daß Sie meinen, Sie müßten etwas erklären. Ich möchte, daß Sie versuchen, sich so zu fühlen wie an dem Abend, als Sie zum Essen zu uns kamen. Also erklären Sie nichts weiter, denn ich bin sehr glücklich. Ich verbringe einen Abend mit einem Mann, den ich verehre und mag . . . Haben Sie jemals die «Abhandlung über den Schweinebraten» von Charles Lamb gelesen?»

«May Ling, ich habe niemals etwas gelesen. Ich bin so ungebildet, wie der Tag lang ist.»

«Sind Sie das? Nun, ich kenne es auswendig; und während Sie fahren, werde ich es Ihnen leicht abgekürzt vortragen, und Sie werden verstehen, warum die Chinesen eine so ausgezeichnete Küche haben.»

Sie kamen bei Sonnenuntergang zu den Sutro Heights, dort saßen sie und sahen zu, wie der dunkelrote Ball in ein goldenes Meer versank, während die Berge schwarz und einsam in der Ferne standen.

«Mir hat die Geschichte gefallen», sagte er.

«Danke, Dan.»

Als es dunkel war, sagte sie: «Das Schweigen eines klugen Mannes ist nicht einfach sein Schweigen, nicht er hat es geschaffen, doch ist es ebenso stark wie er.»

«Das – das ist sehr schön», sagte er. «Ich bin nicht sicher, ob ich das verstehe.»

«Ich auch nicht. Ich hab es mir nicht ausgedacht. Ein chinesischer Philosoph mit Namen Tschuang-tse hat es geschrieben. Die Übersetzung stammt von mir; aber ich bin nicht sicher, ob sie viel taugt.»

«Haben Sie Hunger?»

«Das zum Thema chinesische Philosophie.» Sie seufzte. «Nein, nicht viel.»

«Essen Sie gern italienisch? Wir könnten zu Lazzio gehen.»

«Und dort werden Ihre Freunde uns sehen.»

«Wir tun nichts Schlimmes.»

«Und wenn Ihre Frau Sie fragt, was Sie sich dabei gedacht hätten, mit einer mickrigen Chinesin zum Essen auszugehen, werden Sie ihr sagen, Sie hätten mit ihr besprochen, daß die Wäsche außer Haus gegeben werden soll.»

Es war das erste Mal, daß sie etwas sagte, das ihn entsetzte, und er erwiderte ungehalten: «So etwas würde ich nie sagen. Außerdem sind Sie schön.»

«Ich darf Sie nicht necken. Dan, wir sind hier draußen. Lassen Sie uns im *Cliff House* essen.»

«Es hat keinen Stil. Das alte *Cliff House* hatte Stil, das hier nicht.»

«Das ist mir egal. Niemand sieht uns. Ich will nicht, daß Sie Ärger bekommen.»

Das war der Anfang. Er sah sie während der nächsten zwei Wochen noch dreimal, holte sie immer vor der Bibliothek ab. Er wußte nicht, was sie ihren Eltern sagte, und fragte sie auch nicht. Auch Feng Wos Haltung ihm gegenüber änderte sich in keiner Weise. Er erwartete eine Änderung, achtete sorgfältig auf alles, aber er konnte nichts feststellen. Ihre Beziehung blieb unverändert. Wenn er sie küßte, dann auf die Wange, nur einen hingehauchten Kuß. Darüber hinaus fand keine körperliche Berührung statt. Er wußte nur, daß in ihrer Gegenwart die heftige, ärgerliche Unzufriedenheit in seinem Inneren aufhörte. Er erkannte, daß ihre Auffassungsgabe und ihr Intellekt dem seinen weit überlegen waren; aber sie behandelte ihn nie von oben herab. Sie sprach von Büchern, Philosophie und Geschichte, und er hörte ihr mit einem Gefühl des Staunens zu, das sich in eine Art Verehrung verwandelte, auch wenn er sie nicht immer verstand; doch er klammerte sich an jedes Wort und versuchte, es zu verstehen. Sie begann, ihm Bücher zum Lesen zu geben: *Der Ruf der Wildnis* von Jack London und *Huckleberry Finn* von Mark Twain. Es kam ihm nicht in den Sinn, daß sie einfache, leicht zu lesende Bücher auswählte; und er las sie, blieb die halbe Nacht lang auf – nicht, weil ihm das Lesen an sich Freude bereitete, sondern weil er ein verzweifeltes Bedürfnis empfand, über etwas anderes als über Schiffe und Geldverdienen zu sprechen. Und doch machten ihm die Erzählungen Spaß.

Jean stellte keine Fragen über seine Abwesenheit an den Abenden, an denen er nicht zu Hause war. Offenbar nahm sie es hin, daß er viele Stunden lang arbeitete, und er merkte, daß seine Abwesenheit für sie eine Erleichterung war. Sie wurde zunehmend Bestandteil des Kreises von Schriftstellern und Künstlern auf Russian Hill. Sie gab eine Gesellschaft – die erste wirklich große Gesellschaft in ihrem neuen Haus – für Willis Polk und Bernard Maybeck, zwei glänzende Architekten, die am Projekt der Panama-Pacific-Weltausstellung arbeiteten, die im folgenden Jahr eröffnet werden sollte. Einer solchen Einladung konnte sich niemand entziehen, und James Rolph jun., der Bürgermeister, der sich schon lange und aus Überzeugung der Schiffahrt und der Navigation verschrieben hatte, bemerkte offensichtlich als einziger Dans Abwesenheit. Er fragte Jean nach ihm und sagte: «Ich bin wirklich enttäuscht. Ich hatte mich auf ein Gespräch mit Ihrem jungen Industriekapitän gefreut.» Aber es gab genug Großkopfete für den Abend, und niemand sonst erkundigte sich nach Dan. Jean war eher erleichtert, daß Dan nicht da war; man wußte nie, was er sagen und wessen Gefühle er verletzen würde. Und ihre neuen Freunde waren an seine Abwesenheit gewöhnt.

Es wurde ein in jeder Hinsicht besonderer Abend für beide Lavettes. Eines Abends, eine Woche vor der Gesellschaft, sagte Dan May Ling ohne Umschweife, wie er es immer tat: «Sie wissen jetzt, daß ich mir etwas aus Ihnen mache. Sie sind ein sehr wichtiger Bestandteil meines Lebens geworden.»

«Aber Sie lieben Jean noch immer.»

«Ich möchte nicht mit Jean schlafen, wenn Sie das meinen. Das kommt davon, daß ich bei Ihnen bin. Ich möchte Sie lieben.»

Sie saßen in einem kleinen italienischen Restaurant in der Jones Street, in der Nähe des Kais. *Ginos Restaurant* gehörte Gino Laurenti, der mit Dans Vater befreundet gewesen war. Es war ein winziges Restaurant, in dem italienische Fischer verkehrten, und wohin sie oft gegangen waren, weil niemand sie dort sah.

May Ling sah ihn nachdenklich an, ohne etwas zu erwidern, und er fragte: «Verstehen Sie mich?»

«Sie sind ein seltsamer Mensch, Danny. Sie haben mich bisher noch nicht einmal auf den Mund geküßt.»

«Das bedeutet nicht, daß ich es nicht gern getan hätte.»

«Ich begreife das nicht.»

«Was empfinden Sie für mich?»

«Wissen Sie das nicht?» Sie war verblüfft.

«Nein.»

«Sie sind wirklich ein äußerst seltsamer Mensch . . . Wenn Sie mich in Ihr gelbes Auto einstiegen ließen und mir sagten, daß wir über das Meer nach Hawaii fahren wollten, ich führe mit, ganz bestimmt.»

«Das ergibt keinen Sinn.»

«Was willst du denn von mir hören, Dan? Ich liebe dich. Ich habe dich von dem Augenblick an geliebt, als du in unsere Wohnung kamst und etwas erschreckt dastandest, in dem gespenstischen Haus im Chinesenviertel – und so verlegen wie ein kleiner Junge . . .»

«Wieso? Weil ich deinem Vater geholfen und ihn eingestellt habe?»

«Ach, wie dumm du doch manchmal bist!» rief sie aus. Zum

erstenmal sah er sie ärgerlich. «Nein! Nicht weil du meinem Vater geholfen hast. Weil du einfach du selbst bist.»

Danach saß er schweigend da und blickte auf seinen Teller.

«Danny?»

Er sah jetzt zu ihr auf, schwieg aber noch immer.

«Glaubst du denn, niemand könnte dich lieben?»

«Ich kann nicht besonders gut mit Frauen umgehen», murmelte er.

«Gott sei Dank.»

«Was soll das heißen?»

«Ich necke dich nur. Ich weiß, ich habe versprochen, es nicht zu tun, entschuldige bitte. Laß uns weiteressen.»

«Ich habe keinen Hunger.»

«Ich auch nicht. Laß uns woanders hingehen.»

«Wohin?»

«Wohin du willst.»

Sie stiegen in sein Auto, und er fuhr zu einem kleinen Rasthaus in Broadmoor. Er trug sie als Mr. und Mrs. Richard Jones ins Übernachtungsbuch ein, und da sie kein Gepäck hatten, verlangte der Nachtportier den Zimmerpreis im voraus. Dan kam sich schäbig und dumm vor und sagte es ihr. Aber May Ling schüttelte nur den Kopf, lächelte und sagte, daß es ihr überhaupt nichts ausmachte. Er verschloß die Zimmertür, und dann setzten sie sich auf die Bettkante und sahen einander an.

«Weißt du, Danny», sagte sie zu ihm, «ich war nie zuvor mit einem Mann zusammen, deshalb wird es viel schwerer für dich sein als für mich. Aber es wird auch schön sein. Ich weiß das, weil ich dich kenne. Du hast mich noch immer nicht richtig geküßt. Findest du nicht, du solltest das tun?»

Er nahm sie in die Arme und küßte sie, und dann legten sie sich auf das Bett, und er küßte sie immer wieder. Ihre Lippen öffneten sich, hießen ihn willkommen. Er lag da, sah sie an, berührte ihr Gesicht, ihre Arme, ihre kleinen Brüste.

«Wir wollen uns ausziehen, Danny», flüsterte sie. «Ich möchte, daß wir nackt sind.»

Sie brauchte nur wenige Augenblicke, um aus ihrem Kleid und ihrer Unterwäsche zu schlüpfen. Während er sich noch mit seiner Kleidung abmühte, nahm sie die Tagesdecke vom Bett und schlug die Decke zurück. Dann löste sie ihre Haare, die ihr in einer großen schwarzen Flut bis auf die Hüften fielen. Dan konnte seine Augen nicht von ihr wenden. Ihr Körper war schlank und fest, ihr Bauch fast flach, ihre Brüste klein und fest, die Brustwarzen wie Rosenknospen in altem Elfenbein. So nackt, ohne die Hülle der schlichten formlosen Kleider, die sie immer trug, erschien sie Dan als das lieblichste Geschöpf, das er je gesehen hatte; nicht wie andere Frauen, von der Art seiner eigenen Frau, schien sie ihm, sondern wie ein Wesen aus einer anderen Welt, einer anderen Zeit und von einem anderen Ort – eine fast unwirkliche Person.

Sie kam herüber und stand vor ihm, winzig gegenüber seinem muskulösen Körper, und er umfing sie mit den Armen und drückte sie an sich. Dann hob er sie auf und trug sie zum Bett.

«Du lieber Gott», sagte er, «wieviel wiegst du?»

«Achtundvierzig Kilo. Das ist genug, oder?»

«Ich wiege neunzig .»

«Das ist gut so, du bist auch ein richtiger Mann.»

Er legte sich neben sie und hielt sie in seinen Armen, sie kuschelte sich an ihn und lächelte glücklich.

«Macht es dir nichts aus, daß ich verheiratet bin?»

«Nein, aber ich möchte nicht, daß du davon sprichst. Ich möchte nur, daß du mit mir schläfst.»

Um zwei Uhr früh schlossen sie die Tür hinter sich und gingen die Treppe hinunter. Dan warf den Schlüssel auf das Empfangspult und sagte zu dem Angestellten: «Wir haben es uns überlegt, wir bleiben nicht.»

May Ling schmiegte sich an ihn, als sie zur Stadt zurückfuhren. Eine Zeitlang schwiegen sie beide entspannt, zufrieden, einander zugehörig, dann fragte May Ling ihn: «Glaubst du immer noch, daß du nicht mit Frauen umgehen kannst?»

«Vielleicht.»

«Mit mir bist du sehr gut umgegangen, und ich bin nur eine knochige kleine Jungfrau. Das heißt, ich war eine Jungfrau. Jetzt bin ich das nicht mehr. Du hast mich entjungfert, Dan Lavette.»

«Du bist ein verflixtes Mädchen.»

«Warum?»

«Was du so sagst. Jedenfalls bist du nicht Haut und Knochen. Du bist so, wie du bist, und das ist genau richtig.»

«Danke.»

«Hattest du keine Angst?» fragte er sie.

«Hätte ich das müssen?»

«Es heißt so.»

«Einmal hatte ich Angst.»

«Wann?»

«Als wir in das Rasthaus kamen. Ich erwartete so halb und halb, der Angestellte würde sagen, Chinks hätten keinen Zutritt.» Sie berührte seine Wange. «Wenn er das gesagt hätte, Danny, was hättest du dann getan?»

«Ich hätte diesen Hurensohn kaltgemacht.»

«Du bist immer noch ein ungehobelter Klotz, nicht wahr?»

Er dachte einen Augenblick darüber nach, ehe er erwiderte: «Nein, ich lerne jetzt. Ich lese Bücher. Ich achte auf meine Sprechweise, und ich lerne auch, wie man eine Frau lieben muß.»

Ohne große Umstände adoptierte Sarah Levy Clair Harvey. Dabei gab es keine vorherige Planung oder Abmachung. Sowohl Dan als auch Mark mochten Jack Harvey und vertrauten ihm. Er war bei ihnen, seit sie die *Oregon Queen* gekauft hatten. Er hatte sein Kapitänspatent, war ein guter Seemann und ihnen treu ergeben, und als schließlich die *Oceanic*, das erste Schiff der neuen Flotte, unter ihrer Reedereiflagge ablegte, hatte Harvey das Kommando. Es gab nur ein Problem: was sollte mit Clair geschehen? Sarah löste es, indem sie das Mädchen fragte, ob sie bei ihnen in Sausalito bleiben wollte. Das Schiff fuhr nach Westen und sollte in verschiedenen Etappen um die ganze Welt fahren; bis zu seiner Rückkehr würden Monate vergehen. Ihre seltsame Kindheit als Schiffsgöre auf den Küstenschiffen war zu Ende, allein wohnen konnte sie nicht, und abgesehen von ihrem Vater hatte sie keine Verwandten auf der ganzen Welt. Sie war bemerkenswert unabhängig und tüchtig, obwohl sie erst fünfzehn Jahre alt war. Harvey wies Sarah auf die Schwierigkeiten hin, sie aber antwortete ärgerlich, daß sie alles überlegt habe. Jedoch brauchten sie immer noch Clairs Zustimmung, und Jack hatte undeutlich die andere Möglichkeit erwähnt, sie in ein Mädchenpensionat zu geben.

Clair war nach der Zechtour ihres Vaters drei Wochen lang bei der Familie Levy geblieben und dann mit ihm in ihre Wohnung in San Francisco zurückgekehrt, als die Schule wieder begann. Eines Samstags fuhr Sarah mit der Fähre in die Stadt hinüber, und sie und Clair nahmen ein ausgedehntes Lunch im *Fairmont* ein, das sehr üppig und schick ausfiel. Sarah erkannte sich in dem langbeinigen, sommersprossigen, rothaarigen Mädchen wieder – dieselbe wilde Unabhängigkeit, die gleiche Ruhe und Selbstsicherheit; dazu kam das starke Mitleid mit jemandem, der völlig allein in der Welt dastand. Stück für Stück entlockte sie Clair die Geschichte ihres Lebens, die schäbigen möblierten Zimmer zwischen den Reisen auf den Rotholzfrachtern, die verschiedenen Schulen zwischendurch, das lange abendliche Warten auf die Rückkehr des Vaters. Schließlich machte sie ihren Vorschlag: «Mark und ich haben beschlossen, dich zu bitten, daß du zu uns ziehst. Weißt du, das Leben deines Vaters wird sich jetzt sehr ändern. Er wird jedesmal monatelang fort sein.»

«Ich weiß das», sagte sie. «Aber ich kann auf mich selbst achten, Sarah. Glaub mir, das habe ich immer getan.»

«Dessen bin ich ganz sicher. Aber dein Vater macht sich die allergrößten Sorgen.»

«Jack macht sich Sorgen?» Sie lachte. «Er hat sich noch nie Sorgen um mich gemacht. Er hat irgendeine blöde Mädchenschule ausfindig gemacht, wo er mich hinschicken möchte. Nie im Leben macht er sich Sorgen um mich.»

«Gefällt es dir nicht bei uns in Sausalito?»

«Gefallen? Es ist dort wie im Paradies. Und Jake ist großartig. Ich mag Jake. Aber ich kann mich bei euch nicht einnisten. Das geht nicht, ich darf's einfach nicht tun.»

Eine Stunde später willigte Clair ein. Sarah streckte ihr die Hand über den Tisch entgegen und Clair sagte: «Mein Gott, du weinst ja. Bitte, weine nicht. Ich werde euch keine Mühe machen. Ich will euch eine Hilfe sein, wirklich.»

Marcy Callan überredete Jean, dem Ausstellungskomitee der Frauen beizutreten. Ihre Wahl in dieses erlauchte Gremium war kein Problem, da, wie Marcy es ausdrückte, die Vorstellung eines Komitees ohne den Namen Seldon ohnehin unmöglich war. Manya Vladavich war zwar – aus leicht ersichtlichen Gründen – nicht Mitglied des Komitees, aber sie nahm häufig an seinen Sitzungen teil. Ihre Ansichten waren nie unbestimmt. Einige Frauen nahmen ihr ihr Auftreten übel, doch zu der Zeit wurde in San Francisco alles, was den Hauch von Paris ausströmte, noch so verehrt, daß man sie duldete. So hatte Manya Gelegenheit, Zeit mit Jean zu verbringen; und obgleich Jean immer noch ein erregendes Prickeln bei der bloßen Berührung von Manyas Hand durchfuhr, lud sie Manya nicht mehr in ihr Haus auf dem Russian Hill ein, noch erklärte sie sich einverstanden, einen Abend mit ihr gemeinsam zu verbringen.

Aber sie überraschte sich dabei, daß sie Manya zu den kleinen «Geschäftsessen» einlud, die sie und Marcy und ein paar weitere Mitglieder des Komitees regelmäßig veranstalteten. Manya hatte eine Meinung, von der sie überzeugt war, und sie sprach sie aus. Die anderen hatten auch Meinungen, aber keine Überzeugung.

Bei einem dieser Essen im *Palace Hotel* äußerte Manya ihre Meinung über den Tower of Jewels, den sie als «obszön» bezeichnete. Der Tower of Jewels, der noch im Bau war, sollte das Wahrzeichen der Weltausstellung von 1915 in San Francisco werden. Die Ausstellung selbst stand unter dem Motto «Die Stadt der Kuppeln» und zeigte eine Traumstadt, die alle Nationen – oder zumindest eine ganze Reihe von Nationen – vertreten sollte. Der Tower of Jewels war ein Versuch, die Ausstellung in der mexikanischen Kultur zu verwurzeln, er war irgendwie als Aztekenturm geplant und sollte hundertzweiunddreißig Meter hoch werden.

Jean war geneigt, Manyas Definition des Turms zuzustimmen. Die Entwürfe des Architekten, die in den Zeitungen veröffentlicht worden waren, erinnerten sie an eine phantasievolle Darstellung der Hängenden Gärten der Semiramis, die sie vor Jahren im *Book of Knowledge* gesehen hatte; und sie hielt es für unwahrscheinlich, daß Babylon und das Mexiko der Frühzeit viel gemeinsam hatten. Der riesige Turm begann unten wie ein Triumphbogen, an den zu beiden Seiten ein von Dekor überladener Louvre-Flügel angesetzt war. Oben auf dem Bogen folgten dann mehrere säulenverzierte Konstruktionen mit klassizistischen Skulpturen und stolz dreinblikkenden Vögeln mit ausgebreiteten Schwingen, was ihm das Aussehen einer gigantischen Hochzeitstorte verlieh.

«Er ist abscheulich, und wir müssen ihn zerstören!» verkündete Manya. Marcy Callan, die Manya schon immer bewundert hatte, nickte eifrig. Die beiden anderen anwesenden Damen sahen Jean an.

«Er ist bereits halb fertig», sagte Jean. «Wie stellen Sie sich seine Zerstörung vor?»

«Über ein Volksbegehren. Mit Öffentlichkeitsarbeit», erklärte Manya.

«Das ist kein guter Vorschlag», sagte Jean. Es war das erste Mal, daß sie eine Ansicht Manyas geradewegs zurückgewiesen hatte.

«Vielleicht finden Sie ihn schön, liebe Jean», sagte Manya bissig.

«Ich finde ihn nicht schön, aber er ist in Ordnung.»

«Sie verstehen also etwas von Architektur. Sie haben schon so viel von der Welt gesehen – ja?»

«Manya, seien Sie nicht albern!» erwiderte Jean heftig. «Wir haben einfach keine Möglichkeit, den Bau des Tower of Jewels zu bremsen. Selbst, wenn wir es könnten, wäre ich dagegen. Wissen Sie, was wir alles wegen dieser Ausstellung durchgemacht haben? Nachdem wir Millionen für ihre Vorbereitung ausgegeben haben, mußte dieser blödsinnige Krieg in Europa beginnen. Jetzt sind, Gott sei Dank, die europäischen Länder nur allzu bereit, uns ihre Schätze zu schicken. Zumindest werden sie hier nicht durch Granaten zerstört.»

Dorothy Maclane, die Vorsitzende des Gartenklubs und dessen Vertreterin im Frauenausschuß, sagte, daß eigentlich die Gärten und nicht der Turm die Ausstellung prägten: dreißigtausend Zypressen, Fichten und Akazien, siebenundvierzigtausend Rhododendren, Zinnien und Azaleenbüsche – «ach ja, und Chrysanthemen – gar nicht zu zählen! Und wenn Sie daran denken, daß hundertfünfunddreißigtausend Juwelen von dem Turm herabhängen sollen –»

«Bravo!» unterbrach Manya sie. «Zählen Sie auch die Gänseblümchen?»

«Vielleicht.»

«Sie sind eine dumme Person.»

«Und Sie ein Miststück, Manya», sagte Jean – worauf Manya sich erhob und aus dem Speisesaal ging.

Es herrschte eine längere Stille. Dann seufzte Marcy Callan und sagte: «Was den Turm angeht, hat sie recht.»

«Und ich habe recht, daß sie ein Miststück ist», erwiderte Jean.

Von da an kam Manya nicht mehr zu den Versammlungsessen des Ausschusses. Jean war erleichtert. Sie hatte auch das angenehme Gefühl, daß sie irgendwie zum Erfolg der Panama-Pacific-Weltausstellung beigetragen hatte. Teilweise auf Dorothy Maclanes Betreiben wurde sie in den Planungsausschuß berufen, und während des folgenden Jahres war die Ausstellung Mittelpunkt ihres

Lebens. Das entfernte sie zwar noch weiter von Dan, erweckte aber auch das Gefühl in ihr, ein wichtiger Bestandteil des künstlerischen Lebens der Stadt zu sein. Sie empfand einen Besitzerstolz für den Tower of Jewels, und als die Ausstellung schließlich nach zehn Monaten und neunzehn Millionen Besuchern zu Ende ging, fühlte sie sich schrecklich im Stich gelassen, fast verzweifelt.

Einige Wochen später ließ sie Dan mit kaum mehr als der zusammenhanglosen Erklärung, daß sie ersticke und sterben müsse, wenn sie nicht frei atmen könnte, mit dem Haus, der Dienerschaft und den Kindern allein und machte sich auf den Weg zu ihrer Tante Asquith in Boston. Erst nach fünf Wochen kehrte sie zurück. Aber jetzt hatte sich ihre Stimmung geändert; und als Dan sie am Zug abholte, umarmte sie ihn und lobte seine Duldsamkeit und Nachsicht.

Am dreiundzwanzigsten März 1917 wurde der Frachter *Oceanic* vierzehn Meilen südöstlich von Southampton in England torpediert. Er hatte Lebensmittel und Munition an Bord. Der Torpedo löste eine Kettenreaktion von Explosionen aus, und innerhalb weniger Minuten nach dem Treffer sank das Schiff mit der Besatzung. Es gab keine Überlebenden. Der Verlust des Schiffes verursachte nicht die kleinste finanzielle Erschütterung in der Unternehmensstruktur von Levy und Lavette – wegen der Situation im internationalen Handel. Seit drei Jahren waren die Frachtraten in astronomische Höhen gestiegen. Bis zum März 1917 war der Frachtsatz für Baumwolle auf das Dreißigfache gestiegen. Der Frachtsatz für Weizen aus einem Hafen der Ostküste hatte sich auf das Fünfunddreißigfache verteuert, und von San Francisco aus war die Steigerung noch größer. Dan und Mark hatten den Sechstausend-Tonner *Oceanic* für 350000 Dollar gekauft. Zwei weitere Schiffe mit etwas weniger als fünftausend Bruttoregistertonnen wurden 1916 zum Preis von je 700000 Dollar und drei weitere 1917 für je 850000 Dollar gekauft. Der Transport von Munition war teurer als die Munition selbst – das Geld floß mit derselben wahnwitzigen Sinnlosigkeit wie die Ströme von Blut an der Westfront. Keine der kriegführenden Nationen hielt einen Augenblick inne, um über Frachtkosten nachzudenken, ebenso wie keine von ihnen innehielt, um die Toten zu zählen oder sich über sie Gedanken zu machen. Und in den blutgetränkten Schützengräben von der Nordsee bis zu den Alpen ging der Stellungskrieg nahtlos in eine sinnlose Massenvernichtung über, die bis in alle Ewigkeit weiterzugehen drohte.

Dan und Mark bekamen die Nachricht vom Untergang der *Oceanic* telegraphisch durch ihren Londoner Vertreter am Nachmittag des 24. März. Ein britischer Zerstörer war Zeuge des U-Boot-Angriffs gewesen und hatte Wasserbomben geworfen. Möglicherweise war das U-Boot versenkt worden. Der Zerstörer, der mehrere Stunden in der Nähe geblieben war, hatte jedoch keine Überlebenden auffinden können.

Mark las gerade das Telegramm, als Dan vom Mittagessen zurückkam. Er saß in seinem mit Eichenholz getäfelten Büro, dieser Teil des Lagerhauses war im Jahr zuvor umgebaut worden. Auf dem Fußboden lag ein Orientteppich, der dreitausend Dollar gekostet hatte. Der Raum war mit Stilmöbeln eingerichtet, durch ein großes Fenster blickte man auf die Bucht. An den Wänden hingen große gerahmte Fotografien der *Oregon Queen*, der *Oceanic* und anderer Schiffe. Marks Schreibtisch war ein großer alter Refektoriumstisch, hinter dem er zusammengekrümmt und mit verzerrtem Gesicht hockte. Er sah plötzlich viel älter aus als siebenunddreißig, ein kleiner, magerer, müder Mann. Wortlos reichte er Dan das Telegramm.

Dan las es, stand wie betäubt da und schüttelte dann den Kopf. «Jack ist tot», sagte er. «Das ist unglaublich!»

«Die ganze Besatzung – Jack und die ganze Besatzung!»

«Das mußte wohl so kommen. Aber warum, zum Teufel, mußte es ihn erwischen?»

«Danny, wo, zum Teufel, führt uns das hin? Das ist erst der Anfang.»

«Ich nehme an, dorthin, wohin wir wollten.»

«Wozu? Wir haben mehr Geld als irgend jemand gebrauchen kann.»

«Wir können jetzt jeden Tag in den Krieg eintreten. Du weißt das.»

«Dann klebt an jedem Dollar amerikanisches Blut!»

«Haben wir den Krieg gemacht?» fragte Dan. «Mark, haben wir diesen stinkenden Krieg gemacht? Wir könnten unsere Schiffe schon morgen an Whittier verkaufen. Was dann? Macht uns das tugendhafter? Kannst du mir einen Dollar in diesem Land zeigen, an dem kein Blut klebt? Wir haben Jack Harvey nicht getötet. Das waren die verfluchten Deutschen, diese Hunnen, und so wahr mir Gott helfe, wenn dieser Krieg durch Frachtschiffe gewonnen werden kann, sollen mir diese Mistkerle dafür büßen.»

«Mistkerle, Hunnen . . . Laß gut sein, Danny . . . Wir stecken bis zum Hals in diesem Schlamassel, und ich weiß nicht, was richtig und was falsch ist. Ich muß jetzt nach Sausalito fahren und dem Kind sagen, daß sein Vater tot ist. Wie, zum Teufel, macht man das?»

Ungefähr sechs Monate, nachdem er zum ersten Male mit May Ling in dem Rasthaus in Broadmoor geschlafen hatte, hatte Dan ein schmales, viktorianisches Haus in der Willow Street gekauft, das von der Stadtbibliothek zu Fuß zu erreichen war. Er kaufte das Haus für viertausendzweihundert Dollar und gab noch einmal dreitausend für Renovierungsarbeiten aus, um es in seinen ursprünglichen Zustand zurückzuversetzen. Er behielt die Buntglasfenster bei, ließ aber noch nicht tapezieren und möblieren. Jetzt, nachdem Mark sich nach Sausalito auf den Weg gemacht hatte, fuhr Dan in die Willow Street, und seine Gedanken gingen zu dem Tag zurück, an dem er May Ling zum erstenmal dorthin gebracht hatte. Sie wußte, daß er sie mit etwas überraschen sollte. Dan hatte sein Auto geparkt, sie von der Bibliothek abgeholt und war zu Fuß mit ihr zu dem Haus gegangen. Sie hatten oft über viktorianische Häuser gesprochen, und er wußte, daß sie ihren Stil und Charakter liebte. Er hatte die Tür geöffnet, sie in das leere, saubere, helle Haus geleitet, ihre Fragen abgeschnitten, ihr einen Raum nach dem anderen gezeigt, sie die von einem rotgoldenen Schimmer aus den bunten Fenstern überflutete Treppe hinauf zum großen Schlafzimmer geführt, von wo man aus einem winkligen Erker auf einen grün überwucherten Garten hinter dem Haus sehen konnte.

Endlich ließ er sie zu Wort kommen, und fragte: «Gefällt es dir?»

«Oh Danny, es ist wunderschön. Wem gehört das Haus?»

«Dir.»

«Bitte nicht. Neck mich nicht. Das ist mein Vorrecht.»

«Ich necke dich nicht. Es gehört dir. Ich habe es für dich gekauft. Es ist ein Geschenk. Ein Platz für dich allein. Wir können nicht so weitermachen, ohne daß du einen Ort hast, wo du allein sein kannst. Und wenn du denkst, daß ich dich jemals aufgebe, bist du verrückt.»

Es dauerte eine weitere Woche, ehe Dan sie überreden konnte, das Haus anzunehmen und ihm zu erlauben, für die Verschönerungsarbeiten und die Einrichtung aufzukommen. Was sie mit ihren Eltern besprochen hatte, bekam er nie heraus – genauso, wie er nicht wußte, ob Feng Wo überhaupt etwas von ihrer Beziehung bekannt war. Das war ein Teil ihres Lebens, den sie nicht mit ihm erörtern wollte. «Das ist etwas, was ich tun muß», sagte sie jedesmal, wenn er das Thema anschnitt, «und ich muß es auf meine eigene Weise tun, ohne das zu zerstören, was zwischen dir und meinem Vater besteht. Also vertraue mir.»

Und nun ging er zu ihr mit all seiner Schuld und Verwirrung, schloß mit seinem Schlüssel die Haustür auf – sie hatte noch nicht Feierabend – und ließ sich auf einen Stuhl fallen. Hier war der einzige Ort, an dem er sich sicher fühlte und zufrieden war. Dort saß er, während seine Gedanken sich Jack Harvey zuwandten. Er sah ihn vor sich, wie er auf der Brücke der *Oceanic* stand, als der Torpedo traf. Er hatte vermutlich den Laderaum mit den 7,62er-Granaten getroffen. Es mußte die Hölle gewesen sein, als die Ladung das Schiff in Stücke riß. Aus diesem brütenden Grübeln weckte ihn das Geräusch der sich öffnenden Tür, und da stand May Ling, mit vollen Einkaufstüten in den Armen.

Sie lächelte ihn glücklich an, er nahm ihr die Tüten ab und ging in die Küche voraus. «Danny, ich habe dich nicht erwartet. Was für eine schöne Überraschung! Du bleibst doch zum Essen, nicht wahr?»

«Nein, leider nicht. Ich wünschte, ich könnte bleiben, aber es geht nicht. Ich muß heute abend nach Sausalito hinüberfahren.»

«Aber warum?»

«Wir haben die *Oceanic* verloren. Sie ist vor Southampton mit der ganzen Besatzung gesunken, Jack Harvey ist tot – die ganze Mannschaft ist tot!»

«O nein! Wie schrecklich!»

«Ich habe das kommen sehen. Mein Gott, wir haben Glück gehabt. Hammond hat drei Schiffe eingebüßt, Whittier hat zwei verloren. Das ist unser erstes – aber mußte es die *Oceanic* sein? Und warum so? Andere Schiffe gehen unter, und die Mannschaften werden gerettet. Warum mußte es bei unserem ein Gemetzel sein? Nach Marks Ansicht sind wir Mörder.»

«Nein. Er hat das nicht gesagt. Da bin ich sicher.»

«Nun, zumindest hat er das durchblicken lassen. Herrgott, May Ling, ich weiß doch, was los ist. Ich bin durch diesen Krieg stinkend reich geworden, ein Millionär! Wir übernehmen eine Fracht Milchpulver, damit die Kinder in England und Frankreich nicht sterben, und die Milch kostet fünf Cent pro Pfund und die Fracht zwanzig Cent! Das Verrückte daran ist, daß Mark und ich in der Falle sitzen: Wir setzen die Frachtraten nicht fest, die Regierung zahlt die Kosten und schreibt sie als Anleihe an die Alliierten ab; sie zahlt sogar noch die Versicherung, während ich reich werde, und jeder dämliche Sack, der dasselbe tut, der Granaten oder Öl oder was auch immer herstellt und verschifft – sie alle werden reich wie Gott, irgendein irrsinniger Gott, der für dieses Gemetzel in Europa verantwortlich ist – und ich auch, ich auch. Und das Verfluchte ist: ich bin vorhin stehengeblieben, als ich das Büro verließ, und hab mir unsere Bilanz angesehen – verdammt, die *Oceanic* ist gesunken, Jack ist tot, und ich sehe mir die Geschäftsbilanz an!»

«Danny», sagte sie sanft und ergriff seine Hand, «Danny, komm mit.» Sie führte ihn ins Wohnzimmer. «Setz dich hierher. Ich mache dir einen Drink und dann sprechen wir darüber.»

Er saß in dem einzigen bequemen Ledersessel zwischen den mit schwarzem Stoff bezogenen und mit Roßhaar gepolsterten viktorianischen Sitzmöbeln, mit denen sie das Wohnzimmer möbliert hatte. Er trank Whisky mit Soda, und May Ling saß ihm gegenüber.

«Danny», sagte sie, «wir werden darüber sprechen. Das haben wir nie zuvor getan.»

«Ich dachte, wir hätten über alles gesprochen.»

«Nicht darüber, Danny. Weißt du, einige Leute werden im Krieg reich, andere werden arm und wieder andere sterben. Das ist nicht neu. Es ist so alt wie der Krieg. Du bist durch den Krieg reicher geworden. Du wärest auch sonst reich geworden, glaube ich, weil du es wolltest. Ich werde keine moralischen Urteile fällen. Ich habe alles angenommen, was du mir gegeben hast, folglich habe ich kein Recht, moralische Urteile zu fällen. Aber jetzt sitzt du in einer moralischen Zwickmühle, nicht wahr?»

«Ich weiß nicht», sagte er unbehaglich. «Vielleicht jammere ich dir nur etwas vor.»

«Vielleicht. Wir wollen beide versuchen, offen zueinander zu sein. Bist du wirklich Millionär? Ich habe dich das nie zuvor gefragt.»

«Ich denke schon, wenn wir die Firma liquidierten. Wenn ich die

Lagerbestände und mein gesamtes Anlagevermögen veräußere, könnten es ein paar Millionen sein. Aber das geht nicht.»

«Warum?»

«Nun, da ist Mark . . .»

«Du bist stärker als Mark. Du warst immer stärker. Und nach dem, was du eben von ihm erzählt hast, würde er mit dir übereinstimmen.»

«May Ling, was soll ich dann tun?»

«Danny, du bist noch nicht einmal dreißig. Ich bin einundzwanzig. Wir haben noch unser ganzes Leben vor uns.»

«Liebling, du verstehst nicht: Für mich ist ein Leben ohne Schiffe undenkbar.»

«Wir, du und ich – ist das kein Leben ohne Schiffe?»

«Nein, ich meine etwas anderes. Ich bin mit meinem Vater in seinem Fischerboot aufs Meer gefahren, als ich noch ein Kind war. Du mußt verstehen, May Ling – hör zu. Es sollte eine Überraschung werden. Ich habe einen Kutter gekauft, ein hübsches Schiff, zehn Meter lang – für dich und mich. Es wird gerade zum Pier in San Mateo transportiert . . .»

«Danny, wovon redest du?» sagte sie scharf. «Daß du einen Kutter gekauft hast, hat hiermit nichts zu tun. Ich spreche von dir und mir und Jack Harveys Tod, vom Krieg in Europa und davon, daß wir jetzt jeden Tag in diesen Krieg eintreten können.»

«Oh Gott», sagte er, «es ist alles so widerlich kompliziert.»

«Nein, das ist es nicht.»

«Ich bin verheiratet. Wir vergessen das immer.»

«Ich vergesse es nie.»

«Und du möchtest, daß ich meine Hände in Unschuld wasche.»

«Nein, Aber du mußt loswerden, was dich schmerzt.»

«Und was ist mit Jean?»

«Sag es mir, Danny. Was ist mit Jean? Wann hast du das letzte Mal mit ihr geschlafen?»

Er saß schweigend da und starrte sie finster an.

«Gott steh mir bei, aber ich muß es sagen, es ist die Wahrheit. Weißt du, warum du dich nicht von Jean scheiden läßt? Nicht, weil du ihr alles oder die Hälfte von allem oder was immer der Preis sein würde, geben müßtest, wirklich nicht, sondern aus demselben Grund, aus dem du dir kein Leben mit mir ohne deine Schiffe vorstellen kannst – weil dir diese Krankheit von San Francisco im

Blut liegt und du den Gedanken nicht erträgst, mit einer Chinesin verheiratet zu sein.»

«Nein, gottverdammt, nein!» rief er. «Das ist nicht wahr! Ich liebe dich! Verstehst du nicht, wie sehr ich dich liebe?»

«Ich weiß, daß du mich liebst, Danny. Und ich liebe dich so sehr, daß ich nicht weiß, warum ich all das gesagt habe – höchstens, weil, weil . . . ich ein Kind bekomme.»

«Was!»

Sie nickte, versuchte mit aller Kraft zu lächeln und fing dann doch an zu weinen. Er kniete sich vor sie hin, legte seinen Kopf in ihren Schoß, umarmte sie; und dann begann sie plötzlich durch ihre Tränen zu kichern beim Anblick seines gewaltigen Körpers in dieser albernen Stellung. Sie strich über sein schwarzes, lockiges Haar und sagte, es werde sich alles finden. «Wir schaffen es schon, Danny, irgendwie werden wir es schaffen.»

Als Mark an diesem Nachmittag sein Haus in Sausalito erreichte, kam ihm sein Sohn Jacob entgegen, und bevor sie einen anderen Menschen trafen, berichtete er ihm vom Untergang der *Oceanic* und fragte ihn, wo Clair sei und wie man ihr seiner Ansicht nach die Botschaft überbringen sollte.

«Sie ist in ihrem Zimmer. Aber laß mich es ihr sagen, Papa.»

«Ich dachte, deine Mutter sollte das tun.»

«Nein – nein, ich muß das tun. Du weißt, was mit mir und Clair ist?»

«Was gibt es da zu wissen?»

«Wir lieben uns. Eines Tages werden wir heiraten.»

«Einfach so?» sagte Mark.

«Ich weiß nicht, was du mit ‹einfach so› meinst.»

«Wann kam es dazu?»

«Es kam nicht dazu. Es war die ganze Zeit über da, von dem Tage an, als du sie hierher gebracht hast.»

«In Ordnung. Geh und sag es ihr. Wir werden über die andere Angelegenheit später sprechen.»

«Da gibt es nichts zu sprechen», sagte Jacob.

Mark ging in die Küche, wo Sarah und Martha – die schon fast dreizehn war – den Tisch zum Abendessen deckten. Die Küche war ein großer Raum mit einem Fußboden aus roten mexikanischen Ziegeln und Wänden aus blauen Kacheln aus Guadalajara. Es war ihr Lieblingsraum, voller Licht und Farbe. Sarah blickte auf, sah das Gesicht ihres Mannes und fragte ihn, was vorgefallen sei.

«Wir haben ein Telegramm bekommen», sagte er. «Die *Oceanic* wurde torpediert und versenkt. Keine Überlebenden.»

«Du meinst, Jack ist tot?»

«Jack – die ganze Besatzung.»

Martha, die mit weit geöffneten Augen zuhörte, brach plötzlich in Tränen aus. Sarah ging zu ihr und nahm sie fest in den Arm. «Weiß Clair es?»

«Jake wollte es ihr sagen.»

«Ja.» Sie preßte Martha fester an sich. «Gibt es keine Hoffnung?»

«Von einem britischen Zerstörer aus ist alles beobachtet worden, und man hat das ganze Gebiet abgesucht. Komm einen Augenblick mit mir nach draußen.»

Sie traten aus der Küchentür auf die lange Galerie, die am ganzen Haus entlanglief. Am anderen Ende der Galerie kamen Jacob und Clair aus dem Hause und gingen durch den Garten fort. Jacobs Arm lag um ihre Hüfte. Sie war fast so groß wie er.

«Armes Kind», sagte Sarah.

«Hast du gewußt, daß er und Clair glauben, einander zu lieben?»

«Sie glauben es nicht, sie tun es», sagte Sarah, der die Tränen die Wangen hinunterliefen.

Mark gab ihr sein Taschentuch. «Soll das heißen, daß du das gewußt hast?»

«Natürlich habe ich es gewußt.»

«Warum hast du es mir nicht gesagt?»

«Warum? Warum? Warum sperrst du deine Augen nicht selbst auf? Du bist genauso schlimm wie Dan mit diesen dreckigen Schiffen.» Sie kämpfte, um ihre Tränen zurückzuhalten. «Wenn du manchmal hier wärest . . .»

«Ich bin hier.»

«Ja, ja.» Sie schluckte und atmete tief ein. «Erinnerst du dich, wie du Jack hergebracht hast, als er so getrunken hatte?»

«Ja?»

«Er war drei Wochen lang hier. Wir saßen immer in der Küche und redeten – stundenlang. Ich glaube, er war der einsamste, traurigste Mann, den ich jemals kennengelernt habe. Ich sagte ihm, er solle sich eine gute Frau suchen und sie heiraten; und er sagte, es sei töricht für einen Seemann zu heiraten, und man beschwöre damit Ärger herauf, und daß die einzige Frau, mit der er sich eine Ehe vorstellen könnte, sei ohnehin ich . . .»

«Das hat er gesagt?»

«Warum nicht? Ich bin keine alte Hexe.» Jetzt schluchzte sie.

«Du bist schön.»

«Woher willst du das wissen? Du siehst mich nie an.» Sie wischte sich wieder über die Augen. «Eines Tages versuchte er mich zu verführen. Es bricht mir das Herz, wenn ich daran denke. Er hat sich angestellt wie ein Junge.»

«Und was ist passiert?» fragte Mark.

«Nichts ist passiert, du Trottel! Aber ich wünschte, es wäre etwas passiert – ja, das wünschte ich!» Damit rannte sie zurück ins Haus und ließ ihn verwirrt und bestürzt zurück.

Clair und Jacob saßen unter einem alten, knorrig verzweigten Eukalyptusbaum auf dem Boden. Es war ihr Lieblingsplatz, er gewährte einen weiten Ausblick über die glitzernde Bucht. Er hielt ihre Hand, und fast eine halbe Stunde lang saßen sie schweigend da. Schließlich sagte Clair: «Ich werde später weinen. Ich muß zum Weinen allein sein.»

«Ich verstehe.»

«Irgendwie wußte ich, Jake, daß es so kommen würde. Jedesmal, wenn er mit einem dieser kleinen Rotholz-Schoner die Küste hinauffuhr. Jeder sechste ging verloren. Sie strandeten auf den Felsen. Ich war nur ein kleines Kind und konnte nie verstehen, warum Männer ihr Leben für irgendein blödsinniges Holz aufs Spiel setzten, und ich habe immer so gelebt, war immer sicher, daß er tot war und ich allein auf der Welt stand; und ich habe mich gefürchtet, sehr gefürchtet. Aber dann muß ich erkannt haben, daß ich mich nicht fürchten durfte, daß ich irgendwie überleben würde, wenn er nicht zurückkehren sollte. Jetzt spüre ich nicht, daß er tot ist. Er kommt einfach nicht zurück – um die ganze Welt. Er ist sehr weit fort.»

«Du brauchst dich nicht mehr zu ängstigen, nie mehr.»

«Jake, er war wie ein großes Kind. Er war nicht so wie dein Vater. Ich will nicht sagen, daß Mark nicht großartig wäre. Das ist er. Aber Jack war immer wie ein kleiner Junge. Manchmal nahm er mich mit auf Jahrmärkte und in Vergnügungsparks, und er aß von meiner Zuckerwatte und stopfte sich voll mit heißem Popcorn und Würstchen, fuhr mit mir auf allen Karussells und hatte, das kann ich beschwören, mehr Spaß daran als ich. Und am Unabhängigkeitstag suchte er, wenn er nicht mit dem Schiff unterwegs war, eine Stelle, wo es Feuerwerk gab, und nahm mich mit. Feuerwerk war mir immer stinklangweilig, aber er liebte es; und obgleich ich ein Kind war, sagte ich mir: schön, wenn er es mag. Ich will nicht sagen, daß er geistlos war. Er las Bücher, lieber Himmel, er hat jedes Buch von Jack London gelesen, den *Seewolf* mindestens fünfmal, und er gab mir *Moby Dick* zu lesen, als ich zehn Jahre alt war. Ich verstand kein Wort davon, aber er ließ mich das ganze Buch lesen – mein Gott, du bringst mich jetzt besser zum Haus zurück, Jake, weil ich im Dunkeln in meinem Zimmer sitzen und weinen möchte. Ich möchte das alles aus mir herausweinen, bitte.»

Es war ungefähr sieben Uhr an dem Abend, als Dan in seine Wohnung auf dem Russian Hill zurückkehrte. Das Haus war voller Menschen. Er erinnerte sich undeutlich, daß Jean etwas von einem Empfang für Calvin Braderman gesagt hatte, der gerade ein Wandgemälde in einem neuen Postamt oder Hotel oder dergleichen vollendet hatte. Dan schob sich durch die Leute, einige kannte er, andere waren ihm völlig fremd. Jean war nirgends zu sehen. Plötzlich stand er vor einer dunkelhaarigen, üppigen, hübschen Frau, die mit russischem Akzent zu ihm sagte, daß er Daniel Lavette sein müsse.

«Ich bin Manya», sagte sie. «Ich bin eine Freundin von Jean, Bradermans Modell, eine Anbeterin der Kunst und überglücklich, endlich den romantischen Daniel Lavettes getroffen zu haben.»

«Ja. Guten Abend.»

«Das ist alles? Sie sind eine Legende in San Francisco, aber Frauen gegenüber gleichgültig. Das ist sehr traurig.»

Er versuchte, sich in der Gewalt zu behalten. Ein dutzendmal hatte May Ling ihm gesagt: «Versuch wenigstens, Jean zu verstehen, wer sie ist und welche Leute sie mag und warum sie sie mag – nicht, damit sie dich liebt, sondern damit ihr wenigstens ohne Haß miteinander lebt.» Für May Ling war es kein Problem, kühl und objektiv zu sein; aber was er ihr auch versprochen hatte, immer wenn es soweit war, kam ihm die Galle hoch, und er sah sich von Hemmungen und Zorn überwältigt.

Da erschien Jean. «Du hast meinen Mann kennengelernt?»

«Ja», sagte Manya und zuckte die Schultern.

Groß, schön, in blaue Seide gehüllt, die zu ihren blauen Augen paßte, übernahm Jean die Regie. Alle Blicke folgten ihr. Selbst in dieser Situation, in der alles sich zuspitzte, was sich am heutigen Tage ereignet hatte, spürte Dan, wie sich sein Leib bei ihrem Anblick in einem verzweifelten Sehnen zusammenkrampfte. Er zog sie von der dunkelhaarigen Frau fort und sagte: «Ich muß unter vier Augen mit dir sprechen.»

«Dan, ich kann meine Gäste nicht alleinlassen.»

«Nur für einen Augenblick. Es ist wichtig.»

Sie seufzte und folgte ihm in die Bibliothek. «Nun, was gibt es?»

«Jean, ich will deine Gesellschaft nicht kaputtmachen; aber es war ein schlimmer Tag. Wir haben erfahren, daß die *Oceanic* vor der britischen Küste torpediert worden ist.»

Es dauerte eine paar Augenblicke, ehe sie die Tatsachen begriff; sich von dem lösen konnte, womit sie zuvor beschäftigt gewesen war. Und dann sagte sie: «Wie traurig, Dan. Es tut mir leid. Aber du bist versichert, nicht wahr?»

«Es gab keine Überlebenden. Jack Harvey ist mit dem Schiff untergegangen. Ich muß heute abend nach Sausalito fahren. Seine Tochter wohnt dort bei den Levys.»

«Ja, schon gut. Aber ist Mark nicht dort?»

Dan starrte sie erstaunt an.

«Sieh mich nicht so an, Dan. Soll ich in Tränen ausbrechen? Ich kenne deinen Jack Harvey nicht einmal. Ich glaube, ich habe ihn einmal gesehen – er war der Kapitän, nicht wahr?»

«Ja, er war der Kapitän.»

«Nun, es ist Krieg, wie du weißt.»

«Ja. Also ich muß nach Sausalito fahren.»

«Natürlich mußt du das. Und wenn es nicht Sausalito wäre, würdest du ein neues Schiff vom Stapel lassen oder die Nacht damit verbringen, eine Besatzung zu suchen oder wärest auf dem Lotsenboot oder auf einer dringenden Vorstandssitzung. Also mach's nicht so feierlich. Geh nur.» Mit diesen Worten ließ sie ihn stehen.

Eine Woche später sprach Präsident Woodrow Wilson auf einer Sondersitzung vor dem Kongreß und empfahl ihm in einer dramatischen Rede, «den in jüngster Vergangenheit von der Regierung des deutschen Kaiserreiches eingeschlagenen Weg nicht anders denn als Krieg gegen die Regierung und das Volk der Vereinigten Staaten anzusehen».

Einige Tage darauf, am 6. April 1917, unterzeichnete der Präsident die Kriegserklärung, die der Kongreß genehmigt hatte, und einen Monat später verabschiedete der Kongreß das Wehrpflichtgesetz, und die Rekrutierungen begannen.

Anfang des Sommers erhielt Jacob Levy an einem Samstagvormittag seinen Gestellungsbefehl. Die Familie saß in der Küche am Frühstückstisch, und Martha lief hinaus, als sie den Postwagen kommen hörte. Jacob öffnete seinen Brief und las ihn vor. Alle schwiegen, seine Eltern, Clair und Martha sahen ihn an. Sarahs Gesicht zitterte, als sie sich bemühte, ihre Fassung zu behalten.

Dann sagte Clair mit fester und ruhiger Stimme: «Jake, ich möchte nicht, daß du gehst.»

«Ich muß.»

«Einen Dreck mußt du», sagte sie bitter. «Du kannst dich verstekken. Du kannst abhauen. Du kannst auf einem von Marks Schiffen fahren, zwischen San Francisco und Hawaii. Ich möchte nicht, daß du gehst.»

Kein Wort von den anderen. Sarah, Mark und Martha saßen nur schweigend da und hörten zu.

«Nein, mein Liebling», sagte Jacob, ebenso ruhig und fest. «Ich muß gehen.»

«Dieser Krieg stinkt. Er ist ein verdammtes Blutbad, und es gibt dabei keine Guten und Bösen, nur eine stinkende Masse von Lumpen, die junge Männer auf die Schlachtbank schicken.»

«Das weiß ich. Ich weiß es nur zu gut. Das Brot, das ich esse, ist mit ihrem Blut gedüngt.»

«Das ist eine Ungeheuerlichkeit, so etwas zu sagen!» rief Mark aus.

«Es ist wahr.»

«Es ist nicht wahr», sagte Mark. «Kannst du nicht sehen, daß Clair recht hat? Wir können dich auf ein Schiff bringen; dadurch wirst du vom Militärdienst freigestellt. Und trotzdem dienst du.»

«Diene wem? Levy und Lavette? Zum Teufel damit!» Er sprang auf und stürmte aus dem Haus.

«Oh mein Gott», sagte Sarah mit erstickter Stimme. «Sind wir deshalb aus Rußland geflohen? Zuerst ihr Vater, und nun Jake.»

«Geh nach draußen und sprich mit ihm», sagte Mark zu Clair.

«Auf dich wird er hören. Du bist die einzige, der er überhaupt zuhören wird.»

«Er ist jetzt so weit, daß er aufs College gehen kann», jammerte Sarah. «Er ist noch ein Junge. Warum tun sie das?»

«Sprich mit ihm», sagte Mark.

«In Ordnung», willigte Clair ein. «Ich werde mit ihm sprechen. Aber ich kenne ihn.»

Sie fand ihn unter dem Eukalyptusbaum liegen, legte sich neben ihn und bettete ihren Kopf in seine Armbeuge. Er löste ihr Haar und breitete die dichte rote Fülle über ihr Gesicht.

«Du weißt, wie lange es dauert, bis ich das gekämmt habe», klagte sie.

«Ich weiß. Du mußt einfach leiden.»

«So wie du, du dämlicher Märtyrer. Du glaubst, daß du für Levy und Lavette büßen gehst. Gott sei dank kann ich hier draußen frei reden. Das ist alles dummes Zeug. Dan und Mark haben diesen Krieg nicht gemacht, und sie unterscheiden sich in nichts von allen anderen. Es gibt sicher zehn Millionen Leute in diesem Land, die jede Woche Geld nach Hause bringen, an dem Blut klebt; und vielleicht wäre es noch schlimmer, wenn die Schiffe nicht durchkämen. Wer bist du, daß du so reden kannst?»

«Ich bin, der ich bin.»

«Oh Gott, warum mußte ich mich in einen verrückten Juden verlieben? Ihr seid alle so gewunden und verdreht und könnt euren Arsch nicht von eurem Ellbogen unterscheiden.»

«Was für ein eigentümlicher Satz.»

«Eure Schuldgefühle sind so verdammt preziös. Sarah führt den Haushalt und du dein Leben mit Schuldgefühlen . . . Und was ist mit mir?»

«Was mit dir ist?»

«Jake, ich liebe dich so sehr, daß ich dir schwöre, bei Gott schwöre, ich schneide mir die Pulsadern auf, wenn dir etwas zustößt. Wenn du also unbedingt Schuld auf dich nehmen möchtest, dann häng dir diese Schuld um den Hals; und wenn du diese verdammte Uniform anziehen mußt, um mit dir selbst leben zu können, dann werde doch um Gottes willen Sanitäter oder Schreiber oder sonst etwas, weil ich dir nie, nie verzeihen werde, wenn dir etwas zustößt. Ich werde mich nur an dich als den gefühllosesten Hurensohn erinnern, der je gelebt hat.»

«Du hast einen bemerkenswerten Wortschatz für eine süße junge Dame.»

«Ich bin keine süße junge Dame, Jake, ich bin in mehr Kneipen zur Aufbewahrung hinterlassen worden, als du dir vorstellen kannst, und hatte alte Fahrensleute als Babysitter. Glaube also ja nicht, daß ich nicht meine, was ich sage.»

«Dann mach eine Weile den Mund zu und laß mich dich einfach im Arm halten.»

Stephan Cassala erhielt seine Einberufung Anfang August; sein Vater war schon in die Stadt gefahren. Als Anthony an dem Abend nach Haus kam und davon erfuhr, war Maria fort.

«Nanu, wo ist sie?»

«In der Kirche», sagte Stephan.

«Seit wann?»

«Seit heute morgen.»

«Und du hast sie nicht abgeholt? Was hast du gemacht? Du bist nicht zur Arbeit gekommen.»

«Ich habe nachgedacht», sagte Stephan. «Ich hatte eine Menge nachzudenken und eine Menge zu tun. Kannst du nicht verstehen? Ich muß morgen antreten.»

«Wo ist Mama?»

«In der Kirche, das habe ich dir doch gesagt. Rosa ist hingegangen. Ich habe Clair in Sausalito angerufen. Jake ist in Fort Dix in New Jersey.»

«Beide sind den ganzen Tag fort, und du sitzt hier!» schrie Anthony. Plötzlich zuckte sein Gesicht, und er umfing Stephan mit den Armen. «Papa, wein doch nicht», bat Stephan. «Es ist schon in Ordnung.»

Dann fuhren sie zur Kirche. Maria und Rosa knieten vor der Altarschranke, Maria wie ein trauriges schwarzgekleidetes Häufchen Unglück. Anthony ging zu ihr, hob sie auf und flüsterte auf italienisch: «Die Muttergottes wird über ihn wachen, mein Liebling. Komm jetzt nach Hause. Wir machen zusammen ein hübsches Abendessen für alle, wie wir es früher getan haben.»

Sie hatte so lange gekniet, daß sie kaum gehen konnte. Stephan und Anthony legten den Arm um sie und führten sie aus der Kirche. Rosa folgte ihnen.

III
Söhne und Töchter

Eines Tages im August 1918 weckte Dan trotz der Proteste des Kinderfräuleins Wendy Jones seinen sechsjährigen Sohn Tommy, während Jean noch schlief. Um sieben Uhr saßen sie bereits in Dans neuem Pierce-Arrow und fuhren in südlicher Richtung nach San Mateo. Gegen zehn waren sie an Bord von Dans Kutter und fuhren bei Gegenwind in die Bucht hinaus. Dan erklärte dem aufgeregten Kind die Vorteile eines Kutters gegenüber einer Schaluppe, sprach von dem Bleigewicht im Kiel und erzählte, wie früher Zollbeamte Kutter zur Schmugglerjagd benutzt hatten. Tommy hörte entzückt zu, obwohl er sehr wenig von dem verstand, was sein Vater sagte; aber er war begeistert, daß er seinen großen, aufregenden Vater ganz allein für sich hatte, und erregt vom Brausen des Windes und der spritzenden Gischt.

Um zwei Uhr waren sie am Anleger zurück, und dann fuhr Dan zum Haus der Cassalas, wo Maria Spaghetti und Würstchen servierte, zwei Delikatessen, die noch nie auf den Tisch der Familie Lavette gekommen waren. Maria und Rosa machten viel Aufhebens von dem Kind, und die Hunde der Cassalas, zwei reizende Collies, spielten mit ihm und tollten mit ihm auf dem Rasen herum. Dan rief in der Zwischenzeit zu Hause an und teilte mit, alles sei in bester Ordnung; und da Jean ausgegangen war, hatte er es nur mit Miss Jones zu tun. Abends um acht Uhr kam er in sein Haus und trug ein schlafendes, schmutziges und vollkommen zufriedenes Kind auf den Armen.

Er hatte einen Wutanfall von Jean erwartet und war erleichtert, als sie sich lediglich beklagte, daß er eine Yacht besaß, die so weit weg lag.

«Sie gehört mehr Tony als mir und ist nur ein kleines Boot», sagte er. «Wir können hier eine Yacht haben, wenn du das möchtest.»

Sie hatte eine wachsende Abneigung gegen Boote entwickelt. «Nein, danke», sagte sie. «Ich habe nicht den Wunsch, den Teint der Bucht von San Francisco zu bekommen. Aber du solltest mich doch wecken und es mir sagen, wenn dich der Wunsch überwältigt, dein eigenes Kind zu entführen.»

Trotz alledem war sie so guter Laune wie sonst nur selten und sagte ihm, sie hätte das Abendessen aufgeschoben, und sie könnten, wenn er sich waschen und umziehen wollte, gemeinsam essen. Er blieb kurz im Kinderzimmer, um seinen Sohn anzusehen und fragte sich, wie schon so oft, wie dieser kleine, blauäugige, blondhaarige Junge sein Kind sein konnte. Die Kinder schliefen, sie hatten beide blaue Augen und eine helle Haut, als ob sie das Erbe eines dunkelhäutigen, schwarzhaarigen Vaters verleugneten. «Sie dürfen sie nicht stören», flüsterte Miss Jones ihm zu, und er tätschelte ihr freundlich das Hinterteil.

«Bitte, Mr. Lavette», beschwerte sie sich, Opfer ihres eigenen Flüstertons.

«Sie haben eine hübsche, frauliche Figur», flüsterte er zurück.

Er war immer erstaunt, überrascht, geschmeichelt, wenn Jean auftaute. Das kam nicht oft vor. Sie war eine der führenden Persönlichkeiten in der Gesellschaft für moderne Kunst geworden, einer Organisation, deren Ziel es war, San Francisco zum führenden Kunstzentrum der Vereinigten Staaten zu machen. Die Gesellschaft hatte sich aus der Panama-Pacific-Weltausstellung von 1915 entwickelt und war auf die Straße gegangen, um den Pavillon der Schönen Künste zu retten und für die Nachwelt zu erhalten. Jean hatte sich ihren Platz in der neuen Elite der Kunst und Literatur geschaffen, und da Dan ihr niemals Geld verweigerte und sie auch reichlich eigene Mittel hatte, war sie ständig als Patronin und Mäzenin für ein Projekt nach dem anderen begehrt, ob es um eine Skulptur für das neue Rathaus ging oder um einen Empfang für Hamlin Garland, den man vielleicht für San Francisco gewinnen konnte. Diese und andere Tätigkeiten verschafften ihr ein ausgefülltes Dasein, das sie offensichtlich befriedigte. Schon vor einigen Jahren hatte sie die Gewohnheit angenommen, in ihrem eigenen Schlafzimmer, von ihm getrennt, zu schlafen; und Dan akzeptierte das nicht nur als Ablehnung jeglicher sexuellen Annäherungsversuche seinerseits. sondern auch als eine dieser Gewohnheiten der Reichen, deren Verhaltenskodex ihm immer noch fremd war. Er für sein Teil hatte sich damit abgefunden, ein Doppelleben zu führen, allerdings konnte er sich nicht mit dem Gedanken vertraut machen, daß Jean möglicherweise einen Liebhaber hatte. Irgendwo in seinen Gedanken lebte noch die kaum erkannte, kaum überdachte Vorstellung, Jeans Leidenschaft für ihn könne wieder aufleben. Wie er unter diesen

Umständen reagieren würde, wußte er nicht. Wenn er auch von der Frau, die Jean Lavette hieß, überhaupt nichts wußte, so war ihm doch das Bild der kühlen, hochgewachsenen, schönen Frau, die in ihren Kreisen so bewundert wurde, immer im Bewußtsein. Bei den Gelegenheiten, wo er mit ihr zusammen war, sonnte er sich in dieser Bewunderung und konnte immer noch nicht verstehen, daß dieses Geschöpf die Frau eines welschen Fischers war, eines Jungen von den Kais.

Seltsam genug gab es dieses Gefühl auch in seinem Verhältnis zu May Ling. Jean war die Illusion, May Ling die Wirklichkeit, das Wahre; und in gewisser Weise verstand er das: May Ling nährte, bildete, bewunderte ihn und gab ihm Selbstvertrauen. Wenn Jean etwas zustieße – nun, das Leben würde weitergehen. Wenn May Ling etwas zustieße – das war ein Gedanke, den er nicht zu Ende denken konnte. Und doch trieb die Spur von Interesse und Freundlichkeit, die Jean ihm zeigte und die man vielleicht besser eine Unterbrechung von Kälte und Feindschaft nannte, den Gedanken an May Ling aus seinem Gehirn. Nur Jean konnte ihn wirklich als Krösus akzeptieren, sie saß ihm gegenüber am Eßzimmertisch, trug die Juwelen, die er ihr geschenkt hatte, ein blaßblaues Tuch um ihre königlichen Schultern geschlungen, ihre Haut war rosig und weiß, ihre Augen von dem eisigen Blau, das die dunkelhäutigen, dunkeläugigen Menschen der Erde so lange als Symbol der Schönheit und Herrscherwürde angesehen hatten. Wenn er so bei ihr saß und von ihr akzeptiert wurde, spielte es überhaupt keine Rolle, daß sie der körperlichen Berührung mit ihm auswich; sie war noch immer seine Frau, und tief in seinem Inneren war das der Kernpunkt allen Begehrens.

Er war immer noch erfüllt von Zufriedenheit über den schönen Tag, den er mit dem Jungen verbracht hatte. «Ich möchte, daß er segeln lernt», erklärte er Jean. «Manchmal denke ich, daß es das einzige ist, was ich ihm geben kann. Alles andere bekommt er von dir.»

«O nein, Dan, das stimmt nicht. Aber du hast so wenig Zeit für ihn.»

«Ich weiß.»

«Ich versuche wirklich, Zeit für die Kinder zu haben», sagte sie, «und ich nehme mir jeden Tag ein paar Stunden. Das muß man einfach. Und nun sammeln wir für ein Keith-Denkmal, du kannst dir nicht vorstellen, was für einen Einsatz das fordert.»

«Keith?»

«William Keith – hübsche, verträumte Landschaften, verstehst du, sehr im Stil von George Inness. Mein Gott, Dan, wir haben ein Bild von ihm im Wohnzimmer.»

«Immergrüne Eichen», erinnerte er sich. Er hatte nie eine Beziehung zwischen dem Gemälde und der Wirklichkeit gesehen und es nur so lange betrachtet, daß er wußte, wie es hieß.

«Auf welchen neuen hohen Berg kletterst du jetzt?» fragte sie ihn. «Ich habe jeden Kontakt mit der Hochfinanz verloren. Alles, was ich weiß, ist, daß wir immer reicher zu werden scheinen, bis es fast unappetitlich wird.»

«Verglichen mit den Seldons sind wir immer noch arm», versicherte er ihr.

«Du kannst die Seldons nach wie vor nicht leiden. Daddy ist sehr stolz auf dich, wirklich.»

«Nein, darum geht es nicht. Es geht um das Was und das Wie dessen, was wir tun möchten.»

«Was wollt ihr denn tun?»

«Du weißt doch, wir verkaufen alles an Whittier.»

«Nein, das habe ich nicht gewußt. Ich dachte, du verabscheust ihn.»

«Ich habe es dir gegenüber erwähnt.»

«Ich habe das nicht ernst nehmen können.»

«Nun, ich liebe Grant Whittier nicht gerade», sagte Dan. «Aber er möchte unsere Schiffe haben und will uns drei Millionen Dollar für unsere Flotte geben.»

«Aber warum willst du verkaufen?»

«Das ist ziemlich kompliziert. Marks Sohn, Jake, ist in Europa. Er war bei Château-Thierry und Belleau dabei, und es war eine verflucht blutige Angelegenheit. Mark erträgt es einfach nicht, noch weiter Geld aus diesem Krieg herauszuschlagen. Und Stevie Cassala haben Granatsplitter den Bauch aufgerissen, man hat ihn nach Haus transportiert – sechs Monate Lazarett –, na ja, Whittier hat uns das Angebot gemacht . . .»

«Das ist ja köstlich», sagte Jean. «Wir denken alle so, fallen vor den Deutschen auf die Knie und erklären ihnen, daß wir es nicht mehr über uns bringen, an diesem Krieg zu verdienen. Dann können sie ruhig weitermachen, Frankreich und England einnehmen und anschließend hierher kommen . . .»

«Nicht doch, Jean, wir greifen ja nicht in den Seeverkehr ein. Wir übertragen nur den Besitztitel. Wir haben genug Geld an diesem Krieg verdient.»

«Das ist typisch jüdisch. Zuerst schlägt er ein Vermögen aus dem Krieg, und in dem Augenblick, in dem sein Sohn dabei ist, fängt er an zu jammern . . .»

«Verflucht!» rief Dan aus. «Wie, zum Teufel, kannst du so was sagen! Es sind keine Seldons oder Lavettes im Krieg! Ich bin dreißig – ich könnte da drüben sein. Aber ich bin hier.»

«Du hast zwei Kinder, und du wirst hier gebraucht.»

«Scheiße! Ich bin Millionär, und ich fahre nicht selbst auf den Schiffen, sie gehören mir nur!»

«Wenn du in meiner Anwesenheit fluchst und zotig redest, haben wir uns nichts mehr zu sagen.»

«Jeany, Jeany», sagte er, «warum müssen wir immer in Streit geraten, wenn wir miteinander sprechen? Es tut mir leid, glaub mir, es tut mir leid. Aber was ich gesagt habe, ist nicht alles – längst nicht. Es gibt einen sehr grundlegenden Unterschied zwischen meinen und Whittiers Ansichten.»

Sie starrte ihn kalt an.

«Darf ich es dir erklären?» er faßte über den Tisch nach ihrer Hand. «Bitte.»

«Gut. Ich nehme an, ich hätte das über Mark nicht sagen sollen. Aber er ist so ein Jammerlappen, nur Haut und Knochen.»

Sie ist deine Frau, dachte Dan bei sich. Sie weiß es nicht besser. So ist sie nun einmal.

«Ich weiß, er ist sehr tüchtig», fügte sie hinzu. «Durchaus. Das sind sie alle, weißt du.»

«Hör zu», sagte Dan. «Whittier denkt, der Krieg dauert noch jahrelang. Ich nicht. Ich glaube, er kann in ein paar Wochen zu Ende sein. Und wenn ich recht habe und er nicht, sind die Frachtschiffe nicht mehr wert als das Wasser, das sie verdrängen. Es wird zu viele davon geben.»

«Wie kannst du das sagen, Dan? Die Deutschen haben doch alles versenkt.»

«Nein, das haben sie nicht. Ist dir klar, daß unser Land im letzten Jahr mindestens dreitausend Schiffe gebaut hat? Es gibt jetzt mehr Frachtraum als je zuvor auf der Welt.»

«Aber der Hunger und das Leid in Europa – selbst wenn der Krieg vorüber ist . . .»

«Wir transportieren kaum Lebensmittel. Das ist Kleinkram. Wir transportieren Waffen, Munition, Öl und Kohle. Wir füttern ein Ungeheuer, das bald tot umfallen wird, und deshalb bin ich froh, daß wir aus dem Geschäft heraus sind.»

«Und was werdet ihr dann tun?» fragte sie nervös, als säße sie ihm plötzlich zum erstenmal gegenüber.

«Es gibt genug zu tun.» Er grinste jetzt. «Wir haben das Kaufhaus Spellman gekauft.»

«Spellman? Aber warum, um alles in der Welt?»

«Es ist vernünftig. Mark hat mich dazu überredet, aber es ist tatsächlich vernünftig. Ich nehme an, er möchte etwas für Jake haben, wenn Jake zurückkommt. Wir werden das Kaufhaus umbauen und es zum besten und größten Kaufhaus westlich des Mississippi machen.»

«Aber du in einem Laden? Du ohne Schiff? Das glaube ich nicht.»

«Du hast recht – glaub's nicht. Das Kaufhaus ist nur ein Teil. Ich werde das größte Passagierschiff auf Kiel legen, das jemals aus dieser Bucht ausgelaufen ist. Wir werden die Hawaii-Inseln und ganz Asien erschließen. Das Schiff wird dreißigtausend Tonnen haben und so groß sein wie die *Mauretania*, ein schwimmender Palast, Jean – das Schiff der Zukunft. Na, was sagst du nun?»

«Mir fehlen die Worte.»

«Nur einen Haken hat das.»

«Nämlich?»

«Ich weiß noch immer nicht, woher das Geld kommen soll.»

«Aber du hast doch so viel.»

«Nicht wirklich. Das kann mehr als zehn Millionen Dollar kosten.» Er wiegte den Kopf. «Na ja, wenn man mit teurem Spielzeug spielt, geht das ins Geld.»

Sie sah ihn gedankenvoll an. «Warum gehst du nicht zu Daddy?»

«Das hab ich einmal getan.»

«Die Zeiten haben sich geändert. Die Seldon-Bank ist die zweitgrößte in Kalifornien. Das weißt du doch.»

«Ich glaub schon», sagte er.

Das Loch hatte einen Durchmesser von knapp fünf Metern und war an seiner tiefsten Stelle ungefähr einen Meter fünfzig tief; neun Männer lagen darin. Es regnete leicht, aber stetig, und der Boden des Lochs war bedeckt mit Schlamm, mit Erbrochenem und neun schlammdurchweichten Männern, die regelrecht übereinander lagen. Am Rand des Lochs hing noch Leutnant Matterson – oder das, was von Leutnant Matterson übriggeblieben war, den die Kugeln eines schweren Maschinengewehrs zerrissen hatten. Während der vergangenen halben Stunde hatte sein Leichnam jedesmal geruckt, wenn der deutsche MG-Schütze auf den Rand des Lochs gefeuert hatte.

Im Loch selbst waren sieben Gemeine, Korporal Jake Levy und Sergeant Joe Maguire. Es war Nacht. Die neun Männer hörten, daß jemand etwas schrie; aber erst, als das Gewehr- und Granatfeuer abbrach, konnten sie die Wörter verstehen. Die Stimme kam aus irgendeinem anderen Loch.

«Matterson!» schrie die Stimme. «Wo, zum Teufel, seid ihr?»

«Wer ist da?» schrie Maguire zurück.

«Captain Peterson! Sind Sie es, Matterson?»

«Matterson ist tot.»

«Wer hat das Kommando? Wie viele seid ihr?»

«Sergeant Maguire! Ich, Korporal Levy, und sieben Männer!»

«Nun, beim Himmel, ihr habt euch ja da verdammt gemütlich eingerichtet! Schafft mir das verdammte MG vom Hals!»

Maguire sah Levy an; Levy sah Maguire an.

«Er soll mich am Arsch lecken», sagte Jake.

«Verdammter Drecksack», sagte Maguire.

Der deutsche MG-Schütze feuerte wieder, und Mattersons Leiche hüpfte unter den Einschlägen.

«Maguire, verdammt, das kostet Sie Ihre Winkel; Sie werden mir dafür büßen!»

«Leck mich am Arsch», sagte Maguire leise.

«Was sollen wir tun?» fragte ihn Jake.

Maguire sah von einem schmutzverkrusteten Gesicht zum anderen. Levy war neunzehn, Maguire zwanzig, die anderen sieben waren zwischen achtzehn und zwanzig Jahre alt. Der Regen wurde stärker.

«Wer will's versuchen?» fragte Maguire.

Ein neuer Feuerstoß warf Mattersons Leichnam auf sie herab. Er hatte kein Gesicht mehr, und sein Hirn spritzte über die Männer im Granattrichter.

«Mein Gott, ich hab die Hosen voll», jammerte einer von ihnen.

Maguire schob mit zweien der Männer Mattersons Leiche hoch

und aus dem Loch heraus. Levy schrie: «Wir sitzen hier fest, Captain!»

«Wer sind Sie?»

«Korporal Levy.»

«Erledigen Sie das Maschinengewehr, Levy, Sie und Maguire!»

«Wir sitzen fest.»

«Quatscht nicht rum! Nun hör mir gut zu, Saujude – du erledigst das MG!»

«Reizender Mensch, der Captain», sagte jemand.

«Voller Mitgefühl», sagte Maguire und schrie: «Gebt uns Feuerschutz! Wo zum Teufel ist die Artillerie?»

«Holt das MG!»

«Wir können auf beiden Seiten gleichzeitig rausgehen», sagte Levy. «Du nimmst vier Männer, ich drei. Das MG steht kaum mehr als vierzig Meter von hier. Wir werfen erst Handgranaten, dann stürmen wir.»

«Warum?» fragte Maguire hoffnungslos.

«Das weiß der Himmel.»

«So wahr mir Gott helfe, ihr feigen Ärsche», hörten sie die Stimme des Captains, «ich werde jeden einzelnen von euch vors Kriegsgericht bringen!»

«Fangen wir mit Werfen an», sagte Jake. Er stand jetzt gebückt, zog dann die Handgranate ab und warf. «Vorwärts – werft!»

Sie kämpften sich durch den Schlamm aus dem Loch heraus. Das deutsche MG begann zu bellen. Jake stolperte, kam wieder auf die Füße, rannte schwerfällig durch den Schlamm, warf noch eine Handgranate und sah dann, als eine Leuchtkugel aufflammte, die fünf Deutschen, die sich um ihr MG drängten. Ein anderer warf wieder eine Handgranate auf sie, und Jake feuerte in den Kessel von Schlamm und Flammen. Dann warf er sich zusammen mit einem seiner Kameraden in das Schützenloch, beide stießen ihr Bajonett wie von Sinnen in den einzigen Deutschen, der noch lebte. Sie lagen dort in einem Durcheinander von zerfetztem Menschenfleisch, und Jake schrie: «Wir haben sie, Sergeant! Nicht schießen! Nicht mehr schießen!»

Er sah Maguire nicht lebend wieder und auch keinen von den anderen, die mit ihm im Granattrichter gehockt hatten, außer Fredericks, der mit ihm zusammen in das MG-Nest gesprungen war.

Von Anfang an war es bei osteuropäischen Juden in Amerika Brauch gewesen, ihre Kinder zweimal zu taufen. Während auf der rabbinischen Geburtsurkunde ein hebräischer oder biblischer Name stand, trug die amtliche Geburtsurkunde die angelsächsische Version oder einen Namen, der als amerikanisch angesehen werden konnte. Mark Levy hieß auf seiner rabbinischen Geburtsurkunde Moses Levy, nach seinem Großvater väterlicherseits. Als er seinen Sohn Jacob nannte, gab er den Brauch auf, obgleich seine Tochter Miriam nach Sarahs Willen Martha wurde. Aus irgendeinem Grunde war Sarah der Name Miriam zuwider.

Rabbi Samuel Blum, der Marks Vater noch als einen der Gründer seiner kleinen orthodoxen Synagoge gekannt hatte, nannte Mark hebräisch «Moische». Jetzt sagte er zu ihm: «Es ist schon lange her, Moische. Du hast dich verändert. Und dir ist es wohlergangen. Erzähl mir von Sarah und den Kindern.»

«Es geht ihnen gut. Jacob lebt und ist Gott sei Dank nicht verwundet.»

«Er ist beim Militär?»

«Gott helfe mir, ja. Sehr sogar. Jetzt ist er in Paris auf Urlaub. Er hat einen Orden bekommen und ist an der Front zum Leutnant befördert worden; und so Gott will, ist dieser elende Krieg vorbei, bevor er zurück an die Front muß.»

«So Gott will.»

Sie saßen im Arbeitszimmer des Rabbiners, einem kleinen, mit Büchern vollgestopften Raum, und schwiegen eine Zeitlang. Der Rabbi, ein kleiner, bärtiger, müder Mann von einundsiebzig Jahren, wartete darauf, daß Mark weitersprach; seine blauen Augen, die in einem Gewirr von Runzeln lagen, beobachteten ihn nachdenklich. Er war Rabbiner dieser Gemeinde seit ihrer Gründung im Jahre 1880.

Schließlich nahm Mark einen Umschlag aus der Tasche und übergab ihn dem Rabbi.

«Was ist das?»

«Schuldgefühl, nehme ich an.»

Der Rabbi öffnete den Umschlag und fand darin einen Scheck über zweitausend Dollar. «Eine fürstliche Gabe. Bist du so reich?»

«Ja.»

«Wie alt bist du, Moische?»

«Fast vierzig, wenn man die Jahre zählt.»

«Und wie lange warst du nicht in der Synagoge? Ich mache dir keinen Vorwurf», fügte er hastig hinzu. «Ich möchte es nur gern wissen.»

«Zehn Jahre, schätze ich. Wir wohnen jetzt in Sausalito.»

«Und ist das für das Leben deines Sohnes?» fragte der Rabbiner und hielt den Scheck hoch. Dabei lächelte er, um seinen Worten die mögliche Schärfe zu nehmen.

«Nein, für meine eigene Schuld, wie ich gesagt habe.»

«Nun – die meisten Beiträge sind das. Wir können das Geld gebrauchen, und ich bin sehr dankbar.»

«Ich bin verwirrt», sagte Mark.

«Ein gänzlich normaler Zustand.» Der Rabbi zuckte die Schultern. Das Leben ist immer verwirrend gewesen.»

«Ich weiß nicht, wer ich bin», sagte Mark; er suchte krampfhaft nach Worten. «Ich bin an diesem gemeinen Krieg reich geworden. Nachts liege ich wach und denke entsetzt und voller Sorge an meinen Sohn. Ich habe meine Frau verloren – doch, sie liebt mich noch, und ich liebe sie; aber irgendwo haben wir einander verloren, und ich fürchte mich vor dem Tode.»

«Das geht uns allen so.»

«Und mein Sohn liebt eine Christin.»

«So.»

«Ansonsten ist alles in Ordnung.»

Der Rabbi lächelte: «Natürlich. Erzähl mir von dem Mädchen.»

«Sie ist ein nettes, hübsches Mädchen.»

«Und dein Sohn will sie heiraten?»

«Mein Sohn ist in Frankreich.»

«Ja, aber das Mädchen. Was empfindet sie deinem Sohn gegenüber?»

«Sie liebt ihn.»

«Sie macht sich nichts daraus, daß er Jude ist?»

«Nein.»

«Nun, Moische, ich bin Rabbiner. Ich sehe es nicht gern, wenn unsere Leute außerhalb unserer Religion heiraten.»

«Was kann ich tun?»

«Was sagt Sarah?»

«Sie sagt, ich soll meine Nase nicht in die Angelegenheiten der Kinder stecken.»

«So. Sag mir, gibt es in Sausalito eine orthodoxe Synagoge?»

«Ich weiß nicht. Ich glaube nicht.»

«Wenn du zehn jüdische Familien zusammenbringst, könnt ihr eine gründen, und dann komm zu mir, und ich sorge für einen Rabbiner. Das wird deine Verwirrung nicht vertreiben, aber es ist gut gegen Schuldgefühle.»

«Sie haben mir immer noch nicht gesagt, wie ich mich meinem Sohn gegenüber verhalten soll.»

«Liebe ihn. Hilf ihm. Was kannst du sonst für einen Sohn tun?»

«Und das Mädchen?»

«Hör auf Sarah. Ich könnte sagen, vertrau auf Gott; aber leider reicht das nicht aus. Er hat uns zuviel Willensfreiheit gegeben. Wir müssen ein bißchen von uns aus tun. Du bist fast vierzig. Das ist ein gutes Alter, um Jude zu werden.»

«Reb Blum, ich bin als Jude auf die Welt gekommen!»

«Schon, schon. Und ich möchte dir noch einmal im Namen der Synagoge für diese fürstliche Spende danken.»

Der Arzt äußerte sich sehr bestimmt über das, was Stephan Cassala essen durfte. Er wurde aus dem Armee-Lazarett entlassen, kurz nachdem Dan mit seinem Sohn im Haus der Cassalas in San Mateo gewesen war. Sein Vater fuhr ihn in seiner Limousine die Halbinsel hinunter. Er fürchtete sich etwas vor diesem mageren, blassen Schatten eines Mannes, der nicht lächelte und so niedergeschlagen war. Maria weinte, umarmte und bejammerte ihn. All das beunruhigte den Hausarzt, der ihn am selben Tag besuchen kam.

«Ich weiß, daß Sie ihn füttern und Fleisch auf seine Knochen bringen wollen», sagte der Arzt. «Aber sein Magen ist in einem furchtbaren Zustand. Mehlsüppchen, warme Milch, weichgekochte Eier, etwas gut gekochtes grünes Gemüse, aber kein Käse, keine Gewürze, keine Wurst, kein Fleisch, kein Paprika . . .» Er versuchte, sich zu erinnern, was es sonst noch an italienischen Speisen gab.

«Aber von solcher Nahrung wird er sterben», sagte Maria.

«Nein. Mit solcher Nahrung wird er wieder gesund werden. Denken Sie an das, was ich gesagt habe.»

Auf jeden Fall mußte Maria ihn zum Essen nötigen, und was immer er aß, verursachte ihm Schmerzen. Während der ersten Tage, die er zu Hause war, sprach er fast nicht. Stephan war immer freundlich gewesen und hatte nur leise gesprochen; die Freundlichkeit war geblieben, aber er war jetzt völlig in sich gekehrt. Bei gutem

Wetter saß er auf dem Rasen und starrte in die Ferne; und einmal hatte Rosa gesehen – ohne daß er sie bemerkt hatte –, wie Tränen über seine eingefallenen Wangen gelaufen waren. Sie erzählte es ihrer Mutter und bereute es dann, denn Maria brach auch in Tränen aus und ließ sich nicht trösten. Sie verbrachte immer mehr Zeit in der Kirche, und als Stephan sie eines Tages anlächelte und sagte: «Mama, es wird mir bald besser gehen, sorge dich nicht mehr», war sie davon überzeugt, daß ihre Gebete die widernatürliche amerikanische Nahrung besiegt hatten, die ihren Sohn zerstörte.

Dan besuchte Stephan. Diesmal hatte er May Ling und ihr zehn Monate altes Kind, das nach Dans Vater Joseph hieß, mitgebracht. Seine Beziehung zu May Ling wurde immer komplizierter. Keiner von beiden hatte sich mit dem Gedanken an einen Schwangerschaftsabbruch anfreunden können; beide hatten das Kind verzweifelt gewünscht: May Ling, weil es Dans Kind war, und Dan aus seinem Bedürfnis heraus, eine Beziehung zu verstärken, die auf eine seltsame Weise zum Urgrund seines Daseins geworden war. May Ling hatte jedoch ihr Kind nicht in dieser Atmosphäre von Heimlichkeit bekommen können, die ihr Leben umgab. Deshalb war Dan vor einem Jahr zu Cassala gegangen und hatte ihm sein Herz ausgeschüttet.

Nachdem Dan seine Geschichte erzählt hatte, war er auf alles gefaßt – Zorn, Verärgerung, Verachtung –, nur nicht auf das lange, nachdenkliche Schweigen, das folgte. Schließlich sagte Cassala: «Danny, ich habe zwei Söhne, dich und Stevie. Liebst du diese Chinesin?»

Dan nickte.

«Weiß Feng Wo davon?»

«Ich glaube schon. Er muß es wissen. Wir haben nie ein Wort darüber gesprochen.»

«Und wenn Jean dahinterkommt? Was dann?»

«Ich weiß nicht. Warum sollte sie?»

«Danny, Danny, du sprichst wie ein Kind. Du hast eine Protestantin geheiratet, die dich nicht liebt. Gott möge mir verzeihen, daß ich, ein Katholik, das sage; aber ich kann nicht anders. Es ist nicht gut, wenn zwei Leute ohne Liebe miteinander leben. Wir können die Ehe für nichtig erklären lassen. Ich habe genug Einfluß.»

«Das geht nicht. Nicht, weil ich katholisch bin, ich bin ein schlechter Katholik . . .»

«Warum? Weil du ihr etwas geben mußt? Gib es ihr.»

«Tony, ich weiß nicht warum.»

Cassala drängte nicht weiter. Danny brauchte ein Heim für eine schwangere Frau ; das war genug. In der Bibliothek hatte May Ling bereits allen erzählt, sie sei verheiratet und erwarte ein Kind. Während der letzten zwei Monate ihrer Schwangerschaft war sie bei den Cassalas in San Mateo. Und seltsam, sie wurde sowohl von Maria als auch von Rosa mit Wärme und Zuneigung aufgenommen; einerseits vielleicht, weil sie selbst einsam waren in einer Gemeinschaft, die ihnen so fremd war, und andererseits, weil niemand lange mit May Ling zusammensein konnte, ohne von ihrem Zauber und ihrer Offenheit eingenommen zu sein.

Nun, während er zur Halbinsel hinunterfuhr und das Kind in May Lings Armen schlief, bat Dan sie, Cassala gegenüber nicht zu erwähnen, daß er ein Passagierschiff bauen wollte.

«Warum nicht?» fragte sie.

«Weil ich Seldon um das Geld bitten werde.»

Sie schwieg lange. Dan blickte von der Straße auf und zu dem schlafenden Kind hin. Es hatte die lockigen schwarzen Haare seines Vaters und die elfenbeinfarbene Haut seiner Mutter – sein eigenes Kind, dem er den Namen seines Vaters hatte geben dürfen.

«Warum?» fragte sie schließlich.

«Warum was?»

«Warum gehst du zu Seldon? Warum nicht zu Tony?»

«Weil dieser Brocken für Tony zu groß ist. Wenn ich Pech habe, soll Seldon dafür bluten, nicht Tony.»

«Wenn es ein so gefährliches Spiel ist, warum sollte dann die Seldon-Bank dich unterstützen? Oder kauft Seldon dich?»

«Das ist ein starkes Stück, so etwas zu sagen.»

«Wahrscheinlich. Du weißt, Danny, Chinesinnen lassen sich viel gefallen. Ich nehme an, es liegt uns im Blut. Ich fürchte mich auch, das habe ich nie zuvor getan.»

«Wovor?»

«Davor, dich zu verlieren. Ich bin nicht deine Frau, und manchmal ist es mir so, als ob ich es nie sein werde.»

«Du bist meine Frau, und das ist mein Kind.»

«Und Jean?»

«Laß es mich auf meine Weise tun, bitte, Liebling. Ich werde sie verlassen. Du mußt mir nur Zeit geben.»

«Zeit und alles, was du willst», sagte sie traurig. «Du weißt, daß ich dir alles gebe, worum du bittest, Danny.»

In San Mateo überschütteten Maria und Rosa May Ling und das Kind mit ihrer Zuneigung. Es war nicht schwer, Maria zu Tränen zu rühren; kaum hielt sie den kleinen Joseph in ihren Armen, da begann sie zu weinen. May Ling lächelte leicht, als Dan floh. Er konnte den Anblick von Tränen nicht ertragen. Da es ein Wochentag war, war Cassala in der Bank. Dan ging hinaus auf den Rasen, wo Stephan in einem Liegestuhl lag. Er winkte Dan zu und stand auf, als Dan einen Stuhl zum Liegestuhl hinzog.

«Bleib liegen. Mach keine Umstände, Steve.»

Stephan umarmte ihn. «Mein Gott, es ist schön, dich zu sehen, Danny.»

Er war nur noch Haut und Knochen. «Wie fühlst du dich?» fragte Dan ihn.

«Besser, besser. Es wird schon werden.»

«Aber klar doch.»

«Vergangene Nacht habe ich durchgeschlafen. Zum erstenmal seit Monaten ohne Tabletten. Ich habe immer noch leichte Schmerzen, aber der Doktor sagt, daß es hauptsächlich Blähungen sind.»

«Tony macht sich schreckliche Sorgen um dich.»

«Papa macht sich Sorgen, Mama macht sich Sorgen, Rosa macht sich Sorgen – Dan, sie machen mich noch verrückt! Sie sieht mich an und weint. Sie will, daß ich heirate. Sie hat ein nettes italienisches Mädchen für mich gefunden. Ich möchte in eine kleine Wohnung in der Stadt ziehen, und jedesmal, wenn ich davon spreche, beginnt Mama zu weinen.» Sein Blick glitt an Dan vorbei und zum Haus hin. May Ling kam über den Rasen.

«Schau, laß mich erklären . . .» begann Dan.

«Nicht nötig, Danny. Ich weiß Bescheid.» Er stand auf. May Ling ging auf ihn zu und nahm seine ausgestreckte Hand in beide Hände.

«Ich bin so froh, dich zu sehen, Steve. Deine Mutter hat mich wie ihre Tochter aufgenommen, deshalb fühle ich mich als deine Schwester. Wenn du chinesische Gebete gehört hast, kamen sie von mir. Ich bin verantwortlich für die große Verwirrung eines katholischen Priesters, der zweimal in der Woche eine schwangere Chinesin neben deiner Mutter sehen mußte. Nun lasse ich euch allein. Bis später.»

Als sie gegangen war, sagte Stephan: «Sie ist schön – und charmant. Was für eine entzückende Frau!»

«Ich weiß.»

«Schau, es geht mich nichts an. Ihr seid beide hier, und ich bin hier, und wir leben. Ich habe früher nie begriffen, was daran sein soll, einfach zu leben. Ich sitze hier, spüre die Sonne und den Wind und sage mir immer wieder, daß ich am Leben bin.»

«War es sehr schlimm?»

«Weißt du, Danny, ich spreche nicht darüber, weil es keinen Sinn hat, darüber zu sprechen. Ich hatte während der letzten Monate genug Zeit zum Lesen. Ich habe *Krieg und Frieden* gelesen. Tolstoi sagt, daß alles Lüge sei, was über den Krieg gesagt wird. Er hat recht. Ich habe den Krieg fünf Tage lang erlebt, bevor mein Bauch aufgerissen wurde. Ich habe niemanden getötet. Ich habe nichts getan, als im Dreck herumzukriechen und zuzusehen, wie Leute starben. Und ich hatte Angst. Ach verdammt – zur Hölle damit. Was weißt du über Jake Levy? Geht es ihm gut?»

«Soweit ich weiß, ja. Er ist im Felde befördert worden. Ich glaube, so nennt man das. Er ist Leutnant.»

«Immer noch da?»

«Ja, noch immer.»

«Armes Schwein», sagte Steve.

Die Brockers hatten etwa vierzig Morgen Land an der Stelle gekauft, wo eines Tages das Geschäftsviertel San Franciscos sein würde. Der Kaufpreis: fünf Dollar pro Morgen. Schließlich verkaufte der Sohn vom alten Brocker, einem Goldwäscher, den Morgen für zweiundsiebzigtausend Dollar, und das war auch noch, bevor der Preis richtig zu steigen begann. Alan Brocker gehörte zur dritten Generation in Kalifornien, und als er vom Harvard College nach San Francisco zurückkehrte, hatte Jean Seldon einen Fischer namens Daniel Lavette geheiratet.

Während der sieben Jahre seit diesem Ereignis, das Alan Brocker übrigens mit ungebrochenem Herzen überstand, war er lange genug verheiratet gewesen, um ein Kind in die Welt zu setzen, dem Militärdienst zu entgehen und geschieden zu werden, hatte beim Tode seines Vaters rund elf Millionen Dollar geerbt, hatte Europa gemacht – wie man das nannte – und war bei Kriegsausbruch nach San Francisco zurückgekehrt. Er kaufte ein kleines, aber luxuriöses

Haus in der Jones Street, hatte eine Schaluppe in der Bucht liegen, spielte Tennis und hielt zwei Reitpferde. Er war einer der gefragtesten unverheirateten Männer in Jeans Bekanntenkreis, vielleicht durch die Scheidung und seinen Ruf für einige der besten Familien zu sehr kompromittiert; aber doch überall gern gesehen, wo man einen unverheirateten Mann bei einer Abendgesellschaft brauchte. In dieser Eigenschaft waren er und Jean schon mehrere Male zusammengebracht worden – wenn Dan nicht mitgehen konnte oder wollte. Zweimal hatte er Jean nach Hause gebracht und beim zweitenmal einen Kuß auf ihren Mund gewagt, der zu einer leidenschaftlichen Umarmung geraten war.

Während der darauffolgenden Monate trafen sie sich heimlich mindestens ein- oder zweimal pro Woche. Er hatte seine Pferde in einem Stall in Marin County untergebracht, und sie trafen sich gelegentlich dort, um gemeinsam auszureiten. Wenn sie allein zu Mittag aßen, war es immer in einem abgelegenen Restaurant, wo man sie nicht kannte. Wochenlang lehnte Jean jeglichen ernsthaften Annäherungsversuch ab; aber sie waren alte Freunde, hatten sich schon als Kinder gekannt, und als er schließlich einen Nachmittag in seinem Hause vorschlug, nahm sie an, im vollen Bewußtsein dessen, was die Folge sein konnte. In Gedanken hatte sie die Frage eines Verhältnisses mit ihm immer wieder erwogen. Er sah gut aus, war sonnengebräunt, hatte strahlend blaue Augen, die mit seiner dunklen Haut kontrastierten, und eine lange, schmale Nase; er war mittelgroß und hielt sich gut in Form. Die Frage war für sie, ob sie überhaupt sexuelle Beziehungen zu einem Mann haben wollte; und als sie ihm schließlich gestattete, mit ihr ins Bett zu gehen, war sie selbst viel verblüffter als er über die Leidenschaft, die dadurch in ihr geweckt wurde.

Als Brocker nackt neben ihr lag und ihren schönen weißen Körper mit fast berufsmäßiger Gewandtheit liebkoste und streichelte, sagte er zu ihr: «Du hast nicht viel körperliche Liebe gehabt, meine Liebe. Was ist dein zu groß geratener Fischer – ein Wallach?»

«Sagen wir lieber: ein desinteressierter Zuchthengst.»

«Desinteressiert? Quatsch.»

«Ich hab es gern, wenn du ordinär bist.»

«Frauen wie du sind immer so.»

«Das ist wirklich ordinär. Wie ekelhaft, so etwas zu sagen.»

«Du siehst nicht aus, als ob es dich wirklich abstieße.»

«Du bist der zweite Mann in meinem Leben, Alan. Ich bin sonst mit keinem anderen zusammengewesen.»

«Na so was.»

«Glaub es oder laß es bleiben – ich mache mir nichts daraus.»

«Machst du dir etwas aus mir?»

«Als was?»

«Du bist ein Aas, weißt du. Du bist tatsächlich ein Aas.»

«Deine Komplimente hören gar nicht wieder auf.»

«Ich mach's wieder gut. Das süßeste Aas in Kalifornien.»

«Das ist immerhin schon eine Einschränkung.»

«Willst du das süßeste Aas von der Welt sein? Ich will dir etwas sagen, Jean. Ich habe noch nie eine Frau wie dich gekannt. Weißt du eigentlich, wie lange ich dich angesehen und begehrt habe?»

«Und nun, da du mich hast?»

«Ich habe dich nicht. Der Fischer hat dich.»

«Das findet er nicht», sagte sie. «Alan, hör auf, mich zu streicheln. Deine Hände machen mechanisch weiter, aber in Wirklichkeit bist du tausend Meilen entfernt.»

«Nicht tausend Meilen. Ich habe mich nur gefragt, wie wir ein paar Tage zusammen verbringen können.»

«Nicht so hastig. Angenommen, ich laß mich scheiden. Würdest du mich heiraten?»

«Nein», sagte er kurz und bündig.

«Du hast dir also schon Gedanken darüber gemacht. Warum nicht?»

«Ich heirate nie wieder, weder dich noch eine andere. Ich habe Geld, soviel ich brauche, und ich habe dich.»

«Sei dir dessen nicht so sicher!»

«Aha, du zeigst die Zähne. Ich wette, es ist sehenswert, wenn du böse wirst.»

«Vielleicht.»

«Möchtest du, daß ich dir meine Liebe gestehe?»

«Nein. Weil ich kein bißchen sicher bin, daß ich mir viel aus dir mache.»

«Aber das tust du, auch wenn der Fischer noch einen Fuß in der Tür hat.»

«Jetzt fängst du an, mich zu langweilen, Alan.»

Aber die Erregung dieses Verhältnisses überspielte die Tatsache, daß er wirklich langweilig war. Dan sprach über alles, über den

Krieg, seine Schiffe, seine Träume – das heißt, wenn sie eine Unterhaltung gestattete. Alan sprach nur über die Leute, die er traf, über das Essen und über Pferde. Jean war weder an Essen noch an Pferden interessiert. Aber er schlief mit ihr, und das langweilte sie nicht.

Einige Wochen später sagte Jean eines Tages beim Mittagessen zu ihm: «Ich möchte etwas haben, und ich weiß nicht, wie ich es bekommen soll. Vielleicht könntest du mir helfen.»

«Vielleicht. Was möchtest du haben?»

«Ich möchte wissen, mit wem mein Mann geschlafen hat.»

«So? Warum?»

«Nur so.»

«Woher weißt du, daß er mit einer anderen geschlafen hat? Du hast gesagt, daß er dein williger Sklave ist, wenn du einen Sklaven brauchst. Es könnte sein, daß das Untier mit Schönheit zufrieden ist und seine Lust davon gestillt ist.»

«Sei nicht geschmacklos.»

«Im Bett gefällt dir das.»

«Wir sind nicht im Bett. Was immer Dan auch ist, auf jeden Fall ist er ein Mann. Kannst du mir nun helfen oder nicht?»

«Du möchtest, wie ich sehe, eine Büchse mit Gewürm öffnen. Laß die Finger davon, Pandora. Gerade jetzt läuft es bei uns doch hervorragend, und wenn dein Fischer irgendeine Kleine bumst, ist das nur gerecht. Quid pro quo, wie die Juristen sagen.»

«Ich habe dir gesagt, du sollst nicht ordinär sein. Und nenne mich nicht Pandora. Ich kann deine dummen Vergleiche nicht ausstehen.»

«Zum Teufel mit meinen Vergleichen. Wenn du erfährst, daß er eine hat, was dann? Willst du dich von ihm scheiden lassen?»

«Nein. Eine Seldon läßt sich nicht scheiden.»

«Nun, das ist wenigstens ein Prinzip.»

«Willst du mir helfen oder nicht?»

«In Ordnung. Dein Mann hat ein heimliches Verhältnis, und du möchtest es wissen. Das einzige, was ich empfehlen kann, ist, einen Detektiv zu beauftragen.»

«Übernehmen die denn solche Aufträge?»

«Sie leben davon, meine Liebe.»

«Ich darf mich nicht kompromittieren», sagte sie unsicher. «Ich kann nicht zu einer Detektei gehen. Das verstehst du, nicht wahr, Alan?»

«Ich vermute, das geht tatsächlich nicht.»
«Würdest du das bitte für mich tun?»
«In Ordnung. Es komme auf dein Haupt. Ich werde zu Pinkerton gehen. Die machen so was sehr gut.»
«Woher weißt du das?»
«Meine Frau hatte sie beauftragt. Du bist nicht die erste, die daran denkt, Kindchen.»

Clair Harvey hatte nach dem Tod ihres Vaters zehntausend Dollar von der Versicherung bekommen. Sie hatte nichts von einer Lebensversicherung gewußt; es war ein Teil des betrieblichen Vorsorgeplans, den Dan und Mark erstellt hatten. Ersparnisse hatte Jack Harvey nicht gehabt. Was er verdiente, gab er leicht, manchmal mit großer Geste, bisweilen mit vollen Händen aus. Als Clair gerade zu den Levys gekommen war, hatte sie sich Arbeit in Sausalito gesucht. Bis sie eine Teilzeitbeschäftigung in Grundys Eisenwarenladen gefunden hatte, versuchte sie, so viel zu putzen und in Haus und Garten zu helfen, daß es als Zahlung für ihren Unterhalt gelten konnte, und widersetzte sich allen Vorstellungen Sarahs, es sei Belohnung genug, sie nur im Hause zu haben. Als die Versicherungssumme ausbezahlt wurde, gab sie die Beschäftigung bei Grundy auf, die ihr überhaupt nicht gefiel, und brachte nach langer Diskussion Sarah dazu, zehn Dollar pro Woche als Kostgeld anzunehmen. Beide Frauen hatten einen ausgeprägten Willen, und auf beiden Seiten kam es zu Zeichen von Hysterie, bis die Angelegenheit erledigt war. Sarah löste das Problem auf ihre Weise, indem sie das Geld in ein Einmachglas steckte – von wo es eines Tages als Geschenk zurückgegeben werden sollte.

Clair jedoch war keineswegs müßig. Sie half nicht nur weiter im Haushalt mit, sondern schrieb jeden Tag einen Text von fünf bis zehn Seiten Länge, der sich mit den vergangenen vierundzwanzig Stunden sowohl im Hause der Levys als auch mit Vorgängen außerhalb beschäftigte – eine Geschichte, die gefaltet, adressiert und am folgenden Morgen nach Frankreich geschickt wurde. Wenn das erledigt war, hatte sie einundsechzig Briefe von Jake, die sie lesen und wiederlesen konnte. Während sie so beschäftigt war, genoß sie die Bewunderung von Martha Levy, die mit dreizehn Jahren durch das wunderbare Zusammenwirken zahlreicher innersekretorischer Drüsen aus einem pausbackigen Kind zu einer entzükkenden und begabten jungen Dame mit wohlgeformten Gliedern wurde.

In jener Zeit kam die «Vortragskunst» in Mode, sie gehörte neben Musik- und Tanzstunden zu den Freizeitaufgaben jeder wohlerzogenen jungen Dame. Es war die Technik des ausdrucksstarken dramatischen Vortrags von Bruchstücken, die von Shakespeare bis zu William Cullen Bryant und Eugene Field reichten und zu denen solche Perlen gehörten wie *«Oh Captain, My Captain»* und *«Die letzten Worte des Spartakus an seine Männer»*. Martha schwelgte darin, und Clairs notwendige Gegenleistung für Marthas Anteilnahme an ihren Briefen war, daß sie dem jeweiligen Vortrag voll Bewunderung zuhörte. Dadurch hatten die beiden Mädchen sich eng einander angeschlossen. Clair erlaubte Martha, einige von Jakes Briefen zu lesen, während Martha ihrerseits Clairs neuestem Bericht an Jake zuhörte, wie z. B.: «Dan sagt, daß die Leute, die die Overseas Shipping Company betreiben, verrückt sein müssen, weil sie gerade ein Schiff aus Beton vom Stapel gelassen haben. Marthas Katze ist gestorben.»

«Schreib ihren Namen hin», sagte Martha.

«Die Katze hieß Frederick. Hast du schon gewußt, daß jetzt Straßenbahnen durch den Twin-Peaks-Tunnel fahren? Und da wir gerade von Katzen sprechen, an diesem Wochenende wollen Martha und ich dein Katboot kalfatern und streichen. Gelb mit einem schwarzen Streifen. Billy Adams hat es für uns mit der Winde aus dem Wasser geholt. Ich habe die *Spoon River Anthology* gelesen. Sie ist wunderschön, und ich habe dir gestern ein Exemplar geschickt. Aber wer weiß, ob du es auch bekommst. Dan hat Steve Cassala in San Mateo besucht und sagt, daß alle seine, ich meine Steves, Wunden verheilt sind, nur mit dem Magen hat er immer noch Ärger. Sunny Jim (du weißt, ich meine Bürgermeister Rolph) kam gestern nach Marin County, um sich mit Mark und Dan zu treffen. Ich weiß nicht, warum sie sich nicht alle in der Stadt treffen konnten, aber Mark sagt, Sunny Jim liebt Marin County und nutzt jede Möglichkeit, um mit der Fähre zu fahren. Ich glaube, Schlepper gefallen ihm am meisten, denn sie haben von nichts anderem gesprochen (sagt Sarah), als sie in der Küche aßen. Sie hat ihnen *gefillte Fisch* gemacht; ich bin nicht sicher, ob ich das richtig geschrieben habe. Dan, der Fisch verabscheut, hat ihn trotzdem gegessen. Es ist der einzige Fisch, den er ißt.»

«Glaubst du, daß er all das mag, was du da so zusammenschreibst?» fragte Martha. «Es ist sehr nett, Clair, aber ich weiß nicht.»

«Es scheint ihm zu gefallen. Ich habe ihm sonst immer geschrieben, wie sehr ich ihn liebe, aber das hat ihn nur unglücklich gemacht. Ist ja auch klar.»

«Warum?»

«Weil wir nichts daran ändern können, und es macht ihn einfach unglücklich. Ich sag es ihm immer noch; aber nicht so oft.»

«Du mußt selbst wissen, was du tust. Kann ich jetzt üben?»

«Welches Stück?»

«Die Art der Gnade.»

«Gut.» Sie legte sich aufs Bett. «Mach es recht eindringlich!»

«Es ist besser, wenn du auch zusiehst.»

«Ich sehe zu. Schau her, ich stütze mich auf.»

«Ist jemand unten? Ich möchte es richtig laut rezitieren. Dameon sagt, es taugt nichts, wenn man es nicht auch im zweiten Rang noch hören kann.»

«Wer, um alles in der Welt, ist Dameon?»

«Dameon Fenwick. Er ist unser Schauspiellehrer. Er ist wundervoll.»

Clair konnte ihr Kichern nicht unterdrücken.

Martha war verletzt: «Ich finde das nicht zum Lachen.»

«Aber ich bitte dich, wie kann man nur Dameon heißen! Dameon Fenwick, das ist einfach unmöglich.»

«Warte nur, bis du ihn kennenlernst. Du wirst vor Begeisterung in Ohnmacht fallen. Er sagt, ich hätte Talent.»

«Das sage ich auch. Der zweite Rang?»

«Da sitzen die wichtigen Leute. Die, die nicht genug Geld haben, aber das Theater lieben. Sie müssen jedes Wort verstehen können!»

Clair stand auf und schloß die Tür ihres Schlafzimmers. «Gut, jetzt fang an. *Die Art der Gnade* von William Shakespeare.»

«So heißt doch das Stück nicht. Das ist Porzias große Rede im *Kaufmann von Venedig.*»

Eines Tages, als Clair in die Küche kam, fand sie Sarah weinend vor. Sie hielt einen Brief in der Hand. Clair hatte den Briefträger verpaßt. Da der Brief in Sarahs Hand offenbar aus Übersee kam, durchfuhr Clair ein tiefer Schreck. «Was ist passiert?» rief sie aus. «Was ist mit Jake?»

«Er ist in Sicherheit! Er kämpft nicht mehr. Man hat ihn zum Ausbilder ernannt und in ein Ausbildungslager in der Nähe von Nantes kommandiert. Stell dir vor! Er hat es hinter sich. Oh, Gott sei gepriesen, Gott sei gepriesen.»

«Die Frauen lagen einander in den Armen. «Du hast mich so erschreckt», sagte Clair. «Mein Herz ist fast stehengeblieben. Warum weinst du, wenn du glücklich bist? Das ist ja gräßlich!»

«Ich weiß, ich weiß. Setz dich, Kind. Ich werde Kaffee kochen. Sag mal, wo liegt Nantes?»

«Ich hol den Atlas.»

Sie lief fort, während Sarah Kaffeewasser aufsetzte; und dann brüteten sie über der Karte von Frankreich. «Hier», rief Clair. «Das ist gut, sehr gut. Es ist weit, weit von der Front entfernt. Sie müssen ihn dort lassen, das müssen sie einfach. Laß mich lesen.» Der Brief war zusammenhanglos, voller Passagen, die der Zensor geschwärzt hatte. «Er ist nicht gern Offizier. Nun, mir gefällt's. Er fühlt sich schuldig. O Jake, du bist so ein Dummkopf!»

«Wer ist dieser Maguire?» fragte Sarah.

«Weißt du, ich glaube, sie nehmen die dümmsten Männer in der Armee als Zensoren – oder als Generäle. Maguire war sein Sergeant. Er ist gefallen. Jake hat keine Einzelheiten berichtet, aber er erwähnt Maguire oft.»

«Wenn sie ihn nur dort behalten.»

«Sarah, Dan hat mit General Oglethorpe im *Presidio* zu Mittag gegessen, und der General sagt, daß all die klugen Herren in Washington meinen, der Krieg werde in einem Monat vorbei sein. Er hat sogar angedeutet, daß die Deutschen Friedensfühler ausgestreckt hätten.»

«Gott gebe es.» Sarah goß den Kaffee ein. «Und wenn Jake zurückkommt, werdet ihr dann heiraten?»

«Wenn er noch möchte.»

«Was für ein Unsinn!» Sie stockte, und Clair sah sie fragend an. «Nun, ich weiß nicht, wie ich das sagen soll. Seit Jake in Frankreich ist, fühlt Mark sich als Jude.»

«War er das nicht immer schon?»

«Ja und nein . . . Ich wurde in Kiew in Rußland geboren. Als ich sieben Jahre alt war, kam ich nach New York. Die Ehe zwischen

Mark und mir wurde von seinem Vater arrangiert, bevor ich ihn auch nur einmal gesehen hatte – nun, so hat man das seinerzeit gehandhabt. Es ist ganz gut gegangen. Ich nehme an, es hätte besser sein können, aber es hätte auch sehr viel schlechter sein können, glaub mir. Jedenfalls, ich wurde orthodox erzogen, also mit allen Geboten und Ritualen. Ich will dich nicht damit langweilen . . .»

«Ich weiß», sagte Clair, «koscheres Essen und so weiter.»

«Ja. Nun, am Anfang unserer Ehe habe ich mich mit Mark gestritten, ich war verletzt und entsetzt von der Art, wie er alles Religiöse ablehnte. Vieles wußte Mark nicht, und meistens war es ihm auch egal. Sein Vater war 1869 von irgendwo in Polen nach Amerika gekommen und arbeitete als Fliegender Händler. Ob du es glaubst oder nicht – mit einem Planwagen und einem Maultier zogen er und seine Frau quer durchs Land von New York nach San Francisco. Es dauerte zwei Jahre; sie kauften und verkauften Töpfe, Pfannen, Stoffe und alles, was du dir nur vorstellen kannst. Hier blieben sie schließlich hängen. Marks Vater empfand sich immer noch in gewisser Weise als Jude; und er war einer von denen, die die Synagoge in San Francisco begründeten; aber Mark hat all das bis jetzt vernachlässigt; und plötzlich hat er sich entschlossen, wieder Jude zu sein. Das ist ganz in Ordnung, verstehst du . . .»

«Aber er möchte nicht, daß sein Sohn eine Christin heiratet?» sagte Clair leise.

«Mark hat dich sehr gern. Das weißt du.» Sie sah Clair neugierig an. «Liebling, ich habe dich nie zuvor gefragt. Welcher Konfession gehörst du an?»

«Das weiß der Himmel.»

«Aber du mußt das doch wissen.»

«Sarah, ganz ehrlich, ich weiß es nicht. Ja, ich bin sicher irgendeine Art von Protestantin. Jack hat nie von meiner Mutter erzählt, und er selbst haßte Pfarrer so sehr, daß er schon wütend wurde, wenn er einen sah. Er hätte nie den Fuß in eine Kirche gesetzt. Armer Vati, er hat mir einmal gesagt, daß er verbrannt werden wollte und daß man seine Asche an der Redwood Coast verstreuen sollte, weil dort alle seine Kumpels waren.»

«Hat es dir jemals etwas ausgemacht, nichts zu sein?»

«Nein, weil ich ich selbst bin.»

«Glaubst du an Gott?»

«Sarah, darüber habe ich nie großartig nachgedacht. Ja, wenn ich mit Jake im Katboot auf dem Wasser in der Bucht war, und der Wind wehte und die Sonne schien vom Himmel herab, dann hatte ich einfach das Gefühl, daß alles richtig und so war, wie es sein sollte; aber dieser verfluchte Krieg . . . Glaubst du an Gott, Sarah?»

Sie nickte. «Wenn ich auch manchmal wütend auf ihn bin. Ich bin einfach nicht klug genug, um zu verstehen, wie Er so etwas tun kann. Clair», sagte sie, «wenn wir dich bäten, Jüdin zu werden, würdest du das tun?»

Clair dachte eine Weile mit gefurchter Stirn nach. Dann schüttelte sie den Kopf. «Nein.»

«Aber warum nicht – wenn du auch nichts richtiges anderes bist?»

«Weil ich sein muß, was ich bin, ganz gleich, was es ist. Jake und ich haben darüber gesprochen, über das, was wir sind. Mir war es egal, daß Jake Jude ist. Ich sage es nicht gern, Sarah, aber ich glaube nicht, daß du und Mark Jake auch nur ein bißchen versteht. Mark denkt, daß Jake in das große Kaufhaus eintritt, das er und Dan bauen; aber du weißt, daß er es nicht tun wird. Mir würde es nichts machen, wenn ich täte, was du und Mark wünscht, aber ich glaube, für Jake würde es sehr viel bedeuten.»

«Wieso? Inwiefern könnte es für Jake etwas bedeuten?»

«Das kann ich nicht erklären. Es war nicht so, daß Jake und ich einfach nur miteinander gingen, als er noch hier war. Wir waren wie ein einziger Mensch. Ich muß sein, was ich bin. Er muß sein, was er ist. Anders kann ich es nicht erklären.»

Im Oktober ging der Tod mit einem Appetit, der durch das endlose Gemetzel in Europa geweckt, aber nicht gesättigt war, zu Werke. Es wurde mangels eines besseren Namens Grippe genannt. In der Armee starben mehr Männer an Grippe als in der Schlacht, und in den Städten begannen die Bestattungsunternehmen, denen bisher der Ozean die Früchte des Todes vorenthalten hatte, ihren Anteil an der grausigen Ernte einzubringen. Die Krankenhäuser waren überfüllt, und tagein, tagaus schleppten müde Pferde Leichenwagen die steilen Hügel der Stadt hinauf. Ohne Ansehen der Person fielen die einen der Grippe zum Opfer, andere wurden verschont – was die Ärzte die Wirkung von Antikörpern nannten. Im Haus auf dem Russian Hill blieb alles gesund und munter; aber eines Tages erhielt Dan im Büro einen verzweifelten Anruf von May Ling.

«Bitte komm, so schnell du kannst.»

Als er das kleine Haus in der Willow Street erreichte, war der Arzt gerade gegangen; er hatte müde die Achseln gezuckt und May Ling gesagt, sie solle dem Kind feuchte Umschläge machen und versuchen, ihm soviel Flüssigkeit wie möglich einzuflößen. Am Abend und in der ganzen darauffolgenden Nacht nahm das Fieber des Jungen zu und stieg über vierzig Grad; May Ling und Dan saßen am Bett, beteten und warteten. Dan sah May Ling weinen. Das war noch nie vorgekommen. Sie saßen da und beobachteten wortlos, hilflos den Todeskampf eines elf Monate alten Häufchens Mensch mit Namen Joseph, etwas, das ihren Lenden und ihrer Liebe entsprungen war und im Sterben lag, wie sie meinten. Ihre Hände fanden sich. Sie umschlangen einander, die dunklen Schrecken der Nacht hatten sie zu Nichtsen aufgelöst und sie zu willenlosen Pünktchen in einem gigantischen, sinnlosen Universum gemacht. Und dann, als der erste graue Schein der Morgendämmerung durch die Fenster des Kinderzimmers fiel, begann das Fieber zu sinken.

Dan ging nach unten, goß sich einen starken Drink ein, nahm einen kleinen Schluck und schob das Glas zur Seite. Eine Stunde später kam die Pflegerin, die Dan eingestellt hatte, und May Ling konnte das Kind alleinlassen und herunterkommen.

«Möchtest du frühstücken?» fragte sie Dan.

Er schüttelte den Kopf.

«Ich glaube, wir sollten beide etwas essen», sagte sie. «Es nützt keinem etwas, wenn wir krank werden. Joey wird wieder gesund werden. Die Schwester sagt, das sei der normale Verlauf. Sie sagt, Kinder überstehen es leichter als ältere Menschen. Du warst die ganze Nacht nicht zu Hause, Dan. Solltest du nicht anrufen?»

«Den Teufel werd ich tun.»

«Du hast Frau und Kinder.»

«So? Ich glaube, ich habe nur dich und das Kind da oben. Das ist die ganze Welt. Alles andere soll mich verdammt noch mal am Arsch lecken.»

«Jetzt bist du wieder du selbst.» Sie lächelte. «Aber sprich nicht so vor der Schwester. Sie ist ziemlich etepetete.»

May Ling ging in die Küche, und wenig später drang der Geruch von gebratenem Schinken in Dans Nase. Hungrig verzehrte er drei Eier, sechs Scheiben Schinken und Brötchen mit Butter und trank zwei Tassen Kaffee.

«Weißt du», sagte May Ling, «du hast zugenommen.»
«Erst forderst du mich zum Essen auf . . .»
«Wenn ich's dir nicht sage, wer dann?»
«Ich hab ein paar Pfund zugenommen. Ich wiege jetzt ungefähr zwei Zentner. Ich paß schon auf.»
«Weißt du, Danny», sagte sie, «weißt du, worüber ich heute nacht am meisten nachgedacht habe?»
«Worüber auch ich nachgedacht habe.»
«Nein. Nun, ja, ich dachte, er würde sterben; und bei dem Gedanken daran war mir, als würde mir ein glühendes Eisen aufs Herz gedrückt. Aber ich mußte auch immer daran denken, wie sehr ich dich liebe. Danny, ich möchte dir etwas sagen, was ich eigentlich nie sagen wollte. Bitte, verlaß mich nie – verlaß mich nie, Danny.»
«Nun, weine nicht wieder.»
«Nein, ich weine nicht. Nein. Ich bin so müde.» Sie schlief am Tisch ein. Trotz ihrer Proteste nahm er sie auf die Arme, trug sie ins Schlafzimmer und legte sie aufs Bett. Als er ihr die Schuhe auszog, schlief sie. Dann ging er in Josephs Zimmer.
«Wie geht es ihm?»
«Er wird durchkommen», sagte die Pflegerin.
«Meine Frau schläft. Lassen Sie sie schlafen, so lange es geht.»
«Die Chinesin ist Ihre Frau?»
«Ja, meine Frau.» Dan nahm ein Bündel Geldscheine aus der Tasche und zählte fünfzig Dollar ab. «Das ist zusätzlich für Sie. Der Junge bedeutet uns sehr viel. Achten Sie gut auf ihn.»
Die Lüge kam ihm leicht von den Lippen – aber war es überhaupt eine Lüge? In seiner eigenen Vorstellung war May Ling seine Frau. Mein Gott, dachte er immer wieder, was tue ich mit Jean?
Er verließ das Haus in der Willow Street und kam nach Hause. Es war zehn Uhr morgens. Er hatte nicht geschlafen, war unrasiert, und sein Anzug war zerknittert. Ein einziger Tag ohne Rasieren überzog sein Gesicht mit einer schwarzblauen Maske; und als er in das Haus auf dem Russian Hill kam, betrachtete Jean ihn mit einem Gemisch aus Abscheu und Ärger.
«Du Mistkerl, wo bist du gewesen?» brach es aus ihr heraus.
«In Oakland. Wir hatten dort Schwierigkeiten am Kai. Ein Ladenetz ist gerissen, und zwei Männer wurden verletzt.»
«Und du hast nicht daran gedacht, anzurufen?»
Lügen, Lügen, Lügen – schrie es in seinem Inneren. Was tu ich,

um Gottes willen? «Ich habe die ganze Nacht mit dem Tode zusammengesessen», sagte er langsam. Sein Gesicht war von dem Schmerz in seinem Inneren verzerrt. «Ich habe versucht, ihn wegzuschieben.»

Diese Aussage paßte nicht zu ihm; weder diese Worte noch diese Denkweise hatte Jean ihm jemals zugetraut; es war, als sagte er etwas Gelerntes her. Ihr Zorn verrauchte. «Mutter ist sehr krank», sagte sie. «Es tut mir leid, daß ich so wütend geworden bin. Du hättest anrufen sollen.»

«Das hätte ich. Was hat sie, Grippe?»

«Ja. Ich werde jetzt hingehen.»

«Ich glaube, ich muß schlafen», sagte er sehr langsam. «Ich bin müde. Ein paar Stunden.»

«Ich rufe dich später an», sagte Jean und ging.

Als er im Bett lag, hatte Dan einen Alptraum. Zuerst versuchte er sich zu erinnern, was er vorhin zu Jean gesagt hatte. Er log so gedankenlos und leicht, daß die Lügen, sobald er sie ausgesprochen hatte, bereits vergessen waren. Er hatte das Geschäft mit Whittier vor einer Woche abgeschlossen. Wußte Jean, daß die Schiffe ihm nicht mehr gehörten? Was hatte er ihr erzählt? Ein Ladenetz sei gerissen. Nun, es fiel immer noch in seinen Verantwortungsbereich; laut Vertrag übernahm Whittier die Schiffe erst, wenn sie ihre Fracht in New York, Newark oder San Francisco gelöscht hatten; aber sollte jetzt ein Schiff in Oakland sein? Ihm war so, aber sein Gehirn weigerte sich, einwandfrei zu arbeiten. Die *Anacreon* war von Hongkong fällig. Zum Teufel damit! Soll sie doch dahinterkommen. Er schlief ein, während er sich zu erinnern versuchte, was der Name *Anacreon* bedeutete. In seinem Traum stand er dann auf dem Pier unter einem übervollen Ladenetz, als es riß. Eine Warnglocke läutete, aber es war zu spät, und langsam, als wären sie in durchsichtigen Sirup eingeschlossen, kamen die großen Kisten auf ihn heruntergefallen.

Das Telefon weckte ihn. Es war Hemmings, der Butler der Seldons. Er fragte, ob Mr. Daniel Lavette am Telefon sei.

«Ja, ja.»

«Mrs. Lavette hat mich gebeten, Sie anzurufen, Sir. Ich muß Ihnen eine traurige Mitteilung machen. Mrs. Seldon ist soeben verstorben. Mrs. Lavette wird hierbleiben, bis Sie eintreffen.»

Dan zog sich aus, duschte und rasierte sich und ärgerte sich über seinen Mangel an Mitgefühl, Kummer oder Gewissensbissen. Aber schließlich hatte er seine Schwiegermutter kaum gekannt. Während der sieben Jahre seiner Ehe hatte sie sich hinter ihrer Schranke von Klassen- und Familienstolz verschanzt und keinen Augenblick lang vergessen, daß, wenn sie auch in Kalifornien lebte, ihre Familie, die Asquiths, aus Boston stammten und sich der Verwandtschaft mit den Adams und Lodge rühmen konnten. Er konnte an den Fingern einer Hand abzählen, wie oft sie es zugelassen hatte, daß er ihr einen Ritualkuß auf die kühle Wange drückte; sie war ihm gegenüber nie garstig gewesen, doch konnte er sich auch nicht erinnern, daß sie jemals freundlich gewesen wäre.

Thomas Seldon öffnete Dan die Tür und sagte mit erstickter Stimme: «Schön, daß du kommst, mein Junge. Du wirst dich um alles kümmern müssen. Ich kann jetzt nicht denken, und die arme Jean ist völlig verstört. Die ganze Welt bricht zusammen – sie war zu jung, zu jung.»

Zwei Tage später fanden die Beisetzungsfeierlichkeiten für Mary Seldon in der Stifterkrypta der noch unfertigen Grace Cathedral statt, in Sichtweite des Seldonschen Hauses. Obwohl die Krypta zu klein war für die Anzahl derer, die zu der Trauerfeier erwartet wurden, sagte Thomas Seldon ausdrücklich zu Dan, daß sie dort und nirgendwo anders stattfinden solle. Seine Frau hatte ein kleines Stückchen Land auf Nob Hill, das ihr gehörte, der Kirche vermacht. Mit seiner Entscheidung befolgte Seldon einen Wunsch seiner Frau. Während der zwei Tage nach ihrem Tode sprach er ausgiebig mit Dan darüber und über andere Dinge. Dan erkannte mit einiger Überraschung, daß Seldon sich verzweifelt an ihn klammerte, daß einer der drei oder vier reichsten und mächtigsten Männer in San Francisco völlig allein in der Welt stand und niemanden sonst hatte, an den er sich wenden mochte. Dan veranlaßte alles Erforderliche. Bischof Nichols hielt die Grabrede und lobte Mary Seldon als eine Frau, deren Freundlichkeit und Schönheit lange im Gedächtnis bleiben würden und deren Großzügigkeit so selbstlos zu der großen Kathedrale beigetragen hatte, die sich eines Tages über dieser Krypta erheben würde.

Einige Tage später trafen Dan und Jean und Thomas Seldon in der Bibliothek des Seldonhauses zusammen, um Mary Seldons Testament zu eröffnen. Sie hatte Beträge für verschiedene Wohltätigkeitsvereinigungen bestimmt. Der größte Teil ihres Vermögens, zehntausend Aktien der Seldonbank, verschiedene andere Aktien und Schuldverschreibungen sowie rund fünfzigtausend Dollar in bar gingen an ihre Tochter Jean.

Während er Rekruten beibrachte, auf dem Bauch zu robben, den Kopf dabei einzuziehen und den Karabiner vor sich zu halten, bekam Leutnant Jacob Levy Order, sich in der Zentrale des Ausbildungslagers zu melden. Dort sagte Colonel Albert Broderick zu ihm: «Es tut mir leid, Jake, aber die Flitterwochen hier sind vorbei, keine Schonzeit mehr für Leutnants. Jones läßt Sie ablösen. Sie gehen morgen an die Front. Mir wäre es lieber, wir hätten andere Ablösungen. Sie haben Ihr Teil gehabt.»

«Vielleicht habe ich Glück», sagte Jake.

«Ich hoffe es für Sie.»

Aber Jake traute seinem Glück nicht; er hatte es aufgebraucht. Er hatte Freunde gefunden, gute, liebe und treue Freunde, die den Tod mit denselben Augen sehen wie man selbst, und sie waren alle tot. Selbst Steve Cassala war aufgerissen, zerfetzt worden, und er dachte an Steve, als sein Fahrzeug jetzt schwankend durch die Schlaglöcher einer schlammigen Straße im Argonnerwald kroch. Erst war Nieselregen gefallen, dann brach die Sonne durch und enthüllte die geschundenen, geschwärzten Pfähle, die in dieser verlassenen Landschaft einmal Bäume gewesen waren.

Als er seine Einheit erreichte, gab es kein Willkommen. Leutnants gehörten von Natur aus zu den Verdammten, und die Männer, die nur halbverdammt waren, sahen ihn mit toten Augen in erstaunten, müden, bärtigen Gesichtern an. Der Captain nickte ihm zu, nahm seine Papiere, empfahl ihm, den Kopf unten zu halten und führte ihn zu seinem Unterstand.

«Schlafen Sie erst mal», sagte er. «Es war viel zu ruhig. Wahrscheinlich geht der Tanz morgen wieder los.»

Aber es blieb die ganze Nacht ruhig. Jake schlief nicht. Er lag da und dachte nach. Er ließ Bilder durch seinen Kopf ziehen, Bilder von Dingen, die er wohl nie mehr wiedersehen würde, die Sonne auf dem Wasser der Richardson-Bay, das Katboot, wie es an San Pedro Point vorbeiglitt, als er den langen, langen Segeltörn mit Clair durch die Engen bis zum Petaluma Creek gemacht hatte, die Ruhe, während sie stundenlang zufrieden in der Flaute dahintrieben, das alte spanische Haus in Sausalito, seine Mutter und seinen Vater. Er sah sie alle im Geist vor sich und lag in diesem Meer von Melancholie wach da. Vielleicht döste er. Die Stimme seines Captains kam aus dem Flecken Tageslicht, der den Eingang zu seinem Unterstand kennzeichnete – ohne Groll und seltsam mild: «Levy, Sie verfluchter Glückspilz!»

Er setzte sich hin, zog seine Schuhe an und blickte auf seinen Vorgesetzten.»

«Hören Sie.»

Es war still. Draußen hörte man Stimmen, aber sonst war alles ruhig.

«Ich glaub, es ist vorbei», sagte der Captain unsicher.

Jake ging hinaus in den Schützengraben. Die Männer lehnten aufrecht an der Brustwehr und starrten hinaus, über die aufgerissene, mit Drahtverhauen blockierte Erde, die sie vom Feind trennte. Kein Gewehrschuß knallte, keine Granate explodierte. Die Ruhe war überirdisch, unglaublich, weder Hurrageschrei noch Tränen oder andere Geräusche unterbrachen sie, nur die leisen Stimmen der Männer, die sich flüsternd miteinander unterhielten.

An diesem Nachmittag kam die Nachricht durch, daß Kaiser Wilhelm II. abgedankt hatte und daß Prinz Maximilian von Baden, der Kanzler, zurückgetreten war.

Der Krieg war vorbei.

In San Francisco stand Mark am Fenster seines Büros über dem Kaufhaus und starrte auf das Volksfest unten: eine wirbelnde Menge in einer ungeheuren Parade, die Leute tanzten miteinander und umarmten Fremde; viele von ihnen trugen Gaze-Masken, um sich vor dem stummen Grippetod zu schützen, der aus den Schützengräben gekrochen war und sich über die ganze Welt verbreitet hatte. Als Dan das Büro betrat, rührte Mark sich nicht.

«Das muß begossen werden», sagte Dan.

«Geh raus, Danny.»

«Was?»

«Geh hinaus und laß mich allein.»

«Herrgott, Mark, es ist vorbei. Vorbei!»

Mark wandte sich zu ihm um, er blinzelte, um die Tränen zurückzuhalten. «Was ist vorbei? Lebt Jake oder ist er tot? Sag mir, was vorbei ist. Ich habe eine Stunde lang mit Sarah telefoniert. Sag ihr, daß es vorbei ist.»

«Jake geht es gut.»

«Woher, zum Teufel, weißt du das?» wollte Mark wissen.

Dan ging zu ihm hinüber und legte ihm den Arm um die Schulter. «Nun komm schon, alter Junge. Wie oft hast du zu mir gesagt, der Junge sei ein Glückspilz? Es geht ihm gut! Weißt du was? Wir trinken ein paar Gläschen, und dann suchen wir Jim Rolph auf und lassen ihn telefonieren. Es gibt Mittel und Wege, um festzustellen, was mit Jake ist. Und Sunny Jim steht in unserer Schuld. Mark, schlechte Nachrichten reisen verdammt schnell. Alles, was wir jetzt haben, sind gute Nachrichten. Also, gehen wir in eine Bar und heben wir einen.»

Stephan Cassala war immer ein ruhiger, fleißiger Junge gewesen, sanft und friedfertig. Diese Eigenschaften hatten sich in dem Mann eher noch verstärkt. Jetzt kehrte er zu seiner Arbeit in der Bank zurück. Er war erst dreiundzwanzig Jahre alt, hatte aber das zerfurchte, schmale Gesicht eines viel älteren Menschen. Er war groß und schlank und sah gut aus. Sein Vater betete ihn an und dankte Gott täglich für seine Genesung. Er stützte sich jetzt zunehmend auf ihn und holte sich bei ihm Rat. Die Bank of Sonoma war zwar noch immer klein, aber sie ruhte auf einem soliden Fundament und war im Wachstum begriffen. Als Anthony Cassala ein Grundstück in der California Street kaufen wollte, weil die Bank in der Montgomery Street aus allen Nähten platzte, hatte Stephan seinen Vater überredet, zu bleiben, wo sie waren, und über ihren Köpfen ein neunstöckiges Gebäude aufführen zu lassen, während sie ihre Geschäfte weiterführten. Montgomery Street sollte der Geschäftssitz bleiben, ganz gleich, zu welchem Preis.

In solchen Dingen konnte Stephan seinen Willen durchsetzen, während er bei anderen Dingen keinen eigenen Willen zu haben schien. Dolores Vincente kam aus derselben Gegend wie Maria und hatte eine siebzehnjährige Tochter, Joanna. Die Vincentes lebten in der Stadt, wo Ralph Vincente einen Lebensmittelladen besaß. Joanna Vincente war ein ruhiges, angenehmes, recht hübsches Mädchen mit großen dunklen Augen und dichtem, schwarzen Haar. Seit Jahren hatten Maria Cassala und Dolores Vincente Sohn und Tochter zu verkuppeln versucht. Nun wurde Joanna Gast im Haus der Cassalas in San Mateo. Ihre Schüchternheit und ihr sanftes Wesen gefielen Stephan. Er liebte sie nicht; aber er hatte noch nie eine Frau geliebt. Kein starker Trieb drängte ihn zur Ehe mit ihr, aber es hielt ihn auch keiner davon ab.

Sicherlich war sie ein Mensch, mit dem man gut zusammenleben konnte, sie hatte keine Allüren und stellte auch keine Ansprüche. Rosa und Maria liebten sie, und sie fügte sich in das Leben des großen Hauses in San Mateo ein, ohne auch nur das geringste Aufsehen zu erregen. An den Wochenenden füllte sich das Haus mit Gästen, und sie alle lobten Joanna in den höchsten Tönen. Maria sah in ihr die perfekte Schwiegertochter, und auch Anthony gab Stephan zu verstehen, daß es für ihn an der Zeit wäre, zu heiraten und ein eigenes Heim zu gründen.

Um die Wahrheit zu sagen, es geschah einfach, und Stephan ließ es geschehen. Die Trauung fand in der katholischen St.-Matthews-Kirche an der Notre Dame Avenue statt, wo Marias Tränen die Altarschranke so oft benetzt hatten, und danach gab es einen Empfang im Hause der Cassalas. Tony hatte drei ungeheure gestreifte Zelte errichten lassen, eines mit einem Tanzboden, die zwei anderen vollgestopft mit Tischen, Stühlen und großen Bergen von Speisen. Mehr als zweihundert Gäste waren eingeladen. Jean Lavette entschuldigte sich mit der verständlichen Erklärung, der Tod ihrer Mutter liege erst kurze Zeit zurück; May Ling konnte bei einem öffentlichen Ereignis wie diesem nicht gut auftreten. Aber Dan kam, und Mark und Sarah Levy mit Clair Harvey und Martha Levy. Martha war gerade vierzehn geworden und erblühte gänzlich zur Frau. Sie war eine ungestüme, überschäumende junge Dame, so mit Leben und Energie geladen, daß die Leute, die sie sahen, ihre Gegenwart erneut und immer wieder suchten.

Stephan tanzte mit ihr und merkte dann, daß er immer wieder nach ihr Ausschau hielt und sie in der Menge suchte. Wenn er sie erblickte, fühlte er einen Stich, eine Art verzweifelter Erregung.

Einmal sagte sie zu ihm: «O Stephan, deine Braut ist schön! Sie ist wie eine Madonna!»

Und er empfand ein Gefühl des Verlustes, eines schrecklichen, schmerzhaften Verlustes.

Alan Brocker war unter den Trauergästen bei Mary Seldons Begräbnis gewesen, hatte aber nicht mit Jean gesprochen. Danach wartete er einige Wochen und hoffte, etwas von ihr zu hören; und als das nicht geschah, rief er sie an, um sich mit ihr zum Essen zu verabreden. Sie war weder warm noch kalt, sondern ganz sachlich und schlug ein Mittagessen im *Fairmont* vor. «Die einfachste Art, ein Verhältnis zu verbergen, Alan», erklärte sie, «ist, daß man nicht versucht, es zu verbergen.»

Als sie an ihrem Tisch saßen, sah Alan sie gedankenvoll an und stellte fest, sie habe sich seit dem Tode ihrer Mutter verändert.

«Habe ich das? Wie?»

«Ich weiß noch nicht. War es schlimm?»

«Ich habe meine Mutter geliebt. Es ist nicht leicht.»

«Und nun?»

«Durchaus in der Lage, der Welt entgegenzutreten.»

«Darf ich sagen, daß du schöner als je zuvor bist?»

«Danke. Wozu ist der Sekt?» Eine Flasche war im Kühler serviert worden.

«Ich nehme jede Gelegenheit wahr. Es kommt ein Alkoholverbot auf uns zu, meine Liebe. Das hier wird eine traumhafte Erinnerung sein.» Der Kellner füllte ihre Gläser, und Alan hob seines: «Auf die Lebenden. Ich möchte nicht gefühllos wirken, meine Liebe, aber ich habe eine Tante und drei Freunde durch die Grippe verloren. Willkommen unter den Lebenden.»

«Sei deiner nicht immer so verdammt sicher. Zeig doch einmal eine Spur von Bescheidenheit.»

«Das tu ich doch, Liebling. Ich spiele den Boten! Du scheinst es vergessen zu haben.»

«Und was meinst du damit?»

«Pinkertons. Der Bericht über deinen auf verbotenen Pfaden wandelnden Ehemann.» Er nahm ein Bündel zusammengefalteter Papiere aus seiner Tasche. «Das ist sechshundert Dollar wert. Vergiß es aber. Es ist ein Geschenk, wenn auch kein geringes.»

«Das hatte ich ganz vergessen. Ich bezahle es. Mach dir keine Sorgen.»

«Ich sag dir doch, es ist ein Geschenk.»

Sie öffnete die Papiere und warf einen Blick darauf. «Hast du sie gelesen?»

«Ich könnte lügen und behaupten, daß mein Ehrgefühl triumphiert hätte und ich es nicht getan hätte.»

«Ich mache dir keinen Vorwurf», sagte sie. Sie wollte die Papiere ungelesen in ihre Handtasche stecken, konnte aber nicht widerstehen. Ihre Augen lasen auf der Mitte der Seite: «Vom 16. September bis zum 28. September besuchte der Observant das Haus in der Willow Street siebenmal. Am 16. September kam er um 13.00 Uhr an. Er umarmte die Asiatin, die ihm öffnete. An diesem Tag verließ er das Haus um 14.45 Uhr. Am 18. September kam er an dem Haus in der Willow Street um 19.20 Uhr an. Gemäß Vertrag wurde die Überwachung bis Mitternacht fortgeführt; zu dieser Zeit war der Observant noch nicht wieder gegangen. Die Observation begann am folgenden Tage vor dem Wohnsitz des Observanten auf dem Russian Hill, den er um 8.12 Uhr verließ.» Sie unterbrach ihre Lektüre und sah auf Alan Brocker.

«Du kannst ruhig weiterlesen, wenn du möchtest. Mir macht es nichts aus.»

«Wie großzügig.»

«Ich hätte eine Überwachung über vierundzwanzig Stunden bestellen können. Das hätte den Preis verdoppelt. Aber ich glaube nicht, daß du mehr erfahren hättest.»

«Danke.» Unfähig, ihre Selbstbeherrschung aufrechtzuerhalten, blätterte sie die Seiten durch.

«Ich weiß nicht, ob ich Mitleid haben soll oder nicht», sagte er. «Es hängt davon ab, wie man es betrachtet.»

«Ich brauch kein Mitgefühl», sagte sie bissig.

«Ach Gott, Jean, beruhig dich. Was hast du erwartet? Du hast nicht mit ihm geschlafen, und er ist offenbar kein Eunuch.»

«Kannst du nicht den Mund halten?»

«Wie du willst. Soll ich uns jetzt etwas zu essen bestellen?»

«Ich hab keinen Hunger.»

«Ich werde trotzdem bestellen.» Er rief den Ober und bestellte für beide. «Kotelett und Salat», sagte er zu Jean, «ganz bescheiden.»

Sie legte den Bericht zusammen und stopfte ihn in ihre Handtasche. «Glaubst du, das Kind ist von ihm?» fragte sie zögernd.

«Möglich. Es gibt Mittel und Wege, das festzustellen, wenn du es unbedingt wissen willst. Weißt du, wer diese Chinesin sein könnte?»

«Ich kann es mir denken.»

«Du bist wütend, nicht wahr?»

«Ich bin nicht gerade entzückt.»

«Andererseits bist du im Besitze einer sehr wertvollen Waffe.»

«Dessen bin ich mir bewußt.»

«Hast du die Absicht, ihm das vorzulegen?»

«Das geht dich nichts an.»

«Trotzdem, als Freund der Familie bin ich neugierig.»

Sie betrachtete ihn abschätzend. «Mein lieber Alan», sagte sie. «Ich will deine Neugierde befriedigen. Zu einem Zeitpunkt, über den allein ich entscheide, werde ich diese Dinge mit meinem Mann besprechen. Dieser Zeitpunkt liegt in der Zukunft. Verstehst du? In der Zukunft. Bis dahin brauchst du keineswegs zu meinen, du hättest nun auch eine Waffe! Wenn ein Wort hiervon bekannt wird – ein Wort, denk daran! –, sage ich Dan, daß du der Urheber bist. Und weißt du, was er tun könnte?»

«Südländer sind leicht erregbar.»

«Ja, er könnte dich umbringen. Und zwar auf recht unangenehme Weise.»

«Ich meine, du solltest mir vertrauen.»

«Ich mag dich», sagte sie lächelnd. «Mir gefällt dein Aussehen, und mir gefällt es, wie du liebst. Also bleiben wir Freunde, und sprechen wir nicht über Vertrauen. Einverstanden?»

«Einverstanden.» – Der Kellner brachte das Essen. «Iß», sagte Alan. «Man fühlt sich wohler danach.»

Sie begann mit ausgezeichnetem Appetit zu essen. Brocker beobachtete sie eine Weile schweigend und sagte dann: «Meine liebe Dame, nur noch eines. Warum läßt du dich nicht scheiden?»

«Kennst du irgendeine geschiedene Frau, die du nicht bedauerst, Alan? Ich nicht. Und niemand soll mich bedauern. Darf ich dir noch etwas sagen? Eines Tages wird Dan Lavette der mächtigste Mann in diesem Staate sein. Ihm wird Kalifornien gehören, mir aber, mein Freund, wird Dan Lavette gehören. Denk einmal darüber nach.»

Die Eröffnung des neuen Kaufhauses von L & L, des größten, glänzendsten und anspruchsvollsten Kaufhauses westlich von Chicago war nach Mark Levys Worten «eine historische Gelegenheit für diese Königin aller amerikanischen Städte». Zwar war der vorgesehene Haupt-Nutznießer von Marks Bemühungen noch immer mit den amerikanischen Streitkräften im besetzten Deutschland; aber da er lebte und gesund war, beeinträchtigte seine Abwesenheit den bei diesem Anlaß herrschenden Frohsinn in keiner Weise. Die beiden ungeheuren, böswilligen Mächte des Todes, der Weltkrieg und die Grippe-Epidemie, gehörten der Vergangenheit an; und obwohl unerwartet die Prohibition über die Nation hereingebrochen war, war das doch der Anfang einer neuen Ära von Licht und Hoffnung, einer Zeit, in der die wiedergeborenen Völker der Erde sich in einer mächtigen Gemeinschaft zusammenfinden, den Krieg für alle Zeiten beenden und die Familie der Menschheit begründen würden. Natürlich gab es einige störende Faktoren, wie zum Beispiel das Auftauchen eines gewissen Lenin, der die Bolschewistische Revolution in Rußland führte – aber das war nur eine vorübergehende Erscheinung. Die Hunnen waren in ihre Höhle zurückgedrängt worden, und der Krieg zur Abschaffung des Krieges war vorbei.

Als Hauptsprecher beim Empfang im Erdgeschoß von L & L hob Bürgermeister «Sunny Jim» Rolph all diese Punkte hervor und stimmte dann das Lied *Smiles* an, das nicht nur sein eigenes Lieblingslied war, sondern in einem gewissen Sinne auch eins der Hauptlieder der Streitkräfte. «Ein Lächeln macht dich glücklich, ein Lächeln stimmt dich froh», und dabei war sein schöner Bariton aus allen Stimmen herauszuhören.

Mark Levy, mit vierzig Jahren kahlköpfig und grau an den Schläfen, hatte seine eigene kleine Rede sorgfältig ausgearbeitet. «Ein Kaufhaus wie dieses», sagte er, «ist nicht nur einfach ein Markt, wo Waren verkauft werden, es ist ein Wahrzeichen, ein Symbol der Zivilisation, die wir hier an den Ufern des mächtigen Pazifik aufgebaut haben. Unsere Väter und Großväter kamen hierher mit leeren Händen und dem, was sie auf dem Leibe trugen. Wir sind alle miteinander Einwanderer. Wir haben gearbeitet, gespart und aufgebaut. Und auf den Theken dieses großen Kaufhauses werden sich die Erzeugnisse dieser großen und fleißigen Nation türmen. In dem großen Staat Kalifornien hat es ein solches Geschäft noch nie gegeben; und jeder Bewohner des Gebietes um die Bucht von San Francisco sollte stolz darauf sein, daß es jetzt eines gibt.»

Dan pirschte sich vorsichtig und geduldig an seinen Schwiegervater heran. Er hatte keine Eile. Bis Kriegsende war der Preis für den Bau von Luxus-Passagierdampfern auf über fünfhundert Dollar pro Tonne gestiegen, wodurch die Kosten für ein Schiff, wie er es sich vorstellte, auf über fünfzehn Millionen Dollar kamen. Aber niemand baute Passagierschiffe. Alle Werften bauten wie verrückt Frachter – und dann war der Krieg vorbei. Dan wartete ruhig ab. Er dachte inzwischen nicht mehr nur an ein Schiff, sondern an zwei – den Anfang einer ganzen Flotte. Er beauftragte Alton Jones, den besten Schiffskonstrukteur an der ganzen Küste, damit, die Pläne auszuarbeiten. Nach dem Verkauf seiner Frachtschiffe hatte er viel Zeit, aber nicht den Wunsch, sich an der Leitung des neuen Kaufhauses zu beteiligen oder sich in die Geschäftsführung einzumischen. Das überließ er Mark und Feng Wo. Er investierte in Grundstücken in Daly City und kaufte etwas Boden in der Nähe des Lincoln Park. Er brütete jedem neuen Satz Entwurfszeichnungen für die Schiffe und studierte die Baupläne großer Linienschiffe wie der alten *Oceanic* von der White Star Linie, der *Mauretania* von Cunard und der *Kronprinzessin Cäcilie* des Norddeutschen Lloyd.

Vieles davon erledigte er in May Lings Haus, und die Tage dort waren die glücklichsten seines bisherigen Lebens. Manchmal kam er morgens dort an, breitete seine Blaupausen auf dem Fußboden aus und brütete über ihnen, während sein Sohn Joseph sich die größte Mühe gab, sie zu zerknittern und zu zerreißen. Sie pflegten dann beide über den Fußboden zu rollen, wobei Dan wie ein großer Bär knurrte und brummte, während Joseph in gespieltem Schrekken zurückwich.

«Spielst du jemals so mit Tom und Barbara?» fragte ihn May Ling eines Tages.

«Nein – nein, das kann ich nicht behaupten.»

«Warum nicht?»

«Ich würde es nicht wagen. Wendy Jones würde mich hinauswerfen.»

«Aber es sind doch deine Kinder, Dan.»

«Jeans Kinder.»

«Danny, was führst du bloß für ein Leben? Du hast zwei Kinder und wagst nicht einmal, mit ihnen zu spielen. Du lebst mit einer Frau zusammen, zu der du seit Jahren keine sexuellen Beziehungen gehabt hast, ohne Liebe und ohne Gemeinsamkeiten. Ich will nicht auf dir herumhacken, Danny, und du weißt, daß ich seit Monaten nicht davon gesprochen habe – aber du bist so voller Schuld und Furcht, daß du nicht einmal nachts bei mir bleibst. Und was für eine Art von Frau ist sie, daß sie sich nichts daraus macht?»

«Liebste, laß mir nur ein wenig Zeit.»

«Wofür, Danny?»

«Ich werde sie verlassen. Das habe ich dir schon gesagt, May Ling.»

Er kaufte eine große Puppe mit Schlafaugen und seidigem gelben Kunsthaar und trug sie ins Kinderzimmer, entschlossen, das kleine blauäugige Kind zu erobern, das ihn stets mit einer Art Verwirrung begrüßte. Barbara war bereits im Bett, und ihr Gesicht leuchtete auf, als sie die Puppe sah; aber Wendy Jones trat dazwischen.

«Doch nicht jetzt, Mr. Lavette, ich bitte Sie! Nicht zur Schlafenszeit.»

«Warum nicht? Ich habe ihr eine Puppe mitgebracht.»

«Die Aufregung wird sie stundenlang nicht einschlafen lassen.»

«Wieso?» Seine Stimme wurde hart und kalt, ohne daß er sich dessen bewußt wurde. Dieses verdammte Weib, dachte er. Gott, wie ich sie hasse!

«Weil sie ein Kind ist.»

Er stieße Miss Jones zur Seite, und das Lächeln verschwand aus dem Gesicht des Kindes. Er hielt Barbara die Puppe hin. Es war danebengegangen, immer ging es daneben. «Gefällt sie dir nicht?» fragte er. Miss Jones stand da, mit vor Zorn reglosem Gesicht, und Barbara begann zu weinen. Er legte die Puppe neben sie, stand unentschlossen da, wandte sich um, sah Miss Jones kurz an und ging dann aus dem Zimmer. Unten in seinem Arbeitszimmer ließ er sich in einen Sessel fallen, er saß da und fragte sich, warum immer Wände zwischen diesen zwei Kindern und ihm standen. Er hatte sich das mit der Puppe genau überlegt, wie er sie ihr schenken wollte, hatte sich alles in Gedanken zurechtgelegt; und dann hatte dieses Weib Jones alles zerstört. Oder nicht?

«Lieber Gott», flüsterte er, «was tue ich hier? Ich bin in Seldons Haus. Ich bin immer in Seldons Haus gewesen.»

Etwa zur gleichen Zeit, da der Kongreß der Vereinigten Staaten sich über Präsident Wilsons Veto gegen das Volstead-Gesetz hinwegsetzte und die Prohibition, das Alkoholverbot, zum Verfassungsgesetz erhob, ging Leutnant Levy in Hoboken vom Schiff. Zwei Tage später wurde er aus der Armee der Vereinigten Staaten entlassen und stand am ersten November 1919 auf dem Deck einer Fähre, die ihn von New Jersey nach New York brachte. Wer ihn sah, würde kaum geglaubt haben, daß er noch nicht einmal einundzwanzig Jahre alt war. Sein Gesicht war zerfurcht und von Entbehrungen gezeichnet, die leuchtend blauen Augen – die denen seiner Mutter so ähnelten – lagen tief in ihren Höhlen, seine Gestalt war mager und knochig. Die Fähre war voller Soldaten; aber er stand allein da, schweigend und ohne zu lächeln, in seine eigenen Gedanken und Erinnerungen versunken. Und doch war er fasziniert von dem großen Fluß, dem Schiffsverkehr, der mächtigen Masse Stadt, den Geräuschen und dem Anblick und der Energie dieses Ortes an der östlichen Küste seines Heimatlandes, von dem Geruch der Salzwasserspritzer, dem Jaulen der Schiffssirenen und von den Wolkenkratzern, die bis in den Himmel ragten.

Einige Stunden später bestieg er in der Grand Central Station einen Zug und begann seine Reise nach Westen. Als er in Europa seinen Marschbefehl bekommen hatte, hatte er Clair kurz geschrieben, danach nicht mehr. Es waren zu viele Briefe geschrieben worden; er wußte nichts mehr zu sagen. In Chicago hatte er fünf Stunden Aufenthalt; aber er war zu müde und deprimiert, um in die Stadt zu gehen, und verbrachte die Zeit im Bahnhof bei seinem Gepäck, las Zeitungen und Illustrierte. Dann, westlich von Chicago, begann er das Land wahrzunehmen und hatte das Gefühl, daß er heimkehrte, besonders, als die Ebenen den von Büffelgras bedeckten Hügeln wichen. Erregung packte ihn, und plötzlich verwandelte sich seine Teilnahmslosigkeit in einen alles aufnehmenden Eifer. Er zählte die Kilometer und die Stunden. Er stellte fest, daß er lächelte und höflich mit Leuten sprach, die seiner Uniform ihre Achtung und Bewunderung zeigen wollten – statt sie zu ignorieren und sich abzuwenden. Fort war das Gefühl von Abgeschnittensein und von Ärger über diese Männer und Frauen, die ihn langweilten und so zungenfertig über den Krieg sprachen, ohne die geringste Ahnung von Krieg zu haben, und er begann es als normal hinzunehmen, daß die Leute ohne Sinn und Verstand daherredeten. Er hörte Plattheiten ohne Abscheu an und bereitete sich in Gedanken auf Unterhaltungen mit Clair vor.

Seltsamerweise fiel es ihm schwer, sich ein Bild von ihr zu machen. Er konnte sich ihre langen Beine, ihre sommersprossige Haut, ihr rotes Haar vorstellen; aber als Ganzes entzog sie sich ihm. Seine Sehnsucht nach ihr wuchs geradezu krankhaft, und auf dem letzten Teil seiner Reise wurde sogar das Dahinschießen des Zuges zu einem quälenden Schneckentempo. Es schien Jake, als sei er Ewigkeiten gereist: durch Deutschland nach Frankreich, durch Frankreich nach Cherbourg, von dort nach Southampton und dann elf endlose Tage über den Ozean nach Hoboken, danach die endlose Fahrt durch das Land und jetzt wieder auf einer Fähre, die eine Ewigkeit brauchte, um von San Francisco nach Sausalito überzusetzen. Er hatte keine Augen für die wilde Schönheit dieses Morgens, für den Nebel, der in Fetzen durch das Golden Gate zog, den strahlenden, alles verzaubernden Sonnenschein, der sich auf die Bucht herabsenkte, das kabbelige blaue Wasser mit den weißen Schaumkronen und direkt vor ihm Marin County, das er und Clair so oft als den schönsten Fleck auf Gottes weiter Welt bezeichnet hatten, seine dunklen Hügel, die sich über dem Nebel erhoben – all das war bedeutungslos, weil sein Inneres von einer flehenden, verzweifelten Bitte erfüllt war: nach Hause.

Eine klappernde, quietschende Droschke brachte ihn vom Fähranleger zum hoch auf dem Hügel liegenden Haus im spanischen Kolonialstil, und wieder schienen die wenigen Meilen eine Ewigkeit zu dauern. Er entlohnte den Fahrer, und die Droschke fuhr davon. Er stand da, sein Gepäck neben sich auf der Straße. Wo waren sie alle?

Dann hörte er sie rufen, Clair stürzte aus dem Haus, rannte zu ihm und umfing ihn mit den Armen. Alles war, wie er es geträumt und erhofft hatte.

Thomas Seldon lud seine Tochter ein, bei ihm zu Abend zu essen. Er legte großes Gewicht darauf, daß Dan mitkam. Ganz gleich, welche Gerüchte über ihr Verhältnis zueinander ihn erreichten, diesen Punkt erörterte er mit keinem von beiden; doch bestand auf beider Anwesenheit, da er wichtige Dinge mit Dan zu besprechen habe. Nach dem Tode seiner Frau war seine Schwester, Virginia Carter, eine verwitwete Dame Mitte Fünfzig, in das Haus auf Nob Hill eingezogen und hatte die Pflichten einer Hausfrau und Gastgeberin übernommen; und nur diese vier waren um den Tisch versammelt, Dan, Jean, Seldon und seine Schwester.

Mrs. Carter war über Jeans Aufzug geziemend entsetzt, und sie hielt nicht mit der Meinung hinter dem Berg, daß Jeans Kleidung die Grenzen des Anstands überschritt. Jean lächelte entzückt und nahm es als Kompliment. Sie trug eine Directoire-Kostümjacke im Herrenschnitt aus burgunderrotem Samt mit hohem Kragen, eine durchsichtige Georgettebluse, ein schwarzes Tuch um den Hals und einen mit Borten besetzten Rock, der kurz unter den Knien endete. Dazu hochhackige Samtschuhe und schwarze Strümpfe, so daß ihr Vater den Kopf schüttelte und murmelte, sie sei einfach zu schön.

«Wie kannst du das zulassen, Daniel?» fragte ihn Mrs. Carter.

«Meine liebste Virginia», sagte Jean, «Dan gestattet oder verbietet nicht. Und wenn Frauenbeine schockierend sind, dann wird San Francisco sich eben schockieren lassen müssen. Das ist eine Kreation von Pierre Lazai, und in Paris trägt man jetzt Röcke von dieser Länge.»

«Ich finde das gräßlich», sagte Mrs. Carter.

Dan äußerte keine Meinung. Ein Teil seines Wesens war vollständig Sklave ihrer Schönheit, und er fand wie Seldon, daß sie nie reizender als an diesem Abend ausgesehen hatte. Immer hatte er das Gefühl einer großen Auszeichnung, des Zugelassenseins; was sie auch von ihm dachte, wie sehr sie seinen Körper, sein Benehmen und ihn selbst verabscheuen mochte, sie gestattete ihm, ihr Ehemann zu sein, und diese Erlaubnis war zum Teil ein Eigentumsrecht. Ein Mann wurde nach seinem Eigentum beurteilt; sein Besitz war mehr als er selbst. Nie würde er mit May Ling zusammen einen Fuß in eins der großen Häuser von San Francisco setzen, sie niemals ins *Fairmont*, in die Oper oder ins Theater mitnehmen. Das waren Orte, an denen Eigentum, Besitz und Zulassung zur Schau gestellt wurden.

Als Hemmings, der inzwischen fast siebzigjährige Butler, die Dessertteller abgeräumt und den Cognac gebracht hatte, bat Seldon die Damen, ihn und Dan allein zu lassen.

Als Jean sich erhob, sagte sie lächelnd: «Mein lieber Papa, bald wird dieser alte Zopf den Weg der knöchellangen Röcke gehen, die Tante Virginia so liebt. Wir hören uns ein paar Grammophonplatten an. Ich hoffe, die Musik stört euch nicht.»

Die Frauen verließen den Raum, und die Männer setzten sich und zündeten ihre Zigarren an. «Ich habe zwanzig Kisten von diesem Cognac im Keller, Dan», sagte Seldon, «also trink nur. Was hältst du von diesem Schwachsinn mit der Prohibition?»

«Schwachsinn. In einem Jahr wird sie wieder abgeschafft.»

«Wer weiß? Jedenfalls hat sich nichts geändert. Mit der Ausnahme, daß man mich jetzt anruft und möchte, daß ich kistenweise guten Roggenwhisky kaufe. Glaubst du, daß man dieses verfluchte Gesetz jemals durchsetzen kann?»

«Wie sollten sie? Dazu wäre eine Armee nötig. Mir selbst liegt nicht sehr viel daran, aber Jeans Freunde trinken das Zeug wie Kamele Wasser. Wo wir früher eine Kiste kauften, kaufen wir jetzt vier.»

«Jeans Freunde – nun, darüber wollte ich heute abend nicht mit dir sprechen, wohl aber über deine Schiffe.»

«Ach? Hat Jean dir davon erzählt?»

«Natürlich hat sie das. Und Alton Jones ist Mitglied unseres Clubs. Er arbeitet schon über ein Jahr an deinen Plänen.»

«Hin und wieder – ja.»

«Was kostet er dich? Oder sollte ich das nicht fragen?»

«Er nimmt's vom Lebendigen. Mehr als ich für die *Oregon Queen* bezahlt habe, und das sind erst die Konstruktionszeichnungen.»

«Nun, wir werden den Dollar nie wieder so zu sehen kriegen, wie er neunzehnhundertvierzehn war. Diese verdammte Inflation hört nicht mehr auf. Nebenbei bemerkt, weißt du, daß du Grant Whittier an den Rand des Ruins gebracht hast?»

«Nicht doch. Ich habe ihn nicht gezwungen. Er war so darauf versessen, unsere Schiffe zu kaufen, daß ich ihn nicht loswerden konnte.»

«Nun, sie sind heute wertlos. Man kann Frachtschiffe mit der Tonnage nicht einmal verschenken. Wer hätte sich träumen lassen, daß die Frachtschiffahrt so einen Niedergang erleben würde?»

«Ich hab's mir träumen lassen.»

«Ja, das stimmt. Nun, ich werde um Whittier nicht weinen. Laß uns von deinen Luxus-Passagierschiffen sprechen. Erzähl mir etwas darüber.»

«Es ist ein ziemlicher Brocken», sagte Dan.

«Ich habe auch keine kleinen Brötchen von dir erwartet.»

«Wir arbeiten an den Plänen für zwei Linienschiffe mit einer Wasserverdrängung von je dreißigtausend Tonnen. Ich habe einen Kreuzfahrtplan aufgestellt, der die halbe Welt berührt: von New York nach Europa, von New York nach Kalifornien durch den Panama-Kanal und von San Francisco nach den Hawaii-Inseln. Jetzt, nach dem Krieg, ändert sich die Welt. Seit neunzehnhundertvierzehn hat es keinen Reiseverkehr nach Europa gegeben, und ich schätze, daß dieser neue Kanal in Panama Kalifornien auf eine neue

Weise erschließen wird. Wir werden Reisen verkaufen, bei denen das Schiff selbst ein schwimmendes Hotel sein wird; mit Schwimmbad, erstklassigen Mahlzeiten, erstklassiger Unterbringung. Es gibt ein ganzes Heer von Leuten, die am Krieg verdient haben, wir bieten ihnen eine Möglichkeit, ihr Geld auszugeben. Auf Hawaii möchte ich am Strand von Waikiki ein Luxushotel bauen und die Hotelauslastung dem Schiffsfahrplan anpassen. Wir werden in New York und hier einen Liegeplatz benötigen, und ich denke, wir müssen an der Ostküste Büros eröffnen. Das ist nur der allergröbste Umriß des ganzen Projekts; aber ich glaube, es gibt dir eine Vorstellung von dem, was wir vorhaben.»

Seldon schüttelte den Kopf und lächelte. «Du bist ein bemerkenswerter Mann, Dan. Wir erleben gerade den Zusammenbruch der Schiffahrt. Ohne Regierungssubventionen gäbe es keine amerikanische Frachtschiffahrt. Gott allein weiß, wie die Zukunft des amerikanischen Seetransports aussieht. Und da kommst du mit so einem Plan.»

«Ich weiß, wo ich einen Hog-Island-Frachter von fünftausend Bruttoregistertonnen für fünftausend Dollar kaufen kann. Vor zwei Jahren hätte er nahezu eine Million gekostet. Das bedeutet, daß es zu viele Frachtschiffe gibt, mehr nicht. Passagierschiffe aber gibt es nicht – das heißt, es gibt schon welche, aber nicht im Übermaß wie Frachtschiffe. Die Werftkosten sind während des Krieges um fünfhundert Prozent gestiegen; jetzt gehen sie wieder nach unten. Jetzt muß man bauen.»

«In Ordnung – nehmen wir an, ich mache mit. Wieviel wirst du brauchen?»

«Als Höchstkredit? Fünfzehn Millionen Dollar. Einen großen Teil davon kann man dann in erste Hypotheken umwandeln; aber soviel Unterstützung brauche ich. Ich habe einen Finanzierungsplan von siebenunddreißig Seiten. Feng Wo, mein geschäftsführender Direktor, hat ihn zusammengestellt.»

«Fünfzehn Millionen. Das ist nicht wenig. Ist das Hotel in Hawaii schon dabei?»

«Ja. Ich fahre nächsten Monat hin. Die dortige Bishop Bank ist an dem Hotel interessiert; und ich könnte wahrscheinlich eine beträchtliche Finanzierungshilfe auf den Inseln bekommen. Du bist der erste, dem ich davon erzählt habe.»

«Und was ist mit Cassala? Sonoma ist doch deine Hausbank.»

«Es ist zu viel für Tony. Das weißt du doch.»

«Ja, ich nehme es auch an. Und die Crocker Bank?»

«Sie haben ihre Fühler ausgestreckt. Ich habe aber noch nicht mit ihnen gesprochen.»

«Du bist immer noch verärgert über die Besprechung mit meinem Aufsichtsrat, nicht wahr?» fragte Seldon.

«Nein, darüber bin ich weg.»

«Schick mir den Finanzierungsplan, ich möchte darüber nachdenken», sagte Seldon. «Und nun wollen wir zu den Damen gehen.»

Die Tatsache, daß Feng Wo jetzt das fürstliche Gehalt von fünfzehntausend Dollar pro Jahr verdiente und die Arbeit von vierzehn Männern und Frauen in den Büros von L & L Industries beaufsichtigte, die das oberste Stockwerk des Kaufhauses einnahmen, und daß von ihm die finanzmathematischen Bindemittel stammten, die das stetig wachsende Reich von Levy und Lavette zusammenhielten, hatte seine Lebensweise nicht geändert. Er bewohnte noch immer dieselbe kleine Etagenwohnung im Chinesenviertel. Er ging immer noch täglich zu Fuß zur Arbeit, mit einer Aktentasche, die er jeden Abend wieder mit nach Hause nahm, und er trug immer noch Anzüge aus schwarzem Kammgarn und weiße Hemden und einen schwarzen Filzhut. So-Toy, seine Frau, hatte es so weit gebracht, daß sie sich auf Englisch verständigen konnte; in Wahrheit aber lag ihr wenig daran, diese Sprache zu beherrschen. Die Unterhaltungen, die sie schätzte, waren die mit ihrem Mann und ihrer Tochter; und was ihre Einkäufe anging, so konnte sie ihren Bedarf in den Läden decken, wo die chinesischen Besitzer wenigstens Grundkenntnisse des Schanghaier Dialekts hatten.

Sie fand nicht, daß ihr Leben über Gebühr eingeschränkt oder unerfüllt wäre. Sie war mit einem klugen Mann verheiratet, dessen Wissen nach ihrer Ansicht über ihren geistigen Horizont hinausreichte. Sie waren wohlhabender geworden, als sie es sich in ihren kühnsten Träumen ausgemalt hatten, sogar wohlhabender, als irgend jemand in dem winzigen Dorf, in dem sie geboren worden war, es sich in seinen kühnsten Träumen hätte vorstellen können. Sie kaufte immer noch mit Überlegung ein und sparte Pfennigbeträge bei den Lebensmitteln, aber nur aus Gewohnheit. Sie wußte, daß sie sich jede Nahrung leisten konnten, die sie kaufen wollte; jede Qualität, jede Delikatesse. Ihr eigener Aufwand an Kleidung war sehr bescheiden, und verschwenderisch war sie nur mit Geschenken für May Ling. Immer noch hatte sie Schuldgefühle und Gewissensbisse, weil sie ihrem Mann nur ein einziges Kind geboren hatte, noch dazu ein Mädchen; und sie erinnerte sich oft an die Augenblicke der Furcht, als Feng Wo beschloß, das Kind May Ling zu nennen, was auf Mandarin «schön» bedeutet. Jedoch alles in allem wurde ihr Glück nur durch die seltsame und ihr fremde Stellung ihres einzigen Kindes getrübt.

Jedesmal, wenn sie dieses Problem mit ihrem Mann erörterte, reagierte er gereizt oder gar nicht darauf; und dann gingen Wochen hin, ehe sie wieder davon zu sprechen begann. Und wenn sie es tat, kam das Gespräch zu keinem zufriedenstellenden Ergebnis. Daher hatte sie einige Hemmungen, als sie ihm eines Morgens sagte, es sei der zweite Geburtstag seines Enkels, und May Ling und der kleine Joseph würden an diesem Abend bei ihnen zu Abend essen und er möge also, wenn er es einrichten könnte, nicht zu spät von der Arbeit heimkehren.

«Ich werde spätestens um sieben Uhr zu Hause sein», willigte er ein.

«Ich hatte einen Gedanken», wagte sie sich furchtsam vor.

«Ja?»

«Mr. Lavette war seit dem Abend, der schon so lange her ist, nicht mehr bei uns. Wäre es nicht hübsch, ihn zu bitten, bei dieser kleinen Feier zugegen zu sein?»

«Nein.»

«Aber warum nicht?»

«Du weißt, daß es mich ärgert, das zu erörtern. Mir ist lieber, er kommt nicht.» Feng Wo fühlte sich im Schanghaier Dialekt nicht wohl. Es fiel ihm schwer, die Feinheiten auszudrücken, Dinge zu erklären, die er auf Englisch gut hätte erklären können.

«Er ist der Vater des Kindes», beharrte sie traurig. «Er ist ein guter Mann, das sagst du selbst.»

«Er ist nicht mit unserer Tochter verheiratet. Wir sind Chinesen. May Ling ist Chinesin. Ich habe schon früher versucht, dir das zu erklären, schon oft.»

«Ich weiß. Ich verstehe.»

«Nein, du verstehst nicht», sagte er schroff. «Ich versuche, es dir zu erklären, aber du verstehst es nicht. Du weißt, was eine Konkubine ist. Laß es mich ganz kraß sagen. Meine Tochter ist eine Konkubine.»

«Nein, nein, nein. Es gibt in Amerika keine Konkubinen.»

«Unglücklicherweise doch. Ich verurteile Mr. Lavette nicht. Wir sind zu sehr in seiner Schuld.»

«Aber er liebt sie. Er hat ihr ein Haus geschenkt. Er gibt ihr alles.»

«Alles außer seinem Namen. Ich möchte über dieses Thema nicht mehr sprechen, weil es mich schmerzt. Es nimmt mich so schon genug mit. Du mußt mir einfach glauben. Wir können ihn nicht in unsere Wohnung einladen. Für solche Dinge gibt es Regeln. Ich muß so tun, als existiere diese Situation nicht. Ich habe nie darüber gesprochen – nicht mit ihm, nicht mit Mr. Levy, mit keinem Menschen. Wir wollen es dabei bewenden lassen. Ich muß jetzt ins Büro.»

Dann ging er mit schwerfälligem Schritt aus dem Haus. Aber als er an dem Abend zurückkehrte, war er mit Spielzeug für das Kind beladen. Er liebte es mehr, als er sagen konnte, es war zum Mittelpunkt, zum wichtigsten Bestandteil seines eigenen Lebens geworden.

Sarah bat Mark, auf Jake Rücksicht zu nehmen. «Laß ihm Zeit», sagte sie. «Dieser Mann, der da zurückgekehrt ist, ist nicht der Junge, der fortging. Etwas ist mit ihm geschehen, etwas Schreckliches.»

«Was?» wollte Mark wissen. «Was hat er erlebt, das die anderen Jungs nicht auch erlebt haben? Er wurde nicht verwundet. Er war in einem Krieg. Millionen waren in diesem Krieg.»

«Du weißt nichts», sagte Sarah und schüttelte den Kopf. «Du verstehst etwas vom Geld, aber von allem anderen weißt du nichts: nichts von deinem Sohn, von deiner Tochter oder deiner Frau; und du willst es auch nicht wissen.»

«Das ist ja großartig!» explodierte Mark. «Ich arbeite mich halb tot bei dem Versuch, euch ein anständiges Leben zu ermöglichen, und das ist der Dank. Ich träume davon, etwas für meinen Sohn aufzubauen; etwas, das ihm Freude und Befriedigung verschaffen soll; und zum Lohn erklärt mir meine eigene Frau, ich sei ein Hurensohn.»

«Das habe ich nicht gesagt.» Sie seufzte und erklärte: «Ich bitte dich doch nur, ihn eine Weile in Ruhe zu lassen. Er soll erst zu sich selbst kommen. Um mehr bitte ich gar nicht.»

Marks Büro war seine Zuflucht. In dem achtzehn Quadratmeter

großen, walnußgetäfelten Raum im obersten Stockwerk des Kaufhauses fand er Trost und neue Kraft. Er saß hinter einem polierten Mahagonischreibtisch. Gegenüber standen ein großes lederbezogenes Sofa und zwei große Ledersessel, auf dem Fußboden lag ein Orientteppich. An einer Wand hingen zwei große gerahmte Gemälde der geplanten Passagierschiffe, die noch keinen Namen trugen. An einer anderen Wand hing ein Erinnerungsbild der *Oregon Queen*. Die gleichen Gemälde hingen noch einmal in Dans Büro. Neben seinem Schreibtisch stand das neueste Modell eines Diktiergeräts, das bewundert, aber fast niemals benutzt wurde. Er war gehemmt, wenn er einer Maschine diktieren sollte, und er zog es vor, Miss Anderson sein Diktat persönlich anzusagen.

Miss Polly Anderson war schon seit über einem Jahr seine Sekretärin. Sie war eine große, vollbusige, unkomplizierte Frau Anfang Dreißig. Irgendwann in ihrem Leben hatte es einen Mr. Anderson gegeben, aber sie hatten sich getrennt, und jetzt war sie allein. So viel wußte Mark, daß sie allein lebte und im Chor der Lutherischen Kirche sang; sie hingegen kannte jede Einzelheit seines Lebens. Sie floß über vor Mitgefühl, sie behütete ihn und las ihm jeden Wunsch von den Augen ab, sie ließ seine Wutausbrüche über sich ergehen und kannte die Mitglieder seiner Familie genau, ohne sie jemals gesehen zu haben. Sie verstand Marthas Wunsch, Schauspielerin zu werden, Jakes Ausweichen, Clairs seltsame Stellung innerhalb der Familie und natürlich auch Sarahs Unzufriedenheit mit Marks Verhalten. Nicht, daß sie jemals Sarah oder sonst jemanden kritisiert hätte – sie verstand.

Am Tage nach seiner Unterhaltung mit Sarah über Jake kam Miss Anderson abends um halb sechs in sein Büro, um ihn zu fragen, ob noch etwas zu erledigen sei. Er sah sie trübe an und schüttelte den Kopf.

«Sie fühlen sich nicht wohl», sagte sie. «Kann ich etwas für sie tun?»

«Können Sie meinen Sohn dazu bringen, daß er nicht vergißt, wer sein Vater ist? Er ist seit mehr als zwei Wochen wieder zu Hause und hat noch keine zehn Worte mit mir gesprochen.»

«Mr. Levy, Sie wissen, daß er mehr als zehn Worte mit Ihnen gesprochen hat. Lassen Sie ihm Zeit.»

«Das sagt Sarah auch.»

«Und da hat sie recht.»

«Sie hat immer recht und ich hab immer unrecht. Habe ich je etwas von ihr verlangt? Polly, ob Sie es glauben oder nicht: ich bin seit zweiundzwanzig Jahren verheiratet und habe keine andere Frau angesehen.»

«Sie haben mich angesehen, hoffe ich.»

Er sah sie jetzt an. «Haben Sie Lust, mit mir zu Abend zu essen?» fragte er plötzlich.

«Wie bitte?»

«Nicht wie bitte. Ja oder nein? Oder haben Sie eine andere Verabredung?»

«Werden Sie nicht zu Hause erwartet?»

«Polly, sie erwarten mich nicht mehr. Sie freuen sich nicht einmal, wenn ich komme.»

«Mr. Levy, ich habe ein großes Steak im Kühlschrank und bin eine gute Köchin. Außerdem habe ich sechs Flaschen richtiges Bier, die ich aufgehoben habe. Darf ich Sie zu mir einladen?»

«Möchten Sie wirklich nicht, daß ich Sie in ein vornehmes Restaurant ausführe?»

«Kommen Sie zu mir, das ist gemütlicher. Und wir können dort besser reden.»

«Geben Sie mir Ihre Adresse, ich werde hinkommen», sagte Mark. Er konnte sich nicht entschließen, mit ihr gemeinsam fortzugehen; und nachdem sie gegangen war, hatte er Schuldgefühle und ahnte Gefahr. Aber mit dem Schuldgefühl ging auch Erregung und Vorfreude einher; und die platte Formel, mit der er sich selbst Mut zusprach, beschrieb sie als freundliche und teilnahmsvolle Frau. Es würde nichts weiter geschehen, als daß sie zusammen aßen und sich unterhielten.

Ihre Wohnung lag in einem sauberen, weißen Holzhaus in der Powell Street. Sie bestand aus einer winzigen Küche und einem ziemlich großen Wohnraum, der zugleich als Schlafraum diente. Auf dem Bett lag eine Tagesdecke aus geblümtem Baumwollstoff und eine Vielzahl von Kissen in bunten Bezügen. Sie bat Mark, mit einem Glas Bier Platz zu nehmen und begann, das Abendessen zuzubereiten.

«Ich trinke nicht viel», sagte er zu ihr, «aber Bier trinke ich sehr gern. Darum bin ich überhaupt hierhergekommen, wenn Sie das wissen wollen.»

«Nicht meinetwegen?» fragte sie aus der Küche.

«Doch, natürlich, Polly. Ich kenne sogar ein Restaurant, wo man immer noch gutes Bier bekommen kann, aber das Essen dort ist schauderhaft. Wissen Sie, vor Jahren, als Mr. Lavette und ich uns als Partner zusammentaten, haben wir oft beisammengesessen und drei oder vier Liter miteinander getrunken. Na ja, damals waren wir jünger.»

«Sie sind immer noch jung, Mr. Levy. Alle sagen, wie jung Sie und Mr. Lavette sind.»

«Mit einundvierzig ist man nicht sehr jung.»

«Doch, doch. Das ist kein Alter.»

Das Abendessen war gut, und er langte kräftig zu. Er war nur wenig überrascht, als sie erklärte, das Bett sei die einzige bequeme Sitzgelegenheit; und dann kam er sich doppelt töricht vor, weil er sein Gewissen dadurch zu beruhigen versuchte, daß er sie den Anfang machen ließ. Er hatte das Gefühl, daß er unbeholfen und tölpelhaft war; er war sich seines Kugelbauchs bewußt, als er sich auszog – als ob er jetzt erst merkte, daß er einen Bauch hatte. Er versuchte weltmännisch zu wirken, als er anmerkte, Sockenhalter seien das lächerlichste Kleidungsstück, das jemals erfunden worden sei. Jedoch sie war zutraulich und warm, es gelang ihr, ihn zu lockern; und dann erkannte er, daß sie wirklich dankbar für seine Gegenwart und für das bißchen unbeholfenen Geschlechtsverkehr war, das er ihr bot.

Hinterher sagte sie: «Wissen Sie, Mr. Levy, manchmal glaube ich, daß ich die einsamste Frau auf Gottes Erde bin.»

Er erreichte die letzte Fähre nach Sausalito, und als er so dastand und auf die schwarzen Fluten der Bucht hinabsah, fühlte er eine Woge von Mitleid und Zerknirschung – nicht über das, was er getan hatte, sondern weil er, wenn auch nur einen Augenblick lang, die ungeheure Trauer der menschlichen Existenz gespürt hatte.

Jake kaufte einen gebrauchten Ford T., eine Tin Lizzy, und er und Clair erforschten die unbefestigten Straßen von Marin County und des Sonomatals. Ihr Lieblingsplatz war in den Muir-Wäldern. Für Clair war der Wald von riesigen Sequoien wie ein heiliger Ort der Zuflucht; und sie merkte, daß hier auf irgendeine Weise die Qual schwand, die in Jakes Innerem verschlossen war. Er erzählte ihr die Geschichte von William Kents dreißigjährigem Kampf zur Rettung der herrlichen Bäume vor den Holzfällern. «Es ist die einzige Kirche

Gottes, für die ich zehn Cent geben würde», sagte Jake, und «dabei haben sich Dan Lavette und mein Vater an den Kadavern der Sequoien gemästet.»

«Sie waren nicht die einzigen», sagte Clair freundlich, «halb San Francisco ist aus Rotholz gebaut. Das weißt du selbst.»

Sie begriff seine Bitterkeit Mark und Dan gegenüber einfach nicht und fragte sich, ob es nicht einfach nur ein Ventil für den namenlosen Zorn war, den er selbst nicht verstehen konnte. Sie drängte ihn nie, zu sprechen und das, was an ihm nagte, herauszulassen; aber eines Tages im Katboot, das draußen in der Bucht auf dem gläsernen, glatten und unbeweglichen Wasser lag, fragte sie ihn nach Maguire, den er in seinen Briefen so oft erwähnt hatte.

«Das ist komisch mit Maguire», sagte er. «Ich habe monatelang nicht an ihn gedacht; aber letzte Woche habe ich von ihm geträumt. Ein bigotter, blöder Sauhund! Stammte aus Chicago und war Berufssoldat in der Armee, Unteroffizier. Er war Ausbilder in meiner Einheit und Tag und Nacht hinter mir her. Drecksjude hier, Drecksjude da – das einzige saubere, stolze Empfinden seines Lebens war sein Judenhaß. Und dann konnte ich es einfach nicht mehr aushalten. Ich erwischte ihn in einer ruhigen Ecke – wir waren schon in Frankreich – und prügelte ihn mächtig durch. Eine tolle Leistung: ich war größer, stärker und jünger. Er hätte mich vors Kriegsgericht bringen können; aber er hat kein Wort gesagt; war danach aber wie umgewandelt. Als ob ich sein großer Bruder wäre. Bücher rührte er nicht an. Die einzigen Frauen, die er kannte, waren Huren. Er prahlte damit, daß er schon fünfmal den Tripper gehabt hätte. Er hat mir oft erzählt, wie er in Chicago aufgewachsen war – in einer teuflischen Armut des Leibes und der Seele, die ich mir nicht einmal vorstellen konnte. Er hatte soviel Qualen, Entbehrungen, gemeine und unmenschliche Behandlung erlitten, wie ein Mensch sie nur ertragen kann, ohne dabei zugrunde zu gehen. Er ging mit dreizehn Jahren mit seiner eigenen Schwester ins Bett. Sie war elf. Sein Vater war ein Trunkenbold, der ihn systematisch halb tot prügelte; und mit vierzehn lief er von zu Hause fort und wurde Schlepper für einen Zuhälter. Das also war Joe Maguire; und weißt du, er stand mir näher als je ein anderer Mann in meinem Leben. Er war ein verflucht guter Soldat, aber irgendwie auch noch mehr: unter all dem Schmutz und aller Verworfenheit lag etwas

Schönes und Wunderbares. Einmal hat er mir das Leben gerettet. Ach, zum Teufel, was soll's?»

«Was ist mit ihm passiert, Jake?»

«Er ist gefallen.»

«Das weiß ich. Erzähle mir, wie.»

«Warum?» fragte er fast streitsüchtig. «Was bedeutet dir das?»

«Weil», sagte sie langsam, «bis du mich in diesen Teil deines Selbst eindringen läßt, eine Mauer zwischen uns steht, und ich möchte keine Mauern zwischen uns haben. Hast du jemals daran gedacht, wie ich aufgewachsen bin, Jake, und was es für mich bedeutet hat, in die große Hazienda dort oben auf dem Berg zu Sarah und Mark zu kommen? Du hast das möglich gemacht. Ich glaube, ich habe mich am ersten Tag, als ich dort war, in dich verliebt.»

«So? Nun, ich glaube, ich hab mich in dich verliebt, als ich dich zum ersten Male auf der *Oregon Queen* gesehen habe.»

«Ehrlich? Du erinnerst dich daran?»

«Meinst du, ich könnte das vergessen?»

«Erzähle mir von Maguire.»

Er sah sie nicht an. Der Wind setzte mit leichtem Flüstern ein, und das schlaffe Segel schlug ein bißchen. Jake lehnte sich über Bord und ließ seine Hand ins Wasser hängen. «Wir waren in einem Granattrichter», sagte er. «Neun Mann. Festgenagelt durch MG-Feuer. Unser Leutnant war tot, seine Leiche lag am Rand des Trichters, und die Kugeln schlugen unaufhörlich hinein. Du mußt wissen, der deutsche MG-Schütze wußte, daß wir in dem Loch waren, und er nagelte uns da fest. Wir konnten nichts machen, aber dann brüllte so ein verrückter Dreckskerl von Offizier aus einem anderen Granattrichter, wir sollten ihm den MG-Schützen vom Halse schaffen. Ich nahm die eine Hälfte der Männer, Maguire die andere, und dann stürmten wir. Ich weiß nicht, warum. Und wenn es um mein Leben ginge – ich weiß nicht, warum. Wir kletterten auf zwei Seiten aus dem Loch, zwei Haufen, die dem Schützen die Wahl ließen. Er wählte Maguire und mähte ihn mit allen seinen Männern um. Ich habe keinen von ihnen wiedergesehen.»

«Und du, Jake? Was war mit dir?»

«Willst du das tatsächlich hören?»

«Ja.»

«Na gut», flüsterte er. «Wir kamen durch, ich und ein mageres

Bürschchen aus Palo Alto, der Fredericks hieß. Die anderen fielen alle. Nur ein Deutscher lebte noch, ein dicker blonder Junge mit rundem Gesicht und blauen Augen – großen blauen Augen. Er hatte keinen Stahlhelm auf, und er starrte uns entsetzt an, als Fredericks und ich in sein Schützenloch sprangen und ihn mit dem Bajonett angriffen. Mein – Bajonett – fuhr – in –» er setzte sich auf und sah sie an. «In sein Gesicht, Clair», sagte er mit rauher Stimme. «Ich habe ihm mein Bajonett mitten ins Gesicht gestoßen.»

Ihr Blick traf seinen, und sie sah nicht weg. «In Ordnung, Jake. Ich freue mich, daß du es mir gesagt hast.»

«Wirklich?»

«Ja.»

«Weißt du, was eine Schützengrabenneurose ist?»

«Ich habe darüber gelesen.»

«Es ist ein beschönigender Ausdruck für Wahnsinn. Im Krieg wird nichts bei seinem richtigen Namen genannt. Ich habe Glück gehabt. Ich bin nicht verwundet worden, und ich bin normal. Fredericks nicht. Er hat den Verstand verloren. Er ist jetzt in einem Heim für Kriegsinvaliden. Er ist erledigt. Ich habe seine Mutter angerufen und versucht, es zu erklären. Du wolltest, daß ich über diese Dinge sprach, und ich habe darüber gesprochen. Möchtest du immer noch, daß ich darüber spreche?»

«Ja», sagte sie geradeheraus.

Er atmete tief und ergriff ihre Hand. «Du bist ein Teufelsweib, Clair Harvey.»

«Und du bist ein Teufelskerl, Jake Levy. Nun laß uns weitersegeln. Es ist Wind aufgekommen.»

«Warum heiraten wir nicht?» sagte er.

«Es wurde Zeit, daß du fragtest.»

«Wie willst du heiraten?»

«Genauso wie du.»

«Du weißt, daß mein Vater und meine Mutter uns das nie verzeihen werden», sagte er.

«Sicher werden sie das.»

Drei Tage später packten sie einen Picknickkorb, fuhren durch das Sonomatal in die kleine Stadt Napa, wo der Friedensrichter sie traute. Dann fuhren sie durch das Napatal nach Norden. Es war ein klarer, kühler, schöner Tag. Federwolken zogen über den blauen Himmel, ihre Schatten huschten wie verrückt über die goldenen

Hügel. Sie bogen von der Hauptstraße ab auf einen Feldweg, und der kleine Ford rumpelte und holperte dahin. Sie aßen im Schatten eines Wäldchens aus immergrünen Eichen, breiteten eine Wolldekke auf dem Boden aus, lagen Seite an Seite und sahen den ziehenden Wolken zu.

«Was für eine schöne, schlimme Welt», sagte Clair. «Warum machst du mir kein Kind? Ich möchte mindestens acht Kinder haben, also sollten wir sofort damit beginnen.»

«Hier?» Er wies den Feldweg hinauf, wo zwei eiserne Torflügel an Steinpfeilern hingen.

«Niemand sieht uns. Nicht, daß ich mir etwas daraus machte. Wir sind unwahrscheinlich gut. Wir könnten öffentlich auftreten.»

«Gerechter Gott, ich habe eine Landstreicherin geheiratet.»

«Da hast du verdammt recht, und es wird Zeit, daß du das merkst.»

Anschließend spazierten sie die Straße hinauf zu dem eisernen Tor. Quer über den Torweg stand HIGATE WINERY. Eine Straße führte zwischen unkrautüberwucherten Reihen von Weinstökken, die ein Gewirr grüner Ranken ausstreckten, den Hügel hinauf zu zwei alten Steinhäusern. Am Tor selbst verkündete ein kleines Schild hoffnungsvoll und rührend, «Zimmer zu vermieten».

Sie sahen sich an. «So nah am Paradies waren wir noch nie», sagte Clair. Das Tal erstreckte sich unter ihnen bis zu den goldenen Hügeln im Osten. Hinter den Steinhäusern im Westen erhoben sich mit Eichen und Büffelgras bewachsene Berge.

«Wir versuchen es», stimmte Jake zu.

Sie öffneten das Tor und wanderten den Weg zum Haus hinauf. Ein kleiner, untersetzter Mann von etwa sechzig Jahren versuchte, einen alten Lastwagen anzukurbeln, der nicht anspringen wollte. Er ließ die Kurbel los und sah ihnen entgegen.

«Dieser alte Klapperkasten macht mehr Mühe, als er wert ist», sagte er zu Jake.

«Steigen Sie ein und kümmern Sie sich um Zündung und Luftklappe. Ich drehe die Kurbel», sagte Jake.

Der Motor sprang an. Der dicke Mann stieg aus dem Lastwagen und schüttelte ihnen begeistert die Hand.

«Wir haben gerade geheiratet», sagte Clair. «Sie vermieten Zimmer?»

«Was soll man bei diesem verdammten, dämlichen barbarischen

Prohibitionsgesetz sonst tun? Da hat man einen kleinen Weinberg, mit etwas Glück gerade genug, um Leib und Seele zusammenzuhalten. Nun bin ich am Ende, ruiniert, zerstört; sie haben mir einen Pfahl ins Herz gerammt, diese Teufelsbrut von verdammten Temperenzlern! Ihr seid keine Temperenzler, oder? Denn wenn, dann will ich nicht, daß ihr den Boden beschmutzt, auf dem ihr steht. Dann werde ich euch fortjagen, als ob ihr der Teufel selbst wäret.»

«Wir sind keine Antialkoholiker», erwiderte Clair und lachte. «Beim Himmel, nein.»

«Das ist nicht zum Lachen.»

«Ich heiße Jake Levy. Das ist Clair, meine Frau. Unser Auto steht unten auf der Straße, wir hatten Ihr Schild gelesen.»

Nun kam eine kleine, rundliche, rotwangige Frau aus dem Haus, sie wischte sich die Hände an der Schürze ab.

«Ich bin Mike Gallagher», sagte der Mann. «Das ist meine Frau Mary. Wir haben ein sauberes Zimmer mit einem guten Bett, für zwei Dollar die Nacht, drei Dollar, wenn Sie frühstücken wollen, vier Dollar, wenn Sie zu Abend essen wollen.»

«Oh, was bist du für ein alter Gierschlund!» rief seine Frau aus. «Einen Dollar für ein Frühstück. Das ist unverschämt.»

«Überlaß das Geschäftliche mir, Frau.»

«Wir nehmen es», sagte Jake.

Als sie den Hügel hinabgingen, um ihr Auto zu holen, sagte Clair: «Was für eine wunderschöne Hochzeitsreise! Ich hätte mir nie träumen lassen , daß es so werden würde.»

Dan kam in das Haus in der Willow Street und kündigte May Ling an: «Junge Dame, ich reise nach Honolulu!»

«Nein, Danny! Wann denn?»

«In vier Tagen.»

«Und wie lange wirst du dort bleiben?»

«Einschließlich der Überfahrt werde ich fünf Wochen fort sein.»

«Fünf Wochen? O Danny, das ist zu lange.»

«Überhaupt nicht.»

«Und fährt sie mit dir?»

«Wer ist sie?»

«Die Eisprinzessin», zischte May Ling.

«Oh, ich mag es, wenn du böse wirst!»

«Ich bin nicht böse. Nur angeekelt. Du hast einfach nicht genug

Verstand, um den Unterschied zu erkennen. Ich wünschte, du wärest jetzt in China.»

«In China? Warum?»

«Weil dich dann jeder ansähe und angeekelt wäre und fragen würde: wer ist das ungeheure, übergroße Wesen mit großer Nase, das wie ein Mann geht?»

«Ich wußte nicht, daß du so über mich denkst», sagte er grinsend.

«Dann weißt du es jetzt. Fährt sie mit?»

«Nein, sie haßt Schiffe. Sie haßt Boote.»

«Und sie haßt dich, aber du hast nicht genug Verstand, um das zu begreifen. Fährst du allein?»

«Nein.»

«Ich möchte bloß wissen, was es da zu grinsen gibt. Wer fährt mit? Mark?»

«Nein.»

«Wer?»

«Du», sagte er.

«O Danny, zieh mich nicht auf.»

«Ich ziehe dich nicht auf. Du fährst mit!»

Sie schüttelte immer noch den Kopf.

«Hör mir doch bitte einmal zu! Es ist alles bereits geregelt. Du kommst als meine Sekretärin mit. Frank Anderson ist ein Freund von mir, wir fahren auf einem seiner Schiffe, der *Santa Barbara.* Es ist ein zwölftausend-Tonnen-Frachter, er verkehrt zwischen San Francisco und Yokohama mit Zwischenlandung in Honolulu. Das Schiff hat zwei Passagierkabinen und eine Besatzung aus Japanern und Polynesiern. Mit Anderson ist alles arrangiert. Ich nehme meine Sekretärin mit. Das klingt plausibel. Ich habe wichtige Geschäfte in Hawaii zu erledigen. Du gehst am Freitag vormittag um zehn Uhr am Pier achtunddreißig an Bord.»

May Ling starrte ihn an. Sie setzte sich und ließ ihn nicht aus den Augen. Ihr fast drei Jahre alter Sohn Joseph kam ins Zimmer und griff nach Dans Bein. Dan warf ihn hoch in die Luft, und Joseph jubelte vor Vergnügen. May Lings Mund stand offen. Tränen traten ihr in die Augen und liefen langsam ihre Wangen hinunter.

«Warum zum Teufel weinst du?» Er stellte das Kind auf den Boden.

«Weine nicht, Mommy», sagte der kleine Junge. Sie nahm ihn in ihre Arme.

«Und was ist mit ihm?»

«Er kann bei deiner Mutter bleiben. Sie nimmt ihn sicher sehr gern für eine Weile.»

«O Danny, das ist verrückt.»

«Warum?»

«Ich kann nicht. Du weißt, ich kann das nicht. Wo werden wir dort wohnen? Auf den Inseln . . .»

«Diese Inseln sind sehr zivilisiert. Drei Tage lang werden wir Gäste der Familie Noel auf ihrer Pflanzung sein. Sie haben die größte Zuckerrohr- und Ananas-Plantage auf den Inseln, und ich hoffe, daß Christopher Noel die Hälfte des Geldes für das Hotel geben wird, das Mark und ich am Strand von Waikiki bauen wollen. Für die übrige Zeit suchen wir uns ein Hotel oder kampieren am Strand oder mieten irgendein Boot und segeln um die Inseln herum. Mein Gott, was liegt daran? Das Wichtigste ist doch, daß du und ich fünf Wochen lang Tag und Nacht beisammen sind.» Er hielt inne. «Nun? Warum weinst du noch immer?»

«Danny, ich weiß nicht. Ich bin im Augenblick glücklicher und trauriger als je zuvor.»

In der großen gekachelten Küche des Hauses, das für Clair immer noch die Hacienda war, saßen alle fünf um den Rotholztisch: Sarah, Mark, Martha, Jake und Clair. Mark war Millionär, aber Sarah wollte keine Dienstboten haben, die im Haus wohnten. Einen Gärtner, ja, und eine Frau, die zum Putzen kam; aber in der Küche wollte sie allein sein. Als sie die Suppe und dann die gebratenen Hühnchen mit Gemüse gegessen hatten, sagte Jake ihnen, daß er und Clair verheiratet waren. Er sagte es geradeheraus, weil er nicht wußte, wie er es sonst hätte sagen sollen. Danach herrschte ein langes, bedrückendes Schweigen, bis Sarah ausrief: «Warum? Aber warum?»

«Weil wir es auf unsere Weise tun mußten», sagte Jake.

«Wann?» wollte Mark wissen.

«Gestern. Der Friedensrichter in Napa hat uns zusammengegeben.»

«Herrgott noch mal!» schrie Mark. «So etwas Dämliches!»

Sarah schaute ihn an, ihre blauen Augen waren so kalt wie Eis. «Sei still, Mark. Alles, was du jetzt sagst, wird falsch sein.»

«Warum?»

«Wenn ich dir das sagen könnte, wärst du nicht, was du bist.»
«Und was bin ich, irgendein Tier, das man so behandeln muß?»
«Bitte», sagte Clair, «ich liebe euch beide. Versucht zu verstehen, daß wir es so tun mußten, wie wir es getan haben.»
Mark atmete tief ein und es gelang ihm, sich zu beherrschen. «Gut. Du warst wie eine Tochter für uns, Clair. Meinst du, ich hätte nicht gewußt, daß du und Jake eines Tages heiraten würdet?»
«Ich glaube schon, doch.»
«Haben wir dich jemals schlecht behandelt?»
«Hör auf damit!» sagte Sarah. «Sei ruhig. Sie sind verheiratet. Du solltest Gott danken. Es gibt kein anderes Mädchen in der Welt, das ich lieber zur Tochter hätte.» Den Tränen nahe stand sie auf und ging zum Ofen. «Es gibt jetzt Kaffee und Nachspeise. Ich habe Apfeltorte. Und dann wollen wir wie zivilisierte Menschen darüber sprechen.»
«Also, ich freue mich», sagte Martha. «Ich freue mich. Ich glaube, ihr versteht das alle nicht. Ich freue mich.» Sie stand auf, lief zu Clair hinüber und umarmte sie. «Du bist doch die Allerbeste, und Jake hat wirklich Glück gehabt.»
Mit erstickter Stimme sagte Sarah, die immer noch mit den Tränen kämpfte, während sie die Apfeltorte schnitt: «Nur weiß ich nicht, wozu dieses große Haus sonst gut ist, außer für eine Hochzeitsfeier. Ich habe immer gedacht, sie würde hier stattfinden.»
«Das kann immer noch geschehen», sagte Mark. «Schön, ich habe mich aufgeregt – mit Grund. Nun, das ist vorbei. Aber wer sagt denn, daß ihr die Ehe nicht noch einmal schließen könnt – dieses Mal vor Rabbi Blum.»
«Der Rabbi kann sie nicht zusammengeben», sagte Sarah. «Um Himmels willen, Mark, fang nicht schon wieder damit an. Clair ist keine Jüdin, und der Rabbi kann sie nicht trauen. So steht es im Talmud. So ist es, und so muß es bleiben.»
«Es braucht nicht so zu bleiben», sagte Mark stur.
«Lieber Mark», sagte Clair, «ich kann nicht zum jüdischen Glauben übertreten.»
«Warum nicht?»
«Weil sie ist, was sie ist!» schrie Jake. Begreifst du nicht, was das bedeutet?»
«Sprich nicht so mit mir! Ich bin dein Vater.»
«Bitte, Jake», sagte Clair, «laß mich versuchen, es zu erklären.»

«Nein, laß ihn erklären», sagte Mark wütend. «Es ist Zeit, daß er dies und das erklärt. Er ist seit zwei Monaten wieder da, und ich kann nicht mit ihm reden. Ich habe das Kaufhaus für ihn aufgebaut, das größte Kaufhaus in diesem Staat, und er will es sich nicht einmal ansehen.»

«Es ist nicht für ihn», verteidigte ihn Clair. «Mark, wir sind nicht undankbar, aber . . .»

«Ich bin undankbar», unterbrach Jake. «Es wird Zeit, daß ich das sage. Du hast dein verdammtes L-&-L-Reich auf Blut aufgebaut, und es stinkt.»

«Nein!» schrie Sarah. «Das darfst du nicht sagen, das ist gemein!»

«So, es stinkt, meinst du?» brüllte Mark. «Und wenn wir nicht den Nachschub transportiert hätten, wärt ihr alle in Europa verreckt. Was sagst du? Daß wir schlecht sind, weil wir Patrioten waren? Daß wir böse Menschen sind, weil wir wollten, daß dies Land durchkommt, daß Frankreich und England überdauerten? Wir haben die Schiffe nicht versenkt! Das waren dieselben Lumpen, die euch drüben umzubringen versuchten. Dieselben Hunnen. Und dann sprichst du so mit mir! Mit welchem Recht?»

Jake sprang auf und ging aus dem Zimmer. Sarah weinte. Martha saß wie erstarrt, mit offenem Mund. Marks Hände zitterten. Clair lief zu ihm hin und schlang ihre Arme um ihn.

«Mark – lieber Mark, wir lieben dich, wir beide lieben dich. Jake ist durcheinander. Er ist verwirrt, seit er zurückkam, er ist völlig aus dem Gleichgewicht. Du mußt das verstehen.»

«Was habe ich ihm getan?» fragte Mark. Es hörte sich fast an wie ein Wimmern. «Was habe ich ihm je getan? War ich jemals gemein, ekelhaft zu ihm? Habe ich jemals etwas getan, was nicht für ihn war? Er ist mein Sohn.»

«Es wird alles ins Lot kommen», sagte Clair. «Nur laß ihm Zeit. Wir haben dich beide lieb, Mark.»

«Geh hinaus zu ihm», sagte Sarah.

Nun brach Martha in Tränen aus und lief hinaus. Clair folgte ihr. Als sie mit ihrem Mann allein war, sagte Sarah zu ihm: «Weißt du, wie weit ich von zu Hause weg bin, Mann? Von einem Ort in Rußland, der Kiew heißt? Vielleicht acht- oder neuntausend Meilen – in einem fremden Land auf der anderen Seite der Erde. Ich bin eine einsame alternde Jüdin. Hast du dir je Gedanken darüber gemacht? Du möchtest, daß sie Jüdin wird. Du hättest gern, daß

Jake Jude ist. Aber du selbst bist seit fünfundzwanzig Jahren kein Jude mehr. Geh zu Rabbi Blum und sag ihm, er soll dich zum Glauben bekehren, bevor du versuchst, meine Tochter zu bekehren. Ich weiß nicht, wer Kriege macht und wer Geld macht; aber eins weiß ich: das beste, das uns jemals wiederfahren konnte, ist das wundervolle Mädchen, das er geheiratet hat.»

Jean Lavette hatte oft gefunden – obwohl sie es kaum ausgesprochen haben würde –, daß eins der begehrenswertesten Ziele des Reichtums die Gleichgültigkeit gegenüber Geld war. Der Unterschied zwischen einem solchen Zustand und der Extravaganz war nur klein, aber es gab ihn. Ihre eigene Vergangenheit war den Goldgruben zu nahe und zu stark mit dem Bankwesen verknüpft, als daß sie wirkliche Gleichgültigkeit hätte erreichen können. Dan war zwar großzügig, aber kaum gleichgültig. Alan Brocker war gleichgültig, auf eine Weise, die sie an die der Gesellschaftslöwen von New York City in den Geschichten von Richard Harding Davis erinnerte, die sie als Schulmädchen so gern gelesen hatte. Nicht, daß Brocker reicher war als die Seldons – obgleich er sehr viel mehr Barvermögen hatte als die Lavettes –, aber sein Reichtum war vorhanden, ohne daß sich für ihn daraus Verpflichtungen ergaben. Er wurde von anderen verwaltet und wuchs, wuchs ins Ungemessene durch den Krieg, für den er niemals mehr als Lippenbekenntnisse abgelegt hatte. Nun hatte er siebenunddreißigtausend Dollar für einen nach seinen Wünschen gebauten Leyland-Tourenwagen bezahlt. Er war einmalig, der einzige dieser Art an der Westküste, der erste britische Tourenwagen mit einem Achtzylinder-Reihenmotor.

Einen Tag nach Dans Abreise nach Hawaii erschien Alan vor dem Haus auf dem Russian Hill in seinem neuen Wunder der Technik, das jeden Hügel in der Stadt in schneller Fahrt erstürmen konnte, und zeigte Jean eine Einladung von Douglas Fairbanks und Mary Pickford in ihr Haus Pickfair, Los Angeles, wo sie den Dreharbeiten zu ihrem neuesten Film zusehen durften. Alan kannte jeden und war überall gewesen; er erklärte Jean, daß Los Angeles weder Venedig noch Südfrankreich sei, sondern nur eine Autofahrt von zwei Tagen nach Süden.

«Wir werden drüben in Carmel übernachten», sagte er. «Ich kenne dort ein entzückendes kleines Rasthaus. Es wird ein großartiges Abenteuer sein.»

«Ich bin viel zu alt für Abenteuer», protestierte Jean.

«Was für ein Unsinn. Ich will dir mal was sagen. Ein Filmproduzent braucht dich nur einmal anzusehen, und schon wird er auf den Knien liegen und um einen neuen Filmstar werben – nämlich Jean Lavette.»

«Diese Art von Schmeichelei ist idiotisch.» Und dann fügte sie hinzu: «Was willst du deinen Freunden, den Fairbanks sagen – daß ich deine Geliebte bin?»

«Wenn du es möchtest?»

«Das wünsche ich keinesfalls», sagte sie fest. Es war das erste Mal, daß sie den Ausdruck Geliebte – auch sich selbst gegenüber – benutzt hatte; und er hinterließ einen pelzigen, bitteren Geschmack im Mund. Doch war sie bereit, mit ihm zu fahren und sprach mit Wendy Jones, in deren Obhut die Kinder bleiben sollten.

Die Reise begann wenig erfolgversprechend. Es paßte ihr nicht, daß sie ihren Teint, den sie sehr pflegte, Sonne und Wind aussetzen sollte, und sie stritten darüber, ob sie mit oder ohne Verdeck fahren wollten. Schließlich setzte sie ihren Willen durch und entdeckte, daß er so ungeschickt war, daß sie aussteigen und ihm helfen mußte. Die Straße war schlecht und voller Schlaglöcher, und sie betete nur, daß sie von einem Reifenschaden verschont blieben. Aber ihre Gebete wurden nicht erhört; und auf einem einsamen Teil schlechter Straße eben südlich von Davenport platzte ein Reifen. Es war nichts zu sehen als felsige Küste und der weite, unter der Sonne grell leuchtende endlose Pazifik.

Leise vor sich hinfluchend stieg Alan aus, zog seine hellblaue Sportjacke aus, ging zum Fahrzeugheck und öffnete den winzigen Kofferraum.

«Weißt du was?» rief er. «Hier ist kein Wagenheber.»

«Das ist unmöglich.»

«Komm her und sieh selbst nach.»

«Ich brauche das nicht zu sehen. Wenn er nicht im Kofferraum ist, ist er woanders.»

«Wo?»

«Wie soll ich das wissen?» schrie sie ihn an. «Ich habe nie zuvor eines dieser lächerlichen Autos gesehen. Aber wenn du dumm genug warst, siebenunddreißigtausend Dollar für ein Auto auszugeben, das keinen Wagenheber hat, dann verdienst du alles, was passiert.»

«Das ist ja heiter», erwiderte er, schenkte dem Kofferraum keine Beachtung mehr und kam zu ihr nach vorn. «Du bist ein wirklicher Schatz.»

«Soll ich aussteigen und den Wagenheber suchen?»

«Es gibt keinen Wagenheber.»

Sie lehnte sich aus dem Wagen und zeigte auf einen Lederkoffer, der auf das Trittbrett geschnallt war. «Was ist darin?»

«Was weiß ich?»

«Nun, warum machst du nicht mal Pause mit deiner Dämlichkeit und siehst nach?»

«Danke!» sagte er bissig. Er öffnete den Lederkoffer und darin lagen ein Wagenheber und ein Radmutternschlüssel. Er stand da und starrte das Werkzeug an. «Ich kann keinen Reifen wechseln», sagte er schließlich.

«Was?»

«Es ist nicht so einfach, wie du glaubst. Man muß den alten Reifen von der Felge nehmen, einen neuen aufziehen und den Schlauch aufpumpen. Ich kann das nicht. Ich bin kein verdammter Mechaniker.»

«Nein, ganz bestimmt nicht.»

«Nun, was soll ich deiner Meinung nach tun? Ich habe eine weiße Flanellhose an.»

«Richtig. Wir sind vor etwa fünf Kilometern an einer Werkstatt vorbeigekommen. Ich schlage vor, du gehst dorthin.»

«Fünf Kilometer? Bei der Sonne?»

Was bei dieser Unterhaltung noch hätte herauskommen können, sollte Jean nie erfahren, denn in diesem Augenblick hielt ein nach Norden fahrendes Auto neben ihnen an, und ein gutgekleideter junger Mann zwischen zwanzig und dreißig stieg aus.

«Schwierigkeiten?» fragte er. «Das ist aber mal ein schönes Stück», sagte er von dem Leyland, sah aber Jean an.

«Ich habe einen Plattfuß.»

«Ich würde Ihnen helfen, aber ungern bei dem Auto. So eins habe ich noch nie gesehen.»

«Können Sie mich zur Werkstatt mitnehmen? Sie ist ungefähr fünf Kilometer nördlich von hier.»

«Mit Vergnügen.»

«Ich bleibe nicht allein hier», sagte Jean.

«Auch nicht eine halbe Stunde?»

«Nein.»

Das Ende vom Lied war, daß Alan beim Auto blieb und Jean mit dem Ford des jungen Mannes fuhr, der Fritz Alchek hieß. Er reiste mit einer Kollektion von Herrenmodeartikeln und war auf dem Weg nach San Francisco. Der Mechaniker verlangte zehn Dollar Vorschuß, bevor er seine Werkstatt schloß und sich auf den Weg machte. Jean gab ihm die zehn Dollar und sagte dann zu dem jungen Mann: «Würde es Ihnen etwas ausmachen, mich nach San Francisco mitzunehmen?»

«Mit Vergnügen.» Er war eifrig, aber ziemlich einfallslos.

Sie waren zehn Kilometer gefahren, als Mr. Alchek seine Hand versuchsweise auf Jeans Knie legte. «Mr. Alchek», sagte sie ruhig, «ich bin so groß wie Sie und ziemlich kräftig. Wenn Sie Ihre Hand noch einmal auf mein Knie legen, werde ich sie Ihnen brechen.»

In San Gregorio hielt er an und forderte sie auf, auszusteigen.

«Warum?»

«Weil es mein Auto ist, du Miststück.»

Der Werkstattbesitzer in San Gregorio verlangte zwanzig Dollar dafür, sie nach Hause zu fahren, und drei Tage später brachte ein Bote ihren Koffer. Seltsamerweise erregte die ganze Angelegenheit sie eher, als daß sie sie deprimiert hätte; und die Folge war der unbezwingliche Drang, allein aus San Francisco abzureisen. Sie schrieb an Dan in Hawaii und teilte ihm mit, wozu sie sich entschlossen hatte. Dann ging sie zu Cook's und traf alle Vorkehrungen. Die jüngere Schwester ihrer Mutter hatte einen Engländer geheiratet, einen Teehändler mit Namen Vincent Cumberland, der in London wohnte. Es wurden ein paar Überseetelegramme ausgetauscht, und zehn Tage nach dem Vorfall mit dem Leyland saßen Jean, Wendy Jones, die siebenjährige Barbara und der neunjährige Tom im Zug nach New York, von wo aus sie sich nach England einschiffen wollten. Sie fand, es sei an der Zeit, ihre Abneigung gegen Seereisen zu überwinden.

Auf ihrer zweiten Fahrt nach Higate im Napatal hatten Clair und Jake beide das Gefühl, an einen Ort zurückzukehren, der ihnen sehr vertraut war und der sie ebenso gut kannte, wie sie ihn. Jake ließ den Motor seines alten Autos laufen, während er die Flügel des quietschenden, rostigen Eisentores öffnete; und dann fuhren sie die verfallene, unbefestigte Zufahrt zum Haus hinauf. Es war Mittag, die Luft zitterte leicht in der Hitze, Schmetterlinge taumelten wie dicke, träge Goldblättchen in der Luft, eine Eidechse sonnte sich im Sand. Zwei weiße Hennen scharrten auf dem Boden, und als sie aus dem Auto stiegen, kam Mike Gallagher mit einer Milchkuh am Strick um die Hausecke.

«Ich bin jetzt zum Farmer verkommen», sagte er. «Hallo, Kinder – wieder übernachten?»

«Wenn Sie uns aufnehmen», sagte Jake.

«Wir essen gleich, macht ihr mit? Geht schon ins Haus. Ich bringe nur Bessie auf die Weide und komme in ein paar Minuten nach.»

Das Essen bestand aus hausgemachter Wurst, Spiegeleiern, Salzkartoffeln und frischer Milch, die dick wie Sahne war; dazu gab es Mary Gallaghers selbstgebackenes Graubrot und selbstgemachte Butter. Jake und Clair aßen, bis ein beschämendes Gefühl von Völlerei dem ein Ende setzte, dann schenkte Gallagher jedem ein Glas klaren, bernsteingelben, lieblichen Wein aus eigener Kellerei ein. «Ein Gläschen zum Nachtisch», erklärte er, «und eine willkommene Gelegenheit, der verdammten Prohibition eine Nase zu drehen.»

Der Wein schmeckte wundervoll. «Machen Sie den?» fragte Jake.

«Den machen wir», bestätigte Mary Gallagher.

«Und jetzt haben wir die verdammten Regierungsschnüffler am Hals. Ich bin am Ende, Kinder, und ich kann nicht davon leben, daß ich einmal im Monat einem jungen Paar ein Zimmer vermiete.»

«Haben Sie je daran gedacht, den Besitz zu verkaufen?» fragte Jake unschuldig.

«Wie bitte? Wer sollte wohl mein Pleiteunternehmen kaufen?»

«Wir würden nur zu gern verkaufen», sagte Mary Gallagher. «Meine Schwester wohnt in Santa Barbara und hat uns gebeten, zu ihr zu ziehen. Sie hat ein kleines Textilgeschäft, an dem wir uns beteiligen könnten. Für das hier sind wir zu alt.»

«Wieviel haben Sie denn?» fragte Jake. «Ich meine, wieviel Land?»

Gallagher musterte ihn mit scharfem Blick. «Was ist – machen Sie Konversation, junger Mann, oder sind Sie interessiert?»

«Wir sind interessiert», sagte Clair lächelnd. «Darum sind wir hergekommen.»

«Nun, die beiden Gebäude sind aus Stein. Ihr habt sie neulich schon gesehen. Natürlich, ich muß zugeben, sie sind nicht mehr in erstklassigem Zustand, und die Wasserleitungen sind nicht, wie sie sein sollten. Das Dach muß auch in Ordnung gebracht werden. Aber die Bausubstanz ist gesund. Mit der Küche hat das Haus hier neun Räume – nicht, als ob wir sie benutzten; aber Ihr seid jung und gesund und werdet, so Gott will, für ein paar Ableger sorgen. Ihr habt das andere Gebäude gesehen. Es ist kein modernes Haus, aber in gutem Zustand. Die Gärfässer und die Lagerfässer sind sämtlich aus guter deutscher Eiche und ihr Gewicht in Gold wert, wenn unser Land jemals das schwachsinnige Prohibitionsgesetz hinter sich bringt. Jetzt könnte ich sie nicht loswerden. Die Pressen sind gut. Ich habe ungefähr tausend Flaschen . . .» Er breitete hoffnungslos die Hände aus. «Ich habe nie Luxusweine gemacht, nur guten, weißen Tischwein. Ich bin ein kleiner Mann, Jake, so ist das. Es ist aber alles da. Heutzutage ist es keinen Pfifferling wert, aber es ist da. Der Brunnen ist gut, er ist noch nie ausgetrocknet. Man kann viertausend Liter auf einmal schöpfen, und er ist noch nicht leer. An Landbesitz sind neunhundert Morgen da, davon sechzig mit Rebstöcken, und die ersticken im Unkraut. Es schmerzt mich, wenn ich sehen muß, wie alles verkommt, glauben Sie mir.»

«Können Sie sie nicht als Tafeltrauben verkaufen?» fragte Clair.

«Ach Gott! Haben Sie die Preise für Weintrauben gesehen? Sie überschwemmen den Markt. Ich will aufrichtig zu Ihnen sein. Ich kann mir keine Arbeiter leisten, und ich habe nicht mehr die Kraft, sie zu pflücken, in Kisten zu packen und auf den Markt zu bringen – selbst wenn das etwas einbrächte. Nein, nein, Kinder, sie haben uns hereingelegt. Sie haben mir den Dolch ins Herz gestoßen, die verfluchten Kriecher, als ob der Herr Jesus nicht selbst sein Gläschen Wein getrunken hätte. Und was gab es beim Abendmahl – Wasser vielleicht? Die haben Wein getrunken, verlaßt euch drauf!»

«Bitte, reg dich nicht noch mehr auf, Mike», sagte seine Frau. «Du bekommst sonst noch einen Herzschlag.»

«Das wäre kein Verlust. Moment mal, Kinder», sagte er, «ihr heißt Levy. Seid ihr Juden?»

Jake nickte.

«So. Nun, diesen üblen Streich haben uns die verdammten Baptisten und Methodisten gespielt. Ich habe nie etwas gegen die Protestanten gehabt, aber es ist schon eine üble Suppe, die sie uns da eingebrockt haben, eine üble Suppe.»

«Wir würden gern ein bißchen durch die Felder gehen», sagte Jake, «und uns die Gebäude auch noch einmal ansehen. Dann können wir darüber sprechen.»

«Sicher, solange ihr daran denkt, daß ich euch nicht betrügen will. Ich habe euch die Wahrheit gesagt.»

Als Gallagher sie über das weite Gebiet von neunhundert Morgen führte, wuchs Jakes und Clairs Aufregung ins Unermeßliche. Oben auf dem Berg stand ein dichtes Gewirr von immergrünen Eichen und Mesquitesträuchern. An einer Stelle bildete ein trockenes, felsiges Flußbett eine Schlucht.

«Das ist ein Wildbach, wenn es regnet.»

«Haben Sie nie daran gedacht, das Flußbett zur Bewässerung einzudämmen?» fragte Jake.

«Sicher habe ich daran gedacht. Dazu braucht man Kraft und Geld, mein Junge, Kraft und Geld. Bei richtiger Bewässerung könnte man auf fünfhundert Morgen von diesem Land Reben anbauen. Das hier ist das beste Weingebiet der ganzen Welt, und eines Tages wird die Welt das merken – wenn wir dieses verfluchte Volstead-Gesetz je wieder loswerden.»

Sie gingen durch den alten Weinkeller. «Ah, ich liebe den Geruch», sagte Clair.

«Ich keltere ein bißchen für uns, aber man muß vorsichtig sein. Seht euch diese Mauern an. Dreißig Zentimeter dick. Draußen kann es so heiß sein wie in der Hölle – und hier drinnen ist es immer so kühl und angenehm wie jetzt. Der Anblick bricht mir das Herz.»

Sie gingen in die Küche zurück, wo Gallagher jedem ein Glas hellen, trockenen Weißwein eingoß.

«Mein Gott, der ist gut!» rief Jake aus. «Der ist so gut wie alles, was ich jemals in Frankreich getrunken habe.»

«Besser, mein Junge, viel besser. Tatsächlich habe ich diese Reben vor fast dreißig Jahren von einem französischen Händler gekauft; aber in Frankreich ist nicht so ein Wetter wie hier und auch nicht solch ein Boden.»

«Ist das ein Chablis?» fragte Clair.

«Man kann ihm keinen Namen geben, weil er dadurch, daß er hier gewachsen ist, völlig anders ist. Es ist kalifornischer Wein, und er hat nicht seinesgleichen. In einem guten Jahr ist er hervorragend. Man schmeckt nicht das Fruchtige und nicht die Säure, sondern einen Himmelstrank. Ach, zum Teufel damit! Was soll ich darüber reden, nach dem, was diese Lumpen uns angetan haben!»

«Wir möchten es kaufen», sagte Clair.

«Machen Sie einen Preis», sagte Jake, «damit wir weiterreden können.»

«Einverstanden. Es sind neunhundert Morgen. Selbst in dieser verfluchten Welt mit ihrer Prohibition ist das Land zwanzig Dollar pro Morgen wert, macht achtzehntausend Dollar. Zusammen mit den zwei Gebäuden, dem Schuppen und all dem anderen muß ich fünfzigtausend Dollar dafür haben.»

«Wie hoch ist die Hypothek?» fragte Jake noch.

«Neuntausend.»

«Warum haben Sie sie nicht aufgestockt, wenn Sie so dringend Geld brauchten?»

«Weil man mir keinen Pfennig mehr geben wollte, und das ist die Wahrheit, wie alles, was ich euch erzählt habe.»

«Ich will genauso offen zu Ihnen sein», sagte Jake. «Wir möchten das hier kaufen. Seit Tagen haben wir von nichts anderem gesprochen. Meine Frau hat ungefähr neuntausend Dollar von der Lebensversicherung ihres Vaters. Ich habe fast viertausend – meinen Sold und ein paar Ersparnisse. Wenn wir für den Restbetrag eine Hypothek bekommen könnten . . .»

«Schlagen Sie sich das aus dem Kopf, mein Junge. Sie werden keine Hypothek bekommen; weder hier noch in San Francisco. Die Lumpen haben uns mit einem Fluch belegt.»

«Sie selbst würden keine Hypothek gewähren?» fragte Clair.

«Ich mag euch beide, Kinder, aber ich kann keine Dummheiten machen. Ein Anwesen wie dieses kann man nicht kaufen, wenn man kein Geld hat. Meine Fahrzeuge sind klapprig und verbraucht. Wenn man Rinder züchten will, muß man Zuchttiere kaufen. Ich habe eine Kuh und ein paar Hühner, das ist alles. Wenn ihr Weintrauben für den Markt anbauen wollt, müßt ihr sie in Kisten verpacken. Dazu braucht man Geld.»

«Wenn ich Ihnen einen Scheck über fünfhundert Dollar gebe», sagte Jake, «können Sie das Anwesen dann dreißig Tage für uns reservieren?»

«Sie waren Soldat, was?» sagte Gallagher. «Das da drüben muß die Hölle gewesen sein, aber dies hier stellt die Unschuld wieder her. Wer zum Teufel will diesen Klotz am Bein kaufen? Ihr seid die ersten Gäste, die wir hatten, und die ersten Käufer. Behalten Sie Ihr Geld und kommen Sie wieder, wenn Sie den Kaufpreis aufbringen können. Wir werden hier sein.»

Christopher Noels Haus auf der Hawaii-Insel Oahu wurde Bungalow genannt, aber seine zweiundzwanzig Zimmer bedeckten mehr als einen Morgen Land, und es war das großartigste Haus, das May Ling jemals betreten hatte. Die Bambusständer, die Hartholzböden, die aus Binsen geflochtenen Fenstermatten gaben ihr das Gefühl, sie sei endlich mit einem Teil Asiens in Berührung gekommen. Sie und Dan waren in einem Trakt mit zwei Schlafzimmern und einem Wohnraum dazwischen untergebracht, dazu gehörte eine eigene Veranda, von der aus man einen Blick über den Strand hatte. Dort konnte sie durch die Palmen hindurch die majestätischen Brecher auf den Sand rollen sehen und dem endlosen Tosen der Brandung lauschen. Auf der Veranda stand eine Hollywood-Schaukel, und wenn sie dort saß und spürte, wie Dans kräftiger Arm sie umfaßte, empfand sie ein Glücksgefühl und eine Zufriedenheit, die sie fast erschreckte. Am ersten Abend fegte ein wilder schwarzer Sturm über den Pazifik. Schweigend saßen sie dort, ganz im Bann des Schauspiels, sahen zu, wie das Unwetter sich näherte, und kuschelten sich dann auf der Schaukel aneinander, als der Himmel seine Schleusen öffnete und der Regen wie eine Sturzflut herunterprasselte. Innerhalb weniger Minuten war alles vorbei, und die sinkende Sonne brach durch die aufreißende Wolkendecke.

«Ich glaube, Danny», sagte sie zu ihm, «das wird mir zeit meines Lebens als der vollkommenste Augenblick im Gedächtnis bleiben.»

Aber es hatte viele vollkommene Augenblicke gegeben. Auf dem Schiff waren sie fünf Tage lang morgens, mittags und abends in vollkommener Abgeschiedenheit zusammen gewesen, denn der einzige Mensch auf dem Schiff, der mehr als nur ein paar Worte Englisch sprach, war Caleb Winton, der Kapitän, ein verwitterter Neuengländer, den sie nur während der Mahlzeiten zu Gesicht bekamen. Dan lehrte May Ling Jack-o-diamonds spielen, ein Spiel, das bei den Fischern am Kai sehr beliebt war. Sie spielten mit einem Einsatz von zehn Cent pro Punkt, und er legte es sorgfältig (und sehr durchsichtig) darauf an, zu verlieren, so daß May Ling am Ende mehr als hundert Dollar gewonnen hatte. Oder sie lagen in Liegestühlen an Deck, und sie las ihm vor – davon konnte er gar nicht genug bekommen. Als sie noch in der Stadtbücherei angestellt war, hatte sie sonnabends nachmittags Lesestunden für Kinder abgehalten und ihnen Geschichten vorgelesen; jetzt sah sie, daß Dan ihr mit derselben Begeisterung und Aufmerksamkeit zuhörte wie die Kinder. Sie las gut und ließ sich von der Geschichte mitreißen; und er liebte es, sie anzusehen und zu beobachten, wie ihre dunklen Augen vor Anteilnahme und Leidenschaft blitzten.

Da sie wußte, daß es auf dem Schiff keine Bücher geben würde, hatte sie sehr sorgfältig und überlegt ein kleines Bücherpaket zusammengestellt. Zu der Auswahl gehörten *Meine Antonia*, Willa Cathers Geschichte der Tochter böhmischer Einwanderer an der Siedlungsgrenze; *Winesburg, Ohio* von Sherwood Anderson – ein Buch, das zu stundenlangen Diskussionen mit Dan führte; und *Die Hauptstraße* von Sinclair Lewis, das monatelang ein Bestseller gewesen und sicher das meistdiskutierte Buch des Jahres war. Auf Dan machte es großen Eindruck, und er wollte wissen, warum nicht andere Schriftsteller die Wahrheit ebenso schrieben. «Es ist nicht die ganze Wahrheit», konterte sie, «und meiner Ansicht nach schreibt er ziemlich schwerfällig.» – «Das macht doch nichts! Was er sagt, zählt.» So sprachen sie weiter; aber am Ende schloß er sich immer ihrer Ansicht an.

«Du solltest mir nicht immer nachgeben», sagte sie ernst. «Du hast ein gesundes Urteilsvermögen. Steh zu deinen Ansichten.» Aber gleichzeitig erkannte sie, daß sie für ihn all das war, was seinem eigenen Leben fehlte. Sie ergänzte ihn, nahm ihm das Gefühl der inneren Leere, der Unwissenheit, den Eindruck, wie ein Elefant im Porzellanladen durch eine Welt zu gehen, die er nie wirklich verstanden hatte, während er die einfachen, eng miteinander verknüpften Ziele Geld und Macht verfolgte.

Außerdem hatte sie zwei Gedichtbände mitgenommen: einen mit Gedichten von John Masefield und einen von Algernon Charles Swinburne. Sie waren beide nicht nach ihrem Geschmack, aber sie dachte, sie würden Dan gefallen. Bei Masefield hatte sie recht. Dan war entzückt von *Dauber* und von den *Salt Water Poems and Ballads*, und als er *Sea Fever* zum erstenmal hörte, übermannte ihn die Begeisterung. «Das ist gut! Genau so ist es! Wie kann er das ausdrücken, was ich in hundert Jahren nicht sagen könnte?» Swinburne hingegen ärgerte und provozierte ihn nur. «Der arme Teufel!» rief er aus. «Dem fehlt eine Woche in einem Puff mit ein paar von den Mädchen aus dem Tenderloin, wie ich sie gekannt habe; damit würde man ihn vielleicht hinkriegen.» Worauf May Ling erwiderte, das sei bestimmt die originellste Kritik an Swinburne, die sie jemals gehört hatte.

Während dieser fünf Tage akzeptierte May Ling den Traum und das Trugbild. Dan gehörte ihr; es würde nie anders sein. Und hier auf Hawaii wurde sie höflich, aufmerksam und respektvoll behandelt – niemand schien sich auch nur im geringsten daran zu stören, daß sie Chinesin war. Das hatte sie nie zuvor erlebt.

Am Tag nach seiner Ankunft auf dem Besitz der Noels hatte Dan eine lange Besprechung mit Christopher Noel, dessen Vetter und Geschäftspartner Ralph Noel und dem größten Immobilienagenten auf den Inseln, Jerry Kamilee, der teils hawaiischer, teils amerikanischer und teils portugiesischer Abstammung war. Der hawaiische Teil überwog bei Kamilee; er war ein großer Mann, größer und schwerer noch als Dan, und von brauner Hautfarbe. Er stellte ein seltsames Gegenstück zu den schlanken und zierlichen Noels dar. Dan wußte bereits, daß nichts Großes oder Bedeutendes auf den Inseln ohne die Einwilligung oder Beteiligung der Noels geschah. Nun erfuhr er, daß Kamilee für sein Vorhaben genauso bedeutend war, und Kamilee lenkte auch das Gespräch ständig auf die Schiffe zurück. Würde er die Schiffe bauen und den Lockungen von Atlantiküberquerungen widerstehen können? Dort war das Geld. Die Kalifornier fuhren nach Europa. Wie wollte er sie nach Hawaii bringen? Wenn sie mehrere Millionen Dollar in ein Hotel und die zugehörigen Golfplätze steckten, wie würden sie die Zimmer füllen? Die Inseln waren nur dies – Inseln. Wer aus seinem Bekanntenkreis war jemals dort gewesen? Selbst Dans eigene Frau – wie er erklärt hatte – weigerte sich, die Reise zu machen.

Dan argumentierte, sprach und überredete, legte seine Pläne und Projekte dar, malte Wunder der schwimmenden Vergnügungspaläste aus, die er zu schaffen beabsichtigte – und endlich hatte er das Gefühl, daß er sie angesprochen hatte, wenn er sie auch noch überzeugen mußte. Schließlich brachte Christopher Noel die Besprechung zu einem Ende. «Genug für heute, Dan. Heute abend feiern wir Ihnen zu Ehren ein Luau. Sie werden die Leute kennenlernen, die auf den Inseln zählen, etwas Gutes essen und ausgezeichneten Alkohol trinken. Euer idiotisches Volstead-Gesetz hat hier noch nicht Fuß gefaßt, und wir werden dafür sorgen, daß das so bleibt. Ruhen Sie sich aus, schwimmen Sie, vergnügen Sie sich und lassen Sie sich um Himmels willen den Appetit nicht verderben. Und was ich noch sagen wollte», fügte er hinzu, «bringen Sie Ihre Sekretärin mit, wenn Sie wollen.»

«Sehr gern», erwiderte Dan leichthin. «Sie ist eine gute Kraft.»

«Schön. Ich muß Ihnen sagen, daß mir diese Seite an Ihnen gefällt, eine chinesische Sekretärin in San Francisco.»

«Danke», sagte Dan. Er war klug genug, nicht zu fragen, was ein Luau sei.

Nachdem er gegangen war, grinste Kamilee und sagte: «Sekretärin, wer's glaubt.»

«Was immer sie ist, sie ist eine Schönheit.»

May Ling war auf der Veranda. Sie hatte in Noels Bibliothek Stevenson, Jack London und Mark Twain gefunden und suchte jetzt etwas über Hawaii.

«Wir sind beide zu einem Luwo, Lui oder so etwas eingeladen, das sie uns zu Ehren heute abend geben.»

«Dir zu Ehren, Liebster.»

«Was, zum Teufel ist das?»

«Luau. Es ist ein Fest. Es begann mit den alten Hawaiianern, die die Anbetung ihrer Götter und wichtige Ereignisse mit Mahlzeiten feierten. Sie befraßen sich. Sehr vernünftig, finde ich. Damals durften nur Männer an den Feierlichkeiten teilnehmen. Männer kochten das Essen, und keine Frau durfte es berühren. Tabu. Die Frauen feierten für sich. Aber dann bummelte der König eines Tages im Jahre achtzehnhundertsoundso zum Fest der Frauen hinüber – ich bin sicher, das Essen war dort besser –, und damit hörte die getrennte Feierei auf.»

«Woher weißt du das bloß alles?»

«Es ist ein alter chinesischer Kniff, Bescheid zu wissen. Und, Danny, während du dich mit den Großmuftis getroffen hast, bin ich wegen einer Kanne Tee in die Küche gegangen. Die Noels haben vier Köche – ist das zu glauben? Vier Köche und fünf Küchenhelfer, neun Dienstboten allein in der Küche, und einer von ihnen ist ein alter Chinese aus Schanghai. Als er merkte, daß ich den Dialekt von Schanghai sprechen kann, hat er fast geweint, weil offenbar alle Chinesen hier – oder doch fast alle – aus Kanton kommen und der arme alte Mann Pidgin sprechen muß . . .»

«Nun hol erst mal Luft.» Er hob sie hoch und küßte sie.

«Nein. Setz mich ab und hör zu, das ist nämlich interessant. Dieser ganze Luau dreht sich um ein gebratenes Schwein. Erinnerst du dich, daß ich dir Lambs *Dissertation on Roast Pig* vorgetragen habe? Ich mußte immer wieder daran denken. In der Küche bereiten sie fünf riesige Schweine vor, ganz zu schweigen von fünfzig anderen geheimnisvollen Dingen, und einen großen Kübel voll Brei, den sie Poi nennen. Er schmeckt gräßlich, aber bei den Hawaiianern und auch bei den Haoles ist er sehr beliebt.»

«Was sind Haoles?»

«Du und ich. Nein, nur du. Weiße, die hier wohnen. Jedenfalls, du ahnst nicht, wie sie die Schweine zubereiten. Darum dachte ich an Charles Lamb. Sie graben ein großes Loch in die Erde, Imu heißt es. Sie füllen es mit dicken Steinbrocken und machen ein Feuer. Das Feuer brennt jetzt schon seit Stunden, weil die Steine glühend heiß werden müssen. Dann werden die Schweine vollständig mit Salz eingerieben, mit heißen Steinen angefüllt und in Drahtkörben auf weitere heiße Steine gelegt, und dann wird das Ganze mit Blättern und Erde bedeckt – kannst du dir das vorstellen? Und dieser liebe alte chinesische Koch hat uns eingeladen, zuzusehen. Sie fangen in etwa einer Viertelstunde damit an. Können wir bitte hingehen und zuschauen, Danny?»

«Sicher.»

«Warum lachst du jetzt?»

«Weil ich dich liebe.»

May Lings Kleid war ein Geschenk ihres Vaters, ein hautenges schwarzes Gewand aus schwerer chinesischer Seide, mit Goldfäden war eine verschlungene Reihe königlicher Drachen von oben bis unten darauf gestickt. Sie hatte das Haar helmartig auf ihrem Kopf zusammengefaßt, es wurde von zwei goldenen Kämmen gehalten, die Dan ihr geschenkt hatte – ein schwarzer Turm wie eine Basaltkrone. Das Gewand war vom Knie bis zum Knöchel geschlitzt. Sie trug schwarze Strümpfe und Atlasschuhe, die mit demselben Drachenmotiv bestickt waren. Als sie aus ihrem Schlafzimmer kam, stellte sie sich vor Dan und fragte ihn, ob sie ihm so gefalle.

«Lieber Gott», flüsterte er. «Warum ziehst du dich nicht auch für mich so an?»

«Warum nimmst du mich nicht zu mehr Luaus mit? Andererseits ist es für eine Sekretärin vielleicht unpassend – ob ich wohl besser zurückgehe, mein Haar löse und ein einfaches schwarzes Baumwollkleid anziehe?»

«Den Teufel wirst du tun. Komm her.»

«Vorsichtig. Bring meine Frisur nicht durcheinander.»

Auf der großen Veranda, die die ganze vom Meer abgewandte Seite des Hauses der Noels entlanglief, wurden Cocktails serviert. Die Veranda war zehn Meter breit, ihre Überdachung aus Rohr ruhte auf Bambuspfosten, und sie war hell mit Lampions erleuchtet. Von Prohibition war nichts zu merken. Der Sekt floß in Strömen, und lange Bars zum Ausschank alkoholischer Getränke und verschiedener Sorten Obstpunsch waren an beiden Enden der Veranda aufgebaut. Mindestens hundert Männer und Frauen in Abendkleidung waren bereits versammelt, als Dan und May Ling aus dem Bungalow heraustraten.

Dan stellte erfreut fest, daß bei ihrem Eintritt die Unterhaltung verstummte und Männer wie Frauen die Köpfe wandten, um May Ling anzuschauen. Tatsächlich waren sie ein aufsehenerregendes Paar: Dan, der die meisten überragte, im weißen Smoking, mit seinem lockigen schwarzen Haar, mit einer Spur von Grau an den Schläfen, und an seiner Seite die schlanke, vollkommene Chinesin, deren Gesicht wie aus Elfenbein geschnitzt schien; die goldenen Drachen auf ihrem Kleid glitzerten im Licht der Lampions, als lebten sie. Hatten Christopher Noel und sein Vetter ihr nur einen flüchtigen Blick gegönnt, als sie sie zum erstenmal trafen, glichen sie das jetzt aus; und Dan fand sich in einem Kreis bewundernder Männer, die nur Augen für May Ling hatten, und von Frauen mit schmalen Lippen, denen plötzlich ihr Gewicht bewußt geworden war. Man stellte sie einer endlosen Zahl von Gästen vor, ohne daß sie sich an einen einzigen erinnern konnten, dann wurde May Ling von Ralph Noel auf einer Seite und Jerry Kamilee auf der anderen davongeführt.

Kellner boten Tabletts mit Vorspeisen an. Kamilee nannte sie *pupu* und forderte May Ling auf, den *cho cho* und die *dim sum* zu probieren, wobei er sagte: «So etwas haben Sie bestimmt noch nie zuvor gegessen.»

«Doch, ich habe.» Sie lächelte. «Diese Klöße, die sie *dim sum* nennen, sind chinesische Klöße, wissen Sie.»

«Das stimmt. Natürlich. Ich habe ganz vergessen, daß Sie Chinesin sind.»

«Eine schöne Frau hat keine Nationalität», sagte Ralph Noel.

«Sehen Sie», sagte Kamilee zu ihr, «das ist etwas, was wir die Haoles gelehrt haben – sich von ihrem Rassismus zu befreien. Jedenfalls haben wir es versucht. Sie lernen langsam. Aber Sie wissen, Miss – wie redet man Sie eigentlich an?»

«Das ist kompliziert und verwirrt nur. Ich werde es zu erklären versuchen. In China kommt zuerst der Familienname; aber in Amerika stellen viele Familien sich auf die amerikanische Art um. Mein Familienname ist Wo, was Nest bedeutet. Aber mein Vorname lautet May Ling. Ach, das ist zu kompliziert. Nennen Sie mich May Ling.»

«So hat Dan Sie auch vorgestellt», sagte Noel. «Ich dachte nur, es müßte Miss Ling heißen.»

«Nennen Sie mich einfach May Ling. Nicht Miss.»

«Nun dann, May Ling», sagte Kamilee. «Ich wollte darauf hinaus, daß wir hier nicht auf dem Festland sind. Nirgendwo auf der Welt hat ein Chinese so viele Rechte und so viel Gleichheit wie hier.»

«Doch.»

«Wo?»

«In China», sagte May Ling freundlich.

«Eins zu Null», sagte Noel. «Genug von solchem Gerede. Nehmen Sie etwas hiervon.»

«Ah, *won ton.*»

«Wir können nichts vor Ihnen verborgen halten.»

«Aber ja, doch», versicherte ihm May Ling. «Das ist der schönste, seltsamste Ort, den ich je gesehen habe. Der einzige. Ich bin in San Francisco geboren. Dies ist meine erste Reise.»

«Das ist doch der Gipfel! Und wer hält Sie gefangen? Dieser häßliche Rohling, für den Sie arbeiten?»

«Der häßliche Rohling ist ein gutaussehender, freundlicher und guter Mensch.»

«Tatsächlich? Wissen Sie eigentlich, daß er den größten Teil des heutigen Tages versucht hat, uns eine Million Dollar und den besten Küstenstreifen von Oahu abzuschwatzen?»

«Dann müssen Sie es ihm geben», sagte sie höflich.

Sie lachten laut los, und nun wurde die Gruppe um sie herum größer. Als es Zeit für das Luau war, mußte Dan sich durch eine Menschenmenge arbeiten, um zu ihr zu gelangen.

Als er neben ihr an einem der Tische auf dem Rasen saß – die Luft war erfüllt vom Duft des Schweinebratens, und sie hatten einen großen Teller voll davon vor sich, das Fleisch war so zart durchgebraten, daß es in Flocken auseinanderfiel, und als Beilagen gab es Süßkartoffeln und kleine Fleischbällchen in grünen Ti-Blättern –, lehnte sich Dan zu ihr hinüber und flüsterte: «Weißt du, was Ralph Noel mich gefragt hat?»

«Nein.»

«Ob er dich morgen nach Honolulu zum Abendessen ausführen darf.»

«Und was hast du ihm geantwortet?»

«Er soll dich fragen. Es ist deine Angelegenheit.»

«Und wenn ich mit ihm fahre?»

«Werde ich dir jeden Knochen in deinem süßen Leib brechen.»

«So, würdest du das?» erwiderte sie und versuchte, nicht an all die Nächte zu denken, die er nicht bei ihr, sondern bei seiner Frau verbracht hatte. «Nun, ich werde mir meine Knochen nicht von irgendeinem häßlichen Rohling brechen lassen.»

«Häßlicher Rohling?»

«Einige Leute halten dich dafür», sagte sie und lächelte süß.

Am dritten Tag fertigten Noels Anwälte einen Vorvertrag aus, der Dan eine Million Dollar als Anfangskapital sowie einunddreißig Morgen des besten Landes am Strand von Waikiki garantierte – der Anfang des Vorgangs, der aus dem herrlichen Strand von Waikiki eine sich lang hinstreckende häßliche Ferienfabrik machen sollte. Aber das lag in ferner Zukunft, und Dans Telegramme an Mark Levy und Thomas Seldon sprachen nur von seinem unmittelbaren Erfolg.

Dan mietete eine kleine Schaluppe und fuhr mit May Ling hinaus aufs Meer, um zwischen den Inseln zu segeln. Acht Tage lebten sie auf dem Schiff, machten Feuer an sandigen, abgelegenen Stränden, brieten die Fische, die sie fingen, wandelten gleichsam durch ein Paradies, beobachteten Sonnenuntergänge von unglaublicher Schönheit und schwammen nackt im tropisch-warmen Wasser. Die Welt versank, und sie bedauerten das keinen Augenblick. Er lag auf dem Bauch im heißen Sand und beobachtete May Ling, deren Körper so schlank und glatt war wie beim erstenmal, als er sie gesehen hatte, und er gestand sich ein, daß er der glücklichste Mann auf der Welt war. Jean verschwand aus seinem Bewußtsein, und die

Erinnerung daran, wie leicht er vor ihrer makellosen Schönheit dahinschmolz, tat er als Kinderei ab. Damit war es vorbei, und auf dem Rückweg, als ein leichter Rückenwind sie auf Oahu zu vorwärtsschob, sagte er zu May Ling: «Weißt du, es ist vorbei.»

«Ich weiß, Danny», stimmte sie traurig zu.

«Das meine ich nicht. Ich meine meine Ehe. Wenn wir zurückkehren, werde ich Jean bitten, in eine Scheidung einzuwilligen.»

«Danny, ich möchte darüber nicht sprechen.»

«Ich habe mich entschlossen. Wenn ich nicht so mit dir zusammen sein kann, hat mein Leben keinen Sinn.»

«Danny, du weißt, was sie hier auf den Inseln sagen – daß es nicht das Festland ist, alles ist Traum und Trug. Und das hier ist unser Traum, Danny. In der nächsten Woche kehren wir zum Festland zurück, das gibt es nämlich wirklich. Hier möchte ich nicht darüber sprechen. Erst, wenn wir wieder bei Joey und in der Willow Street sind, während ich die Küche putze.»

In Honolulu erwartete ihn ein Brief von Jean, und May Ling sah ihn besorgt an, als er ihn las. «Sie ist nach England gereist», sagte er ungläubig. «Kannst du dir das vorstellen? Sie hat einfach beide Kinder genommen und ist nach England abgereist.»

«Ich dachte, sie haßt Schiffe.»

«Nur Schiffe, auf denen ich bin, nehme ich an.»

Und bitte, lieber Gott, laß sie dort bleiben, dachte May Ling.

Lord James Brixton, ehemaliger Captain der Queen's Own Lancers, neuernannter Direktor der Vincent Cumberland Tea Company – in die er eine beträchtliche Summe gesteckt hatte –, war dreiundzwanzig Jahre alt, einsdreiundachtzig groß, blauäugig und hatte langes, blondes Haar, das nach einer Seite aus der Stirn gekämmt war. Er war rotwangig und hübsch, ein ausgezeichneter Reiter und scharfsinnig. Er lernte Jean beim Dinner im Haus ihres Onkels kennen, führte sie am folgenden Tag zum Pferderennen, am Abend darauf ins Theater und erklärte ihr dann, bei einem Abendessen bei *Simpson*, daß er sich bis über beide Ohren in sie verliebt hätte.

«Sie lieber, dummer Junge», erwiderte Jean. «Ich könnte Ihre Mutter sein.»

«Kaum, nicht einmal dann, wenn Sie aus dem barbarischen Bundesstaat Kentucky kämen, wo man, wie ich gehört habe, bereits mit elf Jahren verkuppelt wird. Ich bin dreiundzwanzig, fast vierundzwanzig. Sie sind einunddreißig.»

«Und woher wissen Sie das?»

«Ich habe mich erkundigt.»

«Das ist nicht besonders höflich.»

«Mir geht es nicht um Höflichkeit», erklärte Lord Brixton. «In der Liebe und im Krieg sind alle Mittel erlaubt, und Sie sind die schönste und gescheiteste Dame, die ich je kennengelernt habe. So befolge ich die Worte eines berühmten, wenn auch ziemlich einfältigen Generals aus dem letzten Krieg, der gesagt hat: ‹Angreifen, angreifen, angreifen.›»

«Ich bin verheiratet und habe zwei Kinder.»

«Und einen Ehemann, der so gleichgültig ist, daß er es Ihnen gestattet, neuntausend Kilometer weit ohne ihn zu reisen.»

«Er gestattet es mir nicht. Ich tue, was ich für richtig halte.»

Am nächsten Tag gingen sie zum Cricket, und eine Woche später verbrachte Jean das Wochenende als Gast auf seinem Landsitz. Ihre Tante Janice besorgte, es sei ungehörig; aber Cumberland versicherte seiner Frau, Jean würde ausreichend von Anstandsdamen umgeben sein, ganz davon zu schweigen, daß sie eine erwachsene Frau sei, die genau wisse, was sie tue. Cumberland selbst war entzückt von allem, was Brixton der Firma gegenüber noch geneigter machen konnte.

Zwei Wochen danach, eine Woche vor ihrer geplanten Rückkehr nach Amerika, blieb Jeans Periode aus. In einem fremden Land und ratlos vertraute sie sich Wendy Jones an, die einen Arzt ausfindig machte, der weder Brixton noch ihre Verwandten kannte. Er sagte ihr, sie sei höchstwahrscheinlich schwanger. Eine weitere Untersuchung bestätigte seine Diagnose. Sie reagierte darauf, indem sie den verwirrten Lord Brixton wissen ließ, sie wolle ihn nie wieder sehen. Dieser Zornesausbruch führte dazu, daß er bittend in die Wohnung ihrer Tante kam, wo er von einer Frau fortgewiesen wurde, die so kalt wie Eis war. Aber am wütendsten war Jean über sich selbst und ihre eigene Dummheit. Sie würde in England bleiben und einen Arzt suchen müssen, der eine Abtreibung vornahm, sie würde die ganze scheußliche, widerliche Angelegenheit durchstehen müssen. Und wofür? Für einen dämlichen britischen Jungen, der dreist genug war, ihr vorzuschlagen, sie möge ihren Mann verlassen und in dieses elende, kalte Land kommen, in dem es immer nur regnete.

Und sie konnte sich nur auf Wendy Jones stützen – die ihr versicherte, es werde alles gut ausgehen. Für Wendy Jones, ein armes Mädchen, das immer mit dem Gespenst der Armut und Arbeitslosigkeit gelebt hatte, kam das alles sehr gelegen. Sie und ihre Herrin hatten jetzt etwas gemein, ein Wissen, das eine ausgezeichnete Gewähr für eine Dauerstellung bot.

Als Jake und Clair Levy sein Büro betraten, war Stephan Cassalas Gesicht ein einziges Lächeln. Er küßte Clair und mußte sich beherrschen, Jake nicht zu umarmen. «Ihr seht beide großartig aus», sagte er. «Es ist so lange her. Warum sehen wir uns eigentlich nie?»

«San Mateo und Sausalito. Wir leben an entgegengesetzten Enden der Welt.»

«Unsinn. Das ist für keinen von uns ein Grund; ich habe daran die gleiche Schuld wie ihr.»

«Und Schuldgefühl», sagte Jake. «Ich habe die ganze Geschichte ohne einen Kratzer überstanden, und du bist zerfetzt worden.»

«Ach was. Sieh mich doch an.» Er klopfte sich auf den Bauch. «So gut wie neu. Ich kann sogar Mamas Spaghetti essen. Bitte, kommt doch mal nach San Mateo. Du ahnst nicht, wie oft sie nach euch fragt.»

«Das werden wir tun, ganz bestimmt. Steve, können wir vertraulich miteinander sprechen?»

«Unbedingt.»

«In Ordnung. Wir sind wegen eines Darlehens hier.» Und dann erzählten er und Clair alles über Higate. Steve hörte zu und sagte, nachdem sie aufgehört hatten zu reden: «Darf ich euch eine Frage stellen?»

«Sicher.»

«Warum geht ihr nicht zu deinem Vater?»

«Das kann ich nicht tun.»

«Du meinst, du willst es nicht tun», sagte Stephan. «Ich weiß. In Ordnung. Ich habe da was gehört. Tony und Mark essen alle paar Wochen mal zusammen, und ich höre so dies und jenes. Der Kern ist der: Ihr wollt eine Hypothek auf ein Gewerbegrundstück, das nicht mehr gewerblich genutzt werden kann – in dieser Hinsicht ist es also wertlos.»

«Wir sehen das nicht so», sagte Clair. «Wir wollen ein Heim. Und es läßt sich nutzen. Da sind zwei gute Steinhäuser, ein Holzschuppen und neunhundert Morgen wunderbares Land. Jake und ich sprechen seit Tagen von nichts anderem. Wir wollen Weintrauben für den Verkauf auf dem Markt ziehen. Wir glauben auch, daß wir Traubensaft abfüllen und verkaufen können.»

«Das tun alle anderen Weinbauern auch», sagte Stephan.

«Schön, es wird nicht leicht sein. Aber das Land ist da, und wir haben Wasser. Du weißt, was das bedeutet. Wir können Vieh züchten. Es gibt vieles, das wir tun können.»

«Betrachtet es einmal so: Wenn ich euch eine Hypothek über fünfunddreißigtausend Dollar gäbe, würden die Zinsen fast dreitausend pro Jahr ausmachen. Ganz zu schweigen von den Steuern und davon, daß ihr auch leben müßt. Wie wollt ihr das schaffen?»

«Gib uns eine Chance», drängte Jake. «Wir werden wie Galeerensträflinge arbeiten. Wir glauben, daß wir es schaffen können.»

«Ihr habt ungefähr dreizehntausend Dollar. Ihr könnt nicht alles ausgeben. Etwas Geld braucht ihr für den Anfang. Vieh kostet Geld; und nach dem zu schließen, was ihr erzählt habt, liegt dort wahrscheinlich alles in Trümmern. Ich will euch sagen, was ihr tun müßt. Fahrt zurück zum Napatal und bietet Gallagher fünfunddreißigtausend Dollar.»

«Aber das geht nicht», rief Clair. «Er braucht das Geld so dringend. Es sind alte Leute!»

«Ihr seid die reinsten Kinder – alle beide, wenn ich das sagen darf. Er hat nicht die allergeringste Aussicht, das Grundstück zu verkaufen; und nach dem, was ihr sagt, muß er entweder verkaufen oder verhungern. Fünfunddreißigtausend Dollar ist ein angemessener Preis. Die Gebäude sind, wenn überhaupt etwas, fünftausend wert; somit zahlt ihr dreißigtausend für das Land, und das ist ein verdammt guter Preis. Ihr betrügt ihn nicht.»

«Aber dafür wird er es nicht hergeben.»

«Glaubt mir, er wird. Dann gebe ich euch eine Hypothek über zwanzigtausend von der Bank, die auch dem Prüfer standhält. Ich nehme noch eine persönliche zweite Hypothek über weitere zehntausend, dazu kann ich Papa überreden. Dann bleiben euch nach Abzug der Notar- und Nebenkosten mehr als siebentausend Dollar für den Anfang. Und die werdet ihr brauchen, jeden Cent.»

«Das würdest du für uns tun?»

«Ach, was hilft es?» seufzte Stephan. «Ihr werdet ja doch alles vermasseln. Ich will euch was sagen: Ich nehme mir morgen frei und bitte Sam Goldberg, unseren Anwalt, mitzukommen; und dann fahren wir hin und machen den Vertrag. Nur eins noch, ein Versprechen: keiner von euch darf ein Wort sagen, bis der Verkauf perfekt ist. Ich biete Gallagher dreißigtausend, und wir schließen dann bei fünfunddreißigtausend ab. Aber nur, wenn ihr ganz still dasitzt und zuhört.»

Am nächsten Tag, nachdem sie drei Stunden lang zugehört hatten, bis Steve und Sam Goldberg mit Mike Gallagher verhandelt hatten, wurden Jake und Clair Levy Eigentümer des Weinguts Higate zu einem Verkaufspreis von genau fünfunddreißigtausend Dollar.

Dan fuhr mit dem Auto nach Oakland, um Jean, die Kinder und Wendy Jones abzuholen. Ihr Aufenthalt in England hatte vierzehn volle Wochen gedauert, und während dieser Zeit hatte sich Dans Leben ausschließlich um May Ling und das Haus in der Willow Street gedreht. Es war ihm gleich, was die Dienstboten in seinem Haus auf dem Russian Hill über sein Kommen und Gehen dachten. Er vertraute sich Mark an – für den es nichts Neues war –, und eines Abends waren Mark und Sarah in der Willow Street zu Gast und genossen ein opulentes chinesisches Mahl, das May Ling zubereitet hatte. Ehe der Abend zu Ende war, löste sich Sarahs schmallippige Mißbilligung in der Wärme von May Lings Charme auf. Dan war es ernst mit dem, was er vorhatte; Mark machte sich Gedanken über den Kredit von fünfzehn Millionen Dollar, den die Seldon Bank ihnen zugesagt hatte, aber er sprach sie nicht aus.

Jean, etwas bleicher als gewöhnlich, aber sonst unverändert, begrüßte Dan mit einigen Bemerkungen über die tödliche Langeweile auf der endlosen Bahnfahrt, küßte ihn pflichtgemäß auf die Wange und hatte kein Wort der Entschuldigung. Dan verlangte auch keine. Die Kinder waren scheu und fühlten sich unwohl, als wäre er ein Fremder für sie; aber Jean versicherte ihm, sie müßten Engel sein, wenn sie sich nach der schrecklichen Reise völlig normal benehmen sollten.

Während der Überfahrt mit der Fähre und der Fahrt nach Hause plauderte Jean über England, ihre Tante, ihren Onkel und all die Leute, Bürgerliche und Adlige, die sie kennengelernt hatte. Wendy Jones bewahrte selbstgefälliges Schweigen; und als Jean etwas über Hawaii wissen wollte, erwiderte Dan, es sei sehr interessant gewesen. Erst als sie nach dem Abendessen allein waren, sagte er zu Jean, er müsse etwas sehr Wichtiges mit ihr besprechen.

«Kann das nicht warten, Dan? Ich bin völlig erschöpft.»

«Es wird nicht sehr lange dauern. Ich glaube, es ist am besten, wenn wir jetzt darüber sprechen.»

«Na schön. Wenn du darauf bestehst», stimmte sie zu.

«Ich möchte mich scheiden lassen, Jean.»

«So? Wirklich?»

«Es scheint dich nicht sehr zu überraschen.»

«Müßte es das? Trägst du dich mit dem Gedanken, deine chinesische Geliebte zu heiraten? Wirklich, Dan, das tut man nicht.»

«Darüber möchte ich nicht sprechen. Ich habe es dir klar gesagt. Unsere Ehe ist ein Witz. Wir werden uns beide wohler fühlen, wenn wir sie hinter uns haben.»

«Meinst du? Wie kannst du so sicher sein?»

«Jean, wir wollen uns doch nichts vormachen. Wir haben seit Jahren nicht im gleichen Bett geschlafen. Du hast dein Leben. Ich habe meins.»

«Wirklich. Du hast an alles gedacht. Aber wo wärest du, wenn du mich nicht geheiratet hättest? Eine Ehe ist mehr als eine Brunft. Du wärest immer noch unten auf dem Fischerkai.»

«Ich möchte nicht streiten. Ich bitte jetzt um die Scheidung.»

«Dir ist klar, daß wir nach kalifornischem Gesetz in einer Zugewinngemeinschaft leben?»

«Du kannst alles haben, was dir zusteht, dies Haus, die Kinder und alles, was das Gesetz vorsieht.»

«Ich will nicht.»

«Aber warum nicht?»

«Weil die Seldons sich nicht scheiden lassen. Weil ich mit den Dingen, so wie sie jetzt sind, völlig zufrieden bin. Vielleicht, weil ich immer noch so viel Zuneigung für dich empfinde, daß ich es nicht mitansehen kann, wie du dich an dieses kleine asiatische Luder wegwirfst.»

Dan rang nach Selbstbeherrschung, und es gelang ihm, ruhig zu sagen: «Ich wünsche die Scheidung, und ich gebe mich mit einem Nein nicht zufrieden.»

«Aber du wirst müssen, lieber Danny. Mein Vater hat dir gerade einen Kredit bis fünfzehn Millionen Dollar eingeräumt. Das ist eine ganze Menge Geld, Danny. Du hast die Schiffe bereits in Auftrag gegeben, und von Vater habe ich erfahren, daß die Arbeiten an deinem Unternehmen in Hawaii bald beginnen. Willst du all das jetzt einfach wegwerfen? Du langweilst mich mit deiner Geschichte. Mir ist es gleich, was für Spielchen du mit deiner Geliebten spielst, solange du einigermaßen den Schein wahrst; aber eine Scheidung kommt nicht in Frage. Und nun gehe ich schlafen.»

IV
Die Ernte

Am sechsundzwanzigsten August 1927 hatte das Haus der Lavettes auf dem Russian Hill zwei Fotografen und einen Reporter des *Chronicle* zu Gast. Eigentlich waren sie zur Feier der ersten umfassenden Ausstellung französischer impressionistischer Gemälde in San Francisco da, für die Jean Lavette den Anstoß gegeben hatte; dabei bildeten übrigens acht Gemälde ihrer eigenen Sammlung den Kern der Ausstellung – zwei Cézannes, drei Sisleys, ein Pissarro und zwei wunderbare Akte von Renoir – die sämtlich vor ihrem Abtransport in das Memorial Museum in ihrem eigenen Hause fotografiert werden sollten. Zwar war es fraglich, ob die Renoirs in der Zeitung reproduziert werden konnten, doch der Fotograf hatte sie mit aufgenommen. Auch vom Haus wurden Aufnahmen gemacht: das Wohnzimmer war gerade im Chippendale-Stil tapeziert worden, und japanische Drucke, Mrs. Lavettes neueste Leidenschaft, machten sich sehr gut auf dem chinesischen Ornament der Tapete. Und natürlich hatte er die Lavettes mit ihren zwei Kindern, dem fünfzehnjährigen Thomas und der dreizehnjährigen Barbara, aufgenommen. Thomas ähnelte seiner Mutter, er war groß, schlank, blauäugig und hellhäutig; Barbara war dunkler, sie hatte graublaue Augen und dichtes, kastanienbraunes Haar. Beide waren außerordentlich hübsche Kinder.

Nachdem die Aufnahmen gemacht worden waren, entschuldigte sich Mr. Lavette mit einer unaufschiebbaren geschäftlichen Verabredung. Jeff Woodward, der das Interview für den *Chronicle* durchführte, reichte dem großen, schweren Mann, dessen Gesicht weder Vergnügen noch Mißvergnügen erkennen ließ, die Hand und schenkte dann seine ganze Aufmerksamkeit Jean Lavette, keineswegs der erste, der von ihrem Zauber und ihrer Schönheit gefesselt wurde. Sie trug ihre siebenunddreißig Jahre mit Leichtigkeit und Anmut und war sich der Tatsache bewußt, daß sie in ihren Kreisen noch immer als eine der schönsten Frauen galt. Sie weigerte sich, die Mode, der sich das ganze Land beugte, mitzumachen und ihr Haar kurz und gescheitelt zu tragen: ihr dichtes, honigfarbenes Haar war im Nacken zum Knoten gebunden. Für das Interview trug sie gelb und blau bedruckten Voile mit langen, weiten Ärmeln und Schlauchkragen sowie einen knielangen Rock mit einer breiten Schärpe. Woodward merkte sich diese Einzelheiten und nahm sich vor, mit dem Redakteur der Modeseite darüber zu sprechen, denn er erinnerte sich, daß Jean Lavette als eine der drei bestgekleideten Frauen San Franciscos gewählt worden war, was keine geringe Auszeichnung war.

«Ist es richtig, Mrs. Lavette», fragte Woodward sie, «daß Ihr Interesse an der Kunst schon Ihr ganzes Leben hindurch bestanden hat?»

«Wenn Sie wissen wollen, ob ich mit sechs Jahren Bilder bunt angemalt habe, heißt die Antwort ja. Aber im Ernst, ich wurde erst nach meiner Heirat Sammlerin, und verglichen mit Sammlern wie Mr. Crocker und Ihrem Mr. De Young vom *Chronicle* bin ich blutige Anfängerin. Doch ich muß gestehen, daß Kunst meine große Leidenschaft ist. Aber es genügt nicht, nur zu sammeln.»

«Würden Sie darüber etwas mehr sagen?»

«Der Sammler muß auch Mäzen sein. Sehen Sie, es ist keine große Tat, einen Renoir für zweiunddreißigtausend Dollar zu kaufen: man muß diese zweiunddreißigtausend Dollar nur haben. Aber einen jungen und begabten Künstler entdecken und bereit sein, tausend Dollar für ein Gemälde zu bezahlen, von dem niemand etwas wissen will, und dadurch einem Talent Leben und Unterhalt gewähren, das vielleicht eines Tages so anerkannt sein wird wie Renoir – das, Mr. Woodward, ist meine Vorstellung von einem wirklichen Sammler.»

«Und Ihr Mann? Teilt Mr. Lavette Ihre Begeisterung?»

«Auf andere Weise», erwiderte Jean und beeindruckte Woodward mit ihrer Aufrichtigkeit und ihrem geraden Wesen. «Sein Geschmack ist einfacher als meiner, aber nichtsdestoweniger recht gut. Sie kennen seine lange Verbindung zu Schiffen. Seine Neigung geht zu Darstellungen des Lebens auf dem Meer. Er hat zwei Bilder von Winslow Homer und einen Turner in seinem Arbeitszimmer. Später können wir hineingehen und sie ansehen, wenn Sie wollen.»

«Aber im Grunde genommen sind Sie der Sammler.»

«Ja, natürlich. Selbst wenn mein Mann die Absicht hätte, zu sammeln, weiß ich nicht, woher er die nötige Zeit nehmen würde.»

«Wie ich höre, lassen Sie sich gerade von Gregory Pastore malen. Darf ich fragen, warum Sie Pastore gewählt haben?»

«Natürlich. Es hat mit dem zu tun, was ich vorhin gesagt habe. Pastore ist erst siebenundzwanzig, sehr begabt und unbekannt. Er ist kein moderner Maler. Bitte, lassen Sie mich betonen, daß mein Geschmack eklektisch ist. Sie erinnern sich – oder nein, vielleicht nicht, Sie waren wohl noch zu jung –, daß ich mich heiser geredet habe, um damals, als die modernen Künstler in New York in der Sixty-Ninth Armory ausstellten, Duchamp, Walt Kuhn und die anderen zu verteidigen. Ich liebe die moderne Kunst. Aber wenn es um mein eigenes Porträt geht . . . Wenn Thomas Eakins noch lebte, würde ich ihn auf den Knien bitten, mich zu malen.» Sie lächelte gewinnend. «Sie müssen wissen, ich bin sehr eitel.»

«Mein Gott, mit Grund», sagte Woodward galant.

«Aber leider ist Eakins tot. Pastore hat meine beiden Kinder gemalt – ganz im Stil von Eakins, und deshalb habe ich mich für ihn entschieden. Auch mein Mann erwartet, daß ein Porträt dem abgebildeten Gegenstand gleicht. Übrigens habe ich um elf Uhr eine Sitzung. Also muß ich leider . . .»

«Ja, natürlich. Ich habe bereits zu viel von Ihrer Zeit in Anspruch genommen. Nur eine letzte Frage: Teilen Ihre Kinder Ihre Begeisterung?»

«Thomas malt. Ja. Und er hat Talent. Aber Barbara – ich fürchte, sie ähnelt eher mir.»

Woodward dankte ihr. Es war fast elf, und sie wußte, daß sie zu spät kommen würde. Pastore war wütend, wenn sie zu spät kam; und als sie sein Atelier in einer alten Dachkammer an der Ecke der Hyde und Bay Street betrat, ging er bereits ärgerlich auf und ab. Er war ein untersetzter, kräftiger Mann mit Vollbart, Kraushaar und schwarzen Augen. Auf gewisse Weise erinnerte er sie, obwohl er ziemlich klein war, an den jungen Dan Lavette. Er hatte dieselbe Vitalität, dasselbe Feuer.

«Halb zwölf», knurrte er. «Ihr reichen Frauen – ihr wißt nicht, was Zeit bedeutet. Zeit ist alles, was ich habe.»

«Bitte, schimpfen Sie nicht mit mir, es ist nicht recht. Wissen Sie, warum ich zu spät komme? Weil ich Sie Jeff Woodward gegenüber sehr gelobt habe. Er schreibt einen Artikel für den *Chronicle.*»

«Über wen: Sie oder mich?»

«Ich bin sicher, über uns beide.»

«Gut. Danke.» Er wies auf den Wandschirm. «Gehen Sie, ziehen

Sie sich um.» Sie hatte ein durchsichtiges Kleid aus himmelblauem Chiffon im Atelier, ihr Gewand für das Gemälde.

Hinter dem Wandschirm fragte sie: «Fegen Sie diesen Raum jemals, Gregory? Er ist schmutzig.»

«Ich bin Maler, kein Hausmädchen. Sagen Sie, Jean, haben Sie schon einmal von Francisco Goya gehört?»

Sie kam hinter dem Wandschirm hervor, barfuß, mit lang herabwallendem Haar, das blaue Kleid fiel fast bis auf ihre Knöchel. «Was für eine dumme Frage! Natürlich habe ich von Francisco Goya gehört.»

«Mein Gott, Sie sind so verdammt hübsch. Er ist mein Idol.»

«Wer?»

«Goya. Wissen Sie, was geschah, als er den Duke of Wellington porträtierte? Der Herzog sagte etwas, das Goya beleidigte, und Goya nahm einen Gipsabguß und warf ihn nach dem Herzog. Leider hat er ihn nicht getroffen.»

«Sie sind ein blutrünstiger Giftzwerg.»

«Bin ich nicht. Unglücklicherweise lebe ich in einer Welt, die den Künstler verachtet. Was, glauben Sie, hat Cézanne für die Gemälde bekommen, die Sie besitzen? Nichts. Niemand wollte sie, nicht einmal geschenkt. Ihr Mann verdient in einer Stunde mehr, als ich in einem Jahr.»

«Wollen wir nicht lieber anfangen?»

«Kaum tue ich den Mund auf, schon sind Sie gekränkt. Hören Sie, Goya malte eine schöne Frau, Maja. Zwei Gemälde – eins bekleidet, eins als Akt.»

«Ich kenne die Bilder.»

«Gut. Ich möchte Sie als Akt malen. Ich habe das Porträt fast fertig. Eine Sitzung als Akt. Ich mache die Skizze und beende dann die Arbeit allein.»

«Lieber Gregory, Sie haben den Verstand verloren.»

«Nein. Hören Sie mir zu», sagte er eindringlich. «Ich mache Ihnen keine Avancen. Mein Interesse ist rein beruflich. Sie sind die schönste Frau, die ich je kennengelernt habe. Tausende von Malen habe ich nackte Frauen gemalt. Es ist nichts, gar nichts.»

Sie sah ihn nachdenklich und kühl an. Die Vorstellung war nervenkitzelnd, gefährlich. «Mein lieber Gregory», sagte sie, «ich sitze nicht für den Akt. Ich bin kein Modell.»

«Unsinn. Sie haben Calvin Braderman für einen Akt gesessen.»

«Woher wissen Sie das?»

«Er hat es mir gesagt. Nicht, als ob man irgend jemanden auf einem Geschmier von Braderman erkennen könnte.»

«Wenn schon, das ist lange her. Ich bin siebenunddreißig Jahre alt.»

«Und immer noch die schönste Frau, die ich je gesehen habe.»

«Was würden Sie mit dem Gemälde tun?»

«Es gehört Ihnen, wenn Sie es möchten. Oder ich ändere Ihr Gesicht. Oder ich zerstöre es. Es gehört Ihnen. Nur malen möchte ich es.»

Immer noch stand sie da und sah ihn nachdenklich an. Dann griff sie hinter sich, zog die Schleife hinter ihrem Nacken auf, schüttelte sich leicht, das Chiffonkleid fiel um ihre Füße herab, und sie stand nackt da. Ihr Körper war immer noch jugendlich, ihre Brüste fest und emporgewölbt, ihre langen Glieder makellos wie die eines jungen Mädchens.

«An die Arbeit», sagte sie, als er sie anstarrte. «Es ist kalt hier.»

Jeans Interview hatte zwei Tage nach Dans Rückkehr aus New York stattgefunden. Er war drei Wochen fort gewesen, mit einem Abstecher nach Albany, wo er zwei Stunden mit dem Gouverneur Alfred E. Smith verbracht hatte, und einem weiteren nach Miami in Florida. Smith erwog die Möglichkeit, bei den Präsidentschaftswahlen von 1928 für die Demokraten zu kandidieren, und versuchte festzustellen, wie nach Ansicht anderer seine Aussichten waren. Daher hatte er eine Nachricht an die Küste geschickt, daß er einem Gespräch mit Lavette keinesfalls abgeneigt wäre.

Dan hatte sich nie als Katholik betrachtet. Seine Religion war beim Tode seiner Eltern gestorben, und er war seitdem nicht mehr zur Beichte gegangen. Aber er war als Katholik geboren, und Smith war sehr daran interessiert zu erfahren, wie er die Situation an der Westküste beurteilte.

Smiths Fragen zwangen Dan zum erstenmal seit langem dazu, über sich nachzudenken. Nicht über sich als Individuum, sondern in Beziehung zu einer Religion und einer Gesellschaft. War er Katholik? War er Italiener, Amerikaner, Atheist, Freidenker – oder war er Treibholz, ein steuerloses Schiff? Stimmte es etwa, daß er die Scheidung von Jean nie erzwingen würde, weil er in seinem Innersten immer noch Katholik war? Ein verlorener Katholik, ein ausgebrannter Katholik, ein mißratener Katholik, aber noch immer ...

Smith – mit rosigen Wangen, Knollennase, kleinen, listigen Augen – beobachtete ihn, und Dan hätte am liebsten gefragt: «Was für eine Art Katholik sind Sie, Herr Gouverneur?» Eine lächerliche Frage. Wußte überhaupt jemand, was für ein Katholik er war?

«Was sagt man bei Ihnen darüber?» wollte Smith wissen. «Ich kenne die Westküste nicht. Es ist ein anderes Land, mit einer anderen Denkweise.»

«Einerseits ja, andererseits nein», erwiderte Dan. «Natürlich ist alles anders. Wir denken bei uns nicht so, wie man hier denkt. Wir sind zu neu hier. Mein Schwiegervater, der die zweitgrößte Bank in San Francisco hat, ist Sohn eines Goldwäschers, der Bankier wurde; und mein eigener Vater war ein eingewanderter Fischer aus Marseille. Meine Mutter war Italienerin. Das bedeutet auf Nob Hill möglicherweise etwas, aber woanders überhaupt nichts. Niemand will wissen, ob ich Katholik bin oder nicht.»

«Und bei der Wahl?»

«Genau wie in New York, nur haben wir andere Vorurteile: gegen Leute aus dem Fernen Osten und gegen Mexikaner. Bei uns gibt es die Art von Antisemitismus und antikatholischen Vorurteilen nicht, die Sie hier haben – jedenfalls nicht dieselbe.»

«Haben Sie je an Politik gedacht, Dan?» Er hatte ihn von Anfang an Dan genannt. Nach anfänglichem Mißtrauen wurde Dan wie Wachs unter dem Charme und der Schmeichelei des Gouverneurs. «Sie sind reich, mächtig und noch jung. Ich spreche nicht von Kirchturmpolitik. Es gibt Leute, die lieber Botschafter wären, als daß sie eine Million Dollar hätten.»

Dan grinste. Er hatte ein offenes, jungenhaftes Lächeln, das Smith gefiel. «Botschafter? Zum Teufel, Gouverneur, ich habe nicht einmal den Mittelschul-Abschluß.»

«Klug wird man nicht in der Schule, Dan. Man bringt die Klugheit schon mit. Aber gut, lassen wir das für den Augenblick. Wir müssen uns nach Unterstützung umsehen, und wenn Ihnen anständiges Geld über den Weg läuft, das nicht von Republikanern stammt, merken Sie es sich.»

Neben seiner Reise nach Albany und Routine-Besprechungen in den New Yorker Büros der L & L Shipping war Dans Hauptabsicht bei seinem Besuch des amerikanischen Ostens, Näheres über eine

Gesellschaft zu erfahren, die Pan American Airways hieß und gerade ihren Betrieb aufgenommen hatte. Seit Lindberghs Nonstop-Flug von New York nach Paris war Dan von dem Gedanken an Luftreisen fasziniert. Die ersten Flüge der Pan American gingen von Key West nach Havanna. Dan reiste nach Miami und flog einmal hin und zurück, und als er im Schlafwagen nach New York zurückfuhr, lag er den größten Teil der Nacht wach und durchlebte den Flug mit dem großen dreimotorigen Flugzeug noch einmal. Er war so davon erfüllt, daß er von nichts anderem reden konnte, als er nach seiner Rückkehr nach San Francisco mit Mark zusammensaß.

«So sieht die Zukunft aus», sagte er, «und sie steht uns offen, Mark, weit offen. Weißt du, wie viele Kilometer Fluglinien es jetzt in Amerika gibt? Über zweiundzwanzigtausend. Und nur für knapp zweitausend ist die Ausrüstung einigermaßen ordentlich. Wir sind wieder am selben Punkt wie vor hundert Jahren, als die Eisenbahn kam. Zweiundzwanzigtausend Kilometer – das reicht nicht einmal für Kalifornien.

«Dan, laß dich nicht von deiner Begeisterung fortreißen. Wie kommst du darauf, daß Leute in Flugzeugen reisen wollen?»

«Würdest du es tun?»

«Ich weiß nicht. Es ist eine beunruhigende Vorstellung.»

«Nun, ich hab's getan – von Key West nach Havanna. Und es war wunderbar, Mark, da ist was los! Wir glauben, daß wir in Waikiki etwas auf die Beine gestellt haben – aber Miami Beach schlägt das lässig. Sie kaufen und bauen dort wie Verrückte. Man hat mir Strandgrundstücke gezeigt, die vor sechs Jahren fünfzig Dollar pro Morgen gekostet haben und heute fünfzigtausend kosten. Das wird eine ganz große Sache. Im Vergleich damit sieht Atlantic City wie ein Dorf aus, wenn es um Seebäder geht. Soviel Sonne wie hier, aber wärmer, und nur eine Nachtfahrt mit der Bahn von New York und Philadelphia. Ich habe mich nach einem Stück Strand umgesehen, das wir ganz billig kaufen können . . .»

Mark explodierte: «Nein!»

«Langsam, alter Freund. Warum nicht? Warum sollen wir nicht darüber nachdenken?»

«Dan, ist dir klar, wie groß wir sind? Ich bin fast fünfzig und todmüde. Wir haben beide soviel Geld, wie wir brauchen.»

«Es geht nicht ums Geld. Es geht um das Tun.»

«Schon gut, schon gut. Wir werden darüber sprechen. Während

deiner Abwesenheit hat May Ling nach dir gefragt. Hast du ihr gesagt, daß du verreisen wolltest?»

«Nein, ich hatte nicht angenommen, daß es so lange dauern würde.»

«Hast du ihr geschrieben? Hast du sie angerufen?»

«Verdammt noch mal, Mark, was soll das sein, ein Kreuzverhör? Ich gehe morgen zu ihr.»

«Es geht mich nichts an, aber . . .»

«Da hast du aber mal recht. Es geht dich nichts an.»

Mark sah ihn betroffen an, und Dan sagte: «Tut mir leid. Ich hätte das nicht sagen sollen. Ich bin müde. Ich war noch nicht zu Hause – habe mich nicht einmal umgezogen.»

«Schon gut», sagte Mark freundlich. «Wir sind zu lange zusammengewesen, als daß so etwas zwischen uns stehen dürfte. Nur . . .»

«Nur was?»

«Während du fort warst, hat Feng Wo bei uns aufgehört. Ich glaube, er wollte es nicht dir sagen.»

«Was zum Teufel soll das heißen, er hat aufgehört?»

«Einfach so. Ohne Erklärungen. Er hat aufgehört.»

Mit zehn Jahren war May Lings Sohn Joseph das lebende Zeugnis für die Vorzüge einer Rassenmischung. Er war groß für sein Alter und ließ Dans Größe ohne seine Massigkeit ahnen. Er war langgliedrig und schlank, seine Gesichtszüge waren feiner als die seines Vaters, aber ihnen ähnlich, und das schwarze Haar war leicht gewellt. Seine dunklen Augen lagen weit auseinander, die Haut hatte da, wo sie nicht von der Sonne gebräunt war, eine intensive Elfenbeinfarbe wie die seiner Mutter. Er war ein ruhiger, in sich gekehrter und nachdenklicher Junge, der auf Dans ungestüme Annäherungen mit wachsendem Unbehagen reagierte. Heute öffnete er Dan die Tür ohne Gruß.

Dan hielt einen Haufen Päckchen im Arm. Er lud sie auf dem Sofa im Wohnzimmer ab, ehe er sich umdrehte und Joseph in die Luft schwenkte. «Verdammt, du bist gewachsen. Aber das kann ich noch immer, was? Wieviel wiegst du?»

Joseph schüttelte den Kopf und zuckte die Schultern.

Dan, der mit den Päckchen beschäftigt war, hatte noch nicht bemerkt, daß zwei Kisten im Zimmer standen. Er war darauf konzentriert, seine Gaben auszuwickeln. «Nichts Besonderes», erklärte er. «Ich weiß, daß du einen Fängerhandschuh hast. Hier ist ein Handschuh für einen Malspieler. Du hast also jetzt beim Baseballspielen die Wahl. Das hier sind die drei Bücher mit den schönsten Bildern, die es bei Scribner in New York gab, *Robin Hood, The White Company* und *Moby Dick.* Wie ich deine Mutter kenne, hast du sie alle schon gelesen.»

«Nur *Robin Hood*», sagte Joseph. Er sah sich die Bücher an. «Sie sind wunderschön.»

«Freust du dich, daß ich zurück bin?»

Er nickte lustlos.

«Wo ist Mutter?»

«Oben.»

«May Ling!» brüllte Dan. «Heim kehrt der Seemann, zurück von der See!» Dann bemerkte er die Kisten. «Was ist denn los?»

Joseph sah ihn unglücklich an. May Ling kam die Treppe hinunter. Er wollte schon mit drei Sätzen auf sie zustürmen und sie hochheben, aber etwas in ihrem Gesicht hinderte ihn daran. Er sah wieder die Kisten an. May Ling stand vor ihm, mit lose gefalteten Händen, das Haar in einen Knoten zusammengefaßt. Sie trug einfache, fast streng wirkende chinesische Kleidung.

«Dein Vater hat seine Stelle aufgegeben, er hat uns verlassen!» Das hatte er gar nicht sagen wollen.

«Ich weiß.» Sie sagte zu Joseph: «Geh für einen Augenblick nach oben in dein Zimmer.»

Langsam ging der Junge die Treppe hinauf.

«Warum ist er nicht in der Schule?»

«Weil Sommerferien sind, Dan. Es ist keine Schule.» Sie kam zu ihm herüber, legte ihm die Hände auf die Wangen und zog seinen Kopf zu einem Kuß herab. Er sah Tränen in ihren Augen.

«Warum weinst du? Was geht hier eigentlich vor? Was ist passiert?»

Sie zog ihn hinüber zu einem Stuhl. «Danny, setz dich her. Wir müssen miteinander sprechen.»

«Sprechen? Ich bin nach einem Monat zum erstenmal hier, und du sagst, ich soll mich hinsetzen und sprechen.»

«Genau so ist es, Danny – nach einem Monat.»

«Liebling, ich war fort, das weißt du.»

«Weiß ich das? Oder hast du vergessen, es mir zu sagen?»

«Mark hat es dir gesagt.»

«Danny, was soll ich denn tun? Alles hinnehmen, als ob du ein kleines Kind wärst? Joey hat mehr Verantwortungsgefühl als du. Du warst vor einem Monat hier, und davor habe ich dich auch drei Wochen lang nicht gesehen.»

«Ich war auf den Inseln.»

«Du bist immer irgendwo. Nur nicht hier.»

«Aber jetzt bin ich hier. Vielleicht kannst du mir sagen, was los ist. Feng Wo läßt mich einfach sitzen – und was, zum Teufel, tun diese Kisten hier?»

«Danny, ich habe das Haus verkauft.»

«Was hast du?»

«Das Haus verkauft.»

«Ich glaube dir nicht.»

«Das wirst du schon müssen», sagte sie langsam. «Ich bin am Ende, Danny. Ich habe einen zehnjährigen Sohn – ohne Namen. Wer ist sein Vater, wenn sie ihn fragen? Mr. Wo. Wer ist Mr. Wo? Er ist zehn Jahre alt und muß Tag und Nacht lügen. Willst du ihm sagen, warum er nicht Lavette heißt, warum er einen Vater hat, der sich hier hinein- und herausstiehlt, einen Vater, von dem er in der Zeitung liest? Ja, er liest, Dan, und stellt mir Fragen, und eines Tages ist er zum Russian Hill gegangen und hat den ganzen Tag vor eurem Herrenhaus gestanden – und wer ist die schöne Dame, die dort wohnt, aus dem Hause kommt und in einen Rolls-Royce steigt, den ein Chauffeur fährt? Und wer sind der junge Mann und das junge Fräulein, die dort wohnen? Nun, sag mir, wer ist der kleine Chinese, der auf der Straße steht und zusieht? Sag es mir!»

«Nun hör aber auf», unterbrach er sie. «Hör bloß auf.»

«Nein, Dan, nein. Du mußt mir zuhören, weil all das seit Jahren in mir verschlossen war und ich es jetzt sagen muß. Dein Sohn ist ein großartiger Junge. Du weißt das nicht, aber er ist ein bemerkenswerter, wunderbarer Junge. Er ist nicht nur intelligent, er ist klug. Klüger, als ein Zehnjähriger sein darf. Und innerlich ärmer, wenn du verstehst, was ich meine.»

«Willst du mich etwas sagen, etwas erklären lassen?»

«Du hast jahrelang erklärt. Ich bin jetzt am Ende. Ich habe das Haus verkauft. Mein Vater ist gegangen, weil es für ihn zu viel wurde, wie für mich. All diese Jahre – hat er jemals unsere Verbindung erwähnt?»

«Nein.»

«Weil er dich verehrt hat. Weil du der großartige Dan Lavette warst, der nichts Falsches tun konnte. Aber auch das ist einmal vorbei.»

«Wovon sprichst du eigentlich?»

«Wir verlassen San Francisco. Während du weg warst, war ich in Los Angeles. In der Bibliothek der University of California war eine Stelle frei für jemanden, der sich mit fernöstlichen Sprachen auskennt. Ich habe die Stelle bekommen. Sie wird nicht gut bezahlt, aber es genügt. Wir haben ein kleines Haus in Hollywood gemietet, dicht am Universitätsgelände. Mein Vater und meine Mutter werden mit mir dort wohnen.»

«Mein Gott, May Ling, warum? Warum?»

«Dan, verstehst du denn nicht? Ich habe die Stelle als Mrs. Lavette angenommen. Mein Sohn wird dort als Joseph Lavette zur Schule gehen, dessen Vater tot ist. Das Lügen wird aufhören, nein, das nicht – aber er wird nicht mehr so viel lügen müssen. Er wird seinen Kopf hoch tragen dürfen.»

«Du verrücktes Weib», flüsterte er. «Ich liebe dich.»

Sie kämpfte mit den Tränen. «So weit du eben jemanden lieben kannst, Dan.»

«Du bist mein ganzes Leben.»

«Nein. Nicht einmal ein Zehntel davon, Dan.»

«Ich lasse das nicht zu!» Er sprang auf und begann hin und her zu gehen. «Zum Teufel mit diesem Haus. Du hast recht. Ich wollte dich seit Jahren hier heraushaben. Es gibt da ein Stück Land in Marin County, nicht weit von Marks Haus. Es ist groß genug für Joey und deine Leute, wenn du möchtest, daß sie bei dir wohnen. Mir ist nicht klar, warum, aber wenn du das wünschst, schön. Zwei Morgen Land – genau das braucht der Junge: Landleben.»

«Dan, du hast kein Wort von dem verstanden, was ich gesagt habe. Es ist Schluß. Aus und vorbei.»

Er blieb stehen und sah sie an. Ganz leise fragte er: «Was ist vorbei?»

«Das zwischen dir und mir.»

«Nein.»

Ihr Gesicht verzerrte sich vor Schmerz, und sie schloß die Augen. «Kämpfe nicht mit mir, Danny. Mach es mir nicht noch schwerer. Ich liebe dich so sehr.»

Er ging zu ihr und kniete vor dem Stuhl nieder, auf dem sie saß, nahm ihre Hände in seine und drückte sie an seine Lippen. «Ich weiß, wie es für dich gewesen ist. Ich schwöre bei Gott, daß ich es weiß. Ich gehe einfach in den Dingen auf. Es ist nicht das Geld. Ich pfeife auf das Geld, das weißt du. Aber mein ganzes Leben habe ich damit zugebracht, auf Nob Hill hinaufzusteigen und es den Halunken da oben zu zeigen. Nachts träume ich, daß ich noch immer der Junge im Fischerboot bin und daß die ganze verdammte Stadt brennt. Mein Vater wollte meiner Mutter einen goldenen Ring kaufen. Monatelang legte er jeden Penny auf die Seite, und dann hat irgendein verrückter Lump das Boot gerammt und es schlug leck, danach gab es monatelang nichts, kaum genug Essen zum Überleben. Ich weiß nichts, nur eins: daß du das Einzige in meinem Leben bist, was je gezählt hat. Ich weiß, wie es gewesen ist, aber so wird es nicht mehr sein.»

«Wie wird es sein, Danny?»

«Anders.»

«Wirst du mich heiraten?»

Er starrte sie mit offenem Munde an.

«Wirst du mich heiraten, Danny?»

Er erhob sich und ging zum Sofa, auf das er die Geschenke gelegt hatte. Er nahm eine längliche Schachtel, riß das Papier ab, öffnete sie und holte eine Perlenkette hervor. «Für dich», sagte er. «Ich habe sie bei Tiffany gekauft. Das ist der beste Juwelier in New York. In der Fifth Avenue.»

«Ich weiß, wo Tiffany ist, Danny», sagte sie kalt. «Der Teufel soll dich und deine stinkenden Perlen holen!

Das traf ihn. Es war das erste Mal in all den Jahren, die sie miteinander verbracht hatten, daß er sie fluchen gehört hatte.

«Ich habe dich gefragt, ob du mich heiraten wirst», sagte sie. «Ich mach das nicht mehr mit. Ich würde mein Leben für dich opfern, Dan, das weißt du. Nicht aus Schwäche, sondern weil ich dich liebe. Aber diese Art von Liebe ist wie eine Krankheit, und ich will nicht mein Leben und das Leben meines Sohnes damit verbringen, krank zu sein.»

«Er ist auch mein Sohn.»

«Tatsächlich? Was hast du ihm gegeben?»

«Ich habe euch beiden alles gegeben, was ihr braucht.»

«Was? Das hier?» Sie nahm ihm die Perlen aus der Hand. «Das hier?» Sie nahm den Baseball-Handschuh auf, und dann warf sie den Handschuh und die Perlen auf den Boden. «Gib ihm deinen Namen», flüsterte sie. «Hör mir zu, Daniel Lavette. Heute ist Dienstag. Am Freitag ziehen wir aus. Du hast also drei Tage. Während dieser drei Tage kannst du jederzeit zu mir kommen und mir sagen, daß du die Scheidung eingereicht hast oder dich entschlossen hast, das zu tun, oder daß du es mit deinen Anwälten besprochen hast, und ich werde mit dir gehen, wohin du willst, oder mit dir hier in der Stadt bleiben oder, wenn das sein muß, in einer Hütte in der Wüste leben oder tun, was du sonst verlangst. Andernfalls ist es vorbei, dann will ich dich nicht wiedersehen.»

«Um Gottes willen, May Ling, du bist meine Frau, und das Kind oben ist mein Sohn!»

«Das ist alles, Dan. Mehr habe ich nicht zu sagen.»

Während der achtstündigen Zugfahrt von San Francisco nach Los Angeles brütete May Ling vor sich hin. Ihr Vater, ihre Mutter und ihr Sohn achteten ihr Schweigen; sie hingen ihren eigenen Gedanken nach. San Francisco war ihre Welt gewesen; in all den Jahren hatten sie gesehen, wie es sich von einer Stadt, in der den Chinesen Furcht, Haß und Mißtrauen entgegenschlug, in einen Ort verwandelt hatte, wo Menschen aus dem Fernen Osten langsam, aber sicher, als wertvoller und konstruktiver Teil der Bevölkerung akzeptiert wurden. Nun fuhren sie ins Ungewisse, in eine Stadt, die sie nicht kannten und sich nicht vorstellen konnten. Dan Lavette war für Feng Wo der Fels in der Brandung gewesen. Als er vollständig am Ende gewesen war und seine Frau und sein Kind buchstäblich vor dem Verhungern gestanden hatten, hatte ihn Dan Lavette gerettet, ihm Nahrung und Unterhalt geboten und ihn in eine Stellung hineingehoben, wie sie nur wenige Chinesen in der Stadt, wenn überhaupt einer, hatten. Er dachte nicht an das, was er seinerseits Levy und Lavette gegeben hatte, die Weisheit, mit der er ihre Finanzen in Ordnung gehalten hatte, die Schlachten, die er geschlagen hatte, wenn sie am Rande des Ruins waren, die Treue, die er bewahrt hatte während all der wilden Planungen und Höhenflüge, mit denen Dan Lavette seine Finanzmacht errichtet hatte. Das wurde von ihm erwartet. Vor achtzehn Jahren war er gegen eine Entlohnung von zwölf Dollar pro Woche hingegangen, um für Dan Lavette zu arbeiten. Als er Mark Levy sagte, er wolle sich zurückziehen, betrug sein Gehalt zwanzigtausend Dollar pro Jahr, wahrscheinlich das höchste, das irgendein Asiate je in San Francisco verdient hatte.

Nun saß er mit seinen zweiundfünfzig Jahren in der Eisenbahn neben seiner Frau, ihm gegenüber seine Tochter und sein Enkel. Sein Gesicht war ruhig und teilnahmslos, sein Herz gebrochen und seine Seele voller Schmerz. Er hatte getan, was er tun mußte; das wußte er. Physisch würden sie überleben; er hatte einfach gelebt und war sparsam mit seinem Geld umgegangen, und in Los Angeles würde er sich eine Arbeit suchen. Aber er ließ ein Werk zurück, das er so gut wie irgendein anderer geschaffen hatte, und einen Mann, den er mehr liebte und verehrte als jeden anderen, den er kannte. Trotz allem, was geschehen war, würde er kein Wort gegen Dan sagen oder dulden. Nicht von seiner Frau, noch von seiner Tochter, noch von sonst jemandem.

May Ling ahnte, was in ihrem Vater vor sich ging. Ihr Entschluß war es gewesen, San Francisco zu verlassen, aber es war die Entscheidung ihres Vaters, mit ihr zu gehen. Das bedeutete, daß sich ihre Eltern um ihren Sohn kümmern würden, während sie zur Arbeit war.

Die drei Tage, die auf Dans Besuch folgten, waren die scheußlichsten, die sie jemals durchlebt hatte. Sie war völlig sicher, daß ihr Ultimatum bedeutungslos war, daß die Absicht, sie zu heiraten, nicht wirklich zu seinem Leben gehörte, noch je gehört hatte. So gut kannte sie ihn. Aber sie wußte auch, daß es zwischen ihnen Augenblicke gegeben hatte, die so kostbar und so wundervoll waren wie je zwischen einem Mann und einer Frau; und daher stockte ihr Herzschlag jedesmal, wenn während dieser drei Tage das Telefon oder die Türglocke läutete, und sie erlebte irrsinnige Augenblicke der Hoffnung und der Zuversicht. Am zweiten Tag brachte ein Bote einen Brief von ihm:

Meine geliebte May Ling,
ich schreibe dir, um dich zu bitten, deine Meinung zu ändern. Ich kann nicht mehr sagen, als ich bereits gesagt habe. Selbst wenn du deine Meinung nicht änderst und nicht in San Francisco bleibst, ist zwischen uns nicht alles aus. Glaube nur das nicht. Das Geld soll dir helfen, bitte nimm es. Ich liebe dich.

Dan

Dem Brief lag ein Scheck über zehntausend Dollar bei. Sie schickte ihm den Scheck durch die Post zurück, mit einer kurzen Mitteilung:

Danny,
ich will keine Türen zuschlagen. Ich werde dir von Los Angeles aus schreiben. Denke über das nach, was ich gesagt habe. Ich habe genug Geld aus dem Verkauf des Hauses. Danke.

May Ling

Nun war es vorbei, sie hatte es schon lange kommen sehen. Es kostete sie all ihre seelische Kraft, nicht an das zu denken, was gewesen war. Sie wußte, daß sie ihren Kummer mit Gedanken an die Zukunft bekämpfen mußte. Sie war der Angelpunkt im Leben dieser vier Menschen im Zug, dieser ruhigen chinesischen Familie, die von den Mitreisenden mit neugierigen Seitenblicken betrachtet wurden. Ihr Vater war nicht mehr jung. Er hatte ziemlich viel gespart, aber das würde nicht immer vorhalten. Sie wußte auch nicht, welche Vorurteile es in Los Angeles gab. Sie würden einfach und vorsichtig leben müssen. Sie hatte ihren Sohn aufzuziehen, und sie war Chinesin genug, um sich zu sagen, daß er für sie alle Ehre einlegen mußte. Als sie sich um die Stellung in der Bibliothek bewarb, hatte sie behauptet, Japanisch zu können; aber ihre Kenntnisse waren bestenfalls oberflächlich. Sie konnte Japanisch gut lesen; aber sie würde die gesprochene Sprache in einem gewissen Maß beherrschen müssen, bevor man bemerkte, daß sie geschwindelt hatte.

Und Dan? Sie schloß die Augen und war bei ihm. Sie lagen beide an Deck des Bootes, er hielt mit einer Hand das Ruder, während die andere sie berührte, der Wind blähte die Segel, und sie schmeckte den salzigen Gischt auf ihren Lippen.

«Mommy, weine nicht mehr», sagte Joseph und streichelte sie. «Es wird alles gut werden.»

«Ja, mein Junge.» Es gelang ihr zu lächeln. «Natürlich wird es das.» Sie wies durch das Fenster auf die felsige, zerklüftete Küste von Kalifornien. «Sieh nur – wie schön.»

Sie durfte nicht an Dan denken – überhaupt nicht.

Zum zehntenmal seit Beginn der Fahrt, auf die er sich gemacht hatte, bedauerte Rabbi Samuel Blum, daß er Bernie Cohen erlaubt hatte, ihn zu fahren. Rabbi Blum war achtzig, Bernie Cohen war neunzehn; und obgleich es von San Francisco zum Napatal nur wenig mehr als fünfzig Kilometer waren, schien sich für Rabbi Blum die Fahrt unendlich lange hinzuziehen. Zum Teil lag das an Bernie Cohens Beruf; er war ein selbsternannter «Pionier»: er bereitete sich mit neun anderen Männern darauf vor, nach Palästina zu gehen und sich der winzigen Gemeinde anzuschließen, die eine Handvoll Juden dort gegründet hatte. Im Zuge dieser Vorbereitung lernten er und seine Mitpioniere, wie man die erforderlichen Maschinen bedient; und da sie sehr wenig Geld hatten, bauten sie sich Dinge mit dem, was sie fanden oder aus dem Abfall zusammensuchten. Als Rabbi Blum sich zu der Frage ermannte, in was für einer Art von Auto sie führen, erwiderte Bernie Cohen, der größte Teil sei früher ein Chevrolet gewesen. Der Rest war unterschiedlicher Herkunft.

Bernie Cohen war ein muskulöser, gutmütiger junger Mann, der in Hörweite gewesen war, als Rabbi Blum fallenließ, er wolle zu einem Ort im Napatal fahren. «Ich werde Sie hinbringen», erklärte Bernie Cohen. «Es ist für mich eine gute Gelegenheit, die Bewässerungsanlagen kennenzulernen.»

«Solange du mich zu einem Ort bringst, der Higate heißt. Es war einmal ein Weingut.»

«An Weingütern bin ich noch mehr interessiert.»

Sie hatten schon fast die Hälfte des Weges zurückgelegt, als der junge Cohen, beunruhigt von den dauernden Geräuschen neben sich, den alten Mann fragte, ob er etwas gesagt habe.

«Ich sagte nichts zu dir. Ich bete. Es wird dich vielleicht überraschen, aber trotz meiner achtzig Jahre habe ich den starken Wunsch zu leben.»

«Wir werden es schon schaffen, Rabbi. Das ist ein gutes Auto, wenn es fährt. Aber auch sonst – was kann passieren, wenn man einen Rabbi im Auto hat?»

«Das frage ich mich auch.»

Der Rabbi war freudig überrascht, als sie Higate ohne Zwischenfall erreichten, und er stieg schnell aus dem aus, was er immer als eine Höllenmaschine ansehen würde. Er war zum erstenmal hier im Napatal und am Wohnsitz der Levys und war von der Schönheit der

Landschaft beeindruckt – die grünen Hügel, die alten Steinhäuser, das Rindvieh auf den Bergweiden –, und ebenso war er beeindruckt von der hübschen, rothaarigen Frau, die aus dem Haus herauskam, um ihn zu begrüßen. Er erinnerte sich an Clair, er hatte sie einmal im Hause der Levys in Sausalito gesehen; aber das lag schon Jahre zurück. Das Leben vollbrachte Wunder. Diese stattliche Frau, die ein Kind auf dem Arm trug und an deren Schürze sich zwei Jungen festhielten, deren Gesicht von der Sonne gerötet und sommersprossig war, war eine entzückende Überraschung, und der alte Mann strahlte vor Freude, als er sie ansah. Je älter er wurde, desto mehr schien es ihm, daß jede neue Generation sein Leben und seinen Glauben bestätigten.

«Wie wunderbar!» rief er aus. «Kaum drehe ich den Rücken, da haben Sie drei Kinder.»

«Sie haben ihn langsam gedreht, Rabbi. Es ist Jahre her. Ach, es ist schön, Sie zu sehen. Aber was führt Sie zu uns?»

«Der hier», erwiderte er, und wies auf Bernie Cohen, «mit seiner Höllenmaschine, die er Auto nennt. Er ist ein netter Junge und heißt Bernie Cohen.»

«Darf ich mich ein bißchen umsehen, Mrs. Levy?» fragte er begierig.

«Wo immer Sie wollen. Falls Sie meinen Mann treffen, stellen Sie sich einfach vor und sagen Sie ihm, daß Rabbi Blum hier ist. Und, Rabbi», sagte sie zu dem alten Mann, «kommen Sie aus der Sonne. Drinnen ist es kühl.»

«Zuerst muß ich die kennenlernen, die Gott euch gegeben hat. Dieser hier?»

«Mein Ältester. Fünf Jahre alt. Er heißt Adam.» Adam klammerte sich am Bein seiner Mutter fest und barg sein rotes Haar und sein sommersprossiges Gesicht in ihrer Schürze. «Das hier ist Joshua – drei.» Joshua starrte den alten Mann mit unverhüllter Neugier an und wollte wissen: «Was hat er auf den Augen?»

«Eine Brille. Ich bin nicht so jung wie du.»

«Und das ist Sally», sagte Clair. «Sie ist neu. So neu auch wieder nicht. Ein Jahr alt. Sie kann gehen, wenn sie will. Aber was bringt Sie hierher, Rabbi? Natürlich freue ich mich.»

«Ein kleiner geschäftlicher Vorschlag für Ihren Mann.»

Clair ging voraus, in die Küche, wo sie Sally in ein Laufställchen setzte. Die Küche war kühl und behaglich, und Rabbi Blum setzte sich dankbar an den Küchentisch. Clair schenkte ihm ein Glas Limonade ein.

«Sie ist gut. Aus eigenen Zitronen. Das wird Ihnen ein bißchen Kühlung verschaffen, Rabbi.»

«Wenn es nicht zu viel Mühe macht, hätte ich lieber heißen Tee.»

«Bei diesem Wetter?»

«Doch, ja. Ihr habt es schön hier.»

«Es war ein harter Kampf, Rabbi. Wir machen alles selbst. Jake hat diese Schränke gebaut und den Tisch auch. Wir haben festgestellt, daß wir alles machen können – oder fast alles. Wir haben vier Morgen Tafeltrauben, und wir verkaufen sie. Wir haben einundvierzig Mastochsen und sechs Milchkühe und haben unser Haushaltsgeld durch die Pflaumenernte verdient. Ein Garten ist auch da . . . Im vorigen Jahr haben unsere Einnahmen zum ersten Male die Ausgaben gedeckt; und in diesem Jahr hoffen wir, etwas Gewinn zu erzielen. Das ist auch dringend nötig. Zur Zeit haben wir keinen roten Heller.»

«Und Jacobs Vater?»

«Nun, wir stehen auf freundschaftlichem Fuße, sie kommen hierher, und wir fahren mit den Kindern zu ihnen; aber Jake würde keinen Pfennig von ihm nehmen.»

«Das ist nicht schön. Ihr beraubt ihn wirklich einer großen Freude. Er ist ein guter Mensch. Warum verletzt ihr ihn?»

«Jake ist Jake. Und ich glaube, ich mag ihn so, wie er ist. Hier ist Ihr Tee, Rabbi. Nehmen Sie Zucker?»

«Drei Stückchen.»

Der Rabbi rührte gedankvoll in seinem Tee, als Jake hereinkam und ihn freundlich begrüßte. «Ich habe Ihren Landwirtschaftsexperten draußen gelassen, er beklagt sich darüber, daß ich meine Bewässerungsmöglichkeiten nicht vollständig nutze. Was ist das für einer?»

«Er will nach Palästina gehen, um ein jüdisches Heimatland aufzubauen. Er bereitet sich gegenwärtig darauf vor.»

«Mir recht. Jedenfalls ist es schön, Sie zu sehen, Reb Blum. Das letzte Mal liegt Jahre zurück. Was führt Sie zu uns?»

«Ich könnte als Hirte gekommen sein, der ein verlorenes Schaf sucht.»

«Ich glaube nicht, daß Juden besonders eifrig nach verlorenen Schafen suchen», sagte Clair.

«Schon möglich. Ich bin aus geschäftlichen Gründen hier, Jake.»
«Geschäftlich?»
«Ich will gleich zur Sache kommen. Es geht um Wein für den Gottesdienst.»
«Was?»
«Ihr habt schon richtig verstanden. Ich nehme an, Clair ist eine ebenso gute Christin, wie du ein Jude bist. Also erkläre ich es euch. In beiden Religionen spielt Wein eine große Rolle. Wir Juden brauchen den Wein jeden Sabbat – weißt du wenigstens, was das ist? – für einen Segen, den wir Kiddusch nennen. Zum Passah gehört der Wein zur Sedertafel. Bei anderen Gelegenheiten ist er ebenfalls aus kultischen Gründen erforderlich. Also brauchen wir Wein.»
«Aber was ist mit der Prohibition?» fragte Clair.
«Richtig!» Er griff in seine Tasche und holte ein zerlesenes Stück Papier hervor. «Seht ihr, ich bin vorbereitet. Ein Rabbiner ist vieles, unter anderem Anwalt und Richter. Fragt euren Vater. Ich habe jetzt keine Zeit, euch das alles zu erklären.» Er begann in seinen Taschen zu suchen. «Meine andere Brille.»
«Ich werde es für Sie lesen», sagte Clair.
«Danke. Es ist ein Auszug aus dem Volstead-Gesetz, Paragraph sechs. Lesen Sie.»
Nachdem Clair das Papier genommen hatte, las sie vor: «Diese Vorschriften gelten nicht für die Herstellung, den Verkauf, den Transport, den Besitz oder den Vertrieb von Wein für sakramentale Zwecke oder andere religiöse Riten . . . Der Vorsteher jeder Glaubensgemeinschaft oder Diözese oder eines anderen kirchlichen Bezirks kann einen Rabbiner, Pfarrer oder Priester beauftragen, die Herstellung von Wein zu überwachen, der für die in diesem Paragraphen erwähnten Zwecke und Riten vorgesehen ist . . .»
Clair sah ihn überrascht an, und Jake sagte: «Einen Augenblick bitte, Rabbi: sind Sie etwa hergekommen, um uns aufzufordern, daß wir Wein machen?»
«Warum nicht? Hört mir mal einen Augenblick zu. Wir haben eine Gemeinschaft aus zwölf Synagogen. Jedes Jahr kaufen wir achthundert Gallonen, also rund dreitausend Liter Wein im Osten ein. Er kostete bisher sieben Dollar pro Gallone. Nun haben sie ihren Preis auf neun Dollar erhöht. Wir verdienen nichts an dem Wein, wir geben ihn am Passahfest zum Selbstkostenpreis ab; aber

für arme Leute ist auch der Selbstkostenpreis noch eine Belastung. Da ich nun im Ruhestand bin, soll ich feststellen, was wir tun können; und da ihr die einzige jüdische Weinkellerei in unserem Gebiet habt, komme ich zu euch. Ihr macht Wein, und wir zahlen euch sieben Dollar für die Gallone.» Und dann, im Nachhinein, fügte er hinzu: «Und gelegentlich werde ich die Herstellung überwachen.»

Jake schüttelte den Kopf. «Rabbi, es tut mir leid, aber Sie sind umsonst gekommen. Es gibt keine Weinkellereien, weder jüdische noch andere. Sie sind alle pleite und haben dicht gemacht. Der einzige, der in dieser Gegend überhaupt Wein macht, ist ein Baske namens Fortas, der weiter unten wohnt und schwarz ein paar hundert Gallonen Wein macht, eine Art Zinfandel, trocken, aber gut. Gelegentlich kaufen wir eine Gallone bei ihm, aber glauben Sie mir, auch seine Tage sind gezählt. Die von der Bundespolizei suchen diese Täler ab wie die Jagdhunde. Außerdem haben wir keine Ahnung, wie man das macht. Wir haben noch nie auch nur einen Liter von dem Zeug hergestellt und wüßten gar nicht, wie man das anfängt.»

«Sieben mal achthundert sind fünftausendsechshundert Dollar», sagte der Rabbi ruhig. «Clair hat mir erzählt, wie ihr habt kämpfen müssen. Ich bewundere das. Ihr seid jung und stark und könnt zwölf Stunden am Tag arbeiten. Was aber ist mit morgen? Was ist mit den Kindern?»

«Es geht nicht», sagte Jake. «Die Herstellung von Wein ist eine Kunst, ein schwieriges Handwerk.»

«Dann war meine Mutter, Gott habe sie selig, eine Künstlerin, denn sie hat ihren eigenen Wein gemacht. Und es war guter Wein! Wo habt ihr gelernt, Pflaumen anzubauen und Rindvieh aufzuziehen?»

«Das ist etwas anderes.»

«So! Kennt ihr die Bibel? Vor dreitausend Jahren haben wir Vieh gezüchtet, Pflaumen angebaut und Wein gekeltert. Man nannte uns die Rebstockleute. Und nun sagt mir ein junger Mann mit deiner Bildung, er wisse nicht, wie man das macht. Jacob, ich spreche nur für zwölf kleine orthodoxe Synagogen. Was ist mit den Reformjuden? Die Möglichkeiten der Reichen sind stets größer als die der Armen . . .»

«Es ist nicht zu machen!»

«Nun warte doch mal, Jake», sagte Clair. «Bitte hör dem Rabbi zu und sag nicht immer wieder, es sei unmöglich. Wir haben uns für dieses Anwesen abgerackert, als alle sagten, es sei unmöglich. Meine einzigen Ruhetage in den letzten sieben Jahren hatte ich, wenn ich hochschwanger war und mich nicht bewegen konnte: und wir träumen immer noch von einer Waschmaschine und einem Radio. Wenn das Auto noch dreißig Tage läuft, ist das schon ein Wunder. Wenn Fortas Wein machen kann, können wir das auch. Wir haben die ganze Ausrüstung fix und fertig in dem großen Anbau. Nun, Rabbi, wie geht es weiter? Ich bin keine Jüdin.»

«Ich hatte mir so etwas gedacht.» Rabbi Blum lächelte.

«Das ist aber doch wichtig?»

«Nicht, solange ihr meinen Anweisungen folgt. Ihr sollt über das, was ich euch jetzt sage, nur nachdenken. Ich werde euch einen langen Brief schreiben, in dem alles schriftlich festgehalten ist. Die Fässer und Pressen müssen auf eine bestimmte Weise gereinigt werden. Wenn sie sieben Jahre lang unbenutzt gestanden haben, dürfen sie ohne weiteres verwendet werden. Der Wein soll für das Passahfest gekeltert werden. Wird er vorher getrunken, wird er *humotz* und damit für das Passahfest unbrauchbar. Wird er aber zum Passahfest erstmalig verwendet, kann er während des übrigen Jahres getrunken werden, obwohl er *humotz* wird, dann ist *humotz* zulässig.»

«Es ist zu spät im Jahr, um jetzt mit den Reben anzufangen», sagte Jake.

«Jake, wir werden die Trauben kaufen. Es gibt in diesem Tal weiß Gott genug Trauben zu kaufen. Rabbi, was für eine Art von Wein ist es?»

«Die Tradition, Clair, verlangt einen süßen Wein; schwer und süß soll er sein. Früher kam er aus Spanien, aus Malaga, das einmal eine jüdische Stadt gewesen ist. Der echte Malaga ist eine Art Muskateller, sehr gehaltvoll, süß, schwer. Der Wein, den wir bisher gekauft haben, wird in New York aus Concord-Trauben gekeltert. Man nennt ihn Malaga; aber er ist dem echten Malaga so ähnlich wie ich dir.»

«Und Sie glauben, daß wir bis zum Passahfest achthundert Gallonen Wein für Sie gemacht haben werden?» fragte ihn Jake.

«Viel schlechter als der, den wir von New York kaufen, kann er nicht werden», sagte der Rabbiner. In diesem Augenblick kam

Bernie Cohen in die Küche, und der Rabbiner sagte zu ihm: «Draußen im Auto liegt eine Flasche Wein, Bernie. Hol sie bitte her.» Und zu Jake gewandt: «Ich lasse sie euch hier, damit ihr seht, was sie in New York Malaga nennen. Es eilt nicht. Ihr habt sieben Monate, das ist Zeit genug. Inzwischen setzen wir die Verträge auf und schicken sie euch zu. Habt ihr genug Geld, um anzufangen?»

«Wir werden es auftreiben», sagte Clair bestimmt.

«Flüsterkneipen», private Clubs und andere Formen illegalen Alkoholausschanks – die Tatsache, daß es mindestens hundert Etablissements in San Francisco gab, in denen man Alkohol bekommen konnte, machte es Dan Lavette nicht leichter, sich zu betrinken. Sein kräftiger Körper widerstand dem Alkohol, und es half auch nicht, daß er die Sache mit kalter, nüchterner und deprimierter Entschlossenheit betrieb. An dem Tag, an dem May Ling die Stadt verließ, verschwand er um halb fünf aus seinem Büro, ging zu *Madame X* in der Battery Street und stürzte drei Gläser von dem Zeug hinunter, das dort hochtrabend als Roggenwhiskey bezeichnet wurde. Der Geschmack war ihm zuwider, und er ging in *Harry's* Bar. Bei Harry hingen nachgemachte Tiffany-Kronleuchter von der Decke, und die Eichenholz-Theke war zehn Meter lang. Dahinter standen vier Barmixer, und um sechs Uhr abends drängten sich die Gäste dicht an dicht.

Harry garantierte dafür, daß der servierte Roggenwhiskey eingeschmuggelter Golden Wedding sei. Dan bestellte einen Doppelten mit einem Glas Bier. Das Bier war gespritet. Der Barmann goß ihm einen weiteren Doppelten ein, Dan trank ihn aus und starrte dann in das Bier.

«Das Bier», sagte er zu dem Barmann, «ist Pisse mit Sprit. Der Whiskey ist gepanschter Kartoffelschnaps, und du, mein Freund, bist ein schweinsköpfiger Betrüger.»

Die Männer, die neben Dan standen, sahen ihn an und rückten von ihm ab. Der Barmann streckte beide Hände mit den Handflächen nach unten aus. «Nur ruhig, Mister. Wir machen keine Reklame. Das hier ist ein privater Club. Wenn Ihnen unsere Getränke nicht schmecken, gehen Sie doch woanders hin!»

Ein anderer Barkellner winkte, und zwei bullige Männer kamen auf Dan zu.

«Ich gehe, wohin ich will», sagte Dan langsam.

«Sie haben zu viel getrunken, Mister. Sie gehen besser.»
«Erst, wenn ich will, du Flasche.»
Die beiden Kerle schoben sich dicht neben ihn. Jeder packte einen seiner Arme. Dan tat einen Schritt von der Bar zurück und stieß die beiden gegeneinander. Die Bewegung kam plötzlich und überraschend, und ihre Köpfe krachten aneinander. Der Barkellner hechtete über die Theke. Dan wankte unter seinem Aufprall, er nahm ihn hoch und schleuderte ihn quer durch das Lokal. Die beiden Rausschmeißer schüttelten sich, knurrten dumpf und griffen erneut an. Dan packte seinen Bierkrug und schlug ihn dem einen auf den Schädel; dem wurden die Knie weich, und er ging zu Boden. Der andere boxte ihm kräftig in den Magen. Dan schlug ihm ins Gesicht, daß er sich mit blutender Nase zurückzog. Jetzt flankten zwei weitere Kellner über die Bar und hängten sich an Dans Arme, während der erste, der sich inzwischen einen Messing-Schlagring besorgt hatte, Dans Gesicht und Leib bearbeitete. Ein Schlag riß ihm die Wange auf, so daß er benommen taumelte, und die beiden Kellner schleiften ihn durch das Lokal. Der erste öffnete die Tür – so schoben sie Dan auf die Straße hinaus. Als der Mann mit dem Schlagring wieder angriff, trat Dan ihn in die Geschlechtsteile, so daß er stöhnend zusammenbrach, die Hände an den Unterleib gepreßt. Jetzt schüttelte Dan die beiden anderen ab. Inzwischen hatte sich eine Menschenmenge angesammelt. Dan stand reglos da, mit zerrissenen Kleidern, und Blut lief von seinem Gesicht hinab; ein Mann lag vor ihm auf dem Boden, die beiden anderen hielten vorsichtig Abstand. Da kam die Polizei.

Mark Levy war an dem Abend um halb acht noch in seinem Büro, als Polly Anderson auf den Summer drückte und ihm mitteilte, Inspector Crowther von der Polizei von San Francisco sei am Telefon und wolle ihn sprechen. Seit Feng Wo gegangen war, pflegte Mark bis spät in den Abend hinein zu arbeiten. Sie hatten bereits einen Ersatzmann eingestellt und wieder hinausgeworfen, und Mark wußte inzwischen, daß es einen gleichwertigen Ersatz überhaupt nicht geben konnte. Feng Wo hatte die verwickelten Wege ihrer Geschäftsführung vom ersten Tage an verfolgt, und es gab niemanden, der an seine Stelle treten und tun konnte, was er getan hatte. Dan kümmerte sich einfach nie um Einzelheiten: was er tat, geschah im großen Rahmen. War Geld nötig, pflegte er Mark zu sagen, daß sie so und so viel brauchten und beließ es dabei; mußte Geld ausgegeben werden, so gab er es aus. Es war Marks Aufgabe, zu planen, stillschweigend zu dulden und zu jonglieren.

Nun fragte er gereizt, was, zum Teufel, Inspector Crowther wollte.

«Er will es nur Ihnen selbst sagen.»

«Stellen Sie ihn schon durch.»

Crowther zeigte sich respektvoll bemüht. «Es betrifft Mr. Lavette, Mr. Levy . . .»

«Dan Lavette?»

«Ja, Sir.»

«Was ist mit ihm? Ist ihm was passiert? Ist er verletzt?»

«Schon, aber nicht sehr schlimm. Das Problem ist, daß er eine Menge anderer Leute verletzt hat. Er hat eine Flüsterkneipe zertrümmert und zwei Männer krankenhausreif geschlagen. Wir haben ihn hier, es läuft auf schwere Körperverletzung hinaus; aber wir haben noch nicht Anzeige erstattet, weil wir erst einmal einen Überblick bekommen wollten. Ich glaube, es ist besser, wenn Sie herkommen.»

«Du lieber Himmel», flüsterte Mark. «Was ist passiert?»

«Nun, Sir, soweit wir feststellen können, hat er sich betrunken und wurde gewalttätig.»

«Sind Zeitungsleute dort?»

«Noch nicht. Ich verstehe. Wir werden nichts bekanntgeben.»

«Hören Sie mir bitte zu, Inspector», sagte Mark. «Ich will versuchen, Bürgermeister Rolph zu erreichen; und wenn mir das gelingt, kommen wir beide zum Polizeipräsidium – ich selbst komme auf jeden Fall, und zwar sofort. Aber um Himmels willen, versuchen Sie, nichts davon durchsickern zu lassen, und sperren Sie ihn nicht ein. Sie tun mir damit einen persönlichen Gefallen, und ich bin sicher, daß der Bürgermeister auch einverstanden ist. Ich werde es Ihnen nicht vergessen.»

«Ich werde mein Bestes tun, Mr. Levy.»

Als er schon aus seinem Büro eilen wollte, hielt er inne, um Polly Anderson einzuspannen. Sie bat: «Es ist fast acht Uhr, Mr. Levy, und ich habe eine Verabredung zum Abendessen. Das kommt nur einmal im Monat vor!»

«Verstehen Sie doch, man hat Mr. Lavette festgenommen . . .»

«Mein Gott, warum?»

«Das erkläre ich Ihnen später. Ich möchte Sie bitten, Bürgermeister Rolph aufzuspüren und ihn dazu zu bringen, sich mit mir im Polizeipräsidium zu treffen. Lassen Sie sich auf keinen Fall abwimmeln; ich schwöre Ihnen, daß ich Ihnen das beste Abendessen spendiere, das das *Fairmont* auf den Tisch bringen kann. Wollen Sie das tun?»

«In Ordnung.» Sie seufzte. «Ich hoffe, es geht alles gut aus. Er muß doch nicht ins Gefängnis, oder?»

«Ich hoffe nicht.»

Immerhin hatten sie Dan nicht in eine Zelle gesperrt. Crowther führte Mark in ein Vernehmungszimmer, in dem Dan an einem Tisch hockte. Seine zerschnittene Wange wurde von einem Stück Heftpflaster zusammengehalten, sein Hemd und sein Anzug waren zerrissen und blutbefleckt.

Crowther sagte: «Ich schwöre, ich weiß nicht, was ich da machen soll, Mr. Levy. Wir haben Glück, daß es in einer Flüsterkneipe passiert ist, da erhebt vielleicht niemand Anklage. Das heißt, wenn keiner stirbt.»

«Was soll das heißen, wenn keiner stirbt?»

«Nun, die zwei Männer im Krankenhaus. Einer ist ein Rausschmeißer, dem er mit einem Bierkrug den Schädel eingeschlagen hat, und der andere, ein Barmann, hat einen Hodenbruch von einem Tritt. Mein Gott, einer der führenden Männer der Stadt in so eine Keilerei verwickelt! So etwas habe ich in meiner ganzen Dienstzeit noch nicht erlebt.»

«Wie viele waren es?»

«Fünf, soweit wir feststellen können.»

«Dann ist es Notwehr.»

«Nur vor Gericht, Mr. Levy, nur vor Gericht. Und, wie gesagt, nur, wenn keiner von ihnen stirbt.»

Jetzt, im Vernehmungszimmer, starrte Dan seinen Partner trübe an.

«Wie um Himmels willen bist du in diese Sache geraten?»

«Halte mir keine Vorträge», wimmerte Dan. «Ich fühle mich hundeelend. Sieh mich an. Ich habe alles erbrochen, und mein Bauch fühlt sich an, als hätte mich ein Maultier getreten. Ich bin fast vierzig, Mark, und ich bin weich und lasch und nichts gewohnt, ich habe in einer Schlägerei nichts verloren. Mein Gott, ich habe mich nicht geprügelt, seit ich ein Kind war.»

«Erzähl mir einfach, was passiert ist.»

«Wozu? Ich habe ungutes Blut – hab's immer gehabt. Ich bin nicht besser als irgendein lausiger Schläger. May Ling ist weg. Fort.»

«Was ist passiert?»

«Nichts ist passiert. Ich habe versucht, mich zu betrinken, und bin in eine Schlägerei geraten. Ich habe mich übel gefühlt, und ich habe mich übel aufgeführt – das ist alles.»

Die Tür öffnete sich, und Crowther trat mit dem Bürgermeister ein. Mark war so glücklich, Sunny Jim Rolph zu sehen, daß er ihn fast umarmt hätte. Rolph war für eine Abendgesellschaft gekleidet: Frack mit weißem Querbinder, und seine Schuhe waren wie immer auf Hochglanz poliert. Er sagte traurig: «Nur für Sie, Danny Lavette, Sie armer, törichter Pfeffersack. Sehen Sie sich an. Ein Mann, der für die Jugend der Nation ein Vorbild sein sollte.»

«Das geschieht mir recht», sagte Dan.

«Fünf Mann hoch, und Danny Lavette schickt zwei ins Krankenhaus; die sehen vielleicht das Tageslicht nie wieder . . . Sie sind doch ein dämliches Miststück!»

«Danke.»

«Die Frage ist», sagte Crowther, «was soll ich tun?»

«Wichtig ist, daß es keinen Täter gibt», entschied Rolph. «Ein Gentleman wird in einer Flüsterkneipe angegriffen und halbtot geschlagen. Sie wissen, daß wir ihren Laden schließen, wenn sie das Maul aufreißen. Sie werden keine Klage erheben, und was diesen Ritter der Hochfinanz anbelangt, so muß er schleunigst hier verschwinden.»

«Und wenn sie sterben?»

«Leute sterben nun mal. Trotzdem wird niemand Anklage erheben.»

«Es gibt ein Dutzend Polizisten, die wissen, daß er hier ist.»

«Wissen sie, wer er ist?»

«Einige von ihnen ja – und Sergeant Murphy auch.»

«Dann sagen Sie ihnen und Murphy, daß sie sich geirrt haben.»

«Und was sage ich zu Chief O'Brien?»

«Sagen Sie ihm, er soll mich anrufen. Crowther, ich muß in fünfunddreißig Minuten eine Ansprache im Rotary Club halten. Diskutieren Sie nicht mit mir. Tun Sie, was ich gesagt habe.»

Mark versuchte, Rolph zu sagen, daß er ihm das nie vergessen werde.

«Das vergessen?» sagte Rolph. «Wer, zum Teufel, könnte das je vergessen? In meine Memoiren kommt es bestimmt.»

Während der Fahrt zu Marks Haus in Sausalito fragte Dan ihn, was sie das wohl kosten würde. Sie hatten beschlossen, daß Dan nicht nach Hause fahren konnte, und Mark hatte telefoniert, daß ein Arzt sie in Sausalito erwarten sollte.

«Im Laufe der Zeit eine Menge. Rolph ist ein Gentleman. Er wird uns nicht drängen. Aber es steht absolut fest, daß wir die wichtigsten Stützen bei seiner nächsten Wahlkampagne sein werden.»

«Es tut mir leid, Mark. Gott ja, es tut mir leid. Wenn das in die Zeitung kommt! . . .»

«Das wird es nicht. Rolph hat Crowther bestens instruiert. Und überhaupt. Wir sind fast zwanzig Jahre zusammen. Du hast Anspruch auf mindestens eine Eins-A-Bierreise.»

«Und wenn ich die zwei Clowns umgebracht habe? Arme, blöde Schweine. Ich hatte nichts gegen sie. Ich hatte ein paar getrunken und fing an, laut und gemein zu reden, und sie wollten mich rausschmeißen. Das ist ihr Beruf.»

«Hoffen wir, daß sie es überleben.»

«Wo sind sie?»

«Im Allgemeinen Krankenhaus. Wir rufen von zu Hause aus da an.»

In der Küche der Levys wartete Doktor Frank Saltzman. Er zog das Pflaster ab und reinigte den Schnitt in Dans Gesicht. «Der sieht gut aus», sagte er. «Was für ein Werkzeug war es denn?»

«Ein Schlagring aus Messing.»

«Sie führen ein abwechslungsreiches Leben, Mr. Lavette.»

«Abwechslungsreicher, als Sie sich vorstellen können», sagte Sarah.

«Ich muß das nähen.»

«Tun Sie, was Sie nicht lassen können», sagte Dan bitter.

«Es wird Ihnen ein interessantes Aussehen geben.»

«Zieh dein Hemd aus», sagte Sarah. «Ich will es waschen.»

«Sarah, tu mir einen Gefallen. Ruf Jean an. Sag ihr, daß ich einen Autounfall hatte. In Marks Auto.»

«Sie kann nicht gut lügen», sagte Mark. «Ich mach es selbst.»

«Damit sie sich Sorgen macht?» fragte Sarah.

«Jean doch nicht», sagte Dan. «Sag ihr nur, daß ich lebe und auf den Beinen bin.»

Saltzman betastete die grünen und blauen Flecken auf Dans Bauch. «Haben Sie Blut erbrochen?»

«Nein. Ich habe mich ein paarmal übergeben.»

«Kein Blut?»

«Nein. Aber was Sie da machen, tut verdammt weh.»

«Es wird morgen noch mehr weh tun. Aber Sie werden wieder. Warten Sie vier Tage, dann kann Ihr Hausarzt die Fäden ziehen.»

Der Arzt ging. Mark brachte Dan nach oben, wo er sich auszog und mit einem Schwamm wusch. Danach saß er in einen von Marks Morgenmänteln gehüllt, der ihm nicht mal bis an die Knie reichte, in der Küche und trank Sarahs Kaffee, während Martha ihn fasziniert beobachtete. Mit dreiundzwanzig kannte Martha nur Dan als Helden des wirklichen Lebens. Sie lebte mehr in den Dramen, die sie schuf, als in dem ruhigen Haus in Sausalito, und brachte einen idealisierten Dan Lavette als Person in ihre Dramen ein. Sie hatte sich in einer Schauspielschule für Filmschauspieler in Hollywood angemeldet und sehnte den 1. Oktober herbei, an dem der Kurs beginnen sollte. Dan, mit zwei Stichen in seiner Wange, ein veritabler Cyrano, der den Überfall von fünf brutalen Straßenräubern abgewehrt hatte, war ein Wirklichkeit gewordener romantischer Traum. «Mit der Narbe siehst du besser aus, wirklich, Dan», versicherte sie ihm. «Nicht, als ob du nicht so schon gut aussähest – aber es wird dir ein gewisses Etwas geben, ich meine . . .»

«Ich weiß, was du meinst», sagte Sarah. «Ich möchte jetzt privat mit Dan sprechen. Also laß uns bitte allein, Martha.»

«Warum?»

«Weil ich es möchte.»

«Ich bin kein Kind mehr.»

«Keiner von uns ist ein Kind», sagte Mark. «Nun los, Martha, geh schon.»

Sie stelzte aus dem Raum, und Dan sagte: «Ich weiß, was du sagen willst, Sarah. Tu mir einen Gefallen. Laß es sein.»

«Nein, du weißt nicht, was ich sagen möchte, und selbst wenn du es weißt, sage ich es trotzdem. Ich höre von Mark, daß May Ling nach Los Angeles gezogen ist und deinen Sohn mitgenommen hat. Ich bin zwar kaum zehn Jahre älter als du, Danny, aber doch so etwas wie eine Mutter für dich, seit deine Mutter gestorben ist, und wenn du mir gestattest, werde ich ganz offen sprechen. Ich glaube, du hast etwas sehr Dummes und Schreckliches getan.»

«Sarah, um Gottes willen!» rief Mark aus.
«Laß sie es sagen», sagte Dan zu ihm. «Sie hat recht.»
«Aber warum? Mußte das sein?»
«Ich konnte sie nicht aufhalten. Es hieß entweder das, oder Jean verlassen.»
«So? Und warum verläßt du Jean nicht?»
«Ich kann nicht.»
«Warum nicht?» beharrte Sarah.
«Gott, ich kann es nicht erklären.»
«Weil sie Chinesin ist.»
«Nein, Sarah, nein! Nicht, weil sie Chinesin ist. Verstehst du nicht? Alles, was Mark und ich haben, alles, was wir aufgebaut haben, ein ganzes Arbeitsleben, etwas, das zur größten Sache in diesem Bundesstaat, vielleicht im ganzen Land wird – und wir haben gerade erst angefangen, es nimmt gerade erst Gestalt an. Verlasse ich Jean, wird sie es auf einen Schlag vernichten. Das hat sie mir gesagt. Es geht nicht nur um die Zugewinngemeinschaft – wir schulden der Bank ihres Vaters fast fünfzehn Millionen Dollar.»
«Danny, es ist doch nur ein Geschäft. Es ist nichts. Ein Golem hat euch beide gepackt. Warum erkennt ihr das nicht, du und Mark?»
«Es ist nicht nur ein Geschäft. Es ist mein Leben. Ohne das bin ich nichts.»
«Der Herr stehe dir bei», flüsterte Sarah.
«Mark, ruf im Krankenhaus an», rief Dan fast wild. «Stell fest, wie es aussieht.»
Mark verließ das Zimmer, um anzurufen, und Dan saß da und sah Sarah an. Sie bedeckte ihr Gesicht mit den Händen und begann leise zu weinen.
«Nicht doch», bat Dan sie. «Ich bin es nicht wert.»
«Ich weine nicht um dich, Danny. Ich weine um mich.»
Mark kam in die Küche zurück und grinste breit. «Beide sind außer Gefahr», sagte er. «Sie kommen durch. Dame Fortuna ist uns hold, Danny.»

Als am nächsten Morgen Dan mit einer alten Militärhose von Jake bekleidet – der einzigen Hose im Haus, die ihm paßte – und in seinem gewaschenen und geflickten Hemd die Treppe herunterkam, wurde er ans Telefon gerufen. Es war Jean.
«Wie fühlst du dich?» fragte sie ihn.

«Ganz gut. Ich habe einen Schnitt in der Wange und ein paar blaue Flecken. Aber sonst bin ich gesund. Ich sehe lächerlich aus. Ich trage Jakes alte Armeehose. Mein Anzug ist gewaschen; und wenn er mir noch paßt, bin ich heute nachmittag zu Hause.»

«Ist Mark verletzt?» fragte sie.

«Nein, nein, er ist gesund und munter.»

«Soll ich dich abholen? Ich müßte eine Verabredung zum Essen absagen.»

«Laß nur, ich nehme die Fähre und ein Taxi.»

Er legte den Hörer auf und wandte sich an Sarah, die ihn beobachtet und ihm zugehört hatte.

«Sie müßte eine Verabredung zum Essen absagen, um mich abzuholen», sagte Dan.

Sarah schüttelte den Kopf und wandte sich ab. «Frühstück in zehn Minuten», sagte sie kurz.

Martha, die ihrer Mutter beim Frühstück machen half, sagte zu Dan: «Ich möchte mal wissen, was du davon hältst; ich finde es geradezu phantastisch: Wir sind so reich wie Krösus, aber meine Mutter will keine Dienstboten im Hause haben. Es ist schon jetzt, mit mir, schlimm genug; aber in einem Monat gehe ich nach Hollywood. Dann sitzt sie allein in dieser riesigen Scheune von Haus.»

«Wenn es so weit ist, werde ich darüber nachdenken», sagte Sarah mild.

«Hollywood? Wozu?»

«Warum gehen Leute wohl nach Hollywood? Ich möchte Schauspielerin werden.»

«Kannst du das nicht hier?»

«Dan, ich will eine richtige Ausbildung haben – da, wo Filme gedreht werden. Und Filme werden nur an einem Ort gedreht, in Hollywood.»

«Hollywood ist die Pest», sagte Dan.

«Es wäre vielleicht keine solche Pest, wenn du und Papa dort ein Studio kauftet, statt all der anderen törichten Dinge, die ihr mit eurem Geld anstellt.»

«Das könnte dir so passen», sagte Dan.

Stephan Cassalas erstes Kind, ein Junge, wurde Ende August 1927 geboren. Er war schon neun Jahre mit Joanna verheiratet, als das Kind kam, und diese neun unfruchtbaren Jahre hatten Kummer und Sorge gebracht und waren zunächst allen vier Eltern ein Rätsel gewesen. Nur Joanna wußte während der ersten drei Jahre, daß ihr Mann, jedenfalls bei ihr, impotent war. Diese Tatsache erfüllte Stephan mit so viel Schmerz und Schuldgefühl, daß es ihr das Herz brach. Sie versicherte ihm, daß sie ihn liebte, und daß das ihre Beziehung zueinander in keiner Weise ändern würde. Die zweite Enttäuschung in Joannas Ehe rührte daher, daß Stephan das Haus seines Vaters in San Mateo nicht verlassen mochte. Rosa, Stephans Schwester, hatte einen kleinen Angestellten in der Bank ihres Vaters geheiratet, Frank Massetti, der umgehend zum zweiten Kassierer befördert worden war, und sie hatten sich eine Wohnung in San Francisco genommen und pflichtbewußt drei Kinder in die Welt gesetzt. Das große Haus in San Mateo mit seinen sieben Schlafzimmern bot Stephan allen Platz und alle Bequemlichkeit, die er brauchte. Er hatte kein Verlangen nach einem eigenen Heim, und Joanna fand die Verständigung mit ihm immer schwerer.

Er hatte sich nie ganz von den Depressionen, einer Folge seiner Kriegserlebnisse, erholt. Zu der Zeit kannten nur wenige Menschen im Norden Kaliforniens den Namen und die Lehre Sigmund Freuds, und noch weniger wußten etwas von psychiatrischer Behandlung. So kam es Stephan und seiner Umwelt gar nicht in den Sinn, seine ständige Schwermut könne eine Krankheit sein oder durch ärztliche Behandlung geheilt werden.

Maria Cassala und Joannas Mutter, Dolores Vincente, sprachen in ihrer Trauer immer wieder über dieses Thema, brachten es vor ihre Priester und beteten inbrünstig. Sie setzten auch Joanna unter Druck, die abgemagert und in ihrer Hilflosigkeit und ihrem Kummer zum Schatten ihrer selbst geworden war. Endlich, nach drei Jahren, erzählte Joanna ihnen von den eigentlichen Schwierigkeiten. Sie sagte ihnen auch, daß Stephan so anständig gewesen war, ihr eine kirchliche Ungültigkeitserklärung der Ehe anzubieten. Aber das war mehr, als alle Elternteile in Betracht ziehen mochten; und nach einer schwierigen Diskussion, an der alle vier beteiligt waren, beschlossen sie, nichts zu unternehmen und darauf zu vertrauen, daß die Zeit alles heilen werde.

Die Zeit heilte nichts. Joanna lebte als stille, pflichtbewußte, traurige Frau weiterhin im Hause. Stephan mietete sich eine kleine Wohnung in San Francisco, verbrachte dort anfangs nur gelegentlich eine Nacht und blieb dann immer häufiger dort. Die Fenster seiner Wohnung gingen auf die Bucht. Er arbeitete oft bis sieben oder acht Uhr abends in seinem Büro in der Bank, aß allein in Ginos Restaurant in der Jones Street und ging dann in seine Wohnung, wo er sich ans Fenster setzte und hinausstarrte. Manchmal dachte er an Selbstmord, manchmal stellte er sich auch ein Verhältnis mit Martha Levy vor – ein seltsames, traumartiges Verhältnis ohne Sexualität oder Leidenschaft. Einmal blieb er drei Tage in seiner Wohnung, ohne sich zu rasieren und ohne zu essen, und entschuldigte sich mit Krankheit.

Gewöhnlich verbrachte er die Nächte von Freitag bis Montag in San Mateo; aber er hatte einen gestaltlosen und unausgesprochenen Haß auf die Kirche entwickelt und lehnte es ab, zur Messe oder zur Beichte zu gehen – obwohl er seiner Mutter damit offensichtlich weh tat. Er schlief schlecht und nach den ersten Jahren von Joanna getrennt, wachte nachts häufig auf und ging nach unten, um zu lesen.

In einer solchen Nacht ging er in die Küche, um sich etwas Milch warm zu machen – sein Magen machte ihm immer noch Kummer –, und sah, daß die Tür zum Zimmer des Hausmädchens offenstand und drinnen Licht brannte. Gina war jetzt siebenundzwanzig, füllig, vollbusig, mit festem Fleisch. Sie hatte immer im Haus gelebt, er hatte sie tausendmal angesehen und nie wahrgenommen. Neugierig ging er zur Tür ihres Zimmers und blickte hinein. Sie lag im Bett. Ihr Radio war so leise gestellt, daß man es kaum hören konnte, ihr Nachthemd war sorglos nach oben verschoben, so daß es ihre Schenkel und den Rand der dunklen Schamhaare enthüllte. Ihre Augen trafen sich, als er so dastand; sie lächelte ihn an, tat aber nichts, um ihre Blöße zu bedecken. Er stand da, Minuten vergingen, keiner von ihnen sprach, bis sie schließlich sagte: «Komm herein, Stevey, und mach die Tür hinter dir zu.»

Er trat ins Zimmer, schloß die Tür und starrte sie regungslos an. Er hatte einen Schlafanzug an, aber keinen Morgenmantel; und als er so dastand und Gina ansah, fühlte er das Verlangen wie eine feurige Woge in sich emporquellen. Sie streckte die Hand aus, und er ergriff sie; dann zog sie ihn zu sich hinab und küßte ihn. Als sie sein Glied berührte, ejakulierte er mit einer Kraft und Leidenschaft, die seinen ganzen Körper erschütterte.

«Schon gut, schon gut, Stevey», flüsterte sie. «Siehst du, es ist in Ordnung. Du bist ein Mann, ein wundervoller Mann. Du wirst nie wieder Schwierigkeiten haben.» Sie sprach italienisch, mit wohlklingender Stimme.

Er schlief mit ihr bis kurz vor Morgengrauen, und die italienischen Worte «Sei un uomo» hallten in ihm wider.

Als er ging, sagte sie: «Ich darf kein Kind bekommen, Stevey. Bitte besorg du Präservative, ich hebe sie dann bei mir auf. Morgen Nacht – oder wann du willst . . . Ich liebe dich sehr und verlange nichts, das schwöre ich.»

Während der nächsten sechs Monate verbrachte er die meisten Nächte in San Mateo und schlief einmal, zweimal, manchmal dreimal in der Woche mit Gina. Niemand ahnte etwas. Nach sechs Monaten war Joanna schwanger, und Gina und Stephan beendeten ihr Verhältnis in gegenseitiger Übereinstimmung. Danach schliefen sie nicht mehr zusammen; aber sie liebten einander auf eine seltsame Weise.

Und zur großen Freude des Hauses Cassala brachte Joanna einen süßen Jungen von siebeneinhalb Pfund zur Welt, der auf den Namen Ralph getauft wurde.

Fortas war ein riesiger, dickleibiger Baske mit schütterem Haar, der mit seinen Nachbarn in immerwährender Fehde lebte, weil ihre Hunde, wie er meinte, seine Lämmer rissen. Er hielt eine kleine Schafherde, und der Grad seines Zorns hing davon ab, wie weit die Hunde der Nachbarschaft streunten und für wie gefährlich er ihre Rasse hielt. Da Jake und Clair zwei nette Promenadenmischungen hatten, die dicht beim Haus blieben, waren ihre Beziehungen zu Fortas recht freundschaftlich. Als sie jetzt zu ihm kamen, um seinen Rat zu erbitten, begrüßte er sie freundlich, nahm sie mit in die Küche und schenkte ihnen Wein ein, während seine Frau einen Kuchen aufschnitt.

Jake umriß kurz Rabbi Blums Vorschlag. «Daher kommen wir zu Ihnen», sagte er. «Wir haben absolut keine Ahnung von der Weinherstellung.»

«Jüdischer Wein!» explodierte Fortas. «Satan – ihr zwei seid Juden?»

Clair grinste und nickte.

«Gottverdammich! Heh, Sada», schrie er seiner Frau zu, «diese zwei Leutchen gehören zu der Sippschaft, die unseren Herrn Jesus umgebracht hat. Die ersten verflixten Juden, die ich je gesehen habe.»

«Ach, halt den Mund, Fortas», rief seine Frau. «Er hat das Gehirn eines Affen und die Stimme eines Stiers», sagte sie zu Clair.

«Auch wahr», sagte Fortas. «Schon so lange her. Wen kümmert's noch? Ihr wollt also wissen, wie man Wein macht? Das ist kinderleicht. Ihr preßt die Trauben aus, und fertig ist der Wein.»

«Aber sicher», sagte Sada. «Leicht für dich, weil ich den Wein mache. Was weiß er schon?»

Jake holte die Weinflasche hervor, die Rabbi Blum bei ihnen gelassen hatte, und erklärte: «Solchen Wein sollen wir herstellen.»

«Es ist so», sagte Clair, «daß wir am liebsten Ihren Zinfandel kaufen würden, denn er ist wirklich großartig; aber sie würden ihn nicht nehmen.»

Fortas nickte. «Ich kenne die Brühe, die sie in der Kirche trinken.»

Seine Frau goß ein Glas von Rabbi Blums Wein ein, prüfte ihn, zog ein Gesicht und reichte ihrem Mann das Glas. Fortas probierte und spie den Wein aus.

«Spülwasser!»

«Ach, hör schon auf», sagte Sada. Und zu Clair und Jake: «Paßt auf, das ist Süßwein. Nicht sehr gut, fürchte ich, aber sehr süß. Nicht einmal wie ordentlicher Muskateller oder Tokayer – ich weiß nicht, wie. Ihr möchtet wissen, wie wir Wein machen. Gut. Ich werde es euch zeigen. Ihr habt immer noch Gallaghers Kram, die Pressen, die Gärfässer und die Lagerfässer?»

«Ja, wir haben seine ganze Ausrüstung.»

«Gut. Wenn das Wetter gut ist, beginnen wir nächste Woche vielleicht mit der Lese. Ihr preßt die Trauben. Dann habt ihr Saft – wir nennen ihn Most. Wir machen einen roten Wein; also lassen wir die Schale mit dem Most fermentieren. Ihr wartet, schmeckt, zieht ab, klärt – und habt den Wein.»

«Aber Ihr Wein ist trocken, nicht süß.»

«Ach ja. Das ist so ein Kunstgriff. Man unterbricht den Gärungsprozeß, die Fermentierung.»

«Kippt etwas Schnaps rein», sagte Fortas. «Das hemmt.»

«Du mit deinem Schnaps – wo sollen sie heutzutage Schnaps hernehmen?»

Die Erörterung zog sich hin; es ergab sich, daß man, wenn man Fortas und Sada hieß, den Wein mit Instinkt und nach Geschmack machte, aber für Jake und Clair blieb nur Verwirrung und Durcheinander. Am nächsten Tag luden sie die Kinder ins Auto und fuhren nach Sausalito, wo sie sie der dankbaren Sarah übergaben, holten Band 28 der *Encyclopaedia Britannica*, die Jake zum dreizehnten Geburtstag bekommen hatte – heraus, suchten unter «Wein» und fanden den Unterabschnitt «Malaga».

«Malaga», las Clair laut vor, während Jake mit gespannter Aufmerksamkeit lauschte, «ist im allgemeinen ein süßer Wein. In seiner exportierten Form ist er eine Mischung aus *vino dulce* und *vino secco*, die zusammen mit unterschiedlichen Anteilen von *vino maestro*, *vino tierno*, *Arope* und *vino de color* hergestellt wird. Der *vino dulce* und der *vino secco* werden in der Regel beide aus der Pedro-Jimenez-Traube (weiß) gepreßt. Der *vino maestro* besteht aus Most, der nur leicht fermentiert worden ist und dessen Gärung durch Zugabe von etwa 17 Prozent Alkohol gehemmt worden ist. Für den *vino tierno* werden Rosinen (sechs Teile) mit Wasser (zwei Teile) zu einem Brei geschlagen und ausgepreßt. Danach wird dem Most Alkohol (ein Teil) zugesetzt. *Arope* wird . . .»

«Halt, genug», bat Jake. «Ich weiß überhaupt nicht, wovon die da reden.»

«Ich auch nicht», stimmte Clair freundlich zu. «Hast du geglaubt, daß wir das nach dem Konversationslexikon machen können? Ich glaube nicht einen Augenblick, daß dieser Malaga-Wein, der irgendwo in Spanien gekeltert wird, auch nur im entferntesten mit dem zu tun hat, was der Rabbi haben möchte. Es muß irgendwo jemanden geben, der uns einfache, sachliche Hinweise für die Herstellung eines Süßweins geben kann – und, Jake, glaub mir, es lohnt sich. Ich finde Wein machen eine der romantischsten Sachen der Welt. Wir haben neunhundert Morgen des besten Weinlands im Napatal, und wir haben uns krumm und lahm geschuftet, damit es uns gehört. Diese lächerliche Prohibition kann nicht ewig dauern. Sie verwandelt das ganze Land in einen Sumpf von Verbrechen und Gewalttätigkeit, und früher oder später werden die Leute die Nase voll haben und so angewidert sein, daß sie das blödsinnige Gesetz abschaffen. Wenn wir in der Zwischenzeit lernen, den Gottesdienstwein herzustellen, sind wir jedem anderen Weinbauern um eine Nasenlänge voraus.»

«Was also sollen wir tun?»

«Wir lassen die Kinder bei deiner Mutter, fahren nach Berkeley und suchen uns an der Universität jemanden, der uns wissenschaftlich beraten kann. Und wenn wir in Berkeley niemanden finden, fahren wir nach Stanford. Irgendwo muß einfach jemand sein, der sagen kann: Macht das so und so. Habe ich recht?»

«In Ordnung, wir können es ja versuchen.»

Professor Simon Masseo war von Clair begeistert. Er war ein kleiner, rundlicher Mann mittleren Alters, der Frauen offensichtlich anbetete und von Clairs Größe, ihrem herrlichen, starken Körper, ihrem hübschen, sommersprossigen Gesicht und ihrer dichten, roten Mähne vollständig hingerissen war. Er konnte seine Augen nicht von ihr abwenden und bestand darauf, daß sie und Jake mit ihm in der Uni aßen. Er gehörte zu den Männern, die ein einfaches und vollkommenes Vergnügen an der Gegenwart einer schönen Frau empfinden; und Clair besaß die Gabe, einem Mann offen und ungekünstelt den Eindruck zu vermitteln, er allein sei wichtig. Genau das empfand Professor Masseo, und er taute auf.

«Natürlich müssen Sie den Wein machen», sagte er zu ihnen. «Soll die Kunst ganz untergehen, weil eine Handvoll Irrer bestimmt hat, daß die lieblichste Tröstung des Menschen etwas Böses ist? Ich habe unter anderem die Kunst der Weinherstellung gelehrt. Im Jahre 1918 hatte ich mehr als zweihundert Studenten. 1920 haben wir den Kurs gestrichen.»

«Aber wenn es keinen Kurs gibt», begann Clair, «wie . . .»

«Wie? Liebe junge Frau, lassen Sie mich Ihnen zuvor versichern, daß nicht der Mensch den Wein macht. Die Natur macht ihn, und der Mensch überwacht den Vorgang. Und wie hat er das gelernt? Vor fünftausend Jahren schmeckte er den Wein in überreifen Trauben, er aß sie und trank damit schon Wein. Was ist Wein? Nehmen Sie Trauben, legen Sie sie in einen großen Behälter, zerquetschen Sie sie und stellen Sie den Topf, oder was immer es ist, an einen warmen Ort. Rühren Sie die Mischung jeden Tag um – damit beginnt schon der wunderbare Vorgang, den wir Gärung nennen. Dann riecht man daran. Ah, was für ein köstlicher Geruch! Nun wird die sogenannte Maische lebendig und beginnt, sich zu bewegen, sich zu heben und zu brausen, wenn man sie umrührt. Dann scheint er zu ruhen. Das ist die Zeit, wo man den Most abziehen soll. Most nennt man die Weinflüssigkeit. Sie ist immer noch lebendig durch die Hefe. Wir ziehen sie in einen sauberen Behälter ab. Dann pressen wir die Flüssigkeit aus dem, was im ersten Behälter geblieben ist, und fügen sie dem Most zu. Diesmal bedecken wir den Behälter, verschließen ihn aber nicht, weil der Wein noch immer arbeitet, und stellen ihn erneut an einen mäßig warmen Ort. Und wir beobachten ihn sorgfältig. Und dann, sehr bald, kommt er zur Ruhe. Das ist der Augenblick, an dem der zunehmende Alkoholgehalt die Arbeit der Hefe zum Stillstand gebracht hat. Jetzt gießen wir den Wein in Flaschen oder Krüge oder sonst etwas und verschließen sie fest. Man stellt sie an einen kühlen Ort, zum Beispiel irgendwo im Keller, und läßt den Wein ruhen. Später öffnen wir so ein Gefäß, gießen die klare Flüssigkeit vorsichtig ab, so daß die Ablagerungen zurückbleiben – und siehe da, wir haben Wein!»

«So einfach ist das!» rief Clair aus.

«Genau – und so kompliziert wie möglich. Weil man, meine liebe Dame, beim Trinken einen hervorragenden oder einen verdorbenen, einen bitteren, einen säuerlichen, einen milden oder einen wunderbaren Wein im Glas haben kann. Es gibt tausend Abwandlungen, und ihre Beherrschung macht die Kunst des Kellermeisters aus. Die Hefe ist da, in der wunderbaren wachsartigen Schicht auf der Haut der Traube; aber nun kommt es auf die Art von Trauben, auf den Reifezustand, auf das Anbaugebiet an. Und was ist mit den Stielen? Die Stiele enthalten ungefähr drei Prozent Gerbsäure, sie gibt dem Wein die Strenge, den leicht herben Geschmack – und wieviel davon wollen wir? Und was ist mit den Kernen? Auch sie enthalten Gerbsäure. Und die Schalen? Die Schale macht den Unterschied zwischen einem roten und einem weißen Wein; und die färbende Substanz in den Schalen ist nicht einfach ein Pigment, sondern etwas sehr Kompliziertes, ähnlich der Gerbsäure, aber doch nicht dasselbe – und bei jeder Traubenart anders, müssen Sie wissen. Das aber ist erst der Anfang in der Kunst, die Abwandlungen zu kennen und zu beherrschen.»

Jake seufzte. «Ich wußte es, das war zu schön, um wahr zu sein.»

«Geben Sie so schnell auf? Mein lieber Junge, ich bin sicher, Ihre wunderbare Frau ist nicht entmutigt.»

«Aber unser Problem», sagte Clair, «ist, einen Süßwein herzustellen. So wie der, den wir Ihnen zum Probieren mitgebracht haben. Und das ist sicher sehr schwierig.»

«Eigentlich nicht – jedenfalls nicht so schwierig, wie die Herstellung eines wirklich guten trockenen Weines. Ich werde es Ihnen erklären; und wenn Sie eine Stunde Zeit haben, mit in mein Labor zu kommen, werde ich Ihnen die Schritte einzeln beschreiben, und Sie können sich Notizen machen. Ich kann Ihnen auch ein oder zwei Bücher über das Thema leihen, und wenn Sie dann so freundlich sind, mich zur Weinprobe ins Napatal einzuladen, komme ich nur zu gern.»

«Wirklich?»

«Aber ja. Nun wollen wir uns den Wein ansehen, den Ihr Freund Rabbi Blum Ihnen gegeben hat. Kein sehr guter Wein. Vom Geschmack her würde ich sagen, daß er aus Concord-Trauben aus dem Staat New York oder vielleicht aus Maryland gekeltert und gezuckert wurde. Ich muß dazu sagen, daß wir beim Gärungsprozeß mit einem sehr hohen Zuckeranteil in der Maische beginnen. Der Zuckergehalt ist je nach Traube und Reifegrad verschieden, es können bis zu zweihundertfünfundsiebzig Gramm Zucker auf achthundert Gramm Wasser darin enthalten sein. Dieser Zucker, Traubenzucker, besteht aus Dextrose und Fructose. Im Gärungsprozeß wird der Zucker in Äthylalkohol und gasförmiges Kohlendioxid umgewandelt. Aber wenn der Alkoholgehalt im Traubensaft ungefähr vierzehn oder fünfzehn Prozent erreicht hat, hört die Hefe auf, den Zucker umzuwandeln. An dieser Stelle sind die meisten Weine noch süß. Nur ist Ihr Problem natürlich, diese Süße nicht zu beseitigen, sondern zu verstärken. Es gibt verschiedene Möglichkeiten, das zu erreichen. Zuerst natürlich die Trauben. Was für eine Art von Trauben bauen Sie für den Markt an?»

«Meistens Zinfandel. Wir haben ein paar Thompsons . . .»

«Ja, die Farbe des Zinfandels ist ausgezeichnet; aber wir brauchen eine süßere Traube. Im nächsten Monat müßte es eigentlich im San Joaquin Valley ausgezeichnete Muskateller- und Marsala-Trauben geben. Sie brauchen nicht zu versuchen, einen Wein aus einer einzigen Traubenart herzustellen. Sie wollen das nachahmen, was Sie mir gegeben haben – und verbessern. Ich glaube nicht, daß der Rabbi etwas dagegen hätte. Ihre Trauben müssen sehr reif sein, genaugenommen etwas überreif – fast in dem Zustand, der in Frankreich *pourriture noble* genannt wird, Edelfäule. Also eben angegangen. *Pourriture noble* ist nicht ganz ohne Risiko; aber Tafeltrauben werden immer ein bißchen zu früh gelesen. Wir wollen etwas haben, was dazwischen liegt; und ich kann Ihnen die Namen einiger Weinbauern dort geben, die wissen werden, was Sie brauchen. Wichtig ist, daß Sie Ihre Trauben auswählen und schon im voraus fest bestellen, damit die Weinbauern sie an den Weinstöcken hängen lassen. Soviel über die Trauben; nachher mehr davon. Ein weiterer Punkt: wir müssen Alkohol zugeben, der die Arbeit der Hefe unterbricht, während der Most noch ziemlich süß ist – also einfach den Alkoholgehalt vorzeitig auf die erforderlichen vierzehn Prozent anheben. Und dann ist da noch das Naßzuckern . . . O nein, die Herstellung von Wein ist nicht einfach, aber spannend. Darüber müssen wir uns noch lange unterhalten.»

Als sie schließlich Professor Masseo verließen, beladen mit Büchern und Notizen, verwirrt und mit einer Menge beunruhigender Angaben über die Herstellung von Wein versehen, sagte Jake zu seiner Frau: «Liebling, ich habe Angst. Achthundert Gallonen Wein! Ist dir klar, wieviel das ist? Ich sehe uns schon mit Bottichen von verfaulten Trauben und Fässern voll saurem Wein bankrott machen. Der Himmel möge uns beistehen.»

«Darum wird Rabbi Blum sich kümmern», sagte Clair.

Pierre Kardeneaux hatte eine kleine, aber ungeheuer elegante Modeboutique unmittelbar hinter der California Street eröffnet, wo ein Abendkleid mehr als tausend Dollar kosten konnte. Als sie zum zweitenmal dort war, stand Jean plötzlich vor Alan Brocker, mit dem sie seit Jahren kein Wort gesprochen hatte. Er saß auf einem von Kardeneaux samtgepolsterten Stühlen, stützte das Kinn auf einen Spazierstock mit goldenem Knauf und beobachtete eine schlanke Blondine, die sich in einem Abendkleid aus weißem Samt mit einem weißen Nerzkragen vor ihm hin und her drehte. Dann küßte das schlanke, blonde Mädchen ihn leicht auf die Wange, und Jean hörte sie sagen: «Ach bitte, lieber, lieber Alan – darf ich es haben? Es gefällt mir so gut.»

Lächelnd sagte Jean: «Aber natürlich. Man kann doch seiner Tochter so eine Kleinigkeit nicht verweigern.»

«Oh, aber ich bin nicht . . .» begann das schlanke, blonde Wesen.

«Aber natürlich», stimmte Jean zu und entschwebte.

Brocker rief am nächsten Tage an, und Jean sagte fröhlich: «Lieber Alan, wie entzückt bin ich, nach all dieser Zeit von dir zu hören.»

«Liebling, du bist eine unglaubliche Hexe.»

«Dann war das liebliche Kind gar nicht deine Tochter?»

«Essen wir mal zusammen?»

«Aber gern.»

«Also dann morgen. Ich hole dich ab.»

Warum habe ich nur zugesagt? fragte sich Jean. Sie fand keine Antwort, außer, daß sie sich langweilte und daß Alan Brocker unterhaltsam war. Er hatte eine Eigenschaft, die man nicht allzu häufig bei Männern findet: er konnte klatschen, und zwar mit herrlich bissigen Bemerkungen. Auch empfand sie ein angenehmes Gefühl der Überlegenheit. Als sie Brocker kennengelernt hatte, war er der Lehrer gewesen, weltklug und gebildet gab er den Ton an. Aber nichts an ihm schien sich inzwischen geändert zu haben, während Jean sich sehr verändert hatte. Sie betrachtete ihn jetzt als einen nutzlosen, ewigen Jugendlichen, sie würde es genießen, den Ton anzugeben.

«Zumindest wird es amüsant sein», entschied sie.

Beim Mittagessen am folgenden Tag fragte Jean ihn: «Wie alt bist du eigentlich so, lieber Alan?»

«Wie alt bist du, meine Liebe?»

«Siebenunddreißig. Ich mache kein Geheimnis daraus.»

«Ich bin erst dreiundvierzig, meine Liebe. Wir sind beide in der Blüte unserer Jahre.»

«Findest du dann nicht, daß das Kind, um das du dich gestern bemüht hast, reichlich jung war? Wie alt ist sie? Achtzehn?»

«Zwanzig.»

«Und hat sich schon ein Abendkleid verdient. Sehr begabt!»

«Meine liebe Jean, hältst du Moralpredigten?»

«Der Himmel bewahre mich! Es stünde mir schlecht an, meinst du nicht auch?»

«In der Tat.»

«Jedenfalls danke ich dir, daß du mir Moralisieren vorwirfst und nicht Eifersucht.»

«Eifersucht? Meine Liebe, du hast mich aus deinem Leben gestrichen.»

«Du warst nie darin, lieber Alan.»

«Wollen wir nicht aufhören, einander Bosheiten zu sagen, und versuchen, eine Bestandsaufnahme zu machen? Was treiben deine beiden hübschen Kinder?»

«Kinder? Ja, doch. Barbara ist dreizehn. Jazz, Kino und Pferde. Es scheint etwas Wertvolles unter all dem zu liegen; aber wann und wo es auftaucht, weiß ich nicht. Tom ist einfach schön. Fast sechzehn Jahre alt, einsdreiundachtzig und mein Augapfel, wenn du es genau wissen willst. Ich bete ihn an. Er ist klug, hat Charakter und sieht gut aus. Nicht wie sein Vater, möchte ich dazu sagen.»

«Ich dachte mir schon, daß du einen Ersatz gefunden hast.»

«Für wen?» fragte sie kalt.

«Für den Fischer.»

«Du haßt ihn, nicht wahr?»

«Du nicht, Jean?» fragte er sie.

Sie sah ihn an und schüttelte sich innerlich bei der Vorstellung, sie könnte mit diesem Mann, der ihr gegenüber am Tisch saß, verheiratet sein. Was für ein oberflächliches, gedankenloses, nichtswürdiges Wesen er doch war! Und wie seltsam, daß sie in all den Jahren, in denen sie ihn kannte, nie ein Urteil über ihn gefällt hatte. Er amüsierte sie, und sie konnte mit ihm reden und mit ihm zusammen sein, ohne sich zu langweilen – und natürlich war sie nicht mit ihm verheiratet, das war die Hauptsache.

«Warum sollte ich ihn hassen?» fragte sie.

«Er hält dich gefangen.»

«Oder halte ich ihn gefangen? Überleg mal, Alan.»

«Ich versteh nicht, warum! Du bist noch immer die schönste und reizvollste Frau von San Francisco. Übrigens bricht er von Zeit zu Zeit aus.»

«So?»

«Weißt du von dem Vorfall in *Harry's Bar*?»

«Du meinst diese kümmerliche Flüsterkneipe? Was für ein Vorfall?»

«Soweit ich höre, hat dein Mann das Lokal vor ein paar Wochen demoliert. Er wurde ausfällig, und sie wollten ihn hinauswerfen. Fünf oder sechs Mann. Er hat zwei von ihnen krankenhausreif geschlagen, dann wurde er selbst zusammengeschlagen und festgenommen. Sunny Jim persönlich mußte ihn raushauen.»

«Und wann war das?»

«Vor ungefähr zwei Wochen, soweit ich weiß.»

«Vor zwei Wochen», sagte sie langsam und dachte an die Narbe auf seiner Wange und den angeblichen Autounfall. «Sechs Männer – so, so. Mein lieber Alan, Was würdest du tun, wenn dich sechs Männer angriffen?»

«Ich würde in so einer Kneipe nicht ausfällig werden.»

«Nein, ich bin sicher, das würdest du nicht tun. Aber wenn sechs Männer – oder zwei Männer – dich angriffen?»
«Ich würde um Hilfe rufen.»
«Bestimmt», sagte sie.

Dan saß vor dem Kamin und starrte in die Flammen. Er saß in dem Zimmer, das mitunter Bibliothek und dann wieder Arbeitszimmer genannt wurde, mit einer Wand voller Bücher, die er nicht gelesen hatte, und einem halben Dutzend teurer Ölgemälde, die er nicht ausgesucht hatte und die ihm völlig gleichgültig waren. Er war mit einer Art innerer Nabelschau beschäftigt – ein ungewöhnlicher Vorgang für einen Mann, der sich sonst nicht besonders mit seinem Innenleben beschäftigte. Seine Gedanken waren ungeordnet und ziellos; wenn er planvoll nachgedacht hätte, hätte er sich fragen können, wer er war und wo er stand. Doch er lebte in einer Epoche, in der solche Fragen nicht laut gestellt wurden; so wurde ihm auch nie deutlich, daß er nicht wußte, wer er war.

Und doch bedrückte ihn der schmerzhafte Wunsch, einfach nur zu sein, und er sah Bilder der Erinnerung in den Flammen. Die Augenblicke mit May Ling standen am klarsten vor seinem Auge; sie waren wirklich, hoben sich deutlich von der Verwirrung ab: das kleine Haus in der Willow Street, das in jeder Ecke von ihrer Persönlichkeit geprägt war, ein Tag, an dem sie Hand in Hand an der Pazifikküste spazierengegangen waren, ein Abend auf dem Telegraph Hill neben Coit Tower, das ganze unglaubliche Panorama von San Francisco unter ihnen ausgebreitet, das Luau auf Hawaii und die Tage auf dem Boot, als sie dort zwischen den Inseln segelten. Die Erinnerungen quälten ihn, und doch waren sie die Wirklichkeit. Alles andere war Schein.

Er spürte plötzlich, daß außer ihm noch jemand im Raum war, er schaute auf und sah Jean. Es war ziemlich spät, nach elf Uhr. Er hatte außerhalb zu Abend gegessen und war in ein Haus zurückgekehrt, das leer zu sein schien. Da kam auf einmal Jean und trug ein blaßgrünes Negligé unter einem Morgenmantel aus weißer Spitze. Er hatte gelernt, was die Dinge kosteten – die Rechnung für Morgenmantel und Negligé würde sich auf mindestens fünfhundert Dollar belaufen.

«Hallo, Dan», sagte sie und ließ sich auf das Sofa fallen, auf dem er saß. «Du siehst einsam aus.»

«Es gehört zum Alleinsein, nicht wahr?»

«Vermutlich.» Sie streckte ihre Hand aus und berührte die Narbe auf seiner Wange. «Der Schnitt ist sehr gut verheilt. Ich finde, die Narbe steht dir.»

«Ich könnte auch ohne leben», sagte Dan.

«Ich habe von der Schlägerei in *Harry's Bar* gehört, Warum hast du mir nichts davon erzählt?»

«Ich weiß nicht. Eine Schlägerei in betrunkenem Zustand in einer Kneipe ist nicht besonders erfreulich. Und wir sind daran gewöhnt, einander anzulügen.»

«Ich habe nicht lügen müssen. Du fragst nie nach dem, was ich tue.»

«Warum sollte ich?»

«Wir sind verheiratet, Dan. Wir sind schon sehr lange verheiratet.»

Er nickte. «Manchmal frage ich mich, wie viele Leute wohl eine solche Ehe führen wie wir?»

«Eine ganze Menge.»

«Es ist schwerer, wenn man arm ist. Geld glättet die Unebenheiten, nicht wahr?»

«Ich weiß nicht. Ich war nie arm.»

«Fandest du das ekelhaft von mir?» fragte er. «Oder bist du darüber hinaus?»

«Nein. Ich fand es ziemlich eindrucksvoll – sechs gegen einen.»

«Nur fünf. Nein, es war nicht eindrucksvoll. Es war dumm und gemein von mir.»

«Das Seltsame daran ist, daß du eigentlich wenig trinkst.» Als er keine Antwort darauf gab, sagte sie: «Weißt du, ich habe eine Taschenflasche in Toms Zimmer gefunden. Mit dem Fusel, der jetzt heimlich gehandelt wird.»

«Was hast du damit gemacht?»

«Ich habe sie weggeworfen.»

«Du hast nicht mit ihm darüber gesprochen?»

«Das könntest du tun.»

«Ich kenne ihn kaum», sagte Dan bitter.

«Er ist ein netter Junge, Danny.»

Es war das erste Mal in all den Jahren, daß sie ihn wieder Danny nannte. Er sah sie fragend an und erkannte, daß er sie bis zu diesem Augenblick nicht gesehen hatte, nur eine Frau in einem grünen

Negligé und einem Morgenmantel aus weißer Spitze, aber nicht sie selbst. Nun, im schwachen Schein der Lampe, mit dem Spiel von Licht und Schatten vom Kaminfeuer auf ihrem Gesicht, erinnerte er sich an sie – als ob die Zeit an ihr vorübergegangen wäre. Jedoch das Sehnen, das Verlangen nach ihr, der Schmerz in seinem Innern, wenn er sie ansah – die waren vorbei. Er war mit einer fremden Frau verheiratet, die er nie gekannt, gestreichelt oder geküßt hatte. Er war leer und verbraucht; sein einziger Wunsch war, sie möge gehen und ihn allein lassen, damit er ins Feuer starren konnte.

«Danny», sagte sie weich, «komm mit mir zu Bett.»

Er sah sie verblüfft an, er konnte sein Erstaunen nicht verbergen.

«Ich weiß.» Sie lächelte. «Es ist schon so lange her.»

«Einfach so – komm mit mir ins Bett, Danny?»

«Wie sonst?»

«Mein Gott, ich weiß nicht. Frag mich, wer ich bin. Oder gehst du mit Fremden ins Bett?»

«Wie kannst du etwas so Boshaftes sagen!»

«Schon gut. Es tut mir leid. Ich hätte das nicht sagen sollen.»

«Aber du hast es getan.»

«Ach, laß doch! Das wird wieder ein Streit, nicht wahr?»

«Willst du nicht genau das?»

«Ich weiß nicht, was ich will. Ich nütze dir nichts, Jean. Weder im Bett noch außerhalb des Bettes.»

«Ist dir jemals klar geworden, daß du ein Lump bist?»

«Das ist mir klar geworden. Ja.»

Eine Woche später machte sich Thomas Seldon Lavette, fast sechzehn Jahre alt, reisefertig, um sein zweites Jahr an der Groton School for Boys in Massachusetts anzutreten. Seine Eltern wollten ihn nach Oakland bringen, wo er den Zug nach Osten nehmen würde. Sein Koffer war vorausgeschickt worden. Er saß in einer grauen Flanellhose und einem blauen Blazer in seinem Zimmer und schraubte den Spannrahmen seines Tennisschlägers zu, als sein Vater ins Zimmer trat. Tom war ein großer, schlanker Junge von einsdreiundachtzig. Er war blond und hatte blaue Augen. Sein Gesicht war schmal und hübsch, und seine Haut sah gesund aus. Er war von der Akne verschont geblieben, die so viele Jungen in seinem Alter befällt. Dan fühlte sich in seiner Gegenwart immer unbehaglich, befangen, fremd, unterlegen. Es war schwer für ihn, mit Tom zu sprechen. Während der vergangenen fünf Jahre hatte er wenig von dem Jungen gesehen; und fast nichts in den letzten zwölf Monaten. Tom war entweder in der Schule gewesen oder zum Tennisspielen im Club – dem San Francisco Golf Club, wo Dan sich selten sehen ließ –, oder er war mit seiner Schwester und ihren Freundinnen ausgeritten.

Nun stand Dan verlegen in seinem Zimmer und wünschte, er hätte nicht so lange gewartet. Er überlegte, wie er sagen sollte, was seiner Ansicht nach gesagt werden mußte.

«Zeit zum Abfahren, Dad?» fragte Tom.

«Fast. Ich möchte mit dir sprechen.»

«Schieß los.»

«Die Taschenflasche mit Fusel, die deine Mutter in deinem Zimmer gefunden hat.»

«Sie hat sie weggeworfen. Die Flasche hat zwölf Dollar gekostet!»

«Findest du nicht, daß du ein bißchen zu jung bist, um solchen Fusel zu trinken?» fragte Dan.

«Es war kein Fusel. Es war guter Whiskey.»

«Du bist noch nicht einmal sechzehn.»

«Ich trinke gar nicht viel. Alle Jungen haben eine Taschenflasche bei sich. Also muß ich auch eine haben. Na und?»

«Du findest nichts dabei?»

«Nein.»

«Ich aber. Ich finde es zum Kotzen!»

«Ausgerechnet!»

«Was meinst du damit?»

«Nur, daß deine Auffassung von Moral äußerst seltsam ist.»

«Ich wüßte immer noch gern, was du damit meinst.»

«Mehr habe ich dazu nicht zu sagen.» Er ging zu seinem Tennisschläger zurück und fuhr fort, die Schrauben des Spannrahmens festzuziehen.

«Verdammt noch mal», sagte Dan, «wenn ich dir eine Frage stelle, erwarte ich eine Antwort. Glaub ja nicht, daß ich dir das durchgehen lasse. Ich bin zufälligerweise dein Vater.»

«Ja, zufälligerweise.»

«Was zum Teufel soll das nun wieder heißen?»

«Ich müßte dieser albernen Taschenflasche dankbar sein!» schrie der Junge, und seine Stimme überschlug sich fast. «Ohne sie könnte ein Jahr vergehen, ohne daß du mit mir redest. Wann hast du zuletzt über irgend etwas mit mir gesprochen? Warum sagst du mir nie, daß ich etwas richtig mache? Warum sagst du mir nie, daß es etwas bedeutet, ob ich lebe oder tot bin? Weil es dir nichts bedeutet! Dir nicht!»

Erschüttert von diesem Ausbruch starrte Dan seinen Sohn an und bat im Innern um die Liebe des Jungen. Er dachte: Lieber Himmel, du bist mein Sohn, mein eigenes Fleisch und Blut. Gib mir eine Chance. Sprich liebevoll mit mir. Laß mich zu dir sprechen. Sag mir, wie. Ich weiß es nicht. Lieber Gott, ich weiß nicht wie!

Mit jeder Faser seines Körpers drängte es ihn zu dem Jungen hin, er hätte ihn gern in seine Arme geschlossen, doch er vermochte es nicht, und er fand auch keine Worte. Er stand dort ungefähr eine Minute lang, während der Junge den Tennisschläger in seinen zitternden Händen hielt. Dann drehte Dan sich um und verließ das Zimmer.

Während der Fahrt zur Bahn schwieg er, und sein Sohn schwieg auch.

Die Marin County Players, eine Gruppe von Amateur-Schauspielern, gab unter der Leitung von Dameon Fenwick drei Vorstellungen von *Romeo und Julia* in der Aula der Oberschule. Martha spielte die Julia, und Stephan Cassala, der über Mark von der Aufführung erfahren hatte, richtete es so ein, daß er an zweien der drei Abende dort sein konnte. Beim erstenmal saß er zwischen den Zuschauern, sah zu und ging dann still fort. Beim zweitenmal ging er hinter die Bühne, und es gelang ihm, ein paar Worte mit Martha zu wechseln. Er sagte ihr offen und mit dem Ausdruck hinterwäldlerischer Weltläufigkeit, sie sei die beste Julia, die er je gesehen hatte. Das entsprach durchaus der Wahrheit: er hatte das Stück nie zuvor gesehen. Er hätte also mit gleicher Aufrichtigkeit sagen können, sie sei die schlechteste. Martha, noch nicht abgeschminkt und noch erregt von der Vorstellung, war geschmeichelt, daß dieser hübsche Freund ihres Vaters, ein erwachsener Mann – Stephan war zweiunddreißig –, die Reise nach Sausalito gemacht hatte, nur um sie ihre Rolle spielen zu sehen; sie schlang die Arme um Stephan und küßte ihn.

«Was für ein lieber Mann du bist!» rief sie aus. «Hast du mich wirklich gut gefunden?»

«Hervorragend. Einfach großartig!»

«Danke. Das hat mir ja so gefehlt. Du ahnst nicht, was du für mich getan hast. In zehn Tagen reise ich nach Hollywood, Steve, und ich habe Angst.»

«Hollywood? Aber warum?»

«Weil eine Schauspielerin dort hingehört. Nur dorthin. Hier gibt es nichts. Ich würde eingehen wie eine Primel, wenn ich hier bleiben müßte.»

«Aber du bist Schauspielerin, keine von diesen blöden Filmtanten.»

«Steve, weißt du, was passieren wird? Der Stummfilm ist am Ende. Das sagt jeder. In ein oder zwei Jahren wird es nur noch Tonfilme geben – dafür muß man sprechen können. Und ich kann das!»

Während der folgenden Tage zermarterte Stephan sich das Gehirn, um einen plausiblen Grund zu finden, nach Sausalito zu fahren. Er spürte Schuld und Verwirrung, und diese Gefühle wurden verstärkt durch die Geburt seines Sohnes und das Entzücken seiner Frau Joanna. Sie war ihm absolut ergeben und absolut zufrieden. Sie schlug auch nicht mehr vor, sie sollten aus dem Haus in San Mateo ausziehen; jetzt fürchtete sie sich sogar davor, von Maria getrennt zu werden. Jetzt, wo sie einen Sohn hatte, sah sie auch für sich selbst eine Existenzberechtigung. Sie hatte Stephan nie über die Nächte befragt, die er in San Francisco verbrachte. Ihr Mann war gütig, zuvorkommend und freundlich zu ihr. Mehr verlangte sie nicht; und damit verurteilte sie ihn zu quälenden Schuldgefühlen.

Doch seltsamerweise – vielleicht war es auch nicht seltsam – brachten diese Schuldgefühle ihm zum erstenmal Lebensfreude und Erregung. Er war verliebt. Noch nie war er verliebt gewesen; nie hatte er eine Frau verehrt, nie sich als einen Mann betrachtet, der das Leben einer Frau bereichern könnte; und er hatte auch nie eine Frau zum Ziel ausschließlichen Begehrens und zum Inbegriff von Schönheit erhoben. Dabei war Martha nicht einmal besonders schön. Sie hatte ein nettes Gesicht, die strahlenden blauen Augen ihrer Mutter und glattes, braunes Haar, das zum damals so beliebten Bubikopf geschnitten war. Ihre Brust war gut entwickelt, ihre Beine wohlgeformt; doch was Stephan faszinierte, war der Ausdruck von Begeisterung bei ihr, die überschäumendc Lebenslust. Er machte keine Pläne; die bloße Vorstellung, er als Angehöriger einer tief religiösen katholischen Familie könnte seine Frau verlassen, war so kompliziert und absurd, daß er ihn nicht einmal zu Ende denken konnte. Er wurde noch weiter kompliziert durch die lebenslange Beziehung zwischen den Cassalas und den Levys und dadurch, daß er katholisch und Martha Jüdin war. Für den Augenblick genügte es, daß er verliebt war, daß die Welt ein anderes Gesicht hatte und daß er morgens nicht mit dem Gedanken an einen langweiligen Tag ohne Aussicht auf Abwechslung erwachte, sondern einem Tag entgegensah, an dem er Martha Levy in seinen Gedanken und in seinem Herzen hielt.

Am dritten Tag nach der Aufführung von *Romeo und Julia* hatte Stephan sich ein brauchbares Bündel von Ausreden und Lügen ausgedacht. Er verabredete eine Zusammenkunft mit einem Bankier in San Rafael für Sonnabend; und weil er auf dem Wege durch Sausalito kam, fragte er Mark, ob er zum Mittagessen vorbeikommen und eine geschäftliche Angelegenheit mit ihm besprechen könne. Er wählte den Sonnabend, weil Mark an dem Tag zu Hause war; aber er hatte nicht den Mut zu fragen, ob Martha auch dort sein würde. Diesen Punkt mußte er dem Zufall überlassen.

Der Plan erwies sich als gut. Anthony Cassala hatte es akzeptiert, daß die Umstände L & L mit Anleihen wie mit Geschäftsverbindungen in die Seldon Bank geführt hatten; jedoch unterhielten Danny und Mark weiterhin ein Konto von fast hunderttausend Dollar bei Cassala. Als er nun mit Mark und Sarah und, da ihm das Glück hold war, auch Martha am Mittagstisch saß, sagte Stephan, das Geld sollte angelegt werden, vielleicht in Schatzbriefen. Es trage keine Zinsen ein, und sowohl er als auch sein Vater hätten deswegen ein schlechtes Gewissen. Mark schob das Thema beiseite: «Ein zu schöner Tag, um darüber zu sprechen», sagte er. «Außerdem hat Dan sich bei dieser Fluglinie engagiert; es kann sein, daß wir das Geld doch bald brauchen.»

Sarah schloß sich gegen Gelddinge ab. Sie weigerte sich, über Geld nachzudenken oder sich sonstwie damit zu befassen. Sie war jetzt siebenundvierzig Jahre alt, und in ihrem blonden Haar zeigten sich die ersten weißen Strähnen. Ihre Gestalt war noch immer schlank und jugendlich, doch im Gesicht war sie gealtert. Während die Männer sprachen, beobachtete sie Stephan und merkte, daß er seine Augen nicht von Martha wandte, die all das Reden über Geld und Banken ungeduldig machte. Für Sarah war Hollywood ein Pfuhl der Sünde und der Verderbnis, und je näher der Tag rückte, an dem Martha abfahren sollte, desto größer wurde ihre Angst. Nun erzählte Martha Stephan von der *New York School of Acting*, bei der sie sich als Schülerin eingeschrieben hatte. Sie war unter der Leitung eines Mannes namens Martin Spizer gerade eröffnet worden.

Als Martha ihren Eltern die Absicht, sich dort anzumelden, zum erstenmal verkündet hatte, hatte Sarah Mark überredet, Erkundigungen über das Unternehmen einzuziehen. Nach einigen Telefonaten mit Los Angeles wußte er, daß es eine von einem Dutzend neuer Schulen war, die mit dem Auftreten des Tonfilms in Hollywood wie Pilze aus dem Boden geschossen waren; offenbar war sie nicht besser und nicht schlechter als die meisten anderen. Martha hatte sie gewählt, weil Mr. Fenwick, ihr Schauspiellehrer, ihr eine Werbe-Broschüre von der Schule gegeben hatte. Der ganze Gegenstand war Marks Erfahrungsbereich so fremd und fern, daß er sich schließlich damit zufriedengab, alles Marthas Wahl zu überlassen.

«Das Problem für die Filmstars ist», erklärte Martha, «daß sie nicht sprechen können. Es war alles in Ordnung, solange sie nur gestikulieren und Gesichter schneiden mußten; aber jetzt, wo das Publikum sie hören kann, heißt es Bahn frei für Schauspieler, richtige Schauspieler.»

«Vorausgesetzt», sagte Mark, «daß der Tonfilm mehr wird als nur eine Modeerscheinung.»

«Vater, wie kannst du deine Augen davor verschließen? Der Tonfilm wird bleiben. Hast du nicht *The Jazz Singer* gesehen? Und die lächerliche, lispelnde Dolores Costello in *Tenderloin*?»

«Liebling», sagte Sarah besorgt, «jedes hübsche Mädchen in Amerika träumt von Hollywood. Und so viele gehen dorthin. So viele.»

«Aber können sie spielen?» Sie wandte sich an Stephan. «Sag ihnen, was du von meinem Spiel hältst, Steve. Auf dich werden sie hören.»

«Hast du sie denn schon mal gesehen?» fragte Sarah neugierig.

«Das hat er. Er hat sich *Romeo und Julia* angesehen.»

«Ich sah die Ankündigung in der Zeitung», antwortete Stephan unbehaglich. «Meiner Ansicht nach war sie wundervoll.»

«Und Steve hat ein halbes Dutzend Aufführungen von *Romeo und Julia* gesehen; er findet, daß ich die beste Julia von allen war.»

«Na ja, ein halbes Dutzend nicht gerade», sagte Stephan. «Aber sie war großartig. Ich glaube, sie kann spielen.»

Er mußte mit ihr allein sein, und wenn es nur für ein paar Minuten war. Bevor er ging, sagte er zu Mark, daß er sich von Martha verabschieden wollte, da er sie wohl nicht mehr sehen würde, bevor sie nach Los Angeles fuhr.

«Sie wird in dem alten Pavillon auf dem Rasen hinter dem Haus sein; sie trägt dort laut vor. Sie mag es nicht, wenn jemand in ihre Nähe kommt, während sie deklamiert; aber vielleicht macht sie bei dir eine Ausnahme.»

Stephan hörte Martha schon von weitem. Ihre Gestik und Mimik mochte man kritisieren, doch ihre Stimme war kräftig und trug weit. Sie übte die Rolle der heiligen Johanna aus Shaws Stück ein, das vor zwei Jahren nach San Francisco gekommen war.

«Wenn Ihr mir befehlt zu erklären, daß alles, was ich getan und gesagt habe und alle die Visionen und Offenbarungen, die ich hatte, nicht von Gott kamen, dann ist das unmöglich. Das will ich um alles in der Welt nicht erklären.» Sie sah ihn und strahlte ihn an. «Oh, Steve, du hast mich gehört, und mein Geheimnis ist verraten. Aber ich werde die heilige Johanna spielen, und wenn ich zehn Jahre darauf warten muß. Ich werde es tun. Sie müssen einen großen Film davon machen, selbst wenn ich zu Shaw gehen und selbst darum bitten muß. Ich werde ihn auf den Knien bitten. Ich werde sagen: ‹Sehen Sie mich an, Mr. Shaw, bin ich nicht die heilige Johanna?› Nein! Natürlich würde ich so etwas Törichtes nicht tun. Kommst du, um dich zu verabschieden?»

«Ich fürchte, ich muß.»

«Wann werde ich dich wiedersehen? Wirst du zu meinem ersten Tonfilm kommen?»

«Ich hoffe, schon vorher, Martha . . .»

Sie hörte auf zu lachen. «Ist etwas nicht in Ordnung, Steve?»

«Nein. Nein. Nur – nun, ich habe ein kleines Abschiedsgeschenk für dich. Du wirst es doch von mir annehmen, oder?»

«Ich habe es gern, wenn man mir etwas schenkt.»

Stephan griff in seine Tasche, holte eine kleine samtbezogene Schachtel hervor und öffnete sie. Ein diamantenbesetzter Anhänger an einer Goldkette lag darin. Martha starrte ihn mit großen Augen an, als er ihr die Kette umlegte.

«Steve, du bist verrückt. Die muß tausend Dollar gekostet haben.»

«Was hat der Preis eines Geschenks zu bedeuten?»

«Das weißt du ganz genau. Wie soll ich das Mark und Sarah erklären? Was soll ich ihnen sagen? Und warum gibst du es mir? Ich verstehe dich nicht.»

«Ich liebe dich», sagte er einfach.

«Nein. Lieber Gott, nein! Du bist völlig von Sinnen, Steve. Du bist verheiratet. Deine Frau hat gerade ein Kind bekommen.»

«Ich weiß, ich weiß», sagte er unglücklich und ergriff ihre Hand. «Du hast recht. Ich bin damit zu plötzlich rausgerückt. Man sagt einer Frau nicht so mir nichts dir nichts, daß man sie liebt.»

«Ganz bestimmt nicht. Was hab ich getan, daß das geschehen konnte?»

«Nichts. Es ist einfach so gekommen.»

Sie nahm die Kette ab und gab sie ihm zurück. «Ich muß aufrichtig sein, Steve. Ich kenne dich seit unserer Kindheit. Ich habe dich immer gemocht, aber ich liebe dich nicht. Und ich habe auch nicht die Absicht, mich zu verlieben, in niemanden.»

«Ich weiß. Darum hab ich nie etwas gesagt oder unternommen. Ich glaube, es fing bei meiner Hochzeit an. Es ist widerlich, nicht wahr, daß ich bei meiner Hochzeit an nichts als an ein anderes Mädchen gedacht habe. Aber ich liebte meine Frau nicht. Ich habe sie nie geliebt. Komisch, ich weiß nicht mal, weshalb ich sie geheiratet habe. Offenbar wünschten es alle, und ich hatte nicht genug Mut, es nicht zu tun. Ich habe jahrelang nicht mit ihr geschlafen . . . Mein Gott, warum erzähle ich dir das alles? Ich komme mir vor wie ein Tor, wie ein Idiot, wie ein Lump.»

«Armer Steve.» Sie neigte sich vor und gab ihm einen Kuß. «Steve, ich glaube, du bist der freundlichste, liebste Mann, den ich je getroffen habe.»

«Willst du das behalten?» fragte er und hielt den Anhänger hoch. «Bitte! Zeig ihn deinen Leuten nicht. Aber behalte ihn. Ich bitte dich um sonst nichts. Du gehst fort. Gott weiß, wann ich dich wiedersehen werde. Ich akzeptiere, was du über deine Gefühle mir gegenüber sagst. Das muß ich ja. Aber wem schadet es etwas, wenn du das annimmst? Ich weiß dann doch wenigstens, daß etwas, das ich für dich besorgt habe, bei dir ist.»

«Er ist schön, Steve.» Sie sah ihn an. Seine dunklen, traurigen Augen baten. Sie nickte, lächelte und sagte: «In Ordnung, Mr. Cassala. Ich werde ihn behalten. Und Sie behalten mich bitte als Vamp in Erinnerung, das wird Ihre törichte Vorstellung, ich sei großartig, vertreiben. Dann werden Sie aufhören, mich zu lieben, und wir können gute Freunde sein. Einverstanden?»

«Wir werden gute Freunde sein – das ist sicher.»

Thomas Seldon war seit dem Tode seiner Frau gealtert. Sein Haar war weiß geworden, und mit dreiundsiebzig Jahren zeigte er Spuren von Hinfälligkeit. Auf dem Weg in seinen Club, mit Dan, ging er langsam und vorsichtig; und als John Whittier ihn im Vorübergehen grüßte, sah er ihm erstaunt nach. «Wer war das?» fragte er Dan.

«Grant Whittiers Sohn John.»

«Natürlich. Ich habe ihn erst letzte Woche gesehen. Was wird er nur denken?»

«Nichts», sagte Dan. «Wahrscheinlich denkt er sich gar nichts.»

«Nun, es wird schlimmer. Ich vergesse Namen, Gesichter – nur die alten Zeiten sind klar und deutlich. Ich denke immer daran, wie die Stadt zu meiner Kinderzeit war. Clipper dicht bei dicht im Hafen, Bürgersteige aus Holz, schlammige Straßen . . . Ich erinnere mich an die Vigilanten, und das ist schon lange her. Einmal hab ich eine öffentliche Hinrichtung gesehen; genau da drüben, an der Market Street, wurde jemand gehängt. Ich bin auch mit dem ersten Kabelwagen in der California Street gefahren. Na ja, vielleicht nicht mit dem allerersten, aber es war am ersten Tag. Das achte Weltwunder. Es ist alles wie ein Traum. Wenn man sich die Stadt heute ansieht, ist das alles nur noch Traum.»

Als Dan in dem hohen Speisezimmer mit den eichengetäfelten Wänden, an Tischen mit weißen Tischtüchern und poliertem Silber, unter all denen saß, die in seiner Jugend die Nabobs und Paschas genannt wurden und jetzt einfach nur Männer von Ansehen und Macht waren, fühlte Dan, daß seine eigenen Anfänge ebenso traumhaft waren.

Seldons Gedanken schweiften wieder; er erinnerte sich daran, wie die Wagenpferde sich die Berge hinaufgequält hatten. «Der Fuhrmann sprang ab und stemmte sich mit den Schultern gegen sein Fuhrwerk, und die Kinder kamen angerannt. Ich selbst auch, o ja. Wir griffen in die Speichen oder schoben mit den Schultern den Wagen, und der Fuhrmann schrie: «Hü! Hü!» . . . Heute kann ich es nicht mehr glauben. Wo ist Mark? Wollte er nicht auch kommen?»

«Er muß jeden Augenblick hier sein», versicherte ihm Dan.

«Mark ist ein guter Mann. Ein guter Mann. Lieber Gott, wenn ich daran denke! Vor zwanzig Jahren hatte keiner von euch einen Pfennig – und heute? Aber diese Sache, Dan, diese Sache mit den Flugzeugen. Ich weiß nicht. Ich bin nie geflogen und habe auch nicht die Absicht, es zu tun. Wenn der liebe Gott gewollt hätte, daß wir fliegen . . .»

«Dann könntest du auch sagen, daß er uns Räder gegeben hätte, wenn er gewollt hätte, daß wir in Zügen fahren, Tom.»

«Das ist gut. Ich will dich anhören. Sag, was du zu sagen hast, und ich höre zu.»

In diesem Augenblick erschien Mark, und der Kellner kam, um ihre Bestellung aufzunehmen. «Wenn ihr ein Schlückchen trinken wollt», sagte Seldon, «dann kann ich das arrangieren. Der Vorstand ist dagegen; aber es sind ein paar Flaschen vom Besten in Reserve. Er wird in Kaffeetassen serviert, eine entwürdigende Art, guten Whisky zu behandeln, aber wenn ihr einen wollt . . .»

Sie verzichteten auf den Whiskey. «Wie geht es Ihrer hübschen Frau?» fragte Seldon Mark.

«Gut, Mr. Seldon, danke der Nachfrage.»

«Wissen Sie, Mark, früher hab ich auch einmal ein jüdisches Mädchen gekannt. Sie war eine Schönheit. Ihr Vater hatte eine Glücksspielhalle im Tenderloin. Verdiente gut dabei. Aber als mein Vater dahinterkam, hat er mir den Kopf gewaschen . . .»

Dan lenkte das Gespräch auf sein eigenes Thema; er war betroffen davon, wie leicht Seldons Gedanken abschweiften. «Das Wichtigste ist der Flughafen», sagte er zu Seldon, «und jetzt, nach der Eröffnung des Municipal Airport auf Mills Field, ist die Zukunft klar. Mark war draußen, wir haben die Konzession gekauft und Platz für zwei Hangars, Büroräume und eine Wartehalle gemietet. Unserer Ansicht nach muß zunächst ein regelmäßiger Passagierdienst zwischen San Francisco und Los Angeles aufgezogen werden; wir treffen dafür bereits Vorkehrungen auf dem Flughafen von Los Angeles. Ich habe eine auf Statistiken basierende Prognose in Auftrag gegeben: den Angaben zufolge wird Los Angeles ungeheuer anwachsen. Weißt du, Tom, wir haben das alles in einem umfassenden Plan zusammengetragen. Mark hat mehrere Durchschriften, wir lassen dir eine hier. Ich möchte dich jetzt nur allgemein informieren und dir Fragen beantworten, wenn du welche hast.»

«Die erste Frage ist: Wer soll diesen von euch angebotenen Flugdienst nutzen? Ich würde es nicht tun.»

«Sei da nicht zu sicher.» Dan lächelte. «Immerhin bekommst du eine Firmenkarte gratis.»

«Ich bin verdammt sicher. Ich müßte mich auf meinen Geisteszustand untersuchen lassen, wenn ich in eine dieser Klapperkisten aus Latten und Stoff steigen sollte.»

«Das stimmt», pflichtete Dan bei. «Wir fliegen aber nicht mit Klapperkisten aus Latten und Stoff. Ich war dreimal in Detroit und habe stundenlang mit Henry Ford, seinem Sohn Edsel und Jim McDonnell gesprochen. Vor allem mit McDonnell, Fords Konstrukteur und Ingenieur. Sie haben etwas entwickelt und gebaut, das sie Ford Trimotor nennen. Die Maschine wird die ganze Industrie revolutionieren. Das ist keine Klapperkiste aus Latten und Stoff. Es ist Metall – ein ganzes Flugzeug aus Metall.»

«Metall? Eisen? Dan, glaubst du, du kannst mir erzählen, man kriegt ein Flugzeug aus Eisen in die Luft, und es fliegt?»

«Nicht Eisen, nein. Der Ford Trimotor ist aus hochfestem Duraluminium gebaut. Das ist eine leichte, korrosionsgeschützte, gehärtete Aluminiumlegierung. Es ist ein unglaubliches Flugzeug, Tom. Es ist fünfzehn Meter lang und hat eine Spannweite von zweiundzwanzig Metern. Die Kabine ist fast fünf Meter lang. Stell dir das vor, fünf Meter! Du kannst aufstehen und darin herumlaufen. Es hat Platz für zwölf Fluggäste, und es ist das sicherste Flugzeug der Welt. Es braucht nur rund hundert Meter Startbahn; das bedeutet, daß wir fast jeden Flughafen anfliegen können – San Diego, Reno, Tacoma –, wenn wir so weit sind. Das hat Zukunft. So was hat es noch nie gegeben. Und es wird mit seinen drei Motoren hundertsechzig Stundenkilometer fliegen, und landen kann es mit nur zwei Motoren.»

«Dan, ein Zug fährt auch schon hundertdreißig Kilometer in der Stunde.»

«Nicht zwischen San Francisco und Los Angeles. Da braucht man neun Stunden, und wir können es in der halben Zeit schaffen. Wenn du San Francisco morgens verläßt, kannst du mittags in Los Angeles sein. Wenn du Los Angeles um vier Uhr mittags verläßt, bist du zum Abendbrot in San Francisco. Kein Zug kann das auch nur annähernd erreichen. Wir fliegen Luftlinie wie ein Vogel.»

«Und was soll das kosten?» fragte Seldon und schüttelte zweifelnd den Kopf.

«Eineinhalb Millionen, um die Sache anzukurbeln mehr, wenn

wir größer werden. Wir haben bereits den ersten Schritt getan und fünf Flugzeuge bei Ford bestellt. Tom, du hast uns bei den Schiffen und bei anderen Dingen unterstützt; und es hat funktioniert. Glaub mir, das ist der Anfang von etwas, das größer ist, als alles, von dem wir je geträumt haben.»

«Wieviel willst du von uns, Dan?» fragte er schroff.

«Mark?»

«Dreizehn Millionen zweihundertzwanzigtausend. Wir haben auf das geliehene Kapital bisher zehntausend pro Monat abbezahlt – und wir sind nie auch nur einen Tag mit den Zinsen in Verzug gewesen. Ich glaube, das ist verdammt gut», antwortete Mark.

«Wie läuft das Kaufhaus?»

«Am Ende des Steuerjahres müßten wir einen Nettogewinn von achthunderttausend haben. Da braucht man sich nicht zu schämen.»

«Ich beklage mich nicht darüber, wie ihr Geschäfte betreibt, aber wie viele wollt ihr euch noch aufhalsen? Drei Überseeschiffe, das Kaufhaus hier, das Hotel auf Hawaii, und wie ich höre, habt ihr auch Land gekauft.»

«Eines Tages wird das Land jeden Penny unserer Schulden begleichen. Du siehst ja, wie diese Stadt wächst. Das Land, das wir hier auf der Halbinsel und in Marin County kaufen, wird eines Tages ein Vermögen wert sein. Wenn erst einmal eine Brücke über das Golden Gate gebaut ist . . .»

«Mein Junge», sagte Seldon, «über die Brücke reden die Leute seit zwanzig Jahren! Die wird bestimmt nie gebaut. Du sagst, ihr habt eure Pläne schriftlich? Laßt mich das in Ruhe durchlesen und darüber nachdenken.»

Nachdem sie Seldon verlassen hatten, sagte Mark zu Dan: «Ich glaube, wir machen einen Fehler. Damit, daß wir alles auf eine Karte setzen, meine ich. Warum gehen wir hiermit nicht zu Tony Cassala? Er kann uns eineinhalb Millionen geben.»

«Weil eineinhalb Millionen erst der Anfang sind, nur ein Köder. Die Sache kann so, wie du sie in dem Plan dargelegt hast, nicht laufen; und ich freue mich darüber. Dies ist erst der Anfang. Wir müssen die Küste hinauf gehen, nach Portland und Seattle. Wir werden die größte Fluglinie westlich der Rocky Mountains aufbauen, und dann geht es weiter. McDonnell meint, daß sie in zwei Jahren Maschinen haben, die über die Rockies fliegen können; und in fünf Jahren werden Flugzeuge zweieinhalbmal so schnell sein wie heute. Vierhundert Kilometer in der Stunde, und wir sind von Anfang an dabei.»

«Hör zu, Dan», sagte Mark, «selbst wenn deine Träume Wirklichkeit werden, ist es nicht richtig, daß wir alles von Krediten abhängig machen.»

«Was würdest du denn vorschlagen?»

«Ich habe mit Sam Goldberg gesprochen, und er sagt, daß es jetzt an der Zeit ist, auf den Markt zu gehen, Aktien auszugeben und uns bei der Börse in New York notieren zu lassen. Er sagt, wir können eine halbe Million Aktien zu fünfundzwanzig Dollar pro Aktie ausgeben . . .»

«Zum Teufel, Mark, was wir haben, ist mehr als zwölfeinhalb Millionen wert, sogar sehr viel mehr, das weißt du doch!»

«Laß mich ausreden. Ich spreche nur von einer Hälfte. Wir behalten fünfzig Prozent. Wir üben immer noch die Kontrolle aus und haben zwölfeinhalb Millionen Dollar Betriebskapital. Goldberg sagt, daß der Wert der Aktien sich auf diesem Markt im Verlauf von Wochen – höchstens Monaten – verdoppeln oder sogar verdreifachen kann.»

«Verdammt noch mal, Mark, wir haben dieses Unternehmen selbst aufgebaut. Es gehört uns. Wir haben schon früher darüber gesprochen. Ich denke nicht daran, es der Öffentlichkeit zu übergeben!»

Mark breitete verzweifelt die Arme aus. «Ganz gleich, wie oft wir darüber sprechen, ich kann mich dir offenbar nicht verständlich machen. Wir geben überhaupt nichts weg. Wir nehmen zwölf Millionen dabei ein, und die fünfzig Prozent des gemeinschaftlichen Aktienbesitzes, den wir zurückbehalten, sind weitere zwölf Millionen wert – und zwar am Tage der Emission. Nehmen wir an, ihr Wert steigt auf das Dreifache, und so, wie wir verdienen, muß er das bei dem Markt einfach tun. Für fünfzig Dollar pro Aktie wird so viel Schund verkauft. Bei uns steht ein wirklicher Wert dahinter. Aber wenn er sich verdreifacht, sitzen wir auf sechsunddreißig Millionen Dollar.»

«Die wir nicht anrühren können, ohne die Kontrolle aufzugeben.»

«Dan, das stimmt einfach nicht! Sam Goldberg beschäftigt sich seit Jahren mit Gesellschaftsrecht. Zum Teufel, wir kennen ihn seit zwanzig Jahren. Nach dem, was er und sein Partner sagen, können wir mit zwanzig Prozent des Aktienbesitzes noch die Kontrolle behalten. Aber so weit will ich gar nicht gehen. Ich sage nur, daß wir, wenn wir zwölf Millionen bekommen können, auch zugreifen sollten. Wir können das, was wir jetzt an Zinsen zahlen, als Dividende ausschütten. Oder die Hälfte davon, oder gar nichts, wenn wir in der Klemme stecken.»

«Mark, mir gefällt das einfach nicht.»

«Ist dir klar, daß wir Seldon pro Jahr mehr als eine Million Dollar dafür zahlen, daß wir mit seinem Geld arbeiten? Was für einen Sinn hat das, zum Teufel? Und nehmen wir einmal an, er kündigt uns die Kredite?»

«Mein Gott, wenn er das tut, bekommen wir woanders, was wir brauchen. Wir können zu Crocker oder zu Wells Fargo gehen. Selbst Tony könnte mit fünf Millionen aushelfen, wenn wir wirklich in Verlegenheit wären. Darüber mache ich mir keine Sorgen. Der alte Herr mag mich. Er hat mich immer gemocht. Wenn du mit hunderttausend Dollar bei diesem verrückten Spiel mitmachen willst, bitte, warum nicht. Aber eine eigene Emission . . .»

«Willst du nicht wenigstens darüber nachdenken? Willst du dich nicht wenigstens mal mit Goldberg zusammensetzen und hören, was er dazu sagt?»

«Ich kann es mir gern anhören, warum nicht?»

«Gut. Und was ist mit dem alten Herrn? Wird er eineinhalb Millionen herausrücken?»

«Er wird. Wir leben schließlich in einer Zugewinngemeinschaft – der Fluch oder Segen Kaliforniens, wie man es nimmt. Die Hälfte von allem, was ich aufbaue, gehört Jean. Und wenn es um die Enkel geht, gerät der alte Herr völlig aus dem Häuschen.» Er packte Mark und schwenkte ihn herum. «Marcus, mein Junge, weißt du, was eines Tages dieses Land zusammenhalten wird? Die Fluglinien! Die große Zeit der Eisenbahnen ist vorbei. Jetzt kommen die Fluglinien. Und wer wird die betreiben? Marcus Levy und Daniel Lavette. Wir klettern jetzt auf die Spitze dieses goldenen Misthaufens, den man Hochfinanz nennt, und wenn wir erst einmal oben sind, sichern wir uns einen guten Platz. Gold waschen? Nein, mein Junge. Dort ist die wirkliche Goldmine. Da draußen.» Und er machte eine kreisende Bewegung mit seinem Arm, die die Stadt mit der Bucht und den fernen Bergen einschloß.

Von allem, was May Ling ertragen mußte, schmerzte der Anblick ihres Vaters sie am meisten, dessen Unternehmungsgeist gebrochen war. Vor ihren Augen wurde er alt und kümmerlich. Tag für Tag, Woche für Woche, verließ er jeden Morgen das Haus, um Arbeit zu suchen. Er hatte nie Autofahren gelernt. Zu Fuß prüfte er zunächst die Möglichkeiten in Hollywood, dann, immer noch zu Fuß, die in Beverly Hills. Schließlich fuhr er mit der Straßenbahn in die Stadt hinunter. Er war geschickt und gebildet. Er verstand mehr von Unternehmensführung als die meisten Geschäftsleute in Los Angeles und mehr von Buchhaltung als die meisten vereidigten öffentlichen Buchprüfer. Er wußte mehr über die finanziellen Verflechtungen eines gut geführten Kaufhauses als Marcus Levy und mehr über die finanziellen Zusammenhänge des Seefrachtverkehrs als Dan Lavette; aber in Los Angeles gab es im Jahre 1928 für Asiaten nur drei Arten von Beschäftigung: sie konnten Gartenarbeit tun, Toiletten reinigen oder in der Küche eines Restaurants arbeiten. Zu diesem Ergebnis jedenfalls kam Feng Wo bei seiner Suche, und jeden Abend kehrte er niedergeschlagener und hoffnungsloser nach Hause zurück.

Bis er eines Tages, als die Familie am Abendbrottisch saß, verkündete, er habe eine Stelle gefunden. Aber in seinen Worten klangen keine Freude und kein Triumph mit, und May Ling sah ihn mit einem aufkeimenden Verdacht an.

«Was für eine Art von Arbeit?» fragte sie ihn.

«Was spielt es für eine Rolle, solange ich arbeite? Es ist eine Arbeit.»

«Wir leiden keinen Hunger. Wir haben genug zum Leben; wir haben Ersparnisse. Also, sag mir, Vater, was für eine Arbeit ist es?»

«Die Würde liegt im Arbeiter, nicht in der Art der Arbeit. Ich werde in einem chinesischen Restaurant Teller waschen.»

«Nein!» rief May Ling empört. «Nein, das wirst du nicht tun!»

«Meine liebe Tochter», sagte Feng Wo freundlich, während So-Toy, seine Frau, und Joseph, sein Enkel, mit weitaufgerissenen Augen und schweigend dasaßen, «als junger Mann, bevor ich Daniel Lavette kennenlernte – du warst noch klein damals –, habe ich Arbeiten verrichtet, die du als scheußlich bezeichnen würdest. Ich habe Toiletten gereinigt und Schuhe geputzt. Ich habe auf der Straße Pferdemist gesammelt und für drei Cent pro Scheffel an eine Düngerhandlung verkauft. Ich habe Dreck aus verschlammten Kanalbetten geschaufelt. Um keinen Preis wird jemand in Los Angeles einen chinesischen Buchhalter oder Rechnungsprüfer beschäftigen – nicht einmal, wenn ich umsonst arbeiten wollte. Teller waschen ist eine anständige und ehrenwerte Arbeit, dabei kann ich jedem in die Augen sehen.»

Zu der Zeit lag die University of California noch am Ostrand Hollywoods, in der Vermont Street nördlich von Melrose. Die Arbeiten für ein neues Universitätsgelände, das in Westwood Village entstehen sollte, waren bereits in Angriff genommen; aber es würde noch mindestens zwei Jahre dauern, bis die neuen Gebäude bezugsfertig waren. May Ling hatte für sich und ihre Familie ein kleines einstöckiges Haus mit fünf Zimmern ungefähr drei Straßen vom Universitätsgelände entfernt gemietet, ein kleines Haus von der Art, die man Hollywood-Bungalow nannte. Seine Lage ermöglichte es ihr, zu Fuß zur Arbeit zu gehen. Am Tage, nachdem ihr Vater seine neue Beschäftigung bekanntgegeben hatte, entschloß sie sich auf ihrem morgendlichen Weg zur Arbeit, auf eigene Faust zu handeln. Das entsprach ganz und gar ihrer Natur. Sie war kein Opfer. Während all der Jahre mit Dan Lavette hatte sie nach eigenem Wunsch und Willen und aus Liebe zu einem Mann gehandelt. Als die Umstände sich so entwickelten, daß ihr Kind darunter litt, hatte sie die Umstände geändert. Sie empfand eine tiefe, durch nichts zu erschütternde Liebe zu vier Menschen: Dan Lavette, ihrem Sohn, ihrem Vater und ihrer Mutter; und sie war Chinesin genug, die Familie als Mitte des Daseins anzusehen.

Zunächst suchte sie jetzt Mr. Vance, den ersten Bibliothekar, auf. Er war ein kleiner, magerer, kurzsichtiger Mann, der von May Lings Fähigkeit, sich durch die anwachsende Sammlung asiatischer Literatur durchzuarbeiten, recht beeindruckt war. Als sie in seinem Büro Platz nahm und ihm mitteilte, nirgendwo in der Bibliothek gebe es eine englische Fassung der Schriften von Lao-tse oder Tschuang-tse, stimmte er ihr zu, daß das bedauerlich sei.

«Sind sie wichtig?» fragte er.

«Als Philosophen», versicherte ihm May Ling, «sind sie so wichtig für die chinesische Gedankenwelt wie Plato und Aristoteles für die des Westens.»

«Tatsächlich? Dann müssen wir die Bücher gleich bestellen.»

«Das können wir nicht. Es gibt keine englischen Übersetzungen.»

«Wirklich? Auch nicht in Großbritannien?»

«Ich glaube nicht. Auf jeden Fall nicht in Amerika.»

«Dann weiß ich nicht, was wir da tun können.»

«Die Sache ist die», beharrte May Ling, «daß es einem Studenten einfach nicht möglich ist, China historisch zu verstehen, wenn er diese Werke nicht kennt. Hätten Lao-tse oder Tschuang-tse nie gelebt, dann gäbe es das China, das wir kennen, nicht. Sie haben die Grundlage des taoistischen Denkens gelegt. Der Taoismus ist der Felsen, auf dem der gesamte Bau der chinesischen Philosophie ruht.»

«Aber wenn es die Bücher nicht in englischer Sprache gibt?»

«Sie sind nicht sehr umfangreich. Das wichtigste von Lao-tse umfaßt etwa fünftausend Wörter. Dazu kommen vielleicht zwanzigtausend Wörter für die wichtigsten Schriften von Tschuang-tse. Wir können es uns doch sicher leisten, diese Werke übersetzen zu lassen; und wenn wir sie auch nur in hundert Exemplaren vervielfältigen, haben wir einen wirklichen Schatz – etwas, das in keiner anderen Universität Amerikas zu finden ist. Denken Sie, was das für unsere Bibliothek bedeuten würde.»

Mr. Vance war beeindruckt. «Ein faszinierender Gedanke, Mrs. Lavette. Aber die Universität hat keine Druckerei. Die Druckerei befindet sich in Berkeley. Natürlich könnten wir die Texte als Ergebnis der Arbeit von Los Angeles für eine spätere Veröffentlichung einplanen. Sie rümpfen dort ein bißchen die Nase über das, was wir mit unserer Wissenschaft erreichen. Könnten Sie die Übersetzung machen?»

«Der Himmel bewahre mich», sagte May Ling. «Ich kann Mandarin lesen – aber eine stichhaltige, wissenschaftliche Übersetzung – nein, nicht in tausend Jahren. Aber ich weiß jemanden, der es tun könnte.»

«Wirklich? Und wer wäre das?»

«Mein Vater.»

«So? Wirklich?»

«Ja, tatsächlich. Als wir in San Francisco wohnten, hatte er einen ziemlichen Ruf als Wissenschaftler und Übersetzer.» Sie erwähnte nicht, daß sich der Ruhm auf seine Familie beschränkte.

«Und womit beschäftigt er sich jetzt, wenn ich fragen darf?»

«Er hat sich zur Ruhe gesetzt», sagte May Ling lächelnd. «Er widmet sich seinen Studien, schreibt. Ich glaube, er beschäftigt sich gegenwärtig mit chinesischen Kulinaria. Wissen Sie, es gibt kein chinesisches Kochbuch.»

«Nun ja, ich fürchte, Kochbücher liegen ein bißchen außerhalb unseres Bereichs. Aber Ihr Gedanke fasziniert mich. Was würde es kosten?»

«Wir müßten meinen Vater überreden, alles andere beiseitezulegen.»

«Könnten Sie das?»

«Ich glaube schon. Die Kosten spielen keine so große Rolle. Es würde vermutlich genügen, wenn Sie ihm ein Honorar von fünfzig Dollar pro Monat gäben.»

«Für wie lange?»

«Wahrscheinlich ein Jahr.»

«Das ist gewiß recht bescheiden», stimmte Mr. Vance zu. «Sechshundert Dollar und vielleicht weitere fünfzig Dollar für das Hektographieren, wenn wir das selbst machen. Unser Anschaffungsetat könnte das sicher tragen. Ich will Ihnen sagen, was ich tun werde, Mrs. Lavette. Ich werde die University Press in Berkeley anrufen; und wenn sie interessiert ist, gibt sie uns das Geld als Vorschuß auf Tantiemen. Das würde zwar Ihrem Vater kein größeres Einkommen gewähren, aber er würde sich sicher freuen, seinen Namen in einem Buch zu finden.»

«Das wäre natürlich sehr schön», stimmte May Ling zu.

Eine Woche später verkündete Mr. Vance triumphierend, daß Berkeley nicht nur entzückt wäre, das Buch unter dem Namen der University of California zu drucken, sondern daß man dort auch bereit sei, einen Vorschuß von fünfhundert Dollar auf die Tantiemen zu zahlen. «Die Feder schmückt uns», lachte Mr. Vance mit tiefer Stimme. «Wir kriegen sozusagen einen Pluspunkt angeschrieben. Es wird Zeit, daß wir eine eigene Druckerei bekommen; aber das wird wohl warten müssen, bis wir die neuen Gebäude bezogen haben. Nun, wann kann ich mit Ihrem Vater sprechen?»

«Morgen», versprach May Ling.

Dabei hatte May Ling noch einige Zweifel, und sie pirschte sich beim Abendessen ganz behutsam an den Gegenstand heran.

«Ich stimme dir zu in dem, was du über die Würde der Arbeit gesagt hast», sagte sie zu ihrem Vater. Er aß langsam und schweigend, seine Erschöpfung war offensichtlich, seine Hände waren rot und geschwollen.

«Ich möchte darüber nicht reden», sagte Feng Wo.

«Ja, das kann ich mir denken.»

«Offensichtlich möchtest du etwas sagen. Sag es.»

«Mein Boss in der Bibliothek, Mr. Michael Vance, möchte dich gern morgen sprechen. Ich habe mit ihm verabredet, daß du mit ihm zu Mittag ißt.»

«Was hast du getan?»

May Ling lächelte entwaffnend. «Bitte, sei nicht böse auf mich, ehrwürdiger Vater. Ich habe für dich eine Verabredung zum Mittagessen mit ihm getroffen.»

«Hör auf, Hollywood-Chinesisch zu sprechen. Mittagessen bedeutet, daß Leute essen, und wenn Leute essen, müssen Teller gewaschen werden. Das weißt du ja wohl. Ich trage außerdem Arbeitshosen und ein Arbeitshemd.»

May Ling seufzte. «Ich werde dir die ganze Geschichte erzählen, und vielleicht wirst du sehr böse über das sein, was ich getan habe. Aber bitte, höre alles an.»

«Erzähl schon», sagte Feng Wo.

Die ganze Familie hörte mit gespannter Aufmerksamkeit zu. Als May Ling ihre Erzählung beendet hatte, wie sie ihren Plan gemacht und gewonnen hatte, sagte Feng Wo kalt: «Und stimmt es, daß es keine englische Übersetzung von Lao-tse und Tschuang-tse gibt? Oder hast du da gelogen?»

«Ich habe nicht gelogen!» sagte May Ling hitzig. «Soweit ich weiß, ist es wahr. Und bestimmt haben sie in Berkeley eigene Nachforschungen angestellt, sonst würden sie das Buch nicht veröffentlichen wollen.»

Feng Wo senkte den Kopf entschuldigend und erklärte Joseph: «Lao-tse bedeutet ‹der alte Philosoph› oder vielleicht ‹Mann der Weisheit›, je nachdem, wie man es übersetzt. Wir müssen viel Zeit für die Sprache aufwenden. Wir sind nicht unwissend in unserer Familie. Aber», sagte er und wandte sich an May Ling, «wir sind auch keine Gelehrten. Wie konntest du es wagen, zu behaupten, jemand wie ich könnte Lao-tse oder Tschuang-tse übersetzen?»

«Weil du es kannst.»

«Woher weißt du das?»

«Weil ich dich schon mein ganzes Leben lang kenne.»

«Nun, es ist unmöglich, undenkbar! Und das wirst du auch deinem Mr. Vance sagen.»

So-Toy hatte angestrengt zugehört und das Englisch mit großer Aufmerksamkeit verfolgt. Nun brach sie das Schweigen, das auf Feng Wos Erklärung folgte, und sagte ärgerlich im Schanghaier Dialekt: «Ich bin nur eine Frau, und als Frau habe ich über Sachen geschwiegen, über die man nicht schweigen soll. Zu lange. Ich habe diese Torheit meines Ehemanns, Teller in einem nichtswürdigen Restaurant zu waschen, mit angesehen und nichts dazu gesagt. Es scheint fast, als sei alle Weisheit in dieser Familie den Frauen mitgegeben worden. Deine Tochter hat etwas Wundervolles getan, und sie wird nicht zu Mr. Vance gehen und ihm sagen, daß du ablehnst. Du wirst nicht ablehnen. Du wirst das Buch übersetzen, und du wirst aufhören, halsstarrig und dumm zu sein.» Dann wurde ihr bewußt, was sie gesagt hatte, sie wurde blaß und schaute mit niedergeschlagenen Augen auf ihre gefalteten Hände.

Es folgte ein langes Schweigen, und Joseph, der kein Wort von dem, was sie gesagt hatte, verstanden hatte, sah erstaunt von einem zum anderen. Das war noch nie dagewesen! Es hatte noch nie eine Auseinandersetzung in der Familie gegeben.

Endlich sagte Feng Wo: «Sie werden eine Einleitung zu dem Buch haben wollen. Ich bin nicht würdig, einen Kommentar über Lao-tse zu schreiben.»

«Von einem Vorwort war nicht die Rede. Der Vertrag mit der University Press betrifft nur die Übersetzung.»

Dann sagte Feng Wo fast demütig zu seiner Tochter: «Wirst du mir helfen?»

«Wenn ich kann. Meine Kenntnisse des Mandarin sind nicht besonders gut.»

Wieder herrschte Schweigen, dann sagte Feng Wo: «Ich werde morgen früh in das Restaurant gehen müssen und kündigen. Dann werde ich zurückkommen und mit Mr. Vance zu Mittag essen.»

Jake und Clair hatten alles Menschenmögliche getan und, indem sie vierzehn und fünfzehn Stunden pro Tag arbeiteten, auch viel Menschenunmögliches. Sie hatten die alte, aus Stein gebaute Weinkellerei geschrubbt, geputzt und gestrichen, bis alles glänzte. Sie hatten ihr bescheidenes Bankkonto durch den Kauf von Trauben und unter Zollverschluß geliefertem Branntwein erschöpft. Sie hatten die Fässer und Bottiche gereinigt und die alten Keltern entrostet. Rabbi Blum wagte noch einmal die Fahrt von San Francisco ins Napatal und billigte alles, was getan worden war. Bernie Cohen war zu dem Schluß gekommen, daß er eines Tages in Palästina Wein herstellen könnte, und arbeitete freiwillig eine Woche für sie und erwies sich als unschätzbare Hilfe bei der schweren Arbeit des Umstellens und Reinigens der Fässer. Professor Masseo kam zweimal: das erste Mal, als sie die Trauben keltern konnten, und das zweite Mal, als die Gärung des Mostes den Punkt erreicht hatte, an dem der Branntwein zugegeben werden mußte.

Nach dem ersten Auspressen erfüllte der gute, süße Duft der neuen Ernte den Weinkeller. Jake und Clair bewachten die Bottiche wie Hennen ihre Küken und konnten es immer noch nicht glauben, daß aus diesem einfachen Prozeß Rabbi Blums süßer Altarwein entstehen würde. Tag für Tag beobachteten sie das Leben, das Atmen und Gurgeln in der Flüssigkeit; dann kam Professor Masseo, um ihnen genau zu sagen, wann sie die Gärung stoppen sollten.

Es hatte sich im Tal herumgesprochen, daß die Levys Wein machten, und eines Tages kamen zwei Automobile schaukelnd und schleudernd den Feldweg zu ihnen heraufgejault. Acht Beamte der Bundespolizei sprangen mit gezogenen Revolvern heraus. Jake und Clair im Weinkeller hörten Geschrei und rannten nach draußen. Sie sahen ihre drei Kinder neugierig zwischen den Polizisten stehen. Ihnen gegenüber hielt Bernie Cohen mit mehr Mut als Klugheit eine uralte, rostige, unbrauchbare doppelläufige Flinte drohend im Anschlag, die er in der Scheune gefunden hatte. Die Polizisten brüllten: «Weg mit dem Gewehr! Das ist eine Razzia!» Und Bernie schrie zurück: «Verschwinden Sie von diesem Grundstück, ehe ich Ihnen die Schädel durchlöchere!»

Clair lief, um ihre Kinder in Sicherheit zu bringen und Jake holte seine Erlaubnisscheine und die Regierungslizenz heraus und wies sie vor.

Widerwillig fuhren die Männer ab.

Später überwachte Professor Masseo das Zufügen des Branntweins. Bernie Cohen fuhr nach San Francisco und kehrte am folgenden Tage mit Rabbi Blum zur abschließenden Weinprobe zurück. Professor Masseo ergriff die Gelegenheit, um über Nacht zu bleiben und sich in Clairs dankbarem Lächeln zu sonnen; und während des ganzen Abends saßen Jake und Clair da und hörten zu, was der Professor ihnen über Weinkunde berichtete. Sie erfuhren, daß der Stengel der Traube *rachis*, der Stengel der einzelnen Weinbeere *pedicel* und der Stengelansatz *umbilicus* heißt. Sie erfuhren etwas über die Vielfalt der Gerbsäuren, die Wirkung der Diglukosit-Pigmente in der Schale, die verschiedenen Arten der Verstärkung. Sie hatten inzwischen beide genug gelesen, um sich auf ein Fachgespräch einzulassen.

«Eines Tages», sagte der Professor, bevor er schlafen ging, «wird das Higate-Etikett in ganz Amerika – vielleicht auf der ganzen Welt – bekannt sein. Und wenn es soweit ist –» er lächelte Clair an – «werden Sie mir gestatten, daß ich mir einen alten Traum erfülle?»

«Und der wäre, Herr Professor?»

«Ihre Probierstube zu leiten, wenn die Käufer kommen.»

Aber der Tag lag noch in ferner Zukunft. Am nächsten Morgen kam Rabbi Blum. Er wurde feierlich gebeten, in der Küche Platz zu nehmen, und dann stellten sie das erste Glas Wein zum Probieren vor ihn hin.

Er probierte ihn nachdenklich, strich seinen Bart und entschied: «Nicht süß genug.»

Der Professor sah ihn erstaunt an. «Da bin ich aber anderer Ansicht.»

«Sind Sie Rabbiner?» fragte Blum mit milder Stimme.

«Nein.»

«Sind Sie Jude?»

«Nein.»

«Wie können Sie da anderer Meinung sein?»

«Weil ich Professor für Weinbau und Weinkenner bin.»

«Er ist trotzdem nicht süß genug.»

«Was sollen wir tun?» fragte Clair bedrückt.

«Na gut, wir werden etwas Abscheuliches und Unverzeihliches tun. Wir werden Zuckerwasser hinzufügen», verkündete Professor Masseo.

«Gott wird Ihnen verzeihen», sagte Rabbi Blum.

Jake schüttelte den Kopf. «Wir sind bankrott, Herr Professor. Ich habe drei Dollar – das ist alles. Man kann nicht achthundert Gallonen Wein für drei Dollar süßen.»

«Hier, ein kleiner Vorschuß», sagte Blum schnell. «Kein Darlehen. Ein Vorschuß auf die Lieferung.»

Er holte eine altmodische Geldbörse aus seiner Manteltasche und zählte dreißig Dollar in abgegriffenen Scheinen ab.

«Genug?»

«Wenn es nicht Kandis sein muß», sagte der Professor.

Bernie Cohen wurde losgeschickt, um Zucker zu besorgen, während Clair aus dem Zucker, den sie im Hause hatte, einen Liter Sirup kochte. Der Professor stellte die Mischung her, und der Rabbi kostete den gezuckerten Wein.

«Mhm.» Er nickte.

«Süß genug?»

«Kinder», sagte Rabbi Blum, «jetzt seid ihr Weinbauern.»

«Nein, keine Weinbauern», sagte der Professor, «Weinpanscher.»

«Mir gleich. Ihr könnt mit der Lieferung beginnen, sobald der Wein fertig ist. Falls es mehr als achthundert Gallonen sind, nehmen wir die auch ab – für sieben Dollar pro Gallone.»

«Mein Gott, Jake – wir haben's geschafft!» rief Clair.

Der Gouverneur Alfred E. Smith rief von Albany aus an, und die Nachricht davon lief durch die Büros von Levy & Lavette. Polly Anderson ließ alle Förmlichkeit fahren und platzte mit der Neuigkeit in Marks Büro. «Gouverneur Smith aus Albany, ein persönliches Gespräch für Mr. Lavette. Sie telefonieren gerade.»

«Beeindruckt mich nicht», sagte Mark. Es tat ihm immer noch leid um den Scheck, den er für Sunny Jims Wahlfonds ausgestellt hatte.

Am Telefon sagte Gouverneur Smith: «Danny, mein Junge, wir stehen in den Startlöchern und sondern die Spreu vom Weizen.»

Geschmeichelt fragte Dan: «Wie sieht es mit der Nominierung aus?»

«Großartig, Danny, einfach großartig. Noch keine Kriegserklärung, aber wir organisieren den Feldzug bereits. Ich wollte nur sichergehen, daß ich das Geld für die Fahrkarte habe, wenn ich zum Bahnhof komme.»

«Ich bin immer für Sie da, Herr Gouverneur.»

«Gut so. Man hat mich gefragt, wen wir dort an der Küste haben. Danny Lavette, hab ich ihnen gesagt, und er ist einer von uns. Kann ich auf Sie zählen, Danny?»

«Bis zum Weißen Haus.»

«Noch kein Geld, nur Zusagen. Aber wie sieht es aus, wenn gesammelt wird?»

«Nun . . .» Dan unterbrach sich, als Mark sein Büro betrat. «Sagen wir zehntausend, um die Sache ins Rollen zu bringen.»

«Sie sind auf der Liste, Danny. Werde ich Sie in Houston sehen?»

«Wenn ich es schaffe, Herr Gouverneur.»

«Sie werden eine Einladung bekommen.»

Dan legte den Hörer auf und sah Mark an. «Das war . . .»

«Al Smith. Und du hast ihm gerade zehntausend Dollar in die Hand gedrückt.»

«Nur zugesagt, Mark.»

«Dan, was, zum Teufel, ist in dich gefahren? Er nimmt dich aus wie einen Dummkopf. Wenn er tatsächlich – es wäre ein Wunder – nominiert wird, sind seine Aussichten, gewählt zu werden, so groß wie meine. Er ist Katholik.»

«Es ist an der Zeit, daß wir einen katholischen Präsidenten bekommen.»

«Sicher. Es wird auch Zeit, daß wir einen jüdischen Präsidenten bekommen, aber wir leben in den USA und werden keinen von beiden kriegen. Das Geld ist aus dem Fenster geworfen.»

«Es sind nur zehn Riesen.»

«Nur zehn Riesen! Lieber Gott, Dan, siehst du nicht, wie wir in der Tinte sitzen? Wir haben eine Sache angeleiert, die zwanzig Millionen Dollar kostet, und wir haben kein Bargeld. Weißt du, wie unsere Lohnliste aussieht? Sicher, das Kaufhaus bringt viel Geld ein; aber es geht hinaus, wie es hereinkommt. Die Fluglinie wird sechs Monate lang ohne Gewinn arbeiten, und wenn Sturm eins der Schiffe aufhält, brechen wir den Notgroschen an. Deine Freunde in Hawaii schreien Zeter und Mordio, wenn wir dort keinen Gewinn machen; und bei Seldon stehen wir inzwischen mit fünfzehn Millionen in der Kreide.»

«Mark – nimm's nicht so schwer. Ich mag Al Smith. Weißt du, was es heißt, in Washington dem kalten Lumpen Coolidge Paroli zu bieten?»

«Du Traumtänzer! Du hast ihm zehn Riesen versprochen, die wir nicht haben.»

«Ach was, Mark, wir haben sie. Weißt du, was ich tun werde? Du redest seit Monaten von Aktien. In Ordnung. Sag Goldberg, er soll loslegen und uns an der Börse einführen. Wir legen die verdammten zwölf Millionen auf, von denen du ständig sprichst, und du hörst endlich auf, mir vorzujammern, daß wir bankrott sind.»

«Danny, ist das dein Ernst?»

«Ich sag dir's doch.»

«Gott sei Dank. Zwölf Millionen bar – wie wir die brauchen.»
«Und wenn Al Smith zum Präsidenten gewählt wird, küßt du mir am hellen Mittag in der Market Street die Füße. Einverstanden?»
«Einverstanden», sagte Mark grinsend.

Marty Spizer war nur eins von vielen Phänomenen, die auftraten, als die Bilder sprechen lernten. Man kam damals in der New Yorker Theaterwelt dahinter, daß es eine Kunst gab, die in Hollywood nur ansatzweise vertreten war: die der menschlichen Rede. Hunderten von Schauspielern des Stummfilms, die von Verrenkungen ihrer Glieder und vom Grimassenschneiden gelebt hatten, wurde der Boden unter den Füßen weggezogen, und es setzte eine ansehnliche Völkerwanderung von Bühnenschauspielern aus dem Osten zur Westküste ein. Genaugenommen war Marty Spizer nur am Rande Theatermann. Mit dreiunddreißig Jahren hatte er zwei Reinfälle auf der Bühne inszeniert, Schwarzhandel mit Eintrittskarten betrieben, einem Klatschspaltenschreiber als Zuträger gedient, in der Werbebranche gearbeitet und nach Auswegen gesucht, wenn er blank war – was nicht selten der Fall war. Bei all dem hatte er ausreichend Wissens- und Gesprächsfetzen gesammelt, um zu meinen, die neue Goldgrube an der Westküste gehöre mindestens teilweise auch ihm. Nach zwei Monaten in Hollywood, in denen er nur einen schlechten Job als Einpauker hatte, tat er sich mit einem anderen ehemaligen Bürger Manhattans zusammen, der Timothy Kelly hieß; sie mieteten eine alte Tanzschule in der Vine Street und eröffneten die *New York School of Acting.* Der dunkle, mittelgroße und bei einer ganzen Reihe von Damen ziemlich erfolgreiche Spizer war aalglatt und geschickt und konnte eindrucksvoll über Stanislawski, exakten geistigen Nachvollzug und schöpferische, emotionale Reaktionen plaudern. Der kleine, magere Kelly, ein verkrachter Berufstänzer und Varietékünstler, machte den Lehrer für Mimik und Tanz. Sie begannen ihr erstes Semester mit zweiundzwanzig Schülern, zu denen auch Martha Levy gehörte.

Marty Spizer stand am Anfang einer Karriere, arbeitete sich durch den kleinen Dschungel, tastete sich voran, faßte Fuß, wie er es ausdrückte. Er war gerissen, gemein, voll tiefwurzelnder Feindseligkeit und stand dieser neuen Umgebung von mesquitebedeckten Hügeln und verputzten Häusern argwöhnisch gegenüber. Der Einfall mit der Schule war ein Lückenbüßer, ein Einsatz, vielleicht die

Möglichkeit, sich eine Position als Regisseur oder Produzent zu erschlängeln, und die zweiundzwanzig jungen Leute, die aus dem ganzen Lande nach Hollywood gekommen waren, waren nicht schwer zu beeindrucken. Spizer und Kelly arbeiteten mit ihnen Szenen aus neuen Broadway-Stücken durch. Spizer spielte den Regisseur, wie er es im Osten gesehen hatte. Da er von Natur aus leicht sadistisch veranlagt war, wählte er sich einen berühmten Regisseur als Vorbild, der mit berechnender Gemeinheit arbeitete. Dieser Regisseur pflegte einen der Schauspieler auszuwählen und zur Zielscheibe seines Zorns und seiner Feindschaft zu machen, wobei er den armen Teufel als negatives Beispiel benutzte. Was immer jener damit erreichte, Spizer wandte diese Technik ohne Sinn und Verstand und weil es seiner Natur entsprach an. Als die Schule erst einmal in Gang gekommen war, machte er Martha Levy zum Ziel seiner Feindschaft.

Er wußte nicht, warum er auf Martha Levy verfiel, er fragte sich nicht einmal nach dem Grund; es war ihm nicht gegeben, den eigenen Charakter zu beobachten oder in Frage zu stellen; vielleicht erinnerte sie ihn an ein Mädchen, mit dem er zusammengelebt hatte und das ihn schließlich hinausgeworfen hatte. Marthas Talent ließ zwar viel zu wünschen übrig, aber das galt für vier Fünftel der eingeschriebenen Kursteilnehmer der *New York School of Acting.*

Spizer hatte keine schöpferischen Fähigkeiten. Seine Ausbrüche von Kritik und seine Regieanweisungen waren in genau dieselben Worte gekleidet, die der New Yorker Regisseur benutzt hatte. Er pflegte Martha anzuschreien: «Esel! Esel! – Sie, Levy, sehen Sie mich an!»

Martha wandte sich ihm dann verletzt und erschreckt zu.

«Warum nenne ich Sie Esel? Warum nicht Shetlandpony? Warum nicht Gazelle?»

Martha stand sprachlos, verlegen, zitternd da.

«Weil ein Esel schreit! Ia! Stimme ist Stimme, kein Geschrei!»

Oder er rief: «Clownerie! Sie stellen nicht dar, Sie karikieren! Das ist Mumpitz. Sie machen den Clown!»

Nach zwei Wochen war Martha so weit, daß sie jeden Tag voller Angst begann und den Tränen nahe beendete. Schließlich schürte sie selbst ihre Qual weiter, weil sie ihren Text nicht mehr behalten oder sonst irgend etwas richtig machen konnte. Weinend kehrte sie in ihre Wohnung zurück, jeden Tag aufs neue entschlossen, die

Schule aufzugeben, den Ort hinter sich zu lassen, der zur Folterkammer geworden war. Und dann sagte sie sich wieder, sie wolle nicht gehen, noch nicht. Wenn man nur so Schauspielerin werden konnte, würde sie durchhalten und es ertragen.

Nach diesen ersten zwei Wochen sagte Kelly zu Spizer: «Marty, vielleicht nimmst du dieses Kind Levy zu hart ran.»

«Sie ist eine Null.»

«Du hast dich in einen Haß hineingesteigert, mein Freund», sagte Kelly. «Sieh sie dir mal an. Sie sieht nicht schlecht aus, die Kleine, und sie hat etwas vorzuweisen.»

«Was vorzuweisen? Wieso?»

«Willst du behaupten, daß du das nicht weißt? Bist du Marty Spizer oder ein Hampelmann?»

«Nun sag schon, spann mich nicht auf die Folter.»

«Ihr Alter ist Marcus Levy. San Francisco.»

«Und wer, zum Teufel, ist Marcus Levy?»

«Für dich, Marty, gibt es offenbar westlich des Hudson nichts.»

«Außer diesem Drecksnest.»

«Marcus Levy ist eines der L in einer Firma, die Levy und Lavette heißt. Ihr gehört das größte Kaufhaus in Kalifornien, ganz zu schweigen von einer Schiffahrtslinie und vielleicht der Hälfte des Landbesitzes in Kalifornien und noch ein paar Kleinigkeiten mehr.»

«Du machst Witze.»

«So siehst du aus. Sprich mal mit ihr, statt sie immer nur anzufauchen.»

«Du Torfkopf!» platzte Spizer heraus. «Du dämlicher irischer Torfkopf! Du siehst zu, wie ich sie die ganze Zeit über fertigmache, und sagst kein Wort davon, daß ich eine Goldader zuschütte. Wo hast du dein Gehirn?»

«Ich kann dir sagen, wo du deins hast, du blöder Heini. Im Hintern.»

Am selben Tag noch lud Marty Spizer Martha zum Mittagessen ein. Sie sah ihn verblüfft und sprachlos an.

«Sagen Sie ja, Süße», sagte er sanft zu ihr. «Der Anfang ist gemacht. Aus Ihnen wird eine Schauspielerin.»

Er führte sie zu *Musso and Frank* auf dem Hollywood Boulevard und spielte bombastisch die Rolle eines Cicerone und kenntnisreichen Bürgers. Er saß ihr am Tisch gegenüber und suchte alle

Galanterien zusammen, die er je gesehen oder gehört hatte. «Ich nehme an», sagte er, «Sie haben sich gefragt, warum ich Sie in diesen zwei Wochen so durch den Schlamm gejagt habe?»

Martha, die mit den Tränen kämpfte, schüttelte den Kopf. «Ich verstehe das überhaupt nicht. Es ist ja möglich, daß ich schlecht bin, aber bestimmt nicht schlechter als die meisten anderen.»

«Martha», sagte er ernst, «Sie sind einen ganzen Streifen besser als jeder von ihnen. Sie haben ein Naturtalent, eine Gabe, Ausstrahlung. Gerade deshalb mußte ich Sie schlecht behandeln. Ich mußte Sie durch Erschrecken dazu bringen, aus sich herauszugehen. Ich mußte Ihnen das vermitteln, was Stanislawski Selbstgefühl nennt. Ich mußte Ihnen weh tun, damit Sie die Kraft des Lebens in sich erfuhren, und ich darf sagen, daß Sie sie erfahren haben.»

«Dann glauben Sie nicht, daß ich ein hoffnungsloser Fall bin?»

«Hoffnungsloser Fall? Machen Sie Witze?»

Sie biß sich auf die Lippen und versuchte, die Tränen zurückzuhalten. «Ich fühlte mich so elend – ungeheuer elend.»

«Genau. Sie haben empfunden, Sie haben gelebt. In Ordnung, das ist vorbei. Der erste Schritt ist getan. Nun machen wir eine Schauspielerin aus Ihnen.»

Gregory Pastore war einer jener virtuosen Maler, die allem Anschein nach ungeheure Fähigkeiten in ihren Händen, jedoch wenig im Kopf oder im Herzen haben. Er vollendete beide Porträts von Jean Lavette zu ungefähr derselben Zeit. Das Bild, das sie bekleidet zeigte, in einem blauen Gewand im griechischen Stil, barfuß, das herrliche Haar lang herabfallend, erinnerte an Eakins, den sie so sehr bewunderte (wie Pastore sehr wohl wußte), aber es war von einer glatten Perfektion, die Eakins geschmacklos und unehrlich gefunden haben würde. Inzwischen hatte Jean soviel Sinn für Malerei entwickelt, daß ihr die Primitivität der optischen Täuschung, wo sie sich auf die menschliche Gestalt bezog, bewußt wurde; doch war sie eitel genug, um auf die Schönheit der Frau auf dem hochformatigen Gemälde zu reagieren. Was ihm an Ehrlichkeit fehlte, ersetzte es durch Perfektion; und das mißfiel ihr durchaus nicht.

Der Akt war ein besseres Gemälde, kühn und betörend, voller Leben, Fleisch und Blut an Stelle der Perfektion. Pastore hatte ihre Brüste und Hüften voller gemalt und ihren Kopf nach vorn geneigt, so daß ihre Gesichtszüge hinter einer Woge ihres feinen honigfarbenen Haars unkenntlich waren, eine Hand lag provozierend auf dem Ansatz der Schamhaare.

«Das Bild ist verdammt gut», sagte sie, als er ihr schließlich das fertige Gemälde zeigte. «Was möchten Sie dafür haben?»

«Sie oder dreitausend Dollar», erwiderte er und grinste vor Vergnügen. «Und das ist ein fürstlicher, ein königlicher Preis für jede Frau.»

«Wovon reden Sie?»

«Werden Sie einen Monat lang meine Geliebte, und es gehört Ihnen. Sonst kostet es dreitausend Dollar.»

«Mit anderen Worten», sagte Jean, die durch sein Angebot überhaupt nicht aus der Fassung geriet, «jede Frau ist eine Hure, wenn nur der Preis stimmt?»

«So habe ich das immer gesehen.»

«Vielleicht. Nur, daß Sie mich nicht reizen, Gregory. Außerdem baden Sie nie.»

«Sie sind eine verfluchte Hexe!»

«So? Jedenfalls will ich es haben. Bringen Sie mir morgen beide Bilder ins Haus. Ich halte den Scheck dann bereit.»

«Dreitausend.»

«Das hatte ich bereits beim erstenmal verstanden.»

Als die Gemälde am nächsten Tage gebracht wurden, hängte Jean das Bild, das sie bekleidet zeigte, an die eine Schmalseite des Wohnzimmers zwischen eine Landschaft von John Marin und ein Industriegemälde von Charles Sheeler. Ein üppiger Akt von Renoir, der dort gehangen hatte, wurde in Dans Arbeitszimmer gebracht, um hinfort ein Schattendasein unter den Bildern von Winslow Homer und Frederick Remington zu führen. Arbeiten von Künstlern, die Jean widerwillig duldete. Ein paar Jahre zuvor hatte Jean das Wohnzimmer vergrößert, alle Verzierungen herausreißen lassen, glatte Wände von blassem Elfenbein geschaffen und indirekte Deckenbeleuchtung anbringen lassen. Die antiken Queen-Anne-Möbel gingen den Weg der Verzierungen und wurden von chinesischem Mobiliar abgelöst. Sie hatte eine Zeitlang japanische Drucke gemocht; aber nun hatte sie genug davon und verbannte sie in andere Räume. Ihre Sammlung umfaßte jetzt mehr als dreißig Gemälde, und achtzehn davon waren ihrer Ansicht nach so gut wie jedes andere moderne Gemälde in Sammlerbesitz in San Francisco.

Ihr eigener Akt kam in ihr Schlafzimmer, wo bereits ein weiterer

Akt von Renoir, ein Picasso der blauen Periode und zwei Ballettszenen von Degas hingen. Während der ersten zwei Wochen danach hatte Dan keine Gelegenheit, einen Fuß in ihr Schlafzimmer zu setzen. Als er es schließlich tat und das Gemälde sah, starrte er es ein paar Minuten an, ehe er sie fragte, ob es sie selbst darstellte.

«Was für ein Unsinn! Siehst du da eine Ähnlichkeit?»

«Ja.»

«Ich bin erstaunt, daß du dich erinnerst.»

«Ich erinnere mich», sagte er.

«Und wenn es mich darstellte, würde dich das stören?»

«Es spielt keine Rolle», sagte er.

Aber es spielte eine Rolle. Es nagte an seiner Selbstachtung, an seinem ohnehin schwindenden männlichen Selbstgefühl, und es komplizierte seine verwirrten, besorgten Betrachtungen über Moral. Der Morast vertiefte sich eines Tages, als er an der geöffneten Tür von Jeans Schlafzimmer vorbeiging und Barbara dort stehen sah, wie sie das Bild ausführlich betrachtete. Seine erste Reaktion war, einfach weiterzugehen. Seine Tochter war vierzehn Jahre alt und entwickelte sich bereits zur Frau, sie war groß und geschmeidig und wurde ihm immer fremder.

Er blieb im Flur stehen, drehte sich um und zwang sich dazu, in das Zimmer hineinzugehen. Barbara sah ihn kurz an und blickte dann wieder auf das Gemälde. Er war verwirrt, sie offensichtlich nicht.

«Es ist Mutter, nicht?» sagte Barbara.

«Nein.»

Sie sah ihn jetzt an. «Meinst du nicht? Hat sie dir das gesagt?»

«Ja.»

«Nun, es ähnelt ihr. Man sollte annehmen, daß du dich fürchterlich ärgern würdest.»

«Es ist nicht deine Mutter, und ich glaube nicht, daß du in ihrem Zimmer etwas zu suchen hast.»

«Die Tür war offen», erwiderte Barbara und ging an ihm vorbei aus dem Raum. Er stand da, sah ihr nach, und fragte sich, warum ihm jede Annäherung an seine Tochter mißlang.

Der neue Kredit bei der Seldon Bank überschritt zwei Millionen Dollar, ehe die Fluglinie – die West Coast Air – ihren Dienst aufnehmen konnte. Es ergaben sich immer neue Schwierigkeiten:

Personenwagen an den Flughäfen, Service im Flugzeug, ungeheure Versicherungsprämien und vor allem das Gerücht, es werde ein anderes Flugzeug für zwölf Passagiere entwickelt, das die Ford Trimotor aus dem Geschäft verdrängen würde. Dan beauftragte für hunderttausend Dollar zwei der besten Flugzeugkonstrukteure, ein schnelleres und leiseres Flugzeug als das von Ford zu entwickeln. Aus diesem Grund und wegen des Durcheinanders im Zusammenhang mit Zielflughäfen, Piloten, Mechanikern, Nachschub, Lizenzen und hundert unvorhergesehenen Problemen, dauerte es bis zum Frühjahr 1928, ehe die Fluglinie eröffnet werden konnte.

Inzwischen war selbst Dans ungeheure Ruhe dahin. Er ging erst um zwei oder drei Uhr morgens zu Bett und konnte dennoch nicht einschlafen. Er wälzte sich unruhig bis zur Morgendämmerung und fuhr eine Stunde später im Auto zum neuen Flughafen. Dann wurde auch noch die *Sacramento*, das größte und neueste ihrer Passagierschiffe, in der New York City Lower Bay von einem Frachtschiff gerammt, und Dan verbrachte dreieinhalb lähmende Tage im Zug nach New York und weitere drei Wochen dort, ehe die Angelegenheit geklärt und das Schiff zur Instandsetzung ins Trockendock geschleppt worden war.

Endlich kam der große Tag, und das riesige dreimotorige Ford-Flugzeug stand glänzend im kalifornischen Sonnenschein. Dan fühlte sich elend, statt erfreut oder aufgeregt zu sein, erschöpft und mit stumpfer Gleichgültigkeit nahm er an der Zeremonie teil. Soweit sah alles ganz gut aus; es waren fast tausend Leute gekommen, um zuzusehen, wie der große silberne Vogel in die Luft entschwebte und ein neues Zeitalter einleitete. Seine Kinder waren in der Schule; aber Jean war da. Schön wie eh und je, war sie Mittelpunkt der Aufmerksamkeit, nicht nur für die Fotografen, sondern auch bei Bürgermeister Rolph, Gouverneur Clement Young, ihrem Vater und ihren Freunden. Der Bürgermeister hielt eine Ansprache und der Gouverneur auch, und dann las Mark, der es ebenso wie Jean abgelehnt hatte, einer der zwölf ersten Passagiere zu sein, eine kurze Rede ab, die zu schreiben Dan zu beschäftigt gewesen war. Eine verwirrte Sarah küßte Dan, drückte ihn an sich und sagte: «Ich wünschte, du würdest nicht mit dem verrückten Ding in die Luft fliegen, Danny.» Die Dumphy Marching Band spielte, Leute winkten, schrien und klatschten in die Hände, und Dan kletterte ins Flugzeug. Mit ihm kamen Sam Goldberg, der gebeten hatte, ihm einen der Plätze zu reservieren, Jerry Belton, der die Verkaufsförderung leitete und Verfasser von Marks Rede war, Toby Bench vom Rundfunk und acht Zeitungsreporter und Fotografen. Dan ging zur Pilotenkanzel, wo er zu Bill Henley, Weltkriegs-As und sein Chefpilot, sagte: «Es ist soweit, Billy, jetzt gib ihnen um Gottes willen etwas, worüber sie reden können. Glatt und leicht.»

«In Ordnung, Chef.» Henley grinste und stellte die Zündung an. Die drei Motoren brüllten auf. Dan, der auf seinen Sitz neben Sam Goldberg zurückgekehrt war, seufzte erleichtert. Er sah sich um: elf Männer saßen mit blassen Gesichtern und zusammengepreßten Lippen da. Die Passagiere zeigten einen solchen Ausdruck des Schreckens, daß Dan laut loslachte, und Goldberg schrie ihn an: «Was gibt es da zu lachen? Laß mich aus dieser Todesfalle heraus!»

Jean beobachtete das große, silberne Flugzeug, wie es die Piste entlangdonnerte, leicht abhob und ohne sichtbare Anstrengung immer höher stieg, und sie spürte einen Druck in der Kehle und bedauerte einen Augenblick, daß sie Dans Einladung, mitzufliegen, abgelehnt hatte. Aber nur einen Augenblick. Wie Dan schon gesagt hatte: es spielte keine Rolle.

Martha, von dem ihr jetzt ergebenen Marty Spizer begleitet, stand inmitten der Menschenmenge, die die Ford Trimotor begrüßte, als sie, leicht wie ein Blatt, in den Flughafen von Los Angeles einschwebte. Hier wiederholte sich, in geringerem Umfang, die Szene von San Francisco. Unter dem wilden Jubel der Menge sagte der Bürgermeister, dies sei «der Beginn einer neuen Zeit – einer Zeit, in der wir San Francisco und Los Angeles zu Schwesterstädten werden sehen».

«Das da ist Danny, der große Mann mit dem lockigen schwarzen Haar», sagte Martha zu Spizer, während sie sich einen Weg durch die Menge bahnten. «Papa sollte eigentlich mit ihm kommen; aber ich sehe ihn nicht.»

«Er ist ein verflucht großer Kerl», sagte Spizer.

«Er ist ein guter Mensch und mein lieber, lieber Freund. Kommen Sie.»

Sie schoben sich weiter durch die Menge von Journalisten und Würdenträgern, die sich um Dan drängten. Spizer fragte: «Ist da was zwischen Ihnen und diesem Burschen? Sie konnten es nicht abwarten, herzukommen.»

«Er ist Danny. Ich verehre ihn seit meiner Kindheit.»

Als Dan Martha erblickte, arbeitete er sich durch das Gedränge und schwang sie in die Luft. «Herzchen, du hast mir gefehlt.»

«Wo ist Papa?»

«Er hat gekniffen.»

«Und Jean?»

«Ebenfalls. Unser alter Freund Goldberg hier war der einzige, der den Mut hatte mitzukommen. Sam», sagte er zu Goldberg, der neben ihm stand und Gott dankte, daß er wieder festen Boden unter den Füßen hatte, «du kennst doch Marks Tochter Martha?»

Martha stellte Marty Spizer als «Regisseur und Produzenten» vor. Dan bat sie zu warten. Er würde die restlichen Förmlichkeiten hinter sich bringen, und dann könnten sie alle zusammen essen gehen. «Ich bin dabei», sagte Goldberg zu. «Aber zurück nehme ich die Bahn.»

«Sag das nicht», sagte Dan. «Jetzt sind wir im Geschäft.»

Zu viert aßen sie im *Biltmore* zu Abend. Dans Überschwenglichkeit war jetzt dahin. Schon den ganzen Tag lag unter der Aufregung und dem Glanz des ersten Linienfluges das Bewußtsein, daß in dieser Stadt May Ling wohnte. Es war jetzt sieben Monate her, daß er sie zuletzt gesehen hatte. Während der Zeit war er viermal in Los Angeles gewesen. Jedesmal hatte er mit sich gekämpft und sich gezwungen, sie nicht aufzusuchen. Jedesmal war er krank, einsam und müde aus solchem inneren Ringen hervorgegangen. Jetzt packte ihn das gleiche Leiden, die gleiche Einsamkeit, die gleiche unerträgliche Hoffnungslosigkeit. Goldberg ging, er wollte seinen Zug nicht versäumen, und Spizer sprach nur von sich, vom Filmgeschäft, vom Tonfilm und den Gelegenheiten für Investitionen. Dan hörte zu, ohne etwas zu hören. Nach dem Abendessen erfand er eine geschäftliche Besprechung. Martha flüsterte, als sie ihn auf die Wange küßte: «Du bist so trübsinnig, Danny. Das solltest du nicht sein. Heute ist dein großer Tag!»

Spizer war zur Toilette gegangen. «Was ist eigentlich mit dem los?» fragte Dan.

«Er leitet die Schule. Er ist wunderbar. Magst du ihn nicht?»

«Paß auf dich auf, Herzchen.»

«Danny, ich bin eine erwachsene Frau.»

In seinem Zimmer im *Biltmore* ließ Dan sich aufs Bett fallen und starrte die Decke an. Er war fast vierzig Jahre alt, und wenn je ein

Mensch den amerikanischen Traum geträumt hatte, dann er. Erst vierzig Jahre war es her, seit sein Vater und seine Mutter ihren Fuß auf Ellis Island im Hafen von New York an Land gesetzt hatten – ein franko-italienischer Fischer mit einer italienischen Frau, ohne Geld, ohne Kenntnisse der Landessprache, verstört, ohne Freunde. Immer wieder hatten sie ihm von dem erzählt, was ihnen widerfahren war: von den Tagen des Hungers in New York, wie sein Vater beim Gleisbau für die Atchison Railway den Schienenstrang über die Berge bis nach San Francisco mit verlegt hatte, von dem ersten Blick auf die goldene Stadt über der Bucht, vom Kampf ums Dasein, ums Überleben, ums nackte Leben, und schließlich von dem Tag, an dem sein Vater die erste Ausfahrt im eigenen Boot machte – und alles war dahingegangen in der Feuerhölle des Erdbebens.

Diese Erinnerungen waren wirklich und lebendig. Wenn er die Augen schloß, konnte er die salzige Gischt schmecken und seinen Vater im Marseiller Dialekt rufen hören: *«Rejette les petits, Coco!»* Dann flogen die Krabben, die zu klein waren, zurück ins Meer. Er konnte die volltönende Baßstimme seines Vaters hören. Bei der Ausfahrt hatte er nie gesungen, sondern nur, wenn sie ihren Fang an Bord hatten und vor dem Wind einliefen. Er sang auch nicht, wenn sie den Motor benutzten. Er verachtete den Motor. *Le cochon qui fume* nannte er ihn. Aber wenn der Wind sie vor sich herschob und das vom Fang schwere Boot tief im Wasser lag, dröhnte die Stimme seines Vaters über das Wasser hin, unmelodisch, aber so mächtig, daß man sie über die ganze Bucht hin hören konnte. Dan dachte an den Tag, an dem er mit seinem Sohn Thomas im Kutter draußen vor San Mateo gewesen war, aber die Erinnerung daran war undeutlich und verschwommen, wie alle späteren Erinnerungen mit Ausnahme der Zeiten mit May Ling. Alles andere war ein Traum und offenbar ohne Bedeutung; doch im Halbschlaf auf dem Hotelbett ärgerte er sich darüber. Er war aus dem Nichts gekommen und ein König, ja ein Kaiser von eigenen Gnaden geworden. Er herrschte über eine Flotte großer Passagierschiffe, eine Fluglinie, ein großartiges Kaufhaus, ein Luxushotel, Häuser und Grundbesitz und gab Hunderten von Männern und Frauen, die nach seinem Willen arbeiteten, das tägliche Brot. Sicher, Mark Levy war sein Teilhaber und Freund; aber Mark war wie ein Schatten. Aus eigener Kraft und aus eigenem Willen hatte er es so weit gebracht, daß er ein Vermögen von zwanzig Millionen Dollar kontrollierte – wie konnte das ein Traum und ohne Bedeutung sein? Man hieß ihn in Washington und in New York willkommen! Die Leute machten Kotau vor ihm, und er war von diensteifrigen Menschen umgeben, die bereitwillig allem zustimmten, was er sagte! Er wohnte in einem Herrenhaus auf dem Russian Hill, und seine Frau galt überall im Lande als eine der schönsten Frauen San Franciscos.

Und doch war er sehr einsam, lag allein und vollständig bekleidet in einem dunklen Zimmer im Hotel *Biltmore* in Los Angeles und war so ohne alle Leidenschaft, daß er nicht einmal den Wunsch hatte, einen Pagen zu rufen und ihm zwanzig Dollar zu geben, um ein Freudenmädchen kommen zu lassen, ihm das Bett zu wärmen. Er wollte keine Frau als nur eine.

Er schlief ein, und als er erwachte, drang das erste graue Licht des Morgens in das Zimmer. Er duschte und zog frische Wäsche an. Vor seinem Fenster jagten Wolken über den Himmel. Offensichtlich hatte es die ganze Nacht hindurch geregnet. Es war einer der seltenen und willkommenen Tage in Los Angeles, an denen die Luft sauber und kühl, der Himmel silbergrau war. Als er angezogen war, rief er über das Haustelefon Bill Henley an, der auch im *Biltmore* schlief, weckte ihn und sagte: «Bring sie gut und sicher nach Hause, Billy. Ich fliege nicht mit zurück. Sag Mr. Levy, daß ich morgen komme.»

Am Vorabend hatte er fast nichts gegessen, jetzt hatte er Hunger. Er frühstückte Spiegeleier, ein Steak und Bratkartoffeln und trank zwei Tassen Kaffee. Beim Empfang fragte er, wie weit es zur University of California in Melrose und Vermont war.

«Zu weit, um zu Fuß hinzugehen, Mr. Lavette – wie alles in Los Angeles. Ich rufe Ihnen ein Taxi.»

Er fühlte sich frei, töricht, wunderbar, als er aus dem Taxi auf die weit hingebreitete, seltsame Stadt mit ihren verputzten Häusern sah. San Francisco war eine Stadt der Hügel, von deren Spitzen aus man einen weiten, offenen Blick hatte. Diese Stadt war genau das Gegenteil, ein Kessel, der auf drei Seiten von Hügeln und Bergen umgeben war. Doch aus irgendeinem Grunde erregte sie ihn und gefiel ihm. Der Tag war klar, die Luft so durchsichtig, daß die großen Höcker der San Gabriels im Osten deutlich zu sehen waren, während vor ihm, am Ende der Vermont Avenue, in Meilenferne und doch klar wie ein Tor am Ende der Straße, der grüne Wall der Hollywood Hills lag. Er sah die Dinge mit den Augen eines entzückten Kindes, die großen, laut klingelnden grünen Straßenbahnen, die Hütten an der Vermont Avenue und hinter ihnen, wo das Land sich zum Rand des Kessels emporwellte, die rot-weißen Herrenhäuser; und die üppig wachsenden Rosen, Farne und Palmen standen dabei in seltsamem Kontrast zu den schäbigen Bungalows. Dann die Autos: zahllose Automobile jeder Art; und hinter den Häusern die hölzernen Bohrtürme, wo das Öl gefördert wurde, das die Autos brauchten. Alles war grob, neu, anders, es begeisterte ihn, vielleicht vor allem deshalb, weil hier May Ling und sein Sohn lebten.

Dann erfüllte ihn besorgte Erwartung, und er begann, sich Unterhaltungen auszumalen. Er zitterte fast, als das Taxi ihn am Rande des Universitätsgeländes absetzte.

Er bildete sich kein Urteil über die häßlichen, cremefarbenen Jugendstilgebäude, über den kleinen Campus, an den schon die Stadt mit ihren Reihen von Bungalows aus Holz oder verputztem Stein grenzte. Alles war dadurch geadelt, daß May Ling in gewisser Weise dazugehörte. Er ging langsam auf das größte der Gebäude zu und fragte ein paar Studenten, die davor standen, wo die Bibliothek sei. Sie wiesen ihm den Weg, und er ging wie im Traum dorthin, dabei dachte er an seinen ersten Besuch in der Bibliothek von San Francisco, wo der kleine Raum für asiatische Sprachen May Lings Reich gewesen war. Dann betrat er das Gebäude und sah sie; sie war unverändert, saß am Ausleihetisch und stempelte einige Bücher für einen Studenten. Er stellte sich schweigend hin, bis sie aufsah, ihn anstarrte und dann lächelte.

«Danny», sagte sie. Kein Vorwurf. Sie wandte sich der Bibliothekarin zu, die neben ihr saß, und sagte mit einem Zittern in der Stimme: «Ein alter Freund. Ich bin gleich zurück.» Dann kam sie um das Pult herum und ging mit ihm hinaus und vor das Gebäude.

«Kann ich dich hier küssen?» fragte er.

«Danny, Danny, nimm mich in die Arme und küß mich. Ja. Ja.»

Er nahm sie in die Arme, ihr Duft, die Nähe ihres Körpers, die Berührung ihrer Lippen – alles war wie früher, als wäre nicht inzwischen viel Zeit vergangen.

«Können wir irgendwo hingehen, sprechen?»

«Ja, natürlich. Es ist fast zehn Uhr. Ich werde um halb zwölf schon Mittagspause machen, wir haben dann eine ganze Stunde. Kannst du warten, Danny?»

«Ich bin hier. Wohin sollte ich gehen?»

«Das ist schön.»

«Ich warte auf der Bank da drüben», sagte er. «Du wirst mich sehen, wenn du herauskommst.»

«Natürlich.»

«Noch etwas – wie geht es Joey?»

«Er ist groß, stark, hübsch.»

«Und deine Eltern?»

«Es geht ihnen gut. Wartest du auf mich?»

Er setzte sich auf die Bank, streckte seine langen Beine aus, beobachtete die vorbeikommenden Studenten, sonnte sich in seiner eigenen Euphorie, genoß es, als Mann von vierzig Jahren mit all der Aufregung und der Leidenschaft eines Teenagers zu lieben. Und ob er auf sie warten würde! Dasitzen, ein Gebäude anschauen, in dem sie war, machte sein Leben reicher, als es seit Monaten gewesen war. Er war zufrieden. Hätte sie ihn gebeten, fünf, sechs Stunden zu warten, wäre er genauso zufrieden gewesen.

Um halb zwölf kam sie, und als er sie in die Arme nahm und sie küßte, sagte sie: «Wir sind nicht allein, Danny! Wenn mich jemand sieht und mich fragt, sage ich einfach, du seist mein Mann. Es ist sowieso Zeit, daß hier mal jemand den Vater meines Kindes sieht.»

«Das würde ich gern hören.»

«Was?»

«Das ist mein Mann, Mr. Lavette.»

«Du bist wie ein Kind, Danny. Du gibst an wie ein kleiner Junge.»

«Bist du böse?»

«Nein, nein, nein. Ich bin so glücklich. Nun hör zu, ich habe ein Sandwich mit, aber ich hab es im Büro gelassen, weil ich sicher bin, daß du ein richtiges Mittagessen haben möchtest. Ich erinnere mich, wie du essen kannst.»

«Wie ich essen kann?»

«Wir können in die Mensa gehen. Es ist nur eine Art kleiner Cafeteria, aber sie ist ganz gut. Wir finden jetzt sicher eine ruhige Ecke dort.»

Als sie einander gegenübersaßen, sahen sie die Tabletts mit dem Essen nicht, sie schauten einander nur unverwandt an.

«Du änderst dich nicht», sagte Dan. «Du wirst nicht älter, nur schöner.»

«Ich bin vierunddreißig. In China gilt das als ziemlich alt.»

«Schon möglich.»

«Und du, Danny, bekommst graue Strähnen, und das sieht vornehm aus. Aber ich glaube, du hast zugenommen.»

«Vielleicht vier Kilo, so gut wie nichts. Ich kann es mir leisten. Das Schlimme ist, daß nichts mehr Geld kostet. Wir haben Kredit in jedem guten Restaurant in San Francisco und in New York. Du ißt, was du magst, und unterschreibst die Rechnung – und daran kann ich mich nicht gewöhnen. Komisch, wir haben dieses verdammte Imperium aufgebaut, und es ist doch nur ein Spiel, das ich spiele.»

«Hinkepoot, Himmel und Hölle auf den Nob Hill hinauf?»

«Ja, aber in Wirklichkeit führt das nicht hinauf, sondern hinab, in die Hölle. Man muß das Spiel wiederholen.»

«Und die Fluglinie ist ein Teil des Spiels. Ich habe alles darüber in der Zeitung gelesen. Es war auch ein Bild von dir dabei. Joey hat es gesehen.»

«Was hat er gesagt?»

«Nichts. Ich mache mir keine Sorgen über das, was er sagt, nur über das, was er nicht sagt.»

«Mein Gott, wie er mir fehlt. Kann ich ihn sehen, Liebling? Bitte!»

«Was willst du ihm sagen, wenn du ihn siehst, Dan? Du wirst mit den Armen voller Geschenke kommen; aber was wirst du ihm sagen?»

«Ich könnte ihm sagen, daß ich ihn liebe.»

«Das würde er dir vermutlich nicht glauben, Dan.»

«Glaubst du mir, wenn ich sage, daß ich dich liebe – mehr als alles auf der Welt?»

«Ich glaube, daß du mich liebst. Aber nicht mehr als alles auf der Welt. Ich glaube, daß du das Spiel, das du spielst, mehr liebst. Und das ist das Seltsame: Du bist nicht wie die anderen, die Seldons, die Mellons, die Crockers, die Hearsts – all die ungekrönten Könige dieses Landes.»

«Woher willst du das wissen? Du kennst sie nicht. Du kennst nur mich.»

«So etwas weiß man. Und manchmal glaube ich, ich kenne dich besser als du selbst.»

«Ich habe dir viermal Geld geschickt. Warum hast du die Schecks immer zurückgeschickt?»

«Woher hast du die Narbe auf deiner Wange?»

«Ich habe mich betrunken und eine Flüsterkneipe zertrümmert.»

«Um Himmels willen!»

«Warum hast du das Geld zurückgeschickt?»

«Weil ich keins brauche, Danny. Wirklich nicht. Ich habe für das Haus in der Willow Street – ein Geschenk von dir – neuntausend Dollar bekommen. Und während der Jahre, die wir zusammen waren, habe ich fast viertausend Dollar gespart. Du hast mir immer zuviel Geld gegeben. Und mein Vater hat auch Ersparnisse. Ich brauche kein Geld, Danny, ich brauche dich. Ich brauche dich. Weil ich ohne dich nur halb lebe. Ich bin nie mit einem anderen Mann zusammengewesen und will es auch nicht. Es gibt nur dich, und so war es, seit wir uns zum ersten Male begegnet sind. Und wenn dich das schmerzt, bin ich selbstsüchtig genug zu wünschen, es möchte dich schmerzen. Ich werde deine Schuldgefühle nicht dadurch auslöschen, daß ich noch mehr Geld von dir nehme. Geld bedeutet dir nichts. Du gibst nichts von dir selbst, wenn du mir Geld gibst.»

«Sei nicht so verdammt logisch!» platzte er heraus.

«Dann sag mir, was ich tun soll, Liebster. Ich kann nicht böse auf dich sein. Ich liebe dich von ganzem Herzen.»

«Sieh mal», begann er, «meine Fluglinie ist jetzt in Betrieb . . .»

«Danny, hör auf! Glaub ja nicht, ich wüßte nicht, was du sagen willst! Glaub ja nicht, ich wüßte nicht, woran du gedacht hast, als du diese Fluglinie eingerichtet hast! Du willst mir sagen, daß du jetzt in vier Stunden nach Los Angeles kommen kannst, und daß wir uns dann sehen können.»

«Ja, ja. Zweimal die Woche, dreimal die Woche. Und in ein oder zwei Jahren werden die neuen Flugzeuge gebaut, dann wird es nur zweieinhalb Stunden dauern . . .»

«Danny!»

Er hielt inne und starrte sie an. «Was habe ich gesagt?»

«O Danny, Danny, wir leben in einem Land, in dem die Männer nicht erwachsen werden. Verstehst du mich denn nicht? Du bist doch kein kleiner Junge, der überlegt, wie er die Schule schwänzen kann, ohne erwischt zu werden. Ich liebe dich. Ich nenne mich Mrs. Lavette. Meinen Sohn habe ich in der Schule als Joseph Lavette angemeldet. Und ich spiele kein Spiel. Du lebst mit einer Frau, die du haßt und die dich haßt. Wenn es nur ein Fünkchen Vernunft auf dieser Erde gibt, bist du mein Mann. Du bist der Vater meines

Kindes. Das ist alles. Komm zu mir, sobald du das möchtest, aber komm, um zu bleiben. Es ist mir egal, ob du dich von Jean scheiden läßt oder nicht, es ist mir egal, ob du mich heiraten kannst oder nicht, ob du der reichste Mann auf der Erde bist oder keinen Pfennig besitzt. Aber wenn du kommst, mußt du zu mir sagen: May Ling, ich werde dich nicht mehr verlassen. Denn ich habe genug Kraft für alles andere, aber nicht für das Abschiednehmen, Danny, nicht für das Abschiednehmen.»

V
Der Wind

Sam Goldberg war ein empfindsamer Mann. Nach all den Jahren hing noch immer eine Fotografie der *Oregon Queen* in seinem Büro. Sein Vater war 1852 als Fünfzehnjähriger nach Kalifornien gekommen, um Gold zu suchen. Er hatte kein Gold gefunden und sich mit einem Obststand in Sacramento zufriedengegeben. Irgendwie sparte er genug Geld, um seinen Sohn Jura studieren zu lassen. Goldberg hing treu an dem, was er liebte. Er hing mit Leidenschaft an San Francisco und war stolz auf die Stadt, von der er immer wieder behauptete, sie sei die einzige wirklich großartige Stadt der Vereinigten Staaten, in der Juden, Italiener und Iren von Anfang an wichtige Stellungen innehatten. Er verteidigte sie auch hitzig als die einzige wahrhaft zivilisierte Stadt auf der ganzen Erde und bezeichnete Kalifornien als den Ort der Welt, an dem Menschen leben konnten.

Mit der gleichen Liebe hing er an Dan Lavette und Mark Levy – sie gehörten zu seinen ältesten und jetzt bedeutendsten Mandanten. Sam war nun zweiundsechzig, sein Teilhaber, Adam Benchly, war vier Jahre älter. Benchly, dessen Vater im Jahre 1850 bei San Francisco von Bord eines Schiffes desertiert war, hatte sich einmal um das Amt des Bürgermeisters beworben, war aber im Wahlkampf unterlegen. Vor etwa zwanzig Jahren hatte er als Bezirksstaatsanwalt amtiert. Im Gegensatz zu Goldberg war er ein mißtrauischer, sauertöpfischer Zyniker. Sie bildeten ein ausgezeichnetes Gespann. Sie hatten die Aktienemission für Levy und Lavette bis ins einzelne ausgearbeitet, und an einem schönen Aprilnachmittag des Jahres 1928 saßen sie beide mit Dan und Mark in Goldbergs Büro.

«Das Problem ist», begann Benchly, «daß ihr zwei jungen Burschen dieses Geschäft wie einen Gemüseladen aufgezogen habt. Kein Aufsichtsrat, keine stellvertretenden Generaldirektoren, nur einfach Dan, der immer wieder durchgeht wie ein wildgewordener Stier, und Mark, der versucht, Schritt zu halten. Das ist aber kein Gemüseladen. Ihr habt eine wirklich große und weitverzweigte Sache aufgezogen.»

«Wir haben Geschäftsführer», verteidigte sich Dan. «Wir haben

Anderson in New York, Burroughs im Kaufhaus und Sidney Cohen in Hawaii.»

«Ihr wißt nicht, was ihr habt», knurrte Benchly. «Als dieser Chinese noch da war, der sich um alles gekümmert hat, ging das. Jetzt aber – großer Gott, Sam und ich versuchen schon seit zwei Monaten, aus euren Geschäftsbüchern schlau zu werden. Wir haben eine gewisse Ordnung hineingebracht. Ist euch eigentlich klar, daß ihr ein Unternehmen im Werte von rund zwanzig Millionen Dollar besitzt und nicht einen Penny verdient?»

«Und was ist mit unseren Bilanzen? Was mit unseren Abschlußberichten?» rief Mark. «Wir haben im vergangenen Jahr eine halbe Million Reingewinn ausgewiesen.»

«Wo ist das Geld?»

«Im Geschäft. Ihr ahnt nicht, was diese Fluglinie kostet! Und wir haben das Haus in der Eleventh Avenue in New York gekauft. Wir hatten eine Büroetage, die uns mehr als die Steuern kostete, jetzt haben wir sieben Etagen vermietet.»

«Adam will damit sagen», schaltete sich Goldberg ein, «daß ihr sehr viel Glück gehabt habt. Als ihr zwei Jungen euch damals entschlossen hattet, die *Oregon Queen* zu kaufen, haben Adam und ich eine Kapitalgesellschaft für euch gegründet und hundert Aktien aufgelegt, von denen fünfzig auf dich und fünfzig auf Dan lauteten. Diese Aktien liegen noch immer im Safe unseres Büros. Seitdem seid ihr mit Siebenmeilenschritten vorangekommen, und Fortuna war euch hold. Aber die bittere Wahrheit ist, daß eure Firma euch gar nicht gehört. Die Seldon Bank ist mit sechzehn Millionen daran beteiligt.»

«Wir sind an ihr beteiligt», grinste Dan.

«O nein», sagte Benchly. «Die sind bei euch beteiligt. Das ist etwas, was ihr begreifen müßt.»

«Moment mal», sagte Mark. «Wir legen eine Million Aktien auf – das entspricht zwanzig Millionen Dollar. Das reißt uns doch raus, oder nicht?»

«Ja und nein. Wie ich sagte, ihr betreibt keinen Gemüseladen. Sam und ich haben eine neue Satzung für die AG aufgesetzt. Ihr seid groß im Geschäft, also müßt ihr es groß aufziehen. Ihr müßt einen Aufsichtsrat einsetzen. Ihr habt den Aktionären gegenüber eine Verantwortung, und diese Verantwortung müßt ihr wie Erwachsene ausüben und nicht wie ein paar Kinder, die verrückt spielen.»

«Adam, das ist ungerecht», protestierte Mark.
«Durchaus nicht.»
«Es ist nicht so, als ob wir euch nicht respektierten», sagte Sam Goldberg. «Unsere Aufgabe ist es, euch zu schützen. Wenn Seldon plötzlich seine Kredite zurückverlangte, könntet ihr im Augenblick wahrscheinlich diese Beträge abdecken. Tony Cassala würde euch beistehen, und mit ihm und Giannini und vielleicht Crocker und Wells Fargo zur Unterstützung wäret ihr möglicherweise zu retten, weil heute Milch und Honig fließen. Aber angenommen, die Lage ändert sich? Nun gut, Cohen, Brady und Wilkinson wollen die Emissionsgarantie übernehmen, und sie sind zuversichtlich. Heute in einer Woche habt ihr zehn Millionen Dollar abzüglich der Maklergebühren, und das Unternehmen ist eine AG. Aber wenn ihr darauf besteht, einundfünfzig Prozent des Aktienkapitals selbst zu behalten, bleibt ihr in den Fängen der Bank.»
«Sechs Millionen tragen wir leicht», sagte Mark.
«Nicht sechs Millionen. Mark, dein Plan, zehn Millionen des Kredits zurückzuzahlen, ist unsinnig. Die Tendenz ist inflationär, und die Preise schnellen nur so in die Höhe. Die Hafenarbeiter werden mit Sicherheit streiken. Ihr werdet Schwierigkeiten mit euren Schauerleuten bekommen. Ohne Geld könnt ihr nicht weitermachen, und ihr könnt auch nicht immer zu Seldon gehen. Nun höre ich, daß Dan sechs neue Flugzeuge von der Douglas Company bestellt hat. Woher kommt das Geld?»
«Kommt Zeit, kommt . . .»
«Nein, Sir», sagte Benchly. «Entweder hörst du auf Sam und mich, oder wir sind geschiedene Leute.»
«Nun, nun», sagte Goldberg. «Keine Ultimaten. Bitte Jungens – wir müssen es jetzt anders machen. Ihr zahlt Seldon eineinviertel Millionen pro Jahr. Wir möchten, daß ihr drei Millionen in Staatsanleihen beiseite legt, um den Betrag abzudecken, im übrigen bleibt die Schuld stehen. Ihr geht weder zu Seldon noch zu einer anderen Bank – nicht, ehe ihr einen realen Gewinn ausweisen könnt. Sonst ist das ein Glücksspiel.»
«Mir ist das recht», stimmte Dan zu. «Großer Gott, wir können das Geld gebrauchen.»
Mark protestierte, und Dan sagte: «Mark, wir können nicht stehenbleiben. Im ganzen Land rumort es: Es ist eine neue Ära, eine neue Zeit, eine verdammt neue Zivilisation.»

«Dann lösen wir von dem Kredit nichts ab?» fragte Mark.

«Sam und ich glauben, daß die drei Millionen dazu ausreichen. Den Rest lassen wir erst einmal.»

«Ich habe einen Börsentelegrafen gekauft», sagte Dan. «Kannst du dir das vorstellen – ich habe nie in meinem Leben eine einzige Aktie gekauft, und jetzt habe ich einen nagelneuen prima Börsentelegrafen, ganz für mich allein.»

Jean war wieder nach England gefahren, dieses Mal, um bei einer Versteigerung von Sotheby mitzubieten. Sie hatte eine plötzliche Leidenschaft für Aquarelle entdeckt, und bei Sotheby wurde eine ganze Reihe angeboten, von David Cox bis John Marin. Thomas war im Osten in der Schule, und Barbara widmete ihre ganze Zeit den Pferden. Im Jahr davor hatte Dan seiner Tochter die Mitgliedschaft für fünf Jahre im Menlo Circle Club spendiert, einem sehr exklusiven Reitklub im Menlo Park, in der Gegend von Atherton, etwa fünfzig Kilometer weiter südlich auf der Halbinsel; und seither hatte sie Jean immer wieder gebeten, sie möge ein Landhaus in Menlo Park kaufen. Aber Jean war nicht nur gegen einen zweiten Wohnsitz, sie fand auch, Menlo Park sei zum Sammelplatz für die Neureichen geworden. Früher war Jean selbst geritten, wenn auch nicht häufig. Doch seit einiger Zeit mochte sie weder Pferde noch die Menschen, die mit ihnen zu tun hatten, wie sie es nannte. Barbara war noch zu jung für den Führerschein, sie hatte sich einer Gruppe von Jungen und Mädchen zwischen sechzehn und zwanzig angeschlossen – sie war dabei die Jüngste –, die bei jeder sich bietenden Gelegenheit nach Menlo Park jagten.

Die Schule war zu einer Plage geworden, die sie von den Pferden fernhielt. Sie war eine schlechte Schülerin – nicht aus Mangel an Intelligenz, sondern weil sie alles ablehnte, was sie am Reiten hinderte. Sie war ein hochgewachsenes, langgliedriges Mädchen, bereits einsdreiundsiebzig, ähnelte ihrer Mutter und war Dan sehr fremd. Er hatte nicht nur keine Vorstellung davon, wer sie war, sondern er wußte in Jeans Abwesenheit auch nicht, nach welchen Regeln sie leben sollte. Die beiden teilten das Haus mit Wendy Jones und den Dienstboten. Miss Jones kümmerte sich um den Haushalt und die Mahlzeiten und beglich die Haushaltsausgaben mit dem Geld, das Dan ihr gab. Nach der Aktienemission, durch die Levy und Lavette in eine Aktiengesellschaft umgewandelt worden war, mußte Dan noch häufiger nach Hawaii, New York und Detroit reisen; und wenn er in San Francisco war, aß er häufig in der Stadt und ging dann ins Büro zurück. Er sah seine Tochter nur gelegentlich und beruhigte sein Gewissen mit Geschenken. Er nahm sich einen Tag frei, um eine Pferdeauktion in Sonoma County zu besuchen, wo er eine herrliche Fuchsstute kaufte, die er sofort nach Menlo Park bringen ließ. Barbara fand sie dort am folgenden Tage in den Stallungen des Clubs vor, erwähnte aber seltsamerweise Dan gegenüber nichts davon und dankte ihm auch nicht, bis sie sich eine Woche darauf im Hause trafen.

Er mußte bohren und fragte sie schließlich, ob ihr das Pferd gefalle.

«O ja. Es ist ein schönes Tier.»

«Hast du ihm einen Namen gegeben?»

«Die Stute heißt Sandy», sagte Barbara. «Wußtest du das nicht? Du hast sie doch gekauft.»

«Komisch, ich habe niemanden danach gefragt. Oder wenn, dann habe ich es vergessen. Es tut mir leid.»

«Schon gut.»

Er stellte sich vor, wie sie die Arme um ihn schlang, ihm einen Kuß gab und ihm lebhaft dankte; aber die Wirklichkeit war eine große, schlanke, ferne junge Frau, die nichts als höflich war. Wann hatten sie einander zum letztenmal umarmt? Er konnte sich nicht erinnern. Plötzlich sagte er: «Wie wäre es, wenn wir zwei zum Abendessen ausgingen?»

«Wendy hat das Abendessen fertig.»

«Zum Teufel mit Wendy. Sie kann allein essen.»

«Ich muß später zu einer Party.»

«In Ordnung, ich setze dich dann bei den Leuten ab.»

Sie stimmte ohne Begeisterung zu, und als sie in seinem Auto saßen, fragte er sie, ob sie gern italienisch äße. Dabei kam ihm zu Bewußtsein, wie seltsam die Frage war, allerdings nicht seltsamer als die Tatsache, daß sie nicht ein einziges Wort Italienisch sprach und sich wohl noch nie als Italienerin betrachtet hatte.

«Wenn du möchtest, sicher.»

«Es gibt ein kleines Restaurant in der Jones Street, wo ich esse. Es ist nicht elegant, aber die Pasta ist genauso gut wie in der Stadt und besser als woanders . . .»

«Pasta?»

«Spaghetti, linguine, tortellini.» Er fragte sich, ob sie die Frage vorsätzlich gestellt hatte. War es möglich, daß sie tatsächlich nicht wußte, was das Wort bedeutete?

Gino begrüßte ihn entzückt und schüttelte ihm kräftig die Hand. «Danny, zwei Monate hab ich dich nicht gesehen. Zu lange.»

«Ich war dauernd unterwegs. Das ist Barbara, meine Tochter.»

«Wie schön», rief Gino aus. «So groß, so schön. Ich begrüße Sie hier. Kommen Sie, dies ist der Lieblingstisch Ihres Papas.»

Sie war steif und kalt und sah sich mißbilligend in dem kleinen Restaurant mit den karierten leinenen Tischdecken um. Dan sah, daß es ein Fehler gewesen war, sie herzubringen. Wieso hatte er gedacht, das Restaurant werde ihr gefallen?

Gino führte sie zum Tisch und zog so elegant und ritterlich, wie er es nur vermochte, den Stuhl für Barbara hervor. Ohne ihre Reaktion zu beachten, strahlte er vor Entzücken. «Was meinst du, Danny», sagte er. «Wird Al Smith es schaffen?»

«Ich habe hundertsechzigtausend Dollar in San Francisco aufgebracht, die dafür sprechen.»

«Was für ein Mann ist er?»

«Er ist ein tüchtiger Junge von der Straße. Ich mag ihn. Ich will dir etwas sagen, Gino: wenn er nach San Francisco kommt, bringe ich ihn mit hierher. Ich versprech es dir.»

Als Gino ging, sagte Barbara: «Warum darf er dich Danny nennen?»

«Weil er ein alter Freund ist.»

«Weiß Mutter, daß du Al Smith unterstützt?»

«Ich nehme es an. Warum?»

«Weil sie ihn verabscheut. Großpapa auch.»

«Nun, das ist ihr Recht, nicht wahr? Ich finde, wir sollten nicht über Politik sprechen. Es gibt zu viele andere Dinge, über die man sprechen kann, und außerdem glaube ich nicht, daß du genug über diese Wahl weißt.»

«Du glaubst nicht, daß ich über irgend etwas viel weiß, oder?»

«Warum sagst du das?»

«Warum hast du mich zum Beispiel mit hierher genommen? Du glaubst, ich weiß nichts von diesem Lokal? Ich weiß durchaus. Du kommst mit deiner chinesischen Geliebten hierher.»

«Was! Wovon sprichst du, zum Teufel?»

«Von dem, was ich gesagt habe.»

«Woher weißt du das?» flüsterte er.

«Mutter hat es mir gesagt.»

Er schloß die Augen und kämpfte um Selbstbeherrschung. Dann sagte er sehr langsam: «Ich habe nicht die Absicht, darüber mit dir zu sprechen. Wir werden hier zu Abend essen, weil Gino ein alter Freund ist und tief verletzt wäre, wenn wir einfach gingen. Es gibt Dinge, die du nicht verstehst.»

«Da bin ich sicher», sagte sie steif.

«Es gibt keine Jungfrauen», sagte Timothy Kelly zu Spizer. «Ich weiß das. Ich habe das alles mitgemacht. Alles Schwindel, eine Erfindung von irgendeinem dämlichen protestantischen Menschheitsbekehrer, Lug und Trug. Glaube mir, Marty. Ich habe mit mindestens dreihundert Weibern geschlafen, und ich sage dir, so etwas gibt es nicht.»

«Du hast es mitgemacht? Mein Lieber, ich hab es mitgemacht. Es war ein Kampf wie die Schlacht um Verdun. Diese Rübe ist dreiundzwanzig Jahre alt und noch Jungfrau. Mein Gott, ich möchte das nicht noch einmal erleben. Ich mußte ihr einen halben Liter Fusel in Ginger Ale einflößen – du und deine klugen Einfälle! Und dann hat sie mich vollgekotzt: Blut, Dreck und Tränen, alles schön vermengt. Das ist mehr, als die Pflicht verlangt. Ich hätte sie umbringen sollen. Nein, nicht mit Marty – dem letzten der netten Männer.»

«Dieses Mitgefühl!» sagte Kelly.

«Da hast du verdammt recht. Dann sagt sie zu mir unter Tränen: ich weiß nicht, ob ich dich heiraten kann, Marty, ich weiß nicht, ob ich dich liebe . . .»

«Das ist gar keine schlechte Idee, Marty.»

«Halt du bloß den Rand, du blöder Sack. Zufällig bin ich verheiratet, der einzige Schutz, den ein junger Mann in dieser Welt hat. Und wenn du nicht so ein elender Hurensohn wärest, würdest du statt meiner in der Feuerlinie stehen. Ich mag diese kleine Hexe nicht.»

«Laß die bloß nicht laufen, Marty. Das ist unsere einzige Chance, von dieser verdammten Schauspielschule loszukommen.»

«Es gibt leichtere Wege, zu Geld zu kommen.»

«Du hast sie doch nicht verlassen?»

«Du sprichst mit einem Gentleman! Ich habe sie abgeputzt. Wir haben geduscht. Ihr Alter zahlt da für eine großartige kleine Wohnung. Ich habe den ganzen Spizer-Charme aufgeboten. Ich habe sie davon überzeugt, daß sie ein Star wird. Laß es mich auf meine Weise tun – warte noch ein paar Tage.»

Am Tag nach dieser Unterhaltung klingelte es abends um sechs Uhr an Marthas Tür. Sie öffnete, und Stephan Cassala stand davor. Er war der letzte Mensch, den sie erwartet hätte. Da Marty Spizer gesagt hatte, er würde vielleicht vorbeikommen, hatte sie ihn erwartet. Statt dessen war es Stephan, der sagte: «Darf ich hereinkommen, Martha?»

«Steve! So etwas Verrücktes! Was machst du in Los Angeles?»

«Geschäfte.»

«Ich glaube dir nicht. Klar, komm herein.»

«Ich habe gelogen. Ich wollte dich sehen.»

«Ach, du verrückter Kerl», sagte sie und schloß die Tür hinter ihm. Er sah sich um. «Gefällt es dir bei mir? Die Möbel waren schon drin, aber ich finde es hübsch so. Du nicht?»

«Ja, es ist schön – wenn einem Hollywood gefällt.»

«Wem gefällt es schon? Aber die Filmindustrie sitzt nun einmal hier. Ich war so einsam. Ich bin froh, daß du da bist, was für eine nette Überraschung!»

«Wann warst du zuletzt zu Hause?»

«Setz dich, bitte. Vor drei Wochen. Kann ich dir etwas zu trinken geben? Wirklich lupenreiner importierter Scotch. Marty bekommt ihn vom besten Schnapshändler in der Stadt.»

«Wer ist Marty?» fragte er scharf.

«Steve! Steve, ich bin keine Nonne! Ich habe Herrenbekanntschaften. Marty ist unser Lehrer. Er ist Regisseur – ein guter sogar. Ich habe viel von ihm gelernt. Er betreibt die Schule mit noch einem Regisseur, Timothy Kelly. Und jetzt dreht er einen Film für Great Western. Das ist ein kleines Studio im Tal. Ich meine das San Fernando Tal. Es ist nicht weit von hier. Und jetzt hol ich dir was zu trinken.» Sie ging zu einer kleinen Bar und machte sich daran, Drinks einzuschenken.

Stephan sah sich um. Die schreiend bunten Tapeten, die mit Verzierungen überladenen billigen Möbel, der Stapel von Filmzeitschriften in einer Ecke – er hatte nicht geahnt, was ihn erwartete, und er verstand auch nicht, warum ihn all das so bedrückte. Martha hatte sich verändert. Nun, er hatte sie seit Monaten nicht gesehen, und es war nur zu erwarten, daß sie sich ändern würde. Zwar freute sie sich über seinen Besuch, aber sie war nicht aus dem Häuschen. Welchen Sinn hätte es, ihr zu sagen, wie er sich nach ihr gesehnt hatte? War nicht damit zu rechnen gewesen, daß sie sich mit ihrer eigenen Karriere beschäftigen würde?

«Steve, mach nicht so ein trübes Gesicht», sagte sie und reichte ihm sein Glas. «Ich glaube wirklich, daß ich es schaffe. Letzte Woche hat Marty mich Jack Donaldson vorgestellt. Er ist Direktor des Studios von Great Western. Er will Probeaufnahmen mit mir machen.»

«Großartig», sagte Stephan.

«Ach, Steve, du weißt nicht, wie großartig es ist. Dies ist die übelste Stadt der Welt. Wie heißt es doch – viele sind berufen, aber wenige auserwählt? Genau so ist es: sehr wenige.»

«Ich freue mich für dich. Wirklich, Martha.»

«Wie lange wirst du hier bleiben, Steve?»

«Nur heute Abend. Ich fahre mit dem Nachtzug zurück, im Schlafwagen.»

«Nicht in einem von Dans Flugzeugen?»

«Das letzte startet um vier, und ich kann nicht über Nacht bleiben. Ich habe morgen um zehn Uhr eine Verabredung in der Stadt. Ich dachte, wir könnten zusammen zu Abend essen.»

Es klingelte, und Martha öffnete. Es war Marty Spizer. Sie erwiderte seine Umarmung und seinen Kuß nicht. Er erblickte Stephan. «Ich habe dir von Steve Cassala erzählt», sagte Martha rasch. «Steve, das ist Marty Spizer.»

Stephan sah einen unfreundlich dreinblickenden, gutaussehenden, dunkelhaarigen Mann von Mitte dreißig, der ihn kalt musterte. Dann änderte sich Spizers Gesichtsausdruck, er grinste. «Natürlich. Die Bank of Sonoma. Nun, ich freue mich immer, wenn ich einen Bankmenschen sehe. Das liegt in der Art dieses Geschäfts. Ohne Finanzierung keine Filme.»

«Marty ist der Regisseur, von dem ich dir erzählt habe», sagte sie zu Stephan. «Er ist ein lieber, alter Freund», sagte sie zu Spizer. «Wir kennen einander von Kindesbeinen an.»

«Sandkastenliebe, was?» sagte Spizer großzügig.

«Nein, nur einfach gute Freunde.»

«Ich war eigentlich mit Marty zum Abendessen verabredet», sagte Martha. «Hättest du doch bloß angerufen!»

«Kein Wort mehr», sagte Spizer. «Ich führe euch beide zum Essen aus. Wie viele wahre Freunde haben wir auf dieser Welt? Und Sie wissen nicht», sagte er zu Stephan, «was für ein Glückspilz Sie sind. Ich meine, daß Sie dies Mädchen hier kennen. Sie wird eine zweite Joan Crawford, das können Sie mir glauben. Ich kenne mich aus. Sie hat Talent, und sie hat Stimme. Der Stummfilm ist tot, Steve. Seine Zeit ist vorbei. Jetzt leben wir im Zeitalter des Schauspielers, und eine Schauspielerin ist sie.»

Sie aßen bei *Lucy's*, mit der ausgedehnten Fläche des Paramount-Filmgeländes als Hintergrund. «Gutes Essen und gute Freunde, das zählt, nicht wahr, Steve?» sagte Spizer. «Darf ich Sie ins Bild setzen? Der Film ist schon eine gute Sache. Ich stimme Ihnen zu. Great Western ist nicht Metro und auch nicht die Paramount. Es ist nur ein kleines Studio, und bisher haben sie Pferdeopern gemacht – Western, um es klar heraus zu sagen. Aber der Tonfilm hat all das geändert. Einen Western kann man nicht im Tonfilm bringen. Also haben sie mit der Vergangenheit gebrochen und beginnen etwas Neues. Da kommen Martha und ich ins Bild. Nun weiß ich nicht, was zwischen Ihnen und diesem talentierten Fräulein hier vorgeht, und es geht mich auch nichts an. Vielleicht sind Sie in sie verliebt, vielleicht auch nicht. Jedenfalls liegt ihr Glück uns beiden am Herzen. Uns beiden geht es um ihre Zukunft, und sie ist auf dem Weg nach oben. Deshalb habe ich sie Jack Donaldson vorgestellt, der die Great Western leitet, und er ist beeindruckt, das können Sie mir glauben. Wir haben Probeaufnahmen vereinbart.»

«Was nicht unbedingt etwas zu bedeuten hat», unterbrach Martha, die merkte, worauf Spizer hinauswollte. «Sie könnten dabei zu dem Ergebnis kommen, daß ich nicht geeignet bin.»

«Nie! Ich würde eine Million Dollar auf den Erfolg dieser Probeaufnahmen verwetten, wenn ich sie hätte. So leicht käme ich nie wieder zu Geld. Nein, mein Freund», sagte er zu Stephan. «Ich habe in dieser Hinsicht überhaupt keine Zweifel. Wir haben den Star, und wir haben die Story. Lassen Sie mich Ihnen etwas über die Story erzählen.»

«Ich glaube nicht, daß Steve an der Story interessiert ist», sagte Martha. «Er ist nicht im Filmgeschäft, Marty.»

Marty Spizer warf ihr einen kalten Blick zu, und Stephan sagte: «Doch, ich bin interessiert. Ich bin an allem interessiert, was mit Martha zu tun hat.»

«In Ordnung. Es ist eine einfache, aber publikumswirksame Geschichte. Da ist ein Mädchen, eine Tänzerin. Sie singt auch. Kommt aus der Kleinstadt nach New York, um ihr Glück zu machen. Wie tausend andere junge Leute. Sie hat Talent, aber New York ist ein schwieriges Pflaster. Sie läuft sich die Schuhsohlen ab und erreicht doch nichts. Dann trifft sie einen Jungen, einen netten Burschen, der die Welt kennt. Er ist ein Gangster, steckt bis zum Hals in den Geschäften von Schnapskneipen, Alkoholschmuggel und was dazu gehört. Er besorgt ihr einen Job in seinem Club, einer Flüsterkneipe mit einem gewissen Niveau. Da singt und tanzt sie. Er ist leidenschaftlich in sie verliebt, wie es nur ein junger Mann sein kann. Sie weiß, was er ist. Natürlich möchte sie ihn aus der Sache heraushaben. Aber es gibt keinen Ausweg für ihn. Dann schnappt die Konkurrenz die Kleine, entführt sie. Unser Held verfolgt die Bande und stellt sie. Schießt aus beiden Rohren. Er wird verletzt, rettet sie aber und schickt ein halbes Dutzend seiner Gegner ins Jenseits. Sie pflegt ihn wieder gesund, und er setzt sich von der Bande ab. Da steckt alles drin: Liebe, Spannung, Schießerei, Schlägerei. Alles, und es ist etwas für den Tonfilm. Als ich sie Donaldson vorgetragen habe, ist er vor Freude an die Decke gesprungen – und als ich ihm sagte, Martha müsse die Hauptrolle spielen, stimmte er zu. Er stimmte zu! Natürlich will er vorher noch einen kleinen Streifen von ihr sehen. Aber nur, weil es in der Branche so üblich ist.»

«Es klingt sehr aufregend», gab Steve zu.

«Das ist es auch, glauben Sie mir. Und ich habe Chester Morris interessiert, das wird ein tolles Paar.»

«Von Morris hast du mir noch nichts gesagt», sagte Martha.

«Das hat sich erst heute so ergeben. Sie sehen, was wir in die Wege geleitet haben, Steve. Wir haben die Schauspieler, und wir haben ein großartiges Studio, die Story und einen Regisseur. Nur noch eine Kleinigkeit, und wir können anfangen.»

«Marty», sagte Martha mit einem Anflug von Flehen in der Stimme.

«Hör zu, Kind, Steve ist Geschäftsmann, Bankier. Ich will ihm nichts aufschwatzen. Ich erkläre ihm die Situation, und wenn er interessiert ist, ist er interessiert. Wenn nicht – dann nicht. Sehen Sie, Steve, als Stummfilme gedreht wurden, brauchte man ein Drehbuch mit zwei Szenen, stellte sich hinter die Kamera und kurbelte die Sache ab. Die Untertitel waren nicht so wichtig, weil man sie jederzeit ändern konnte. Heute ist das anders. Man produziert einen Film wie ein Bühnenstück, nur ist es schwieriger. Es muß ein Drehbuch da sein, und es muß gut sein. Dazu braucht man einen Autor. Das ist das eine, was uns fehlt: ein Autor, der aus meiner Story ein Stück machen kann. Aber wenn wir einen Autor haben, dann haben wir es geschafft: Drehbuch, Regisseur, Schauspieler. Wir können sogar zu Great Western sagen, sie können uns gestohlen bleiben und mit dem Film zu Metro oder Paramount gehen, denn dann stehen wir groß da.»

«Steve», sagte Martha, ohne Spizers Blicke zu beachten, «wir brauchen eine Menge Geld, wenn wir ein gutes Drehbuch haben wollen, aber das liegt nicht in deinem Geschäftsbereich. Ich will versuchen, daß ich den Mumm aufbringe, zu meinem Vater zu gehen. Ich werde es wohl auch noch tun.»

«Wieviel Geld?» fragte Stephan. «Darüber kann man doch ohne weiteres sprechen.»

«Zwanzigtausend», sagte Spizer schnell. «Es ist eine Investition, nennen wir es Vorschuß, Startkapital. Wenn das Studio den Film annimmt, wird das Geld zurückgezahlt. Wenn wir einen Vertrag mit der Great Western schließen, sind Tim und ich zu vielleicht fünfzig Prozent am Gewinn beteiligt. Ein Drittel davon geht an Sie. Und der Film kann eine Million Dollar einspielen – was bestimmt kein schlechtes Geschäft ist, wenn man zwanzigtausend investiert hat.»

«Das klingt nicht schlecht», gab Stephan zu. «Würde ein Film Martha zu einem Star machen? Ich meine, säße sie dann fest im Sattel?»

«Darauf können Sie Ihren letzten Cent verwetten.»

«Steve», sagte Martha, «ich hatte keinen Schimmer davon, daß wir hierüber sprechen würden. Ich möchte dir diese Last nicht aufbürden.»

«Vielleicht ist es gar keine solche Last», sagte Spizer.

«Nun, es sind noch eine Menge Fragen offen», sagte Stephan. «Ich möchte darüber nachdenken.»

«Fragen Sie nur zu, ich habe Antworten», sagte Spizer.

Im Juni des Jahres 1928 fuhr Dan auf persönliche Einladung von Al Smith nach Houston. Auf eigenen Wunsch kam er nicht als Delegierter zu der Tagung, die am 26. Juni beginnen sollte, und er verbrachte weniger als einen Tag in der Stadt; aber er sprach eine Stunde allein mit Smith. Dabei sagte der Gouverneur zu ihm: «Danny, mein Junge, das ist ein verfluchtes Glücksspiel, das wir da riskieren, und vielleicht ist die Zeit noch nicht reif für einen katholischen Präsidenten, obwohl ich schon glaube, daß es so weit ist. Ich bin der Ansicht, daß Sie und ich etwas haben, was dieses Land braucht. Wir sind eine andere Sorte als die kalten protestantischen Lumpen, die dieses Land in Besitz genommen haben. Nicht alle sind so, viele sind wie der junge Roosevelt, sie merken bereits, daß der Wind sich dreht. Wir können uns nicht einfach hinsetzen und zuschauen. O nein. Also, warum sind Sie nicht in der Politik?»

«Weil ich nichts davon verstehe. Meine Kenntnisse stammen von der Straße», erwiderte Dan. «Ich habe nicht einmal die Mittelschule abgeschlossen.»

Smith nickte und lächelte. «Ihre Kenntnisse reichen für alles, was Sie anpacken, mein Freund. Wenn ich gewinne, möchte ich Sie in Washington haben. Was halten Sie davon?»

«Was soll ich da tun?»

«Das werden wir später sehen. Ja oder nein?»

«Ich werde darüber nachdenken.»

«Einverstanden. Ich rede nicht nur so herum, Danny, und ich schmeichle Ihnen auch nicht, um Geld aus Ihnen herauszuholen. Wohin führt uns all das? Die Mellons und die Rockefellers können mich nicht leiden. Ich muß mich an Männer wie Sie halten.»

«Ich verstehe.»

«Ich bleibe mit Ihnen in Verbindung», sagte er.

Als Dan nach San Francisco zurückreiste, dachte er viel darüber nach. Er fühlte sich geschmeichelt und war erregt. Es war ein weiter Weg vom Fischerkai zum Weißen Haus. Sicher, er benutzt mich, sagte er zu sich, aber zum Teufel, jeder benutzt jemanden. Eigentümlicherweise ließ die Politik ihn kalt. Er war seit Monaten besessen von Fluglinien – Fluglinien, die das Land von einer Küste zur anderen überspannten. Es würde noch fünf Jahre dauern, sechs Jahre, zehn – das spielte keine Rolle. So sah die Zukunft aus, und nichts würde sie aufhalten. Er hatte mit der Küstenlinie die Nase vorn. Aber Fluglinien bedeuteten Konzessionen, und nicht nur er sah, was die Zukunft bringen würde. Der Kampf um die Lizenzen würde hart werden; und es konnte nicht schaden, wenn man Zugang zum Weißen Haus hatte. Ganz gleich, was er jetzt zahlte, es würde gut angelegtes Geld sein; und er hatte es. Zum erstenmal hatten sie so viel Geld, wie sie brauchten. Er gestand sich ein, daß Mark recht gehabt hatte, als er die Emission von Aktien verlangte. Er hatte Al Smith einen Scheck über fünfundzwanzigtausend Dollar dagelassen, und nun wappnete er sich gegen Marks Zorn.

Seltsamerweise pflichtete Mark ihm bei. Der Börsenticker in Dans Büro wirkte Wunder. Als er von Houston zurückkehrend in sein Büro kam, fand er Mark dort, der den Papierstreifen aus der Maschine liebevoll durch seine Hände laufen ließ.

«Nun, Danny, mein Junge, wo stehen wir deiner Meinung nach heute?»

«Oben. Ich weiß das.»

«Das ist nicht schwer zu raten. Die Aktien von Levy und Lavette wurden gestern bei Börsenschluß mit neununddreißigeinhalb notiert. Jetzt eben sind sie über vierzig geklettert.»

«Wir machen eine Menge Aktionäre reich.»

«Wir selbst sind reich. Ist dir klar, daß unsere eigenen Aktien zwanzig Millionen Dollar wert sind? Unsere Hälfte. Es ist verrückt, aber es ist so.»

«Ich habe Al Smith fünfundzwanzig Riesen gegeben, wirst du mir dafür den Kopf abreißen?»

«Ich schwör dir, Danny, wenn es etwas gibt, wovon du nie eine Ahnung hattest, so ist es Geld. Also, sag mir, warum.»

«Weil wir, wenn er es schafft, die freie Auswahl unter allen Konzessionen haben, die wir haben wollen.»

«Er wird es aber nicht schaffen.»

«Dann haben wir uns an einem Glücksspiel beteiligt. Du bist mir doch nicht böse?»

«Nicht, solange das Ding hier Geld ausspuckt. Wir können es uns leisten.» Er sah den Fernschreiber gedankenverloren an. «Weißt du, Danny», sagte er, «du warst immer der Spieler, und ich hab dich immer zurückgehalten; aber dieser Markt fasziniert mich. Es gibt einfach keine Grenze nach oben – und zu Recht. Das Land platzt aus allen Nähten. Ich halte Herbert Hoover nicht für eine Intelligenzbestie, aber wenn er sagt, daß in jedem Topf ein Huhn und zwei Autos in jeder Garage sein werden, hat er klare Vorstellungen. Wir haben nie selbst Aktien gekauft, und ich glaube, wir sollten das einmal versuchen. Man kann sich an diesem Markt mit einer Spanne von neunzig Prozent beteiligen, zehn Dollar auf hundert. Was meinst du?»

«Pleite bin ich gerade nicht. Also such ein paar aus, ich mach mit.»

Thomas Seldon starb im August desselben Jahres. Er war vierundsiebzig und hatte seit drei Jahren an Angina pectoris gelitten. An dem Morgen hatte er über starke Schmerzen in der Brust geklagt. Hemmings, der Butler, der selbst fast achtzig und nicht übermäßig gut zu Fuß war, ging nach unten, um den Arzt zu rufen. Als er ins Schlafzimmer zurückkehrte, war Seldon tot.

Jean war noch in Europa. Auf ihre Anweisungen hin war Wendy Jones am Ende des Schul-Halbjahres mit Barbara nach New York gereist, wo Thomas zu ihnen stieß, und dann hatten die drei sich auf der *President Jackson,* dem Schiff von L & L, das auf der Atlantikroute verkehrte, nach England eingeschifft. Von England aus bereisten sie zu viert – Jean, die zwei Kinder und Wendy Jones – Frankreich und mieteten für den August ein Landhaus bei Nizza. Dort erreichte Jean die Nachricht vom Tode ihres Vaters.

Dan war noch nicht im Büro, sondern noch in seinem Haus auf dem Russian Hill, als Hemmings ihn anrief; er fuhr sofort zum Hause Seldon. Er merkte, daß er selbst ziemlich verstört war. Seit dem Tode seiner eigenen Eltern hatte nichts Derartiges ihn so stark berührt. Im Lauf der Jahre waren er und Seldon sich immer näher gekommen; das ursprüngliche Mißtrauen des alten Mannes hatte sich in widerwillige und danach in offene Bewunderung verwandelt. Dan hatte, ohne es selbst zu wissen, Seldon als eine Art Vaterfigur akzeptiert, ein Gefühl, das durch das ungeheure Kreditkonto der Firma bei der Seldon Bank verstärkt wurde. Seldon war für ihn eine Art Mythos gewesen; das große Herrenhaus auf dem Nob Hill hatte als erstes im Mittelpunkt seiner Träume und Bestrebungen gestanden. Nun war es eine der letzten großen Prunkvillen, die noch standen – sie hielt ihn fest in einer Weise, die er nicht völlig verstand.

Es war Viertel nach neun, als Dan in Seldons Haus ankam. Doktor Lamont, der Hausarzt, teilte Dan mit, daß er Seldons Schwester, Mrs. Carter, die seit dem Tode seiner Frau bei ihm gewohnt und ihm den Haushalt geführt hatte, ein Beruhigungsmittel gegeben habe. Sie hatte sich ziemlich hysterisch aufgeführt, aber jetzt ruhte sie entspannt. Hemmings sagte zu Dan, daß er gern mit

Mrs. Lavette Verbindung aufgenommen hätte, aber keine Ahnung habe, wo sie sich befinde. Dan rief seine Sekretärin im Büro an und bat sie, Jean sofort ein Telegramm nach Südfrankreich zu schicken. Dann kam er auf den Gedanken, ein direktes Telefongespräch anzumelden. Es dauerte eine halbe Stunde, ehe das Gespräch durchkam, und dann sprach er mit Wendy Jones. Sie teilte ihm, soweit er das über die sehr schlechte Verbindung verstehen konnte, mit, daß seine Frau für drei Tage fort sei, auf der Yacht von Mr. Horn, wer auch immer das sein mochte.

«Gibt es keine Möglichkeit, sie zu erreichen?» fragte Dan.

«Nicht in den nächsten drei Tagen. Dann ist sie wieder hier.»

«Versuchen Sie es trotzdem. Sagen Sie ihr, daß Mr. Seldon friedlich gestorben ist. Ich werde alles Nötige veranlassen. Vielleicht können Sie sie über Funk erreichen. Wenn es dort einen Hafen gibt, muß es auch einen Hafenmeister geben. Sagen Sie ihm, was los ist.» Es fiel ihm ein, daß er nach dem Ergehen seiner Kinder fragen könnte, und er erfuhr, daß es ihnen gut ging. Er versuchte nicht, mit ihnen zu sprechen.

Inzwischen waren Reporter vom *Examiner* und vom *Chronicle* eingetroffen, und Dan sagte ihnen, was er wußte. Die Nachricht hatte sich schnell verbreitet, und es stand bereits eine kleine Schar Neugieriger vor dem Haus auf der Straße. Ein paar Minuten später betraten Martin Clancy, Vizepräsident der Bank, und Rustin Jones das Haus.

Sie gingen zu Mrs. Carter, um ihr zu kondolieren, und kehrten dann zu Dan zurück und fragten ihn, wie er alles regeln wolle.

«Die Schwierigkeit liegt darin, daß ich Jean nicht erreichen kann. Sie ist irgendwo im Mittelmeer auf einer Yacht und wird erst in drei Tagen wieder in Nizza sein.»

«Schrecklich, schrecklich», murmelte Clancy. «Armes Kind. Schrecklicher Verlust. Tom wird uns fehlen.»

«Die alten Getreuen verlassen uns», sagte Jones. «Schrecklicher Verlust – für uns alle.»

Father Templeton, ein alter Freund der Seldons, Priester an der Grace Episcopal Cathedral, die immer noch in Sichtweite des Seldonschen Hauses im Bau war, traf ein. Auch er sprach mit Mrs. Carter und fragte dann Dan, wo der Tote sei.

«Oben im Schlafzimmer. Doktor Lamont war da, ist aber wieder fort.»

Father Templeton schüttelte den Kopf. «Wirklich schade, daß ich nicht hier sein konnte. Aber Hemmings sagte mir, daß es sehr schnell gegangen sei. Ich werde in der Kirche für ihn beten lassen. Wo ist Jean?»

«Zur Zeit auf einer Yacht im Mittelmeer. Die Kinder sind im Haus in Nizza. Ich fürchte, wir erreichen Jean nicht während der nächsten drei Tage.»

«Schlimm! Wie lange würde es dauern, bis sie wieder hier sein kann?»

«Wenn sie am selben Tag ein Schiff bekommt – sieben Tage mit dem Schiff und dreieinhalb Tage mit dem Zug. Ein Schnelldampfer verkürzt diese Zeit um einen Tag; aber dann würde sie in Cherbourg oder vielleicht Southampton umsteigen müssen. Das einzige Schiff, das wir auf der Atlantik-Route haben, läuft gerade in New York ein. Um die Wahrheit zu sagen, Father – ich weiß nicht, was ich tun soll.»

«Und die anderen Verwandten?»

«Nur seine Schwester. Mrs. Seldons Angehörige – ich glaube, einige wohnen in Boston. Keine sehr enge Verwandtschaft. Ich werde veranlassen, daß mein Büro sich darum kümmert.»

«Tom war erst die zweite Generation hier. Nicht viel Zeit, eine Familie zu gründen, nicht? Was meinen Sie, was sollen wir tun, Mr. Lavette?»

«Ich weiß nicht. Ich gehöre nicht zur Episkopalkirche, Father. Was schlagen Sie vor?»

«Sie sind sicher, daß Jean und die Kinder nicht schneller als in zwei Wochen hier eintreffen könnten?»

«Wenn sie alle Anschlüsse bekommen. Sonst kann es fünfzehn oder sechzehn Tage dauern.»

«Zwar steht nirgendwo, daß es verboten sei zu warten; aber ich lehne derlei ab. Der Leib ist tot. Die Seele lebt; und wir halten nichts von einer Verherrlichung des Leibes. Wenn Sie mich fragen, zwei Wochen ist zu lang. Ich würde vorschlagen, daß Sie versuchen, die Bestattung heute in vier Tagen stattfinden zu lassen. Das gibt Ihnen Gelegenheit, mit Jean zu sprechen und ihr meinen Vorschlag zu erklären. Wenn sie und die Kinder wieder da sind, können wir einen Gedächtnisgottesdienst abhalten.»

Als jedoch Jean schließlich aus Nizza anrief, war Dan weder zu Hause noch in seinem Büro; und ohne zu warten reiste Jean mit den

Kindern und Miss Jones nach Cherbourg ab. Dort mußten sie einen Tag auf das Schiff warten, und als sie schließlich von Cherbourg aus mit Hemmings telefonierte, erfuhr sie, daß die Beisetzung bereits im Gange war. Sie wurde wütend und bestand darauf, daß ihr Vater erst bestattet werden dürfte, wenn sie zu Hause wäre; aber Hemmings, der schon verspätet zu den Feierlichkeiten kommen würde, konnte nichts tun. Es war eine eindrucksvolle Zeremonie. Hunderte der Honoratioren kamen, um einen der letzten Nabobs von Nob Hill zur ewigen Ruhe zu geleiten. Dan saß mit Anthony Cassala und Mark Levy zusammen, sie alle Paschas von eigenen Gnaden, Millionäre unter Millionären. Er dachte, was er selten tat, über die schreckliche Endgültigkeit des Todes nach, über den Weg, den der Mensch nackt und allein geht, wenn sein Fleisch bereits zu verwesen beginnt. Was unterschied Thomas Seldon von Dans eigenem Vater und seiner Mutter? Sein Leben war derselbe verlorene Hauch eines Traumes, wirbelnde Erinnerungsfetzen, die nur lose in den Köpfen anderer lebten; bald würden auch sie vergessen sein, und seine Prunkvilla würde den Weg der anderen großen Prunkvillen auf dem Nob Hill gehen, von einem Hotel oder einem Wohnturm abgelöst werden. Und bereits hier, während der Bestattungsfeierlichkeiten in der Krypta der Grace-Cathedral wanderten seine eigenen Gedanken davon. Er hörte Templetons preisenden Nachruf nicht, er machte sich in Wirklichkeit schon nichts mehr daraus, nachdem der erste Schreck vorüber war, er suchte sein eigenes Heil in Erinnerungen an May Ling. War es erst sechs Monate her, daß er sie gesehen und im Arm gehalten hatte? Warum hatte er nicht versucht, sie anzurufen, mit ihr zu sprechen? Hatte er sich entschieden? Konnte er den Rest seines Lebens ohne sie hinbringen, ohne sie zu kennen, ohne sie oder seinen Sohn wiederzusehen? Ein dunkler, schrecklicher Schmerz übermannte ihn, sein ganzes Wesen wurde zu Asche, er empfand einen so tiefen Kummer, daß er in Tränen ausgebrochen wäre, hätte er das vermocht; und doch war der Gegenstand seines Jammers nur er selbst. In seinem Inneren beweinte er seinen eigenen Tod, ohne daß er wußte, daß er starb.

Als Jean elf Tage später zurückkehrte, hatte sie ihre Trauer, so weit sie eine empfunden hatte, überwunden, und es blieb nur kalter, schrecklicher Zorn. Sie hatte Thomas bei Freunden im Osten gelassen. Sobald sie mit Dan allein war, sagte sie zu ihm: «Du Lump! Du hast meinen Vater ohne mich beerdigt. Was für eine billige, schmutzige Rache!»

«Was soll das?» sagte Dan. «Das ist das Letzte, woran ich je gedacht hätte. Wir haben ihn beerdigt, weil Father Templeton es für das beste hielt. Warum fragst du ihn nicht?»

Sie sprachen nie wieder über das Begräbnis. Am Tage nach Jeans Rückkehr fuhr Dan nach Chicago zu Al Smith. Er brachte über hunderttausend Dollar für den Wahlkampffonds mit. Er hatte beabsichtigt, nach Detroit weiterzufahren, aber ein Anruf von Sam Goldberg ließ ihn umkehren.

«Foster Thorndyke hat mich angerufen», sagte Goldberg. «Sie wollten das Testament morgen eröffnen; aber ich habe sie überredet, damit zu warten, bis du zurückkommst. Kannst du bis Sonnabend hier sein?»

«Ich komme», versprach Dan.

Thorndyke, ein untersetztes, kahlköpfiges Männchen, mit teilnahmsloser Stimme, einen goldgefaßten Zwicker auf seiner schmalen Nase, saß Dan, Jean und Virginia Carter im nüchternen Wohnzimmer des Seldon-Hauses gegenüber. Jean und Mrs. Carter waren in schwarz. Jean hatte ein schickes Kleid aus schwarzem Wollstoff, schwarze Strümpfe und schwarze Pumps an. Sie trug selten Schwarz, aber es stand ihr, und sogar bei dieser Gelegenheit merkte Dan, daß ihr Aussehen ihn nicht kalt ließ. Sie hatte abgenommen; ihre Wangen waren leicht eingefallen; doch ihre Züge blieben schön. Ihr Haar war unter einem kleinen, schwarzen Hut aufgetürmt, den sie aufbehielt. Seit ihrer Rückkehr aus Europa hatte sie, abgesehen von dem einen Ausbruch, kaum ein Wort mit Dan gesprochen. Mrs. Carter führte fortwährend ein Taschentuch an die Augen; sie hatte, da sie kein eigenes Geld besaß, Angst vor dem, was die Verlesung des Testaments ihr bringen würde.

Nachdem er sich geräuspert hatte, wies Thorndyke darauf hin, daß er als Seldons Rechtsanwalt das Testament nach Seldons Anweisungen selbst abgefaßt habe und seinen Inhalt kenne. «Es ist ein in jeder Hinsicht gerechtes und vernünftiges Testament», sagte er. «Mr. Seldon hegte niemandem gegenüber einen Groll. Er liebte seine Tochter Jean uneingeschränkt, mußte aber berücksichtigen, daß sie bereits sehr wohlhabend und mit einem wohlhabenden Mann verheiratet ist. Er hatte ein ausgeprägtes Familiengefühl, und auch das muß bedacht werden. Jetzt werde ich die Siegel lösen und das Testament verlesen.» Er öffnete die Urkunde und las: «Ich, Thomas Seldon, erkläre im Vollbesitz meiner geistigen Kräfte dies als meinen letzten Willen . . .»

Man hörte Mrs. Carter schluchzen.

«Ich hinterlasse meiner Köchin Fannie Jenson, die mir so lange und treu gedient hat, fünftausend Dollar. Meinem Hausmädchen Sadie Thornson vermache ich zweitausend Dollar. Albert Hemmings vermache ich zehntausend Dollar. Mein Haus, in dem ich so viele Jahre gelebt habe, hinterlasse ich mitsamt dem Grundstück der Grace-Cathedral, um den Bau dieses großartigen Bauwerks zu unterstützen. Die Gemeinde kann es behalten oder nach ihrem Gutdünken darüber verfügen. Alles Mobiliar sowie alle Gemälde und Kunstgegenstände, die es enthält, fallen meiner Tochter Jean zu. Meiner lieben Tochter Jean vermache ich außerdem den Schmuck und die Besitztümer ihrer Mutter, die mir verblieben sind. Meiner Schwester Virginia Carter hinterlasse ich meine Rolls-Royce-Limousine zu ihrem Gebrauch sowie zehntausend Aktien der American Telephone and Telegraph, die Foster Thorndyke als Treuhänder für sie verwalten soll. Die Dividendenerträge dieser Aktien sind ihr monatlich auszuzahlen. Weiterhin vermache ich ihr zehntausend Dollar in bar. Der verbleibende Teil meines Besitzes, dreihundertzweiundachtzigtausend Anteile am Aktienbesitz der Seldon Bank, was der Aktienmehrheit entspricht, hinterlasse ich meinen geliebten Enkeln Thomas Lavette und Barbara Lavette. Ihre Mutter, Jean Seldon Lavette, soll sie bis zum Jahre 1940 treuhänderisch verwalten, wonach sie zu gleichen Teilen unter ihnen aufzuteilen sind. Bis zu dem Zeitpunkt soll meine Tochter, Jean Seldon Lavette, als Treuhänderin für das Einkommen aus dem besagten Aktienbesitz eingesetzt sein und die Vollmacht haben, darüber so zu verfügen, wie sie es für richtig hält, wobei keinerlei Einschränkungen gelten sollen. Ich tue das nicht, weil ich mein Kind den Enkeln vorziehe, sondern um das Werk zu bewahren, das ich geschaffen habe, und um meine Familie zu erhalten.»

Danach folgte eine Reihe kleiner Schenkungen an mildtätige Einrichtungen. Mrs. Carter schluchzte nun offen. Jean sah Dan nicht an. Sie blickte geradeaus auf Thorndyke, ihr Gesicht war ruhig und ließ keine Gefühlsregung erkennen.

Am folgenden Tag, einem Sonntag, wurde in der Krypta der

Grace-Cathedral ein Gedächtnisgottesdienst für Thomas Seldon gehalten, bei dem Father Templeton seine großzügige Stiftung bekanntgab, und am Tage danach fand eine Aufsichtsratsversammlung in der Seldon Bank statt. Martin Clancy lud Jean zur Teilnahme ein. Sie erschien in einem einfachen aber eindrucksvollen schwarzleinenen Kostüm, das sie auf ihrer Rückreise aus Europa in New York gekauft hatte; und die Aufsichtsratsmitglieder, die sie sämtlich seit Jahren kannten, fragten sich, wieso sie noch nie zuvor bemerkt hatten, was für eine eindrucksvolle und achtunggebietende Frau sie war.

Alvin Sommers, der zweite Vizepräsident der Seldon Bank, inzwischen Mitte sechzig, sprach ihr mit vielen Schnörkeln das förmliche Beileid des Aufsichtsrats aus. Er hob die vielen Tugenden Thomas Seldons hervor, die Sorgfalt, mit der er die Bank gehegt und gepflegt hatte, die, einst ein kleines Provinzinstitut, jetzt eine der zwölf größten Banken in Amerika war, er sprach von seinem Gefühl bürgerlicher Verantwortlichkeit, seiner Liebe zur Familie. «Niemand weiß besser als Sie, liebe, gnädige Frau», sagte er zu Jean, «wie sehr wir Ihren Vater verehrt und geschätzt haben. Darum haben wir Sie heute hierher eingeladen – damit in diesem Sitzungssaal –» er hätte ebensogut Tempel sagen können – «in dem Ihr Vater so viele Stunden verbracht hat, wir, seine engsten Mitarbeiter, jeder für sich, unsere tiefe Anteilnahme ausdrücken können.»

«Hört, hört!» sagte Grant Whittier.

«Wie aufmerksam von Ihnen», sagte Jean. «Was für eine törichte Frau ich bin. Ich dachte, es hätte vielleicht etwas mit dem Testament meines Vaters zu tun.»

«Mit dem Testament Ihres Vaters?» fragte Clancy.

«Ich dachte, Sie hätten mit Mr. Thorndyke gesprochen. Das Testament wurde der Familie am Sonnabend verlesen, also erst vorgestern. Vielleicht hatten Sie noch keine Gelegenheit, mit Mr. Thorndyke darüber zu sprechen?»

«Natürlich haben wir es besprochen, Jean», sagte Whittier. «Und wir sind dankbar – sehr dankbar, daß Ihr Vater in seiner Weisheit Vorkehrungen getroffen hat, damit die Bank in der Familie bleibt.»

«Dann haben Sie sicherlich auch meine Stellung zu diesem Aufsichtsrat in Erwägung gezogen.»

«Aber selbstverständlich», erklärte Clancy.

«Und wie wird diese Stellung aussehen?» fragte Jean ruhig.

«Es wird eine durchaus enge Beziehung sein», sagte Clancy.

«Lassen Sie es mich etwas genauer sagen», fuhr Sommers fort. «Sie erhalten nicht nur vierteljährlich Berichte über die Lage der Bank, sondern wir werden auch dafür sorgen, daß Ihnen die Protokolle einer jeden Aufsichtsratssitzung zugeleitet werden. Natürlich heißt das nicht, daß Sie alle Berichte lesen oder sich selbst mit den Bankausweisen auseinandersetzen müssen. Unsere Bank wird sehr gut geführt, Mrs. Lavette, und ich glaube nicht, daß Sie über ihre Lage und ihren Fortschritt auch nur eine Minute Schlaf verlieren müssen.»

«Das heißt», sagte Clancy, «wir alle kennen Ihr Interesse an den Schönen Künsten und an Angelegenheiten des Öffentlichen Lebens. Wir begrüßen das, Mrs. Lavette, und wir haben nicht die Absicht, Sie mit den verwickelten Zusammenhängen dieser Einrichtung zu belasten.»

«Sie scheinen alle eine wichtige Tatsache zu übersehen», sagte Jean.

«Eine wichtige Tatsache?»

«Die Tatsache, daß ich während der nächsten zwölf Jahre die Treuhänderin der Aktienmehrheit dieser Bank bin. Ich habe diese Angelegenheit gründlich mit Mr. Thorndyke besprochen, meine Herren, und ich gebe mich keinen Illusionen hin. Ich übe das Stimmrecht für diesen Anteil aus, meine Herren. Um es genauer zu sagen: Während der nächsten zwölf Jahre gehört mir die Seldon Bank.»

«Ja, in gewisser Weise schon», stimmte Sommers zu. «Wir sind uns dessen durchaus bewußt.»

«Nicht in gewisser Weise», sagte Jean mit ruhiger, aber fester Stimme. «Im juristischen Sinne. Es gibt keine Einschränkungen. In den nächsten zwölf Jahren habe ich die Aufsicht über die Seldon Bank.»

«Aber das bestreitet doch niemand», sagte Whittier. «Meine liebe Jean, Sie denken doch nicht auch nur einen Augenblick lang, daß wir Ihre Stellung nicht respektieren?»

«Nun, es scheint da doch einen Widerspruch zu geben.»

«Wieso?»

«So wie ich es verstehe – und korrigieren Sie mich, wenn ich unrecht habe –, hat der Aufsichtsrat die höchste Gewalt in dieser Bank und die Verantwortung für alle Entscheidungen.»

«Ganz richtig.»

«Und die Mitglieder des Aufsichtsrats werden durch die stimmberechtigten Aktionäre gewählt. In diesem Falle ist das ein Euphemismus: Mein Vater hat diesen Aufsichtsrat ernannt.»

«Wollen Sie damit sagen, daß Sie mit uns nicht zufrieden sind?» fragte Clancy besorgt.

«Das nicht», erwiderte Jean. «Ich habe keinen Grund zur Unzufriedenheit.»

«Ich meine», sagte Sommers langsam, «daß Mrs. Lavette etwas Bestimmtes sagen will. Ich glaube, sie möchte unsere Stellung formell bestätigen. Ich sehe keinen Grund, warum sie das nicht tun sollte.»

«Nein», sagte Jean. «Nein, meine Herren. Als ich heute hierher kam, ging ich davon aus, daß Sie es als selbstverständlich ansehen würden, daß ich meinen Platz in diesem Aufsichtsrat einnehme.»

Es herrschte ein langes Schweigen. Dann sagte Clancy: «Aber, Mrs. Lavette, wir haben nie eine Frau im Aufsichtsrat gehabt. Wenn ich mich nicht sehr irre, hat es noch nie eine Frau im Aufsichtsrat irgendeiner führenden Bank in diesem Land gegeben.»

«Ich bin sicher, daß Sie recht haben.»

«Es würde», sagte Clancy unsicher, «irgendwie unpassend aussehen.»

«Seien Sie nicht albern, Mr. Clancy», sagte Jean, am Ende ihrer Geduld. «Mir ist es völlig piepe, was passend oder unpassend war oder ist. Wir leben im Jahre 1928. Frauen gibt es eben. Sie haben das Wahlrecht und gelten in den meisten Angelegenheiten als Angehörige des Menschengeschlechts. Ich beabsichtige nicht nur, im Aufsichtsrat zu sitzen, sondern ich werde auch den Vorsitz führen. Ich habe nichts an Ihrer Klugheit oder Ihrer Geschäftsführung auszusetzen. Ich habe großen Respekt vor der Art und Weise, wie die Geschäfte dieser Bank geführt worden sind. Aber es ist nun einmal so, daß ich während der nächsten zwölf Jahre die Mehrheit des Aktienbesitzes dieser Bank und das zugehörige Stimmrecht vertrete und beabsichtige, meine Angelegenheiten mit der nötigen Klugheit und Hingabe zu führen. Und Sie brauchen sich über meinen Aufwand an Zeit oder Energie keine Sorgen zu machen. Ich habe beides. Sie kennen also jetzt meinen Standpunkt, ich habe ihn so klar dargelegt, wie es mir möglich war. Sollte einer von Ihnen, meine Herren, ernsthafte Einwände gegen die Rolle haben, die ich mir zugedacht habe, würde ich sie gern jetzt sofort hören.» Sie hatte die Geduld nur einen Augenblick lang verloren, danach war ihre Stimme ganz ruhig und sachlich. Und als sie aufgehört hatte zu reden, sah sie einen nach dem anderen an.

Wieder herrschte lange Stille. Sie warteten auf Clancy, der schließlich sagte: «Sie befinden sich völlig im Recht, Mrs. Lavette. Ich glaube, ich spreche für alle Mitglieder des Aufsichtsrats, wenn ich sage, daß wir Ihnen allen Rat und jede Hilfe gewähren werden, die in unserer Macht stehen. Und um es für den Aufsichtsratsbericht festzuhalten, beantrage ich, daß der Vorsitz dieses Aufsichtsrats Mrs. Jean Seldon Lavette angetragen wird.»

«Ich befürworte den Antrag», sagte Grant Whittier mit kläglicher Stimme.

Zwei Wochen, nachdem er Martha in Los Angeles aufgesucht hatte, rief Stephan Cassala sie an und sagte, er werde am folgenden Tage in Los Angeles sein. Ob sie ihn treffen und mit ihm zu Abend essen könne? Zuerst versuchte sie, ihn davon abzubringen; aber als er nicht abließ, stimmte sie zu. Er war so leicht zu verletzen; und er gab ihr immer das Gefühl, daß es ihm unerträglich weh tun würde, wenn sie ihm einen Korb gab. Sie fragte sich, warum er ihr gegenüber so hilflos erschien. Er war doch nicht hilflos. Sie wußte von dem, was sie zu Hause gehört hatte, daß er die treibende Kraft in der Sonoma Bank war, daß sie durch seine Arbeit aus einer winzigen Bank, die hauptsächlich italienischen Fischern und Arbeitern diente, zu einer weitverzweigten Einrichtung geworden war. Trotzdem spürte sie, daß er das Gefühl hatte, sie könne ihn zerstören, und er bitte sie, es nicht zu tun. Sie fragte sich, warum er nicht merkte, daß die Männer, zu denen sie sich hingezogen fühlte, als Persönlichkeiten nahezu das Gegenstück zu ihm waren.

Er war ein ernster Mensch. Marthas Melancholie lag unter einem Frohsinn verborgen, den sie wie ein Lieblingskleid trug. Die *New York School of Acting* hatte zugemacht, und Martha war langen, endlosen Tagen der Langeweile und Untätigkeit ausgesetzt. Ihre Eltern hatten sie gebeten, den Sommer in Sausalito zu verbringen, doch hätte sie das Eingeständnis einer Niederlage darin gesehen, die Umgebung zu verlassen, die sie sich gewählt hatte. Da sie genug Geld hatte, um ohne Arbeit leben zu können, füllte sie die Zeit mit der Suche nach einer Rolle aus. Gegen Fehlschläge wappnete sie sich mit den Versprechungen Marty Spizers. Als Stephan sie in ihrer Wohnung abholte, bemerkte er die Veränderung, die in ihr vorgegangen war. Einzelne Anzeichen von Verzweiflung begannen sich zu zeigen.

Er kam sofort zur Sache. «Ehe wir essen», sagte er zu ihr. «Ehe wir reden oder irgend etwas tun, müssen wir eine kleine geschäftliche Angelegenheit erledigen.»

«Lieber Steve, was für eine geschäftliche Angelegenheit?»

Er holte einen Umschlag aus der Tasche, entfaltete einige Schriftstücke und übergab ihr einen Scheck über zwanzigtausend Dollar. Er war auf die Martin Spizer Productions ausgestellt. Sie blickte überrascht darauf, schüttelte dann den Kopf und protestierte energisch. «Nein, nein, das ist irrsinnig, Steve. Das ist absolut irrsinnig, und ich will es nicht. Weißt du, ich habe nicht einmal meinen Vater um dieses Geld gebeten. Marty ist immer hinter mir her und fordert mich auf, ich solle ihn darum bitten; aber ich kann es nicht. Und nun gibst du mir das. Du hast den Verstand verloren.»

«Bitte beruhige dich doch», sagte er zu ihr. «Beruhige dich und hör mir zu. Das ist kein Geschenk. Nicht, daß ich dir das Geld nicht schenken würde, wenn ich es könnte. Ich bin Bankier, und das ist ein ganz normales Darlehen. Ich habe alle Formulare hier.»

Sie protestierte wieder, und wieder unterbrach er sie. «Warum versuchst du nicht, es als etwas anzusehen, das mit dir nichts zu tun hat? Jemand wendet sich wegen eines Darlehens an mich, und ich gewähre es ihm.»

«Weil es nicht so ist. Es hat mit mir zu tun.»

«Meine liebste Martha, hör mir zu. Das ist juristisch alles vollkommen in Ordnung. Wir geben jeden Tag Darlehen. Dieses Darlehen wird dir helfen. Wenn das Darlehen sich als Verlustgeschäft erweist, werden wir es abschreiben, wie wir es mit anderen Verträgen im Zweifelsfalle auch tun.»

«Weiß dein Vater davon, Steve?»

«Mein Vater fragt mich nicht, was ich tue. Martha, es gibt alle möglichen Menschen. Du bist jemand, der nie glücklich sein wird, wenn er es nicht in dieser Branche schafft. Ich habe dich sehr gern. Ich verlange keine große Gegenleistung; ich bitte dich nur, daß du mir gestattest, dies Darlehen unter Dach und Fach zu bringen. Bitte ruf diesen Spizer an und sag ihm, er solle uns später treffen. Er braucht die Formulare nur zu unterschreiben, und ihr fangt an, euren Film zu drehen.»

«Ich verstehe dich nicht, Steve, ich schwöre es.»

«Sagen wir, daß ich mich selbst nicht sehr gut verstehe. Ich bin hier auf der Erde wie an einem sehr fremden, sinnlosen Ort und umgeben von Fremden. Du gehörst zu den wenigen, die für mich keine Fremden sind.»

«Ich liebe dich nicht, Steve. Das weißt du!»

«Ich weiß. Also reden wir nicht darüber, ob wir einander lieben oder nicht. Es gibt genug andere Dinge, über die man sprechen kann. Ich wohne im *Ambassador*, warum also essen wir nicht dort gemütlich zu Abend? Dann kannst du Spizer anrufen und ihm sagen, daß er später hinkommen soll. Sobald er die nötigen Unterschriften geleistet hat, kann es losgehen.»

«Steve, du bist ein Engel, wahrhaftig ein Engel.»

Martha erreichte Spizer in seinem Hotelzimmer, wo er gemeinsam mit Timothy Kelly eine Flasche Muskateller leerte, die sie praktisch mit ihren letzten neunzig Cent gekauft hatten. Spizer hörte sich an, was Martha zu sagen hatte, und versprach begeistert, sie abends um zehn Uhr im Ambassador zu treffen. Dann drehte er sich zu dem neugierigen Kelly um und grinste von einem Ohr zum anderen.

«Timmy, mein Junge, die Henne hat gelegt! Und nicht nur ein Ei, ein ganzes Nest voll. Die Brillanz, der Charme, die Geduld und die Ausdauer von meiner Mutter Sohn haben sich jetzt doch noch ausgezahlt. Heute abend um zehn Uhr sind wir im Besitz der unglaublichen, unmöglichen, unvorstellbaren Summe von zwanzigtausend Dollar.»

Sarah Levy führte das große, im spanischen Kolonialstil erbaute Haus in Sausalito immer noch ohne Dienstboten oder Haushaltshilfe. Von Zeit zu Zeit verlor Mark die Geduld und ließ sich lautstark darüber aus: «Bei den gegenwärtigen Marktpreisen», schimpfte er einmal, «ist mein Aktienanteil an der Gesellschaft mehr als elf Millionen Dollar wert. Und ich habe kein Verbrechen begangen, um Millionär zu werden. Ich habe im vorigen Jahr vierzigtausend Dollar für wohltätige Zwecke ausgegeben und fast ganz allein eine Synagoge in dieser Stadt gebaut. Es gibt nichts, dessen ich mich schämen müßte, und das mindeste, was ich verlangen könnte, ist ein Dienstbote, der meiner Frau hilft.»

«Und was soll ich dann tun?» fragte Sarah sanft.

«Dein Leben genießen.»

«Du meinst, die elf Millionen ausgeben? Mark, du hast es dir zur Lebensaufgabe gemacht, sie zusammenzukratzen. Du hast noch nie darüber nachgedacht, wie man sie ausgibt.»

«Sei nicht töricht. Im vergangenen Jahr waren wir zusammen in Europa. Ich schlage dir nichts ab.»

«Dann schlag mir auch nicht das Recht ab, das Haus zu putzen. Das ist meine Arbeit», sagte sie bitter.

Dan verbrachte immer mehr Zeit in dem Haus in Sausalito. Sarah blühte auf, wenn Dan da war. Sie kochte ihm etwas Besonderes, beschäftigte sich ausschließlich mit ihm, verwöhnte ihn und hielt ihm Moralpredigten. Sie war nur neun Jahre älter als Dan, und ebenso wie für Martha, ihre Tochter, war Dan immer der strahlende, prahlende, romantische Held gewesen. Sie trat ihm als Mutter gegenüber, aber auch, irgendwo tief im Inneren verborgen, auch wenn sie es sich nie eingestand, als anbetende Liebende. Obwohl er noch nicht fünfzig war, war Mark alt geworden. Er war kahlköpfig, er hatte zugenommen und einen Bauch entwickelt. Dan war mit seinen vierzig Jahren noch aufrecht und jugendlich. Die Zeit hatte diese drei Menschen aneinander gebunden; und die Umstände hatten die Verbindung gefestigt. Wenn Dan nach Sausalito kam, schien Sarah ihre Jahre abzuschütteln. Noch immer war sie schlank und jugendlich, und wenn sie lachte, sah Dan dasselbe blauäugige Mädchen, das Mark vor so langer Zeit geheiratet hatte.

Das einzige, was Sarah nie verstehen konnte, war die Beziehung zwischen Dan und Jean. Zu Beginn des Herbstes war Barbara nach Boston auf die Schule geschickt worden, und Wendy Jones war mit einer Sonderzuwendung und ihrem Ersparten nach England zurückgekehrt. Doch Dan und Jean lebten weiterhin jeder sein eigenes Leben in getrennten Schlafzimmern im Haus auf dem Russian Hill. Ihr Tagesablauf war unterschiedlich, und niemand erwartete mehr von Dan, daß er mitkam, wenn Jean zu einem Abendessen geladen wurde. Wenn einer von ihnen die Nacht außer Haus verbrachte, gab es weder Fragen noch Vorwürfe; und eines Abends, als Dan mit Mark und Sarah in der großen, nach spanischer Art gekachelten

Küche in Sausalito saß, sagte Sarah zu ihm: «Warum? Warum, Danny? Wie kannst du nur so leben?»

«Weil nicht alles auf einmal geschieht. Es geht langsam, Jahr um Jahr. Die Wahrheit ist, daß ich mir wohl wirklich nichts daraus mache. Sie hat ihr Leben, ich habe meins.»

«In Wirklichkeit hast du kein Leben», sagte Sarah.

«Sarah, laß uns nicht wieder damit anfangen. Es ist Dans Leben.»

«Verdammt, Mark», sagte Dan, «Sarah kann mich alles fragen, was sie will. Aber die Antworten geben keinen Sinn. Manche Sachen kann ich nicht einmal mir selbst erklären, warum also sollte man darüber sprechen? Jean und ich führen ein, wie sie es nennt, zivilisiertes oder kultiviertes Leben. Ich bin zivilisiert, sie ist zivilisiert, die Kinder sind zivilisiert. Es ist ein strapazierfähiger Ausdruck. Sie stört mich nicht. Unsere gegenseitige Abneigung ist sehr erträglich geworden. Außerdem hat sie sich Hals über Kopf in die Bankiersarbeit gestürzt. So komisch es klingt, sie leitet die Bank tatsächlich.»

«Auch das macht mir Sorgen», sagte Sarah. «Mir kommt es so vor, als ob sie euch jetzt tatsächlich besitzt. Du und Mark, ihr schuldet ihrer Bank sechzehn Millionen Dollar . . .»

«Nicht wirklich», sagte Mark. «Das Darlehen lautet auf das Unternehmen; und wenn die Seldon Bank es kündigt, könnten wir es an einem Dutzend anderer Stellen wieder bekommen. Wir sind da ganz unbesorgt. Wir stehen gut da. Wir stehen sogar noch besser da, wenn Dans Zukunftstraum über Al Smith wahr wird.»

Aber er wurde nicht wahr. In der Wahlnacht, am Abend des 6. November 1928, saßen Mark, Sarah und Dan im Wohnzimmer der Levys und hörten im Radio, wie die Ergebnisse einliefen, hörten, wie Herbert Hoover die Wahl gewann. Es war eine Art Erdrutsch. Amerikas ablehnende Haltung gegenüber Al Smith, einem New Yorker Katholiken von der Straße, war überwältigend und vollständig. Es wurden mehr als einundzwanzig Millionen Stimmen für Herbert Hoover und nur fünfzehn Millionen für Al Smith abgegeben. Hoover bekam vierhundertvierundvierzig Wahlmännerstimmen, Smith nur siebenundachtzig: vierzig von achtundvierzig Staaten hatten für Herbert Hoover gestimmt.

Um Mitternacht gab es keinen Zweifel mehr an den Ergebnissen der Wahl, und Dan hielt seine eigene kleine politische Grabrede: «Mal gewinnt man, und mal verliert man. Nicht sehr originell, aber es paßt.»

«Was hat es uns gekostet?» fragte Mark.

Dan schaute zu Sarah hinüber, die zusammengerollt in einem Sessel schlief, und sagte leise: «So an die hunderttausend.»

«Pech.»

«Ja, das finde ich auch. Aber ich mag diesen kleinen Stinker. Er hat Mut. Ich habe einmal zu ihm gesagt, daß ich meine Bildung auf Fischerbooten erhalten hätte, und was sagt er zu mir? Er hätte seine bekommen, als er auf dem Fischmarkt in New York Fische verpackte. Drüben im Osten Jude oder Katholik zu sein, Mark, ist nicht wie bei uns. Weißt du, was ich morgen tun möchte, Mark?»

«Schlafen?»

«Teufel, nein. Ich miete unten an der Pier ein Boot, und wir fahren zum Fischen.»

«Fischen? Bist du verrückt?»

Am nächsten Morgen hämmerte Dan um sieben Uhr an die Tür von Marks und Sarahs Schlafzimmer. «Fischen!» schrie er. «Levy, du fauler Sack, steh auf!»

Dan fand ein Katboot, das ihm gefiel. Auf der Bucht wehte eine frische Brise. Sie segelten stundenlang, fingen nichts und kehrten sonnenverbrannt und zum erstenmal seit Monaten entspannt nach Hause zurück.

«Die Kinder werden Weihnachten zu Hause sein», sagte Jean zu Dan. «Als Familie stellen wir nicht viel dar, aber da mein Vater nicht mehr lebt, sollten wir vielleicht ein zivilisiertes Weihnachtsfest in der Familie feiern.»

«Und wie sollen wir das anstellen?» fragte Dan sie. «Ich wette, daß jeder, der uns kennt, sich das fragt. Wie machen es wohl die Lavettes? – Sollen wir Innigkeit heucheln? Soll ich tagelang Geschenke für Kinder kaufen, denen ich stinke?»

«Dan, du stinkst ihnen nicht, wie du es ausdrückst.»

«Du hättest mich früher fragen sollen. Ich muß nach New York. Wir stellen um, wir haben Schwierigkeiten mit den Arbeitern, und wir haben über unsere Lieferfähigkeit hinaus verkauft. Es ist ungefähr alles passiert, was passieren kann.»

«Das trifft sich gut.»

«Vermutlich.» Er holte tief Luft und sagte: «Jean, wie lange kann das so weitergehen?»

«Solange ich es wünsche. Du bist dein eigener Herr und hast

keinen Grund zur Klage. Du bist frei, und ich bin frei; und da wir unsere Angelegenheiten verhältnismäßig diskret betreiben, sehe ich keinen Grund, warum einer von uns sich beschweren könnte.»

Er ließ es dabei bewenden und machte sich nicht die Mühe zu sagen, daß er keine Affären habe, die Diskretion verlangten. Wenn er eine Frau wollte, tat er das, was eine ganze Reihe seiner Geschäftsfreunde tat. Er rief einen Mann namens Earnie an, und für fünfzig Dollar erschien eine gutaussehende junge Frau in einem näher bezeichneten Hotelzimmer, zog sich aus und gab ihm das an Sex, was er verlangte. Er machte das selten, und auch nur, um sich selbst zu beweisen, daß er noch lebte. Er tat es ohne Freude und ohne irgendein nachwirkendes Gefühl des Vergnügens.

Tatsächlich hatte er Pläne gemacht, Weihnachten zu entfliehen. Anthony Cassala hatte ihn nach San Mateo eingeladen, und Mark wollte, daß er mit ihm und Sarah und Martha, die von Los Angeles kommen würde, Weihnachten bei Jake und Clair in Higate verbrachte. Zum erstenmal seit Monaten würde die ganze Familie Levy zusammensein – und es wäre Dans erster Besuch in Higate. Seit Jahren hatte er schon Marks Berichte von Jakes und Clairs Kampf gehört, das Anwesen aus den roten Zahlen zu bringen, von ihrem Vertrag mit Rabbi Blum, ihrer folgenden Eroberung der Synagogen der reformierten und der orthodoxen Juden und, durch Vermittlung von Anthony Cassala, ihrem Eindringen in die Meßwein-Einkäufe der katholischen Kirche. Aber er mußte mit seiner Einsamkeit allein sein. Es gab nur einen Ort, an dem er gern wäre; und May Ling hatte ihm die Tür mit einer Festigkeit verschlossen, die er nicht für möglich gehalten hatte.

Dan nahm den Zug nach Chicago und von dort ein Flugzeug nach New York. Das ohrenbetäubende Gebrüll der schwerbeladenen Ford Trimotor gab ihm ein Gefühl tiefster Zufriedenheit und Entspannung, als wäre dies seine Umgebung. Er aß am Weihnachtsabend allein im Hotel *Plaza*, blickte auf den schneebedeckten Central Park hinaus und empfand eine Art von kindlichem und verrücktem Vergnügen an seinem Zustand, das dadurch verstärkt wurde, daß er sich fast fünftausend Kilometer von denen entfernt befand, die irgend etwas für ihn empfanden – ob es nun Haß oder Liebe war.

Higate kam Martha wie ein Traum vor, und der Weinberg an den oberen Hängen des Napatals war für sie eine Kulisse aus einer anderen Welt. Hatte sie so schnell vergessen, daß Menschen so lebten? Jake und Clair hatten ein mexikanisches Ehepaar eingestellt, Juan und Maria Gonzales, die ihnen bei der Arbeit helfen sollten. Sie hatten Aufträge über dreitausend Gallonen Altarwein und planten, im kommenden Frühjahr auf fünfzig Morgen Land eigene Reben zu pflanzen. In ihrem Wohnzimmer stand ein riesiger Tannenbaum mit Bergen von Geschenken darunter, und in der großen alten Küche saßen sie alle an einem langen Holztisch, den Jake selbst gezimmert hatte, und aßen einen Puter, den er und Clair großgefüttert und geschlachtet hatten. Ihre Kinder saßen am Tisch: der siebenjährige Adam, der fünfjährige Joshua und die dreijährige Sally, braungebrannt, sommersprossig und gesund. Die Jungen waren beide rothaarig; Sally sah wie eine Miniaturausgabe von Sarah aus, hatte große, blaßblaue Augen und glattes, maisgelbes Haar. Mark betrachtete sie staunend: konnte all das innerhalb eines halben Jahrhunderts geschehen sein? Für Sarah, die ihre Kindheit im alten Rußland verbracht hatte, war die Kluft noch größer. Sie fühlte sich nicht wohl inmitten dieser Ansammlung von Dingen, die zu einem christlichen Weihnachtsfest gehören. Dabei hatten sie und Mark viel Mühe darauf verwandt, ein ganzes Auto voller Geschenke mitzubringen. Hatten sie überhaupt noch eine Religion? fragte sie sich. Und wie lebten sie hier an diesem schönen und einsamen Ort? Alles auf dem Tisch, der sich unter der Last von guten Dingen bog, hatten sie selbst gezogen oder gemacht. Selbst in ihrem Äußeren waren sie anders: Jake in Blue Jeans und blauem Arbeitshemd, mit kräftigen Muskeln und einem von der Sonne tief gebräunten Gesicht, und Clair, groß, schlank und kräftig, ihr rotes Haar in seiner natürlichen Länge und ohne Rücksicht auf die Mode auf dem Hinterkopf zusammengebunden, ohne Make-up, völlig gleichgültig gegenüber all den Dingen, die in San Francisco oder anderswo das Leben ausmachten, sie lachte und war offensichtlich so glücklich, wie man nur sein konnte. Waren das ihre Kinder und ihre Enkel?

Martha war still, in sich gekehrt. Sie war sich ihrer sorgfältig lackierten Nägel, ihres Make-ups, ihres akkurat geschnittenen Haars bewußt. Für die anderen war sie ein Teil der wunderbar unwirklichen und faszinierenden Welt von Hollywood, die irgendwo weit im Süden lag. Sie stellten unentwegt Fragen, die ihre Nervosität steigerten und dazu beitrugen, daß sie sich immer unbehaglicher fühlte. Die *New York School of Acting* hatte ihre Pforten für immer geschlossen. Spizer und Kelly produzierten einen Film im Great Western Studio. Sie sollte die Hauptrolle darin übernehmen. Beklommen erzählte sie ihnen die Handlung des Films. Das Drehbuch wurde gerade geschrieben. Aber was tat sie sonst? Wie brachte sie ihre Tage zu? Sie nahm Unterricht bei einem Stimmbildner namens Victor Stransky. In Hollywood gab es eine Menge zu tun. Sie hatte Freunde. Es war ganz und gar nicht so, wie sie es sich vorstellten; es war ein ernsthafter Ort, wo die Leute schwer arbeiteten und ihren Beruf ernst nahmen.

Sie hätte liebend gern einen Drink gehabt; aber es wurde kein Alkohol angeboten. Sie atmete erleichtert auf, als Jake zum Abendessen einen großen Krug Weißwein brachte. Das Gespräch wandte sich dem Wein und seiner Herstellung zu.

«Das», sagte Jake mit Nachdruck, «ist kein Altarwein. Das ist richtiger Wein, eine Art von Chablis, aber ganz trocken und, wie wir finden, gut. Wir haben fünfzig Gallonen davon hergestellt, und da wir ihn für uns gemacht haben – und für euch, natürlich – ist es eine Art von schwarzem Alkohol. Aber solange wir ihn nicht verkaufen, kommen wir deswegen nicht in Schwierigkeiten.»

«Wir hatten nämlich fachmännische Beratung», fügte Clair hinzu. «Es gibt da einen freundlichen Herrn, Professor Simon Masseo, der in Berkeley Chemie lehrt und uns rührend geholfen hat, als wir unseren ersten Wein machten. Er hat uns so ziemlich alles beigebracht, was wir wissen. Diesen Wein haben wir gemacht, um ihm zu danken. Ich meine, das war ein Grund dafür. Er staunte vielleicht, als er ihn probierte! Jake und ich hatten richtig das Gefühl, wir hätten ein schwieriges College-Examen bestanden. Wir haben dem Professor zwanzig Gallonen geschenkt, und daß er sie tatsächlich annahm, war das höchste Lob, das er vergeben konnte.»

Die Gläser wurden gefüllt und ein Trinkspruch ausgebracht. Mark und Sarah lobten den Wein. Martha leerte ihr Glas mit einem Zug, und Jake füllte es wieder.

«Es ist nicht so, daß wir Rabbi Blum nicht dankbar sind», sagte Clair. «Übrigens wollen die Katholiken denselben schrecklich süßen Wein haben, auf dem er besteht. Aber wenn diese verrückte Prohibition erst einmal vorüber ist, ist das hier der Wein, den wir hoffentlich herstellen und verkaufen werden. Einen trockenen Weißwein und den wundervollen roten Zinfandel. Armer Fortas.

Die Bundespolizei hat bei ihm eine Haussuchung gemacht, und jetzt muß er sechs Monate sitzen.»

Dann mußte Jake erzählen, wer Fortas war und warum er im Gefängnis saß. Martha füllte ihr Glas erneut. Das Essen ging weiter. Mark begann einen Vortrag über Luftfahrt zu halten. Er hatte endlich den Mut gefunden, in einer Ford Trimotor nach Los Angeles und zurück zu fliegen, und er gab eine lebendige Beschreibung davon, wie es war. Adam bat darum, im Flugzeug fliegen zu dürfen. Sarah lobte Clairs Kochkunst; aber Clair konnte in Sarahs Augen ohnehin nichts falsch machen. Martha trank unauffällig Wein, und nur Clair bemerkte wohl, daß sie ihr Glas ein halbes Dutzend Mal gefüllt hatte.

Nach dem Abendessen gingen Clair und Martha, beide im Pullover wegen der Abendkühle, im frühen Dämmerlicht auf den Hügel hinter dem Haus. Clair blieb bei einem großen Eukalyptusbaum stehen.

«Wenn es da unten wie im Irrenhaus zugeht, braucht man einen Ort, an dem man allein sein kann. Das ist meiner. Laß uns hier eine Zeitlang sitzen und so tun, als wären wir noch Kinder in Sausalito.»

«Ich bin kein Kind mehr», sagte Martha wehmütig. «Ich bin auch nicht erwachsen. Lieber Gott, ich weiß nicht, was ich bin.»

«War es schwer, Liebes?»

«Nicht schwer – nur sinnlos. Die Tage haben fünfzig Stunden. Pop gibt mir soviel Geld, wie ich brauche. Vielleicht wäre es besser, wenn er es nicht täte; dann würde ich mich abrackern müssen, um am Leben zu bleiben, wie all die anderen jungen Mädchen dort. Wenn alles andere fehlschlägt, fallen sie mit irgendeinem Kerl ins Bett, der ihnen fünf Dollar dafür gibt oder ihnen vielleicht ein Abendessen spendiert; und dann sagen sie sich, daß sie keine professionellen Nutten sind, sondern junge Mädchen, die versuchen, am Leben zu bleiben. Ich habe bisher keine einzige Rolle gehabt, Clair. Man hat Probeaufnahmen gedreht . . .»

«Nun, das ist doch etwas, oder? Ich meine, nach dem, was ich gelesen habe, bedeutet das doch etwas.»

«Vielleicht. Wer weiß. Vielleicht drehen sie den Film sogar. Aber, mein Gott, ich bin so einsam und deprimiert! Dann kaufe ich mir eine Flasche Gin auf dem schwarzen Markt, setze mich auf mein Zimmer und trinke; und es scheint auch zu helfen. Ich glaube nicht, daß ich Alkoholikerin werde; aber manchmal bekomme ich einen riesigen Schrecken, daß ich es doch bin, wie heute. Ich habe gestern nichts getrunken, und heute, als Jake den Wein brachte, wurde ich ganz gierig danach.»

«Willst du nicht aufgeben?» fragte Clair sanft.

«Nein, ich kann es nicht.»

«Auch nicht für ein paar Wochen? Bleib bei uns. Wir beide, Jake und ich, werden dich nicht stören. Liebes, wir mögen dich.»

«Ich weiß, aber ich kann nicht. Ich muß das durchstehen. Ich kann es nicht mal erklären, Clair. Ich habe mit den anderen Mädchen darüber gesprochen. Kein Schauspieler kann erklären, was es bedeutet. Es ist wie eine Droge. Man fängt damit an, und dann dreht sich die ganze Welt darum, ob man es schafft oder nicht; und wenn man es nicht schafft, könnte man ebensogut tot sein.»

«Nein!» rief Clair aus. «Das darfst du nicht sagen.»

Jean hatte das Büro ihres Vaters im Seldon Building in der Montgomery Street übernommen und die alten, dunklen Eichenmöbel mit den Herrenzimmer-Ledersesseln durch helle Birkenholzmöbel und chintzbezogene Polsterstühle ersetzen lassen. Der düstere Orientteppich ging an ein Versteigerungshaus, und an seine Stelle legte Jean einen in Blaßblau, Gold und Elfenbein gehaltenen Aubusson und hängte dazu passende Vorhänge auf. Clancy, der ihre Entscheidung, die Bank zu übernehmen, mutig und in ziemlich starken Worten kritisiert und darauf hingewiesen hatte, daß die Nachricht, eine Frau hätte die Präsidentschaft über die Bank übernommen, ein Unglück bedeuten könnte, wurde durch diese Änderungen an der Einrichtung zutiefst beunruhigt; aber er ertrug sie schweigend. Der *Chronicle*, der sich heraushielt und weder Zustimmung noch Mißbilligung ausdrückte, brachte einen Artikel über die erste Präsidentin einer Bank in den Vereinigten Staaten. Das Bankgeschäft erfuhr keinen Rückgang – ganz im Gegenteil: von der Zeitströmung getragen nahm es an Umfang weiterhin zu.

Eines Nachmittags, als Jean in ihrem Büro saß, teilte ihre Sekretärin ihr mit, eine Mrs. Alan Brocker sei im Vorzimmer und wünsche sie zu sprechen.

«Sagten Sie Mrs.?»

«Ja.»

«Eine Frau?»

«Das kann man wohl sagen.»

«Schicken Sie sie herein», sagte Jean. «Sie soll gleich hereinkommen.»

Die Sekretärin ging, kehrte zurück und ließ eine hochgewachsene, hübsche, dunkeläugige Frau ein, die ins Zimmer schwebte und rief: «Meine Liebe, Sie haben mich doch nicht vergessen? Ich bin Manya.»

Jean erhob sich und starrte Manya Vladavich an, die sie mindestens zehn Jahre nicht gesehen hatte. Sie kam um den Tisch herum, und Manya umarmte sie und hüllte sie in eine Wolke aus Seide, Busen und Parfüm.

«Sie sind schöner denn je», erklärte Manya, als Jean sich befreit hatte. «Sie sind eine Hexe. Oder Sie haben Ihre Seele dem Teufel verschrieben.»

«Das letztere ist wahrscheinlicher. Sie können sich nicht beklagen, Manya, Sie sehen ganz und gar atemberaubend aus. Was ist das mit Mrs. Alan Brocker?»

«Wie Sie sehen, meine Liebe. Ich. Ich habe mehr Geld geheiratet, als in der Bank von England liegt. Wir haben ein fantastisches Haus an der Bucht gekauft; und morgen geben wir eine große Gesellschaft . . .»

«Manya, warten Sie! Soll das heißen, daß Sie tatsächlich mit Alan Brocker verheiratet sind?»

«Aber natürlich.»

«Das ist doch nicht zu fassen», sagte Jean und schüttelte lächelnd den Kopf. «Sie und Brocker. Wie haben Sie das geschafft?»

«Meine Liebe, es würde Tage dauern, wenn ich Ihnen die ganze Geschichte erzählen wollte. Ich war in Paris, als ich ihn traf. Er war einsam, sehr unglücklich. Was glauben Sie, Jean, wie alt ist er?»

«Wissen Sie das nicht?»

«Er sagt vierundvierzig. Er sieht älter aus.»

«Er hat Ihnen die Wahrheit gesagt – oder doch so ziemlich.»

«Meine Liebe, wir waren fünf Tage in Paris. Er war so unglücklich. Ich habe ihn dazu gebracht, mit mir nach Wien zu fahren. Wissen Sie, was Psychoanalyse ist?»

«Das, was dieser Doktor Freud treibt?»

«Genau. Wir waren bei Doktor Freud. Er war jeden Tag dort. Jeden Tag war ich wie eine Mutter zu ihm. Na ja, nicht ganz. Nach sieben Wochen reisten wir nach Venedig. Für drei Wochen. Dann fuhren wir nach London. Dort haben wir geheiratet. Danach sind wir hierher gekommen. So einfach ist das.»

«Ich glaube es nicht. Was hat dieser Doktor Freud mit ihm gemacht?»

«Na ja. Wir werden darüber sprechen müssen. Alans Mutter – wie war sie, meine Liebe?»

«Ein Rabenaas, wenn ich mich recht erinnere.»

«So? Was für eine Rolle spielt das schon . . . Sie sind Präsidentin der Bank? Unglaublich. Sind Sie immer noch verheiratet? Natürlich – mit dem Fischer.»

Als sie ging, ließ Jean sich an ihrem Schreibtisch nieder, schloß ihre Augen ein paar Minuten und brach dann in Gelächter aus. Alan Brocker und Manya Vladavich! Die Welt war verrückt, sinnlos! Wie hatte Shakespeare gesagt? «Ein Stück ist es, geschrieben von einem Blöden?» Nein – sie konnte sich nicht daran erinnern. Sie beschwor in ihren Gedanken die Vorstellung, wie es wäre, mit Alan Brocker verheiratet zu sein; und sie fragte sich, warum der bloße Gedanke daran sie schon so erschreckte. War sie nicht selbst mit einem riesigen, randalierenden Wilden verheiratet, der seit Jahren nicht mit ihr geschlafen hatte? Und jetzt saß sie hier und spielte ein neues Spiel: Präsidentin der Seldon Bank zu sein.

Sie legte den Kopf auf die Arme und weinte.

Als Martha in der zweiten Januarwoche 1929 in ihre Wohnung in Los Angeles zurückkehrte, versuchte sie Marty Spizer anzurufen. Die Vermittlung teilte ihr mit, der Anschluß sei gelöscht. Zuerst war sie nicht übermäßig beunruhigt, sie nahm an, Spizer sei umgezogen. Da sie nicht in Hollywood gewesen war, bestand immerhin die Möglichkeit, daß er versucht hatte, sie anzurufen und sie nicht erreicht hatte; und sie hatte ihm nichts von Higate gesagt. Es konnte ebenso sein, daß er versucht hatte, sie in Sausalito zu erreichen, und dort ebenfalls kein Glück gehabt hatte. Sie war sicher, daß er sich melden würde, und verbrachte die nächsten Tage in ihrer Wohnung, trank Gin mit Soda und wartete darauf, daß das Telefon läutete.

Schließlich ging sie zu seiner Wohnung in einem heruntergekommenen zweistöckigen Bau in La Brea. Die Hauswirtin, eine knochige, schlampige Frau, sagte ihr rundheraus, daß «der lausige Angeber und Lump» sich am ersten Tag des Neuen Jahres davongemacht hätte und ihr noch die Miete für fünf Wochen schuldete.

«Ohne Nachsendeanschrift?» fragte Martha unsicher.

«Herzchen, wenn dieser kleine Schuft mir eine Nachsendeanschrift hinterlassen hätte, würde ich ihn vor Gericht bringen. Nein, Mädchen, der ist auf und davon.»

Martha war nicht ganz nüchtern und auch nicht ganz sicher, daß sie die Hauswirtin richtig verstanden hatte. Es gelang ihr, nach Hause zu fahren, und dann wurde ihr das ganze Ausmaß dessen klar, was sie entdeckt hatte. Noch immer versuchte sie sich mit Argumenten zu überzeugen. Sie hatte gewußt, daß Spizers Mittel äußerst knapp waren, seit er die Schule geschlossen hatte. Mehrere Male hatte sie ihm Geld geliehen, einmal zwanzig Dollar, ein anderes Mal fünfzig. Die zwanzigtausend Dollar, so hatte er ihr versichert, brauchten sie ausschließlich für den Autor des Drehbuchs. Sie blieb dabei, ihr Elend mit Erklärungen zu lindern. Er würde anrufen, er würde kommen, und es wäre wirklich schlimm, wenn er mit guten Nachrichten bepackt käme und sie betrunken vorfände.

Sie goß jeden Tropfen Gin, den sie im Hause hatte, in die Toilette und rührte während der nächsten zwei Tage keinen Tropfen an. Als sie am Morgen nach ihrer Abkehr vom Alkohol aufwachte, war sie ungeheuer hungrig. Sie kleidete sich sorgfältig an, legte Make-up auf, ging hinüber zum Hollywood Boulevard und aß ein gigantisches Frühstück im Restaurant *Musso and Frank.* Dann ging sie zurück, holte ihr Auto heraus, fuhr in die Innenstadt und verbrachte den Rest des Tages damit, von Geschäft zu Geschäft zu gehen und einzukaufen. Sie kehrte mit einer Tasche voller Kleidungsstücke zurück: zwei Pullovern, einer Bluse, einigen Tüchern und einigen Paar Strümpfen – Dinge, von denen sie keines wirklich benötigte. Den Rest des Abends saß sie ruhig in ihrem Wohnzimmer und hörte Musik im Radio. Sie fühlte sich seltsam wohl, wie jemand in einem Traum, in einer fortdauernden Illusion, jemand, der außerhalb der Zeit lebt.

Am folgenden Morgen erwachte sie sehr früh und hatte seltsamerweise überhaupt kein Verlangen nach Alkohol. Wiederum zog sie sich sehr sorgfältig an, machte sich eine Kanne Kaffee und stillte ihren Hunger damit und mit Feigenplätzchen. Dann stieg sie in ihr Auto und fuhr über den Laurel Canyon Pass hinunter zum Ventura Boulevard, wo sie sich nach Osten wandte. Eineinhalb Kilometer weiter kam sie an die Einfahrt der Great Western Filmstudios. Vor der Einfahrtsschranke an der Pförtnerloge mußte sie anhalten. Ein uniformierter Wächter beugte sich aus dem Fensterchen und fragte sie, zu wem sie wollte.

«Zu Mr. Donaldson. Ich heiße Martha Levy.»

Der Pförtner sah auf sein Klemmbrett. «Ich habe Ihren Namen nicht hier, Miss», sagte er. «Sind Sie bei ihm angemeldet?»

«Nein. Aber ich muß ihn sprechen.»

«Das kann schon sein, Miss, aber da kann ich Ihnen nicht helfen. Rufen Sie von draußen an und machen Sie einen Termin aus.»

Hinter ihr warteten inzwischen andere Autos; der Pförtner hob die Schranke und befahl ihr, durchzufahren, zu wenden und wieder herauszukommen. Statt dessen fuhr Martha ungefähr zwei Wagenlängen vor, dann zur Seite und hielt an.

«Ich habe Ihnen doch gesagt, Sie sollten wenden und herauskommen!» schrie der Pförtner sie an.

Sie schüttelte den Kopf und blieb sitzen.

Der Pförtner in seiner Loge rief einem anderen Uniformierten etwas zu, der herüberkam und mit ihm sprach. Er wies auf Martha in ihrem Auto. Der zweite Wachmann kam zu ihr herüber und sagte: «Warum wollen Sie eine Szene machen, Miss? Sie kennen doch Studios. Niemand kommt ohne Anmeldung hinein.»

«Ich will Mr. Donaldson sprechen», sagte sie stur.

«Nicht heute, meine Dame. Also vorwärts, seien Sie vernünftig, wenden Sie und fahren Sie hinaus.»

«Nein, nicht, ehe ich Mr. Donaldson gesprochen habe.»

«Meine Dame, das ist hier ein privates Grundstück, und Sie sind unbefugt eingedrungen. Sie schaden sich nur selbst. Wir werden Sie festhalten, und das wird Ihnen eine Menge Schwierigkeiten bringen. Warum wollen Sie es nicht auf vernünftige Art in Ordnung bringen?»

Eine kleine Menschenmenge hatte sich versammelt: Komparsen in Kostümen, Indianer, Cowboys. Ein hochgewachsener, schwerer Mann in weißem Leinenanzug drängte sich durch die Menge und sagte zu dem Wachmann: «Was ist denn hier los, Brady?»

«Wir haben einen Eindringling erwischt. Ich versuche, höflich zu sein.»

Martha rief dem Mann in Weiß zu: «Mr. Donaldson, ich muß mit Ihnen sprechen, bitte.»

Er sah sie neugierig an. «Kenne ich Sie?»

«Ich bin Martha Levy. Marty Spizer hat mich Ihnen vorgestellt. Bitte. Es dauert nur fünf Minuten. Bitte.»

Donaldson starrte sie an. «In Ordnung, Brady. Ich kümmere mich darum. Kommen Sie mit, Miss Levy», sagte er zu Martha.

Sie stieg aus dem Auto und folgte ihm schweigend zu einem der größeren Bungalows auf dem Gelände. Er geleitete sie hinein, an seiner Sekretärin vorbei und in sein Büro.

«Setzen Sie sich, Miss Levy», sagte er zu ihr. «Sie wissen, ich hätte Sie hinauswerfen lassen können. Wissen Sie, warum ich mit Ihnen spreche?»

Sie schüttelte den Kopf.

«Kommen Sie, setzen Sie sich», sagte er und deutete auf einen Stuhl neben seinem Schreibtisch. «Ich erinnere mich an Sie. Ich spreche jetzt mit Ihnen, weil Sie Levy heißen. Sie sind die erste Jüdin, die ich hier getroffen habe, die ihren Namen nicht in Adore oder Bradford oder Simmons oder so geändert hat. Sie haben also Pluspunkte. Nicht viele, aber für fünf Minuten von meiner Zeit reicht es. Was also wollen Sie?»

«Ich möchte nur etwas über meinen Film wissen», sagte sie verzweifelt.

«Was für einen Film?»

«Der Film, den Marty Spizer dreht.»

«Der lumpige Scheißhaufen? Entschuldigung. Aber sogar wenn Marty Spizer ein Zauberer wäre, würde ich ihn auf diesem Grund und Boden kein Kaninchen aus dem Hut zaubern lassen.»

«Er hat doch einen Vertrag mit Ihnen!»

«Nein.»

Tränen liefen ihr aus den Augen und verschmierten ihr Make-up. «Aber er hat einen Vertrag mit Ihnen», beharrte sie. «Er bereitet einen Spielfilm vor. Er wird der Regisseur sein.»

«Spizer?» Er sah sie nachdenklich an.

«Man hat hier Probeaufnahmen mit mir gedreht», sagte sie traurig.

«Jeder, der zweihundertzwanzig Dollar bezahlt, kann hier Probeaufnahmen gemacht bekommen, Miss Levy. Es ist eine Dienstleistung. Wir sind ein kleines Studio, und das ist einfach eine Möglichkeit, unser Einkommen zu vergrößern. Um wieviel hat Spizer Sie erleichtert?»

Sie schüttelte den Kopf, ohne zu antworten.

«Woher kommen Sie, Miss Levy?»

«Sausalito», flüsterte sie.

«Warum gehen Sie nicht nach Sausalito zurück, Miss Levy», sagte er nicht unfreundlich. «Das ist der beste Rat, den ich Ihnen geben kann. Das ist der beste Rat, den ich tausend jungen Leuten in dieser Stadt geben könnte. Halten Sie sich von Ganoven wie Marty Spizer fern und fahren Sie nach Hause.»

Sie tupfte ihre Augen ab. «Es tut mir leid. Es tut mir leid, daß ich draußen eine Szene gemacht habe. Es tut mir leid, daß ich Sie belästigt habe.»

Sie verließ Donaldsons Büro und ging quer über das Grundstück zu ihrem Auto. Ihre Tränen waren versiegt, und sie stieg in ihr Auto.

«Wenden Sie einfach, Miss», sagte der Wachmann zu ihr.

Sie fuhr den Ventura Boulevard entlang und wandte sich dann nach links in den Laurel Canyon Boulevard, der den Berg hinauf zum Mulholland Drive führt, einem Feldweg auf dem Kamm der Santa Monica Mountains. Sie fuhr nach Westen und parkte dann den Wagen an einer offenen Stelle, wo sie das ganze dunstige San-Fernando-Tal sich nach Norden dehnen sah. Es war ein kühler, lieblicher Morgen, das Tal mit seinen großen Orangen-, Avocado-, Limonen- und Zitronellen-Hainen lag im Frühdunst da wie ein ungeheurer Garten, und im Osten ragten die mächtigen Zinnen der San Gabriels auf. Sie saß dort eine halbe Stunde, starrte auf die Landschaft und versuchte hin und wieder in ihr eigenes Ich einzudringen, wobei sich vor ihrem geistigen Auge ein Bild der vollständigen Leere formte, die sie in sich spürte, eine wolkige, verschwimmende Leere, ein Gefühl, als lebe sie nicht wirklich. Ein solches Gefühl hatte sie als kleines Mädchen gehabt, wenn sie nachts im Dunkeln erwachte, voller Schrecken bei der Vorstellung, die allesverschlingende Dunkelheit habe sie in sich aufgesogen.

Sie ließ den Motor an und fuhr davon. Sie steigerte ihre Geschwindigkeit. Ihr Ich war entflohen, und wenn sie es nicht einholte, würde sie alle ihre Tage als leerer Schatten durchleben. Sie fuhr immer schneller, das Auto schleuderte wild auf der engen, gewundenen, unbefestigten Straße.

Polly Anderson, Marks Sekretärin, kam aufgeregt, ohne anzuklopfen und ohne Voranmeldung, in Dans Büro und sagte zu ihm: «Da ist ein Anruf für Mr. Levy von der Polizei aus Los Angeles, und er ist irgendwo unten im Kaufhaus. Ich glaube, es ist etwas Schreckliches mit Martha . . .»

Dan sah sie an, nahm den Hörer ab und ließ sich verbinden. Dann lauschte er, während Polly Anderson ihn ansah. Er erblaßte, die Hand, die den Hörer hielt, zitterte, und er flüsterte: «O mein Gott, nein.» Er hörte wieder zu. «Ich bin sein Teilhaber, sein Freund. Ja, ich kümmere mich darum.» Er legte den Hörer auf und sah Miss Anderson an.

«Martha ist tot», sagte er. «Sie ist mit dem Auto verunglückt.»

Polly Anderson begann zu schluchzen. Dan stand auf und schob ihr einen Sessel zurecht. «Nehmen Sie es nicht so schwer, Polly. Ich werde Mark suchen und es ihm sagen. Sie bleiben einfach hier, bis Sie sich besser fühlen.»

Er verließ sein Büro, fuhr mit dem Fahrstuhl in das Kaufhaus hinunter und durchwanderte dann ein Stockwerk nach dem anderen auf der Suche nach Mark. Wie soll ich es ihm nur sagen? fragte er sich. Wie sagt man seinem besten Freund, daß seine Tochter tot ist? Wie sage ich ihm, daß alles, was ihm geblieben war, tot, vorbei und zu Ende ist?

Mark betrachtete nachdenklich einige ausgestellte Sportartikel und sagte zu Dan: «Weißt du, Danny, ich sollte Sport treiben. Schau dir all diesen Kram an. Ich habe in meinem ganzen verdammten Leben niemals Sport getrieben, und nun sieh dir diesen Schmerbauch an, den ich mit mir herumtrage. Ich war einmal dürr wie eine Hopfenstange. Ich glaube, ich trete in einen Golfklub ein und spiele ein bißchen Golf. Was hältst du davon? Was meinst du, wenn wir zwei das versuchen?»

«Komm mit in mein Büro», sagte Dan sanft. «Ich möchte mit dir reden.»

Da sah er Dans Gesicht. «Was ist passiert?» fragte er.

«Komm mit in mein Büro.»

Polly Anderson war gegangen, es war niemand im Büro. Es gab keinen bequemen Weg, es ihm zu sagen. Dan berichtete, was geschehen war: «Die Polizei von Los Angeles hat angerufen. Ein Unfall.»

«Martha?»

«Ja. Martha ist tot.»

Mark starrte ihn an. «Was sagst du da, Danny?»

«Martha ist tot. Sie ist bei einem Autounfall in Los Angeles ums Leben gekommen.»

«Das glaube ich nicht. Das ist verrückt. Ich habe erst gestern mit ihr telefoniert. Ich habe mit ihr telefoniert!»

Dan drückte ihn in einen Sessel; Mark begann zu weinen. «Vielleicht war es gar nicht Martha», sagte er schluchzend. «Vielleicht ist es jemand anders. Danny, was soll ich bloß tun? Was soll ich tun? Wie soll ich es Sarah sagen?»

Eine dicke graue Nebelwand, die nur hier und da von Sonnenstrahlen durchstoßen wurde wie von goldenen, unirdischen Lanzen, die dann kalten, dünnen Regenfäden Platz machten, schob sich an dem Morgen durch das Golden Gate, als Martha Levy beerdigt wurde. Rabbi Blum, gebeugt von der Last seiner Jahre in einem sündigen, verantwortungslosen Universum, das die Jugend zerstört, hielt die Grabrede. Und dann warf Sarah sich auf den nassen Boden und lag schluchzend da. Dan hob sie auf, überrascht, wie dünn, wie nahezu gewichtslos sie in seinen Armen war. Sie klammerte sich an ihn. Mark stand da und starrte mit Augen, die nichts wahrnahmen, auf das Grab, bis Jake zu ihm ging, einen Arm um ihn legte und freundlich sagte: «Komm, Papa. Es ist vorbei. Wir gehen jetzt nach Hause.»

Im Hintergrund hörte man das durchdringende Schluchzen von Maria Cassala, die leiseren Seufzer von Clair Levy und die einsamen Nebelhörner, die aus der Bucht klangen.

VI
Der Wirbelsturm

Am Morgen des 24. Oktober 1929 wurde Dan um sieben Uhr dreißig kalifornischer Zeit – zehn Uhr dreißig New Yorker Zeit – von seinem Manager in New York, Frank Anderson, angerufen, der ihm sagte: «Es tut mir leid, Dan, daß ich Sie aus dem Bett hole, aber es ist wichtig.»

«Schon gut. Ich bin auf.»

«Der Markt spielt verrückt hier. Joe Feld, mein Makler, hat mich angerufen. Ich wußte nicht, ob Sie und Mark heute ins Büro gehen. Sie sollten sich einmal die Börsennotizen ansehen, die über den Fernschreiber kommen.»

«Ich gehe gleich ins Büro», sagte Dan.

Um acht Uhr dreißig Pazifik-Normalzeit, elf Uhr dreißig New Yorker Zeit, betrat Dan sein Büro. Die Büros waren erst ab neun Uhr besetzt. Er war der erste dort, und als er eintrat, läutete das Telefon. Es war Stephan Cassala.

Seine ersten Worte waren: «Dan, hast du schon die Börsenwerte gesehen?»

«Ich habe das verdammte Ding noch nicht eingeschaltet. Ich bin gerade erst ins Büro gekommen. Was, zum Teufel, ist los?»

«Es hat einen großen Krach an der New Yorker Börse gegeben. Die Preise fallen geradezu in den Keller.»

«Das hat es doch auch schon früher gegeben.»

«Nicht so. Zwanzig, dreißig Punkte pro Aktie. Ich rufe an, weil ich nicht möchte, daß ihr, du und Mark, in Panik geratet.»

«Wir geraten nicht in Panik», sagte Dan leicht gereizt. «Wir haben ein paar tausend Aktien mit Einschuß, unser eigenes Geld – zum Teufel damit. Was fällt, steigt auch wieder.»

«Genau so ist es. Ich habe mit Crocker und Giannini gesprochen. In den nächsten ein oder zwei Stunden wird in der Stadt ein Bankenkonsortium eingerichtet, und wir werden Stützungskäufe vornehmen. Dasselbe geschieht in Chicago und New York. Papa hat mit Clement von der National City Bank in New York gesprochen, dort stellen Mitchell, Wiggen und Lamont ein eigenes Konsortium auf. Also werdet nicht nervös.»

Dan legte den Hörer auf und schaltete den Fernschreiber ein. Aber er hatte kaum Gelegenheit, einen Blick auf den Streifen zu werfen, als das Telefon schon wieder klingelte. Es war sein Makler Klendheim: «Ich brauche einundzwanzigtausendfünfhundert von Ihnen, Dan, und elftausend von Mark. Um Ihre Verluste zu decken.»

«Wann?»

«Jetzt.»

«Sie sind nicht ganz richtig im Kopf.»

«Wissen Sie, was in Wall Street los ist?»

«Geben Sie uns eine Stunde.»

«Gut, aber keine Minute länger. Dan, ich habe dreißig Kunden, die in derselben Klemme stecken – wir müssen das Geld unbedingt haben.»

«Sehen Sie, das Büro ist noch nicht geöffnet. Es ist niemand da. Sobald meine Sekretärin kommt, schicke ich sie mit einem Scheck zu Ihnen.»

Während er noch sprach, kam Mark. «Hast du schon gehört, Danny? Wer war das?»

«Klendheim», erwiderte er und legte den Hörer auf. «Er braucht Deckung für die Kursverluste.»

«Wieviel?»

«Ungefähr zwanzigtausend von mir und elftausend von dir.»

Mark schloß die Augen und rechnete. «Mein Gott, das kann nicht sein. Das ist ungefähr ein Drittel unserer Einlage.»

«Du zahlst doch die Deckungssumme, oder?»

«Ich weiß nicht, ob wir das tun sollen.» Mark ging zum Fernschreiber, der seinen weißen Streifen auf den Boden laufen ließ, und starrte auf die dort angegebenen Werte. «Ich weiß einfach nicht, ob wir es tun sollen, Danny. Wenn die Sache so ist, wie ich denke, sollten wir lieber den Verlust realisieren. Es ist weniger als hunderttausend für uns beide.»

«Weniger? Gott verdammt, das ist eine Menge Kies!»

«Und wenn sie weiter fallen, könnten wir leicht das Doppelte verlieren. Danny, zu welchem Kurs hat L & L gestern geschlossen?»

«Sechsundfünfzig ein Viertel.»

«Auf dem Streifen steht vierunddreißig.»

Dan kam herüber und sah auf die Zahlen. «Was bedeutet das für uns?» fragte er.

«Das spielt keine Rolle. Für unsere einundfünfzig Prozent Anteil am Gesellschaftskapital ist keine Deckung erforderlich. Selbst wenn der Kurs auf zwanzig Cent pro Aktie abfallen sollte, würde uns das nicht wehtun. Noch nicht.» Er brachte ein unsicheres Lächeln zustande. «Es könnte Jean Kopfschmerzen bereiten. Die Seldon Bank hat sechzehn Millionen Dollar in diesen Aktienbestand gesteckt.»

«Ich dachte, die Hypothek läge auf dem Immobilienbesitz.»

«Und auf den Aktien, Danny. Es gehört alles zusammen.»

«Und was ist jetzt mit unseren eigenen Aktien?»

«Was meinst du?» fragte Mark ihn.

«Was du meinst.»

«In Ordnung. Ich bin der Ansicht, wir sollten den Verlust hinnehmen und es sausen lassen.»

Dan las wieder auf dem Fernschreiberstreifen. «Hier steht wieder L & L – genau dreißig Dollar.»

«Ich werde Polly sagen, sie soll Klendheim anrufen und uns zum Verkauf stellen», sagte Mark. Das Telefon läutete wieder. Dan nahm den Hörer ab, als Mark sein Büro verließ. Es war Sarah Levy. «Danny», sagte sie, «ich hab da was im Radio gehört und mache mir Sorgen um Mark. Ich möchte nicht, daß er sich zu sehr darüber aufregt. Ich mache mir nichts daraus, ob und wieviel Geld wir verlieren.»

«Es ist schon in Ordnung, Sarah», sagte er. «Nur ein paar Dollar von unserem eigenen Geld, und allem Anschein nach hat es Mark überhaupt nichts ausgemacht. Auf das Unternehmen hat es keine Auswirkungen.»

Seit einigen Monaten hatte Mark Sarah schon den Vorschlag gemacht, das große Haus in Sausalito zu verkaufen und in eines der neuen Appartementhäuser in San Francisco zu ziehen. Das lehnte sie ab. Wenn sie mit Erinnerungen leben mußte, dann hier im alten Haus. Sie ging oft in Marthas Zimmer, saß dort stundenlang und rief sich das Bild ihrer Tochter in die Erinnerung zurück. Sie pflegte Marthas Kleider, von denen sie sich nicht hatte trennen wollen. Manchmal spielte sie auch Marthas Jazzplatten auf dem quietschenden, alten Grammophon, das in ihrem Zimmer stand. Sie hatte Jazz nie verstanden oder besonders gemocht; jetzt tröstete es sie in gewisser Weise, die Platten zu hören. Sie fand ein altes

Tagebuch von Martha aus der Zeit, als sie dreizehn und vierzehn Jahre alt gewesen war. Gegen Ende des Tagebuchs fand sie folgende Eintragung:

«Heute war Danny hier, hob mich auf und küßte mich. Ich liebe ihn sehr. Er ist nur sechzehn Jahre älter als ich. Ich träume viel von ihm. In dem schönsten Traum verließ er seine gemeine Frau und fragte Papa, ob er mich heiraten könnte. Papa wurde sehr böse; aber Mama sagte, das sei in Ordnung. Sie sagte, das gebe ihr die Möglichkeit, eine große Hochzeitsfeier draußen auf dem Rasen zu feiern. Der schlechte Teil des Traums kam, als er zur Hochzeit nicht erschien. Statt seiner kam seine Frau.»

Sarah lachte und weinte darüber. Obwohl sie noch ein paar Monate von ihrem fünfzigsten Geburtstag entfernt war, war sie fast über Nacht gealtert, ihr blondes Haar war weiß geworden. Sie hatte nur wenig Ablenkung. Englisch zu lesen fiel ihr schwer; und Romane mochte sie nicht. Dinge, die sie sonst gern getan hatte, wie Stricken, Nähen oder Kochen, interessierten sie nicht mehr. Sie hielt das große, alte Haus noch immer blitzsauber; aber es erfüllte sie nicht mehr mit Stolz oder Freude. Um den Garten hatte sie sich nie besonders gekümmert, sondern ihn dem Gärtner überlassen; seit Marthas Tod brachte sie immer mehr Zeit darin zu. Sechzig Rosenbüsche im Rondell waren vernachlässigt worden. Sie begann, sie zu sprengen, zu beschneiden und zu veredeln. Dort fand Rabbi Blum sie eines Nachmittags, wie sie auf den Knien lag und Erde lockerte. Er war voll Bewunderung für die Blumen. «Ein guter Gärtner arbeitet mit Liebe. Sie sind eine gute Gärtnerin, Sarah.» Sie machte ihm Vorwürfe, daß er den langen Weg zu ihnen heraus gemacht hatte. «Ich bin langsam gekommen», sagte er. «Ich habe ohnehin nichts zu tun. In meinem Alter ist leben die einzige Aufgabe. Das verbindet mich mit dem Gemüse und den Blumen.»

Sie saßen in der Küche und tranken Tee. «Wissen Sie», sagte Sarah zu ihm, «das Schlimmste, das ich ertragen muß, ist, daß niemand mit mir über Martha sprechen will. Alle weichen dem Thema aus, sogar Mark! Und ich möchte so gern, lieber als über alles andere, darüber sprechen. Ist das falsch?»

«Nein, es ist nicht falsch. Die Menschen fürchten sich vor dem Tod. Es gibt Leute, die nicht über den Tod sprechen oder an ihn denken können. Mark schmerzt es vielleicht zu sehr. Wenn man in mein Alter kommt, Sarah, wird der Abstand geringer. Der Tod scheint ein alter Freund zu sein.»

«Kein Freund!»

«Warum nicht? Es gibt einen Anfang, und es gibt ein Ende. Das ist nicht sehr tiefsinnig; aber so ist die Schöpfung eingerichtet. Und in der Zwischenzeit wachsen die Rosen, blühen und verwelken. Wenn eine Knospe abstirbt, finden wir das nicht gerecht, wir werden böse und verlieren die Hoffnung. Doch die Vorstellung von Gerechtigkeit haben wir entwickelt, nicht Gott.»

«Und was hat er entwickelt? Ein Irrenhaus?»

«Das habe ich auch schon mal gedacht. Andererseits ist selbst so eine Tasse Tee etwas Köstliches.»

Am sechsundzwanzigsten Oktober rief Frank Anderson Dan an und teilte ihm mit, daß zwei Drittel der Reservierungen für die nächste Fahrt der *President Jackson* storniert worden waren. Am folgenden Tag fuhr Dan nach New York. Die Bahnfahrt nach Chicago schien endlos und langweilig und brachte ihn in Wut; er war in einem Abteil eingesperrt, während die Welt aus den Nähten platzte. Die zwei Tage im Zug wurden zu einer Ewigkeit in einem lächerlichen und unwirklichen Kerker. Er las die Zeitungen von vorn bis hinten durch; zuerst die von San Francisco, dann die aus Salt Lake City – und sein Ärger wuchs, weil sie nicht das brachten, was er gern wissen wollte. Im Speisewagen wurde er einbezogen in die harmlose und bedeutungslose Konversation, die Fremde Fremden beim Essen bieten; aber er mochte nicht plaudern und merkte, daß er schroff und feindselig reagierte. Im Salonwagen setzte sich eine hübsche Frau um die dreißig mit müdem Gesicht neben ihn und stellte sich vor. Er entfloh deprimiert in sein Abteil. Danach war das Flugzeug von Chicago zumindest eine Abwechslung; und als er in New York mit den Männern von der Nordatlantik-Abteilung seiner Schifffahrtslinie zusammensaß, versuchte er die plötzliche Panik und Ziellosigkeit der sonst so klarsichtigen und nüchternen Geschäftsleute abzubauen.

Es war kein guter Tag, und er schlief schlecht und wachte oft auf. Er hatte die Sitzung mit der Entscheidung abgeschlossen, das Schiff gar nicht fahren zu lassen; das brachte den kleineren Verlust. Als er in dieser Nacht in seinem Hotelzimmer im *Plaza* im Bett lag, versuchte er zu begreifen, was eigentlich vor sich ging. Jahrelang hatte er das faszinierende und aufregende Spiel gespielt, ein kleines Imperium aufzubauen. Er hatte sich nie gründlich mit der finanztechnischen Seite der Vorgänge beschäftigt. Darum hatten sich Feng Wo und Mark gekümmert. Seine Aufgabe war es gewesen, zu denken, zu planen, zu erfinden, sich durchzusetzen und zu bluffen, zu träumen, sich etwas einfallen zu lassen und Leute mit seiner Spannkraft und seiner Vitalität zu beeindrucken. Immer war Geld in Hülle und Fülle dagewesen, nachdem er einmal gelernt hatte, daß es leichter war, eine Million Dollar zu bekommen, als einen Dollar, wenn man selbst nichts hatte. «Geld heckt Geld.» Und nun funktionierte das nicht mehr. Ein Schiff, das Jahre hindurch ausgebucht gewesen war, blieb leer, und das so plötzlich, so unglaublich plötzlich. Das Imperium fiel auseinander, als hielte nur Kleister es zusammen.

Er frühstückte allein im Speisesaal des Hotels *Plaza* – ein großer, breitschultriger, gutaussehender und gepflegter Mann in mittleren Jahren. Frauen wandten sich nach ihm um. Sein Aussehen war all die Jahre hindurch ein wertvoller Faktor gewesen, der ihm so zugefallen war, er hatte nie viel darüber nachgedacht. Jemandem, der aussah wie Dan Lavette, öffnen sich die Türen dieser Welt von selbst.

Er trank seinen Kaffee in kleinen Schlucken und las den Artikel auf der Titelseite der *New York Times*. Dabei wurde ihm klar, daß das, was sich am vergangenen Donnerstag ereignet hatte, nur der Auftakt gewesen war. Und der Tag hieß bereits «Schwarzer Donnerstag»! Wie würde man den heutigen Dienstag, den 30. Oktober, nennen?

«Die Börsennotierungen», las er, «brachen gestern buchstäblich zusammen; am schrecklichsten Börsentag der Geschichte stürzten sie in den Abgrund. Werte in Milliardenhöhe verschwanden einfach, als die Preise unter dem Druck der Liquidation von Effekten nachgaben, die um jeden Preis abgestoßen werden mußten . . . Versuche, die gestrigen Börsenverluste in Dollar auszudrücken, sind müßig, da eine große Zahl von Papieren frei notiert und außerhalb New Yorks gehandelt wird, für die keine Berechnungen möglich sind. Jedoch wurde geschätzt, daß achthundertachtzig verschiedene Aktienwerte der New Yorker Börse gestern zwischen acht und neun Milliarden Dollar verloren . . . Stützungskäufe der Banken, die unter normalen Umständen eindrucksvoll und erfolgreich wären, wurden zu sinnlosen Unternehmungen, als Aktienpaket auf Aktienpaket in ungeheuren Mengen den Markt überschwemmte . . .»

Er beendete sein Frühstück, zeichnete die Rechnung ab, verließ das Hotel und ging die 59. Straße entlang, wobei er in Gedanken die ziemlich erstaunliche Tatsache registrierte, daß das alles ihn völlig kalt ließ. Wo war die Grenze für seine persönliche, innere Beteiligung? Er wußte es nicht. Er sagte sich: Das sind deine Leute, die Wohlhabenden, die Sorgenfreien, die Mächtigen, die Macher. Und im Geschäftsviertel, nur ein paar Kilometer von hier entfernt, geschieht etwas, das sie vernichtet. Andererseits habe ich meine Gelegenheit gehabt. Was ist dabei herausgekommen? – Er wußte keine Antwort darauf. Es hatte immer Fragen gegeben, auf die es keine Antwort gab.

Er überquerte die Straße und ging in den Central Park. Die Sonne schien, und es wehte ein kühler Oktoberwind. Frauen schoben Kinderwagen, und ein paar alte Pferdekutschen rumpelten vorbei. Er ging zum Karussell und stand dort längere Zeit, er dachte daran, wie oft er und May Ling von einer Reise nach New York gesprochen hatten; und dann fragte er sich, warum ihm erst jetzt seine zwei ehelichen Kinder einfielen. Wieso bist du ein solcher Lump? fragte er sich. Die Frage war ihm keineswegs neu. Thomas und Barbara waren nur Stunden entfernt. Warum besuchte er sie nicht? Großer Gott, dachte er, was ist das für ein Mann, der es nicht fertigbringt, seinen eigenen Kindern gegenüberzutreten? Aber er konnte sich die Situation sehr gut vorstellen: Barbara würde ihn anschauen, kühl, distanziert, mit kaum verhüllter Abwehr, würde Fragen beantworten und ihn vielleicht – vielleicht aber auch nicht – pflichtschuldig auf die Wange küssen. Thomas würde seine Gefühle in Worte kleiden: «Du hast dich also doch entschlossen, mich zu besuchen.»

Ach, hol's der Henker, dachte er. Er sah auf die Uhr. Frank Anderson hatte ihn gebeten, noch ein paar Tage zu bleiben. Sie wollten beruhigt werden, wollten, daß man ihnen sagte, es sei alles in Ordnung, Dan Lavette würde schon dafür sorgen, daß man ihre Gehälter weiterzahlte und daß die Welt nicht unterginge. Aber er konnte nichts von Bedeutung tun. Nur zwei Dinge brachten ihm wirklichen Frieden: auf einem Schiff zu sein und mit dem Flugzeug zu fliegen. Er ging zum Hotel zurück, packte und reiste ab.

Dan nahm ein paar Zimmer im *Fairmont.* Seine Unterhaltung mit Jean war kurz und ohne Umschweife: «Ich nehme an, ich habe dir zeitweilig Kummer und Sorge bereitet; aber ich habe dir niemals mit Absicht Schwierigkeiten und Unbehagen verursacht!» sagte er zu ihr.

«Das ist eine eigentümliche Tugend, Dan.»

«Wie dem auch sei, ich kann in diesem Hause nicht mehr leben. Ich weiß nicht, wie ich es besser erklären soll.»

«In Ordnung. Du hast immer tun können, was du wolltest. Willst du die Scheidung?»

«Gegenwärtig würde eine Auseinandersetzung über die Güterteilung alles zu sehr hochspielen. Ich möchte lieber warten.»

«Aber du willst die Scheidung?»

«Du nicht?»

«Sie spielt für mich keine Rolle. Aber das verstehst du nicht, und ich beabsichtige nicht, es dir zu erklären.»

Ein paar Monate später spitzte die Lage in Hawaii sich zu. Einen ganzen Monat lang waren fast keine Gäste im Hotel gewesen, und die Noels, die eine große Hypothek auf das Anwesen hatten, wurden nervös. Die ganze Situation war unbegreiflich. Seit November waren die Buchungen für das Hotel von neunzig Prozent auf beunruhigende zehn Prozent gefallen. Als Mark die Frage mit Dan erörterte, waren sie bereits fünf Tage mit der Zinszahlung für die Hypothek im Verzug.

«Wieviel schulden wir ihnen?» wollte Dan wissen.

«Nicht besonders viel – fünfundzwanzigtausend für diese Zahlung.»

«Wir haben es. Bezahl.»

«Und was dann? So, wie das Hotel dasteht, verlieren wir jeden Monat vierzigtausend Dollar. Wir haben die Überfahrten gestrichen. Die Schiffe liegen still, aber die Heuern zahlen wir weiter. Wir haben eine Steuerrechnung über zweiundvierzigtausend für das unerschlossene Land, und die ist drei Tage überfällig. Und wir haben zwölf Flugzeuge bestellt. In den alten Flugzeugen stecken zwei Millionen treuhänderisch verwaltetes Kapital, dabei fliegen wir mit einer Auslastungsquote von weniger als fünfundzwanzig Prozent nach Los Angeles. Dan, wir kriegen nicht einmal die Benzinkosten herein. Ohne das Kaufhaus und seinen Barumsatz würden wir bis über die Ohren in Schulden stecken.»

«Das ganze verdammte Imperium», sagte Dan. «Was ist bloß passiert?»

«Das fragen alle. Man braucht Geld, um mit dem Schiff oder dem Flugzeug zu reisen – und unsere Kunden haben die Hosen voll. Es fällt auseinander.»

«Vielleicht sollten wir Land verkaufen», sagte Dan. «Wir haben mindestens tausend Morgen des allerbesten Landes der Halbinsel. Wir haben mehr als eine Million dafür bezahlt, und der Preis hat sich ein Jahr, nachdem wir es gekauft haben, verdoppelt. Wollen wir nicht verkaufen?»

«An wen?» fragte Mark bitter. «Würdest du heute einen Morgen Land kaufen?»

«Aber es gibt noch Geld. Es ist nicht verschwunden.»

«Wir haben immer noch das verdammte Hotel in Hawaii. Ich glaube, du solltest hinfahren und mit den Noels sprechen.»

Ohne May Ling war es eine völlig andere Fahrt. Er buchte eine Überfahrt auf Whittiers Schiff *Oahu*, und die Reise war endlos. Tag für Tag lief er wie ein Tier im Käfig an Deck umher. Er bedauerte, daß er sich von Mark hatte überreden lassen. Als er schließlich in Honolulu ankam, erwiesen sich die Noels als unnachgiebig.

«Dan», sagte Christopher Noel zu ihm, «Sie verlangen das Unmögliche.» Sie hatten abseits der Welt gelebt, aber die Welt war bei ihnen eingedrungen. Sie saßen auf dem samtigen grünen Rasen vor Noels weiträumigem Bungalow, der kühle Passat blies leicht, die Brandung rollte brüllend auf den Sandstrand; sie saßen dort ohne Gefühl für Raum und Zeit und doch unter dem Einfluß der New Yorker Börse. «Wir haben in New York unheimlich draufgezahlt, und jetzt sollen wir die Hypothek zinsfrei weiterlaufen lassen. Wir haben eine halbe Million Dollar in das Hotel und die zweihundert Morgen von Waikiki Beach gesteckt. Die können wir nicht wegwerfen.»

«Geben Sie der Welt eine Gelegenheit, Atem zu holen. Das ist doch reine Panik», beharrte Dan. «Und Panik läuft sich von selbst tot. Sie wissen, was wir haben: Wir haben das reichste und das stärkste Land auf der ganzen Welt.»

«Wir leben auf einer Insel, Dan. Wenn wir nicht überleben, versinken wir im Meer. Wen kümmert denn Hawaii? Nur uns. Sonst niemanden.»

«Das Hotel ist nur ein Teil des Problems», sagte Dan. «Wir haben die Schiffe – und ohne unsere Schiffe gäbe es das Hotel nicht. Wir haben daran geglaubt und haben es gemeinsam geschaffen. Wir haben euch die Leute gebracht. Ihr dürft uns jetzt nicht im Stich lassen.»

«Dan, Sie haben die Fahrten gestoppt. Warum stehen Sie nicht dazu?»

«Für ein paar Wochen, ja. Ich bin in der gleichen Lage wie Sie. Wir sitzen in der Klemme. Wir haben eine Fluglinie aufgebaut – wir gehören zu den Pionieren der Industrie. Das sagt euch jetzt noch nichts, aber eines Tages werden Flugzeuge diese Inseln mit dem Festland verbinden – dann geht es um Stunden, nicht um Tage. Verdammt nochmal, wenn man keinen Traum träumen darf, wo sind wir dann?»

«Sie wollen träumen, ohne wach zu werden, Dan. Wir können uns das nicht leisten.»

«Geben Sie mir Zeit, damit ich zurückfahren und das mit Mark besprechen kann?»

«Dan, es sind nur lumpige fünfundzwanzigtausend Dollar. Sie halten ein Wirtschaftsimperium mit vielen Millionen Dollar in Gang, und wir diskutieren hier über ein paar tausend Dollar. Was bedeutet das?»

«Es bedeutet, daß wir knapp an Bargeld sind. Das ist alles.»

«In Ordnung», stimmte Noel zu. «Noch zwei Wochen.»

Mark, der enttäuscht Dans Bericht über die Reise nach Hawaii anhörte, fragte: «Zwei Wochen von jetzt oder von dem Tage ab, als du dort abgefahren bist? Ach, es spielt eigentlich keine Rolle.»

«Warum?»

«Weil sich weder in zwei Wochen noch in zehn Wochen irgend etwas ändern wird. Weißt du, was dieser Idiot, dieser Hoover tut? Er fördert den Verkauf von Äpfeln. Wenn du keine Arbeit hast, kauf dir eine Kiste Äpfel und verkauf sie auf der Straße. Mit einem Fünfcentstück pro Apfel tust du etwas für die Gesundheit der Nation. In weniger als einem Jahr werden wir auf das Niveau von Irren abgesunken sein.»

«Und was ist mit Hawaii?» beharrte Dan.

«Was weiß ich?»

«Angenommen, wir schicken ihnen fünfundzwanzigtausend. Dadurch gewinnen wir weitere sechs Monate.»

«Um Gottes willen», explodierte Mark, «wo hast du deinen Kopf?

Wir verlieren jeden Monat weit mehr als fünfundzwanzigtausend! Das verdammte Hotel kann uns ruinieren. Es ist aus! Verstehst du das nicht? Wir haben hunderttausend Dollar auf dem Kapitalmarkt verloren, weil man gutes Geld nicht schlechtem nachwirft. Die Leute fahren nicht nach Hawaii. Sie fahren auch nicht nach Europa. Sie fliegen nicht in den verdammten Flugzeugen! Es ist vorbei.»

Dan starrte Mark an und sah, wie sein Gesicht sich verzog, wie er es mit den Händen bedeckte. «Entschuldige», flüsterte Mark. «Seit Marthas Tod geht es mit mir bergab. Tut mir wirklich leid.»

«Schon gut», sagte Dan leise.

«Wie kommt es, daß ich so mit dir spreche?»

«Ist doch schon gut, Kumpel», sagte Dan. «Ich habe ein dickes Fell, das weißt du. Du mußt schon brüllen, wenn ich dich hören soll.»

«Wir sind jetzt zwanzig Jahre zusammen. Wir haben uns noch nie gestritten.»

«Dann mußte es einmal sein. Ich weiß, wie du dich fühlst. Wenn ich nicht zu dick und zu alt wäre, würde ich losgehen, mich betrinken und eine Kneipe in Stücke hauen.»

Mark schüttelte den Kopf. «Das können wir uns nicht mehr leisten, Danny.»

«Richtig. Es kostet zu viel. Ich will dir etwas sagen, ich bin mir nie zuvor so blöd vorgekommen wie bei dem Gespräch mit Chris Noel. Vier Wörter hätten genügt.»

«Und die wären?»

«‹Leck mich am Arsch.› Nein, ich hätte es klarer ausdrücken müssen. Ich hätte sagen sollen: ‹Nimm das Hotel und steck's dir hinten rein.› Du hast vollkommen recht. Wir machen Hausputz. Aber schreib die Flugzeuge nicht ab. Wir beschneiden alle Ausgaben, soweit es irgendwie geht, planen die Schiffsrouten neu und konzentrieren uns auf die Fluglinie und das Kaufhaus. Noch haben wir nicht verloren, alter Freund. Zum Teufel, für zwei arme Kerle vom Hafen haben wir es ganz schön weit gebracht. Wir sind zwei interessante Bürger, Levy und Lavette. Niemand soll uns unterschätzen.»

«Wir waren zwischendurch ganz gut», stimmte Mark zu, und er brachte ein Lächeln zustande.

Stephan Cassala spielte mit seinem Sohn Ralph. Der Kleine im Strampelhöschen, mit schwarzen, lockigen Haaren und großen schwarzen Augen, war fast zu schön, um wirklich zu sein. Stephan sah ihn immer erstaunt an, als sähe er ihn zum erstenmal. Um sechs Uhr morgens kroch Ralph zu ihm ins Bett und weckte ihn. Es war eine wundervolle Art aufzuwachen. «Raphalo», brummte Stephan mit sanfter Stimme, und der kleine Junge lachte vor Begeisterung. Dann krabbelten sie beide auf dem Fußboden des Schlafzimmers herum, knurrten und lachten einander an, während Joanna glücklich zusah. In den letzten sechs Monaten hatte das Leben es gut mit ihr gemeint. Sie war eine Gebende und hatte Stephans schrecklichen Kummer bei Martha Levys Tod akzeptiert. Die beiden waren seit ihrer Kindheit befreundet gewesen; er hatte das Recht zu trauern. Und als seine Trauer nachließ, war er freundlicher zu ihr gewesen als je zuvor. Sie hätte einen guten Mann geheiratet, sagte sie ihrer Mutter.

An diesem Tage spielte Stephan mit Ralph, kam zu spät zum Frühstück und trank nur eine Tasse Kaffee. Maria beklagte es laut, daß er das Haus ohne Essen und ohne Kraft, die ihm über den Tag helfen würde, verließ. Sein Vater brütete über der Morgenzeitung und hatte die Welt vergessen. Um halb acht saßen sie im Auto und fuhren nordwärts nach San Francisco. Es war ein Morgen wie jeder andere.

Im Auto sagte Anthony, ohne von der Zeitung aufzusehen: «Mehr als fünfhundert Banken.»

«Was?»

«Geschlossen. Am Ende.»

«Das kommt vor.»

«Es kann auch uns passieren», sagte Anthony.

«Wenig wahrscheinlich.»

Mehr oder weniger dieselbe Unterhaltung führten sie jeden Morgen. Der Unterschied lag in der Menschenmenge, die sich an diesem Tag vor der Bank of Sonoma in der Montgomery Street versammelt hatte. Es war erst neun Uhr, noch eine halbe Stunde bis geöffnet wurde, und doch standen mehr als hundert stille, sorgenvoll aussehende Männer und Frauen vor der Bank, und ihre Zahl wuchs zusehends an. Anthony und Stephan bahnten sich einen Weg in die Bank, wo Frank Massetti, Geschäftsführer der Bank und Anthonys Schwiegersohn, sie unglücklich begrüßte.

«Es sieht nach Bankpanik aus», sagte er.

«Warum?» wollte Anthony wissen. «Um Himmels willen, warum?»

«Hast du die Zeitung nicht gelesen?»

«Schön, zwei Banken auf der Halbinsel schließen. Was hat das mit uns zu tun?»

Stephan sagte: «Du brauchst nicht zu diskutieren. Es ist die Panik, Papa, und damit Schluß. Willst du auszahlen?»

«Ich sterbe eher, als daß ich die Zahlungen einstelle», sagte Anthony dramatisch. «Gehört das Geld mir? Wir sind eine Bank, und ich werde jeden Penny bezahlen.»

«Papa, denk noch mal darüber nach. Wir können nicht jeden Penny bezahlen. Keine Bank kann das. Wir haben Gesamteinlagen in Höhe von sechzig Millionen. Fast fünfundvierzig Millionen sind Darlehen, und wir können diese Darlehen nicht heute kündigen – und auch nicht morgen oder übermorgen.»

«Warum nicht?»

«Mein Gott, Papa, frag mich nicht, warum. Du weißt es doch selbst. Wir haben achthunderttausend bei Consuelo Oil. Es gibt keinen besseren oder ehrlicheren Mann als Sol Consuelo, aber er hat keine zwanzig Cent bar im Haus. Und das ist nur ein Fall. Dieses ganze verdammte Land hängt an einem Strohhalm. Du kannst heute keine Hypothek kündigen. Es geht einfach nicht.»

«Wieviel Bargeld haben wir?» fragte Anthony Massetti.

«Sechzigtausend.»

«Und bei Crocker?»

«Hundertfünfzigtausend.»

«Bei Giannini?»

«Fünfundsiebzigtausend.»

«In Ordnung. Wir haben zehntausend bei der First National in Chicago und fünfzehntausend bei der National City in New York. Du telegrafierst ihnen sofort, Stephan, dann gehst du zu Crocker und holst die hundertfünfzigtausend, und dann die fünfundsiebzigtausend von Giannini. Wir haben über dreihunderttausend in bar. Um neun Uhr dreißig, Frank, öffnest du und fängst an auszuzahlen.»

«Papa, bitte», bat Stephan ihn, «denk nach! Es ist ausgeschlossen, daß Crocker uns heute morgen hundertfünfzigtausend gibt.»

«Es ist unser Geld, das wir dort hinterlegt haben. Sie müssen zahlen.»

«Nein, das tun sie nicht!»

«Bist du verrückt?» schrie Anthony.

«Papa, bitte, denke das doch einmal ganz durch. Es ist fast halb zehn. Crocker ist eine große Bank, aber was glaubst du, wieviel Bargeld haben sie, wenn sie öffnen? Vielleicht hundertundfünfzigtausend, vielleicht zweihunderttausend. Sie brauchen es nicht an mich auszuzahlen. Wenn sie mir fünfzigtausend geben, habe ich Glück.»

«Nein. Sie geben dir, was wir dort hinterlegt haben.»

«Papa. Papa, du weißt es doch besser. Wir brauchen nicht um halb zehn zu öffnen. Wir können ein Schild heraushängen und ankündigen, daß wir heute erst mittags öffnen.»

«Nein! Nein! Habe ich mir auf diese Weise einen Namen gemacht, einen Ruf errungen? Bin ich sonst nichts, ich, Anthony Cassala? Ich soll den Schweiß und das Blut eines armen Arbeiters nehmen, und sagen: ‹Geh zum Teufel! Du kannst das Geld nicht haben, für das du gearbeitet hast›?»

«Um Gottes willen, gib mir drei oder vier Stunden.»

«Nein! Frank», sagte er zu Massetti, «es ist halb zehn, öffne die Türen. Wir zahlen voll aus.»

In der Crocker Bank sagte der geschäftsführende Direktor zu Stephan: «Wir wissen, wie es bei Ihnen aussieht, Steve, aber diese verdammte Angelegenheit ist eine ansteckende Krankheit, eine Seuche. Es ist zehn Uhr, und wir haben fünfzigtausend Dollar ausgezahlt. Noch keine Panik – noch nicht. Aber wenn ich Ihnen hundertfünfzigtausend gebe – vorausgesetzt, daß wir noch so viel haben –, löse ich einen Sturm auf die Bank aus. Wir brauchen nur einem Kunden zu sagen, daß wir kein Bargeld haben.»

«Das ist doch auch früher schon vorgekommen. Bei jeder Bank.»

«Ja, aber nicht im Jahre neunzehnhundertdreißig. Passen Sie auf, ich werde Ihnen fünfundzwanzigtausend geben.»

«Nein. Nein. Das ist die Unterschrift unter unser Todesurteil.»

«Warum schließt Ihr Vater denn nicht, in Teufels Namen?»

«Weil er verrückt ist. Weil er ein Ehrenmann ist. Woher soll ich das wissen? Tatsache ist, daß er nicht schließen will. Nun, was ist? Muß ich Sie auf den Knien bitten? Nehmen Sie die Worte für die Tat. Ich liege auf den Knien und bitte Sie. Am anderen Ende der

Straße wird etwas zerstört, wofür ich mein Lebtag gearbeitet habe. Ich bitte um Hilfe.»

«Dreißigtausend.»

«Das genügt nicht.»

«Steve, geben Sie mir zwei oder drei Stunden und kommen Sie dann zurück. Ich verspreche Ihnen, ich werde Bargeld auftreiben.»

«Jetzt. Es muß jetzt sein.»

«Na gut. Ich gebe Ihnen vierzigtausend, und ich bitte zu Gott, daß es mich nicht meine Stellung kostet.»

«In Ordnung, ich nehme das Geld. Aber in drei Stunden möchte ich hundertzehntausend dazu.»

«Steve, drängen Sie mich nicht gegen die Wand. In drei Stunden wird jeder in San Francisco wissen, was sich an Ihrer Bank abspielt, und alle Banken dieser Stadt werden sich an ihr Geld klammern wie Dickens' Scrooge. Ich werde soviel besorgen, wie ich kann.» Er setzte nach kurzem Nachdenken hinzu: «Wir haben fünfzigtausend bei Ihnen stehen. Wir werden diesen Betrag nicht kündigen – vielleicht hilft das auch.»

«Schön wär's. Nun, machen Sie das Geld in kleinen Scheinen fertig. Sie haben meinen Vater nie in Wut gesehen.»

Mit einer Aktentasche prall voll Geld rannte Stephan zur Bank zurück. Die Menge vor der Bank schien noch zugenommen zu haben, vier Polizisten versuchten, eine gewisse Ordnung in die Reihen der nervösen Sparer zu bringen. «Ich arbeite hier! Lassen Sie mich durch!» schrie Stephan, er schob und drängelte und preßte die Tasche mit Geld an sich. In der Bank traf er auf seinen Vater.

«Vierzigtausend von Crocker. Mehr können sie mir nicht geben, und ich mußte auf den Knien darum bitten.»

«Sie müssen unsere Einlagen auszahlen», rief Anthony ärgerlich.

«Das steht nirgendwo geschrieben. Es gibt eine Menge Einlagen, die sie auszahlen müßten. Ich werde zu Giannini gehen.»

Er kehrte mit dreißigtausend Dollar zurück. Sie zahlten immer noch in voller Höhe aus, aber die Kassen waren fast leer.

«Schließ die Türen», bat er seinen Vater.

Mit steinernem Gesicht blickte Anthony ihn an und schüttelte den Kopf.

«Du mußt aufhören», bat Stephan.

«Frank löst unsere Regierungsanleihen ein. Wir werden jeden auszahlen.»

«Wir können nicht jedem sein Geld auszahlen. Es ist Viertel nach elf, und die Schlange von Menschen draußen wächst.»

«Gegen zwei Uhr werden wir zwei Millionen Dollar haben.»

«Und dann, was dann?»

Anthony Cassala schüttelte den Kopf. «Wir zahlen.»

«Und richten uns selbst zugrunde.»

«Nein. Sie werden Vertrauen fassen. Der Sturm wird aufhören.»

Gegen Mittag war Stephan in Dans Büro und bat ihn und Mark um Geld. «Hier sind hunderttausend Dollar in Regierungsanleihen. Die Stadt hat kein Geld mehr. Die Leute stürmen unsere Bank. Alle Banken in der Stadt haben eine Heidenangst, und sie hängen an ihrem Bargeld, als ob es ihr Lebensblut wäre. Wir können nicht einmal unsere Schatzbriefe gegen bar losschlagen. Wenn ihr mir Bargeld für diese Schuldverschreibungen geben könntet . . .»

«Zum Teufel mit den Schuldverschreibungen», sagte Dan. «Wir haben keinen Bargeldumlauf, Steve. Das weißt du doch.»

«Aber im Kaufhaus. Ihr nehmt doch bestimmt vierzig- oder fünfzigtausend pro Tag ein. Mark, wenn du mir das nur für vierundzwanzig Stunden geben kannst – oder nimm die Schuldverschreibungen als Sicherheit. So oder so. Aber ich muß es jetzt haben!»

«Was hältst du davon?» fragte Dan.

«Alles, was wir haben, Steve. Es sind von gestern noch ungefähr zehntausend im Safe. Wir werden auch die Registrierkassen leeren. Vielleicht dreißig- oder vierzigtausend.»

«Gott segne euch beide.»

Wieder raste Stephan mit einer Aktentasche, die bis obenhin voll Geld war, zur Bank zurück; aber es war, als versuchte jemand, mit einer Hand eine Flut aufzuhalten. Um drei Uhr schloß die Bank Cassalas. Um halb zehn am folgenden Morgen öffnete sie wieder. Um zwei Uhr schloß sie ihre Pforten erneut – ihre gesamten Reserven waren verbraucht. Sie sollte nie wieder öffnen. Am dritten Tag nach dem Ansturm erlitt Anthony Cassala in seinem Büro in der Bank of Sonoma einen Herzinfarkt. Als der Rettungswagen im Krankenhaus eintraf, war er tot.

Nach der Beerdigung erzählte Stephan Dan und Mark, mit denen er im Hause in San Mateo zusammenstand: «Es war am Morgen des zweiten Tages, und es standen wohl vierhundert Leute vor der Bank. Wir, Papa und ich, bahnten uns unseren Weg durch die

Menge, und dieser Mann sagte: ‹Bitte, Mr. Cassala› zu Papa. Versteht ihr, nicht laut, aber gequält, es war die Stimme eines Mannes, der ein Messer in der Brust hat, und er sprach Italienisch. Ich kenne ihn flüchtig, er ist Sizilianer, Arbeiter, Träger beim Bau oder so etwas. Papa bleibt stehen, und er sagt zu Papa, nicht böse, sondern mit leiser Stimme: ‹Mr. Cassala, ich möchte Sie nicht belästigen. Sie haben Schwierigkeiten. Ich habe Schwierigkeiten. Seit drei Monaten keine Arbeit. Ich habe Frau und fünf Kinder. Kleine Kinder. Jede Woche hebe ich zehn Dollar ab. So können wir leben. Ich habe siebenhundertzweiundsechzig Dollar in der Bank, Mr. Cassala, die ich seit meinem Hochzeitstag gespart habe. Das ist alles, was ich auf der Welt besitze. Ohne das Geld müssen wir verhungern.› Sonst nichts. Er war nicht wütend. Du weißt, ich habe nie Hunger gelitten. Ich mit meinem kranken Magen kann nicht mal verstehen, was Hunger ist. Papa sah den Mann an. Er heißt John Galeno. Papa nahm ihn am Arm und führte ihn in die Bank. ‹Zahl ihn zuerst aus, Stephan›, sagte er zu mir. Dann sagte er zu Galeno: ‹Sie nehmen das Geld nicht nach Hause und verstecken es, verstanden? Sie bringen es in Gianninis Bank, klar? Legen Sie es dort ein. Da ist es sicher.› Das macht doch kein Bankier! Lieber Gott, warum hat er sich je entschlossen, Bankier zu sein? Bankier war das allerletzte, was er auf dieser Welt hätte sein dürfen.»

Kälte in San Francisco kann ebenso beißend sein wie überall sonst auf der Erde. Es ist eine nasse, feuchte Kälte, die der Nieselregen und die Nebelschwaden mit sich bringen und die sich bis ins innerste Mark frißt. An einem solchen Tag stand Dan, fest in seinen Mantel gewickelt, die Hände in den Taschen, an der Ecke der California Street auf dem Nob Hill und sah zu, wie Abbrucharbeiter die Prunkvilla der Seldons abtrugen, Stein um Stein, Ziegel um Ziegel, Balken um Balken. Das große Eßzimmer, wo er vor so langer Zeit zum erstenmal gesessen hatte, der Olymp für ihn, wo er zum ersten Mal Nektar und Ambrosia hatte kosten dürfen, lag offen da, mit im Winde flatternden abgefetzten Tapeten: die Geister der Vergangenheit waren obdachlos und jammerten im Wind.

Er stand da und sah zu, gepackt von dem Anblick, festgehalten von irgendeinem Magneten aus einer sinnlosen Vergangenheit. Schließlich riß er sich los und ging den steilen Hügel zur Montgomery Street hinunter, an den Apfelverkäufern und den Bettlern vorbei – da geht, dank der Gnade Gottes, Dan Lavette! –, und leerte seine Taschen. Er konnte Bittenden nicht widerstehen. Einmal, vor Jahren, hatte Jean mit einer gewissen Strenge in der Stimme zu ihm gesagt: «Warum mußt du eigentlich jedem Lumpen etwas geben, der sich an dich heranmacht?» Aber er war immer ein «Nächster» gewesen, ohne daß er selbst es wußte oder verstand. Sein Verständnis von sich selbst war immer undeutlich gewesen; erst jetzt, wo die Dinge sich dem Ende näherten, begann er den Menschen zu spüren, zu empfinden, zu berühren, der Dan Lavette war.

Das Kaufhaus war fast leer. Das Geschäft war im Verlauf des Jahres 1930 ständig zurückgegangen, und an einem kalten, nassen Morgen wie diesem blieben die Leute, die noch Geld zum Einkaufen hatten, zu Hause. Er fuhr mit dem Fahrstuhl zu den Büros hinauf und hörte ein helles, fröhliches «Guten Morgen» von seiner Sekretärin. Sie war noch nicht lange da und sehr jung. Sie hieß Marion Soundso. Er hatte immer ein schlechtes Namensgedächtnis gehabt. «Mr. Levy wartet in seinem Büro auf Sie», sagte sie mit heller Stimme. «Jemand aus New York hat für Sie angerufen, ein Mr. Anderson. Er wird noch einmal anrufen. Ich konnte ihm nicht sagen, warum Sie sich verspätet haben.»

Martin Clancy von der Seldon Bank stand auf, als Dan Marks Büro betrat. «Fein, Sie zu sehen, Dan. Sie sehen gut aus.» Mark, der aus dem Fenster starrte, wandte sich um, als Dan eintrat. «Ein scheußlicher Tag», sagte er. Dan entschuldigte sich für sein Zuspätkommen; er habe beim Abbruch des Seldonschen Hauses zugesehen.

«Schon traurig, wenn man die alten Häuser eins nach dem anderen verschwinden sieht», stimmte Clancy zu. «Aber das ist der Fortschritt. Man kann ihn nicht aufhalten.»

«Ja, die Leute verkaufen Äpfel in der California Street», stimmte Dan zu. «Auch das ist Fortschritt.»

«Wir haben gerade über den Kredit gesprochen», unterbrach Mark schnell. «Mr. Clancy macht sich Sorgen, weil wir im Zahlungsverzug sind.»

«Es handelt sich nur um achtzehn Tage», sagte Dan. «In dieser besten aller möglichen Welten, Martin, sollten einem achtzehn Tage Verzug nicht den Schlaf rauben.»

«Das ist ein tröstlicher Gedanke, Dan. Ich versichere Ihnen, daß die vergangenen achtzehn Tage mir keine Schlaflosigkeit bereitet haben. Wie steht es aber mit den nächsten achtzehn Tagen?»

«Wir sprechen über eine halbe Million Dollar Zinsen. Wenn Sie mich geradeheraus fragen, ob wir sie haben, dann muß ich sagen: Nein. Wir haben sie nicht.»

«Und wann werden Sie sie haben?»

Dan sah Mark an, der sich an seinen Schreibtisch setzte und Clancy anstarrte. «Mr. Clancy», begann er . . .

«Ja.»

Mark räusperte sich. «Wir haben uns entschlossen, Sie um Stundung zu bitten. Diese Entscheidung ist uns nicht leicht gefallen. Sie kennen unsere Lage so gut wie wir. Selbst nach den gegenwärtigen geringen Marktpreisen verfügen wir über ein Nettovermögen von fünfundzwanzig Millionen Dollar. Ich spreche nicht von unserem Aktienkapital, sondern von unseren Aktiva. Wir haben eine der bestgeleiteten und günstigst gelegenen Fluglinien der Welt. Wir haben zwölf hervorragende neue Flugzeuge in Auftrag gegeben. Wir haben eine Flotte von Schiffen, ein Kaufhaus und einen Teil des besten Bodens, der um diese Stadt herum liegt. Vor zwei Jahren hätte man all das mit fünfunddreißig Millionen netto beziffert; wenn ich also fünfundzwanzig Millionen sage, setze ich die niedrigstmögliche Zahl für unser Kapital an. Doch wir sind von dem, was sich in unserem Land ereignet hat, mit betroffen. Dan und ich haben unser Leben damit verbracht, dieses Unternehmen aufzubauen, und wir glauben, daß wir es durch die Krise steuern können. Das sollte ebenso in ihrem wie in unserem Interesse liegen. In gewissem Sinne ist die Seldon Bank unser Teilhaber.»

«Kaum. Die Seldon Bank ist Ihr Geldgeber.»

Dan erkannte, daß Mark seinen Vortrag sorgfältig einstudiert hatte. Clancy war kalt und ungerührt, und Dan wurde bewußt, daß er fünf Jahre seines Lebens hergeben würde, wenn er hätte sagen können: «Sie kaltschnäuziger, lausiger, kleiner Mistkerl. Verschwinden Sie hier, bevor ich Sie hinauswerfe.» Statt dessen hörte er sich selbst sagen: «Martin, Martin – wir kennen uns nun schon sehr lange. Sicher, ihr seid unser Geldgeber. Und die Bank bedeutet mir auch etwas, viel mehr, als Sie sich vorstellen können. Sie wird meinen Kindern gehören. Was Mark und ich wünschen und vorschlagen, ist auch für die Bank am besten.»

«Wie stellen Sie sich das vor, Dan? Sie erbitten einen Zahlungsaufschub. Die Bank verzichtet auf eine Million Zinsen pro Jahr für das zweifelhafte Vergnügen, sechzehn Millionen Dollar ihres Kapitals zu binden. Oder schlagen Sie vor, daß die Zinsen kumulativ auflaufen sollen?»

«Das wäre wirklichkeitsfremd», unterbrach Mark. «Wirklichkeitsfremd und unmöglich. Sie wissen das so gut wie wir.»

«Wenn wir unseren Landbesitz verkaufen können», sagte Dan, «können wir die Schuld beträchtlich vermindern.»

«Warum haben Sie das Land nicht verkauft?»

«Das wissen Sie doch! Martin, wir kämpfen ums Überleben. Wir wissen, was wir haben. Wir haben es geschaffen. Wenn Sie die Kredite kündigen, was passiert dann mit diesem Unternehmen?»

«Darüber haben wir noch nicht gesprochen. Aber selbst wenn wir liquidierten – die Lage könnte besser sein. Der Kernpunkt des Bankwesens ist Geld. Ich bin sicher, daß Sie das wissen, und ich nehme an, Sie wissen auch, daß keine Bank von dem verschont bleibt, was sich heute ereignet. Wenn wir die Zahlungen auf Ihr Darlehen stunden, bedeutet das schlicht und einfach, daß sechzehn Millionen Dollar von unserem Geld nicht mehr da sind.»

«Nein, nein», sagte Mark. «Auf diesen Standpunkt können Sie sich nicht stellen, Mr. Clancy.»

«Das muß ich sogar. Sie bitten um ein Geschenk von einer Million Dollar pro Jahr. Ich will nicht herzlos oder grausam erscheinen; aber Geschenke sind im Bankwesen nicht angebracht.»

«Ich appelliere nicht an Ihre Großzügigkeit, Martin. Ich appelliere an Ihren gesunden Menschenverstand. Wir haben mit dieser Firma gelebt.»

«Sie waren zu gierig, Dan. Wenn Sie sich damit begnügt hätten, innerhalb der Grenzen dessen zu wachsen, was vernünftig war, säßen Sie heute nicht so in der Tinte. Nun, ich werde es dem Aufsichtsrat vortragen. In jedem Falle habe nicht ich zu entscheiden.»

Als er gegangen war, sagte Dan zu Mark: «Weißt du, Kumpel, wenn Tony noch lebte, wenn nicht dieser Ansturm auf seine Bank gewesen wäre – nun ja, Tony ist tot. Und garantiert gibt uns bei unserer gegenwärtigen Finanzlage niemand auch nur eine halbe Million.»

«Und wenn du zu Jean gingest?»

«Das ist ein interessanter Gedanke, nicht wahr? Nachdem ich ausgezogen bin, habe ich ihr mitteilen lassen, daß ich die Scheidung einreichen will.»

«Und?»
«Sie hat nichts dagegen.»
«Ich habe Jean nie sehr gut gekannt», sagte Mark. «Ich hatte immer das Gefühl, daß sie hart wie Stahl ist. Aber nicht nachtragend.»
«Sie ist Präsidentin einer Bank.»
«Einer Bank, die deinen Kindern gehört.»
«Ihren Kindern.»
Mark schüttelte den Kopf. «Ich schwöre dir, ich verstehe das nicht, Danny. Ein Kind ist ein Kind.»
«Soll ich mit Jean sprechen?»
«Wenn du meinst, daß das etwas nützt.»
«Sicher nicht.»
«Was dann?»
«Ich könnte zu Giannini gehen. Er war mit Tony befreundet.»
«Danny», sagte Mark und lächelte wehmütig, «von Finanzierungsdingen hast du noch nie viel verstanden. Uns gehören fünfzig Prozent des Aktienkapitals dieser Gesellschaft und zehn weitere Aktien, die uns die Mehrheit sichern; so daß wir gewissermaßen einundfünfzig Prozent besitzen. Das ist dasselbe. Als wir an die Börse gingen, wurden diese einundfünfzig Prozent zur Sicherheit für die Anleihe. Wir können von keiner Bank einen Penny leihen. Wir haben keine Sicherheiten mehr. Vor zwei Jahren hätte ich zu Giannini in die Bank gehen und sagen können, daß ich Seldon auszahlen wollte. Er hätte diese Gelegenheit sofort beim Schopfe ergriffen. Damals waren wir die Wunderknaben. Heute würde er dir ein Glas Wein eingießen, dir auf die Schulter klopfen und sagen, wie sehr er Tony Cassala gemocht hat.»
Sie saßen eine Zeitlang schweigend da. Dann sagte Dan: «Ich weiß was, Kumpel.»
«So?»
«Wir zwei beide gehen in die Stadt und besaufen uns.»
«Es ist erst halb zwölf.»
«Dann haben wir den ganzen Tag dafür vor uns!»
«Danny, ich habe mich seit zwanzig Jahren nicht betrunken.»
«Dann ist es höchste Zeit – stimmt's?»
«Stimmt», gab Mark zu.

Eine Woche danach rief Jean Dan an und fragte ihn, ob sie zusammen zu Mittag essen könnten.

«Mit Vergnügen», sagte Dan. «Wo treffen wir uns?»

«Wir haben ein eigenes Speisezimmer hier in der Bank. Wir werden ganz allein sein, und das Essen ist recht gut, Dan.»

Als er Mark von der Einladung berichtete, fragte Mark, was das seiner Ansicht nach bedeuten könnte.

«Da weiß ich genauso viel wie du.»

«Wie lange hast du sie nicht mehr gesehen?»

«Ungefähr drei Monate.»

«Ich weiß nicht, was ich dir sagen soll», sagte Mark. «Ich weiß wahrhaftig nicht, was ich sagen soll, Danny.»

«Sei doch nicht so verflucht anständig. Sag mir, ich soll mich vor ihr auf die Knie werfen und bitten.»

«Nein.»

«Ist das dein Ernst?»

«Weißt du, Danny, wir können uns nicht beklagen. Als Martha starb, hat mich das hart getroffen, so hart, wie etwas einen Menschen treffen kann. Danach – na ja, es gibt nichts Schlimmeres. Was geschehen konnte, ist geschehen. Sarah und ich haben darüber gesprochen, mehr als wir je gesprochen haben. Ich mache mir etwas daraus und dann auch wieder nicht. Gestern demonstrierten fünfunddreißigtausend Arbeitslose in New York, und die Polizei hat wie wild auf sie losgedroschen. Heute ging ein elegant aussehender alter Herr neben mir und klagte, daß er seit zwei Tagen nichts zu essen gehabt hätte. Ich hab ihm fünf Dollar gegeben und gedacht, daß, was sein Leben rettet – fünf lumpige Dollar – mir nichts bedeutet. Wir sind seit zwanzig Jahren zusammen, und wir haben uns nie zehn Minuten Zeit genommen, um uns darüber zu unterhalten, ob das Ganze verrückt ist oder nicht. Es kann sein, daß ein Gott, an den ich nicht wirklich glaube, alles auf seine Weise regelt. Kurz und gut, wir haben zusammengehalten. Vielleicht ist das das einzig Anständige, was wir getan haben. Ich habe deine Entscheidungen nicht ernsthaft angefochten und du meine nicht. Also will ich nicht, daß du dich auf die Knie wirfst und irgend jemanden bittest. Wir haben das nie getan, und dies ist nicht der Zeitpunkt, damit anzufangen.»

Dan nickte. «Ich werde tun, was ich tun kann.»

Als er an diesem Abend zu Hause war, erzählte Mark Sarah von Jeans Anruf und seiner eigenen Reaktion.

«Armer Danny», sagte sie. «Das kann einfach nicht gut ausgehen. Also hofft auf nichts, Mark.»

Selbst jetzt blieb Dan nicht unbewegt, wenn er Jean ansah. Ein Teil von ihm hatte immer reagiert, er spürte ein unerklärliches Gefühl aus dem Inneren heraus, das sich seiner Kontrolle entzog, ein Band, das ihn mit ihr verband und das nie vollständig durchschnitten werden konnte. Er hatte auch nie sagen können, ob er Jean oder ob Jean ihn abgelehnt hatte. May Ling hatte einmal mit Bezug auf Jean ziemlich bitter bemerkt, daß nur Menschen, die leiden, die Spuren des Alterns zeigen – eine Behauptung, deren Richtigkeit Dan bezweifelte. Er hatte erwidert, daß Jean wohl leide, er aber die Art ihres Leidens nicht verstehe. Doch wie auch immer, sie hatte ihr vierzigstes Lebensjahr erreicht, ohne daß es ihrer Schönheit Abbruch getan hätte. Unter ihren Augen waren keine Tränensäcke, ihr Gesicht war faltenlos. Vielleicht war ihre Gesichtshaut etwas straffer, und die Adern auf ihren Handrücken traten deutlicher hervor – aber sonst unterschied sie sich wenig von der jungen Frau, in die er sich damals verliebt hatte. Sie trug ein blaues Kostüm aus Wollserge mit einem schmalen weißen Nadelstreifen; die Jacke war geöffnet und zeigte eine weißseidene Bluse. Die reiche Fülle ihres honigfarbenen Haars hatte sie kurzschneiden lassen, eine Änderung, die ihr jugendliches Aussehen noch betonte.

Es war das erste Mal, daß Dan in ihrem Büro in der Seldon Bank war, und er war vom Stil des Raumes beeindruckt. Mit seinem blassen Aubusson-Teppich und den hellen Polsterstühlen und dem Sofa sah er keinem der Büros ähnlich, die er je gesehen hatte. An den Wänden hingen zwei Gemälde von Picasso und hinter ihrem Schreibtisch ein riesiges Ölbild mit Seerosen von Monet.

«Gefällt es dir?» fragte sie, als sie sah, wie er es betrachtete: «Ich habe es in Frankreich gekauft. Es ist das einzige seiner Art in San Francisco.»

«Es ist verdammt groß.»

«Ja, es braucht eine ziemliche Wandfläche. Darum hängt es hier. Schade, das müßten mehr Leute sehen können. Ich denke daran, es dem Museum zu vermachen.»

Sie hatte ihn freundlich, wenn nicht herzlich, begrüßt und ihm die Hand gereicht. Die Art, wie er auf das Büro reagierte, schien sie zu belustigen. «Clancy und Sommers finden es gräßlich», sagte sie. «Es entspricht einfach nicht ihrer Vorstellung davon, wie das Büro eines Bankiers aussehen sollte. Aber ich entspreche auch nicht ihrer Vorstellung davon, wie ein Bankier sein sollte. Einmal war Giannini hier, er ging herum, sah sich alles an und sagte dann: ‹Für Sie ist es recht.› Ich vermute, das war das größte Kompliment, das er einer Frau je gemacht hat. Und du, Dan? Du siehst gut aus. Etwas mehr graue Haare – und du hast zugenommen, nicht wahr?»

«Zu viel Bier.»

«Du hast keine weiteren Flüsterkneipen mehr zerschlagen?»

«Dafür werde ich langsam zu alt.»

«Ja, wir werden beide erwachsen, nicht wahr? Das mit Mr. Cassala hat mir sehr leid getan. Ich weiß, er war ein guter Freund von dir.»

Dan nickte. «Wie geht es den Kindern?»

«Sie werden über die Ferien nach Hause kommen. Du kannst sie sehen, das weißt du.»

«Ich weiß. Geht es ihnen gut?»

«Den letzten Berichten zufolge sehr.»

«Fein.»

«Ich habe uns das Speisezimmer reservieren lassen. Niemand wird uns unterbrechen. Ich glaube, wir haben eine ganze Menge zu besprechen, und ich meine, wir sind beide zivilisiert genug, daß wir das auf freundschaftliche Weise erledigen können. Meinst du nicht?»

«Daß wir beide zivilisiert sind? Wenn du meinst, daß uns das hilft, ja, ich glaube schon.»

Das Speisezimmer mit seinem langen Mahagonitisch, an dem der gesamte Aufsichtsrat essen konnte, war mit alter Eiche getäfelt, die Vorhänge waren aus weinrotem Velours. «Sieht das nicht trostlos aus?» sagte Jean. «Den Raum wage ich nicht anzurühren. Wenn ich das täte, bekäme unser guter Sommers einen Herzanfall. Ist es nicht seltsam, wie wir eine Stadt am Rande des Erdteils bauen und dabei noch versuchen, alle überholten, altmodischen Gewohnheiten der Briten zu kopieren? Wir sind nicht respektabel, wir waren es nie, und trotzdem verwenden wir so viel Zeit darauf zu beweisen, daß wir es sind. Ich habe eine klare Suppe und Hammelkotelett bestellt, und Kuchen und Eiscreme als Nachspeise. Keinen Fisch.»

«Das weißt du noch?»

«Ich weiß noch alles, Dan.»

«Ich wünschte, es wäre nicht so.»

«Heißt das, du bedauerst?»

«Ich bedaure. Wer tut das nicht?»

Sie ließ ihn am Kopfende des Tisches sitzen und setzte sich zu seiner Rechten. Der lange, leere Tisch dehnte sich vor ihnen. Wunderschöne Spode-Teller und Waterford-Gläser standen auf Spitzendeckchen. Das Besteck war schweres, verziertes Silber. Der Kellner in seiner weißen Jacke servierte gekonnt und unauffällig, und das Essen war ausgezeichnet.

«Ich esse selten hier», sagte Jean. «Der Raum bedrückt mich – besonders dieser ungeheure Tisch.»

«Dein Vater hatte genau so einen.»

«Vielleicht bedrückt er mich deshalb. Du weißt wohl, daß das Haus abgerissen ist?»

«Ich hab es gesehen. Hat es dich traurig gemacht, Jean?»

«Ja und nein. Ich hänge nicht besonders an der Vergangenheit. Andererseits wird alles auf Nob Hill abgerissen. Ich habe schon daran gedacht, einen Verein zu bilden, der einige der alten Häuser kaufen und erhalten soll. Aber es ist wohl nicht der rechte Zeitpunkt, zu einer Spendenaktion aufzurufen.»

«Da hast du zweifellos recht.»

«Ja. Sag mir eins, Dan. Wenn Mr. Cassala noch lebte und seine Bank nicht Konkurs gemacht hätte, hätte er dir die halbe Million gegeben?»

«Ja.»

«Ohne wenn, vielleicht, falls?»

«Ja. Wenn ich ihn gebeten hätte, hätte er mir das Geld gegeben.»

«Ohne Sicherheiten?»

«Ja.»

«Das ist interessant. Du konntest eine solche Beziehung zu einem Mann aufbauen, aber nicht zu einer Frau, nicht wahr, Dan?»

«Und was entnimmst du daraus?»

«Ich weiß nicht recht. Ich frage mich einfach manchmal, wie das alles so mit uns geschehen konnte.»

«Es ist geschehen, Jean. Das ist alles. Es kam einfach so.»

«Haßt du mich?»

Dan lehnte sich zurück und lächelte. «Was du für Fragen stellst! Nein, ich hasse dich nicht. Ich will dir nichts vormachen – ich stelle nur fest. Sieh mal, als du mich angerufen hast, wußte ich genau, was es bedeutete.»

«Bist du sicher?»

«Verdammt sicher.»

«Daß ich das Darlehen kündigen will?»

«Ja.» Er zögerte und sah sie lange an. «Mein Gott, bist du eine schöne Frau!»

«Danke.»

«Aber warum hier? Du hättest einen eingeschriebenen Brief oder den kleinen Scheißer von Laufburschen, Clancy, schicken können. Oder brauchtest du diesen Augenblick, Jean? War es einfach eine zu schöne Gelegenheit, als daß du sie dir entgehen lassen konntest?»

«Das ist deiner nicht würdig, Dan. Du warst ein Lump, aber kein kleiner Geist. Du hast nie gemein gedacht oder gemein gehandelt, und du weißt verdammt gut, ich auch nicht. Ich habe dich nicht hierher gebeten, um eine billige Rache zu befriedigen oder eine romantische Idiotie aufzuführen. Ich habe dich hierher gebeten, weil ich der Ansicht war, daß ich dir das selbst sagen mußte – von Angesicht zu Angesicht.»

«Ohne Vergnügen daran? Einfach so, weil es deine Pflicht als Präsidentin der Seldon Bank ist?»

«Uns bleibt keine andere Wahl.»

«Du könntest uns sechs Monate Zeit geben.»

«Und dann ist es eine ganze Million Dollar, die du nicht hast.»

«Nun gut, Jean. Du kündigst die Kredite. Was dann?»

«Wir liquidieren, was wir liquidieren müssen, und versuchen, das, was übrigbleibt, vorsichtig und klug zu verwalten.»

«Nun, den Jargon hast du gut gelernt», sagte Dan. «Vorsichtig und klug – im Gegensatz zu meinen wahnwitzigen Geschäften.»

«Nein, nein. Ich möchte ganz offen sein. Wir haben mit Grant Whittier gesprochen. Deine Schiffahrtslinie ist zwölf Millionen wert. Er wird sie kaufen.»

«Womit?»

«Er hat ein Nettovermögen von sechzig Millionen, Dan. Er hat Kredit bei Crocker und bei Wells Fargo. Wir würden ihm das Fehlende geben. Wir holen von dort zwölf Millionen, und das bringt uns aus der Gefahrenzone.»

«Du weißt, was du mir damit sagst?»

«Ich weiß, Dan. Ich weiß, daß du Grant Whittier verachtest.

Aber seine Schiffe führen noch Fracht, und seine Gesellschaft weist Gewinne aus. Deine sind stillgelegt.»

«Und der Rest?»

«Wir behalten die Fluglinie, das Kaufhaus und das Land. Ich bin deiner Meinung, was den Luftverkehr anbelangt, das war ich immer. Ich möchte dich nicht zugrunde richten, Dan. Ich möchte es dir ermöglichen zu leben.»

«Und was schlägst du vor, wie soll das geschehen?»

«Ich bitte dich zu bleiben, die Gesellschaft zu leiten. Wir werden dich gut bezahlen, vierzigtausend im Jahr als Anfangsgehalt und natürlich Spesen. Ich kann deine Qualitäten objektiv beurteilen, und wenn unser Aufsichtsrat dich etwas bremst, glauben wir, es mit dir schaffen zu können.»

«Und was ist mit Mark Levy?»

«Mark Levy ist nichts. Du weißt das. Er ist ein besserer Buchhalter, mehr ist er nie gewesen. Ich mache ihn nicht schlecht. Ich stelle einfach eine Tatsache fest, die du so gut kennst wie ich – oder besser.»

«Du bist schon eine, Jean, meine Liebe, du bist schon eine.»

Sie kannte die Anzeichen von Zorn. Sie hatte sie in der Vergangenheit oft genug gesehen, und sie sagte rasch: «Ich möchte nicht, daß diese Unterhaltung in eine unserer Streitereien ausartet, Dan. Wir haben eine geschäftliche Besprechung, und ich tue mein Bestes, um auf dieser Ebene zu bleiben. Ich habe von ganzem Herzen versucht, gerecht zu sein und dich nicht zu beleidigen.»

«Ich nehme an, daß du das wirklich getan hast», erwiderte er langsam. Er atmete tief ein und nickte. «In Ordnung, Jean, ich werde mein Bestes tun, nicht wütend zu werden, und ich werde diese Unterhaltung nach deinen Bedingungen weiterführen. Mark Levy ist mein Freund und mein Teilhaber. Wir sind seit zwanzig Jahren zusammen. Was soll ich ihm sagen?»

«Ist das nicht ein Problem, das du lösen mußt, Dan? Wenn du geschäftsführender Direktor der Gesellschaft bist, kannst du ihn einstellen oder nicht, wie du es für richtig hältst.»

«Für fünfundsiebzig Dollar die Woche als Buchhalter?»

«Wenn du willst. Oder zu jedem Gehalt, das du vertreten kannst.»

«Dir gegenüber?»

«Dem Aufsichtsrat gegenüber.»

«Und wenn ich den Wunsch haben sollte zu pinkeln», sagte er ruhig, «werde ich das vor dem Aufsichtsrat rechtfertigen.»

Sie biß sich auf die Lippen und saß schweigend da. Der Kellner kam und trug die Teller ab.

«Es tut mir leid, daß ich das gesagt habe», sagte Dan. «Ich hatte keinen Anlaß, das zu sagen. Du tust dein Bestes.»

«Gut. Können wir jetzt zivilisiert fortfahren?»

«Ja.»

«Ich habe einen Vorschlag gemacht. Du hast mir nicht geantwortet.»

«Weißt du, Jean», sagte er nachdenklich, «seit Wochen überlege ich und frage mich, warum ich dieses Spiel gespielt habe. Zuerst, scheint mir, wollte ich nur dich, und ich hätte wohl die ganze verdammte Stadt niedergebrannt, um dich zu bekommen. Oder vielleicht auch nicht. Dann wollte ich Nob Hill. Oder vielleicht auch nicht. Vielleicht war ich in meinem Inneren leer und mußte mich mit irgend etwas füllen. Ich habe mir nie wirklich Rechenschaft darüber abgelegt, was es in diesem Land bedeutet, Jude, Italiener, Ire, Chinese, Neger oder Mexikaner zu sein, deshalb brauche ich gar nicht zu versuchen, dir etwas zu erklären. Die einzige Möglichkeit einer Erklärung ist: ich tat, was ich tun mußte, weil es in meiner Natur lag. Das Geld war mir völlig gleichgültig. Ich habe mir nie etwas aus Geld gemacht. Von Anfang an haben wir die höchsten Löhne gezahlt, ganz gleich in welchem Bereich. Wir sind die einzige große Gesellschaft in dieser Stadt, die nie bestreikt worden ist. Und es war auch nicht die Macht. Ja, ich habe die Macht genossen, aber das war es nicht . . .»

Sie unterbrach ihn. «Du kommst vom Thema ab, Dan.»

«Eigentlich nicht», sagte er. «Eigentlich nicht, Jean – weil ich dir nur diese Antwort geben kann. Außerdem ist es Zeit, daß wir uns einmal richtig unterhalten. Wir haben das jahrelang nicht getan.»

Sie seufzte. «Sprich weiter.»

«Herausgekommen ist folgendes, Jean: es war das Spiel selbst. Es war das Spiel eines Kindes. Entweder hat man die Möglichkeit, Kind zu sein, wenn man klein ist, oder man wird nicht erwachsen. Ich war nie ein Kind. Mein Herz blutete für meinen Vater. Gott, wie ich ihn liebte und haßte! Er hatte einen Bruch. Ich hab dir das nie erzählt. Als ich acht Jahre alt war, war ich draußen im Boot und half ihm. Meine Hände wurden von dem verdammten Netz blutig gerissen. Laß dir von keinem sagen, Berufsfischerei sei ein Sport oder ein Spaß. Und nie nahm er das Geld, um den verdammten Bruch operieren zu lassen. Jeder Penny mußte gespart werden für ein eigenes Boot, damit sein Sohn etwas galt. Meine Mutter konnte zusehen, wo sie blieb. Unsinn! Warum hat er mich nicht zur Schule geschickt, wenn er wollte, daß ich etwas darstellte im Leben? Gott, Jean, ich will dich damit nicht belasten. Ich versuche das nur zu erklären. Nach seinem Tod sagte ich mir, zum Teufel mit seiner Art zu leben! Es ist ein Spiel, und man spielt es, um zu gewinnen, nicht, um sich zu Tode zu schuften. Das ist die Antwort. Der Spaß lag im Spiel. Ich war und blieb ein Kind. Du warst Teil des Spiels, und Nob Hill auch. Die Leute, gegen die ich spielte, waren die Großen und Mächtigen: die Whittiers, die Clancys, die Sommers, die Seldons, die Brockers und die Callans. Ich spielte auf ihrem Platz, nach ihren Regeln, ein armseliger Makkaroni vom Kai mit einem mickrigen Juden als Teilhaber. Nun gut: das Spiel ist aus. Irgendwo unterwegs wurde ich erwachsen. Vielleicht nicht ganz, aber doch so in etwa. Jean, ich schwöre dir, daß ich zu würdigen weiß, was du heute zu tun versucht hast. Aber ich will keine solche verfluchte Gesellschaft leiten. Du selbst und deine schöne Bank – nun ja, ihr würdet dabei draufgehen. Ich tauge nicht als Geschäftsführer. Ich habe es nur so weit gebracht, weil ich Mark Levy und einen Chinesen namens Feng Wo hatte, die alles für mich erledigten und alles zusammenhielten. Nein, ich will nicht – aber ich danke dir trotz allem.»

«Ist das dein letztes Wort?» fragte sie geschäftsmäßig.

«Ich denke schon.»

«Ich werde der Scheidung nichts in den Weg legen. Das weißt du.»

«Ja, ich weiß. Danke.»

«Ich werde einen Termin mit Thorndyke vereinbaren. Ist Sam Goldberg noch immer dein Anwalt?»

«Ja. Aber ich will keine Zusammenkunft mit den Anwälten.»

«Es muß sein, Dan. Das weißt du auch. In diesem Staat gilt das Prinzip der gesetzlichen Gütergemeinschaft in Form der Zugewinngemeinschaft.

«Wenn du das Haus auf dem Russian Hill oder sonst etwas meinst: du kannst alles behalten, ich will davon nichts. Weder das Haus noch etwas von dem, was sich darin befindet. Laß Thorndyke eine Verzichterklärung aufsetzen, und ich unterschreibe sie.»

«Warum? Hast du so viel Geld, daß du dir leisten kannst, es fortzuwerfen?»

«Ich habe genug.»

«Wo? Du hast achthundert Dollar auf deinem persönlichen Konto bei dieser Bank.»

«Ich habe dir gesagt, daß ich genug habe, Jean.»

«So geht das nicht. Wir haben zwei Kinder. Es gibt Dinge, die geregelt werden müssen.»

«Aber doch nur, wenn ich Schwierigkeiten mache.»

«Was ist mit deinem Besuchsrecht?»

«Sollten die Kinder jemals den Wunsch haben, mich zu sehen, würdest du dich ihnen doch nicht in den Weg stellen, nicht wahr?»

«Nein, das täte ich nicht.»

«Dann lassen wir es dabei bewenden, Jean.» Er erhob sich. «Es war eine gute Mahlzeit – wie du versprochen hattest. Danke.»

Sie stand auf und begleitete ihn zur Tür. Dort blieb er einen Augenblick lang stehen, sah sie lange an, neigte sich herab und küßte sie auf den Mund.

«Du bist ein großartiger Mann, Danny», sagte sie freundlich, «wenn auch nicht für mich.»

«Mitunter. Aber verlaß dich nicht darauf.»

«Das tue ich nicht, Danny, nicht mehr.»

Barbara Lavette kam zum Football-Wochenende von Boston nach Princeton, um das Spiel zwischen Yale und Princeton zu sehen. Ihr Bruder Tom studierte im ersten Jahr in Princeton und hatte ein Zimmer für sie im *Princeton-Inn* reservieren lassen und eine Verabredung für sie mit einem Studenten höheren Semesters namens Robert Toad getroffen, der Mitglied der Ivy League war, der wohl angesehensten Verbindung. Tom hatte sich bereits auf die Ivy League festgelegt, und es sah gut für ihn aus. Das Abendessen in den Räumlichkeiten der Verbindung war schon bestellt; die Runde sollte aus Toad, Barbara, Tom und Peggy Dutton bestehen, einer Freundin von Barbara, die im ersten Jahr in Wellesley studierte. Nachdem alles geplant und festgemacht worden war, wären die Verabredungen beinahe ins Wasser gefallen; doch schließlich hatte alles geklappt. Die zwei Mädchen würden gegenseitig Anstandsdamen füreinander sein und ein Zimmer teilen; und da die Duttons entfernt mit den Asquiths verwandt waren – Toms Großmutter war eine Asquith aus Boston gewesen –, war Peggys Familie schließlich einverstanden. Tom hatte Robert Toad versichert, seine Schwester sei ein fantastisches Mädchen, er werde auf keinen Fall die Katze im Sack kaufen. Doch selbst Tom war verblüfft vom Anblick seiner Schwester, nachdem er sie drei Monate nicht gesehen hatte.

Barbara Lavette, noch nicht siebzehn, war fast so groß wie ihre Mutter. Ihr kurzgeschnittenes Haar war dunkel honigfarben, ihre großen, grauen Augen waren kühl und wissend, ihre Züge hatten denselben kraftvollen Ausdruck. Die um ein Jahr ältere Peggy Dutton, die klein, pummelig und hübsch war, wirkte neben ihr fade. Beide Mädchen waren aufgeregt; nicht nur, weil ihr erstes Football-Wochenende vor ihnen lag, sondern auch von dem Eindruck, den die Stadt Princeton auf sie machte. «Es ist wunderbar», rief Barbara aus. «Was für ein wundervoller alter Ort!»

Tom brachte sie und ihr Gepäck ins Gasthaus und erklärte, daß Robert Toad auch hatte kommen wollen, aber im Gesangverein beschäftigt sei. «‹The Toad› wird dir gefallen», sagte Tom zu Barbara. «Natürlich nenne ich ihn nicht so, wenn er dabei ist. Aber so nennen ihn seine Kumpel.»

«Was für ein gräßlicher Name – die Kröte!»

«Überhaupt nicht. Er war in Lawrenceville, und solche Namen sind dort eine Auszeichnung. Ich wäre auch lieber dorthin gegangen, statt in ein Loch wie Groton. Er ist groß und sieht recht gut aus.»

«Größer als ich, möchte ich doch hoffen.»

«Aber ja, natürlich.»

«Gott bewahre mich vor großen Männern», sagte Peggy Dutton. «Tom hat gerade die richtige Größe.»

In ihrem Zimmer holte Tom mit der Geste eines Zauberers, der ein Kaninchen aus dem Hut zieht, eine Flasche aus seiner Manteltasche. «Der kluge Mann baut vor. Draußen ist es bitter kalt, und auf den Tribünen wird es noch kälter sein.»

«Ich möchte keine Fahne haben», sagte Barbara.

«Wodka. Riecht nicht. Außerdem würde The Toad sich nichts daraus machen. In der Ivy League gibt es keine Abstinenzler.»

Sie tranken alle auf den Sieg von Princeton. «Trinken wir auch auf Mutters Scheidung?» fragte Tom seine Schwester. «Sie ist gestern durchgekommen, weißt du das schon?»

Barbara sah Peggy und dann ihren Bruder an.

«Ich gehöre fast zur Familie», sagte Peggy. «Tom hat mich eingeweiht. Keine Geheimnisse. Du weißt, ich bin eine Art Kusine um fünf Ecken herum – oder so.»

«Eine entzückende Verwandte zum Küssen. Mutter rief mich gestern an, Barby. Sehr kultiviert.»

«Wohin ist er gegangen?» fragte Barbara unsicher.

«Interessiert mich nicht die Bohne.»

«Sprich nicht so!» sagte Barbara heftig.

«Was hast du? Er ist auch mein Vater, und er war ein absoluter Lump.»

«Kinder, Kinder», sagte Peggy. «Ich will keinem Familienstreit beiwohnen. Heutzutage lassen sich alle scheiden, und wenn es auf ordentliche, kultivierte Weise geschieht, ist alles in bester Ordnung.»

Barbara stand da und sah von ihrem Bruder zu Peggy Dutton; plötzlich verzog sich ihr Gesicht, und sie begann zu weinen.

«Barby, Liebste», rief Peggy und nahm sie in die Arme. «Was habe ich bloß gesagt? Bitte verzeih mir.»

Bis zum Anpfiff war Barbara wieder sie selbst, und sie konnte ihren Tränenausbruch nicht einmal sich selbst erklären. Robert Toad war groß, gutaussehend und charmant. «Alterchen», flüsterte er Tom zu, «du bist der erste, der mir ein blindes Rendezvous verschafft, das kein Reinfall ist! Sie ist absolute Spitze.» Er hatte zum Spiel einen Halbliter-Flachmann von dem mitgebracht, was er als den «allerbesten, ehrlich importierten Scotch» bezeichnete, der nicht einmal mit dem Fusel zu vergleichen war, den Tom mit hatte. Barbara mochte den Geschmack nicht, sie hustete und würgte, als Toad ihr die Flasche an die Lippen hielt. «Mädchen, du mußt üben. Stemm dich nicht dagegen. Laß ihn langsam und leicht hineinlaufen.» Sie hatten sich eine große Wolldecke umgehängt, und Toads Hände glitten versuchsweise über Barbaras Schenkel. Er legte seinen Arm um sie, um ihren Busen zu berühren. Ach du lieber Himmel, dachte sie, was jetzt? Ich brauche nur den Mund aufzumachen, und Toms Aussichten auf die Ivy League sind dahin; und so, wie er redet, ist er an der Ivy League mehr interessiert als daran, mit Peggy ins Bett zu gehen. Sie war nicht gegen Petting, aber sie hatte schon vor langer Zeit beschlossen, daß sie selbst die Wahl treffen wollte; und dieser große, schlaksige, oberflächliche junge Idiot war auf keinen Fall ihre Wahl. Sie flüsterte ihm ins Ohr: «Bitte sei vorsichtig, weil ich Herpes auf den Brüsten habe.»

«Herpes?» flüsterte er zurück. «Was, zum Teufel, ist Herpes?»

«Eine Art Geschlechtskrankheit. Es ist nicht so schlimm wie Syphilis, aber es ist schrecklich ansteckend; und ich würde mir das nie verzeihen.»

«Ihr zwei kennt euch noch nicht lange genug, um miteinander zu flüstern», sagte Peggy Dutton fröhlich. «Los doch, sprecht laut.»

Toads rechte Hand zog sich von Barbaras Busen und die linke von ihrem Schenkel zurück. Beide Hände erschienen über der Wolldecke, als er von Barbara abrückte. Für den Rest des Tages war er kühl und höflich. Beim Tanz, nach dem Abendessen im Ivy, forderte er sie nicht ein einziges Mal auf und sah finster zu, wie Barbara sich aus dem Schwarm junger Männer um sie herum den einen oder den anderen auswählte. Er verbrachte den Abend damit, sich zu betrinken, und als Tom ihn fragte, ob er mit wollte, die Mädchen ins Gasthaus begleiten, sagte er: «Das Vergnügen überlaß ich dir, du kleiner Schurke. Und vielen Dank für nichts.»

Es war ein schöner, frischer Herbstabend. In der Ferne, in der Gegend von Blair Arch, sang eine Gruppe Jungen *Going back to Nassau Hall.* Der Mond schien, und der Wind raschelte in den trockenen Blättern, die immer noch an den Ahornbäumen in der Prospect Avenue hingen. «Es ist traumhaft, vollkommen traumhaft», seufzte Peggy.

«Was war denn bloß mit dir und The Toad?» fragte Tom seine Schwester.

«Ich habe keine Ahnung. Mir hat der Abend wirklich gut gefallen.»

«Hör mal, er hat nicht einmal mit dir getanzt.»

«Ja, das ist mir auch aufgefallen.»

«Ist er dir zu nahegetreten? Der Gedanke hat mich beunruhigt, aber dann habe ich mir gedacht, daß du auf dich selbst aufpassen kannst. Nicht, daß er so ein Mistkerl wäre, aber sie haben einen gewissen Ruf in der Ivy League.»

«Nicht einmal einen Schritt.»

«Nun, da sieht man's wieder», sagte Tom. «Man weiß nie.»

Im Gasthaus sagte Barbara, sie sollten nur schon ins Zimmer gehen, sie wollte noch telefonieren. «Kannst du uns eine ungestörte halbe Stunde versprechen?» fragte Tom mit einem etwas törichten Grinsen.

«Beachte den kleinen Wüstling nicht», sagte Peggy wenig überzeugend.

«Ja, ich verspreche, euch eine halbe Stunde lang nicht zu stören.»

Sie gingen nach oben, und Barbara betrat die Telefonzelle und meldete ein R-Gespräch nach Hause an. Jeans Stimme klang verschlafen und verwirrt, als sie sagte, natürlich würde sie einen Anruf von Barbara Lavette entgegennehmen.

«Liebling, was ist passiert? Ist alles in Ordnung? Es ist hier auch schon elf Uhr.»

«Oh, entschuldige bitte, Mutter – ich hab überhaupt nicht an die Zeit gedacht.»

«Ist etwas? Geht es dir nicht gut? Bist du krank?»

«Es ist nichts, eigentlich. Ich weiß nicht.»

«Aber warum rufst du an?»

«Weil du dich von Daddy hast scheiden lassen.»

«Liebling, du wußtest doch, daß es so kommen würde.»

«Warum?»

«Liebling, das können wir nicht am Telefon besprechen. Bald kommst du ja über die Weihnachtsferien nach Hause. Dann reden wir darüber. Glaub mir, es ist für uns alle das Beste. Weinst du?»

«Ja», erwiderte Barbara.

«Aber warum? Du hast dich immer so über ihn geärgert und aufgeregt. Du hast nie verstanden, warum ich bei ihm blieb.»

«Ich weiß.»

«Barbara, Liebling», sagte Jean, «ich schlafe noch halb. Ich weiß nicht, was ich dir sagen soll.»

«Werden wir ihn je wiedersehen?» fragte Barbara traurig.

«Ja, natürlich wirst du das.»

«Du bist böse auf mich.»

«Nein, Liebling. Nein, das bin ich nicht.»

«In Ordnung.»

«Wo bist du?»

«Ich bin in Princeton im Gasthof. Peggy Dutton und ich sind zum Football-Wochenende hergekommen. Aber ich bleibe nicht hier. Ich mag nicht bleiben. Ich fahre morgen nach Boston zurück.»

«Dann rufe ich dich morgen Abend in Boston an.»

«Wenn du das möchtest.»

«Ja. Bitte, Kleines, weine nicht darüber. Es mußte einfach sein.»

«Wo ist Daddy?»

«Im *Fairmont*, nehme ich an. Wo er den größten Teil des letzten Jahres verbracht hat.»

«Na ja . . . Dann gute Nacht.»

Dan fuhr nach San Mateo, um sein Boot zu verkaufen. Es war acht Jahre nicht im Wasser gewesen und mußte überholt werden; und es war eine Zeit, in der die Leute sich nicht darum rissen, Boote zu kaufen. Fred Marsha, der Strandmeister, bot ihm hundertfünfzig Dollar. Dan nahm an. Dann fuhr er zum Hause der Cassalas, wo er zum Abendessen erwartet wurde. Maria Cassala umarmte ihn und brach dann in Tränen aus. Sie blieb weinend in der Küche zurück. Im Wohnzimmer hielt Dan Ralph auf dem Schoß, während Joanna andächtig zusah.

«Das Leben geht weiter», sagte Stephan. «Mama weint und geht zur Kirche. Sie hat einen Rekordverbrauch an Kerzen. Sie weint um Papa, sie weint um deine Scheidung und um deine unsterbliche Seele.»

«Wie kannst du so sprechen?» sagte Joanna. «Sie hat Kummer.»

«Könnt ihr das Haus halten?» wollte Dan wissen.

«Es lag keine Hypothek darauf. Papa war versichert. Ich habe Glück. Ich habe eine Arbeit bei Wells Fargo bekommen. Wir schaffen es, Dan.»

«Du hast das Kind, und du hast eine gute Frau. Was meine unsterbliche Seele anbelangt, die habe ich auf dem Wege den Nob Hill hinauf verloren.»

«Es tut mir leid, Danny. Ich mag es nicht, wenn du so sprichst.»

Später an diesem Abend ging Stephan mit Dan zu seinem Auto hinaus. «Danny», sagte er, «laß es nicht das letzte Mal sein. Komm zurück. Bitte.»

«Was soll das heißen?»

«Ich weiß nicht. Es ist einfach ein Gefühl – daß wir uns nicht wiedersehen werden.»

«Wir werden uns wiedersehen.»

«Weißt du, woran ich den ganzen Tag gedacht habe? Daran, wie du nach dem Erdbeben in unsere Küche kamst und das Geld aus deinen Taschen holtest.»

«Das ist sehr, sehr lange her, Steve.»

«Ja, das ist es. Nimm's nicht schwer, Dan.»

Am nächsten Tage verkaufte Dan sein Auto. Es war ein Cadillac Baujahr 1929; aber wie der Markt für Boote, so war auch der Markt für Cadillacs schlecht. Der Händler, der ihm siebenhundertundfünfzig Dollar gab, sagte zu ihm: «Ich gebe Ihnen einen Höchstpreis, Mr. Lavette, glauben Sie mir. Das Auto wird die nächsten sechs Monate bei mir auf dem Hof stehen.»

Er verließ das *Fairmont.* Die Rechnung über sechshundertzweiundsiebzig Dollar bezahlte er bar, lud dann seine Koffer in ein Taxi und nahm sie mit ins Büro. Da saß er an seinem Pult, starrte auf sein Gepäck und dachte an nichts. Er hatte das seltsame Gefühl, in der Zeit zu schweben.

Mark kam herein und sah die Koffer. «Fährst du weg?»

«Ich bin aus dem *Fairmont* ausgezogen. Könnt ihr mich für ein paar Tage unterbringen?»

Mark nickte.

«Alles klar?»

Mark nickte wieder. «Was ist mit den Bildern?» fragte er und zeigte auf die Wände. «Willst du sie nicht?»

«Nein.»

«Sie gehören dir.»

«Möglich. Sie sehen da gut aus, wo sie sind.»

«Ich habe gestern den ganzen Tag mit Fred Blankfort, dem neuen Kaufhausdirektor, zugebracht. Er wird es schon schaffen. Polly Anderson bleibt hier, sie weiß so gut wie ich, wo alles ist. Buckley hat die Verwaltung der Fluglinie übernommen. Sam Goldberg hat den ganzen Monat mit Thorndyke und seinen Leuten zusammengearbeitet, und sie haben alles unter Kontrolle.»

«Wer bezahlt Goldberg?»

«Die Firma. Thorndyke war damit einverstanden.»

«Und damit ist alles klar?» fragte Dan.

«Ungefähr. Whittiers Leute kümmern sich um die Angelegenheiten in New York.»

«Ich nehme an, sie werden alle rausschmeißen?»

«Wir können nichts dagegen tun.»

«Dann können wir also gehen.»

«Nackt sind wir gekommen, und nackt werden wir von hinnen fahren», sagte Mark und lächelte wehmütig. «Ich muß nur noch Polly auf Wiedersehen sagen.»

Polly Anderson klammerte sich an Mark und weinte ausgiebig.

«Es ist ungerecht», schluchzte sie. «Es ist so verdammt ungerecht. Es ist nicht richtig.»

Sie gingen aus dem Haus, und Dan trug seine zwei großen Koffer. «Elf gute Anzüge», erklärte er Mark. «Zwei Dutzend Hemden. Sechs Paar Schuhe. Mindestens dreißig Krawatten. Großer Gott, ich weiß nicht, warum ich das mit mir schleppe.»

«Du wirst Verwendung dafür haben.»

«Das bezweifle ich.»

Auf der Fähre nach Sausalito fragte Mark Dan, was er mit seinem Auto gemacht habe.

«Verkauft. Siebenhundertfünfzig Dollar.»

«Für den Cadillac? Du hast den Verstand verloren.»

«Niemand will Cadillacs, mein Junge. Ich hab gar nicht mal so schlecht abgeschnitten. Ich habe meine Hotelrechnung bezahlt und schulde niemandem auch nur einen Cent; und ich habe immer noch ungefähr hundertzwanzig Dollar in der Tasche.»

«Moment mal: Und was ist mit der Gütergemeinschaft?»

«Ich habe eine Verzichterklärung unterschrieben. Jean bekommt alles.»

Mark schwieg eine Zeitlang, dann sagte er langsam: «In Ordnung. Ich sage nichts dazu.»

«Das ist gut, denn ich will nicht darüber sprechen.»

«Wie sieht deine Finanzlage aus? Was hast du auf der Bank, auf deinem persönlichen Konto, wenn du mir die Frage erlaubst?»

«Ich erlaube sie dir.»

«Nun?»

«Nichts. Ich habe mein Konto geschlossen.»

«Soll das heißen, daß du pleite bist, Danny?»

«Zum Teufel, nein. Wie ich dir schon sagte, ich habe noch hundertzwanzig Dollar in der Tasche.»

«Du verrückter Kerl.»

«Du nimmst mich hart ran, alter Junge.»

«Mein Gott, Dan, das ist doch idiotisch, absolut idiotisch! Gott sei dank sitzen Sarah und ich nicht auf dem Trocknen. Wir haben etwas Geld zur Seite gelegt, und das Haus ist schuldenfrei. Ich habe genug, um uns beide am Leben zu erhalten.»

«Mark», sagte Dan hart, «wir wollen nicht mehr darüber sprechen. Biete mir kein Geld an. Verstehst du? Wir wollen nicht mehr über Geld sprechen – nicht miteinander und nicht mit Sarah.»

«Warum?»

«Weil ich es sage.»

«In Ordnung, wenn du es so willst.»

Sarah hatte einen Rinderbraten vorbereitet, dazu Kartoffeln und Zwiebeln, Möhren und Spinat, Tomatenscheiben, selbstgebackenes Brot, Käsescheiben und Apfelpastete. Dan saß in der gekachelten Küche, hatte die Ärmel aufgerollt und aß mit großem Appetit ungeheure Mengen und spülte alles mit Jakes Wein hinunter. Er war so gelöst, heiter und entspannt, wie ihn Sarah seit Jahren nicht gesehen hatte. Auch Mark war weniger verkrampft, entspannter als sonst seit dem Tode seiner Tochter. «Ehrlich», sagte er, «es war komplizierter, das Ding zu liquidieren als es aufzubauen. Ich kann kaum glauben, daß es vorbei ist.»

«Trinken wir darauf», sagte Dan.

«Ich verstehe das nicht», sagte Sarah. «In einer Welt, in der Männer Selbstmord begehen, weil sie ruiniert sind, feiert ihr beide.»

«Es ist aber logisch», sagte Mark. «Und wenn auch nur, weil es endlich vorbei ist.»

«Und was ist mit Jean?» fragte Sarah.

«Was mit Jean ist? Wir sind geschieden.»

«Sie hat euch das angetan!»

«Das finde ich eigentlich nicht», sagte Mark. «Niemand hat uns das angetan. Es ist einfach geschehen! Und als es erst einmal angefangen hatte, war es nicht mehr aufzuhalten.»

Dan schlief am nächsten Morgen aus. Erschöpfung und Anspannung hatten sich in ihm aufgestaut, und er lag bis Mittag im Bett. Er genoß das Bewußtsein, daß er nichts zu tun hatte, nirgendwohin gehen mußte, keine Verpflichtungen hatte, keine Aufgaben, keine Pläne. Sarah war allein in der Küche. Sie briet ihm Schinken, drei Eier und Bratkartoffeln, und Dan aß alles, was sie ihm vorsetzte.

«Danny, so hast du seit deiner Kindheit nicht gegessen.»

«Nein? Ich glaub auch nicht. Wo ist Mark?»

«Er ist zum Pier gegangen. Es gibt dort einen Laden für Angelzeug und Köder, den er vielleicht kaufen will. Dann hat er wenigstens etwas zu tun. Ich wünschte, er würde das Tempo drosseln, aber ich nehme an, das muß man lernen, wenn man jung ist.»

«Er wird besser damit fertig, als ich dachte.»

«Und du, Danny? Bedauerst du nichts?»

«Sicher bedaure ich, aber nicht allzuviel. Für mich hat es eher aufgehört als für Mark. Ich habe dann nur noch die Bewegungen mitgemacht. Das Komische ist – ich mache mir eigentlich nichts daraus.»

«Und jetzt?»

«Ich weiß nicht. Ich möchte nicht mal darüber nachdenken.»

«Du meinst, du möchtest nicht über May Ling nachdenken.»

«Vielleicht. Ich habe sie seit mehr als zwei Jahren nicht gesehen.»

«Du bist ein Narr», sagte Sarah. «Es hat keinen Zweck, mit einem Narren zu sprechen. Du und Mark, ihr seid wie Kinder.»

«Ich glaube, das sind die meisten Männer. Vielleicht ist das der Grund, warum wir aus allem so ein Kuddelmuddel machen.»

Etwas später ging Dan ins Dorf hinunter. In einem Laden für Arbeitskleidung kaufte er ein Paar schwere Arbeitsschuhe mit Gummisohlen für vier Dollar, zwei Paar Blue jeans und zwei baumwollene Arbeitshemden. Für alles zusammen bezahlte er zehn Dollar und fünfzig Cent. Er fügte noch einen kleinen Seesack hinzu und für einen weiteren Dollar vier ausgezeichnete Havanna-Zigarren. Es war das erste Mal in zwanzig Jahren, daß er etwas von dem Geld in seiner Tasche gekauft hatte mit dem Bewußtsein, daß das, was darin war, alles war. Es kam ihm sehr seltsam vor, aber er fühlte sich zugleich auch merkwürdig erheitert. Eine Zigarre rauchend wanderte er langsam und gemütlich zu Marks Haus zurück, war Teil der kleinen Straße, auf der er ging, Teil des strahlenden, sonnigen Nachmittags. Er war immer noch nicht ganz einundvierzig, um gut vier Kilo zu schwer, aber gesund, und mit Anstand aus allem hervorgegangen. Das war etwas, das er Mark und Sarah nicht erklären konnte. Die Sache mit der Zugewinngemeinschaft, das kalifornische Gesetz, demzufolge das persönliche Vermögen von Mann und Frau bei einer Scheidung zu gleichen Teilen zwischen ihnen aufgeteilt wird – das war die Falle. Jean hätte ihm liebend gern hunderttausend Dollar oder mehr gegeben, nur um das Haus auf dem Russian Hill und was darin war zu behalten. Aber damit hätte alles wieder von vorn angefangen. Wenn er eines in seinem Leben gelernt hatte, war es, nicht in eine Falle zu tappen. Es gab keinen anderen Weg zur Freiheit, er konnte sich nicht anders von der seltsamen, unbegreiflichen geistigen Verwirrung lösen, die in den letzten zwanzig Jahren sein Leben bestimmt hatte. Er wußte das, obwohl er sich über die Art oder das Ausmaß dieser Verwirrung nicht klarzuwerden vermochte. Schiffe, Flugzeuge, Vermögen,

Spesenkonten, die Welt, in der man kaufte, was man haben wollte: Lebensmittel, Frauen, Kleidung, Reisen, in der man nicht nach dem Preis fragte – die Welt war unwirklich wie ein Traum. Er war vorbei.

Als er am nächsten Morgen in die Küche kam, trug er Arbeitskleidung. Mark und Sarah sahen ihn neugierig an.

«Nach dem Frühstück verschwinde ich», sagte er.

«Nein!» rief Sarah aus. «Nicht jetzt. Nicht so schnell, Danny.»

«Wohin gehst du?» fragte Mark.

Dan zuckte die Schultern. «Das muß ich mir noch überlegen.»

«Kommst du wieder, Danny?»

«Irgendwann, sicher.»

Als er zum Gehen bereit war, in der Hand den kleinen Seesack mit Hose und Hemd zum Wechseln, einigen Socken und Unterwäsche, eine alte Lederjacke über dem Baumwollhemd, umarmte ihn Sarah schluchzend. Dann fuhr Mark ihn zur Fähre und danach zur Bus-Haltestelle. «Ich habe die zwei Koffer im Gästezimmer gelassen», sagte Dan. «Heb sie mir auf, ja, Kumpel?»

«Mit dir kann man nicht reden. Du bist stur wie ein Maultier. Kümmer dich nicht um mich; aber wenn du nicht ab und zu von dir hören läßt, brichst du Sarah das Herz.»

«Ich laß von mir hören.»

An der Haltestelle drehten sich die Leute um, als sie sahen, wie ein kahlköpfiger, kleiner Mann mit Spitzbauch einen großen Kerl in Arbeitskleidern umarmte. Dann lief der kahlköpfige, kleine Mann fort, weil er kein Wort herausgebracht hätte.

Am Schalter kaufte Dan eine Karte für eine einfache Fahrt nach Los Angeles.

Sechs Monate später wurde Dan Lavette aus dem Stadtgefängnis von Los Angeles entlassen, nachdem er dort neunzig Tage wegen Widerstands gegen die Staatsgewalt abgesessen hatte. Er trug Schuhe, ein abgewetztes Paar Blue jeans und ein Baumwollhemd; das war seine gesamte irdische Habe. Er wog vier Kilo weniger als zu dem Zeitpunkt, wo er ins Gefängnis gekommen war. Im übrigen fühlte er sich verhältnismäßig wohl und tröstete sich damit, daß das seine erste Haftstrafe in einundvierzig Jahren war. Die neunzig Tage waren interessant und lehrreich und hin und wieder todlangweilig gewesen. Es gab nur wenige Bücher im Gefängnis, aber er hatte *Krieg und Frieden* in die Hand bekommen, das zu lesen May Ling ihn oft gedrängt hatte. Außerdem hatte er *Die Rückkehr* von Thomas Hardy und *Eine amerikanische Tragödie* von Theodore Dreiser gelesen. Er war mit einer leichten Messerwunde zwischen zwei Rippen davongekommen, als ein Zellengenosse ihn im Drogenrausch umzubringen versuchte. Er hatte zweihundertsiebzig der schlechtesten Mahlzeiten seines Lebens gegessen, und er hatte die Unsinnigkeit und Nutzlosigkeit eines Bestrafungssystems kennengelernt, das sich von Anbeginn dessen, was der Mensch hochtönend Zivilisation nennt, nicht geändert hatte. Er hatte zahllose Stunden auf einer verwanzten Koje gelegen und versucht, in seinem Leben Sinn, Vernunft und Bedeutung zu finden, hatte an vielerlei gedacht, an seine Kinder, die zwei Frauen ihm geboren hatten, und auch an die Frauen selbst.

Ohne die Frauen lebte er nur halb. In seinem ungeheuren Körper wohnte eine beinahe rührende Empfindsamkeit, ein schmerzhaftes, dringendes Bedürfnis nach Liebe und Wertschätzung; er mußte in Worten und Werken gesagt bekommen, daß er ein Mensch war, daß er mehr war als ein unverständiger, unwissender Rohling; und alle seine Bemühungen, sich das selbst zu beweisen, indem er das Spiel der Kultivierten und Mächtigen spielte, führten zu nichts. Als er die Fahrkarte nach Los Angeles kaufte, kehrte ein Teil von ihm zu May Ling zurück; und diesen Teil seines eigenen Wesens verstand er besser als den, der sich fürchtete, zurückzukehren. Selbsterforschung fiel ihm schwer; er hatte das bisher dadurch ausgeglichen, daß er etwas tat. Im Gefängnis hatte er zum erstenmal in seinem Leben Tage und Wochen gelebt, ohne etwas zu tun.

Als er in Los Angeles angekommen war, war er nicht zu May Ling gegangen. Erst einmal wollte er Arbeit haben. Er mietete für drei Dollar pro Woche ein Zimmer im Hotel *Charlton* in der Innenstadt, einen elenden kleinen Raum mit einem schmalen Bett, einer Kommode, einem Stuhl und einer nackten elektrischen Glühbirne, die von der Decke hing. Er lag schlaflos auf dem Bett, dachte an May Ling und sagte sich, er müsse zuerst eine Arbeit suchen. Main Street war der finsterste Teil in dem elenden Bauch der Stadt, eine Reihe von Spielhallen, Flüsterkneipen, Imbißstuben voller Ungeziefer, chinesischen Restaurants und offen betriebenen Bordellen; und mehrere tausend Männer, die das Elend quälte, suchten hier Arbeit, wo es keine gab. Vor einem Schild, auf dem zu lesen war, daß

Toilettenreiniger gesucht würden, warteten zweihundert Männer. Dan fand für zwei Tage Arbeit auf einem Grundstück, wo er Rost von landwirtschaftlichen Maschinen abkratzte, die wieder instand gesetzt werden sollten. Er bekam drei Dollar pro Tag, und niemand an der Arbeitsstelle beschwerte sich über die Bezahlung.

Auf dem Signal Hill floß das Öl, wie es aus tausend anderen Bohrtürmen um die wuchernde, formlose Stadt herum floß, vom Geschäftsviertel zum Wilshire Boulevard, zur Venice und zur Torrance Street. Er fand drei Wochen Arbeit auf dem Signal Hill, wo man ihn wegen seines Körperbaus und seiner Kraft aus zweihundert Männern auswählte, und drei gute Wochen lang arbeitete er in der Sonne, kämpfte mit Rohren, Ketten und Bohrlochfutter und fühlte, wie seine Muskeln fest wurden und sein Körper auf die Arbeit reagierte. Er bekam fünfundzwanzig Dollar die Woche, und seine Seele war von dem Gedanken an May Ling erfüllt, mit Furcht und Hoffnung und Vorfreude – und auch mit dem Gedanken, daß sie vielleicht verheiratet war und ihn haßte, was nur gerecht und angemessen gewesen wäre. Dann standen er und vierzig andere Männer wieder auf der Straße, und es gab keine Arbeit mehr. Er versuchte alles. Als mit einem Inserat in der Los Angeles *Times* Männer, die größer als einsneunzig waren, aufgefordert wurden, zum Filmstudio in Culver City zu kommen, ging er dorthin, obwohl ihm zwei Zentimeter am geforderten Maß fehlten. Aber er war nur einer unter tausend großgewachsenen Männern, und nach drei Stunden des Wartens wurden die Tore von Metro geschlossen.

Eines Abends spät in der Third Street nahm er das Bündel mit den sechzehn Dollarscheinen, die ihm verblieben, heraus, da fielen ihn zwei Männer von hinten an, die schlimmer daran waren als er selbst. Er ging zu Boden, und das Geld fiel ihm aus der Hand. Als die beiden nach dem Geld greifen wollten, warf er sich auf sie und kämpfte wie irrsinnig um das kleine Vermögen, das diese sechzehn Dollar darstellten. Ein dritter kam hinzu, und er kämpfte gegen alle drei. Als die Polizei eintraf, war er so in die Gewalttätigkeit verbissen, auf die er sich eingelassen hatte, daß er sie ebenfalls angriff. Grün und blau geschlagen, ein Auge geschlossen, das Hemd mit trockenem Blut befleckt, erzählte er dem Richter seine Geschichte und bekam zu hören, er habe Glück, daß er nicht mehr als neunzig Tage sitzen müßte.

Und jetzt war das vorüber, er verließ das Gefängnis und besaß nichts als das, was er auf seinem Leibe trug.

Vom Stadtkern von Los Angeles nach San Pedro waren es rund siebenundzwanzig Meilen. Dan machte sich zu Fuß auf den Weg. Er hatte eine einfache Rechnung aufgemacht: Die Fischerboote fuhren von San Pedro aus, und wo Boote ihren Fang landeten, verhungerte niemand. Und Fischen war sein Beruf. Wenn auch zwanzig Jahre vergangen waren, seit er an Deck eines Fischereifahrzeugs gestanden hatte, so hatte er doch nichts vergessen. Nach zwei Stunden unter der brennenden Sonne Südkaliforniens erkannte er, daß Zufußgehen in Los Angeles ganz anders war als in San Francisco. An einer Tankstelle trank er aus einem Wasserschlauch und blieb dann im Schatten stehen, bis der Pächter ihm sagte, wenn er nicht weitergehe, werde er die Polizei rufen. Er ging weiter. Ein Tankwagenfahrer nahm ihn zum Sepulveda Boulevard mit. Die restlichen sieben Meilen ging er wieder. Es war jetzt früher Abend, und die Hitze der Sonne war der Kühle des vom Meer kommenden Nachtwindes gewichen. Angelockt vom Schein von Lagerfeuern betrat er ein unkrautüberwuchertes Grundstück dicht an der Gaffey Street. Da saßen mindestens hundert arbeitslose, heimatlose Männer an Feuern, die sie mit Treibholz und allen Arten von Zweigen und Brettern unterhielten. Er gesellte sich zu einer der Gruppen und wurde hier und da durch ein Kopfnicken gegrüßt. Sonst nichts. Es waren schweigsame, gebeugte, mutlose Männer. In der Glut stand ein alter Blechkanister, in dem Fische gekocht wurden. Als sie ihn aus dem Feuer zogen, tauchten alle Konservendosen hinein. Dan hatte seit dem Morgen nichts gegessen, aber er hatte sich uneingeladen an ihr Feuer begeben und wollte nicht auch noch um Essen bitten. Außerdem mochte er Fisch immer noch nicht. Aber ein alter Mann neben ihm nahm ein halbgares Stück Makrele aus der Sardinendose, die er als Teller benutzte, und bot es Dan an; er nahm es und merkte, daß er vergessen hatte, daß er Fisch nicht mochte – oder vielleicht schmeckte einem Halbverhungerten alles gut.

Einer nach dem anderen streckten sich die Männer um das Feuer zum Schlafen aus. Dan legte sich ebenfalls auf den Boden. Sein dünnes Hemd bot nur wenig Schutz vor der Kälte, und immer wieder wachte er zitternd auf. Schließlich kam der Morgen und mit ihm die Wärme der Sonne.

Die nächsten vier Tage waren wie ein Alptraum; zum erstenmal verlor Dan Lavette die Kontrolle über sein Leben. Nie zuvor, seit er erwachsen war, hatte er das Gefühl gehabt, nicht Herr seiner selbst zu sein. Selbst im Gefängnis, als der Mann ihn mit dem Messer angriff, war er ruhig geblieben und hatte die Klinge abgelenkt. Kontrolle, Beherrschung, war, wie er erkannte, wesentlich für seine Männlichkeit, sein Recht, Geld zu haben oder nicht, je nachdem, was er für richtig hielt; wichtig war, was er selbst für richtig hielt. Er hatte Entscheidungen bisweilen verschieben müssen, aber nie zuvor waren sie ihm aus der Hand genommen worden.

Der alte Mann, der am Feuer neben ihm gesessen hatte, hatte gesagt: «Vierundzwanzig Stunden ohne Essen oder vier Tage ohne Rasieren machen aus einem Mann einen Landstreicher.» Nach vier Tagen, in denen er sich nicht rasiert hatte und zwei Tagen ohne Nahrung sah er das ein. Er war ein Landstreicher. Sie alle waren Landstreicher. San Pedro wimmelte von Landstreichern: weil man ohne Geld, ohne Arbeit und ohne eine Stelle, an die man seinen Kopf betten konnte, ein Landstreicher war: so klar und so einfach war das. San Pedro hatte siebenunddreißigtausend Einwohner, und jeder fünfzehnte war ein gestrandeter Seemann oder ein arbeitsloser Stahlarbeiter, Schweißer oder Zimmermann aus den stillgelegten Werften oder ein arbeitsloser Stauer, Angestellter oder Fischer – tote Seelen, die schweigend am Kai saßen, die Straßen entlangschlurften oder sich auf unbebauten Grundstücken und am Strand lagerten. Wen kümmerte es schon, daß einer von ihnen Dan Lavette war? Wen kümmerte ein Mensch aus Fleisch und Blut ohne Geld?

Er saß auf einer Kiste am Kai, sah den Fischerbooten nach und sprach mit sich selbst, ohne zuzuhören – das hatte er sich nach zwei Tagen ohne Nahrung angewöhnt. Draußen auf dem Meer lag ein Schiff, dessen Mastspitzen gerade noch zu sehen waren, nach seiner Berechnung war es bestimmt fünfzehn Meilen entfernt. Es lag eben außerhalb der Hoheitsgrenze, wahrscheinlich ein Versorgungsschiff für Alkoholschmuggler, bis zu den Luken voller Whiskeyfässer. Er versuchte, sich daran zu erinnern, wie lange es her war, daß er zuletzt Whiskey geschmeckt hatte oder ein frisches Ei oder ein Stück Steak. Er erinnerte sich, wie May Ling ihn getadelt hatte, weil er Speck an den Hüften ansetzte. Das war jetzt vorbei. Er fastete, und es war kein Gramm Fett an ihm. Noch ein oder zwei Tage, und er würde anfangen zu schwanken. Landstreicher schwankten, und zwar nicht von Alkohol: es war schlicht und einfach Hunger. Die

Schwierigkeit, sagte er sich, lag darin, daß er seine Antriebskraft verloren hatte, sonst würde er wenigstens das unkrautüberwucherte Grundstück suchen, wo sie Fische und Fischköpfe in alten Kanistern kochten. Nun, er würde noch ein bißchen sitzen bleiben und sich dann Gedanken über die Sache mit der Antriebskraft machen. Er strich sich über die langen Bartstoppeln in seinem Gesicht und fragte sich flüchtig, wie er wohl aussähe.

Und dann hörte er seinen Namen rufen. Ein Mann von einem der Fischerboote war an ihm vorbeigegangen, hatte sich umgedreht, ihn angesehen, ein paar Schritte zurück getan und dann zögernd gesagt: «Dan Lavette?»

Dan sah den wuchtigen, sonnengebräunten Mann von Mitte fünfzig ausdruckslos an.

«Sie sind Dan Lavette.»

Dan stand auf, um ihn anzusehen, und nickte.

«Ich werd verrückt! Erinnerst du dich nicht an mich? Pete Lomas! Ich habe deine Flotte in San Francisco geführt.»

«Pete? Ja, klar! Nett, dich zu sehen.»

Lomas sah ihn prüfend an. «Pech gehabt, Dan? Als ich zuletzt von dir hörte, warst du ganz oben.»

«Ich bin heruntergestiegen.»

«So ist es vielen gegangen. Komm mit, ich geb einen Drink aus. Dann können wir mal von alten Zeiten reden.»

Dan schüttelte den Kopf. «Nein – nein, lieber nicht.»

«Hast du Hunger? Wann hast du zuletzt gegessen?»

«Zum Teufel, nein, ich habe keinen Hunger.»

«Nun komm schon. Ich habe einen Mords-Kohldampf. Komm und setz dich zu mir, Dan. Komm schon.»

«Nein . . .»

«Ach laß doch den Quatsch! Komm mit. Wir erzählen uns was aus der guten alten Zeit.» Er nahm Dans Arm. «Komm mit, Dan.»

«Na schön», sagte Dan. «Ich hab dich belogen. Ich bin pleite. Ich habe Hunger. Ich kann nichts von dir annehmen, Pete. Wenn du einen Landstreicher triffst, den du zwanzig Jahre lang nicht gesehen hast, hast du keine Verpflichtungen.»

«Warum sagst du so was Häßliches? Komm jetzt.»

Sie gingen zu einem Imbißwagen in der Harbor Road, und Lomas bestellte Spiegelei mit Schinken, Bratkartoffeln und Kaffee für beide. Die Kellnerin stellte einen Korb Brot vor sie auf den Tisch, und Dan konnte nicht widerstehen. Er begann das Brot zu essen. Lomas sah ihm zu. Die Eier kamen. Dan sah auf und entschuldigte sich. «Mein Gott, ich esse wie ein Schwein.»

«Wie lange?» fragte Lomas.

«Zwei Tage ohne irgend etwas. Am Tag davor gab es noch etwas an einer Suppenküche. Dann wurde sie geschlossen.»

Lomas nickte. «Die Schwestern von Saint Mary. Sie halten sie offen, bis sie kein Geld mehr haben. Sie fangen aber bald wieder an. Sie kaufen Fisch bei mir. Mach nur, iß weiter. Willst du mehr?»

«Nein, das ist genug. Was fischst du, Pete?»

«Makrelen. Ich habe ein eigenes Boot. Meine Frau kriegte vor zehn Jahren Asthma, und der Arzt sagte, sie brauchte sehr trockenes Klima. Also sind wir hierher gezogen und haben ein Häuschen in Downey gekauft. Viel nützt es ihr nicht, aber es ist besser als im Norden, nehme ich an.»

«Makrelen? Wie fängst du sie?»

«Mit runden Schleppnetzen, meistens Beutelnetzen. Wenn wir nachts fischen, bringen wir Treibnetze aus. Kommt auf die Jahreszeit an. Wir fangen blaue Makrelen und gemeine Makrelen. Die Nachfrage ist noch immer gut, weil Fisch viel billiger ist als Fleisch. Wir landen pro Tag zwei Tonnen und manchmal sogar mehr, zu sieben bis neun Cent das Kilo. Ich habe zwei Männer auf dem Boot, und wir arbeiten, daß die Schwarte kracht. Ich könnte einen dritten gebrauchen.»

«Ich will keine milde Gabe», sagte Dan.

«Ach was. Deine Hände bluten und das Kreuz schmerzt, wenn du einen Tag draußen bist, also red keinen Quark von milden Gaben. Ich schätze dich, Dan, deshalb will ich dir nichts vormachen. Ich zahle acht Dollar pro Tag, wenn wir fischen. Das zahle ich meinen anderen Leuten, und so viel bekommst du auch. Wir fahren zehn Stunden hinaus, manchmal mehr. Die Bezahlung ist dieselbe, ob zehn Stunden, ob zwölf Stunden – also gebe ich dir nichts, was ich nicht erst aus dir herausgepreßt habe. Mein Gott, Dan, du bist nicht der erste, dem es dreckig geht. Wenn du Arbeit willst, habe ich eine für dich. Ja oder nein?»

«Ich nehme sie», sagte Dan. «Zum Teufel, ich bin kein schlechter Fischer.»

«Das kannst du laut sagen.»

Mark Levy erzählte Sarah von den Schmerzen in seiner Brust, und sie regte sich so auf und drängte ihn so, zum Arzt zu gehen, daß er sie ihr gegenüber nicht mehr erwähnte. Er hatte auch Magenschmerzen und tröstete sich damit, daß es Blähungen seien und sonst nichts. Seine Pläne, den Laden für Anglergerät zu kaufen, hatte er aufgegeben. Er wollte nicht wieder hinterm Ladentisch stehen. Zwar hatte er Dan all die Jahre hindurch ständig zur Vorsicht gemahnt, aber er hatte das Spiel mitgespielt. Es war ein wundervolles Spiel gewesen, solange es dauerte: der große Mann, der ins Büro stürmte und wieder forteilte, ein zu groß geratener, unbekümmerter Junge, der ein Königreich aufbaute. Na ja, vielleicht nicht gerade ein Königreich, mehr eine riesige Ausgabe des Baukastens, den er mal für seine Enkel gekauft hatte. Sie hatten es geschafft; ihre Schiffe hatten die Meere durchpflügt und ihre Flugzeuge die Wolken durcheilt, zu einer Zeit, als nur wenige Menschen sich träumen ließen, daß der Durchschnittsbürger als Passagier in einem Flugzeug reisen würde. Sie hatten das größte Kaufhaus westlich der Rocky Mountains aufgebaut und das größte Hotel auf Hawaii errichtet, und alles aus eigener Kraft.

Nun war Dan fort, und sie hatten seit seinem Weggang nichts von ihm gehört. Mit niemandem konnte er über Dan sprechen, nicht einmal mit Sarah, noch konnte er in Worte fassen, was er für ihn empfand. Sie waren wie Brüder gewesen; aber nicht einmal zwischen Brüdern gab es so unbeschwerte Beziehungen, bei denen sich keiner in die Angelegenheiten des anderen einmischte, wie es sie in ihrem Verhältnis zueinander gegeben hatte. All die Jahre hatte er im Büro gesessen, während Dan das Land und die Welt bereiste; aber als sein Stellvertreter hatte er die Hand ausgestreckt und berührt und gefühlt, was Dan berührt und gefühlt hatte. Nun tat er nichts, weil ihn nichts besonders interessierte. Er lebte in seinen Erinnerungen. Er saß mit geschlossenen Augen im Garten und versuchte, sich an seine erste Begegnung mit Dan zu erinnern. Wahrscheinlich war Dan nicht älter als sechs Jahre, als sein Vater, der große Joe Lavette, ihn zum erstenmal in den Laden des Schiffsausrüsters mitgebracht hatte. Marks Vater lebte damals noch, und Mark erinnerte sich, wie die beiden Männer von den Zeiten sprachen, als die Eisenbahnen gebaut wurden und man noch Gold aus der Erde graben konnte.

Manchmal ging Mark auch durch das Haus, von einem Zimmer

ins andere, als suche er etwas Verlorenes. Sarah beobachtete ihn schweigend, ihr Herz war bei ihm, aber sie konnte nichts für ihn tun, die Kluft nicht überbrücken, die sich vor so langer Zeit aufgetan hatte.

Sie war nicht dabei, als er den Herzanfall hatte. Sie war im Haus. Er saß draußen im Garten, und sie fand ihn dort tot, gestorben an etwas, das der Arzt später als Koronarinsuffizienz bezeichnete. Sarah nahm sich zusammen. Sie telefonierte nach dem Arzt, und dann rief sie Jake in Higate an. Eine Stunde später kamen Jake und Clair, und erst da ging Sarah in die Küche, setzte sich hin und weinte.

Ein paar Stunden später, als sie sich gefaßt hatte, sagte Sarah zu Jake: «Ich möchte, daß du Danny suchst. Ich möchte, daß er das weiß. Ich will nicht, daß Papa beerdigt wird, ohne daß Dan hier ist, und es soll niemand außer ihm am Grabe reden.»

Aber es führte keine Spur, kein Weg, kein Hinweis zu Dan. Für die Levys war es, als sei er vom Erdboden verschluckt. Niemand hatte eine Ahnung, wohin er gegangen war, in welche Richtung oder wie weit fort. Jake versuchte, May Ling zu erreichen, die irgendwo in Los Angeles wohnte; aber niemand von ihnen wußte, daß sie den Namen Lavette angenommen hatte, und ein Feng Wo stand auch nicht im Telefonbuch von Los Angeles.

Sechs Wochen, nachdem Dan begonnen hatte, sechs Tage in der Woche für Pete Lomas zu arbeiten, Tage, in denen es von Makrelen wimmelte, die, wie sie es ausdrückten, die Netze küßten, mußte Lomas sein Boot ins Trockendock legen, um den Boden abkratzen zu lassen. Dan hatte drei freie Tage. Die sechs Wochen hatten ihn verändert. Mager war er schon gewesen, als er aus dem Gefängnis kam; nun waren seine Muskeln fester und seine Hände kräftiger geworden. Er war von der Sonne gebräunt und fühlte sich wohler als seit Jahren.

An dem Tage, als das Boot ins Dock kam, rasierte er sich sorgfältig, zog eine Baumwollhose an, die er am selben Morgen gekauft hatte, dazu ein weißes Hemd und einen Pullover, und fuhr mit dem Vorortzug nach Los Angeles. Er verkniff sich alle Vorfreude und versuchte, nichts zu hoffen. Es fiel ihm nicht leicht. Er konnte seine Erregung kaum meistern, dabei hatte er nicht die geringste Ahnung, was ihn erwartete. Es war mehr als drei Jahre her, daß er May

Ling gesehen hatte. Der Junge, sein Sohn, mußte jetzt vierzehn Jahre alt sein. Wie geht man auf einen vierzehnjährigen Jungen zu und sagt: «Ich bin dein Vater, der euch im Stich gelassen und sich nichts aus euch gemacht hat.» – Wie tut man das? Was wird der Junge sagen? Was wird er denken?

Er spürte die Angst unter all den anderen Empfindungen, die auf ihn eindrangen. Die Angst war am stärksten – die Angst, daß May Ling ihn aus ihrem Leben gestrichen hatte. Warum auch nicht? Außerdem gab es noch andere Möglichkeiten. May Ling konnte tot sein. So sehr er auch den Gedanken zurückwies, er kehrte immer wieder. Sie konnte mit einem anderen verheiratet sein. Ihre Liebe konnte sich in Haß verwandelt haben. Er hatte miterlebt, wie sich Liebe in Haß verwandelt.

Zwecklos, sich Gedanken zu machen, sagte er sich. Es war fast zwei Jahre her, seit er das Haus auf dem Russian Hill verlassen hatte; zwei Jahre lang hatten ihn Furcht, Zweifel und seine eigentümliche Sucht nach Selbstquälerei von ihr ferngehalten.

Er verließ den Vorortzug an der Vermont Avenue und ging zu Fuß zum Universitätsgelände. Es war jetzt heiß geworden, und er zog seinen Pullover aus und trug ihn über dem Arm. Am Universitätsgelände überfiel ihn einen Augenblick lang Entsetzen, das Gefühl, seine ganze Welt breche um ihn zusammen: Die Fenster der Gebäude waren mit Brettern vernagelt, die Rasenplätze waren nicht gepflegt, die Pflanzen trocken, gelb verdorrt – als hätte man die University of California in Los Angeles auf den Müllhaufen der Depression geworfen. Aber dann sagte ihm der gesunde Menschenverstand, daß Universitäten nicht so leicht verschwinden; er lief herum, bis er einen Hausmeister fand, der ihm sagte, daß die ganze Universität auf das neue Gelände in Westwood umgezogen war.

In einem rumpelnden Wagen der Vorortbahn fuhr er nach Westwood, und jetzt packte ihn eine neue Angst: Wieso war er so sicher, daß sie noch dieselbe Stelle hatte? Wie, wenn das eine falsche Spur war? Wie, wenn ihn nur Mißerfolge erwarteten?

Er ging langsam und unsicher über das Universitätsgelände und fragte sich nach der Bibliothek durch. Dieses Gelände war größer als das alte, neue Komplexe waren noch im Bau, er ging über sich schlängelnde Pfade zwischen roten Ziegelgebäuden hindurch, Jungen und Mädchen strömten an ihm vorbei, als gäbe es ihn nicht. Dann stand er vor der Bibliothek, und jetzt, wo er hier war, verließ ihn der Mut. Zehn Minuten lang stand er dort, ohne sich zu bewegen. Es war fast vier Uhr. Am Rande des Fußwegs lag ein Stapel Bauholz, so hoch wie eine Bank. Er ging hin und setzte sich. Er konnte sich nicht entschließen, das Bibliotheksgebäude zu betreten.

Die Minuten vergingen. Er besaß eine Ingersoll-Uhr für einen Dollar, und er war so erregt, so verzweifelt, daß er sie in seiner Uhrentasche ticken hörte. Er sah wieder auf die Uhr, es war Viertel nach vier. Er stand auf, um zur Bibliothek zu gehen, und fiel dann wieder auf den Holzstapel zurück. Studenten gingen vorbei, gingen in die Bibliothek hinein oder kamen heraus, und er wartete noch immer.

Um halb fünf kam May Ling. Sie trug einen grauen Faltenrock, der bis unter ihre Knie reichte, eine weiße Bluse und einen schwarzen Pullover. Ihr ehemals langes Haar war kurz geschnitten. Zwischen ihm und ihr lagen etwa zwanzig Meter; auf die Entfernung wirkte sie fast wie ein junges Mädchen, dasselbe schlanke, elfenbeinhäutige Mädchen, das er in der Wohnung in San Francisco in einem anderen Leben und in einer anderen Zeit kennengelernt hatte.

Sie stand einen Augenblick da und atmete die frische Luft ein, plötzlich überfiel ihn die Panik. Sie würde sich umdrehen und fortgehen, ihn gar nicht sehen, und er würde starr sitzenbleiben, wo er saß. Aber dann sah sie ihn. Eine Weile blieb sie wie erstarrt stehen, schließlich kam sie herüber zu ihm. Er stand auf und sah ihr ins Gesicht. Sie blieb etwa eineinhalb Meter von ihm entfernt stehen und betrachtete ihn forschend, die schweren Arbeitsschuhe, die Baumwollhose, das weiße Hemd mit den aufgerollten Ärmeln, die starken, muskulösen, braunen Arme und das hagere Gesicht. Sie hatte sein Gesicht nie so hager gesehen, die Haut war fest über die Knochen gespannt. Er war nicht derselbe Mann; und doch war er es. Sie trat näher, streckte ihre Hand aus und berührte seine Wange. Die Bewegung war so typisch, daß er Tränen aufsteigen fühlte. Sprechen konnte er nicht. Er stand einfach da, starrte sie an, sah jetzt, daß das Alter sie nicht verschont hatte: sie hatte graue Strähnen im Haar und winzige Krähenfüße um die Augen. Die dunklen Augen trafen seine, geradeheraus, prüfend – und plötzlich fühlte er sich schwach und ausgelaugt. Er trat einen Schritt zurück und setzte sich auf den Bretterstapel, bedeckte sein Gesicht mit den

Händen und versuchte, das trockene Schluchzen zu beherrschen, das seinen Körper schüttelte. Seit seiner Kindheit hatte er nicht zu weinen vermocht.

May Ling setzte sich neben ihn. Fast zehn Minuten lang saßen sie beide schweigend da. Dann sagte May Ling: «Ich dachte, du wärest tot.» Ihre Stimme war ein Flüstern. «Es war, als wäre ich selbst gestorben. Ich las, was mit der Firma passiert ist, und wartete. Dann rief ich Stephan Cassala in San Mateo an, und er sagte mir, Mark sei tot und du verschwunden . . .»

«Mark ist tot?» fragte er traurig. «Ach, mein Gott! Wann?»

«Vor vier Monaten etwa. Er hatte einen Herzanfall.»

«Das habe ich nicht gewußt.»

«Wo warst du, Danny?»

«Im Gefängnis.»

«Nein. Nein!»

«Es geht mir jetzt wieder gut. Ich war auch nur drei Monate drin. Aber Mark . . . Ach Gott, diese lumpige, lausige Welt!»

«Es ist eine gute und schöne Welt, Danny.»

«Wir sind hier, und Mark ist tot. Er war nicht alt. Er war einundfünfzig.»

«Wir sind hier, Danny. Ich habe genug um dich geweint.»

Jetzt weinte er ungehemmt. Vorbeigehende Studenten sahen sich nach dem großen, braungebrannten Mann um, der neben einer Chinesin saß und weinte, während sie seine Hand festhielt.

«Weine nicht, Danny, bitte.»

Er holte sein Taschentuch heraus und trocknete seine Augen. «Arme Sarah», sagte er. «Geht es ihr gut?»

«Ich glaub schon. Ich weiß es nicht.»

Dann erinnerte er sich und fragte: «Mein Gott, du bist doch nicht verheiratet, oder?»

«Wer würde mich wohl heiraten, Danny?»

Er grinste und weinte zugleich und wischte sich die Augen. «Ich habe Arbeit», sagte er. «Ich bin wieder Fischer.» Er schüttelte den Kopf und neigte sich vor, um die Tränen zu verbergen, die wieder zu fließen begannen. «Ich weiß nicht, warum ich das tue. Lieber Gott, ich kann doch nicht hier sitzen und heulen.»

«Komm mit nach Hause, Danny.»

Sie nahm seinen Arm, und er stand auf und ging mit ihr. Selbst der Schmerz über Marks Tod verhinderte nicht, daß er fühlte, daß er war, daß er lebte, daß er diese merkwürdige kleine Chinesin, die May Ling hieß und auf eine gewisse Weise ein Teil seiner selbst war, hier neben sich wußte.

Als die University of California in Los Angeles ihr neues Gelände in Westwood Village bezog, war Westwood noch ein Ort mit weiten Feldern voll Gerste und Mais, mit Orangenhainen und sanften Hügeln. Aber mit dem Umzug kamen die Erschließungsgesellschaften, Bluthunde auf heißer Spur, und bald schossen kleine Gruppen von Häusern um das Universitätsgelände herum aus dem Boden. May Ling hatte eins dieser Häuser gekauft. Es war ein hübsches, zweistöckiges Holzhaus mit einem Wohnzimmer, einem Eßzimmer und einer Bibliothek im Erdgeschoß und vier Schlafzimmern im Obergeschoß. Der Preis betrug sechzehntausend Dollar, bei einer Hypothek von elftausend Dollar und einem Baranteil von nur fünftausend Dollar. Hinter dem Haus war ein Stück Gartenland mit einer immergrünen Eiche. Alles in allem war es ein angenehmes, behagliches Haus, nur einen kurzen Fußweg vom Universitätsgelände entfernt. Dan ging langsam, Hand in Hand, mit May Ling dorthin.

Nach und nach, in großen Zügen, erzählte er ihr, was sich ereignet hatte. Die Einzelheiten würden später folgen. Sie kannte ihn gut genug, um nicht zu fragen, warum er gewartet hatte. Sie verstand seine Befürchtungen – vor allem die tiefe Scheu, seinem Sohn gegenüberzutreten.

«Wir werden einen Weg finden», sagte sie. Sie waren jetzt in Sichtweite des Hauses.

«Erinnert er sich an mich?»

«Natürlich erinnert er sich an dich. Es ist erst fünf Jahre her.»

«Oder hundert. Was denkt er von mir?»

«Er ist vierzehn, Danny. Er weiß selbst nicht, was er denkt. Aber er ist ein guter Junge. Er ist ernst und nachdenklich.»

«Und dein Vater?»

«Danny, Danny, er betet den Boden an, auf dem du gehst. Weißt du das nicht?»

«Ich hab mich nie in meinem Leben so gefürchtet.»

Sie traten ins Haus. Dan stand unbehaglich im Wohnzimmer, sah hellen Chintz, weiße Vorhänge und auf einem Tisch in einer Ecke ein Bild von sich und May Ling, das in Hawaii aufgenommen war.

«Daddy», rief May Ling, «hier ist ein alter Freund, der dir guten Tag sagen will! Mama, dir auch!»

Feng Wo kam aus der Bibliothek, mit gelichtetem Haar, schmächtiger, ein bißchen gebeugt, die Brille saß ihm auf der Nasenspitze, und er schaute über seine Brille hinweg. Er starrte Dan an, faßte sich dann und lächelte. «Mr. Lavette», sagte er und verbeugte sich leicht, «was für eine Freude! Was für eine unerwartete Freude! Ich begrüße Sie in unserem armen Heim.»

So-Toy kam aus der Küche, sie wischte die Hände an ihrer Schürze ab. Sie stutzte, als sie Dan sah und blickte ihn stumm an. Ihr Mann sagte etwas auf chinesisch zu ihr, und sie nickte. Plötzlich begann sie zu weinen und lief in die Küche zurück.

«Sie wird sich wieder beruhigen», sagte Feng Wo.

«Wo ist Joe?» fragte May Ling.

«In seinem Zimmer, glaube ich.»

May Ling nahm Dan an der Hand und führte ihn nach oben. Die Tür zum Zimmer des Jungen war geschlossen. May Ling klopfte.

«Herein.»

May Ling öffnete die Tür. Der Junge lag auf seinem Bett und las. Dan hätte ihn nicht wiedererkannt, ein hochgewachsener, langgliedriger Junge, der sich umwandte und sie fragend ansah. Dann erhob er sich und stand vor Dan, fast ebenso groß wie er, mit kräftigen Händen und Füßen. Er stand einfach da und starrte ihn an.

Dan schüttelte den Kopf und ballte seine Fäuste.

«Ich weiß nicht, was ich sagen soll», murmelte der Junge.

«Ich auch nicht», flüsterte Dan.

«Du hast mir gefehlt», sagte der Junge zögernd. «Mama dachte, du wärest tot.»

«Du hast mir auch gefehlt.»

Der Junge nickte.

«Du bist gewachsen.»

Der Junge nickte wieder.

«Ich weiß nicht, was du von mir denkst», sagte Dan schwerfällig. «Es hat wohl keinen Sinn zu sagen, daß es mir leid tut; aber es tut mir leid. Es tut mir leid. Ich hätte bei euch sein sollen.»

Der Junge setzte sich auf sein Bett und blickte zu Boden. May Ling nahm Dans Arm und wies auf die Tür. Dan folgte ihr aus dem Zimmer; und sie schloß die Tür hinter sich.

«Er haßt mich», sagte Dan.

«Ach, Danny, er hat ein Album voll mit Bildern von dir aus Illustrierten und Zeitungen. Er haßt dich nicht. Laß ihm Zeit.»

May Lings Mutter zog sich in die Küche zurück und machte Essen. Als sie sich zu fünft an den Abendbrottisch setzten, war May Ling nicht bereit zu schweigen wie die anderen. Schweigen war jetzt nichts für sie; ihr Herz sang sein eigenes Lied. Wenn der große magere, sonnengebräunte Mann, der neben ihr saß, auch für die anderen ein Fremdling war, so war er doch keiner für sie. Das Essen hätte für ein Dutzend hungriger Menschen gereicht. Sie erzählte die Geschichte ihres ersten Zusammentreffens, wie sie jedes Gericht genauestens beschrieben hatte; und die Erinnerung daran brachte sie zum Kichern. Ihr Sohn sah sie verständnislos an. So hatte er seine Mutter noch nie gesehen. Feng Wo sah und hörte schweigend zu, einen Schatten von Besorgnis im Blick. Es ging ihm durch den Sinn, daß nur ein leichtfertiger Mensch sich ganz dem Glück hingibt. Seine Tochter war nicht leichtfertig. Aber niemand hatte bisher gefragt, ob Daniel Lavette wieder fortgehen würde. Und wo war er gewesen?

Dan begann zu sprechen. Er sei Fischer, sagte er. Er fischte Makrelen vor San Pedro . . . Und dann erzählte er, wie die Boote ausfuhren, wie sie die Netze auslegten und mit dem Fang einholten, wie sie sich dem Meer und wie sich das Meer ihnen entgegenstellte. Wie es war, wenn man gegen Sturm und kalte Wellen kämpfte. Er hatte nie zuvor über diese Dinge gesprochen. Er hatte sein Leben damit verbracht, zu vergessen. Nun sprach er, weil er sprechen mußte, versuchte irgendwie zu erklären, daß er zufrieden war. Aber er konnte es nicht formulieren. Feng Wo sagte sich, daß er keine Erklärungen brauchte. Wo das Leben eines Mannes Verpflichtung zur Tat, zu einem Wort oder einer Handlung ist, die zuvor nicht getan wurde, ist die Verpflichtung an keine Bedingungen geknüpft. So-Toy, eine kleine verwelkte Chinesin, hörte zu, ohne alles zu verstehen; und ihr Enkel, Joseph Lavette, ließ sich von den Worten des Mannes hinwegtragen. An diesen Abend würde er sich sein ganzes Leben lang erinnern; an den großen, sonnengebräunten Mann, der sein Vater war, der die Schiffe beherrscht hatte, die die Meere durchpflügten, und die Flugzeuge, die am Himmel flogen, und der jetzt Fischer war und damit zufrieden war, Fischer zu sein, der langsam und eindringlich von diesem Leben erzählte und der seine ganze Vergangenheit von sich geworfen hatte. Der Junge wußte nicht warum. Es verwirrte ihn, daß man ein Imperium wegwerfen konnte; jedoch verstand er halbwegs, was sein Vater zu sagen versuchte. Seine Mutter hatte ihm ein Gefühl für das Maß der Dinge vermittelt, ein Gefühl für die kurze Zeit von nur einem Lebensalter, das dieses Land Kalifornien geprägt und ihn hervorgebracht hatte, ihn, zur Hälfte Chinese, zu einem Viertel Italiener, zum anderen Viertel Franzose, nicht als Erben von Reichtum oder Macht, sondern von verwickelten menschlichen Triebkräften.

May Ling sah und hörte dem einen Mann zu, den sie geliebt und dem sie sich in dem einen Leben, das ihr gegeben war, zum Geschenk gemacht hatte. Sie kannte das Schweigen, und sie konnte selbst schweigen. Das war eines der Bande, das sie mit Dan Lavette verband. Er war kein Mann des Wortes. Wenn er davon sprach, was er war, was er tat und was er fühlte, mußte man die Worte aus ihm herausziehen. Sie spürte, was dieser Tag für ihn gewesen war und wie sehr sie zu der Belastung beigetragen hatte, indem sie ihm von Mark Levys Tod erzählte. Sein Leben war zerstört, zerschlagen worden – das war notwendig gewesen. Es gab für ihn keine andere Möglichkeit, mit sich ins reine zu kommen. Sie wußte, daß der freie Wille eine Illusion war, und schließlich war er auf seine eigene Weise zu einer ähnlichen Auffassung gelangt. Es war ein großer Sieg, den er feierte; aber dieses Wissen würde ihnen beiden, ihnen beiden allein, gehören.

So sagte sie fast nichts, nachdem er zu sprechen begonnen hatte, und hörte nur zu. Und Dan, der sie von der Seite her ansah, die winzige Nase, den vollkommen geformten kleinen Mund, das entzückende Bild einer Frau, die aus Porzellan hätte sein können, spürte ihre Ruhe, ihr Wissen um den Augenblick und erkannte, daß es wirklich nichts zu erklären gab und daß Gewesene vorbei war. Selbst wenn er nie zurückgekehrt wäre, wären sie zusammen gewesen.

Die Trauung fand im Rathaus statt. Feng Wo und seine Frau waren Trauzeugen. Ein stiller, glücklicher vierzehnjähriger Junge vervollständigte die Hochzeitsgesellschaft. Der Standesbeamte war etwas verwirrt, daß eine Frau mit Namen Lavette einen Mann heiratete, der ebenfalls Lavette hieß.

«Sie sind nicht verwandt?» fragte er sie.

«Nicht blutsverwandt», erwiderte May Ling lächelnd.

«Sie waren also mit einem anderen Mr. Lavette verheiratet?»

«Nicht verheiratet, nein. Wir haben nur zusammengelebt», sagte May Ling strahlend. «Aber er ist vor langer Zeit fortgegangen.»

Der Standesbeamte beriet sich mit einem Kollegen. «Sie sind jetzt nicht verheiratet?»

«O nein, ganz und gar nicht.»

«Und Sie?» fragte er Dan.

«Ich bin nicht verheiratet.»

«Es ist ungewöhnlich», brummte der Standesbeamte. Aber schließlich fielen die Mauern der Bürokratie, und man traute sie. Die fünf feierten mit einem Hochzeitsmahl in einem chinesischen Restaurant in der Nähe des Rathauses, wo So-Toy sich über das schreckliche Essen beklagte, während May Ling bemerkte, daß alles wie Nektar und Ambrosia schmeckte, was So-Toy überhaupt nicht begreifen konnte. Mit einer Anzahlung von zwanzig Dollar hatte Dan eine gebrauchte Ford-Limousine Baujahr 1930 gekauft, und nach dem Mittagessen stiegen sie ein und fuhren nach Westwood zurück. May Ling schlug vor, den Rest des Nachmittags einer Art Hochzeitsreise zu widmen, und so fuhren Dan und May Ling, nachdem sie Feng Wo, So-Toy und Joseph in Westwood abgesetzt hatten, hinaus nach Santa Monica. Hand in Hand gingen sie den Strand entlang, setzten sich dann auf einen Felsen und sahen den Wellen zu. Abgesehen von Möwen war der Strand verlassen. Es war bereits später Nachmittag. Sie hatten eine ganze Weile geschwiegen, es war ein Schweigen ohne Verlegenheit, weil jedem die Anwesenheit des anderen genügte. Und dann fragte May Ling ihn: «Was empfindest du für Jean?»

«Ich mag sie. Vor langer Zeit dachte ich, daß ich sie liebte. Aber ich mochte sie nicht. Ich glaube, jetzt mag ich sie.»

«Was hat die Veränderung bewirkt, Danny?»

«Daß ich sie verlassen habe, nehme ich an.»

«Und alles andere, das bessere Leben – trauerst du dem nach?»

«Ich könnte das wieder erreichen», sagte er. «Ich rede nicht nur so herum. Ich habe darüber nachgedacht, als ich auf dem verwilderten Grundstück in San Pedro am Feuer saß. Ein alter Mann neben mir sagte etwas davon, daß vier Tage ohne Rasieren einen Landstreicher ausmachen. Ich habe in der Nacht wenig geschlafen und darüber nachgedacht. Über einen neuen Anfang. Zurück nach San Francisco. Das wäre kein Problem gewesen. Ich wäre mit der Bahn schwarz gefahren. Ich habe zwei Koffer bei Mark gelassen, Hemden, Krawatten, Anzüge, Schuhe. Man braucht diese Staffage; und dann geht man los und macht ein Geschäft. Man braucht nicht einmal Geld; nur den Bluff, die Arroganz und das Wissen, wie das Spiel gespielt wird. Es gibt sicher zwanzig Männer in San Francisco, die solche Geschäfte mit mir machen würden. Schiffe, Flugzeuge, Grundstücke. Sogar so etwas wie diese Brücke über das Golden Gate, von der seit Jahren gesprochen wird. Ich verstehe überhaupt nichts von Brücken; aber ich kenne ein halbes Dutzend Ingenieure, die tief beeindruckt wären, wenn ich in ihr Büro käme und ihnen sagte, sie sollten anfangen, Pläne für die Brücke zu zeichnen. Dann würde ich mich in die Gruppe derer drängen, die all die Jahre über diese Brücke gesprochen haben, und würde sie überzeugen, daß ich sie bauen könnte; und, bei Gott, es würde geschehen.»

«Aber du bist nicht nach San Francisco zurückgegangen!»

«Du hast mich gefragt, ob ich diesen Dingen nachtrauerte. Darum geht es nicht, May Ling. Es ist etwas anderes. Ich kann es nicht in Worte fassen. Als du mir von Mark erzähltest, war der erste Gedanke der, daß Jean an seinem Tod schuld sei, weil sie damals unsere Kredite gekündigt und uns vernichtet hat. Aber das stimmt nicht. Mark und ich haben vor langer Zeit zu sterben begonnen. Nein, ich wäre lieber in San Pedro oder in irgendeiner billigen Herberge an der Main Street gestorben, als zurückzugehen. Das wäre wenigstens ein Tod meiner eigenen Wahl gewesen.»

Dann saßen sie wieder schweigend da und sahen zu, wie die rote Sonne den Rand des Ozeans berührte. Abendkühle kam vom Meer herein, und Dan legte seinen Arm um May Ling und zog sie an sich.

Am achtundzwanzigsten Dezember 1933 kam Dan am frühen Nachmittag von San Pedro heim zum Haus in Westwood. Er trug Arbeitskleidung, fleckige Jeans und ein blaues Baumwollhemd und roch nach Fisch und Salzlake. May Ling kam ihm entgegen, als er aus dem alten Ford stieg, und nachdem er sie geküßt hatte und sie ihr Gesicht über den Geruch verzogen hatte, sagte sie: «Warte Danny. Es ist jemand da.»

Er starrte sie verwirrt an.

«Deine Tochter, Barbara.»

«Nein!»

«Überleg mal einen Augenblick. Sie hat Weihnachtsferien im

College im Osten und ist allein hergekommen, um dich zu besuchen. Den ganzen Weg gefahren. Das ist ihr Auto dort drüben. Sie ist im Haus, ein sehr unruhiges, verschrecktes Kind. Wenn du möchtest, kannst du durch die Küchentür gehen und dich waschen, und ich bringe dir saubere Kleider.»

Er nickte. «Ja. Ja, ich glaube, das ist das beste.»

Er wusch sich Hände und Gesicht und seinen Körper, so gut er konnte, am Waschbecken in der Küche und zog dann an, was May Ling ihm brachte. Ihre Mutter und ihr Vater hatten sich ins obere Geschoß zurückgezogen.

«Geh allein hinein», sagte May Ling. «Ich warte hier.»

Er ging ins Wohnzimmer, und ein hochgewachsenes, schlankes Mädchen von neunzehn Jahren erhob sich und sah ihn an. Einen Augenblick glaubte er in der Dämmerung des Raumes Jean zu sehen, wie er sie zuerst gesehen hatte; und während dieses Augenblicks stand das Mädchen da und sah ihn an. Er streckte ihr die Hände entgegen, sie warf sich in seine Arme, und er hielt sie fest umschlungen.

«Daddy, es tut mir so leid», schluchzte sie.

«Nein, Herzchen. Es gibt nichts, was dir leid tun muß.»

«Du hast mir gefehlt. Ach, du hast mir so sehr gefehlt.»

Alles, was er sagen konnte, war: «Danke, Liebling, danke.»

In dem Buch von Lao-tse und Tschuang-tse, das Feng Wo aus dem Chinesischen übersetzt hatte und das von der Druckerei der University of California veröffentlicht wurde, hieß es an einer Stelle aus dem *Buch vom rechten Wege* des Lao-tse:

Mutig ist, wer wahrhaft liebt,
Großmütig, wer einfach lebt,
Und wer nicht hoch zu sein begehrt,
Der wird von aller Welt verehrt.

R. S. Elegant

Die Dynastie

Ein Handelshaus in Hongkong
Roman
Deutsch von Margaret Carroux

Hongkong, brodelnde Hafenstadt am Gelben Meer, einst Tor zum rätselvollen Reich der Mitte, heute Brückenkopf des Handels zwischen West und Ost, seit 1847 Kronkolonie Ihrer britischen Majestät. Und Stammsitz der Sekloongs, der heimlichen Herren von Hongkong, eines reichen und mächtigen eurasischen Familienclans.

Ein großer, sieben Jahrzehnte umspannender Roman. Die Geschichte eines Familienclans: Liebe und Feindschaft, Intrigen, Eheskandale, die ewige Suche nach Glück, Reichtum und Macht und die beispiellose Geschichte des Aufstiegs eines Handelshauses. Zugleich aber gewinnen wir einen tiefen Einblick in die Welt Chinas und in die chinesische Geschichte, vom Boxeraufstand und den Anfängen der Republik unter Sun Yat-sen, über die Kämpfe zwischen der Kuomintang und den Kommunisten, den Chinesisch-Japanischen Krieg und den Zweiten Weltkrieg bis hin zu Mao Tse-tungs Kulturrevolution.

785 Seiten. Geb.

Rowohlt